Stuart Harrison

Der große Deal

Stuart Harrison

Der große Deal

Aus dem Englischen
von Charlotte Breuer
und Norbert Möllemann

List

Die Originalausgabe erschien 2001 unter dem Titel
Better than this bei HarperCollinsPublishers, London.

Stuart Harrison im Internet:
www.stuartharrison.com

List Verlag

List ist ein Verlag des Verlagshauses
Ullstein Heyne List GmbH & Co. KG

ISBN 3-471-79442-5

Lektorat: Claudia Schlottmann

Satz: Leingärtner, Nabburg
Druck: GGP Media, Pößneck

Für meine Mutter

Teil I

1

Nach einer unruhigen Nacht fuhr ich plötzlich aus dem Schlaf, allein im Bett und mit der Gewissheit, dass Sally mich verlassen hatte. Ich starrte in die Dunkelheit, mein Herz raste, und in die Panik, die mich überkam, mischte sich Trauer über den Verlust.

Wie war es dazu gekommen? Wann hatten wir aufgehört, glücklich miteinander zu sein? Ich versuchte, mir ein Ereignis in Erinnerung zu rufen, einen entscheidenden Augenblick, aber nichts fiel mir ein. Wir waren seit acht Jahren verheiratet. Ich war nie fremdgegangen, kein einziges Mal während der ganzen Zeit. Zwar hatte ich mich zu anderen Frauen hingezogen gefühlt, klar, und ein- oder zweimal war ich in Versuchung gewesen, diesem Gefühl nachzugeben, aber ich liebte Sally, und das war mir wichtiger als eine kurze Affäre, die ich hinterher ohnehin bereuen würde. In letzter Zeit allerdings hatten wir uns häufiger gestritten als gewöhnlich und weniger miteinander geredet. Mit der Werbeagentur, die ich gemeinsam mit meinem Partner Marcus betrieb, gab es Probleme, die unsere Ehe zunehmend belasteten. Aber das, was zwischen Sally und mir nicht stimmte, ging wesentlich tiefer.

Während ich allmählich aus meinem Dämmerzustand erwachte, begann ich mich zu fragen, ob die Bilder, die mir durch den Kopf spukten, wirklich oder eingebildet waren.

Hatte ich geträumt, dass Sally fort war? Sie war mitten in der Nacht aus dem Haus gegangen, in einer Hand einen Koffer, den sie in ihrem Wagen verstaute. Als Nächstes sah ich sie am Flughafen, wo sie in eine Maschine nach Oregon stieg, um ihre Eltern zu besuchen. Voller Verbitterung malte ich mir aus, wie ihre Mutter sie tröstete und ihr sagte, sie habe schon immer gewusst, dass es einmal so kommen würde.

Ich streckte meinen Arm aus, aber der Platz neben mir im Bett war leer. In diesem Augenblick hörte ich die Toilettenspülung rauschen, gleich darauf wurde die Badezimmertür geöffnet, und ein Streifen Licht fiel auf den Boden. Erleichtert tat ich so, als schliefe ich noch. Durch die halb geschlossenen Lider sah ich, wie Sally in der Tür erschien. Sie trug ein langes, cremefarbenes Nachthemd, unter dem sich ihr Körper deutlich abzeichnete, als sie die Hand hob, um das Licht auszuschalten. Ich erhaschte einen kurzen Blick auf ihre Rundungen, die sanften Linien ihrer Brüste, die Wölbung ihres Bauchs. Dann war es wieder dunkel, und sie glitt kaum spürbar zurück ins Bett.

Zuerst rührte ich mich nicht, doch ich brauchte die Gewissheit, dass sie da war, drehte mich auf die Seite und legte eine Hand auf ihre Schulter. »Sally.«

Sie lag mit dem Rücken zu mir und murmelte irgendetwas Unverständliches. Als ich versuchte, sie zu mir herumzudrehen, widersetzte sie sich unwillig. Ich versuchte mich daran zu erinnern, wann wir das letzte Mal miteinander geschlafen hatten, wusste jedoch nur, dass es sehr lange her war.

Mir fiel ein, wie Sally mir einige Monate zuvor erklärt hatte, sie müsse ihren Arzt aufsuchen, weil ihr Vorrat an Anti-Baby-Pillen aufgebraucht sei.

»Was meinst du?«, hatte sie mich gefragt.

»Wozu?«

Sie sah mich unverwandt an, wie es ihre Art war. »Soll ich mir ein neues Rezept ausstellen lassen?«

Ich wusste, worauf sie hinauswollte, tat aber so, als hätte ich keine Ahnung. »Ich denke schon«, sagte ich abwesend. »Hast du meine Schlüssel gesehen?«

Aber so leicht wollte Sally mich nicht davonkommen lassen. »Du findest also, ich sollte mir ein neues Rezept geben lassen«, beharrte sie mit einem drohenden Unterton, den ich besser nicht ignorierte.

Nach kurzem Zögern sah ich sie an. »Was spricht denn dagegen?«

»Wenn eine Frau über lange Zeit die Pille nimmt, kann das ihre Fruchtbarkeit beeinträchtigen. Es wäre nicht schlecht, wenn ich eine Weile aussetzen und meinem Körper eine Erholung gönnen würde.«

Der unausgesprochene Zweck dieses Gesprächs hing zwischen uns in der Luft. Wir hatten das Thema schon eine ganze Weile nicht mehr diskutiert. »Sally«, sagte ich, um einen verständnisvollen Ton bemüht, »ich glaube wirklich nicht, dass dies der richtige Zeitpunkt ist. Vielleicht solltest du noch ein bisschen warten. Du weißt doch, wie es im Moment in der Agentur aussieht.«

Ihre Lippen verzogen sich kaum merklich. »Es ist ja nicht so, dass ich auf der Stelle schwanger werden würde.«

»Das weiß ich, aber man kann nie sicher sein. Wir müssen uns ganz schön strecken im Moment, die Hypothek muss bezahlt werden und alles ... Wenn wir uns einfach noch etwas Zeit lassen könnten«, schloss ich lahm.

»Himmelherrgott!« Sie sprang auf und begann, die Spülmaschine auszuräumen und das Geschirr auf die Anrichte zu knallen.

Ich ging zu ihr. »Sally ...«

Wütend schüttelte sie meine Hand ab. »Komm mir nicht auf die Tour. Ich hab es satt, Nick. Ich hab einfach alles satt.« Sie fuhr herum und sah mich an. »Es ist nie der richtige Zeitpunkt.« Sie zögerte kurz, und ich sah ihr an, dass sie einen Entschluss gefasst hatte. Ich wusste, was kommen würde, noch bevor sie es aussprach. »Ich werde die Pille absetzen. Wenn du nicht willst, dass ich schwanger werde, dann übernimm du zur Abwechslung mal die Verantwortung.«

Während der darauf folgenden Tage war die Stimmung zwischen uns angespannt. Als ich eines Abends nach Hause kam, lag ein Päckchen Kondome auf meinem Nachttisch. Ich ließ sie in der Schublade verschwinden, und obwohl Sally das nicht entgangen sein konnte, sprach keiner von uns das Thema an. Mit der Zeit vergaßen wir die Sache oder verdrängten sie zumindest. Eines Nachts, es muss Wochen später gewesen sein, drehte ich mich im Bett zu ihr um, und plötzlich waren all die Streitereien und Spannungen, die unser Leben seit einiger Zeit bestimmten, wie weggeblasen. Wir versuchten, noch einmal die Nähe zu spüren, die uns einst verbunden hatte, doch mitten in der Hitze der Leidenschaft, als ich mich über sie schob und sie sich mir öffnete, fielen mir die Kondome ein. Ich hielt inne und tastete nach der Schublade.

»Was ist los?«, fragte Sally, doch dann begriff sie, was ich vorhatte.

Sie sah mir schweigend zu. Ich spürte, wie ihre Stimmung sich änderte, und als ich sie erneut küsste, reagierte sie kaum. Unsere Leidenschaft hatte sich in Luft aufgelöst, alles war nur noch peinlich.

Als mir diese Situation jetzt durch den Kopf ging, ließ ich meine Hand von ihrer Schulter gleiten. »Alles in Ordnung?«

Sie gab mir keine Antwort, doch ich spürte, dass sie entweder wütend oder unglücklich war oder beides, was mich irritierte. Wir hatten es seit einiger Zeit schwer miteinander, aber in dem Moment empfand ich sie als besonders angespannt, als wäre etwas Schlimmes geschehen. Wir hatten uns am Abend nicht gestritten, das konnte es also nicht sein. Ich war erst spät nach Hause gekommen, was nichts Ungewöhnliches war. Es musste so gegen neun, halb zehn gewesen sein. Sally saß im Wohnzimmer und las in einer Zeitschrift. Als ich mich zu ihr hinunterbeugte, schaute sie auf, hielt mir ihre Wange hin und sagte, falls ich Hunger hätte, im Kühlschrank sei eine Schüssel Hühnersalat. Kurz darauf erklärte sie, sie sei müde, und ging ins Bett. Ich blieb noch eine Weile auf.

Ich aß ein bisschen von dem Salat und trank ein paar Gläser Wein, und dann, als die Flasche leer war, schenkte ich mir, anstatt eine neue zu öffnen, ein Glas Whisky ein, setzte mich vor den Fernseher und schaute mir eine Wiederholung von *Seinfeld* an. Da ich mich nicht darauf konzentrieren konnte, schaltete ich nach einer Weile den Fernseher aus und grübelte über den Termin nach, den Marcus und ich am Morgen bei der Bank gehabt hatten und der über die Zukunft von Carpe Diem entscheiden würde, der Werbeagentur, die wir vor einigen Jahren gemeinsam gegründet hatten, die jedoch allein durch meine Schuld an den Rand des Ruins geraten war. Tief in Gedanken versunken trank ich meinen Scotch. Mein Freund und Partner redete kaum noch mit mir, mein Leben stürzte ein wie ein Kartenhaus, und in meiner Ehe fand ich keinen Trost. Sally und ich hatten an dem Tag kaum mehr als ein paar Worte gewechselt. Als ich schließlich nach oben ins Bett ging, war es nach Mitternacht, und sie schlief schon.

Jetzt lag Sally immer noch mit dem Rücken zu mir. Ich musste pinkeln, also ging ich ins Bad und schloss die Tür, bevor ich das Licht einschaltete. Während ich meine Blase leerte, betrachtete ich mein Gesicht im Spiegel. Ich habe dichtes, dunkelbraunes Haar, das ich kurz geschnitten trage, doch nun entdeckte ich etwas, was mich verblüffte – graue Haare an den Schläfen. Ich versuchte mir einzureden, es läge am Licht, doch ich wusste, dass ich mir etwas vormachte. Ich hatte Falten auf der Stirn, und zum ersten Mal bemerkte ich, wie tief sie waren, wie Furchen in einem Acker, und die Krähenfüße um meine Augen schienen mir mit einem Mal ausgeprägter, als ich sie in Erinnerung hatte. Diese unwillkommenen Anzeichen des Älterwerdens zogen mich so in den Bann, dass ich mir auf den Fuß pinkelte.

»Mist«, murmelte ich.

Nachdem ich die Spülung betätigt hatte, wusch ich mir den Fuß unter dem Wasserhahn. Dann betrachtete ich erneut mein Spiegelbild. Ich war vierunddreißig, wirkte jedoch älter. Meine Augen leuchteten nicht mehr wie früher. Zu oft hatte ich bis spät in die Nacht über Marktanalysen gebrütet, Besprechungen vorbereitet und dabei zu viel Alkohol getrunken. Ich kam regelmäßig todmüde nach Hause, kippte noch ein paar Drinks, schlief dann, wenn ich Glück hatte, unruhig bis zum Morgengrauen. Ich trat einen Schritt vom Spiegel zurück. Andererseits war ich, auch wenn ich ein oder zwei Kilo zu viel wog, noch ganz gut in Form. Ich habe den Brustkorb und die Schultern eines Schwimmers. Seit meiner Studentenzeit gehe ich mindestens drei- oder viermal pro Woche ins Schwimmbad. Hundert Bahnen ohne Pause. Ruhige, gleichmäßige Züge, nicht hastig, aber auch nicht gemächlich. In letzter Zeit kam ich nicht so oft ins Schwimmbad, nutzte jedoch jede Gelegenheit, die sich bot. Die grauen Haare beunruhigten mich. Nicht unbedingt aus Eitelkeit. Es war eher ein Anflug von Angst. Bevor ich's mich versah, würde ich vierzig sein, und was dann? Ich hatte bisher nur sehr wenig von dem erreicht, was ich mir als Ziel gesetzt hatte, und die Uhr tickte. Es war beinahe, als könnte ich die Sandkörner durch irgendein kosmisches Stundenglas rieseln hören, das die mir auf dieser Erde zugestandene Zeit symbolisierte.

Mein Blick fiel auf eine halb geöffnete Schachtel Carefree auf der Badezimmerkommode. Die sauberen Reihen weißer Tampons in ihren glänzenden Hüllen erinnerten mich seltsamerweise an unbenutzte Munition. Neben der Schachtel lag ein Stückchen Cellophan, und plötzlich wusste ich, was mit Sally nicht stimmte. Wenn ich's mir recht überlegte, war sie schon seit ein paar Tagen ziemlich launisch. Sie musste die Veränderung in ihrem Körper gespürt haben. Sie klagte immer darüber, wie ihr Bauch sich in den Tagen vor ihrer Periode blähte. Nicht dass es für mich erkennbar gewesen wäre. Ich starrte die offene Schachtel an. Sie kam mir wie ein deutliches Symbol für die Missstimmung zwischen uns vor.

Um halb sieben war ich geduscht und angezogen und trank in der Küche meine erste Tasse Kaffee. Sally hockte auf der Bank, in einem weißen, flauschigen Bademantel, in dem sie zu versinken schien. Sie sah noch ganz schläfrig aus. Ihre großen, braunen Augen waren halb geschlossen, und ihre vollen Lippen verliehen ihr einen schmollenden, beinahe mürrischen Ausdruck. Sie war einunddreißig, wirkte jedoch jünger, immer noch halb Mädchen, halb Frau. Wie Nebel stieg der Dampf aus ihrer Kaffeetasse vor ihrem Gesicht auf, und ihre Augen schienen ins Leere zu starren. Ich schaute auf die Uhr.

»Ich muss jetzt los«, sagte ich. »Ich will nicht zu spät zu der Besprechung kommen.«

Sie warf mir einen kurzen, vorwurfsvollen Blick zu, sagte jedoch nichts. Ich dachte an den dichter werdenden Verkehr auf der Autobahn, konnte mich aber noch nicht recht losreißen.

»Wir kriegen das ganz bestimmt hin, Sally. Wenn wir der Bank erst mal unsere neuen Pläne vorlegen, wird sie uns den Zahlungsaufschub schon gewähren.« Ich ging zu ihr, legte meine Hände auf ihre Schultern und küsste sie auf den Nacken. Ihre Haut war weich und warm, und sie duftete nach Schlaf und nach dem Shampoo, das sie immer benutzte. Am liebsten hätte ich sie in die Arme genommen, ihr gesagt, wie sehr ich sie liebte. Ich wünschte mir, sie würde sich an mich schmiegen, so wie sie es früher immer getan hatte, die Augen geschlossen, die Lippen leicht geöffnet, während ich ihr etwas ins Ohr flüsterte. Aber als hätte sie meine Gedanken erraten, stand sie abrupt auf, um ihre Kaffeetasse auf die Anrichte zu stellen.

»Du hast deine Periode, stimmt's?«, sagte ich. Ihre Schultern strafften sich kaum merklich. »Deswegen bist du so gereizt, nicht wahr?«

»Ach ja?«, erwiderte sie, ohne sich zu mir umzudrehen.

»Ich glaube, ja.« Ich zögerte, dann trat ich vorsichtig einen Schritt auf sie zu. Sie fuhr herum. Ihre Augen glänzten, aber ich konnte nicht erkennen, ob sie wütend oder unglücklich war.

»Du gehst jetzt besser«, sagte sie.

Ich schaute nach der Zeit, sagte mir, dass sie Recht hatte, doch so konnte ich sie einfach nicht allein lassen, nicht an diesem Tag. Ich musste mich vergewissern, dass zwischen uns alles in Ordnung war. Ich musste mich vergewissern, dass sie mich nicht verabscheute. Ich zwang mich zu einem optimistischen Tonfall.

»Wenn das alles überstanden ist, können wir versuchen …«

Sally schüttelte heftig den Kopf. »Ich will's nicht hören.«

»Du bist bloß …«

»Was? Was bin ich?«

»Ich weiß nicht. Ich kann mir vorstellen, was mit dir los ist, was du gerade denkst, das ist alles.«

»Ach wirklich?« Jetzt war sie wütend. Mit einer energischen Geste wischte sie sich die Augen. »Was denke ich denn, Nick? Sag's mir. Das möchte ich wirklich gern wissen.«

Plötzlich wünschte ich, ich wäre gegangen, als es noch möglich war, wünschte, ich wäre nicht in diesen Schlamassel geraten, aber jetzt gab es kein Zurück mehr. »Ich glaube, du denkst, die Bank wird uns heute einen Strich durch die Rechnung machen. Und dann müssen wir wieder eine ganze Weile warten, bis wir daran denken können, eine Familie zu gründen.«

Sie stieß ein kurzes, trockenes Lachen aus. »Also, daran müsste ich mich doch mittlerweile gewöhnt haben, meinst du nicht?«

Unter ihren zornigen Worten schimmerte die unverblümte Wahrheit durch. »Wir kriegen das hin, Sally, ich versprech's dir.« Sie ließ resigniert die Schultern sinken.

»Weißt du, ich bin mir nicht sicher, ob mich das noch interessiert.«

Ich war schockiert, konnte nicht glauben, dass sie das ernst meinte. »Wie kannst du so was sagen? Es geht schließlich um unsere Zukunft.«

»Unsere Zukunft? Darunter kann ich mir nichts mehr vorstellen.«

Ihre Worte trafen mich tief. Woran ich immer festgehalten hatte, war mein Traum, meine Vorstellung davon, wie unser Leben eines Tages aussehen würde. Aber Träume brauchen Menschen, die an sie glauben, sonst verblassen sie wie alte Gemälde, werden zu Luftschlössern. Plötzlich wurde mir etwas klar, was ich seit einiger Zeit geahnt hatte. Sally hatte ihren Glauben an uns verloren. Ich versuchte, sie aufzumuntern.

»Unsere Zukunft ist das, was sie immer gewesen ist. Dieses Haus, eine Familie. Das ist es doch, was du dir wünschst, oder?«

»Aber was ich mir wünsche, spielt doch sowieso keine Rolle, Nick. Es geht nur um das, was du dir wünschst.«

»Ich wünsche mir, dass du glücklich bist. Dass wir beide miteinander glücklich sind.«

Sie schüttelte den Kopf. »Wenn das stimmt, warum wolltest du dann nie, dass ich schwanger werde?«

»Mein Gott, das haben wir doch schon hundertmal durchgekaut. Ich wünsche mir ebenso sehr Kinder wie du. Ich möchte nur, dass wir darauf vorbereitet sind. Dass wir alles haben, was ein Kind braucht. Dass du nicht mehr arbeiten musst und zu Hause bei den Kindern bleiben kannst. Ich möchte einfach nur den richtigen Zeitpunkt abwarten, das ist alles.«

»Den richtigen Zeitpunkt?« Sie lachte höhnisch auf. »Aha. Und wann kommt der?« Sie begann, an ihren Fingern abzuzählen. »Zuerst wolltest du warten, bis die Agentur sich etabliert hatte. Dann brauchten wir das richtige Haus, wobei du dafür gesorgt hast, dass es ewig dauerte, bis wir es fanden. An jedem hattest du etwas auszusetzen. Die falsche Gegend, zu weit vom Stadtzentrum entfernt, zu nah am Stadtzentrum, zu großer Garten, zu kleiner Garten ...«

»Das ist nicht fair«, fiel ich ihr ins Wort.

»Nein! Da hast du Recht, das ist nicht fair. Weil ich immer nachgegeben habe. Ich habe nachgegeben, als wir endlich dieses Haus gefunden hatten und du meintest, wir sollten noch ein bisschen warten, weil wir einen höheren Kredit aufgenommen hatten, als wir uns leisten konnten. Also habe ich gewartet. Und dann, als die Agentur gut lief, als alles stimmte, was war da?«

Ich wusste, was als Nächstes kommen würde. Vor etwas über einem Jahr hatten wir einen neuen Kunden gewonnen, eine Internet-Firma. Sie ging jedoch Pleite und blieb uns eine Menge Geld schuldig. »OfficeLine war ein kalkulierbares Risiko. Kein Mensch konnte ahnen, dass sie es nicht schaffen würden.«

»Marcus war von Anfang an dagegen«, erwiderte Sally.

»Wenn es nach Marcus ginge, würden wir doch nie ein Risiko eingehen. So kann man kein Unternehmen führen.«

»Marcus wollte, dass du die Sache vorsichtiger angehst. Dass ihr einen Schritt nach dem anderen tut. Aber du wolltest ja nicht auf ihn hören. Du hörst ja nie auf irgendjemanden.«

Im Nachhinein auf seinem Standpunkt zu beharren ist leicht, wenn man am Ende Recht behalten hat, aber in diesem Fall sprach alles gegen mich. Es interessierte niemanden, dass OfficeLine ein Riesenerfolg hätte werden und uns alle hätte reich machen können. So hätte es kommen können. Aber es kam nicht so. Ich hatte nichts in der Hand, also lenkte ich ein.

»Ich gebe zu, die Sache ist dumm gelaufen. Ich habe ein paar Fehler gemacht. Aber ich habe getan, was ich für das Beste hielt. Für uns.«

»Für uns, Nick? Meinst du das wirklich ernst?«

»Natürlich.«

»Du hättest uns beinahe ruiniert, wir hätten beinahe das Haus verloren.«

»Das haben wir aber nicht. Wir wohnen immer noch hier.«

»Heute, ja. Aber was ist morgen? Ich habe gewartet, Nick, während wir ein weiteres Jahr lang gearbeitet haben, um unsere Schulden zu bezahlen.«

Ihr versagte die Stimme, es sah so aus, als würde sie gleich anfangen zu weinen. Der Kummer in ihrem Gesicht traf mich bis ins Mark. Ich wollte sie so gern in den Arm nehmen, sie trösten, doch als ich auf sie zutrat, um sie an mich zu drücken, zuckte sie zusammen, als hätte ich sie geschlagen. Mit vor Wut funkelnden Augen sah sie mich an.

»Und jetzt, verdammt, jetzt wo ich dachte, es würde endlich, endlich alles gut, erfahre ich, dass die Bank euch schon wieder den Hahn zudrehen will.« Sie schüttelte ungläubig den Kopf. »Wie konntest du das nur tun, Nick? Wie konntest du nur ein zweites Mal ein solches Risiko eingehen? Noch dazu, ohne irgendjemandem etwas davon zu sagen.

Nicht mal Marcus, von mir ganz zu schweigen? Wie konntest du das bloß tun?«

»Hör zu, ich weiß, wie du dich fühlst.« Ich überging den schwierigen Teil ihrer Frage und konzentrierte mich darauf zu rechtfertigen, was ich getan hatte, anstatt mich zu der Art und Weise zu äußern, wie ich vorgegangen war. »Aber Spectrum ist nicht OfficeLine. Das ist etwas ganz anderes. Wenn die Bank erst mal kapiert, dass unsere Agentur in einer völlig anderen Liga spielt, sobald wir diesen Kunden haben, wird sie klein beigeben. Nur noch ein paar Monate, dann haben wir das hinter uns. Dann kannst du aufhören zu arbeiten. In einem Jahr sind wir glückliche Eltern. Ich schwör's dir, diesmal wird es klappen.«

Einen Augenblick lang sahen wir uns schweigend an, ich mit flehendem Blick, Sally mit einem Gesichtsausdruck, als hätte ich gerade etwas völlig Unverständliches von mir gegeben. Erneut ging ich auf sie zu, doch sie wich vor mir zurück.

»Nein!« Abwehrend hob sie eine Hand. »Ich habe das alles schon zu oft gehört, Nick. Und du hast keine Ahnung, wie ich mich fühle. Nicht die geringste Ahnung! Wenn dir etwas an mir läge, wenn du begriffen hättest, was mir wichtig ist, dann würden wir jetzt dieses Gespräch nicht führen.«

Sie starrte mich an, als versuchte sie, mich durch dichten Nebel zu erkennen. Ihr Zorn legte sich, und sie sank kaum merklich in sich zusammen, doch was ich stattdessen in ihren Augen sah, beunruhigte mich noch mehr. Als sie wieder zu sprechen begann, klang ihre Stimme müde und resigniert. »Ich dachte immer, ich würde dich kennen.«

»Was meinst du damit? Natürlich kennst du mich.«

»Wirklich? Manchmal erkenne ich dich nicht wieder. Du hörst niemandem mehr zu. Du bist so besessen von dem Gedanken, die Agentur zu einem Riesenerfolg zu machen, dass du anscheinend bereit bist, alles zu tun, um dieses Ziel zu erreichen.«

»Ich arbeite hart, und ich weiß, was ich will. Ist das etwa schlecht?«

»Es ist dann schlecht, wenn du anfängst zu lügen. Wenn du mir Dinge vorenthältst.«

»Ich habe dir nichts von den Problemen mit der Bank erzählt, weil ich dich nicht damit belasten wollte.«

»Ich bin deine Frau, Nick. Du weißt seit Monaten, dass du in Schwierigkeiten steckst, aber du hast kein Wort darüber verloren. Du hast die ganze Zeit so getan, als wäre alles in Ordnung. Das ist auch mein Leben. Und was ist mit Marcus? Angeblich ist er dein Freund, verdammt noch mal, nicht nur dein Partner! Das kann auch ihn ruinieren. Meinst du nicht, er hat ein Recht, Bescheid zu wissen?«

»So einfach ist das nicht, Sally, das weißt du genau. Marcus ist außergewöhnlich talentiert. In kreativer Hinsicht ist er der Beste, das habe ich immer gesagt. Aber selbst er gibt zu, dass Carpe Diem nie wachsen würde, wenn ich nicht wäre. Dann würden wir ewig das bleiben, was wir sind.«

»Und das gibt dir das Recht, hinter seinem Rücken zu handeln? Über alles hinwegzugehen, was er sagt?«

»Das siehst du falsch.«

»Das sehe ich genau richtig, Nick. Genauso ist es, und du bist der Einzige, der das nicht mitkriegt.« Sie schüttelte den Kopf. »Du hast dich verändert.«

Die Art, wie sie redete, machte mich nervös, und auch die Art, wie sie mich anstarrte. Ich konnte mir vorstellen, wie die Dinge sich für sie darstellten, aber was mich anging, hatte sie Unrecht. Ich wollte nichts anderes, als dass wir beide glücklich miteinander waren. »Sally …«, versuchte ich es ein letztes Mal.

»Hör auf«, sagte sie und schob mich weg. Und dann noch einmal, ganz ruhig: »Hör auf.«

2

Wir wohnten in den bewaldeten Hügeln von Hillsborough in einem Holzhaus mit drei Schlafzimmern, zwei Bädern und einer Doppelgarage. Alle Häuser in unserer Straße besaßen große Vorgärten mit gepflegten Rasenflächen und schattigen Bäumen. Es war eine angenehme Gegend mit weitläufigen Grundstücken, und wenn nicht allzu viel Verkehr war, schaffte ich es in weniger als einer halben Stunde in die Innenstadt von San Francisco. Wir hatten das Haus vier Jahre zuvor gekauft, als die Grundstückspreise in der Bay Area aufgrund der Nähe zum Silicon Valley bereits in astronomische Höhen schossen. Damals hatten wir 745 000 Dollar dafür bezahlt, doch inzwischen war es etwa eine Million wert. Vom Ende der Straße aus konnte man auf der gegenüberliegenden Seite des Tals, halb versteckt zwischen den Bäumen, Häuser sehen, die acht, neun, zehn Millionen Dollar wert waren. Verrückt.

Anfangs hatte der Preis mich abgeschreckt, aber ich wollte unbedingt ein Haus haben, in dem wir eine Familie gründen konnten, außerdem suchten wir schon seit einem halben Jahr. Damals wohnten wir in einer Mietwohnung in South Beach. Sally wurde allmählich ungeduldig, und so reichten wir ein Angebot ein, auch wenn es bedeutete, dass wir uns bis über beide Ohren verschulden mussten und Sally so lange würde weiterarbeiten müssen, bis ich genug

Geld verdiente, um die Hypothekenraten allein zu bezahlen. Sie schlug vor, nach einem preiswerteren Haus zu suchen, aber am Ende setzte ich mich durch. Ich kann nicht leugnen, dass der Hauskauf für mich eine willkommene Gelegenheit war, die Gründung einer Familie noch eine Weile hinauszuschieben.

Nicht dass ich Sally das Kind verweigern wollte, nach dem sie sich so sehr sehnte. Wir hatten immer über Kinder gesprochen, und seit dem Tag unserer Hochzeit wusste ich, wie wichtig ihr eine Familie war. Wir konnten uns nur nicht darüber einigen, wann wir mit dem Kinderkriegen anfangen sollten. Als wir noch jünger waren, reichte es uns, irgendeinen vagen Zeitpunkt in der Zukunft ins Auge zu fassen, wenn wir »so weit« sein würden. Erst als Sally Mitte zwanzig war und Freunde und Kollegen die ersten Kinder in die Welt setzten, begannen wir, ernsthaft darüber zu diskutieren, was genau es bedeutete, »so weit« zu sein. In dieser Zeit entstanden die ersten Risse in unserer Beziehung. Für Sally bedeutete es, in einem schönen Haus zu wohnen und genug Geld zu verdienen, um ein angenehmes Leben führen zu können. Für mich bedeutete es etwas anderes. Für mich bedeutete es, Sicherheit zu haben.

Als ich an jenem Morgen losfuhr, öffnete ich das Dach meines Saab-Cabrio, den ich auf den Namen der Agentur geleast hatte. Es war ein Morgen, wie wir ihn in der Bay Area im Mai nicht sehr häufig erleben. Der Himmel war strahlend blau, es versprach, ein schöner Tag zu werden. Als ich die Autobahn in Richtung San Francisco erreichte, fragte ich mich, wie lange wir wohl noch in Hillsborough wohnen würden. Die 280 verläuft auf einer Hochebene über die Halbinsel; zum Pazifik hin erstrecken sich Wälder und Hügel, und auf der anderen Seite, zur Bucht hin, stehen teure Villen an bewaldeten Hängen. Dort ist es warm und geschützt, und man kommt sich vor, als wäre man tausend Meilen von der kühlen Luft und dem Nebel entfernt, der sich regelmäßig über San Francisco und die Küstenstädte Half Moon Bay und Pacifica legt. Es sind nur ein paar Meilen Luftlinie bis zum parallel verlaufenden Bayshore Freeway, der den Verkehr aus dem Süden und dem Osten über die San-Mateo-Brücke zum Flughafen und nach San Francisco hinein führt, aber der Gegensatz könnte nicht größer sein. Dort unten blickt man auf endlose, hässliche Siedlungen und Gewerbegebiete, wo kein einziger Baum übrig geblieben zu sein scheint, eine Gegend, in der die graue Wolkendecke niemals aufreißt. Hier oben hat man die Sonne, Wälder und Hügel und Frieden. Hier lässt sich der Tag gut beginnen, hierher kehrt man gern zurück, wenn er vorüber ist.

Während der Fahrt überlegte ich, wie lange das alles noch gut gehen würde. Die Bank drohte, uns den Laden dichtzumachen. Das würde bedeuten, dass wir das Haus verkaufen müssten und alles verlieren würden. Auf einmal konnte ich die schöne Aussicht nicht mehr genießen. Mein Magen zog sich zusammen, und mir brach der kalte Angstschweiß aus. Wenn dieser Tag vorüber war, konnte Carpe Diem bereits der Vergangenheit angehören.

Der Name war Marcus' Idee gewesen. Seine Bedeutung musste er mir allerdings erst erklären.

»Das ist lateinisch«, sagte er. »Es bedeutet: ›Nutze den Tag.‹«

Das gefiel mir. Die meisten Werbeagenturen haben Namen, die sich direkt von den Eigentümern herleiten, wie zum Beispiel die Brüder Saatchi, oder sie wählen irgendetwas Nichtssagendes wie KCM, eine der führenden Agenturen in der Bay Area, für die ich früher einmal gearbeitet habe, oder sie entscheiden sich für etwas Obskures, um aufzufallen. Die Entscheidung für diese letzte Möglichkeit gab uns einen innovativen, trendigen Anstrich, und außerdem enthielt der Name einen wahren Kern über Marcus und mich. Die Anspielung auf das Künstlerische bezog sich auf Marcus, er war das kreative Genie, während das Zupackende eher mich charakterisierte. Ich war von Anfang an derjenige, der mit den Leuten redete, der Verträge aushandelte und sich um die Kunden kümmerte. Gemeinsam waren wir ein gutes Team.

Wir hatten uns am College kennen gelernt und angefreundet. Marcus studierte damals Graphik-Design, und ich Betriebswirtschaft, aber keiner von uns beiden hatte eine Vorstellung davon, was er mit seinem Leben anfangen sollte. Ich zog in das Haus, in dem Marcus wohnte, und obwohl wir sehr verschieden waren, verstanden wir uns auf Anhieb. Ich schwamm in der College-Mannschaft und trainierte für den 1500-Meter-Lauf, verkehrte also hauptsächlich in Sportlerkreisen, doch Marcus hatte keinen Sinn für sportliche Wettkämpfe. Er interessierte sich mehr für politische Themen, beteiligte sich an Petitionen und nahm an Protestmärschen teil, gegen die Zerstörung der Umwelt zum Beispiel oder die Ausbeutung der Dritten Welt. Als ich ihm zum ersten Mal begegnete, trug er ausgewaschene Jeans und ein T-Shirt mit einem Marihuana-Blatt vorne drauf. Er hatte dunkelbraunes Haar, das er ziemlich lang trug, sodass es ihm dauernd ins Gesicht fiel, und einen kurz geschnittenen Bart.

»Hallo, wie geht's?«, sagte er und reichte mir die Hand. Er war einen Kopf kleiner als ich und schien einer von der intelligenten, ernsthaften Sorte zu sein. Einer von denen, die in sämtlichen Studentengremien saßen und das Radio-Programm gestalteten, einer von denen, die mich einschüchterten mit ihrem Wissen über alles, was in der Welt passierte, und ihrer Überzeugung, dass sie zu Veränderungen beitragen mussten und konnten. Er war damals mit einer Eurasierin zusammen, die die unglaublichsten Augen und eine irrsinnig zarte Haut hatte. Er hatte später noch jede Menge Freundinnen, alle jung, alle schön und intelligent. Ich lief ihnen über den Weg, wenn sie, in ein Badetuch gehüllt, aus seinem Zimmer kamen, um ins Bad zu gehen, und hin und wieder wechselten wir ein paar Worte. Ich war es gewöhnt, mit Mädchen zusammen zu sein, die auf den Sportplätzen herumhingen. Die meisten waren lebenslustige, athletische junge Frauen, viele von ihnen absolut hinreißend. Ich hatte immer angenommen, Leute wie Marcus müssten sich mit dem begnügen, was übrig blieb, doch da hatte ich mich gewaltig geirrt, wie ich nun ziemlich schnell feststellte.

Unsere Freundschaft entwickelte sich nur ganz allmählich. Ich genoss Marcus' Gesellschaft, denn mit ihm konnte ich über viele Dinge diskutieren, über die ich mit meinen anderen Freunden nie redete. In seiner Gegenwart hatte ich nicht ständig das Gefühl, mich produzieren zu müssen, sondern konnte einfach so sein, wie ich war. Mit der Zeit erkannte ich, dass auch die Mädchen sich aus diesem Grund zu ihm hingezogen fühlten. Er war vielleicht nicht im klassischen Sinne gut aussehend oder übermäßig sportlich, Eigenschaften, die in Studentenkreisen besonders bewundert werden, aber er konnte gut zuhören, und er fällte über niemanden ein vorschnelles Urteil. Ich weiß nicht, was er an mir fand, aber irgendwie wurden wir schließlich enge Freunde.

Nach Beendigung unseres Studiums landeten wir beide in San Francisco in der Werbebranche. Marcus im Bereich Design, ich in der Kundenbetreuung, jedoch bei verschiedenen Agenturen. Irgendwann kamen wir auf die Idee, eine eigene Agentur zu gründen. Wir waren der Meinung, aufgrund unserer einander ergänzenden Stärken eigneten wir uns als Partner. Marcus würde den kreativen Part übernehmen, während ich mich um die Kunden kümmerte. Anfangs lief alles bestens. Sympathisch zu sein ist eine Sache, aber unsere Kunden hätten einem wie Marcus ihre Marken nie anvertraut. Selbst in der Geschäftswelt von Kalifornien, wo ein lässiger Umgangston vorherrscht, hätte er ihnen ein ungutes Gefühl vermittelt. Dass Leute aus der Werbebranche ein bisschen schrullig sind, gilt als normal, aber immerhin vertrauten die Firmen uns auch eine Menge Geld an. Sie wollten Sicherheit. Sie erwarteten nicht, dass wir in Schlips und Kragen erschienen und uns wie Banker gebärdeten, andererseits hätten sie auch niemandem einen Auftrag erteilt, der in ausgefransten Jeans und einem bedruckten T-Shirt herumlief und so aussah, als wäre er dauernd bekifft. Selbst dieses Erscheinungsbild hätte man Marcus vielleicht verziehen, wenn er den richtigen Jargon beherrscht hätte, aber Zahlen und Analysen, Zielgruppen, Quoten und das ganze Branchenkauderwelsch waren für ihn ein Buch mit sieben Siegeln. Er beherrschte diese Sprache einfach nicht, hatte kein Gefühl dafür und auch nicht das geringste Interesse daran.

Die Werbebranche spricht, wie jede andere Branche, ihre eigene Sprache, und das erfüllt, wie anderswo auch, einen bestimmten Zweck. Auf die Weise soll das Banale und das Alltägliche eindrucksvoll erscheinen und diejenigen ausschließen, die die Sprache nicht beherrschen. Sie sollen das Gefühl bekommen, nicht dazuzugehören, die Komplexität, den Rhythmus und die Feinheiten der Wissenschaft namens Werbung nicht zu durchschauen. Selbst von den Kunden erwartet man nicht, dass sie die Sprache verstehen. Sie sollen sie gar nicht verstehen. Und sie wollen es auch nicht. Das Unbegreifliche beeindruckt die Menschen. Es gibt ihnen das Gefühl, sich in sicheren Händen zu befinden, sie glauben, dass die Leute, die besser Bescheid wissen als sie, das Kind schon schaukeln werden.

Und so produzieren wir massenhaft Umfrageergebnisse, um eine Zielgruppe in diesem oder jenem Bevölkerungsteil zu definieren. Leute, die diese Zeitschrift lesen oder sich jenes Fernsehprogramm ansehen und in einem bestimmten Supermarkt einkaufen anstatt in dem am anderen Ende der Straße, und wir reden (ohne das Gesicht zu verziehen) von Penetration und Reichweite und präsentieren dem Kunden ein Marketingkonzept für den Verkauf seines neuesten Shampoos, das folgendermaßen aussieht: Wir zeigen Bilder einer attraktiven jungen Frau mit unglaublich schönem Haar und einer umwerfenden Figur, die von gut aussehenden Männern umschwärmt wird. Die Botschaft lautet: Kauf unser Shampoo, dann verwandelst du dich in die dargestellte Person. Punkt. Und je mehr Geld ein Kunde zu investieren bereit ist, desto mehr wird er verkaufen. Genau darum geht es, mit kleinen Abweichungen, bei jeder Werbung, man muss lediglich dafür sorgen, dass die eigenen Anzeigen sich von denen der anderen abheben. Letztlich glaubt sowieso niemand daran, obwohl wir es insgeheim alle gern täten, deshalb funktioniert das Ganze überhaupt. Jedenfalls ist es keine große Wissenschaft. Aber wir tun so, und der Kunde erwartet das von uns. Es passt zu all dem anderen Zeug, zu Revenuen und Cashflow, Above-the-line- und Below-the-line-Kosten, Prognosen und Projektionen, all dem, womit Marcus sich einfach nicht auskannte.

Er war ein Mann der Ideen und hatte das Talent, Konzepte zu entwickeln. Er konnte wundervolle, innovative und originelle Werbestrategien entwerfen, aber wenn man ihn vor ein größeres Publikum stellte und verlangte, dass er sein Konzept präsentierte, stotterte er nur herum und brachte keinen zusammenhängenden Satz zustande. Er verlor den Faden, hob die falschen Dinge hervor, nannte falsche Zahlen, und wenn man ihm eine Frage stellte, blinzelte er wie ein Maulwurf hinter seinen runden Brillengläsern und erstarrte zur Salzsäule. Kurz, er war für so etwas nicht zu gebrauchen, und das wussten wir beide. Deswegen war klar, dass an jenem Morgen bei der Besprechung in der Bank ich derjenige sein würde, der das Reden übernahm.

Der Verkehr war zähflüssig. Ich warf einen Blick auf die Uhr. Wegen des Streits mit Sally war ich spät dran. Wenn alles glatt lief, brauchte ich eine knappe halbe Stunde in die Stadt, an schlechten Tagen eine Dreiviertelstunde. Es war halb acht. Die Besprechung war für neun Uhr angesetzt, aber Marcus und ich hatten verabredet, uns vorher auf eine Tasse Kaffee im Büro zu treffen, um die Präsentation noch einmal kurz durchzugehen, denn immerhin hing unsere Zukunft vom Ergebnis dieses Termins ab, und ich wollte sicher sein, dass ich jedes Wort auswendig kannte.

Der Verkehr geriet zunehmend ins Stocken, bis plötzlich gar nichts mehr ging. Ich saß in meinem Wagen und fragte mich, was zum Teufel los sein mochte. Auf allen Spuren stauten sich die Autos, so weit das Auge reichte. Erst als ich das Radio einschaltete, erfuhr ich, dass ein mit Joghurt beladener Lastwagen umgekippt war. Zwischen der Stelle, wo ich zum Stehen gekommen war, und dem Unfallort gab es keine Ausfahrt, also blieb mir nichts anderes übrig als abzuwarten. Ich schaute noch einmal auf die Uhr, dann rief ich Marcus an.

Er nahm beim zweiten Läuten ab. »Hallo, ich bin's«, sagte ich. »Wo bist du?«

»Kurz vor der Bay Street.«

»Gut.«

Marcus wohnte in Sausalito, und auf dem Weg zum Büro fuhr er jeden Tag über die Golden Gate Bridge. Von der Bay Street bis nach South Beach war es nicht mehr weit. Er würde frühzeitig in der Agentur eintreffen, so wie ich es auch vorgehabt hatte.

»Was gibt's?«, fragte Marcus argwöhnisch.

»Vielleicht komme ich ein bisschen später.« Ich erklärte ihm, wo ich mich befand.

»Verdammt, Nick, wie viel später?«

»Keine Ahnung, ich stehe im Stau, nichts bewegt sich.« Ich hatte den Lokalsender eingeschaltet und hörte, wie eine Reporterin von einem Hubschrauber aus das Chaos auf der Autobahn beschrieb. Offenbar wimmelte es an der abgesperrten Unfallstelle von Feuerwehrleuten und Polizisten.

»Verdammt«, murmelte Marcus. »Vielleicht sollte ich bei der Bank anrufen, denen sagen, was passiert ist, und den Termin verschieben.«

Ich hielt das für keine gute Idee. Die Leute bei der Bank waren wahrscheinlich der Meinung, ich hätte sie lange genug an der Nase herumgeführt, indem ich auf ihre Anrufe nicht reagiert und wiederholte Aufforderungen zu einem persönlichen Gespräch ignoriert hatte. Zu spät war mir klar geworden, dass ich den Bogen überspannt hatte, und als unser Wirtschaftsprüfer mir schließlich eröffnete, die Bank beabsichtige, uns den Hahn abzudrehen, musste ich sie praktisch auf Knien bitten, mich anzuhören. Ich hatte Marcus nicht gesagt, wie ernst die Situation war, aber ich wusste, dass ich unsere Chancen bei der Bank verspielt hatte, und nun musste ich auf den letzten Rest guten Willens bauen, der in ihren kalten Bankerherzen womöglich noch vorhanden war. Jetzt um eine Verschiebung des Termins zu bitten, würde überhaupt nicht gut ankommen, Joghurtunfall hin oder her.

»Zwecklos«, sagte ich. »Sie werden bloß vorschlagen, dass ihr ohne mich anfangt.«

»Wie soll das denn gehen?«, fragte Marcus, und dann, in dem Schweigen, das folgte, dämmerte ihm anscheinend, wie die Antwort lautete. Seine Stimme, die bisher mürrisch geklungen hatte, bekam einen panischen Unterton. »Du meinst, sie werden von mir verlangen, dass ich alleine komme?« Er überlegte einen Moment. »Du erwartest doch nicht etwa, dass ich diese Präsentation übernehme?«

»Es wäre vielleicht nicht schlecht, wenn du dir die Unterlagen wenigstens mal ansehen würdest.« Ich zählte bis drei, wartete auf seine Reaktion.

»Ist das dein Ernst? Das kann ich nicht. Du weißt genau, ich würde alles nur vermasseln! Verdammt, Nick, das ist deine Aufgabe. Ich krieg das nicht hin.«

Wenn es irgendeine andere Möglichkeit gegeben hätte, wäre ich nicht im Traum auf die Idee gekommen, so etwas von ihm zu verlangen, aber wenn es uns nicht gelang, die Bank umzustimmen, waren wir erledigt. Wir hatten überhaupt nur eine Chance, wenn wenigstens Marcus unsere Situation darstellte, und außerdem bestand immer noch Hoffnung, dass ich später dazustoßen und die Sache in die Hand nehmen konnte. Es lief auf das kleinere von zwei Übeln hinaus.

»Hör zu, du bist solche Dinge nicht gewöhnt, das ist alles. Aber du kannst es genauso gut wie ich«, versuchte ich ihn zu beruhigen.

»Das ist kompletter Blödsinn, und das wissen wir beide.«

»Du brauchst nichts weiter zu tun, als dir die Unterlagen anzusehen und dir alles genau einzuprägen. Wahrscheinlich werde ich sowieso rechtzeitig da sein, es ist eine reine Vorsichtsmaßnahme.«

Ein paar Sekunden lang herrschte Stille in der Leitung, bis Marcus dämmerte, dass ich es ernst meinte. »Ich begreife nicht, wie du das von mir verlangen kannst.«

»Ich habe das nicht so geplant, Marcus. Ich kann nichts dafür, dass dieser Laster umgekippt ist.«

»So wie du die Dinge darstellst, Nick, planst du nie den Scheiß, der passiert, aber irgendwie passiert er trotzdem.«

Ich hörte ein Echo von Sallys Vorwürfen in Marcus' Worten. Eine Mischung aus Zorn und Enttäuschung. Es war vor allem die Enttäuschung, die mir zu schaffen machte. Wir steckten in der Klemme, weil ich darauf bestanden hatte, einen neuen Kunden an Land zu ziehen. Spectrum war eine Software-Firma, die gerade erst übernommen worden war. Wegen der Kapitalspritze stellte sie für sich allein schon einen guten Fang dar, aber wenn wir den Zuschlag bekamen, hätten wir bei der Muttergesellschaft auch gleich einen Fuß in der Tür. Es war eine traumhafte Gelegenheit, die uns eine Menge Geld einbringen konnte. Im Grunde verhielt es sich ähnlich wie mit OfficeLine. Zumindest sah Marcus das so. Aber manchmal muss man sich auf seinen Instinkt verlassen, und das tat ich. Selbst als die ersten Komplikationen auftauchten und das Geld knapp wurde, wusste ich, dass wir auf dem richtigen Dampfer waren, und um mir das Leben nicht unnötig schwer zu machen, erzählte ich Marcus nichts von den Problemen. Ich war davon überzeugt, dass wir den Zuschlag erhalten und alles in den Griff bekommen würden, doch dann trat die Bank auf den Plan, und schließlich blieb mir einfach nichts anderes übrig, als Marcus einzuweihen. Ich sehe ihn noch vor mir, wie er mich erst ungläubig und dann verletzt anstarrte, seine Brille abnahm und anfing, die Gläser zu putzen.

Und jetzt hatte Marcus das Gefühl, ich würde ihn schon wieder im Stich lassen, aber daran konnte ich im Augenblick nichts ändern. Wenn ich es nicht rechtzeitig schaffte, musste er das Gespräch mit der Bank führen, sonst wären wir erledigt. »Hör zu, ich weiß, was du denkst. Ich habe uns die Suppe eingebrockt, und jetzt müsste ich derjenige sein, der sie auslöffelt, aber ich sitze hier fest. Mehr kann ich nicht dazu sagen.«

»Ich auch nicht«, stöhnte er.

»Vielleicht schaffe ich's ja noch«, sagte ich, doch auf der Autobahn vor mir tat sich absolut nichts. »Wenn nicht, zögere das Gespräch so lange wie möglich hinaus. Lass dir Zeit. Überstürze nichts. Ich melde mich, sobald sich hier was ändert.«

Er legte auf, und in diesem Augenblick spürte ich, dass unsere Freundschaft ihrem Ende wieder ein Stück näher gekommen war. Ich warf einen Blick auf meine Armbanduhr. Es sah schlecht aus. Ich saß in meinem offenen Cabrio, atmete die mit Abgasen verpestete Luft ein, während die Sonne begann, mir auf den Kopf zu scheinen.

Die Reporterin im Hubschrauber berichtete immer noch über den Unfallort. Mit wachsender Ungeduld hörte ich zu. Ich weiß nicht, wie sie es fertig brachte. Tatsache war, dass der umgekippte Lastwagen sämtliche in die Stadt hineinführenden Spuren blockierte und dass Polizei und Feuerwehr sich bemühten, die Straße so schnell wie möglich freizubekommen. Irgendwie gelang es ihr, diese relativ simple Information in etwas zu verwandeln, was einem Hollywoodschinken ähnelte. Mit melodramatischen Worten schmückte sie die Szene aus, die sich unter ihr abspielte, beschrieb überarbeitete Polizisten, die versuchten, die Schaulustigen zurückzudrängen, während verzweifelte Feuerwehrleute alles daransetzten, ein weiteres Ausbreiten der verschütteten Ladung zu verhindern, wobei man hätte meinen können, dass es sich dabei nicht um Erdbeerjoghurt, sondern um eine hochexplosive Chemikalie handelte.

»Die zuständigen Behörden fürchten, hier könne ein Fall von Umweltverschmutzung vorliegen.« Ihre Stimme klang todernst und vibrierte vor Anspannung.

»Das könnte zu großen Problemen führen«, bemerkte der Mann im Studio tief besorgt.

»Ja, das ist zu erwarten …«

Die Zuhörer durften sich den Kopf zerbrechen, welche Art Probleme auf sie zukommen würden. Vielleicht ein unangenehmer Geruch?

Die Reporterin überschüttete mich mit Informationen, mit denen ich nichts anfangen konnte. Ich wollte einzig und allein wissen, wie lange ich hier noch festsitzen würde. Jedes Mal, wenn ich auf die Uhr schaute, waren wieder kostbare Minuten vergangen, war die wichtigste Besprechung meines Lebens um einige Minuten näher gerückt und die Gewissheit größer geworden, dass ich nicht daran teilnehmen würde.

»Das sieht da unten aus wie ein vierspuriger Parkplatz«, verkündete die Reporterin gut gelaunt. »Nichts bewegt sich«, fügte sie hinzu für den Fall, dass wir sie nicht richtig verstanden hatten.

Ich betete zu Gott, er möge eingreifen. Die Reporterin erklärte, eine Spur würde bald frei gemacht, doch zehn Minuten später rührte sich immer noch nichts. Ich stellte mir Marcus in der Bank vor. Wahrscheinlich würde er stottern und stammeln bei dem verzweifelten Versuch, aus der Präsentation schlau zu werden, die ich vorbereitet hatte. Alles, wofür ich bisher in meinem Leben gearbeitet hatte, drohte, den Bach hinunterzugehen. Gnadenlos vergingen die Minuten, ich fühlte mich gefangen und hilflos. Alle fünfzehn Sekunden warf ich einen Blick auf die Uhr. Mein Herz raste, und meine Handflächen waren nass geschwitzt. Ich schlug mit den Händen auf das Lenkrad und wünschte, ich hätte nicht aufgehört zu rauchen. Ich begriff nicht, warum es so lange dauerte, wenigstens eine Spur zu räumen. Um mich abzulenken, begann ich, mir eine Route zurechtzulegen, die ich nehmen würde, sobald ich von der verdammten Autobahn runter war. Ich kannte ein Parkhaus in der Nähe der Bank; dorthin würde ich fahren, um den langen Fußweg vom Büro und damit Zeit zu sparen. Wenn dies nicht ausgerechnet San Francisco gewesen wäre, hätte ich mir natürlich ein Taxi nehmen können, aber das Unmögliche zog ich nicht einmal in Betracht.

»Bisher ist es noch nicht gelungen, den Lastwagen von der Fahrbahn zu entfernen«, sagte die Reporterin. »Der Stau wird von Minute zu Minute länger. Es sieht überhaupt nicht gut aus.« Dann, beinahe amüsiert, fügte sie hinzu: »Eine ganze Menge Leute werden ziemlich aufgebracht sein.«

Ich verdrehte die Augen. Der Frau müsste man einen Preis verleihen für ihre unglaubliche Hellsicht. Immer noch bewegte sich nichts. Um viertel nach acht begann ich über das Schicksal nachzugrübeln, darüber, wie bedeutungslos und sinnlos das Leben war, wenn es durch so etwas Idiotisches wie einen umgekippten Lastwagen aus den Fugen geraten konnte. Alles, was die Reporterin zu sagen hatte, hatte sie bereits mindestens ein Dutzend Mal wiederholt. Ich konnte ihre Stimme nicht mehr hören. Ich stellte mir eine rehäugige Blondine mit einem nichts sagenden Lächeln vor, die viel zu viel Geld bekam für den Schwachsinn, den sie da von sich gab, doch ich hörte weiter zu, schaute immer wieder auf die Uhr, während ich insgeheim abwechselnd Gott verfluchte, der sowieso nicht existierte, und die Reporterin mit der nervtötenden Stimme, der ich wünschte, sie würde mit dem Hubschrauber in einem riesigen Feuerball abstürzen, weil sie mich UM DEN VERSTAND BRACHTE.

Nach zehn Minuten fuhr ich an dem Lastwagen vorbei, der immer noch auf der Seite lag, umgeben von Feuerwehrleuten und Polizeiautos mit eingeschaltetem Blaulicht. Die Reporterin berichtete, ein Kran sei auf dem Weg zur Unfallstelle, um den Lastwagen zu entfernen, doch das interessierte mich jetzt nicht mehr. Ich schaltete das Radio aus und rief Marcus an.

»Ich bin unterwegs«, verkündete ich. »Wenn du in der Bank ankommst, zögere das Gespräch so lange wie irgend möglich hinaus.«

Ich hörte ihn erleichtert aufatmen. »Was glaubst du, wie lange du brauchst?«

Es war acht Uhr sechsundvierzig. »Zwanzig Minuten«, sagte ich, doch das war sehr optimistisch geschätzt.

»Zwanzig Minuten?«

»Vielleicht fünfundzwanzig«, sagte ich, dachte aber, eher vierzig. Marcus schien seine Zweifel zu haben.

»Vielleicht sollte ich lieber auf dich warten.«

»Nein, du musst hin«, beharrte ich. »Wir sehen uns dort.«

»Also gut.« Er legte auf. Ich hatte das Gefühl, dass er mir kaum noch vertraute.

Am Bell Park verließ ich die Autobahn und fuhr die 3rd Street hinauf, vorbei am Moscone Centre. Wie immer, wenn man in Eile ist, sprangen alle Ampeln auf Rot. Jedes Mal, wenn ich stehen bleiben musste, atmete ich tief durch und zwang mich, nicht schon wieder auf die Uhr zu sehen, die gnadenlos weitertickte. Im Financial District kam der Verkehr praktisch zum Erliegen. Alle waren spät dran und noch übler gelaunt als gewöhnlich. In San Francisco gibt es nie genug Taxis, und die BART-Züge fahren nicht bis in die Vorstädte, wo die Leute hinziehen, weil niemand es sich mehr leisten kann, in der Nähe der Innenstadt zu wohnen. Eine unglaubliche Anzahl von Fahrzeugen wälzt sich jeden Morgen aus dem Norden, dem Osten und von der Halbinsel, auf der ich wohnte, über die Brücken in die Stadt und verursacht ein heilloses Chaos. Um mich herum ertönte eine Kakophonie aus Autohupen und Straßenbahngebimmel, und ein paar Blocks weiter heulte eine Feuerwehrsirene, die in den engen Schluchten zwischen den Wolkenkratzern widerhallte. An jenem Morgen war ich nicht der Einzige, der die Stadtverwaltung verfluchte. Doch ich gab die Hoffnung nicht auf, dass ich es noch schaffte, bevor das Urteil gefällt wurde. Herrgott! Warum waren die Ampelphasen nur so lang?

Endlich näherte ich mich dem Parkhaus. Ich fuhr hinein und hielt mit quietschenden Reifen an. Wenn ich Glück hatte, konnte ich um halb zehn da sein. Ich schnappte mir meinen Laptop, rannte hinaus und hastete todesmutig über die Straße, ohne mich um das Hupkonzert und die Schimpftiraden der Autofahrer zu scheren. Um neun Uhr achtundzwanzig stürmte ich außer Atem in die Bank. Der Wachmann warf mir einen misstrauischen Blick zu. Es dauerte drei Minuten, bis ich mit dem Aufzug in den fünfzehnten Stock gelangte, eine Empfangsdame nahm einen Telefonhörer ab, und um neun Uhr einunddreißig wurde ich in den Raum geführt, wo Marcus sich anscheinend bereits in sein Schicksal ergeben hatte.

Ein Blick, und ich wusste, dass es schlecht stand.

3

Der Raum war klein und unscheinbar, ein Tisch, ein paar Stühle, ein billiger Kunstdruck an der Wand. Zwei Vertreter der Bank saßen am Tisch, beide in dunklen Anzügen, beide hatten ihre Jacketts über die Stuhllehnen gehängt, zum Zeichen, dass sie Tacheles reden wollten. Einen von ihnen kannte ich, er hieß John Flynn. Er hatte unseren ersten Kredit bewilligt und war über die Jahre unser Kontaktmann gewesen. Den anderen kannte ich nicht. Die Papiere, die auf dem Tisch ausgebreitet waren, betrafen vermutlich unsere Agentur.

Marcus atmete erleichtert auf, als er mich sah, doch in seinem Blick lag auch etwas Vorwurfsvolles. Auf seiner Stirn hatte sich ein klebriger Schweißfilm gebildet. Ich entschuldigte mich für die Verspätung, und Flynn stellte mir seinen Kollegen vor. »Das ist Scott Douglas, Leiter der Abteilung für Firmenkredite.«

Douglas erhob sich, ohne zu lächeln, und wir schüttelten uns kurz die Hand, bevor er zur Sache kam. Er deutete auf die Unterlagen unseres Wirtschaftsprüfers, die Marcus ihnen vorgelegt hatte. Das war ein taktischer Fehler gewesen, denn so hatten sie ihr Augenmerk auf das gerichtet, was unter dem Strich herauskam; andererseits bedeutete es aber auch, dass Marcus noch gar keine Gelegenheit gehabt hatte, mit unserer Präsentation zu beginnen.

»Wie wir mit Ihrem Partner bereits erörtert haben, liegt Ihr derzeitiger Umsatz weit unter Ihren Prognosen.« Douglas sah mich durchdringend an. »Ihnen dürfte klar sein, dass Sie verpflichtet waren, die Bank über jede ernstliche Veränderung der wirtschaftlichen Situation Ihres Unternehmens zu informieren.«

»Diese Zahlen sollten nicht isoliert betrachtet werden«, begann ich, klappte meinen Laptop auf und lud die erste Seite meiner Präsentation. Ich wollte sie von den nackten Tatsachen ablenken, die zugegebenermaßen nicht besonders gut aussahen. »Es gibt andere Faktoren, die ...«

»An anderen Faktoren sind wir nicht interessiert«, fiel Douglas mir ins Wort. »Wir sind eine Bank, Mr Weston. Wir wickeln unsere Geschäfte gern auf die altmodische Art und Weise ab. Bilanzen und Jahresabschlüsse sind Dinge, die wir verstehen.«

Er wollte mich einschüchtern, und das gelang ihm auch. Ich fing mich jedoch wieder und versuchte fortzufahren. »Das leuchtet mir ein. Aber was Sie dort vor sich sehen, ist nur ein kleiner Ausschnitt von dem Gesamtbild, an dem sich ablesen lässt, wie es um unsere Agentur steht. Es wäre sicherlich hilfreich, einen Kontext herzustellen ...«

Douglas unterbrach mich erneut. »Ich sollte vielleicht vorab eins klarstellen. Sie sind in der Werbebranche tätig. In Ihrer Branche handeln Sie mit Konzepten. Wenn ich es richtig verstehe, sind Sie darauf spezialisiert, Emotionen anzusprechen. Sie präsentieren Dinge auf eine Weise, die den Menschen das Gefühl gibt, diese Dinge besitzen zu müssen, damit es ihnen gut geht. Sehe ich das richtig?«

Sein gönnerhafter Ton ging mir auf die Nerven, und seine Kurzbeschreibung war ziemlich platt, aber ich hielt dies nicht für den geeigneten Augenblick, ihm einen Vortrag über die Feinheiten unserer Arbeit zu halten. »Grob gesagt«, räumte ich ein.

Er deutete ein Lächeln an. »Nun, in unserer Branche handeln wir am liebsten mit Dingen, die wir sehen und anfassen können. Mit Dingen, die real sind. Damit fühlen wir uns wesentlich wohler. Und im Moment sehe ich nur, dass Sie unserer Bank eine Menge Geld schulden. Diese Besprechung dient dazu, in Erfahrung zu bringen, wie Sie gedenken, Ihre Schulden zu bezahlen. Dies, Mr Weston, ist der einzige Kontext, der uns interessiert. Habe ich mich klar genug ausgedrückt?«

Ich begriff, warum Marcus so aussah, als hätte man ihn ins Hinterzimmer gebeten und kräftig in die Mangel genommen. Ich hatte damit gerechnet, dass die Bank einen harten Kurs fahren würde, aber das hier war schlimmer, als ich befürchtet hatte. Die Botschaft ließ an Deutlichkeit nichts zu wünschen übrig. Bleib ganz ruhig, beantworte unsere Fragen und versuch nicht, uns für dumm zu verkaufen, denn du sitzt auch so schon tief genug in der Tinte.

»Was uns fehlt, ist eine detaillierte Aufstellung Ihres Firmenvermögens«, fuhr Douglas fort, während er in den Papieren blätterte. »Ihre Fahrzeuge sind geleast, Ihre Büroräume gemietet.«

»Die in der Bilanz angegebenen Vermögenswerte sind unsere Computer und das Büromobiliar«, erklärte ich überflüssigerweise, denn das wusste Douglas bereits.

Er tippte ein paar Zahlen in seinen Taschenrechner. »Sagen wir, alles in allem würde das Inventar zehntausend einbringen. Das ist ein völlig unzureichender Betrag.«

»Was soll das heißen, es würde zehntausend einbringen?«

Douglas blickte auf. »Das soll heißen, für so viel könnte die Bank es verkaufen.« Er ließ mir einen Augenblick Zeit, seine Worte zu verdauen, bevor er fortfuhr. »Sie beide haften mit Ihrem persönlichen Vermögen für diesen Kredit und haben Ihre Häuser als Sicherheit eingebracht. Natürlich wissen wir alle, dass Immobilien in den letzten Jahren drastisch im Wert gestiegen sind, aber Ihre Häuser sind mit erheblichen Hypotheken belastet. Darüber brauchen wir aktuelle Bewertungen.« Er notierte sich etwas auf einem Zettel und tippte noch mehr Zahlen in seinen Taschenrechner.

»Moment mal«, sagte ich.

»Ja?«

»Soll das etwa heißen, Sie wollen uns den Laden dichtmachen?«

»Sie wirken ja direkt bestürzt«, erwiderte Douglas mit einem dünnen Lächeln. »Was hatten Sie denn erwartet? Zurzeit schulden Sie der Bank fast eine Million Dollar, Ihr Geschäftsergebnis ist negativ. Sie geben mehr Geld aus, als Sie einnehmen, Mr Weston. Ihr Umsatz sinkt kontinuierlich. Was hatten Sie denn gedacht, was heute hier passieren würde?«

»Ich hatte mit einer fairen Verhandlung gerechnet«, sagte ich.

»Eine faire Verhandlung?«, fragte Douglas ungläubig. »Ihre derzeitigen Schulden übersteigen Ihren Kreditrahmen um fast eine Viertelmillion Dollar, was uns, auch wenn Sie das überraschen mag, sehr missfällt. Aber vielleicht können Sie uns erklären, inwiefern Ihr Verhalten der Bank gegenüber fair ist?«

»Ich dachte, deswegen wären wir hier, um unsere Situation darzulegen.«

»Sie scheinen etwas zu vergessen, Mr Weston. Wir versuchen seit mehreren Wochen vergeblich, Sie genau dazu aufzufordern.« Er schlug einen Ordner auf und überflog die Seite. »Tägliche Anrufe bei Ihrem Wirtschaftsprüfer und bei Ihnen persönlich. Faxe. E-Mails. Keine Reaktion.«

Obwohl ich nicht zu Marcus hinübersah, spürte ich, dass er mich entgeistert anstarrte.

»Ich würde sagen, Sie haben sich selbst in diese Situation gebracht«, erklärte Douglas.

Einen Augenblick lang herrschte Schweigen. Ich könnte jetzt einfach aufstehen und gehen, dachte ich. Douglas und Flynn schienen das alles zu genießen. Anscheinend hatten sie ihre Entscheidung gefällt, bevor wir überhaupt eingetroffen waren, und es gab nichts mehr, was ich tun konnte. Ich spürte regelrecht, wie Marcus mich stumm anflehte, irgendetwas zu unternehmen, um uns aus dem Schlamassel zu befreien. Ich malte mir aus, wie es sein würde, nach Hause zu kommen und Sally zu eröffnen, dass wir pleite waren. Kein Baby. Kein Haus mehr und auch keine Arbeit. Alle meine Träume verblassten, mein ganzes Leben löste sich in Wohlgefallen auf. Ich sagte mir, da ich nichts zu verlieren hatte, konnte ich genauso gut kämpfen.

»Na schön«, begann ich. »Machen Sie uns den Laden dicht. Aber dadurch bekommt die Bank ihr Geld auch nicht zurück. Wir sind eine Werbeagentur. Wir selbst sind das Firmenvermögen. Wir und die Leute, die für uns arbeiten. Sie können unser verdammtes Mobiliar verhökern und uns unsere Häuser wegnehmen, aber wie Sie schon sagten, die sind mit hohen Hypotheken belastet. Was glauben Sie, was Sie rausholen können? Vielleicht fünfhunderttausend? Das ist nur die Hälfte von dem, was wir Ihnen schulden. Aber wenn Sie damit zufrieden sind, bitte sehr. Wir können Sie nicht daran hindern.«

»Fünfzig Prozent sind besser als gar nichts«, sagte Douglas unbeeindruckt.

»Woher wissen Sie, dass Sie sich mit fünfzig Prozent zufrieden geben müssen?«

»In Anbetracht der jüngsten Zahlen würde ich sagen, können wir noch froh sein, wenn wir überhaupt so viel bekommen.«

Ich schüttelte den Kopf und breitete die Arme aus. »Ich möchte wissen, warum Sie uns hergebeten haben. Sie sind ja noch nicht einmal bereit, uns anzuhören.«

»Vielleicht hätten Sie über diese Dinge nachdenken sollen, Mr Weston, bevor Sie sich in diese Situation manövriert haben.«

Er sah mich an, und obwohl sein Ton unerbittlich war, meinte ich, etwas Erwartungsvolles in seinem Blick zu entdecken. Ich hatte das Gefühl, er wartete auf irgendetwas. Und plötzlich wusste ich, was es war. Die Bank hatte die Nase voll von uns, und bevor hier irgendetwas passierte, mussten wir uns angemessen zerknirscht zeigen. Er erwartete von mir, dass ich zu Kreuze kroch. Ich setzte ein schuldbewusstes, reuevolles Gesicht auf.

»Wahrscheinlich haben Sie Recht«, sagte ich und stieß einen Seufzer aus. »Es ist ganz allein unsere Schuld, dass wir in diese Situation geraten sind. Das ist uns durchaus bewusst.«

Ich spürte regelrecht, wie Marcus zusammenzuckte, als ich »wir« sagte. In seinen Augen hatte ich den Karren in den Sand gefahren. Punkt. Douglas jedoch neigte kaum merklich den Kopf, was ich als Aufforderung auffasste fortzufahren.

»Wir haben Fehler gemacht, und der schlimmste ist wohl, dass wir uns erst jetzt eingestehen, in Schwierigkeiten zu stecken. Wir hätten uns an die Bank wenden sollen, bevor die Situation außer Kontrolle geriet. Ich nehme an, wir dachten, wir könnten allein einen Ausweg finden.« Ich warf einen Blick in die Runde. »Und zu meiner Schande muss ich gestehen, dass ich das immer noch glaube.«

In Douglas' Gesicht zuckte es. Er musterte mich, versuchte abzuschätzen, ob meine Zerknirschung echt war oder ob ich ihm eine Komödie vorspielte. Vielleicht war die vage Aussicht, dass die Bank doch noch ihr Geld bekommen könnte, zu verlockend, um mich nicht ausreden zu lassen. Aber vorher legte er die Regeln fest.

»Also gut, wir werden uns anhören, was Sie zu sagen haben. Aber ein paar Dinge wollen wir von vornherein klarstellen. Dieser Termin wurde von der Bank anberaumt, weil Sie uns wiederholt ausgewichen sind. Sie schulden uns eine Menge Geld. Wir wollen von Ihnen wissen, wie Sie Ihre Schulden zu begleichen gedenken. Falls Sie einen Vorschlag haben, wollen wir detaillierte Prognosen sehen, und die werden wir gründlich prüfen.«

Sein moralisierender Tonfall brachte mich so auf die Palme, dass ich nicht widerstehen konnte, ihm mit einem Lächeln auf dem Gesicht eine Retourkutsche zu verpassen. »Komisch, wie die Dinge sich verändern. Ich erinnere mich an Zeiten, da habe ich in diesem Raum gesessen, und Sie haben uns die höheren Kredite regelrecht aufgedrängt.« Ich schaute Flynn an, der wenigstens kurz seinen Blick senkte, weil er sich ebenfalls an die Zeit erinnerte, als unsere Geschäfte gut gingen.

Douglas jedoch ließ sich nicht beeindrucken. »So arbeiten Banken nun mal, Mr Weston. Wir verleihen Geld an Leute, die es brauchen, vorausgesetzt, sie können sich leisten, es zurückzuzahlen. Das ist der Lauf der Dinge. Hier geht es jetzt um die Rückzahlung.«

Natürlich hatte er Recht. Es gehört nun einmal zu den Ironien des Lebens, dass Banken bereit sind, einem riesige Summen zur Verfügung zu stellen, wenn man sie nicht braucht, wenn die Geschäfte gut gehen, aber sobald man in Schwierigkeiten steckt und dringend Geld braucht, versuchen sie, einem das Gefühl zu geben, man sei ein Penner, der auf der Straße um ein paar Münzen bettelt. Außerdem gehörte das Geld, von dem Douglas behauptete, es sei das Geld der Bank, in Wirklichkeit den Anlegern. Die Bank nahm es bloß an, um es an andere zu verleihen und sich mit den Zinsen eine goldene Nase zu verdienen. Ich dachte an das fünfzigstöckige, mit Marmor verkleidete Gebäude, in dem ich mich gerade befand, ein imposantes Bauwerk, das den Namen der Bank trägt, und daran, dass Carpe Diem über die Jahre auf seine bescheidene Weise zu dessen Finanzierung beigetragen hatte.

»Was ich sagen will, ist, dass wir bei der Bank einen guten Ruf genießen«, erklärte ich. »Seit wir unsere Agentur gegründet haben, konnten wir ein stetiges Wachstum verzeichnen.«

Douglas blätterte in seinen Unterlagen. »Das trifft zu bis zum vergangenen Jahr. Dies ist nicht das erste Mal, dass Sie in finanziellen Schwierigkeiten stecken.«

»Sie spielen auf eine Situation im letzten Jahr an, auf die wir keinerlei Einfluss hatten. Wir hatten einen neuen Kunden, der in Konkurs ging, als er uns noch eine Menge Geld schuldete.«

»Schulden gehören nun mal zum Geschäft. Die Kunst besteht darin, sie zu vermeiden.«

»OfficeLine machte zu einer Zeit Pleite, als sämtliche Internet-Firmen Mühe hatten, sich die Investoren vom Leib zu halten, die sich darum rissen, ihnen ihr Geld in den Rachen zu werfen. Diesen Kunden zu gewinnen war für uns ein großer Schritt nach vorn«, argumentierte ich. Genauso hatte ich die Sache damals Marcus schmackhaft gemacht, als er zögerte, einen so großen Teil unserer Ressourcen bei einem einzigen Kunden zu binden. »Eigentlich hätten wir allein im ersten Jahr ein Honorar von sechshunderttausend Dollar erzielen müssen.«

»Das, was hätte eintreten sollen, zählt nicht, Mr Weston. Nur das, was tatsächlich geschieht. Andernfalls wären wir alle reich«, bemerkte Douglas herablassend.

Du kannst mich mal, dachte ich, sagte jedoch: »Niemand konnte vorhersehen, dass der Markt zusammenbrechen würde.« Im Geiste hörte ich den Widerhall von tausend Streitgesprächen, die ich mit Marcus über dasselbe Thema geführt hatte.

»Was auch immer die Ursache gewesen sein mag«, sagte Douglas, »dieser Rückschlag hätte Sie beinahe ruiniert. Eine Zeit lang sah es so aus, als würden Sie sich erholen, doch dann begann Ihr Umsatz beständig zu sinken. Und in jüngster Zeit scheint es immer schlimmer zu werden.«

»Das ist ein Problem der Anlaufzeit«, sagte ich.

»Anlaufzeit? Vielleicht würden Sie die Güte haben, das näher zu erläutern?«

»Vor fünf oder sechs Monaten bekamen wir zufällig die Chance, einen neuen Kunden zu akquirieren. Vielleicht waren wir nicht unbedingt in der idealen Situation, ihn zu übernehmen.« Ich vermied es, Marcus anzusehen, der damals heftig dagegen argumentiert hatte, weil er überzeugt war, wir könnten uns diese Investition nicht leisten. »Haben Sie schon mal von Morgan Industries gehört?« Douglas und Flynn sahen einander an und schüttelten den Kopf. »Der Name wird Ihnen vielleicht nichts sagen, den meisten ist er nicht geläufig, aber Morgan Industries ist eine Firma mit einem Jahresumsatz von einer halben Milliarde Dollar und einem Werbeetat von zig Millionen.«

»Und Sie versuchen, diese Firma als Kunden zu gewinnen?«, fragte Douglas mit einem skeptischen Unterton.

Ich schüttelte den Kopf. »Die sind eine Nummer zu groß für uns. Vorerst jedenfalls. Aber Morgan Industries besteht aus einer Anzahl kleiner Firmen, die auf dem IT-Markt tätig sind. Sie wird betreut von KCM, doch Anfang des Jahres hat Morgan eine Firma namens Spectrum Software übernommen, die aus irgendwelchen Gründen nicht mit KCM kooperieren wollte, und so bekamen wir die Gelegenheit, uns zusammen mit einigen anderen Agenturen um den Auftrag zu bewerben. Von einer solchen Chance träumt jede Agentur. Zurzeit sind nur noch KCM und wir im Rennen, und Sam Mendez, der Chef von Spectrum, ist nicht besonders erpicht auf eine Zusammenarbeit mit KCM. Wenn wir den Zuschlag bekommen, dürfte das ein Riesengeschäft für uns werden. Dann haben wir einen Fuß in der Tür. Dann steht uns alles offen. Geben Sie uns ein, zwei Jahre, und wir kriegen vielleicht die Chance, ganz bei Morgan Industries einzusteigen.«

Douglas überlegte. Ich hatte von Dingen gesprochen, die jeder Banker in dieser Stadt gern hört. Es musste wie Musik in seinen Ohren geklungen haben. Informationstechnik, Software, kapitalstarke Muttergesellschaft. Douglas jedoch hielt an der instinktiven Vorsicht des Bankers fest. »Aber die Akquisition eines solchen Kunden verursacht natürlich Kosten.«

»Sehr hohe Kosten. So ein Wettbewerb kann sich über Monate hinziehen, wie wir an diesem Fall sehen. Es bedeutet, dass anstehende Arbeit liegen bleibt, und wenn wir den Auftrag bekommen, werden wir eine Zeit lang nur negative Bilanzen haben. Wir müssen Zwischenberichte erstellen, Werbestrategien entwickeln, Medien finanzieren, das heißt, wir geben zunächst einmal mehr Geld aus, als vom Kunden zurückfließt.«

»Aber Sie glauben, der Gewinn wird langfristig höher sein als die Kosten?«

»Das ist weit untertrieben. Wenn wir Spectrum bekommen, werden wir auch von anderen Firmen als Bewerber ernst genommen. Wir sind auf den Technologiesektor und E-Commerce spezialisiert, ein Bereich, in dem solche Firmen Millionen investieren, um ihre Marken durchzusetzen. Wenn wir irgendwann die gesamte Werbung für Morgan

Industries übernehmen könnten, würde uns das innerhalb von fünf Jahren zu einer der größten Werbeagenturen in ganz Kalifornien machen, und zwar in der Branche mit der höchsten Wachstumsrate, die die Welt seit der industriellen Revolution gesehen hat.«

Douglas war klar, was das bedeutete, nämlich dass wir uns zu einer Firma mit einem Millionenumsatz entwickeln würden. Er nahm sich ein paar Sekunden Zeit, um das alles sacken zu lassen; es war nicht zu übersehen, dass ich sein Interesse geweckt hatte. Doch als er erneut die Zahlen betrachtete, die vor ihm auf dem Tisch lagen, runzelte er die Stirn.

»Und das erklärt Ihren sinkenden Umsatz?«, fragte er.

»Wie gesagt, das ist die Anlaufzeit. Eigentlich reichten unsere Mittel nicht aus, um die Bewerbung durchzuziehen und uns gleichzeitig angemessen um unsere aktuellen Kunden zu kümmern. Die Wahrheit ist, wir haben die Sache unterschätzt und unsere laufenden Aufträge ein wenig vernachlässigt. Wir dachten, wir könnten das locker durchstehen, doch dann hat das Ganze mehr Zeit in Anspruch genommen als erwartet.«

»Aber Sie sind immer noch im Rennen?«

»Wir sind nicht nur im Rennen, wir sind fast am Ziel. Es steht so gut wie fest, dass wir Spectrum bekommen.«

Douglas sah mich durchdringend an. Ich wusste, was in ihm vorging. Er fragte sich, ob er mir glauben konnte. Als ich den Raum betreten hatte, war er entschlossen gewesen, uns den Laden dichtzumachen, und jetzt sah er sich plötzlich mit der Aussicht konfrontiert, der Bank eventuell ein lukratives Geschäft zu vermasseln, falls er an seinem Entschluss festhielt. Sollte das Szenario, das ich ihm unterbreitet hatte, tatsächlich eintreten, würde Carpe Diem zu einem wichtigen Kunden werden, und die Bank könnte unsere Expansion finanzieren. Als er erst Flynn und dann Marcus ansah, betete ich im Stillen, er möge nicht auf die Idee kommen, Marcus zu fragen, ob er meinen Optimismus teile. Marcus war von Anfang an gegen diese Bewerbung gewesen, und ich wusste, er würde seine Zweifel und seinen

Ärger nicht verbergen können. Aber Douglas hatte bereits begriffen, dass ich zuständig war, wenn es ums Geschäft ging.

»Wir brauchen detaillierte Angaben«, sagte er vorsichtig, wobei er bereits wesentlich freundlicher klang als noch vor einer halben Stunde. »Sehr detaillierte Angaben.« Er lächelte, aber er schien es ernst zu meinen.

»Kein Problem.« Ich drehte meinen Laptop um und zeigte ihnen die erste Seite meiner Präsentation. »So stellen wir uns die Entwicklung im Verlauf der nächsten zwei Jahre vor. Das heißt, falls wir die nötige Finanzierung bekommen.«

Ich begann, ihnen unsere Strategie zu erläutern, und während sie mir zuhörten, spürte ich, dass ich sie am Haken hatte. Jetzt durfte ich die Leine nur nicht zu schnell einholen.

Zweieinhalb Stunden später traten Marcus und ich in den Aufzug. Die Türen schlossen sich lautlos. Ich atmete tief aus und lehnte mich gegen die Wand. Mir war, als hätte ich zehn Runden gegen Lennox Lewis hinter mir. Douglas und Flynn hatten meine Pläne akribisch durchgekämmt, jede Einzelheit unter die Lupe genommen, sich jeden Schritt erklären lassen. Zu jeder Antwort, die ich ihnen gab, machten sie sich Notizen, nur um fünf Minuten später dasselbe Detail unter einem anderen Aspekt zu beleuchten. Sie suchten nach Schwachstellen und Unstimmigkeiten in der Strategie, in den finanziellen Prognosen, und je mehr Druck sie ausübten, umso wahrscheinlicher wurde es, dass eventuell vorhandene Risse in meiner Konstruktion sichtbar würden. Doch ganz allmählich ließen sie sich überzeugen, und am Ende hatte ihre Haltung sich vollständig geändert. Als sie uns zum Aufzug begleiteten, lächelten sie und verabschiedeten uns mit einem freundlichen Händedruck.

Ich lockerte die Krawatte, die ich mir für den Anlass umgebunden hatte, und sah Marcus an. »Eine Zeit lang war ich ziemlich beunruhigt.«

Er nahm seine Brille ab und polierte die Gläser, um mich nicht ansehen zu müssen.

»Du wirkst ja nicht gerade begeistert«, sagte ich leichthin.

»Worüber soll ich denn begeistert sein?«, fragte er und schaute endlich auf. »Du hast doch gehört, was dieser Douglas gesagt hat. Sie wollten unseren Laden dichtmachen. Wir hätten beinahe alles verloren.«

»Ich glaube, sie wollten uns nur einen Schrecken einjagen. Jedenfalls geben sie uns den Kredit, Marcus. Zweihunderttausend, damit wir die nächsten Monate überbrücken können.«

»So haben sie das nicht gesagt.«

»Aber so ähnlich.«

In Wirklichkeit war es nicht ganz so einfach. Die Bank würde unsere Situation genau unter die Lupe nehmen, dazu brauchten sie weitere Informationen von unserem Wirtschaftsprüfer. Sie würden jeden einzelnen unserer Schritte überwachen, und wenn irgendetwas schief ging, würden sie den Geldhahn sofort abdrehen. Aber für den Augenblick hatten sie uns noch einmal eine Gnadenfrist gewährt. Ich war in Hochstimmung, und ich wollte, dass Marcus sich genauso fühlte.

»Und was ist, wenn wir Spectrum nicht kriegen?«, fragte Marcus.

»Wir kriegen es.«

Meine Weigerung, diese Möglichkeit überhaupt in Erwägung zu ziehen, ließ ihn verstummen. »Du hast uns eine Atempause verschafft, Nick«, sagte er schließlich. »Mehr nicht. Wenn wir den Zuschlag nicht bekommen, sind wir am Ende.«

Der Aufzug hielt an, und die Türen öffneten sich, was es mir ersparte, etwas zu erwidern. Wir durchquerten die große, helle Eingangshalle mit einer modernen Plastik in der Mitte, die mir vorkam wie ein Knäuel aus wahllos zusammengeschweißten Metallteilen. Wahrscheinlich hatte das Kunstwerk mehrere Hunderttausend Dollar gekostet. Draußen angekommen, sah Marcus sich nach einem Taxi um, ein wie immer zweckloses Unterfangen.

»Lass uns zu Fuß gehen«, schlug ich vor. Es war erstaunlicherweise immer noch sonnig. Der blaue Himmel über den Hochhäusern, die warmen Sonnenstrahlen, die Gnadenfrist, die wir gerade erwirkt hatten, all das erfüllte mich mit frischer Energie und guter Laune. Ich fand, es war an der Zeit, mich mit Marcus auszusprechen, und so beschloss ich, mein Auto später abzuholen. »Los, komm, wir holen uns ein Sandwich und setzen uns ans Wasser.«

Widerstrebend willigte er ein. Wir gingen in Richtung unseres Büros in South Beach, nicht weit entfernt von Bell Park, dem neuen Stadion der Giants. Ich versuchte, Marcus in ein Gespräch über Baseball zu verwickeln, doch er blieb einsilbig. Früher hatten wir uns regelmäßig die Spiele angesehen, aber in dieser Spielzeit waren wir noch nicht dazu gekommen. Im Moment sah es ganz gut aus für die Giants. Es war die erste Saison, in der sie nicht mehr im Candlestick Park, ihrem alten Stadion, spielten. Barry Bond war immer noch der beste Schlagmann, und obwohl einige der Spieler nicht gerade jünger wurden, bestand Hoffnung, dass sie in diesem Jahr die nationalen Meisterschaften gewinnen würden. Ich musste daran denken, wie oft wir auf der Tribüne gesessen hatten, nur wir beide. Wir hatten Hot Dogs gegessen, Bier getrunken und uns amüsiert. Männer unter sich. Mir fehlte das.

In der Nähe von Pier 38 gibt es einen Laden, wo man ein gutes Hähnchensandwich essen, einen Kaffee trinken und einfach dasitzen und die Seele baumeln lassen kann. An einem sonnigen Tag sieht die Bucht wunderschön aus, und selbst die Oakland Bay Bridge ist ein imposanter Anblick, wenn auch vielleicht nicht so umwerfend wie die Golden Gate Bridge mit ihrer eleganten Konstruktion. Die Bay Bridge beeindruckt durch ihre Größe; sie ist dreizehn Kilometer lang und noch dazu doppelstöckig.

Ich brachte die Sandwiches und die Getränke an den Tisch, an dem Marcus Platz genommen hatte. Der Embarcadero, der am Hafen entlang verläuft, ist eine nette Gegend zum Bummeln. Nach dem Erdbeben von 1989 hat man anstelle der ehemaligen Schnellstraße eine von Palmen gesäumte Allee angelegt, überall entstehen neue Apartmenthäuser (fantastisch, wenn man sich eine Zwei-Zimmer-Eigentumswohnung für siebenhunderttausend Dollar leisten kann), und in den umgebauten Lagerhäusern und an den Piers siedeln sich lauter kleine Läden an. In einer so angenehmen Umgebung kann man nicht lange nachtragend sein. So hoffte ich jedenfalls.

Ich setzte mich an den Tisch und sagte: »Hör zu, ich weiß, ich hätte dir früher von den Problemen mit der Bank erzählen sollen.«

Marcus schaute mich an, doch die Sonne spiegelte sich in seinen Brillengläsern, sodass ich seine Augen nicht sehen konnte. »Und warum hast du es dann nicht getan?«

»Ich weiß nicht. Ich habe wohl geglaubt, ich könnte die Sache regeln, ohne dich damit zu behelligen. Ich hab einfach gehofft, wir würden den Zuschlag für Spectrum bekommen, dann hätte ich mit der Bank verhandeln können und …« Ich brach ab. In Wirklichkeit hatte ich das Thema nur verdrängt. »Ich versuche lediglich, dir zu sagen, dass es mir Leid tut.«

Marcus musterte mich skeptisch. »Tut es das wirklich, Nick?«

»Glaubst du mir nicht?«

Er wollte etwas antworten, doch dann zuckte er mit den Achseln und sagte nur: »Ist auch egal.«

»Nein, ist es nicht. Mir ist es nicht egal. Ich hätte es dir nicht verheimlichen dürfen, und ich wünschte, ich hätte es nicht getan. Aber du bist nicht nur wegen der Bank sauer, stimmt's?«

Er wandte sich von mir ab, offenbar lag ich mit meiner Vermutung richtig. »Lass uns lieber nicht darüber reden«, murmelte er.

»Und warum nicht? Wir sind nicht nur Partner, sondern Freunde. Meinst du nicht, es wäre besser, reinen Tisch zu machen? Ich weiß, dass du gegen die Bewerbung um Spectrum warst, und ich weiß auch, warum. Aber es ist nicht dasselbe wie bei OfficeLine.«

»Wirklich nicht?«, brauste Marcus auf. »Soweit ich mich erinnere, hättest du uns damals auch beinahe in die Pleite getrieben, und das ist meiner Meinung nach so ziemlich dasselbe wie jetzt. Aber darum geht es gar nicht, stimmt's? Ich war gegen OfficeLine, weil ich es zu riskant fand, so viel auf eine Karte zu setzen, doch du warst dir deiner Sache so verdammt sicher, dass du sie einfach durchgezogen hast.«

»Du warst damit einverstanden, Marcus.«

»Nein, ich habe deinem Druck nachgegeben. Das ist ein Unterschied.«

»Also gut, vielleicht habe ich dich unter Druck gesetzt. Aber wir hatten einfach Pech. Wenn OfficeLine erst ein halbes Jahr später die Arbeit aufgenommen hätte und mit etwas realistischeren Plänen, wäre womöglich alles ganz anders gelaufen. Anstatt Pleite zu gehen, hätten die Typen, die die Firma gegründet haben, am Ende mehr Geld gehabt, als sie hätten brauchen können. Herrgott noch mal, Marcus, die Jungs waren noch keine dreißig! Dann würden wir jetzt nicht hier sitzen und uns streiten. Es war einfach der falsche Zeitpunkt. Das hätte jedem passieren können. Mit Spectrum ist es anders, das ist eine solide Firma, und Morgan Industries geht garantiert nicht Pleite.«

»Aber wir wären beinahe pleite gewesen.«

»Beinahe. Aber wir sind immer noch im Geschäft, hab ich Recht?«

»Trotzdem war ich immer dagegen, dass wir uns um diesen Auftrag bewerben. Wir konnten es uns nicht leisten. Wir hatten weder die Leute noch die Zeit. Wir hätten uns auf das konzentrieren sollen, was wir haben«, schäumte er. Dann holte er tief Luft. »Darum geht es, Nick. Wir sind noch im Geschäft, aber um ein Haar hätten wir alles verloren, und ich hatte noch nicht mal eine Ahnung, in was für einem Schlamassel wir stecken.«

»Ich habe mich bei dir entschuldigt. Sag mir, was du von mir erwartest, und ich werde es tun.«

»Was ich von dir erwarte, ist, dass du mich endlich wie einen gleichberechtigten Partner behandelst.«

»Findest du, dass ich das nicht tue?«

Er stieß ein kurzes, verächtliches Lachen aus. »Soll das ein Witz sein? Was wäre denn, wenn ich jetzt sagen würde, wir ziehen die Bewerbung um Spectrum sofort zurück? Was würdest du tun?«

Ich starrte ihn an, fragte mich, ob er ernst meinte, was er gerade gesagt hatte. Ich konnte es mir nicht vorstellen, aber er hielt meinem Blick stand, ohne mit der Wimper zu zucken. »Wie stellst du dir das vor? Nach allem, was wir da reingesteckt haben? Selbst wenn wir es täten, würde uns das auch nichts nützen. Wenn wir den Auftrag nicht bekommen, sind wir erledigt.«

»Wir könnten noch einmal zur Bank gehen. Wir könnten ihnen einen überarbeiteten Plan unterbreiten und überlegen, wie wir mit den Kunden, die wir haben, aus dem Schlamassel rauskommen.«

»Das würde Jahre dauern, selbst wenn die Bank mitmachen würde. Und das würde sie auf keinen Fall.«

»Deine Antwort lautet also nein?«, fragte Marcus.

»Die Frage ist unfair. Das ist die größte Chance, die wir je bekommen werden. Wenn wir Spectrum kriegen, können wir alles erreichen, wovon wir je geträumt haben.«

»Nein, Nick, wir können alles erreichen, wovon du immer geträumt hast. Du bist derjenige, der dauernd Luftschlösser baut. Du willst, dass wir so groß werden wie KCM. Ich war mit dem zufrieden, was wir hatten. Wir hatten einen guten Kundenstamm, haben allmählich expandiert, verdienten genug und konnten tun, was wir wollten. Davon habe ich immer geträumt.«

»Gut, vielleicht bin ich ein bisschen ehrgeiziger als du«, erwiderte ich. »Ist das ein Verbrechen? Wird dir etwa das Herz bluten, wenn wir viel mehr Geld verdienen? Dann kannst du doch immer noch tun, was du willst, Marcus.«

»Aber sollten wir solche grundlegenden Entscheidungen nicht gemeinsam treffen? Im Moment habe ich das Gefühl, es spielt überhaupt keine Rolle, was ich sage oder denke.« Er schüttelte den Kopf. »Du hast dich verändert. Manchmal erkenne ich dich überhaupt nicht mehr wieder.« Er betrachtete sein Sandwich, von dem er nur einmal abgebissen hatte, und legte es weg. »Ich habe keinen Hunger. Ich glaube, ich fahre zurück ins Büro.«

Ich sah ihm nach, und während mir seine Worte noch einmal durch den Kopf gingen, vermischten sie sich mit dem, was Sally mir am Morgen vorgeworfen hatte. Plötzlich hatte es den Anschein, als würde mich niemand mehr kennen.

4

Die Entscheidung, meinen gut bezahlten Job in einer renommierten Agentur aufzugeben und mich zusammen mit Marcus selbständig zu machen, war nicht einfach gewesen. Eines Abends, als wir bei Bier und Pasta in der ehemaligen Dosenfabrik gegenüber von Fisherman's Wharf saßen, sprachen wir über das Thema. Es war Anfang Oktober, für mich die schönste Jahreszeit in San Francisco. Dann ist der Sommernebel verschwunden, die Tage sind warm und sonnig, und mit dem Ende der Schulferien hat die Zahl der Touristen drastisch abgenommen.

»Sieh uns bloß einer an«, rief ich aus. »Und sieh dir diese fantastische Aussicht an.« Ich deutete auf die in der untergehenden Sonne kupferfarben glitzernde Bucht. Eine Fähre mit Pendlern, die auf dem Weg nach Hause waren, fuhr in Richtung Sausalito. »Uns geht es doch einfach prächtig. Wir leben in einer der schönsten Städte auf diesem Planeten. Wir sind mit einem angenehmen Klima gesegnet, haben einen guten Job, tolle Autos, erstklassige Wohnungen – und was machen wir? Sitzen hier rum und jammern über unser Schicksal.« Ich schüttelte den Kopf.

Marcus grinste. »So sind die Menschen. Sie streben immer nach mehr.«

»Meinst du? Haben wir deswegen vor, unsere sicheren, geruhsamen Jobs hinzuschmeißen und uns Schulden aufzuhalsen? Kannst du dir den Stress vorstellen, dem wir uns aussetzen, wenn wir das durchziehen? Eine eigene Agentur zu gründen bedeutet, nochmal bei null anzufagen. Wir werden jeden Tag von neuem mit Ungewissheiten konfrontiert werden. Wir haben weder Kunden noch Geld. Wir brauchen Büroräume, Autos, eine Sekretärin … wir müssen verrückt sein.« Ich warf die Arme in die Luft. »Lass uns noch ein Bier bestellen.«

Marcus zuckte die Achseln. »Ich weiß ja nicht, wie's dir geht, aber mir fällt bald nichts mehr ein, wie ich Schokoladenkekse immer noch unwiderstehlicher aussehen lassen kann.«

Ich lächelte. »Das ist der springende Punkt für dich, stimmt's? Ich meine, du willst dir selbst aussuchen können, woran du arbeitest. Dafür würdest du alles aufgeben, nicht wahr?«

»Schätze, ja. Das ist übrigens eine Grundbedingung. Wenn wir das durchziehen, machen wir keine Werbung für Lebensmittel. Ich kann keinen Schmelzkäse mehr sehen.« Er verzog das Gesicht.

»Du arbeitest gerade an einer Werbestrategie für Schmelzkäse?«

»Genau. Und ich habe nicht vor, bis ans Ende meiner Tage meine Brötchen mit so was zu verdienen.«

»Darauf trinken wir.« Wir stießen an und nahmen feierlich einen Schluck Bier.

»Und warum willst du es machen?«, wollte Marcus wissen. »Ganz im Ernst?«

»Meinen Job hinschmeißen, mein gutes Gehalt, meinen 3er-BMW mit allem Drum und Dran und meine spitzenmäßige Krankenversicherung?«

»Das alles bedeutet dir nichts, stimmt's?«

Ich grinste. »Stimmt genau. Wer braucht so was schon?« Ich aß meine letzten Nudeln und spielte nachdenklich mit der Gabel, während Marcus darauf wartete, dass ich ihm eine richtige Antwort gab. »Soll ich dir sagen, was es bei mir ist? Eigentlich dasselbe wie bei dir. Es hat was mit Kontrolle zu tun. Du willst die Kontrolle über deine Arbeit, ich will die Kontrolle über mein Leben.«

»Das musst du mir erklären«, sagte Marcus. Wir waren mittlerweile beide leicht angeheitert, aber so ging es uns immer, wenn wir über das Thema diskutierten. Wenn wir nüchtern waren, redeten wir über praktische Fragen der Finanzierung, darüber, wie wir uns auf dem Markt positionieren würden und lauter solche Dinge. Nach ein paar Bier kamen wir dann regelmäßig auf die bedeutenden Fragen zu sprechen. Warum? Was wollen wir eigentlich vom Leben?

»Kontrolle. Sicherheit. Nenn es, wie du willst. Es ist ein und dasselbe«, sagte ich. »Aus welchem anderen Grund geht man arbeiten? Ich meine, wenn man es nicht tut, um sich selbst zu verwirklichen, und das wird bei den wenigsten der Fall sein, dann tut man es, um Geld zu verdienen. Man braucht es einfach. Um sich zu ernähren, um die Miete zu bezahlen oder die Hypothek. Wir brauchen Geld, um die Ausbildung unserer Kinder und unsere Altersversorgung zu finanzieren. Wir brauchen das Gefühl, dass diese grundlegenden Dinge gesichert sind. Wir brauchen Sicherheit.«

»Du willst Sicherheit?«, fragte Marcus.

»Die wünscht sich doch jeder. Warum würden die Leute sonst auf der ganzen Welt Lotto spielen, obwohl die Gewinnchancen sozusagen gleich null sind? Es gibt Leute, die würden ihren allerletzten Dollar für einen Lottoschein opfern.«

»Meinst du nicht, das tun sie, weil sie davon träumen, reich zu werden?«

»Aber was bedeutet reich sein? Für die meisten ist ein Lottogewinn die einzige Möglichkeit, jemals Sicherheit zu erlangen. Und Sicherheit bedeutet Kontrolle. Darum geht's. Um Kontrolle. Es geht nicht um Häuser und Yachten und teure Autos. Das sind doch alles bloß Äußerlichkeiten. Es geht um Leck-mich-am-Arsch-Geld. Das ist es, was die Leute wollen. Sie wollen nicht abhängig sein von irgendeinem Scheißkerl von Chef irgendwo in einem Büroturm, der eines Tages beschließt, eine Fabrik in Michigan dichtzumachen oder irgendeine Firma, wo die Leute ihr Leben lang gearbeitet haben. Sie wollen nicht dauernd Angst haben müssen, alles zu verlieren. Ihre Häuser, ihren Versicherungsschutz, alles. Was passiert denn in so einem Fall? Ganze Familien müssen irgendwohin ziehen, wo sie kein Schwein kennen. Dann kommt wieder nicht genug Geld rein. Am Ende kriegt so ein Familienvater es nicht mehr geregelt und wird krank oder haut einfach ab, lässt seine Frau mit den Kindern sitzen, und die Kinder haben keinen Vater mehr. Dann ist Feierabend, dann geht alles zum Teufel.«

Marcus sah mich an, überrascht über meinen plötzlichen leidenschaftlichen Ausbruch. »Ich hätte nie gedacht, dass du für die Rechte des kleinen Mannes streiten würdest.«

Ich zuckte die Achseln. Ich hatte nicht vorgehabt, mich so in die Sache hineinzusteigern. »Ich sag ja nur. Die Leute wollen das Geld nicht um seiner selbst willen, sie wollen Sicherheit.«

»Die hast du doch bereits«, meinte Marcus. »Du verdienst mehr als hundertfünfzigtausend Dollar im Jahr. Du bist jung. Die Leute, für die du arbeitest, mögen dich. Du hast bei KCM eine steile Karriere gemacht.«

»Aber letzten Endes bin ich bloß Angestellter. Ich muss dauernd auf der Hut sein, muss immer damit rechnen, dass einer hinter mir steht und mir ein Messer zwischen die Rippen stößt. Wie dieser Arsch Larry Dexter zum Beispiel. Der Typ würde mich mit einem Lächeln auf dem Gesicht fertig machen, wenn er könnte und wenn er dadurch eine Sprosse auf der Karriereleiter höher käme. Darauf kann ich verzichten. Ich habe keine Lust, mit dem Gefühl zu leben, dass ich jederzeit gefeuert werden und alles verlieren könnte, bloß weil ich Fehler mache oder irgendjemand beschließt, dass ihm mein Gesicht nicht passt oder die Farbe meines T-Shirts.«

Marcus saß über sein Bier gebeugt da und grübelte. Nach einer Weile blickte er grinsend auf. »Die Ironie an dem Ganzen ist dir doch klar, oder? Du bist bereit, alles aufzugeben, was du hast, deinen Job, dein Einkommen, dein Auto, kurz gesagt, deine Sicherheit. Und wofür? Für Sicherheit!« Er lachte in sich hinein, dann legte er nachdenklich den Kopf schief. »Hab ich das jetzt richtig verstanden, oder bin ich betrunken?«

»Du bist betrunken«, sagte ich. »Aber du hast Recht. Und weißt du was, ich finde, wir sollten es riskieren.«

Marcus merkte, dass ich es ernst meinte, und zögerte. Dann hob er sein Glas. »Hol's der Teufel. Auf uns.«

»Auf uns.«

Seitdem waren vier Jahre vergangen. Und jetzt saß ich an meinem Schreibtisch in der Agentur, die wir gegründet hatten. Die Büroräume von Carpe Diem waren in einem restaurierten Backsteingebäude untergebracht, das früher einmal ein Zollspeicher gewesen war. Es liegt in einer kleinen Seitenstraße, versteckt zwischen den neuen Apartmenthäusern, die den Embarcadero in der Nähe des Pier 38 säumen. Die Wohnungen haben allesamt einen Ausblick auf die Bucht, und in den letzten Jahren haben allerlei kleine Bars und Restaurants in der Gegend eröffnet; von koreanischen Reisgerichten bis zu Hamburgern und Sushi kann man dort alles essen. Der Zollspeicher hatte jahrelang leer gestanden und war immer mehr verfallen, bis ein Immobilienmakler das Potential des Gebäudes erkannte und es für einen Spottpreis kaufte. Jetzt beherbergte es im Erdgeschoss ein Dutzend eleganter Boutiquen und in den oberen Stockwerken eine Reihe kleiner, trendbewusster Firmen, darunter das Büro eines Grafikers, eine Kunstgalerie und einen Designladen, der unglaublich teures, minimalistisches Büromobiliar verkaufte. Und uns.

Der Innenarchitekt, der unsere Büroräume gestaltet hatte, war auf die Idee gekommen, in dem riesigen Raum eine 36000 Dollar teure, geschwungene Glaswand zu errichten, hinter der die einzelnen Arbeitsplätze um den zentralen Arbeitsbereich herum gruppiert waren. Die Wand symbolisiere Transparenz, hatte er erklärt. Außerdem hatte er helles Parkett verlegen lassen (eine Anspielung auf die Reinheit von Kiefernwäldern) und an einer Außenwand ein Gestell aus zusammengeschweißten, verchromten Rohren errichtet, das aussah wie ein halb abmontiertes Baugerüst. Von der Wand dahinter war zum Teil der Putz entfernt worden, sodass die Backsteinmauer sichtbar wurde und der Eindruck entstand, als seien dort Arbeiten hastig abgebrochen und nicht wieder aufgenommen worden. Der Innenarchitekt erklärte, dies stelle einen symbolischen Bezug zu unserem Namen her; es impliziere, dass wir so sehr bestrebt waren, den Tag zu nutzen, dass wir uns mit Nebensächlichkeiten wie der Renovierung nicht aufhalten konnten. Das Ganze entbehrte nicht einer gewissen Ironie, wenn man bedachte, dass die Gerüstskulptur, wie er das Ding nannte, uns schlappe 27 000 Dollar gekostet hatte.

Diesem Innenarchitekten mit seinem Hang zum Symbolismus hatten wir ein Vermögen gezahlt, aber das Geld war durchaus gut angelegt. Werbung ist das Spiegelbild eines idealisierten Lebens. Sie hat mit Image und Ausstrahlung zu tun. Egal, wie gut oder schlecht wir tatsächlich waren, die meisten potentiellen Kunden machten die Entscheidung, ob sie uns den Auftrag erteilen sollten oder nicht, davon abhängig, ob unsere Einrichtung ihrem Bild von einer Werbeagentur entsprach. Dass wir so große Summen investierten, bloß um unser Büro aufzumotzen, mag auf den ersten Blick verschwenderisch erscheinen, doch ohne diesen Aufwand hätten wir sofort wieder dichtmachen können.

Seit unserem Termin bei der Bank waren mehrere Tage vergangen, und ich bereitete mich auf eine Besprechung mit den Marketing-Chefs von Spectrum Software vor. Erschöpft lehnte ich mich zurück und rieb mir die brennenden Augen. Als ich sie wieder öffnete, fiel mein Blick auf eine Reihe gerahmter Fotos im Bücherregal. Eins zeigte Sally und mich kurz nach unserer Hochzeit, ein paar Monate bevor wir nach San Francisco zogen. Wir waren aus Oregon hierher geflogen, weil ich zu einem Vorstellungsgespräch bei Campbell Armstrong eingeladen worden war, einer der größten Agenturen an der Westküste mit Niederlassungen im ganzen Land. Ich bekam den Job, und um das Ereignis gebührend zu feiern, verbrachten wir das Wochenende am Meer. Das Foto war vor dem Hotel aufgenommen, in dem wir übernachtet hatten. Vergeblich versuchte ich, mich an den Namen des Hotels zu erinnern. Es verblüffte mich, wie viel jünger ich auf dem Foto aussah, während Sally sich kaum verändert zu haben schien. Wir machten einen sehr glücklichen Eindruck. Nur junge Menschen sehen so glücklich aus. Das liegt daran, dass sie noch nicht wissen, was vor ihnen liegt.

Das andere Foto zeigte mich im Alter von neun Jahren. Ich stand neben meinem Vater, und wir lächelten beide in die Kamera. Ich ging zum Regal und nahm das Foto in die Hand, um es genauer zu betrachten. Das tat ich hin und wieder, um in den Augen meines Vaters nach etwas zu suchen, das hätte ahnen lassen, was drei Monate später geschah. Auf seinem Gesicht waren Schatten zu sehen, die vielleicht auf die Dinge hindeuteten, die ihn bedrückten, aber wahrscheinlich lag es daran, wie das Licht in die Kamera fiel.

Ich ließ die Jalousien herunter und öffnete eine verschlossene Schreibtischschublade, in der ich eine alte Zigarrenkiste aufbewahrte. Sie enthielt eine Pistole, die meinem Vater gehört hatte. Es war eine .38er, kaum benutzt, der Griff fühlte sich kühl und ungewohnt an, als ich sie in die Hand nahm. Vor sechsundzwanzig Jahren hatte mein Vater sich die Pistole an die Schläfe gesetzt und abgedrückt. Er hatte Depressionen, hieß es später. Ich weiß noch, wie ich am Tag der Beerdigung zusammen mit meiner Mutter, meinem Bruder und meiner Schwester am Grab stand. Ich war der älteste von uns drei Geschwistern und hatte meinem Vater von allen am nächsten gestanden, und vielleicht hat mich sein Selbstmord deswegen am härtesten getroffen. Heute kommt es mir jedenfalls so vor. Mein Bruder und meine Schwester sind beide glücklich verheiratet, er im Staat Washington, sie in Georgia, wo auch unsere Mutter lebt. Sie haben beide einen guten Job und eine nette Familie. Die Vergangenheit scheint sie nicht weiter zu belasten.

Ich legte die Pistole weg und nahm einen Brief aus der Zigarrenkiste. Ich kannte jedes Wort darin auswendig, aber ich las ihn trotzdem. Das Papier wurde an den Faltkanten schon brüchig, die Tinte war verschmiert von den unzähligen Malen, die ich den Brief in die Hand genommen hatte. Mein Vater hatte ihn an dem Tag verfasst, an dem er sich erschoss. Er schrieb von seinem geschäftlichen Misserfolg, darüber, wie unfair das Leben war, über seine Kindheit, wie er mit seinem Vater, der jung gestorben war, zum Angeln gegangen war, über die Welt, in der es von Scheißtypen nur so wimmelte. Bis auf einige Stellen kam mir alles so untypisch für ihn vor. Es war ein einziges Geschimpfe, und zwar von einem offensichtlich verwirrten Menschen. Die Schrift sah krakelig aus, als hätte er in fieberhafter Hast geschrieben. Die Sätze waren unvollständig, ohne Zusammenhang aneinander gereiht. Doch ganz unten stand ein letzter Satz in deutlich lesbarer Schrift, der zumindest einen klaren Gedanken ausdrückte.

Es muss etwas Besseres geben als dieses Leben.

Sorgfältig faltete ich den Brief, legte ihn zusammen mit der Pistole in die Zigarrenkiste und verstaute diese wieder in der Schublade.

Ich war zu erschöpft, um noch weiterarbeiten zu können. Auf meinem Schreibtisch stapelten sich Aktenordner von Kunden und unbeantwortete Post. Als wir anfingen, uns um Spectrum zu bewerben, hatte ich nicht damit gerechnet, dass das alles solche Ausmaße annehmen würde, aber die KCM-Leute legten sich mächtig ins Zeug, und Sam Mendez und sein Team bei Spectrum gingen mit übertriebener Sorgfalt an die Entscheidungsfindung heran. Ich wusste nicht, ob das daran lag, dass sie durch ihre Überlegung, eine andere Agentur zu beauftragen, das übliche Vorgehen innerhalb der Firma durcheinander gebracht hatten, oder ob sie einfach extrem vorsichtig waren. Wenn ich mir gelegentlich den Kopf über diese Frage zerbrach, war ich jedes Mal von neuem verwirrt. Der Spectrum-Auftrag war ziemlich groß für uns, er würde uns jährlich etwa eine halbe Million an Honoraren einbringen, aber das erforderte normalerweise kein Verfahren, das so lange dauerte und so viel Mühe kostete. Ich redete mir immer wieder ein, dass Morgan Industries, der Fang, auf den ich langfristig spekulierte, den ganzen Aufwand wert war.

Aber manchmal war das gar nicht so leicht. Ich nahm einen Brief zur Hand, der seit einer Woche auf meinem Schreibtisch lag. Er war von WebLink, einem unserer wichtigsten Kunden, und unterzeichnet hatte ihn Jerry Parker, der Eigentümer der Firma, mit dem ich seit drei Jahren geschäftlich zu tun hatte. Die Nachricht war knapp und unmissverständlich. »Aufgrund nicht eingehaltener Termine und mangelhafter Ausführung ... trotz wiederholter Bekundung unserer Bedenken ... ist die Situation unhaltbar geworden ... sehen wir uns daher gezwungen, Sie davon in Kenntnis zu setzen, dass wir mit sofortiger Wirkung auf die Dienste von Carpe Diem verzichten.« Ich las den Brief mit gemischten Gefühlen. Der Schock, der mich getroffen hatte, als ich den Brief vor einer Woche öffnete, war der Wut über mich selbst gewichen, weil ich es so weit hatte kommen lassen, und auf Parker, weil er mich nicht angerufen und mir seine Bedenken persönlich mitgeteilt hatte. Als ich telefonisch versucht hatte, ihn umzustimmen, hatte er beinahe feindselig reagiert.

»Ich leite ein Unternehmen, Nick. Wir haben Sie mehrfach darauf hingewiesen, dass wir mit der Aufmerksamkeit, die Sie uns zuteil werden ließen, nicht zufrieden waren. Aber Sie haben ja nicht zugehört.«

Wahrscheinlich hatte er Recht. Ich hatte mich so sehr auf das Spectrum-Projekt konzentriert und auch so viele meiner Mitarbeiter darauf angesetzt, dass alles andere nur noch auf Sparflamme lief. WebLink war nicht unser einziger unzufriedener Kunde. Ich kam mir vor wie ein Jongleur, der verzweifelt versucht, zu viele Bälle gleichzeitig in der Luft zu halten; obwohl meine Hände sich rasend schnell bewegten, verlor ich den Überblick. Ein winziger Fehler, ein einziger unkonzentrierter Moment, und sie würden alle herunterfallen. Doch ich redete mir, wie so oft in letzter Zeit, ein, dass es sich am Ende schon auszahlen würde. Wir würden diesen Auftrag an Land ziehen.

Marcus wusste noch nichts von dem Brief, den ich in der Hand hielt. Ich hatte mir vorgenommen, nach der Besprechung bei der Bank mit ihm darüber zu reden, doch bisher hatte sich noch keine rechte Gelegenheit ergeben. Ich wusste, er würde es als Bestätigung all dessen auffassen, was er gesagt hatte. Ich war versucht, den Brief einfach in den Papierkorb zu werfen, aber wenn ich das tat, würde ich Marcus schon wieder etwas vorenthalten, von dem zu erfahren er ein Recht hatte. Genauso wie ich ihm nichts von dem Ärger mit der Bank erzählt hatte. Andererseits, was machte es für einen Unterschied? Wir konnten sowieso nichts mehr daran ändern, und falls wir den Zuschlag für Spectrum bekamen – besser gesagt: wenn wir ihn erst in der Tasche hatten, konnte es uns doch egal sein, dass wir WebLink als Kunden verloren hatten. Ich zögerte, hin- und hergerissen zwischen widerstreitenden Argumenten. Schließlich siegte die Logik über mein Gefühl. Ich knüllte den Brief zusammen und warf ihn in den Papierkorb.

Dann schloss ich die Datei, an der ich gearbeitet hatte, und das Spectrum-Logo, das ich auf meinem Bildschirm installiert hatte, begann zu blinken. Bevor ich den Computer ausschaltete, warf ich noch einen Blick in meinen Terminkalender. Vor Monaten hatte ich mir eine Notiz gemacht, die mich daran erinnern sollte, dass Alice am folgenden Abend eine Vernissage veranstaltete. Marcus und Alice lebten seit zwei Jahren zusammen. Sie war Malerin und arbeitete in einem Atelier, das Marcus für sie hinter ihrem Haus in Sausalito eingerichtet hatte. Die Vorstellung, an der Eröffnung einer Ausstellung mit Bildern von Alice teilzunehmen, hätte mich normalerweise nicht vom Hocker gerissen, aber ich sagte mir, es könnte vielleicht eine Gelegenheit sein, ein bisschen gut Wetter zu machen. Wir hatten schon lange nichts mehr zu viert unternommen, während wir früher mindestens einmal im Monat alle zusammen essen gegangen waren oder ein Wochenende auf Marcus' Boot verbracht hatten. Er hatte immer schon etwas für Boote übrig gehabt. Als Student war er Kajak gefahren. Damals hatte er mich hin und wieder überredet mitzukommen, und dann waren wir stundenlang auf dem Pazifik herumgepaddelt, bei jedem Wetter; manchmal herrschte so starker Wellengang, dass der Wind uns die Gischt ins Gesicht peitschte, und im Winter waren meine Hände immer blau gefroren. Marcus machte das alles nichts aus, er liebte es, auf dem Wasser zu sein.

Nachdem er das Segelboot gekauft hatte, fuhren Sally und ich an Wochenenden häufig mit ihm und seiner jeweiligen Freundin hinaus. Wir segelten an der Küste entlang, gingen abends in einer stillen, kleinen Bucht vor Anker, schwammen im Meer und grillten am Strand. Als er Alice kennen lernte, wurden die gemeinsamen Bootsausflüge seltener. Das Verhältnis zwischen ihr und mir war von Anfang an gespannt. Keine Frage, sie sah umwerfend aus. Köpfe drehten sich, sobald sie einen Raum betrat, und ich war genau wie alle anderen Männer von ihrer nordischen Schönheit beeindruckt. Aber ich nahm auch etwas in ihrem Blick wahr, was mich irritierte, und was ich schon bald als eine Art Verachtung erkannte. Offenbar fühlte sie sich als Künstlerin verkannt. Sie meinte, es drehe sich immer alles nur ums Geschäft, in der Gesellschaft zähle nur, wer viel Geld verdiene, und Leute wie sie würden zu wenig geschätzt. Das war natürlich an mich gerichtet. Achtundvierzig Stunden zusammen auf einem Boot war mehr, als wir beide ertragen konnten. Meistens kriegten Alice und ich uns in die Wolle, während Sally und Marcus peinlich berührt daneben saßen.

Ich stand auf, um nachzusehen, ob Marcus noch da war. Alle anderen schienen schon nach Hause gegangen zu sein, aber er saß nach wie vor an seinem Schreibtisch. Er schaute auf, als er mich hereinkommen hörte und runzelte die Stirn.

»Ich habe eben gesehen, dass Alice morgen ihre Vernissage hat«, sagte ich. »Ich denke, wir werden kommen.«

Er wirkte überrascht. »Das müsst ihr nicht. Ich dachte, ihr steht nicht auf so was.«

Es stimmte, ich machte mir nichts aus solchen Veranstaltungen, aber einen Abend konnte ich wohl opfern. »Es ist nie zu spät, sich zu ändern.« Ich konnte mir vorstellen, dass er nicht so recht wusste, was er von dieser Antwort halten sollte.

»Wahrscheinlich«, erwiderte er verunsichert.

»Anschließend könnten wir doch zu viert essen gehen, was hältst du davon?«

Ich sah ihm an, dass er alles andere als begeistert war von meinem Vorschlag, aber offenbar fiel ihm keine passende Ausrede ein, um ihn abzulehnen. »Ich werde mit Alice drüber reden.«

»Super. Ich würde mich freuen, sie mal wieder zu sehen.«

Ich ging an meinen Schreibtisch zurück. Zehn Minuten später sah ich ihn gehen, und eine halbe Stunde darauf machte auch ich Feierabend. Ich hatte angenommen, ich sei der Letzte im Büro, aber als ich gerade die Eingangstür abschließen wollte, merkte ich, dass in einem Raum noch Licht brannte, und ging hin, um es auszuschalten. Karen, neben mir unsere einzige Kontakterin, saß noch an ihrem Schreibtisch. Mit konzentriertem Gesichtsausdruck tippte sie etwas in ihren Laptop.

»Machst du Überstunden?«, fragte ich.

Sie zuckte zusammen. »Gott, ich hab dich gar nicht kommen hören.«

»Tut mir Leid.« Ich deutete auf die Uhr an der Wand. »Nicht dass ich deinen Arbeitseifer nicht zu schätzen wüsste, aber hast du kein Zuhause?«

Sie lehnte sich auf ihrem Stuhl zurück und rieb sich den Nacken. »Ich hab die Zeit völlig vergessen. Das muss einfach heute Abend noch fertig werden.«

Ich trat hinter ihren Schreibtisch und warf einen Blick auf den Bildschirm. Sie war dabei, die Kosten für eine Anzeigenkampagne sowie Daten über Reichweite und Kontakthäufigkeit in Bezug auf das Zielpublikum zusammenzustellen. Das Übliche. Karen arbeitete seit anderthalb Jahren für uns. Sie war intelligent, geschickt im Umgang mit Menschen und noch dazu sehr hübsch, aber im Augenblick wirkte sie müde.

»Mach das doch morgen früh fertig«, schlug ich vor. »Fahr lieber nach Hause, trink ein Glas Wein und leg die Füße hoch.«

Sie schüttelte den Kopf. »Geht nicht. Ich habe um acht eine Besprechung. Außerdem bin ich ohnehin fast fertig.«

Ich hatte ein schlechtes Gewissen, weil ich sie seit Monaten mit zusätzlicher Arbeit überhäufte, um mir selbst Luft zu verschaffen.

Sie sah mich an, als hätte sie meine Gedanken gelesen. »Wenn ich zu Hause wäre, würde ich sowieso weiterarbeiten. Ich hatte heute Abend nichts Besonderes vor. Ich brauche auch nicht mehr lange.«

»Irgendwann mach ich das gut.«

»Ich nehme dich beim Wort«, sagte sie lächelnd, dann konzentrierte sie sich wieder auf ihren Laptop. Die Liste der Leute, bei denen ich etwas gutzumachen hatte, schien von Tag zu Tag länger zu werden.

Auf der Autobahn herrschte nicht viel Verkehr, sodass ich schon um neun zu Hause war, so früh wie schon lange nicht mehr. Ich hörte Sallys Stimme in der Küche. Sie telefonierte gerade, und als ich vor der Küchentür stehen blieb, bekam ich Teile des Gesprächs mit.

»Tja, die Menschen ändern sich«, sagte sie mit einem Seufzer. Dann herrschte Stille, während sie auf die Antwort lauschte.

»Ich weiß nicht. Ich weiß nicht, was ich tun werde. Es ist nicht leicht.«

Wieder Stille.

»Ich glaube nicht, dass das eine gute Idee wäre. Ich weiß es einfach noch nicht. Alles ist so verworren.«

Ich erstarrte, die Hand auf der Türklinke. Etwas an Sallys Ton beunruhigte mich, ich spürte, dass irgendetwas nicht stimmte. Es war weniger das, was Sally sagte, als wie sie es sagte; sie klang erschöpft und resigniert, als wüsste sie sich keinen Rat mehr. Gleichzeitig schwang in ihrer Stimme eine gewisse Intimität mit. So wie es sich anhört, wenn man mit jemandem spricht, der einem nahe steht. Ich fragte mich, was wohl keine gute Idee wäre. Und was war verworren?

»Ich muss jetzt Schluss machen. Ja. Okay, tschüs.«

Sie legte auf, und eine Sekunde später trat ich mit einem gezwungenen Lächeln in die Küche. Sally stand an der Anrichte und starrte aus dem Fenster. Sie biss sich auf die Unterlippe, so wie sie es immer tat, wenn sie über etwas Wichtiges nachdachte.

»Hallo«, sagte ich.

Sie fuhr herum. »Ich hab dich gar nicht kommen hören.«

Ich ging zu ihr und gab ihr einen Kuss auf die Wange, dann öffnete ich den Kühlschrank und nahm eine Flasche Weißwein heraus. »Willst du auch einen Schluck?«, fragte ich.

Sie schüttelte den Kopf. »Falls du Hunger hast, kann ich dir was machen.«

»Ich hab schon gegessen«, sagte ich, was nicht stimmte, doch ich hatte keinen Appetit. »Und du?«

»Ach, ich hab mir ein Sandwich gemacht.«

Ich schenkte mir ein Glas Wein ein. »Wer war das denn eben?«

»Wer war was?«

»Am Telefon.«

»Oh. Das war meine Mutter.«

»Wie geht's ihr?«

Sally fing an, die Spülmaschine auszuräumen. »Gut«, sagte sie mit dem Rücken zu mir.

Ich beobachtete sie. Bildete ich mir das nur ein, oder wich sie mir aus? »Was hat sie denn sonst noch so erzählt?«

Sally warf mir einen kurzen Blick zu. Normalerweise verlor ich sofort das Interesse, wenn sie mir erzählte, dass ihre Mutter angerufen hatte. »Nichts Besonderes.«

»Und wie geht's deinem Vater?«

Sie drehte sich zu mir um, einen Stapel Teller in den Händen. »Es geht ihm gut, Nick.«

Ich versuchte mich zu erinnern, was genau Sally gesagt hatte. Vielleicht hatte sie wirklich mit ihrer Mutter telefoniert. Die beiden standen sich sehr nahe, obwohl sie – glücklicherweise – höchst unterschiedlich waren. Wer sonst konnte es gewesen sein, fragte ich mich.

Sally war mit dem Ausräumen der Spülmaschine fertig. »Sie wollen nächstes Wochenende zu Besuch kommen«, sagte sie.

Es gelang mir nicht zu verbergen, dass mich diese Nachricht unangenehm überraschte. Seit wir verheiratet waren, hatten wir fast die ganze Zeit in der Bay Area gelebt, und Sallys Eltern hatten uns nicht ein einziges Mal besucht. Es war eine ungeschriebene Regel, dass Sally übers Wochenende nach Oregon fuhr, wenn sie sich sehen wollten, was sie regelmäßig tat, im letzten halben Jahr noch häufiger als sonst. Hin und wieder begleitete ich sie, aber nur selten, was für alle Beteiligten besser war.

»Es ist doch nur für ein paar Tage, Nick«, sagte sie mit gepresster Stimme.

»Warum kommen sie überhaupt her?«

»Brauchen sie denn einen Grund?«

»Schließlich sind sie noch nie hier gewesen.« Ich geriet allmählich auf gefährliches Terrain, das war mir klar.

»Warum reagierst du immer so komisch, wenn es um meine Eltern geht?«, wollte sie wissen.

»Es geht nicht um deine Eltern.«

Sie sah mich wütend an. »Was soll das denn heißen?«

»Komm schon, Sally, ich habe keine Probleme mit deinem Vater, aber du weißt ebenso gut wie ich, dass deine Mutter und ich nicht miteinander auskommen.«

»Na ja, vielleicht wird es allmählich Zeit, dass du dich ein bisschen anstrengst.«

»Wunderbar. Und wirst du ihr das auch sagen?«

»Ich hätte mir denken können, dass du so reagierst. Du bist eben einfach nicht bereit, dir Mühe zu geben.«

»*Ich* bin nicht bereit, mir Mühe zu geben?«, rief ich fassungslos. »Herr im Himmel, Sally, deine Mutter kann mich nicht ausstehen. Ich kann mich nicht erinnern, dass sie sich jemals die geringste Mühe gegeben hätte, außer dass sie dich davon abhalten wollte, mich zu heiraten.«

»Das vergisst du wohl nie, was? Das ist doch eine Ewigkeit her.« Sie drehte sich verärgert um und verließ die Küche.

Nichts war besser geeignet, einen Streit zwischen uns auszulösen, als Sallys Mutter. Ihretwegen hatten wir von Anfang an Reibereien gehabt, und ich wusste, dass es ein Kampf war, den ich nicht gewinnen konnte. Egal wie berechtigt meine Abneigung gegenüber dieser Frau sein mochte, egal wie viele Schwierigkeiten Sally selbst mit Ellen gehabt hatte, sie waren eben Mutter und Tochter. Über die Jahre hatte Ellen die Oberhand gewonnen. Sally war so etwas wie eine Trophäe, die wir beide haben wollten. Anfangs hatte Ellens Ablehnung unserer Beziehung nur dazu geführt, dass Sally sich noch fester an mich band, aber seit wir verheiratet waren, hatte Ellen ihre Taktik geändert. Sie hatte nie versucht, so zu tun, als wäre ich ihr plötzlich sympathisch geworden, denn das hätte Sally sofort durchschaut, aber sie achtete darauf, ihre bissigen Kommentare und ihre Kritteleien von sich zu geben, wenn Sally außer Hörweite war. Da mir diese Doppelzüngigkeit nicht lag, war Sally mit der Zeit zu der Überzeugung gelangt, dass ich der Bösewicht war. Ich ging ihr nach, bemühte mich um einen versöhnlichen Ton, doch sie wandte mir den Rücken zu.

»Sieh mal, ich war einfach überrascht. Du musst doch selbst zugeben, dass sie bisher noch nie den Wunsch geäußert haben, uns zu besuchen.«

»Wahrscheinlich weil sie wissen, dass sie hier nicht willkommen sind«, fauchte sie und drehte sich zu mir um.

Ich spürte, dass mehr dahintersteckte, als Sally zugeben wollte. Sie war seit etwa einem Monat nicht mehr bei ihren Eltern zu Besuch gewesen, und nun wollten sie plötzlich herkommen.

»Hast du dich mit deiner Mutter gestritten?«, fragte ich.

Sie schüttelte entnervt den Kopf. »Nein. Ich gehe jetzt in die Badewanne.«

Sie stieg die Treppe hinauf, das Gesicht vor Erregung leicht gerötet. Ich wollte sie nicht gehen lassen, hätte gern irgendetwas getan, um die gereizte Stimmung zwischen uns aufzulösen, aber mir fiel nichts ein, was ich hätte sagen können.

Zurück in der Küche goss ich mir noch ein Glas Weißwein ein. Während ich mir ausmalte, was für ein wunderbares Wochenende mit Sallys Eltern mir bevorstand, fiel mir das Telefonat wieder ein, das ich teilweise mitgehört hatte. Falls Sally tatsächlich mit ihrer Mutter gesprochen hatte, schienen die beiden sich jedenfalls nicht gestritten zu haben. Sie war nicht sauer gewesen, eher verunsichert oder traurig. Vielleicht hatte sie mit ihrem Vater geredet, überlegte ich, aber das war unwahrscheinlich. Frank hielt sich aus emotionalen Dingen heraus. Familienangelegenheiten überließ er seiner Frau, sein einziges Gesprächsthema war eigentlich sein Garten. Warum fuhr Sally nicht wie üblich nach Oregon? Immer wieder musste ich daran denken, wie sie mich angesehen hatte, als ich sie nach dem Telefonat fragte, dieser kurze, schuldbewusste Blick, als hätte ich sie bei etwas ertappt.

Ich ging nach oben, hängte meine Hose auf einen Bügel und setzte mich aufs Bett, um mein Hemd aufzuknöpfen. Das Kopfkissen war einladend. Am liebsten hätte ich mich hingelegt und die Augen zugemacht. Sally kam aus dem Bad, gefolgt von einer Dampfwolke. Sie trat an ihren Kleiderschrank, öffnete mit dem Rücken zu mir ihren Bademantel, beugte sich vor und zog sich einen Slip an. Dann ließ sie den Bademantel zu Boden gleiten und nahm ein Nachthemd aus dem Schrank. Beim Anblick ihres beinahe nackten Körpers spürte ich ein Kribbeln in den Lenden. Ihr Rückgrat bildete eine anmutige Kurve über ihrem Hintern. Sie war gut in Form, ihr Körper straff von dem strengen Gymnastikprogramm, das sie seit einem Jahr regelmäßig absolvierte. Sie tat es, um fit zu sein, wenn sie schwanger würde, hatte sie mir damals erklärt und spitz hinzugefügt, falls es denn je dazu kommen sollte. Als sie sich zur Seite drehte, erhaschte ich einen kurzen Blick auf ihre Brust.

Plötzlich musste ich daran denken, wie wir uns einmal vor Jahren im Wald geliebt hatten. Durch das grüne Blätterdach über uns fielen Bündel von Sonnenlicht, wie Säulen in einer riesigen, luftigen Kathedrale. Der warme Boden duftete verführerisch nach Erde und Laub. Es war ein heißer Tag, ihre Haare fühlten sich feucht an, und zwischen ihren Schulterblättern hatten sich kleine Schweißperlen gebildet, die salzig schmeckten, als ich sie ableckte.

In diesem Augenblick drehte Sally sich um und bemerkte, dass ich sie beobachtete. Die Erektion in meiner Unterhose war nicht zu übersehen, und für den Bruchteil einer Sekunde zögerte sie, unsicher, wie sie reagieren sollte. Dann wandte sie sich ab.

Als Sally mich zum ersten Mal mit nach Hause nahm, um mich ihren Eltern vorzustellen, waren wir seit einem halben Jahr zusammen, und ich war ziemlich nervös. Ich wusste, dass ihr Großvater als Holzhändler ein Vermögen gemacht hatte und dass sie in einem großen, dreistöckigen weißen Haus inmitten eines weitläufigen Gartens aufgewachsen war, nicht zu vergleichen mit der Stadtwohnung meiner Familie. Allerdings hatte ihr Großvater eine Reihe von Fehlinvestitionen getätigt, eine Tendenz, die ihr Vater in jungen Jahren fortgesetzt hatte, bevor er Ellen heiratete. Als ich Sally kennen lernte, waren ihre Eltern längst nicht mehr reich, was Ellen jedoch nicht davon abhielt, sich der Hoffnung hinzugeben, ihre Tochter würde der Familie eines Tages wieder zu Wohlstand verhelfen.

Wir bogen durch das Tor auf den Weg ein, der zu Sallys Elternhaus führte. Das Haus sah ziemlich genau so aus, wie ich es mir nach Sallys Erzählungen über ihre Kindheit in der Kleinstadt vorgestellt hatte. Ich hatte ein herrschaftliches Gebäude vor Augen gehabt, an dem die Spuren des Verfalls deutlich zu erkennen waren. In der Tat hätte das Haus einen frischen Anstrich gebrauchen können, der Schornstein musste teilweise erneuert werden, das Grundstück wirkte ungepflegt bis auf die Rasenflächen. Sally grinste.

»Ich hab dir ja gesagt, wir sind ganz normale Leute.«

»Genau. Und dein Großvater war bloß ein einfacher Holzfäller.«

Das war ein Scherz zwischen uns. Ich hatte sie immer gewarnt, ihre Eltern würden Zustände kriegen, wenn sie einen Mann aus einfachen Verhältnissen mit nach Hause brächte, einen wie mich. Worauf sie jedes Mal erwiderte, sie habe gerade eine rebellische Phase, und es mache ihr Spaß, ihre Eltern hin und wieder ein bisschen zu schockieren. Insgeheim fand ich das Ganze weniger witzig als sie. Ich war nicht gerade in einem Slum aufgewachsen, aber manchmal kam es mir fast so vor.

»Denk dran«, sagte Sally, als wir aus dem Auto stiegen. »Meine Mutter kann ziemlich schwierig sein, wenn man sie nicht kennt.«

Ellen trat aus dem Haus, um uns zu begrüßen. Sie war damals etwa Mitte vierzig, und ich erinnere mich noch, wie ich dachte, wenn es stimmt, dass man an den Müttern erkennen kann, wie die Töchter später mal aussehen werden, dann war ich ein Glückspilz. Ihr Haar zeigte noch keine Spur von Grau, aber wahrscheinlich färbte sie es, ihre Haut war noch jugendlich straff, und sie war so schlank wie ihre Tochter. Sally stellte uns einander vor. Als wir uns die Hand reichten, musterte Ellen mich mit kühlem Blick. Sally wirkte leicht nervös, und ich hatte den Eindruck, sie wartete auf ein wohlwollendes Wort ihrer Mutter. Die Spannung zwischen Mutter und Tochter war plötzlich deutlich zu spüren. Verunsichert machte ich eine anerkennende Bemerkung über das Haus. Ellen meinte, ja, es sei ein schönes Haus, doch etwas an ihrem Ton sagte mir, ich solle bloß nicht auf die Idee kommen, mich hier einzunisten.

Später an dem Tag arrangierte sie unter dem Vorwand, wir beide müssten uns besser kennen lernen, ein Gespräch mit mir allein.

»Sie sollten Sally vorschlagen, dass sie Ihnen ihre Freunde vorstellt, solange Sie hier sind«, begann sie. Wir saßen im Wohnzimmer mit Blick auf den Garten und die Gewächshäuser von Sallys Vater. Frank hatte nur kurz guten Tag gesagt und war gleich darauf im Garten verschwunden, wo ich ihn jetzt herumwerkeln sah. Sally hatte mir erzählt, er sei Anwalt und besitze eine Kanzlei in der Stadt, doch seine Leidenschaft gelte der Zucht von exotischen Pflanzen.

»Hat sie Ihnen von Garrison erzählt?«, wollte Ellen wissen.

»Garrison? Ich glaube nicht.«

»Wirklich nicht? Das wundert mich aber. Er ist schließlich ein alter Freund von ihr.« Sie bedeutete mir, Platz zu nehmen und fragte, ob ich eine Tasse Tee wolle. »Garrisons Vater ist Tom Hunt. Die Familie lebt schon seit Generationen in dieser Gegend.«

»Vielleicht hat sie ihn mal erwähnt, und ich hab's vergessen.«

»Er wird etwa in Ihrem Alter sein. Sie sind doch im letzten Semester, nicht wahr?«

»Ja.«

»Dann habe ich das richtig in Erinnerung behalten. Garrison ist auch im letzten Semester. Wenn er das Studium abgeschlossen hat, wird er bei seinem Vater einsteigen. Die Familie betreibt eine Menge Geschäfte hier in der Gegend. Sie besitzen Immobilien, Ländereien und so weiter.« Sie schenkte Tee ein und reichte mir eine Tasse. »Garrison ist ein ausgezeichneter Skiläufer. Sally war einmal mit ihm im Skiurlaub, mit einer ganzen Gruppe. Der Vater eines Freundes von Sally hat eine Hütte am Lake Tahoe. Laufen Sie auch Ski, Nick?«

Sie schenkte mir ein messerscharfes Lächeln.

»Nein, bisher noch nicht«, antwortete ich.

»Wirklich nicht? Sie stammen aus Portland, hat Sally mir erzählt.«

»Richtig.«

»Und was sind Ihre Eltern von Beruf?«

»Meine Mutter ist Chefsekretärin, und mein Vater starb, als ich noch ein Kind war.«

»Oh, das tut mir Leid«, murmelte sie.

So ging es eine ganze Weile weiter. Sie fragte mich über meine familiären Verhältnisse aus und gewährte mir kleine Einblicke in Sallys Leben, wobei sie mich, wie mir schien, auf subtile Weise auf die sozialen Unterschiede zwischen uns hinwies. Später fragte ich Sally nach Garrison Hunt, dessen Name während des Gesprächs mit ihrer Mutter immer wieder gefallen war.

»Das ist jemand, den ich kenne. Wieso?«

»Weil deine Mutter von ihm spricht, als wäre er ein Muster an Vollkommenheit, darum. Bist du mal mit dem zusammen gewesen oder was?«

Sie nickte, sagte jedoch, es sei nichts Ernstes gewesen. Dennoch wurde ich das Gefühl nicht los, dass ihre Mutter der Meinung war, Garrison sei der richtige Mann für ihre Tochter.

»Sie ist manchmal ein bisschen snobistisch«, meinte Sally, was ich für stark untertrieben hielt. Garrison sei nett, charmant und einigermaßen gut aussehend, aber nicht ihr Typ, fügte sie hinzu.

Wir aßen mit Sallys Eltern zu Abend. Ihr Vater redete nicht viel. Er war freundlich, schien aber die meiste Zeit mit den Gedanken woanders zu sein. Sally dagegen verhielt sich mir gegenüber besonders aufmerksam. Auf dem Weg ins Esszimmer hakte sie sich demonstrativ bei mir unter. Der Raum war groß und wurde offenbar selten genutzt. In der Mitte stand ein schwerer, antiker Tisch mit zwölf hochlehnigen Stühlen, und es kam mir ziemlich albern vor, zu viert dort zu sitzen. Ich fragte mich, warum wir nicht in der Küche aßen, die sehr geräumig und gemütlich war, anstatt in diesem düsteren Esszimmer. Frank hatte am Kopfende des Tisches Platz genommen, rechts und links neben ihm saßen seine Frau und seine Tochter, und ich saß neben Sally. Sie plauderte angestrengt, erzählte witzige Anekdoten, in denen sie mich in einem schmeichelhaften Licht darstellte, während ihre Mutter sich ein höfliches Lächeln abrang.

»Möchtest du noch Kartoffeln, Nick?«, fragte Sally. »Noch einen Schluck Wein?«

»Findest du nicht, dass er einfach toll aussieht?«, fragte sie ihre Mutter einmal und drückte mir schnell einen Kuss auf die Wange.

Ellen beobachtete uns missbilligend. Ich empfand Sallys Benehmen als unnatürlich und gezwungen und fragte mich, was sie damit bezweckte, ob sie mich beeindrucken wollte oder ihre Mutter.

Später, als Sally den Tisch abräumte, ergriff Ellen die Gelegenheit, mich erneut ins Verhör zu nehmen.

»Sie und Sally sehen sich ziemlich häufig, nicht wahr?«, fragte sie.

»Ja, das stimmt.«

»Wissen Sie, Nick, ich habe sehr jung geheiratet. Ich hatte natürlich großes Glück und führe eine gute Ehe, aber ich habe immer gehofft, Sally würde ein bisschen länger warten, bevor sie sich bindet. Sie sollte reisen, sich die Welt ansehen.«

Mir war nicht klar, worauf Ellen hinauswollte, und ich wunderte mich über die Anspielung. »Sally und ich sind zwar ein Paar«, sagte ich, »aber übers Heiraten haben wir noch nicht gesprochen.«

»Nein, selbstverständlich nicht«, antwortete Ellen lachend. Dann dachte sie einen Moment nach. »Sie werden nächstes Jahr Ihr Studium abschließen, sagten Sie? Was haben Sie denn danach vor?«

»Ich weiß nicht, bisher habe ich noch keine konkreten Pläne.«

»Sie studieren Betriebswirtschaft, nicht wahr? Wenn Sie wollen, kann ich Sie ein paar Geschäftsleuten vorstellen. Ich habe Freunde in Chicago.«

»Chicago?«

Sie lächelte. »Ich kenne Leute dort, die sehr große Unternehmen leiten und sicher ständig nach intelligenten jungen Leuten Ausschau halten.«

Ich traute meinen Ohren nicht. Das war ein ziemlich plumper Versuch, mich möglichst weit von ihrer Tochter fortzulocken. Ich erklärte, falls ich jemals vorhätte, nach Chicago zu ziehen, würde ich auf ihr Angebot zurückkommen, und ich glaube, in dem Augenblick verstanden wir einander.

Als ich an jenem Abend wach im Bett lag, klopfte es an meiner Tür. Sally und ich mussten in getrennten Zimmern schlafen, was wir nicht anders erwartet hatten, doch als sie nun hereingeschlichen kam und unter meine Bettdecke schlüpfte, freute ich mich, sie zu sehen. Ich hatte gerade über das Angebot ihrer Mutter nachgedacht, immer noch gekränkt von dem, was dahinter steckte, nämlich die Überzeugung, dass ich für ihre Tochter nicht gut genug war. Als ich Sally davon erzählte, meinte sie, ich müsse Ellen missverstanden haben.

»Und was zum Teufel sollte dann das ganze Theater beim Essen?«

»Ich verstehe nicht, was du meinst.«

»Tu doch nicht so. Wahrscheinlich hab ich sie auch missverstanden, als sie dauernd von diesem Garrison gefaselt hat und wie er sich immer wieder nach dir erkundigt.«

»Sag bloß, du bist eifersüchtig.«

»Das hat nichts mit Eifersucht zu tun, Sally.«

In dem Augenblick muss sie begriffen haben, wie ich mich fühlte. »Es tut mir Leid«, flüsterte sie mir ins Ohr. »Sie wird sich schon an dich gewöhnen.«

»Vergiss es«, knurrte ich.

»Warte nur, bis sie dich erst mal richtig kennen gelernt hat. Ich hab dich ja gewarnt.«

»Du hast gesagt, sie könnte manchmal ein bisschen schwierig sein. Du hast mir nicht gesagt, dass sie ein ausgemachtes Miststück ist.«

»Sie will einfach nur mein Bestes«, meinte Sally gekränkt.

»Und das Beste für dich ist jemand anders, zum Beispiel dieser Garrison Hunt.«

»Es spielt keine Rolle, was sie will. Das ist schließlich mein Leben, und du bist derjenige, mit dem ich jetzt hier bin, oder?«

Um ihre Aussage zu bekräftigen, ließ sie ihre Hand unter die Decke gleiten und ergriff meinen schlaffen Penis. Sie schmiegte sich an mich und flüsterte mir ins Ohr: »Lass uns nicht streiten.«

Ich fragte: »Hast du eigentlich jemals mit diesem Garrison gebumst?«

»Was?«

»Du hast mich genau verstanden.«

Sie zog ihre Hand zurück. »Hab ich dich schon mal gefragt, mit wem du geschlafen hast?«

Auf einmal kam ich mir blöd vor und wünschte, ich hätte mir die Frage verkniffen. Aber manche Dinge lassen sich schwer kontrollieren. »Und, hast du?«, beharrte ich.

Sie zögerte. »Nein. Bist du jetzt zufrieden?«

»Ja«, sagte ich, doch ich wusste, dass sie log. Sie konnte mir nicht in die Augen sehen, und um das Thema zu wechseln, machte sie sich wieder über mich her.

Wollust gewann die Oberhand über meinen verletzten Stolz. Sally hockte sich auf mich und zog ihr Nachthemd aus. Ihr Körper schimmerte bleich in der Dunkelheit, mein Blick wanderte über ihre Hüften und ihren Bauch. Sie nahm mich in sich auf und beugte sich vor, um sich abzustützen, sodass ich ihre Haare an meiner Wange spürte.

»Denk nicht mehr an meine Mutter«, flüsterte sie.

Ich legte meine Arme um sie und rollte mich mit einer schnellen Bewegung auf sie. Verblüfft über unseren plötzlichen Stellungswechsel, sah sie mich mit großen Augen an, dann grinste sie. Langsam begannen wir, uns zu lieben. Sally schloss die Augen und stieß einen leisen Seufzer aus. Ich flüsterte ihr ins Ohr, wie schön sie sei und wie sehr ich sie begehrte.

Leise stöhnend umschlang sie mich mit den Armen. Ich betrachtete ihr Gesicht, ihre geschlossenen Augen, das Lächeln, das ihre Lippen umspielte, und musste an ihre Mutter denken, die irgendwo im Stockwerk über uns in ihrem Bett lag, überzeugt davon, dass ich nicht gut genug war für ihre Tochter, und an Garrison Hunt dachte ich auch. Alle möglichen Gefühle stiegen in mir hoch, längst vergessene Gefühle aus der Zeit, als wir nach dem Tod meines Vaters in ein anderes Viertel umziehen mussten, weil wir plötzlich viel weniger Geld hatten, und ich nach und nach alle meine Freunde verlor. Sally bewegte sich unter mir, unsere Körper im Einklang. Sie näherte sich dem Höhepunkt, bäumte sich auf, drückte ihr Becken gegen mich und umschlang mich noch fester mit den Armen. Das Kopfteil des Bettes schlug gegen die Wand.

Ich flüsterte ihr ins Ohr, was ich von ihr hören wollte, doch sie schüttelte den Kopf und kniff die Augen zusammen, deshalb hielt ich in der Bewegung inne und zog mich ein wenig aus ihr zurück. Sie riss die Augen auf, schlang ihre Schenkel so fest um mich, dass ich dachte, sie würde mir das Rückgrat brechen, und grub ihre Fingernägel in meinen Rücken.

»Bleib«, befahl sie.

»Dann sag's.«

Sie zögerte. Schließlich flüsterte sie: »Fick mich!«

Ich hatte meine Gründe, warum ich das von ihr verlangte, doch zugegebenermaßen erregte es mich auch, diese Worte aus ihrem Mund zu hören. Sally war zwar nicht prüde, aber normalerweise hätte sie nie so geredet. »Ich kann dich nicht verstehen.«

Mit aller Kraft versuchte ich, mich von ihr wegzuschieben.

»Nein, hör nicht auf«, stöhnte sie.

»Dann sag's.«

»Ich hab's schon gesagt.«

»Lauter.«

Plötzlich, mit unerwarteter Kraft, warf sie mir ihr Becken entgegen.

»FICK MICH!«

Wahrscheinlich kam es mir lauter vor, als es tatsächlich war. Ihre Stimme schien durch das ganze Haus zu hallen.

Am nächsten Morgen beim Frühstück bedachte ihre Mutter mich mit einem vernichtenden Blick, und als wir uns verabschieden wollten, tauchte sie nicht auf. Sally war ungewöhnlich still und vermied es, mich anzusehen. Es tat mir Leid, dass ich sie genötigt hatte das zu sagen. Es war kindisch gewesen, ein Beweis meiner Unsicherheit. Ihre Mutter musste sie darauf angesprochen haben. Irgendwann gab Sally zu, dass ihre Mutter sie beiseite genommen hatte. Sie hatten sich gestritten, aber ich erfuhr nie, was bei dem Streit gesagt wurde.

Vielleicht hatte Ellen anfangs gehofft, unsere Beziehung würde nicht lange halten, nachdem ich jedoch mein Studium abgeschlossen hatte und mein erstes Geld verdiente, überließ sie nichts mehr dem Zufall. Ich fand heraus, dass

Sally, wenn sie zu Besuch bei ihren Eltern war, hin und wieder mit Garrison Hunt ausging. Sie behauptete, sie tue das nur, damit ihre Mutter sie in Ruhe ließ, und wahrscheinlich war da auch etwas Wahres dran. Trotzdem hatten wir heftige Auseinandersetzungen deswegen, und als Sally erklärte, ich hätte keinen Grund, eifersüchtig zu sein, fragte ich sie, warum sie es mir dann verschwiegen habe. Danach traf sie sich nicht mehr mit ihm, aber einmal begegneten wir ihm zufällig, als wir in Portland waren, und Sally stellte uns einander vor. Sie hatte immer behauptet, er wisse Bescheid und gehe nur aus Gefälligkeit ab und zu mit ihr aus, aber ich sah den Blick in seinen Augen, und mir war sofort klar, dass ich einen Rivalen vor mir hatte. Der Typ wartete bloß auf seine Chance.

In dem Jahr, als Sally ihr Studium beendete, beschlossen wir zu heiraten. Die Hochzeit fand in Sallys Heimatort statt. Während des ganzen Festes saß Ellen mit grimmigem Gesicht auf ihrem Ehrenplatz. Ein Jahr später zogen wir nach San Francisco.

5

Am Abend von Alices Vernissage fuhren Sally und ich über die Brücke nach Sausalito. Die Ausstellung fand in einer ehemaligen Werft statt, im äußersten Norden von San Francisco, weit entfernt von den teuren Villen auf den Hügeln oberhalb der Stadt, wo die Leute abends auf ihren Terrassen sitzen, Martini trinken und eine der schönsten Aussichten der Welt genießen, die Golden Gate Bridge und die Skyline von San Francisco. In der Bay Area leben die Reichen in luftiger Höhe, wo es regelrecht nach Geld stinkt. Ob in Sausalito oder Pacific Heights, in Nob Hill, an den Hängen des Cow Hollow oder auf den Hügeln von Palo Alto am Rande des Tals, nirgendwo sonst ist der Wunsch, nach oben zu kommen, so wörtlich zu nehmen. In dieser Gegend kann einen schon ein ganz bescheidenes Haus fünf Millionen Dollar kosten. Auf der gegenüberliegenden Seite der Bucht, auf den Hügeln oberhalb von Berkeley und Oakland, sieht es kaum besser aus. Nur Anteile an einer Internetfirma bescheren einem heutzutage eine Eintrittskarte für diese exklusiven Stadtrandgebiete.

Marcus und Alice wohnten im weniger angesagten Teil von Sausalito, unten im Tal versteckt und ohne Aussicht, weit entfernt von den malerischen viktorianischen Häusern am Hafen, in denen die eleganten Boutiquen und teuren Restaurants zu finden sind. Das alte Werftgebäude lag nur wenige Minuten von ihrem kleinen Haus entfernt. Am Eingang stand ein junger Bursche von höchstens neunzehn Jahren, der mit wichtiger Miene die Einladungen kontrollierte. Als wir ankamen, hatte sich bereits eine kleine Warteschlange gebildet.

»Gott, man sollte meinen, das hier wäre die Nationalgalerie«, bemerkte ich. Vor uns drehte sich jemand um.

»Nicht so laut!«, zischte Sally.

Es hatte Zeiten gegeben, da hätte sie nur gegrinst, aber inzwischen konnte ich ihr anscheinend nichts mehr recht machen. Plötzlich hatte ich schlechte Laune. Mir war es egal, ob mich jemand hörte oder nicht.

Endlich erreichten wir den Eingang, und ich gab dem Jungen unsere Einladungen, die er einem prüfenden Blick unterzog, als könnte es sich um Fälschungen handeln. Das Theater ging mir auf die Nerven. Obwohl solche Vernissagen veranstaltet werden, weil die Künstler ihre Werke verkaufen wollen, bleiben sie häufig einem auserwählten Publikum vorbehalten, als könnten die Leute auf diese Weise dazu animiert werden, um die Wette ihre Scheckhefte zu zücken. Das funktioniert vielleicht in den besseren Galerien in der Innenstadt, wo bekannte Künstler ausstellen, aber hier, in dieser umgebauten Werft, wirkte es reichlich prätentiös.

Der Türsteher hatte lange Haare, die im Nacken zu einem Pferdeschwanz zusammengebunden waren. Er trug ausgelatschte Ledersandalen und ein kurzärmeliges Hemd, das er nicht zugeknöpft hatte, sodass man das Amulett sehen konnte, das an einem langen Lederriemen um seinen Hals hing. Alles an ihm, bis hin zu der Schachtel Gauloises in seiner Brusttasche, war sorgfältig ausgewählt, um eine Anti-Haltung auszudrücken – ich scheiß auf Mainstream, auf Mode, auf spießbürgerliche Konventionen, ich scheiß auf alles –, aber in Wirklichkeit sah es so aus, als hätte er sein Image bei GAP in der Abteilung »Künstler-Outfit« gleich neben der für »Rebellen« im Sonderangebot gekauft. Ganz in der Nähe stand eine junge Frau, die etwas anhatte, das wie ein Nachthemd aussah, ansonsten aber ausnehmend hübsch war. Er schaute dauernd zu ihr hinüber, um sich zu vergewissern, dass sie mitbekam, was für eine wichtige Aufgabe er hatte. Als er mir die Einladungen zurückgab, musterte er uns mit einem kaum merklichen, verächtlichen Grinsen. Kein Zweifel, für ihn waren wir Mr und Mrs Schickimicki, Kapitalistenschweine, dem Joch der Geschäftemacherei unterworfen, im Gegensatz zu ihm, einem echten KÜNSTLER.

Sein Gesicht war gezeichnet von Pickeln, der Plage der Jugend, und ich beugte mich vor und flüsterte ihm ins Ohr: »Du hast einen Riesenmitesser auf der Nase, den solltest du mal ausdrücken.«

Sein Grinsen wich einem Ausdruck großer Verlegenheit, während er kurz zu der jungen Frau hinüberschaute. Ich konnte mir ein Lächeln nicht verkneifen, als wir hineingingen.

»Das war reichlich kindisch«, bemerkte Sally.

»Mir egal«, sagte ich.

Wir betraten eine große, hohe Halle, in der sich bereits etwa hundert Gäste eingefunden hatten. Eine junge Frau in engen Jeans und einem bauchfreien T-Shirt, die so ziemlich an jeder sichtbaren Stelle ihres Körpers gepierct war, bot uns ein Getränk an, das sich als warmer, billiger Sekt entpuppte. Auf der Einladungskarte standen die Namen von drei Künstlern, und wir machten uns auf die Suche nach Alice. Hier und da standen Leute in kleinen Gruppen herum, in ernste Gespräche vertieft, während andere etwas verloren umherliefen, Leute wie ich, deren Gesichtsausdruck verriet, dass sie viel lieber irgendwo wären, wo sie ein kühles Bier bekommen könnten.

»Wieso wolltest du eigentlich unbedingt herkommen?«, fragte Sally, als sie meinen Blick bemerkte. »Du kannst solche Veranstaltungen doch nicht ausstehen.«

»Vor allem dieses selbstgefällige Getue kann ich nicht ausstehen.«

»Und was machen wir dann hier?«

»Wir sind eingeladen.«

»Niemand hat von dir erwartet, dass du die Einladung annimmst.«

»Ich dachte einfach, die beiden würden sich freuen. Außerdem gehen wir nachher zusammen essen, das haben wir schon eine Ewigkeit nicht mehr gemacht.«

Sally blieb abrupt stehen und sah mich ernst an. »Das ist nicht die Antwort, Nick.«

»Die Antwort worauf?«

»Du bist hier, weil du glaubst, dadurch wieder mit Marcus ins Reine zu kommen. Aber ganz so einfach wird es nicht werden.«

Bevor ich dazu kam, etwas zu erwidern, rief jemand Sallys Namen. Als wir uns umdrehten, sahen wir Marcus, der sich einen Weg zu uns bahnte. Er lächelte Sally an und begrüßte sie mit einem Kuss auf die Wange.

»Du siehst toll aus.«

»Danke.«

»Schön, dass ihr kommen konntet«, sagte er, doch sein Lächeln verrutschte ein wenig, als er mich ansah.

»Ziemlich viele Besucher«, bemerkte ich.

»Ja.« Einen Moment lang herrschte verlegenes Schweigen, und er ließ seinen Blick durch die Halle wandern. Schließlich fragte Sally nach Alice. »Sie ist da drüben«, sagte Marcus und war schon unterwegs zu ihr, mit Sally im Schlepptau.

Ich folgte den beiden durch die Menge. Zum Glück hatten die Differenzen zwischen Marcus und mir wenigstens das freundschaftliche Verhältnis zwischen ihm und Sally nicht getrübt. Die beiden hatten sich schon immer sehr gemocht. Sie lachte gerade über eine Bemerkung von ihm, und ich sah, wie ihre Augen leuchteten. Gott, wann hatte ich sie zum letzten Mal so lachen sehen? Marcus hatte so eine lockere Art, in seiner Gegenwart fühlten die Frauen sich wohl. Seinen Kleidungsstil hatte er seit zwanzig Jahren nicht geändert, er lief immer noch die meiste Zeit in Jeans und T-Shirt herum. Mit seiner Nickelbrille und den halblangen Haaren sah er fast genauso aus wie damals als Student, wahrscheinlich machte das einen Teil seines Charmes aus. Er wirkte irgendwie alterslos, wie jemand, der beschlossen hat, nicht erwachsen zu werden.

Als wir noch auf dem College waren, hatte ich Sally einmal gefragt, warum die Frauen sich ihrer Meinung nach zu ihm hingezogen fühlten. Damals war ich gerade im Flur einer jungen Frau mit unglaublich schönen Augen über den Weg gelaufen, die aus seinem Zimmer gekommen war, bekleidet mit einem T-Shirt, das kaum ihren Hintern bedeckte.

»Du wärst wohl gern an seiner Stelle, was?«, hatte Sally mich aufgezogen.

Das hatte ich natürlich bestritten, und es stimmte sogar, dennoch war ich neugierig. Sally meinte, Frauen fühlten sich in Marcus' Gegenwart sicher, sie spürten instinktiv, dass sie mit ihm reden konnten wie mit einem alten Freund. Er konnte zuhören. Er interessierte sich für das, was sie sagten.

»Ich glaube, die meisten Männer haben keine Ahnung, wie verführerisch so etwas sein kann«, fügte sie hinzu.

Jahre später fragte ich Sally, ob sie Marcus attraktiv finde. Zuerst sah sie mich nur verblüfft an, doch nach kurzem Zögern meinte sie, ja, sie glaube schon. Es machte mir nichts aus. Komischerweise haben wir Männer es gern, wenn unsere besten Freunde unsere Frauen attraktiv finden und umgekehrt. Es ist wohl eine Art Bestätigung dafür, die richtige Partnerin gewählt zu haben. Wahrscheinlich hatte Marcus sich auch gewünscht, dass Alice und ich uns mögen würden, und die Tatsache, dass das offenbar nicht der Fall war, erfüllte ihn mit Bedauern.

Als wir uns bis zu Alice vorgearbeitet hatten, unterhielt sie sich angeregt mit einer Frau über eines ihrer Bilder, eine gerahmte Leinwand, auf der ein leuchtend roter Farbklecks zu sehen war. Ich las das Schild unter dem Rahmen. Das Kunstwerk trug den Titel *Wut*.

»Ich habe damals eine schlimme Zeit durchgemacht«, erklärte Alice gerade. »Ich hatte das Bedürfnis, etwas zum Ausdruck zu bringen …« – sie suchte nach den richtigen Worten –, »… mir meine Wut von der Seele zu malen.«

Die Frau nickte ernst und mitfühlend, in dem Moment entdeckte Alice uns. Sie sagte etwas zu der Frau, die daraufhin im Gewühl verschwand.

Ich empfand dieselben widersprüchlichen Gefühle, wie jedes Mal, wenn ich Alice begegnete. Eine spontane Abneigung gegen ihr Gehabe, gepaart mit einem Kribbeln im Bauch angesichts ihrer umwerfenden Schönheit. Marcus war mit einer ganzen Reihe schöner Frauen zusammen gewesen, die mir fast ohne Ausnahme sympathisch waren. Obwohl er eine Schwäche für Künstlernaturen hatte, hatten die meisten von ihnen mit beiden Beinen im Leben gestanden. Einige arbeiteten als Designerinnen oder Werbetexterinnen, Frauen, die er durch die Arbeit kennen lernte. Alice jedoch passte nicht in dieses Bild. Äußerlich war sie eine Klasse für sich. Sie war groß, mindestens einsfünfundsiebzig, hatte langes, dunkelblondes Haar und blassgrüne Augen. Ich fand, dass sie ein nordischer Typ war, doch sie behauptete, ihre Vorfahren stammten aus Chile. Ihre Augen waren einfach unglaublich. Sie waren so hell wie in Eis eingeschlossene Smaragde. Alice und Marcus lebten nun schon seit zwei Jahren zusammen, doch immer noch war ich jedes Mal aufs Neue verblüfft, wenn ich ihr in die Augen schaute.

Alice und Sally begrüßten einander mit Küsschen und machten sich gegenseitig überschwängliche Komplimente, wobei Alice jedoch leicht unterkühlt wirkte. Sie waren keine richtig guten Freundinnen, was teilweise daran lag, dass sie so unterschiedlich waren, aber auch daran, dass Sally mit mir verheiratet war, was sie in Alices Augen von Anfang an verdächtig gemacht haben muss.

Ich ließ meinen Blick über die Bilder an der Wand schweifen, die für mich wie die Malversuche einer Vierjährigen aussahen, nur dass Alice jedem Einzelnen einen phantasievollen Titel verpasst hatte. Schließlich begrüßte sie auch mich, und ich hauchte ihr einen Kuss auf die zarte Wange, die sie mir darbot.

»Wie geht's denn so, Alice?«

»Gut. Ich war überrascht zu hören, dass du kommen würdest, Nick.«

Schwer zu sagen, ob sie überrascht oder eher enttäuscht war. Ich konnte nicht umhin zu bemerken, wie phantastisch sie aussah. Im Gegensatz zu ihren Künstlerkollegen kleidete sie sich normal, und an jenem Abend trug sie eine helle Hüfthose und ein eng anliegendes, schwarzes Top. Sie mochte Künstlerin sein, aber arm war sie nicht. Ich schätze, Alice hatte sich schon sehr früh gesagt, dass arm zu sein weder romantisch noch lustig ist.

»Und, wie gefallen sie dir?«, fragte sie, als sie sah, wie ich ihre Bilder betrachtete. Sie gab sich keine Mühe, ihren Sarkasmus zu verbergen, so als wäre uns sowieso allen klar, was ich von ihrer Kunst hielt.

Ich war tatsächlich der Meinung, dass ein vielsagender Name, den man einem Farbklecks verpasst, diesen noch lange nicht zu einem Kunstwerk macht, aber ich hatte keine Lust, mich mit ihr anzulegen. Ich richtete meinen Blick auf eine Leinwand, die mit verschiedenen Blautönen bemalt war. Auf dem Schildchen darunter stand: *Blau*.

»Das da gefällt mir«, verkündete ich.

»Wirklich?« Die spontane Überraschung wich sogleich ihrem üblichen Misstrauen mir gegenüber. »Warum?«

»Ich mag die Farben.«

Sie sah mich mit unverhohlener Herablassung an, was mir fürchterlich auf die Nerven ging, doch ich ließ mir nichts anmerken.

»Du magst die Farben, aha. Was sagen sie dir denn?«

Sie sagen mir, dies ist ein schönes, blaues Bild, was zum Teufel sollten sie mir sonst sagen, dachte ich. In meinen Augen war dieses ganze Zeugs nichts weiter als Dekoration. Man hängte es auf, weil es zum Teppich passte, oder was weiß ich. Ich behielt meine Meinung jedoch für mich und setzte ein freundliches Lächeln auf.

»Es wirkt irgendwie beruhigend«, erwiderte ich in der Annahme, dass sie etwas in der Art hören wollte.

Sie deutete auf das nächste Bild, ein gelbes Rechteck, das am Rand in Orange überging. Es trug den Titel *Tagesanbruch*. »Und was sagt dir dieses Bild?«

Es gefiel mir nicht, weil ich Gelb nicht mag, und ich ärgerte mich wahnsinnig über ihren herablassenden Ton. Heute schien sie ganz besonders darauf aus zu sein, mich zu triezen. »Dieses Bild erinnert mich an einen Sonnenaufgang an einem Sommertag.«

»Die Schöpfung«, sagte sie.

Meinetwegen, dachte ich.

Sie lächelte dünn, offenbar ließ sie sich kein bisschen von mir täuschen. Wir schlenderten weiter und betrachteten ihre anderen Werke. Bei jedem Einzelnen wollte sie wissen, was es mir sagte, und egal, was ich antwortete, ihr Blick zeigte mir jedes Mal unmissverständlich, dass sie mich für einen Banausen hielt. Dabei war es nicht einmal so, dass mir ihre Bilder grundsätzlich nicht gefielen, nur das Geschwätz, mit dem sie sie verbrämte, war mir unerträglich. All die tiefsinnigen Interpretationen, die niemand nachvollziehen konnte. Marcus und Sally hatten sich ein Stückchen von uns entfernt und warteten nervös lächelnd auf den unvermeidbaren Streit. Schließlich standen wir vor dem letzten von Alices Bildern.

»Was ist das?«, fragte ich und trat näher, um es genauer in Augenschein zu nehmen. Auf dem Kärtchen darunter stand einfach: *Frühlingswiese*. Im Vordergrund breitete sich ein Meer aus Grün unter einem blaugrauen Himmel aus. Im Hintergrund war ein Bauernhaus zu sehen, auf der Veranda stand ein Mann, der seinen Blick über die Landschaft schweifen ließ. Das Gras war mit roten und orangefarbenen Punkten gesprenkelt, und als ich genauer hinsah, entdeckte ich noch mehr Farben. Rosa, Violett, Blau und Gelb. Es war eine Wiese voller Frühlingsblumen. Wilder Mohn, Butterblumen, Gänseblümchen. Ein leichter Wind ging über die Wiese, erkennbar an einem wellenartigen Muster aus verschiedenen Grüntönen. Der Mann auf der Veranda betrachtete sein Land im Licht des späten Nachmittags.

All diese Einzelheiten waren geschickt mit kräftigen Farbtupfern gemalt. Das Gras und die Blumen, das Haus und die Gestalt auf der Veranda waren eigentlich nur Andeutungen. Vielleicht war das gar kein Haus und auch keine Gestalt auf einer Veranda, aber ich meinte, all das auf dem Bild zu erkennen. Ich konnte mir fast vorstellen, wie das Haus von innen aussah, einfach, aber gemütlich eingerichtet. Ich malte mir aus, wie der Mann seiner Frau dabei half, die Einkäufe aus einem alten Kombi zu laden, wie sie ihm von einer alten Freundin erzählte, die sie nach langer Zeit wieder getroffen hatte, während sie gemeinsam die Lebensmittel wegpackten.

»Das da gefällt mir. Wie viel kostet es?«, fragte ich.

Alice sah mich verblüfft an, unsicher, ob ich es ernst meinte. »Das ist eigentlich nur ein Versuch. Ursprünglich wollte ich es gar nicht aufhängen.«

»Wo ist das?«

Sie wandte sich ab. »Nirgendwo. Ich hab's aus der Erinnerung gemalt. Ich weiß nicht mehr, wo das war.«

Aus irgendeinem Grund glaubte ich ihr nicht. Ich hatte das Gefühl, dass es zu diesem Bild eine Geschichte gab, dass es sich in Wirklichkeit um einen realen Ort handelte, dass sie den Mann auf der Veranda kannte. Schon oft hatte ich mich gefragt, was Marcus an ihr fand. Sie sah zwar unglaublich gut aus, aber Marcus war nicht der Typ, der allein aus diesem Grund mit einer Frau zusammenblieb. Vielleicht hatte sie eine Seite, die nur er kannte. Eine echte Frau hinter all dem unechten Gehabe.

»Ich kaufe es«, sagte ich entschieden.

»Du willst es kaufen? Aber ich hab dir noch gar nicht gesagt, was es kostet.«

»Dann sag's mir jetzt.«

Sie zögerte, doch als sie sich von ihrer Verblüffung erholt hatte, sah sie mich herausfordernd an. »Siebenhundert Dollar.«

Ich wusste, dass Alice noch nie ein Bild für siebenhundert Dollar verkauft hatte. »Das ist aber ein bisschen hoch gegriffen, meinst du nicht?«

»Du hast doch gesagt, es gefällt dir. Findest du, so viel ist es nicht wert?«

Wahrscheinlich dachte sie, ich wollte mich über sie lustig machen, dass mich das Bild in Wirklichkeit gar nicht interessierte, und wollte es mir heimzahlen. Ihr war klar, dass ich kaum behaupten konnte, das Bild sei nicht so viel wert, ohne mich selbst bloßzustellen, zumindest in ihren Augen.

»Okay, ich nehme es.« Es war eine leichtsinnige Entscheidung. Obwohl mir das Bild tatsächlich gut gefiel, konnte ich mir zu dem Zeitpunkt eigentlich nicht leisten, so mit Geld um mich zu werfen. Alice allerdings schien alles andere als begeistert zu sein. Etwas Boshaftes flackerte in ihren Augen auf. Als ich einen Scheck ausstellte, mischte sie sich schnell unter die Leute, damit sie sich die Hände nicht mit meinem schmutzigen Geld besudeln musste. Also gab ich Marcus den Scheck und bat ihn, das Bild mit ins Büro zu bringen.

»Das wäre nicht nötig gewesen«, sagte er.

»Es gefällt mir«, beharrte ich. »Warum glaubt mir das eigentlich keiner?«

Kurz darauf schlenderten Sally und ich weiter, um uns die Werke der beiden anderen Künstler anzusehen. Einer von ihnen war ein Bildhauer, falls das die richtige Bezeichnung für jemanden ist, der aus Schrottteilen bizarre Skulpturen zusammenschweißt. Der Dritte konstruierte Vorrichtungen, mit deren Hilfe er flackerndes Licht erzeugte, das auf verschiedene Oberflächen projiziert wurde. Wir blieben vor einem Objekt stehen, wo nacheinander rotes, grünes, blaues, dann wieder rotes Licht ringförmig auf eine glatte Plastikoberfläche geworfen wurde. Der Titel des Kunstwerks lautete *Veränderung*.

»Genial«, murmelte ich.

Sally sah mich an. »Warum hast du das Bild von Alice gekauft?«

»Es gefällt mir.«

»Siebenhundert Dollar sind ein stolzer Preis. Bist du sicher, dass du nur das Bild gekauft hast?«

Ich gab ihr keine Antwort.

Nachdem die Vernissage beendet war, gingen wir zu viert in ein nahe gelegenes Bistro. Alice hatte noch zwei weitere Bilder verkauft, und als wir am Tisch saßen, hob sie ihr Glas, um mit uns anzustoßen.

»Auf den Erfolg!« Sie sah mich an. »Ich schätze, im Vergleich zu dem, was du gewöhnt bist, kommt dir das lächerlich vor. Mit elfhundert Dollar kann man sich kaum zur Ruhe setzen, nicht wahr?«

»Erfolg ist relativ«, sagte ich, während ich mir insgeheim ausrechnete, dass ich mindestens das Dreifache des angemessenen Preises für das Bild bezahlt hatte.

Offenbar hatte Alice bereits während der Vernissage einige Gläser Wein getrunken, und ihre Augen funkelten angriffslustig. »Ach, komm schon, Nick, sei nicht so bescheiden. Für dich ist Erfolg alles andere als relativ, er wird in Dollar und Cent berechnet.«

»Vielleicht sollten wir was zu essen bestellen«, schlug Marcus vor.

Alice zündete sich eine Zigarette an. »Noch nicht. Ich möchte erst hören, was Nick zu sagen hat. Sei ehrlich, in deinen Augen sind elfhundert Dollar Peanuts.«

»Der Meinung bin ich ganz und gar nicht.«

Sie verzog das Gesicht, offensichtlich glaubte sie mir nicht. Wir anderen studierten die Speisekarte, und Marcus fragte Alice, was sie essen wolle.

»Ach, bestell mir einfach irgendwas.« Als sie ihr Weinglas erneut füllte, warf Marcus ihr einen besorgten Blick zu. »Keine Angst, ich werde mich schon nicht betrinken.« Sie schenkte mir ein schiefes Lächeln, hob ihr Glas und sagte: »Friede.«

»Friede.«

»Ich gewöhne mich allmählich an die Vorstellung, dass Malerei nicht mehr gefragt ist. Die Leute kaufen sich Drucke, um ihre Wände zu schmücken. Es gibt nur noch Reklametafeln und Hochglanzfotos von Mädchen, die für Shampoo werben. Niemand ist mehr an echter Kunst interessiert. Das Geld, das ich heute Abend eingenommen habe, ist in Wirklichkeit gar nichts. Mit etwas anderem könnte ich wesentlich mehr verdienen.« Sie trank noch einen Schluck. »Wie viel verdient eine Graphikerin in einer Werbeagentur, Nick?«

»Ich weiß nicht. Vielleicht fünfzig-, sechzigtausend.«

»Na also. Heute Abend habe ich lausige elfhundert verdient. Wenn ich Glück habe, nehme ich zehntausend im

Jahr ein, und dabei könnte ich woanders das Fünffache kriegen. Andererseits verdiene ich meine Brötchen mit etwas, von dem ich überzeugt bin. Damit, dass ich meine Gefühle zum Ausdruck bringe.«

»Geld ist nicht alles«, pflichtete ich ihr bei.

Alice schnaubte verächtlich. »Also wirklich. Verschon mich mit solchen Klischees. An Geld lässt sich ablesen, welchen Wert wir einer Sache beimessen, und heutzutage weiß eben niemand mehr wirkliche Kunst zu schätzen. Nimm zum Beispiel das Bild, das du heute gekauft hast. Eigentlich wolltest du keine siebenhundert Dollar dafür ausgeben. Du warst der Meinung, dass es das Geld nicht wert ist, gib's ruhig zu. Ich hab's dir deutlich angesehen.«

»Ich habe mich nur über den Preis gewundert, das ist alles.«

»Genau! Und warum? Mit welchem Preis hattest du denn gerechnet für etwas, das ich aus nichts geschaffen habe? Für ein echtes Kunstwerk, an dem ich Tage und Wochen gearbeitet habe?«

»Ich habe die siebenhundert gern dafür bezahlt.«

»Okay, du hast sie bezahlt. Ob du es gern getan hast, sei dahingestellt. Aber wie viel war es deiner Meinung nach wirklich wert? Das möchte ich mal gerne wissen.«

Ich hob ratlos die Hände. »Ich weiß nicht, was du von mir hören möchtest.«

»Die Wahrheit. Oder ist das zu viel verlangt?«

Marcus warf ihr einen warnenden Blick zu, als sie erneut nach der Weinflasche griff, und sagte: »Vielleicht solltest du lieber aufhören.«

Sie beachtete ihn nicht. »Wir warten, Nick.«

»Also gut. Ich habe mich vielleicht gewundert, dass du so viel für das Bild verlangt hast. Aber ich habe den Preis bezahlt, oder?«

»Ganz genau«, rief sie triumphierend. »Ich frage mich bloß, warum.«

»Weil mir das Bild gefällt, wie ich dir schon mehr als einmal erklärt habe.«

»Das glaube ich dir nicht.«

»Meinetwegen. Das ist dein gutes Recht. Ich finde es großartig, dass du ein paar Bilder verkauft hast, und zur Feier des Tages sollten wir uns was Schönes zu essen bestellen. Ich habe noch nie etwas verkauft, was ich selbst geschaffen habe. Du solltest stolz auf dich sein.«

Alice sah mich an, als hätte ich sie grob beleidigt. »Der große Nick Weston meint, ich solle stolz auf mich sein, was sagt man dazu? Was bist du nur für ein Arschloch.«

Allmählich reichte es mir. Ich wusste, dass sie betrunken war, aber das ging nun wirklich zu weit. »Ich wüsste mal gern, was du für ein Problem hast, Alice. Ich habe das Bild gekauft, ich habe den Preis bezahlt, den du verlangt hast, und du bist immer noch nicht zufrieden. Was ist los? Ist es vielleicht meine Schuld, dass du nicht so viel Geld verdienst, wie dir deiner Meinung nach zusteht? Machst du mich dafür verantwortlich, dass die Welt deine Kunst nicht würdigt?«

»Ha! Das würde dir gefallen, was? Du meinst, du hast immer auf alles eine Antwort. Aber du irrst dich gewaltig.«

»Ach ja? Ich glaube, du bist einfach frustriert. Es kotzt dich an, dass andere Leute in die wirkliche Welt hinausgehen und tun, was sie tun müssen, um sich ihren Lebensunterhalt zu verdienen. Du hältst dich für was Besseres und bist stinksauer, weil die Gesellschaft dein Talent nicht erkennt.«

»Vielleicht bedeutet Geld mir nicht so viel wie dir. Ich leugne nicht, dass ich der Meinung bin, ich müsste viel mehr verdienen, aber das ist nebensächlich. Im Grunde geht es mir gar nicht darum. Lieber verdiene ich wenig Geld, wenn ich dafür weiterhin meine Bilder malen kann, wenn ich meine Gefühle ausdrücken kann, anstatt ein Leben zu führen, das mir nichts bedeutet.«

»Ich bitte dich, Alice. Verschon mich mit diesem Quatsch, dass du für deine Kunst leidest. Das passt überhaupt nicht zu dir.«

»Was zum Teufel soll das denn heißen?«, fuhr sie mich an.

Wir waren beide laut geworden. Sally und Marcus beobachteten uns mit einer Mischung aus Faszination und Entsetzen, und ich sah schon alle meine guten Vorsätze den Bach hinuntergehen.

»Vergiss es«, sagte ich.

Marcus legte vorsichtig eine Hand auf Alices Arm. »Vielleicht sollten wir lieber gehen.«

Unwirsch schüttelte sie seine Hand ab und starrte mich wütend an. »Ich will wissen, was du mit dieser Bemerkung gemeint hast.«

Ich schüttelte den Kopf. »Lass gut sein.«

»Alice ...«, versuchte Marcus es noch einmal, doch sie fiel ihm ins Wort.

»Glaub ja nicht, dass ich jetzt die Klappe halte und so tue, als wäre das alles meine Schuld«, fauchte sie. »Er hat das Bild doch bloß gekauft, weil er glaubt, dann würdest du vergessen, was für ein feiner Freund er ist.«

»Scheiße, mir reicht's«, rief ich aus. »Ich sage dir, was du für ein Problem hast, Alice. Du pflegst deinen Scheißheiligenschein, und uns Normalsterbliche, die versuchen, ihre Brötchen irgendwie zu verdienen, strafst du mit Verachtung. Bisher sehe ich dich jedenfalls noch nicht am Hungertuch nagen, im Gegenteil, keiner deiner Künstlerfreunde ist so elegant gekleidet wie du. Geld auszugeben hältst du wohl nicht für anrüchig, was? Solange du dir nicht die Hände schmutzig machen musst, um es zu verdienen. So läuft es doch, oder?«

»Ausgerechnet du wagst es, mich zu kritisieren«, höhnte sie. »Was auch immer ich bin, es ist allemal besser als so jemand zu sein wie du. Einer der schamlos lügt, der vor nichts zurückschreckt, um seine Ziele zu erreichen, selbst wenn er dafür jemanden über die Klinge springen lassen muss, der angeblich sein Freund ist.«

Einen Augenblick lang herrschte verlegenes Schweigen. Dann begann Alice plötzlich laut zu lachen.

»Was habt ihr denn? Wir sind doch Freunde, oder? Unter Freunden wird man doch wohl mal die Wahrheit sagen können.«

»Hör auf, Alice.« Marcus klang müde.

Doch Alice war nicht mehr zu bremsen. »Das ist das Problem mit dir, Marcus«, fuhr sie in ruhigerem, aber schneidenden Tonfall fort, »du sagst nicht, was du denkst. Nachdem er dich einmal beinahe ruiniert hat, wusstest du, dass er es wieder tun würde. Du hättest ihm sagen sollen, was du mir damals gesagt hast. Dann wärst du jetzt nicht in dieser Situation.«

»Genug jetzt!«, sagte Marcus.

»Siehst du?« Sie sah mich an. »Er hat es einfach nicht fertig gebracht. Weil ihr doch Freunde wart.« Sie lachte schrill.

»Wovon redet sie überhaupt?«, fragte ich verwirrt. Marcus schien das alles äußerst peinlich zu sein.

»Ich rede davon, dass Marcus überlegt hat auszusteigen. Er wollte seinen Anteil an der Agentur verkaufen und von vorne anfangen. Und zwar allein, Nick.«

Ich muss sie ziemlich verblüfft, ja schockiert angesehen haben. Im ersten Moment glaubte ich ihr nicht, aber als ich Marcus anschaute, stand ihm das schlechte Gewissen ins Gesicht geschrieben.

»Das war nach der Pleite von OfficeLine. Erinnerst du dich noch daran, Nick?«, fragte Alice.

Ich schenkte ihr keine Beachtung. »Stimmt das, Marcus? Willst du das immer noch?«

»Das spielt doch sowieso keine Rolle mehr, oder?«, antwortete Alice an seiner Stelle. »Es gibt schließlich nichts mehr zu verkaufen, stimmt's?«

Sie drückte abrupt ihre Zigarette aus, sprang auf und ging. Einen Augenblick später erklärte Marcus, er wolle ihr nachgehen, und erhob sich ebenfalls. Sally und ich blieben allein zurück. Nach einer Weile sagte ich: »Tja, das ist ja mal wieder super gelaufen.«

Sie versuchte, sich ein Lächeln abzuringen, doch aus ihrem Blick sprach nur Mitleid.

6

Ich hatte eine Besprechung mit Mitgliedern des Marketingteams von Spectrum Software, bei der es um die Positionierung und die Gesamtstrategie der Firma ging. Bev Jones, die Marketingchefin, leitete die Diskussion, und im Verlauf des Vormittags kamen die jeweiligen Produktmanager dazu, deren Berichte wir besprachen. Die Sitzung lief gut. Ich hatte mich darauf vorbereitet wie auf jedes Gespräch, das ich mit Spectrum führte, das heißt sehr gründlich. Kurz vor Schluss erschien Sam Mendez, setzte sich auf einen Stuhl an der Wand und hörte aufmerksam zu, während ich meine Gedanken zusammenfasste. Nachdem ich geendet hatte, gingen die anderen wieder an ihre Arbeitsplätze, und ich blieb allein mit Sam und Bev zurück.

»Das war eine gut durchdachte Präsentation, Nick«, sagte Sam und erhob sich. Er war groß und kräftig, mit einem kantigen Gesicht und weißem Haar, ein ehemaliger Footballspieler, der vor fünfundzwanzig Jahren seine eigene Firma gegründet hatte.

»Freut mich, dass sie Ihnen gefallen hat, Sam.« Ich spürte, dass er aus einem bestimmten Grund gekommen war, nicht nur, um sich die Zeit zu vertreiben. Er schaute zu Bev hinüber, und die beiden tauschten einen einvernehmenden Blick aus.

»Ich muss sagen«, fuhr er fort, »dass uns alles, was wir von Ihnen und Ihrer Firma bisher gesehen haben, ziemlich beeindruckt hat. Ihre Ideen gefallen uns.« Er deutete auf die Leinwand, auf der ich kurz zuvor einige Konzepte vorgestellt hatte, die Marcus und sein Team erarbeitet hatten.

»Dieser Teil ist nicht mein Verdienst«, sagte ich. »Ich bin nur das Sprachrohr.«

»Na, da bin ich mir nicht so sicher.« Er lachte in sich hinein, als wüssten wir beide, dass ich übertrieben bescheiden war.

»Die kreativen Köpfe in Ihrer Firma können sich nur dann bewähren, wenn Sie ihnen die Mittel dazu an die Hand geben«, meinte Bev. »Das heißt, Sie müssen ihnen schon klar machen, was Sie wollen.«

»Was bedeutet, Sie müssen was von unserem Geschäft verstehen«, fügte Sam hinzu. »Und daran besteht ja wohl kein Zweifel.«

»Ich hoffe zumindest, dass ich etwas davon verstehe«, sagte ich. Insgeheim dachte ich, dass dies das Understatement des Jahres war. Während der vergangenen Monate hatte ich zahllose Stunden damit verbracht, Spectrum bis in den letzten Winkel zu durchleuchten. Ich hatte ausführlich mit sämtlichen Angestellten gesprochen, nicht nur mit den Marketingspezialisten, sondern auch mit Mitarbeitern aus den Bereichen Design, Verkauf, Vertrieb und sogar mit Leuten aus den Läden, in denen die Produkte von Spectrum verkauft wurden. Von Anfang an war ich mir darüber im Klaren gewesen, dass ich, wenn ich gegen einen Konkurrenten wie KCM antrat, nichts dem Zufall überlassen konnte, denn die KCM-Leute würden das genauso wenig tun.

»Wir wissen, wie viel Arbeit Sie in dieses Projekt gesteckt haben«, sagte Sam Mendez. »Es war mir ein Anliegen, Ihnen noch einmal persönlich zu versichern, wie sehr wir das zu schätzen wissen.«

»Sehr freundlich von Ihnen, Sam.« Ich lächelte, immer noch unsicher, worauf er eigentlich hinauswollte.

»Ich will Sie nicht länger auf die Folter spannen, Nick. Ich bin heute hergekommen, um Ihnen zu sagen, dass wir kurz davor stehen, unsere Entscheidung zu treffen und die Firma zu benennen, die für die nächsten fünf Jahre als Werbeagentur für uns tätig sein wird.«

»Fünf Jahre?«

»Dachte ich mir, dass Sie das überrascht. Deswegen hat es alles auch so viel Zeit in Anspruch genommen. Wir wollen einen Fünfjahresvertrag mit der Agentur, die das Rennen macht.« Ich hatte fast den Eindruck, als zwinkere er mir kaum merklich zu, bevor er fortfuhr. »Dafür haben wir natürlich unsere Gründe. Und zwar sehr gute, wie Sie mir sicherlich bestätigen werden, sobald Sie sie kennen.« Schon wieder ein angedeutetes Zwinkern. »Nun möchten wir gern einen Termin für Ihre endgültige Präsentation mit Ihnen vereinbaren. Sehen Sie sich dazu in der Lage?«

»Jederzeit«, erwiderte ich ohne zu zögern. Wir arbeiteten seit Monaten an dem Projekt, hatten alles zusammengestellt, was wir über Spectrum wussten und was wir ihnen anbieten wollten, hatten ständig daran herumgefeilt.

»Ich nehme an, Bev hat Ihnen erklärt, wie alles vonstatten gehen soll«, sagte Sam, und Bev nickte. »Sie und die KCM-Leute stellen Ihre Präsentation am selben Tag vor, anschließend ziehen wir uns zur Entscheidungsfindung zurück, und sobald wir zu einem Schluss gekommen sind, informieren wir Sie darüber, wer den Vertrag erhält. Sind Sie damit einverstanden, Nick?«

»Absolut.«

»Gut. Dann wollen wir einen Termin festlegen. Wäre Ihnen der Dreiundzwanzigste recht?«

Bis zum Dreiundzwanzigsten waren es nur noch knapp zwei Wochen, doch auch diesmal antwortete ich ohne zu zögern: »Einverstanden.«

Er reichte mir die Hand und drückte sie kräftig. »Ich freue mich darauf, Sie in vierzehn Tagen hier zu begrüßen, Nick. Sie haben hart an diesem Projekt gearbeitet. Das weiß ich zu schätzen. Sie sind allen hier sehr sympathisch, und Ihre Arbeit gefällt uns. Also dann, bis zum Dreiundzwanzigsten.«

Sam Mendez verließ den Raum. Als er weg war, lächelte Bev mich an.

»Sie haben ihn überzeugt. Wenn die Entscheidung bei ihm läge, hätten Sie den Vertrag schon in der Tasche.«

»Meinen Sie?«

»Da bin ich mir ganz sicher. Aber die Leute von Morgan Industries wollen unbedingt, dass wir bei KCM bleiben. Sie sehen nicht ein, warum man zu einer anderen Agentur wechseln soll. Bei der Präsentation wird ein Vertreter von Morgan Industries dabei sein, also seien Sie darauf vorbereitet.«

»Da machen Sie sich mal keine Sorgen.«

Bev reichte mir die Hand und lächelte. »Das tue ich auch nicht.«

Erst als ich im Auto saß, wurde mir so richtig klar, was das bedeutete. Vor dieser Besprechung hatten unsere Probleme mit der Bank mein Leben wie eine dunkle Wolke überschattet. Alles hing davon ab, dass wir den Vertrag mit Spectrum bekamen. Wirklich alles. Nicht nur meine berufliche Existenz und mein Haus, sondern auch meine Ehe und meine Beziehung zu Marcus. Ich zweifelte nicht daran, dass die Entscheidung richtig gewesen war, uns um Spectrum zu bewerben, was nützte mir das, wenn die Sache platzte. Plötzlich kam es mir so vor, als hätte sich alles zum Guten gewendet. Die Welt drehte sich wieder, der Druck unter dem ich in den vergangenen Monaten gestanden hatte, ließ ein wenig nach.

Auf dem Weg zurück ins Büro beschloss ich, mir zur Feier des Tages einen Drink zu genehmigen, also steuerte ich ein Restaurant in North Beach an, ein Szenelokal, in dem sich seit einiger Zeit die Leute aus der Werbebranche trafen. Ich mag dieses Viertel. Es gibt dort eine ganze Reihe guter Restaurants wie das Jo Jo's, zu dem ich gerade unterwegs war, aber auch zahlreiche einfachere Restaurants, wo das Essen gut ist und die Atmosphäre noch besser.

Ich parkte in der Nähe des Washington Square, wo die Penner in der Mittagssonne dösten und sich von ihrem harten Geschäft des Bettelns und Schnorrens ausruhten, und ging den Rest des Wegs zu Fuß. Das Jo Jo's war brechend voll mit Leuten, die bei einem späten Mittagessen saßen und nicht vorhatten, noch einmal ins Büro zurückzukehren. Das ständige Klingeln der Handys klang wie ein Zirpkonzert elektronischer Grillen. Ich bestellte mir einen Drink an der Bar und ließ meinen Blick durch den Raum schweifen, um zu sehen, ob jemand dort war, den ich kannte. Ein Paar an einem Tisch fiel mir auf, eine stark geschminkte Blondine und ein Mann mit extrem sonnengebräunter Haut. Irgendetwas war komisch an ihrem Gespräch. Das Ganze wirkte unkoordiniert, sie nickten und gestikulierten in scheinbar unpassenden Momenten, redeten plötzlich gleichzeitig und schienen einander kaum zu beachten. Erst als ich die dünnen Kabel entdeckte, die von den auf dem Tisch liegenden Handys zu den diskreten kleinen Kopfhörern in ihren Ohren führten, begriff ich, dass sie überhaupt nicht miteinander redeten. Völlig fasziniert schaute ich immer wieder zu ihnen hinüber. Ich glaube, während der gesamten Mahlzeit wechselten sie nicht ein einziges Wort miteinander. Wenn man früher jemandem auf der Straße begegnete, der Selbstgespräche führte, konnte man davon ausgehen, dass er schizophren war oder sonst irgendwie verrückt. Heutzutage weiß man das nicht mehr so genau.

An der Bar herrschte ein ziemliches Gedränge. Ich nahm meinen Whisky und verzog mich ans Ende der Theke, weg von dem Trubel. Plötzlich sprach mich jemand von hinten an.

»Mensch, Nick, Sie habe ich ja hier ewig nicht gesehen!«

Ich erkannte die aalglatte Stimme sofort, und als ich mich umdrehte, stand Larry Dexter vor mir, in der Hand ein Glas Mineralwasser mit einer Zitronenscheibe, sein Lieblingsgetränk.

»Hallo, Larry«, sagte ich wenig begeistert. »Nett, Sie zu sehen. Was machen Sie denn hier?«

»Ich bin mit einem Kunden zum Mittagessen verabredet.« Er schob seine Manschette hoch, um einen demonstrativen Blick auf seine goldene Rolex zu werfen. »Er müsste gleich hier sein.«

Dexter lächelte und entblößte sein blendend weißes Gebiss, das ihn ein Vermögen gekostet haben musste. Es war eine Grimasse, mit der er alles Mögliche ausdrückte nur nicht Humor, und in diesem Fall war es anscheinend Spott. Er schien etwas zu wissen, was ihn insgeheim amüsierte.

»Lassen Sie sich von mir nicht aufhalten.«

»Ich hab's nicht eilig, Nick. Schließlich haben wir nicht oft Gelegenheit, ein bisschen zu plaudern, stimmt's?«

Wie immer war er tadellos gekleidet. Außer ihm kannte ich niemanden in unserer Branche, der stets einen Anzug trug. Nichts besonders Ausgefallenes. Dunkel, einreihig, maßgeschneidert. Dazu graue, meist italienische Designerhemden und reinseidene Krawatten. Mit seinem schwarzen, nach hinten frisierten Haar und den durchdringenden, humorlosen Augen wirkte er wie ein Bote des Teufels, bereit, das neue Millenium in Angriff zu nehmen.

»Soweit ich mich erinnere, hatten wir uns noch nie viel zu sagen«, bemerkte ich, trank meinen Whisky aus und bestellte mir noch einen. »Sie auch einen, Larry?«

»Danke, ich hab noch«, erwiderte er, ohne nach seinem Getränk zu sehen.

Immer noch ganz der Alte, dachte ich. Ich hob mein Glas, prostete ihm zu und trank einen Schluck. Mit einem Ausdruck der Genugtuung setzte er das Wasserglas an seine dünnen, blutleeren Lippen. Irgendwie schaffte er es jedes Mal, mir das Gefühl zu vermitteln, als stünde ich kurz davor, in der Gosse zu landen, in der Hand eine braune Papiertüte mit einer Flasche Schnaps der billigsten Sorte.

Wir hatten uns kennen gelernt, als ich anfing, bei KCM als Mitglied eines Teams von Kontaktern zu arbeiten, zu dem auch Dexter gehörte. Er war damals schon seit fünf oder sechs Jahren bei der Firma, hatte in der Poststelle begonnen und sich dann hochgearbeitet. Von Anfang an war ich für ihn ein unliebsamer Konkurrent. Im Prinzip begegnete er jedem mit dieser Einstellung, manchem mehr, manchem weniger. Dexter machte seine Arbeit gut, aber mir war gleich klar, dass er Höheres im Sinn hatte. Die Kunden zeigten sich zufrieden mit ihm, weil er sehr effizient war, und die Firma hielt große Stücke auf ihn, weil er gute Ergebnisse erzielte, aber wir anderen durchschauten ihn und seinen krankhaften Ehrgeiz. Er ging zwar jeden Freitag mit, wenn wir alle zusammen eine Bar aufsuchten, um uns von der anstrengenden Woche zu erholen, aber irgendwie passte er nicht in diesen Kreis. Er hielt sich stets im Hintergrund, nippte an seinem Mineralwasser und sah überheblich grinsend zu, wie wir anderen uns fröhlich betranken. Wenn man über einen Vorgesetzten herzog, der sich unbeliebt gemacht hatte, stand er garantiert rein zufällig hinter einem. Dexter merkte sich alles für den Fall, dass ihm eine Information eines Tages im Kampf um die Macht in der Firma zum Vorteil gereichen konnte.

In dieser Hinsicht ging es bei KCM zu wie in jeder größeren Firma. Es gab nur eine begrenzte Anzahl Posten in den oberen Etagen und jede Menge Leute, die darauf spekulierten. Der Konkurrenzdruck war hoch, und man musste die Spielregeln beherrschen, wenn man nach oben kommen wollte. Seine Arbeit gut zu machen erbrachte einem lediglich die Eintrittskarte für das Rennen, aber dann kam es darauf an, sich mit den richtigen Leuten zu verbünden, nämlich mit denen, die bereits die nächste Stufe der Karriereleiter erklommen und ein kleines bisschen Macht errungen hatten. Man musste dafür sorgen, dass der eigene Name an den richtigen Stellen erwähnt wurde, und das erkaufte man sich, indem man sich jemandem, den man zum Mentor auserkoren hatte, als Lakai andiente und bereit war, im Dreck nach Informationen herumzuschnüffeln, mit deren Hilfe der Mentor wiederum seine Rivalen ausstechen konnte. Ein Wort hier, eine Anspielung auf Trinkgewohnheiten oder schlechtes Benehmen dort, Gerüchte, die durch eine scheinbar beiläufige Bemerkung in die Welt gesetzt wurden, das waren die Waffen und die Munition des Wettkampfs. Aber man musste vorsichtig sein. Wenn man sich an den Falschen hängte und der plötzlich abstürzte, konnte es passieren, dass man auf der Straße stand, ehe man sich's versah. Mich kotzte das alles an. Es gab viel zu viele Faktoren, auf die ich keinen Einfluss hatte, und ich musste immer darauf gefasst sein, dass mir jemand bei der nächstbesten Gelegenheit in den Rücken fiel. Ich war heilfroh, als ich aussteigen und Larry Dexter das Feld überlassen konnte. Er genoss das Spiel in vollen Zügen.

»Es hat was Ironisches, nicht wahr, wie sich alles entwickelt hat«, sagte Dexter.

»Was ist die Ironie daran?«

»Dass wir uns beide um den Spectrum-Auftrag bewerben, meine ich. Es ist wie in alten Zeiten. Jetzt sind wir wieder Rivalen.«

»Wir haben beide bei derselben Firma gearbeitet, Larry, deswegen waren wir noch lange keine Rivalen.«

»Dann eben Konkurrenten, das müssen Sie doch zugeben. Das ist schließlich ganz normal. Wir wollten beide Karriere machen.«

Ich schüttelte den Kopf. »Sie sind immer davon ausgegangen, dass ich dasselbe wollte wie Sie. Aber ich habe nie mit Ihnen konkurriert.«

»Ich bitte Sie. Wollen Sie etwa behaupten, Sie hätten eine Beförderung abgelehnt, wenn KCM sie Ihnen angeboten hätte?«

»Warum fällt es Ihnen so schwer, das zu glauben?«

»Sie wissen doch sicher, dass ich Andersons Posten bekommen habe, nachdem Sie ausgestiegen sind?«

»Ich hab davon gehört.« Anderson war ein Senior-Kontakter gewesen, von dem es hieß, er werde einem Machtkampf zum Opfer fallen, der eine Etage höher ausgefochten wurde. Dexter hatte dafür gesorgt, dass er zur Stelle war, als der Posten frei wurde.

»Ich hab mich immer gefragt«, sagte Dexter, »ob Sie das wohl bei der Entscheidung beeinflusst hat, Ihren Job aufzugeben.«

»Ich bin ausgestiegen, weil ich eine eigene Agentur gründen wollte, Larry.«

»Ja. Aber dass Sie sich genau zu diesem Zeitpunkt dazu entschlossen haben, schien mir doch ein merkwürdiger Zufall zu sein.«

Ich fragte mich, warum er auf diesen alten Geschichten herumritt. Jetzt, wo wir darüber sprachen, meinte ich mich zu erinnern, dass Dexter ziemlich schroff reagiert hatte, als ich meine Entscheidung bekannt gab. Es war beinahe, als ginge es ihm gegen den Strich, dass ich die Firma verließ, was ich damals nicht verstand. Ich hatte gedacht, er würde froh sein, jemanden loszuwerden, den er als Bedrohung betrachtete.

»Hat es Sie geärgert, dass ich ausgerechnet in dem Augenblick gegangen bin, Larry? Hätten Sie es lieber gesehen, wenn ich noch da gewesen wäre, als Sie Andersons Job übernommen haben, damit Sie Ihren Triumph über mich hätten auskosten können?« Ich musste lachen. »Das ist es, nicht wahr? Ich fasse es nicht, dass Sie das immer noch beschäftigt.«

»Lachen Sie nur. Ich bin nach wie vor überzeugt, Sie sind damals aus dem Grund gegangen. Sie müssen gewusst haben, dass ich den Posten bekommen würde und nicht Sie.«

»Gott, Larry, das ist Jahre her. Ich möchte Ihnen ja nicht den Spaß verderben, aber ich war noch nicht mal an dem Job interessiert.«

»Selbstverständlich nicht«, erwiderte er in schneidendem Ton. »Sie wollten Ihre eigene Agentur gründen und reich werden. Tja, das hat nur leider nicht so geklappt, wie Sie sich das vorgestellt haben, was?«

»Wir sind nicht so groß wie KCM, falls Sie das meinen. Wenn wir den Zuschlag für Spectrum bekommen, könnte sich das allerdings ändern«, fügte ich beiläufig hinzu. Nach dem Gespräch mit Sam Mendez fiel es mir schwer, mir eine gewisse Selbstgefälligkeit zu verkneifen. Ich fragte mich, wie Dexter sich fühlen würde, wenn er davon wüsste.

Er lachte. »Sie glauben doch nicht im Ernst, dass Sie eine Chance haben!«

»Aber der Gedanke macht Sie dennoch nervös, stimmt's, Larry?«

Er reagierte nicht auf meine Bemerkung, aber ich hatte das Gefühl, einen wunden Punkt getroffen zu haben. Wahrscheinlich hatte er sich schwarz geärgert, als er erfuhr, dass eine kleine, unbekannte Agentur versuchte, KCM ein Stückchen vom lukrativen Kuchen abzujagen. Vor allem, als sich herausstellte, wem die Agentur gehörte.

»Lassen Sie uns die Sache mal realistisch betrachten, Nick. Wir arbeiten für sämtliche anderen Unternehmen von Morgan Industries, es ist doch nur logisch, dass alles zusammenbleibt.«

»Offenbar sieht Sam Mendez das anders. Vielleicht kommt er mit Ihren Leuten einfach nicht klar.«

Ich wusste nicht genau, warum Sam Mendez einen Wettbewerb um den Auftrag ausgeschrieben hatte, aber es kursierte das Gerücht, einer der Hauptgründe bestehe darin, dass Mendez weder Sarah Miles, die Kontakterin, die Dexter für das Spectrum-Projekt ausgewählt hatte, noch Dexter selbst besonders gut leiden konnte. Es hieß, Mendez sei ein sehr aufrechter, moralisch denkender Mensch, während Sarah Miles dafür bekannt war, dass sie von rücksichtslosem Ehrgeiz getrieben wurde. Man munkelte sogar, sie habe versucht, mit ihm anzubandeln.

Dexters Grinsen verschwand, und um seine Irritation zu verbergen, nippte er an seinem Wasser. »Es ist kein Geheimnis, dass Sarah die Lage falsch eingeschätzt hat«, erklärte er steif. »Aber dieses Problem wurde bereits gelöst.«

»Ich habe davon gehört.« Dexter hatte sie gefeuert, obwohl er sie wahrscheinlich zu dem angestiftet hatte, was auch immer sie verbrochen haben mochte. Zurzeit erzählte sie jedem, der es hören wollte, sie sei heilfroh, aus der Firma ausgeschieden zu sein, denn ihr Chef habe regelmäßig von ihr verlangt, dass sie ihm auf den Knien hinter seinem Schreibtisch zu Diensten war. So wie sie es darstellte, ließ Dexter sich nicht einmal von der Arbeit abhalten, während sie zugange war, und erwartete von ihr, dass sie nach Erfüllung ihrer Pflicht wortlos den Raum verließ, als wäre nichts geschehen. Es gibt solche und solche, dachte ich.

Dexter hatte sich wieder gefangen. »Sam wird sich schon wieder beruhigen. Nehmen Sie's mir nicht übel, Nick, aber das ist ein Kampf zwischen David und Goliath. KCM macht hundert Millionen Dollar Umsatz. Und wie viel macht Carpe Diem? Zwei Millionen?« Er grinste spöttisch.

»Sie wissen ja, wie das mit der Größe ist. Außerdem, wenn ich es richtig in Erinnerung habe, wurde Goliath doch am Ende von David besiegt, oder?« Ich trank meinen Whisky aus und ließ die Eiswürfel im Glas klimpern. »Wissen Sie, ich glaube, Sie sind tatsächlich nervös. Was sind Sie eigentlich inzwischen, stellvertretender Vorsitzender von irgendwas? Wahrscheinlich spekulieren Sie bereits auf den nächsthöheren Posten. Wenn Sie Spectrum nicht bekämen, würde das gar nicht gut für Sie aussehen, stimmt's? Manchmal erholt man sich von so einem Misserfolg nie mehr.«

»Ach, ich glaube nicht, dass ich mir darüber Sorgen machen muss«, erwiderte Dexter selbstsicher und bedachte mich wieder mit diesem spöttischen Lächeln, das mich zunehmend irritierte. »Ich gebe Ihnen einen aus.« Er winkte dem Kellner und deutete auf mein Glas. »Sie müssen ja zurzeit fürchterlich im Stress sein. Seit wann arbeiten Sie an dem Projekt? Seit vier, fünf Monaten? Ich habe ein komplettes Team darauf angesetzt. Ein paar Kreative, zwei Kontakter und natürlich meine Wenigkeit. Das kostet eine Menge, selbst für unsere Verhältnisse. Für Sie muss das eine extreme Belastung sein.«

»Lassen Sie sich darüber mal keine grauen Haare wachsen, Larry, wir kommen schon klar.«

»Wirklich?« Sein Blick sagte mir, dass er daran zweifelte.

»Ihnen wäre es natürlich lieber, wenn Sie uns mit der geballten Schlagkraft und dem Geld von KCM in die Knie gezwungen hätten. Aber Tatsache ist, es ist fast vorbei, und wir sind immer noch da.« Ich grinste. »Wissen Sie, was ich glaube? Ich glaube, Sie fürchten, ich könnte Sie schlagen. Sie nehmen das richtig persönlich, nicht wahr? Wenn ich gewinne, macht sich das natürlich gegenüber dem Vorstand von KCM nicht besonders gut. Aus dem Rennen geworfen zu werden von einer kleinen, unabhängigen Agentur.« Ich schnalzte mit der Zunge. »Da werden Köpfe rollen, Larry. Da werden Köpfe rollen.«

Er durchbohrte mich mit einem eiskalten Blick. In dem Moment brachte der Kellner meinen Whisky.

»Prost«, sagte ich.

Er verzog das Gesicht, hatte sich jedoch sogleich wieder im Griff. Dann erregte irgendetwas am Eingang seine Aufmerksamkeit. Er lächelte auf eine Weise, die mich ziemlich irritierte.

»Da ist mein Kunde.« Er stellte sein Mineralwasser ab und winkte jemandem zu. Dann tat er so, als sei ihm gerade in dem Augenblick etwas eingefallen. »Ach, ich glaube, Sie beide kennen sich. Wahrscheinlich wollen Sie ihn kurz begrüßen.«

Der Ausdruck des Triumphs, der sich wie ein Ölfilm über sein Gesicht legte, war nicht zu übersehen. Ein Mann bahnte sich den Weg durch die Menge auf uns zu, und ich erkannte das blonde Haar und die gebeugten Schultern von Jerry Parker, dem Chef von WebLink. Er zögerte kurz, als er mich sah, doch dann fasste er sich wieder und kam zu uns herüber. Dexter schüttelte ihm die Hand.

»Hallo, Jerry, schön, dass Sie es einrichten konnten. Sehen Sie mal, wen ich zufällig getroffen habe. Sie und Nick kennen sich doch, oder?« Er sah mich vergnügt an.

»Hallo, Nick, wie geht's?«, sagte Parker verlegen.

Wir reichten uns höflich die Hand, obwohl die Situation uns beiden unangenehm war.

»Jerry und ich sind zum Essen verabredet, Nick, wenn Sie uns entschuldigen würden.« Dexter amüsierte sich köstlich. »Schön, mal wieder mit Ihnen geplaudert zu haben.« Er wandte sich zum Gehen, dann drehte er sich noch einmal um. »Übrigens. Viel Glück bei der anderen Sache.«

Er machte sich unverhohlen über mich lustig, und zum ersten Mal wurde mir leicht mulmig. Ich sah den beiden nach, irritiert und besorgt. Was zum Teufel brachte Dexter dazu, einen Kunden wie Parker zu übernehmen? KCM betreute die ganz großen Kunden, Firmen, die Millionen in die Werbung investierten, nicht so kleine Klitschen wie WebLink. Die waren vielleicht für uns wichtig, aber doch nicht für Dexter.

Mein Selbstvertrauen und meine gute Laune waren plötzlich wie weggeblasen. Ich musste an ein altes Sprichwort denken: Das Spiel ist erst aus, wenn die letzte Karte gelegt ist. Ich starrte auf den Whisky, den Dexter mir spendiert hatte. Mein erster Impuls war, ihn einfach stehen zu lassen, doch dann überlegte ich es mir anders und trank ihn in einem Zug aus.

Sally war nicht da, als ich nach Hause kam. Auf dem Tisch lag ein Zettel, auf dem sie mir mitteilte, sie gehe eine Freundin besuchen. Es war halb neun, und ich fühlte mich geschafft. Ich machte mir ein Sandwich und schenkte mir einen Whisky ein, der verschwand, ohne dass ich es überhaupt wahrnahm. Also füllte ich das Glas aufs Neue und setzte mich an den Küchentisch, um ein einsames Mahl einzunehmen. Sally hatte ein paar Zeitschriften herumliegen lassen, lauter Hefte von der Sorte, die von jungen Müttern gelesen werden, weil sie alle möglichen Artikel über Kindererziehung und Babypflege enthalten. Ich blätterte in einer der Zeitschriften herum und betrachtete die bunten Bilder von rosig aussehenden Frauen mit ihren Neugeborenen. Um neun klingelte das Telefon. Ich dachte, es könnte Sally sein, aber als ich den Hörer abnahm, meldete sich niemand. Ich spürte jedoch, dass jemand am Apparat war.

»Wer ist da?«, fragte ich. Keine Reaktion. »Ich lege jetzt auf.« Immer noch nichts.

»Sally, bist du das?«

Wer auch immer der Anrufer war, schließlich legte er auf. Ich wartete darauf, dass das Telefon erneut läutete, doch es geschah nichts. Nachdem ich mein Glas wieder gefüllt hatte, war die Flasche leer, und ich nahm mir vor, eine neue zu kaufen.

Etwa eine Stunde später kam Sally nach Hause. Ich grübelte immer noch über den Anruf nach, denn obwohl ich mir einredete, jemand müsse sich einen Scherz erlaubt haben, glaubte ich nicht so recht daran. Irgendwie hatte ich ein komisches Gefühl bei der Sache. Sally kam in die Küche, warf einen Blick auf mein Glas und erkundigte sich, wie mein Tag verlaufen sei.

»Nicht schlecht«, antwortete ich, denn ich hatte beschlossen, ihr weder von der Besprechung bei Spectrum noch von meiner Begegnung mit Dexter zu berichten. »Und, wen hast du besucht?«, fragte ich.

»Eine ehemalige Kollegin.«

Sally arbeitete als Einkäuferin für eine Boutiquen-Kette. Sie war gut in ihrem Job, entwickelte jedoch keinen besonderen Ehrgeiz. Sie hatte immer vorgehabt, ihre Stellung aufzugeben, sobald wir Kinder hatten.

»Welche denn?«, erkundigte ich mich, bemüht, mit ihr ins Gespräch zu kommen.

»Die, die neulich ein Kind gekriegt hat.«

»Linda? Ich dachte, die wäre weggezogen.« Ich war mir sicher, dass Sally mir erzählt hatte, Lindas Mann habe eine Stelle irgendwo im Westen bekommen. In Phoenix, meinte ich mich zu erinnern. Damals war ich ganz froh darüber gewesen, denn Lindas Schwangerschaft und die Geburt ihrer Tochter hatten Sally schwermütig gestimmt.

»Nein, eine andere. Du kennst sie nicht. Liz Herman. Sie war in der Buchhaltung.«

Den Namen hatte ich noch nie gehört, und irgendetwas an Sallys Ton kam mir merkwürdig vor. Sie schenkte sich ein Glas Wasser ein, trank es aus und stellte das leere Glas wieder weg.

»Und, wie geht es ihr?«

»Gut.«

»Was hat sie denn bekommen?«

»Ein Mädchen.«

»Das ist schön.«

»Ja, wirklich.«

»Und wie heißt die Kleine?«

»Wie sie heißt? Anna.«

»Schöner Name.« Ich nippte an meinem Scotch.

»Ja, finde ich auch«, meinte Sally. »Also, ich bin müde. Ich geh schon mal rauf.«

»Okay. Ich komme auch gleich.«

Ich stand in der Küche, trank meinen Whisky und grübelte über das Gespräch nach. Irgendetwas stimmte nicht. Sally hatte nervös gewirkt, oder unsicher. Jedenfalls hatte sie es vermieden, mir in die Augen zu sehen. Ich erinnerte mich, dass sie einmal gesagt hatte, wenn wir eine Tochter bekämen, würde sie sie gern Anna nennen. War das Zufall, oder war es nur der erste Name gewesen, der ihr in den Sinn kam? Ihre Handtasche lag auf der Bank. Nach einer Weile öffnete ich sie und nahm ihr Adressbuch heraus, doch als ich unter dem Buchstaben L nachschaute, fand ich keine Liz. Auch den Namen Herman gab es nicht. Ich redete mir ein, es habe nichts zu bedeuten.

Kurz darauf ging ich hinauf ins Schlafzimmer, setzte mich auf die Bettkante und tat so, als würde ich fernsehen, während Sally an ihrem Toilettentisch saß, um sich abzuschminken. Sie hatte die Knöpfe ihrer Bluse geöffnet, und ich konnte durch ihren weißen BH die Wölbung ihrer Brüste sehen. Der Kontrast zwischen sonnengebräunter Haut und weißer Spitze und die unbekümmerte Art, wie sie ihre Reize zeigte, machten mich an. Mit einem Haarreif schob sie sich das Haar aus der Stirn, dann nahm sie einen Wattebausch und entfernte Lidschatten und Lippenstift. Anschließend kremte sie sich das Gesicht ein. Schließlich begann sie, langsam und ausgiebig ihre Haare zu bürsten. Plötzlich begegneten sich unsere Blicke im Spiegel, und sie hielt inne, verblüfft darüber, dass ich sie beobachtete. Ein dunkler Schatten schien über ihr Gesicht zu huschen.

»Du hast ja heute ziemlich früh Feierabend gemacht«, bemerkte sie.

»Stimmt.« Ich überlegte, ob ich ihr von meiner Besprechung bei Spectrum erzählen sollte, doch dann musste ich wieder an Dexter denken und ließ es bleiben.

Sie hörte auf, ihre Haare zu bürsten. Ich hatte ganz vergessen, wie gern ich ihr in solchen Momenten zuschaute. Ich fand sie immer besonders anziehend, wenn sie mit etwas Alltäglichem beschäftigt war, in Gedanken versunken, und gar nicht bemerkte, dass ich sie beobachtete. Wenn sie zum Beispiel ein Buch las, konnte ich sehen, ob ihr die Geschichte gefiel. Feine Linien zeichneten sich auf ihrer Stirn ab, wenn sie sich konzentrierte, ihre Mundwinkel zuckten, wenn sie sich über etwas amüsierte, und wenn sie die Lippen fest zusammenpresste, wusste ich, dass den Protagonisten gerade ein schreckliches Schicksal ereilte. Wenn ein Roman sie dagegen langweilte, huschten ihre Augen rastlos über den Text, und sie blätterte stirnrunzelnd die Seiten um. Aber am liebsten sah ich ihr zu, wenn sie sich zum Schlafengehen fertig machte. Das Ritual des Abschminkens und Haarebürstens löste alle möglichen Gefühle in mir aus. Sie konnte so erotisch wirken, wenn sie nur den Kopf zur Seite neigte, um ihr langes Haar vom Hals her nach außen zu bürsten. Der Anblick eines kleinen Stücks nackter Haut vermochte mich stärker zu erregen, als wenn sie sich absichtlich aufreizend benahm. Das lag teilweise daran, dass sie dann so in sich versunken war. Ihr Blick bekam etwas Verträumtes, wenn sie sich pflegte, und sie nahm ihre Umgebung überhaupt nicht mehr wahr. Während ein Teil ihres Bewusstseins ihre Bewegungen kontrollierte, wurden ihre Gedanken davongeweht wie Herbstlaub im Wind. Einmal hatte ich sie gefragt, woran sie dachte, und sie hatte lächelnd geantwortet, an uns.

Jetzt erschien sie mir so reizvoll wie eh und je, doch ich musste daran denken, wie lange ich sie schon nicht mehr auf diese Weise beobachtet hatte. Und ich wurde das Gefühl nicht los, dass irgendetwas mit ihr nicht stimmte.

»Woran denkst du?«, fragte ich.

Sie schreckte aus ihren Gedanken auf. »An nichts.«

Abrupt, als fühlte sie sich unter meinen Blicken unwohl, stand sie auf, ging ins Bad und schloss die Tür. Als sie wieder zum Vorschein kam, hatte sie ihr Nachthemd an. Sie warf ihre Unterwäsche in den Wäschekorb und ging zur Tür.

»Gehst du noch mal nach unten?«, fragte sie.

Ich schüttelte den Kopf. Sie schaltete überall das Licht aus und kontrollierte, ob die Türen verriegelt waren. Ich stand auf und nahm ihre Unterwäsche aus dem Korb. Der Slip aus weißer Spitze passte zu dem BH; es war ein Stringtanga mit einem hauchdünnen, durchsichtigen Vorderteil. Ich konnte mich nicht erinnern, die beiden Teile schon einmal gesehen zu haben, obwohl sie mir sicher aufgefallen wären. Der Markenname klang irgendwie französisch, und als ich im Papierkorb nachschaute, fand ich die abgeschnittenen Preisetiketten. Ich weiß nicht, warum, aber es irritierte mich, dass meine Frau sich neue Unterwäsche gekauft hatte.

Als Sally zurückkam, ging ich ins Bad, um mir die Zähne zu putzen, und als ich wieder ins Schlafzimmer trat, lag sie bereits im Bett und las ein Buch. Sie schaute auf. »Meine Eltern kommen am Wochenende«, erinnerte sie mich.

»Ach ja, stimmt. Das hatte ich schon fast vergessen.« Phantastisch, dachte ich frustriert und malte mir den Besuch von Sallys Mutter aus. Doch ich ließ mir nichts anmerken. »Wir sollten einen Tisch in einem Restaurant bestellen. Vielleicht bei Mario.«

Kurz darauf schaltete Sally das Licht aus. Ich lag im Dunkeln und lauschte auf ihren Atem. Ich musste an die Eltern-Zeitschriften auf dem Küchentisch denken, an den seltsamen Anruf und daran, dass Sally gesagt hatte, sie sei bei Liz Herman gewesen, einer Frau, die sie bisher noch nie erwähnt hatte. Dann fiel mir Dexter ein, und ich sah ihn wieder vor mir in dem Restaurant, zusammen mit Jerry Parker, sah dieses spöttische Lächeln in seinem Gesicht. Zwei Stunden später lag ich immer noch wach.

7

Mir blieb bis zum Dreiundzwanzigsten Zeit, um der Präsentation für Spectrum den letzten Schliff zu geben, und ich beschloss, jede Minute dieser Aufgabe zu widmen, um nichts dem Zufall zu überlassen. Auf mein Drängen hin wurde dem Projekt in der Agentur absolute Priorität eingeräumt, was Marcus überhaupt nicht passte.

»Das ist nicht unser einziger Kunde, verdammt!«, schimpfte er, als wir in seinem Büro über das Problem sprachen. »Bisher haben wir den Auftrag noch nicht mal. Wir können nicht einfach alles andere liegen lassen. Wir haben Abgabetermine, ganz zu schweigen davon, dass wir Gehälter zahlen müssen. Hast du das etwa vergessen?«

»Die Bank hält uns den Rücken frei, Marcus«, argumentierte ich. »Das ist der Endspurt. Es sind nur noch knapp zwei Wochen.«

Er starrte mich an, merkte, dass es keinen Zweck hatte, auf seinem Standpunkt zu beharren. »Ich hoffe bloß, dass du weißt, was du tust.«

Das hoffte ich auch, ließ mir aber nichts anmerken. Ich war alles tausendmal durchgegangen. Das ungute Gefühl, das ich seit meiner Begegnung mit Dexter hatte, nagte noch immer an mir, obwohl Sam Mendez mir so gut wie zugesagt hatte, dass wir den Zuschlag für Spectrum bekommen würden. Eins wusste ich jedoch ganz genau, nämlich, dass es kein Zurück mehr gab. Die Bank saß uns im Nacken, und unser Umsatz ging weiter zurück. Jetzt hieß es alles oder nichts.

Ich arbeitete bis spätabends und war morgens der Erste im Büro, schob mir zwischendurch ein Sandwich rein, trank Kaffee und Whisky, um mich am Laufen zu halten, und sah Sally kaum. Einmal rief ich sie auf der Arbeit an, um kurz Hallo zu sagen, aber die Frau, die das Gespräch entgegennahm, erklärte mir, Sally sei gerade zu Tisch.

»Ist es wichtig?«, fragte sie. »Soll ich ihr etwas ausrichten?«

»Danke, ist schon in Ordnung«, erwiderte ich, und wollte gerade auflegen, als sie fragte, ob mir eventuell jemand anders weiterhelfen könne. Nach kurzem Zögern sagte ich: »Na ja, Liz Herman vielleicht. Aber die arbeitet nicht mehr bei Ihnen, wenn ich mich recht erinnere.«

»Liz Herman? Den Namen habe ich noch nie gehört. Sie hat bei uns gearbeitet, sagen Sie? In welcher Abteilung denn?«

»In der Buchhaltung.«

Ich hörte, wie sie irgendwo nachschlug. Dann meinte sie: »Nein, jemanden dieses Namens hat es bei uns nie gegeben.«

Ich bedankte mich und erklärte ihr, es sei nicht wichtig. Eine Weile grübelte ich darüber nach, was das zu bedeuten hatte, redete mir jedoch schließlich ein, es könne hundert Erklärungen geben. Vielleicht hatte ich den Namen falsch in Erinnerung, oder die Frau, mit der ich telefoniert hatte, irrte sich. Natürlich kam mir nichts davon wirklich überzeugend vor, doch ich verdrängte es, weil ich im Moment sowieso nichts daran ändern konnte. Was auch immer »es« sein mochte.

Während der ganzen Woche wechselte ich kaum ein Wort mit Sally. Wir liefen uns im Haus über den Weg und schliefen im selben Bett, aber mehr auch nicht. Die Vorbereitung meiner Präsentation nahm mich voll und ganz in Anspruch. Ich hatte das Gefühl, meine Ehe dümpelte dahin wie ein Boot ohne Steuermann. Am Mittwoch saßen wir bei einer

Tasse Kaffee zusammen, und ich bemühte mich, Sally zu erklären, dass ich kürzer treten würde, sobald wir Spectrum in der Tasche hatten, und dass wir dann wieder mehr Zeit füreinander haben würden. Es war eine Art Hinhaltetaktik, ein Versuch, Schlimmeres zu verhindern, doch sie wollte nichts davon wissen.

»Hast du je die Möglichkeit in Erwägung gezogen, dass ihr den Zuschlag nicht bekommt?«

»Du redest schon genau wie Marcus. Setzt denn niemand mehr Vertrauen in mich?«

Sie schaute auf die Uhr und blieb mir eine Antwort schuldig. »Ich muss los. Bin schon spät dran.«

Am Freitag schafften wir es, kurz zusammen zu frühstücken. »Du siehst mitgenommen aus«, bemerkte Sally.

»Es geht mir gut«, erwiderte ich, doch ich sah, wie ihr Blick zu der leeren Whiskyflasche hinüberwanderte, die neben dem Mülleimer stand. Ich war selbst überrascht gewesen, als ich am Abend zuvor bemerkt hatte, dass sie schon leer war, denn es kam mir so vor, als hätte ich sie gerade erst gekauft.

»Du solltest dich ein bisschen schonen.«

Ich schüttelte den Kopf. »Das geht nicht. Mir bleibt nur noch eine Woche.«

»Arbeitest du heute Abend?«

»Leider.«

»Du weißt ja, dass meine Eltern heute kommen.«

»Ja, ich weiß.« Wenn ihre Eltern nicht gekommen wären, hätte ich durchgearbeitet, doch als Kompromiss versprach ich, mir den Rest des Wochenendes frei zu halten. Wahrscheinlich war das gar nicht so schlecht, sagte ich mir. Ich konnte eine Verschnaufpause gebrauchen, und zwei gemeinsame Tage würden uns vielleicht gut tun, selbst wenn ihre Eltern dabei waren. »Ich habe für morgen Abend einen Tisch bei Mario reserviert«, sagte ich. Es war eins unserer Lieblingsrestaurants in den Hügeln oberhalb der Half Moon Bay, wo wir regelmäßig essen gingen. Ich wusste, dass Sally das Restaurant mochte, sie würde sich darüber freuen, ihre Eltern dorthin auszuführen. Sie reagierte jedoch nicht.

Ich stand auf und gab ihr zum Abschied einen Kuss. »Grüß deine Eltern von mir, und wartet nicht auf mich, wenn es spät wird.«

Sie sagte nichts, blieb einfach am Tisch sitzen und starrte in ihre Kaffeetasse.

Erst gegen Mitternacht kam ich von der Arbeit nach Hause. Alles war still, aber Sally hatte in der Diele ein Licht für mich brennen lassen. Ich ging in die Küche, wo eine Tasche, von der ich annahm, dass sie Ellen gehörte, auf der Bank lag. Auf der Anrichte stand eine leere Weinflasche, und in der Spüle stapelte sich schmutziges Geschirr, das Sally wahrscheinlich am Morgen spülen wollte. Um ihr einen Gefallen zu tun, räumte ich Teller und Besteck in die Spülmaschine, schrubbte die Töpfe und Pfannen und ließ sie zum Trocknen stehen. Als ich fertig war, holte ich eine frische Flasche Whisky aus dem Schrank. Ich war müde, meine Augen brannten, und ich brauchte Schlaf. Nur einen kleinen Schluck noch, dachte ich, und tat ein paar Eiswürfel in ein Glas. Ich trank, ohne dass ich den Geschmack richtig genießen konnte, aber das Brennen des Alkohols schien die Anspannung in meinem Körper zu lösen. Abwesend rieb ich mir den Nacken. Ich schloss die Augen, und einen Augenblick lang schlief ich fast im Stehen.

Das schrille Läuten des Telefons ließ mich zusammenfahren, und ich beeilte mich, den Hörer abzunehmen, bevor das ganze Haus aufgeweckt wurde.

»Ja?« Ich warf einen Blick auf meine Armbanduhr und fragte mich, wer zum Teufel um diese Zeit anrufen mochte.

Niemand meldete sich.

»Wer ist da?« Keine Reaktion.

Ich wurde wütend. »Ich weiß nicht, wer Sie sind, aber hören Sie gefälligst auf, uns mit Anrufen zu belästigen! Kapiert?« Ich spürte, dass jemand am anderen Ende der Leitung war, und ich wusste, es hatte irgendetwas mit Sally zu tun. Seit einigen Tagen fragte ich mich, ob sie sich womöglich mit einem anderen Mann traf und wer das sein konnte. Ein Kollege? Ich hatte ein paar von ihnen bei einer

Weihnachtsfeier kennen gelernt, doch keiner davon schien mir ihr Typ zu sein. Ein Nachbar vielleicht? Auch da fiel mir niemand ein, der in Frage gekommen wäre.

»Wer sind Sie? Sie sind wohl zu feige, was zu sagen, wie?« Es frustrierte mich, so ins Leere zu reden. »Lecken Sie mich am Arsch!«, sagte ich. »Und Hände weg von meiner Frau!«

Ich knallte den Hörer auf. Plötzlich kam ich mir reichlich blöd vor. Wahrscheinlich gab es gar keinen anderen Mann. Eher waren es irgendwelche Jugendliche, die sich einen Scherz erlaubten, oder jemand, der sich verwählt hatte. Wahrscheinlich.

Wie üblich wachte ich früh auf. Ich fühlte mich hundsmiserabel. Sally schlief noch, und auch sonst rührte sich nichts im Haus. Ich schlüpfte aus dem Bett und schlich nach unten. Ich musste einen klaren Kopf bekommen, also packte ich meine Schwimmsachen und fuhr zum Peninsula Club. So früh am Samstagmorgen waren nur wenig Leute im Schwimmbecken, meist ältere Semester, die immer da zu sein schienen und in aller Ruhe ihre Bahnen zogen, als könnten sie ewig so weitermachen. Ich suchte mir eine freie Bahn, führte ein paar Dehnübungen aus und glitt ins Wasser. Meine Gelenke schmerzten, und meine Schläfen pochten, aber nach einer Weile spürte ich die Anstrengung nicht mehr. Das kühle Wasser löste die Spannung in meinen Muskeln. Ich spürte, wie die Giftstoffe von dem vielen Alkohol und dem schlechten Essen an die Oberfläche kamen, und schüttelte sie ab wie eine Schlange, die sich häutet. Trotzdem schaffte ich nicht mehr als zwanzig Bahnen, dann stieg ich aus dem Wasser, wickelte mich in mein Handtuch und sah den alten Leuten zu, wie sie in unerbittlich regelmäßigem Rhythmus durch das Becken zogen.

Als ich nach Hause kam, erklärte Frank mir, Sally und Ellen seien zum Einkaufen nach Palo Alto gefahren. Es war warm, und Frank saß im Garten. In der Ferne schimmerten die Hügel im weißlichen Dunst. Ich reichte Frank die Hand.

»Schön, dich zu sehen, Frank.«

»Gleichfalls.«

»Wie war euer Flug?«

»Gut. Tut mir Leid, dass wir uns gestern Abend nicht mehr gesehen haben. Wir wollten auf dich warten, aber Sally meinte, es könne spät werden.«

»Ich bin erst gegen Mitternacht nach Hause gekommen, und ich bin derjenige, der sich entschuldigen muss. Ich habe im Moment schrecklich viel um die Ohren.«

Frank nickte. »Sally hat es erwähnt.« Er ließ seinen Blick durch den Garten wandern, und einen Moment lang dachte ich, das Gespräch wäre beendet. Doch dann sagte er nachdenklich: »An dem Garten müsste mal was gemacht werden.«

Da hat er Recht, dachte ich. In letzter Zeit hatte ich kaum darauf geachtet, aber mir fiel auf, dass er geradezu verwildert war. Ich hatte noch nie ein Händchen für Gartenarbeit gehabt und war froh, wenn ich es schaffte, den Rasen regelmäßig zu mähen. Mittlerweile konnte man kaum noch erkennen, wo unser Garten aufhörte und der Wald dahinter anfing. Ich ließ meinen Blick schweifen. Ein Stück weiter den Hügel hinauf stand ein großes, weißes Haus, das vor etwa einem Jahr errichtet worden war. Es lag geschützt zwischen den Bäumen, dennoch hatte man von da oben eine wunderbare Aussicht. Der Besitzer hatte vor drei Jahren eine Internetfirma gegründet, und als er an die Börse ging, dreihundert Millionen Dollar verdient, hieß es. Dreihundert Millionen! Der Typ war einunddreißig.

Ich wandte mich wieder Frank zu. Er begutachtete gerade einen Rosenstrauch, der sich zu einem dornigen Gestrüpp ausgewachsen hatte.

»Den hat Sally gepflanzt, als wir hier eingezogen sind«, sagte ich. »Ich habe mich in letzter Zeit kaum um den Garten gekümmert.«

»Der muss beschnitten werden. Dann treibt er mehr Blüten. Und man muss das Unkraut ausrupfen, sonst erstickt der Strauch.«

»Hier müsste überhaupt eine Menge getan werden«, stimmte ich ihm zu.

Frank deutete auf eine andere Pflanze, deren Namen ich nicht kannte. »Blattläuse. Da musst du mal sprühen, sonst geht die Pflanze ein.«

»Ja, das sollte ich tun.« Die Pflanze sah wirklich ziemlich mitgenommen aus.

»Die treibt im Frühjahr wunderschöne Blüten, wenn du sie richtig pflegst.«

Er schlenderte weiter, blieb hin und wieder stehen, um eine Pflanze zu betrachten, drehte prüfend einzelne Blätter um. Anfangs hatte ich mich manchmal gefragt, ob Frank vielleicht ein wenig einfältig war. Er hatte zwar früher als Rechtsanwalt gearbeitet, doch ich konnte mir nicht vorstellen, dass so eine Kleinstadtkanzlei eine intellektuelle Herausforderung darstellte. Seit ich ihn kannte, galt seine ganze Leidenschaft den Pflanzen, die er in geräumigen Gewächshäusern zog und dann auspflanzte, um zu sehen, ob sie den schweren Boden und die strengen Winter in Oregon überlebten. Von Sally wusste ich, dass er sämtliche Haushalts- und Familienangelegenheiten Ellen überließ. Aus Streitereien hielt er sich stets heraus; sobald Unstimmigkeiten auftraten, zog er sich schleunigst in die friedliche Welt zurück, die er sich im Garten geschaffen hatte.

Während wir umhergingen, gab er mir ausführliche Ratschläge, doch ich hörte nur mit halbem Ohr zu. Es gab zu viele andere Dinge, die mich beschäftigten, zum Beispiel der mitternächtliche Anruf und die nicht existierende ehemalige Kollegin.

»Schönheit braucht Pflege, Nick«, erklärte Frank.

Ich blieb stehen, weil ich plötzlich merkte, dass er nicht mehr neben mir war, und drehte mich um. Er sah mich mit einem seltsamen Lächeln an.

»Entschuldige, Frank. Was hast du gesagt?«

»Du darfst sie nicht als selbstverständlich hinnehmen, sonst kann es dir passieren, dass du dich eines Tages umschaust, und sie ist weg.«

»Wer ist weg?«

»Die Schönheit, Nick. Ich sagte gerade, sie braucht Pflege.«

Einen Augenblick lang sah er mir in die Augen, dann huschte ein Lächeln über sein Gesicht, und er wandte sich ab. Während wir weiterschlenderten und über den Garten plauderten, musste ich immer wieder an seine Worte denken, und daran, wie er mich angesehen hatte. Ich hatte das unbestimmte Gefühl, dass er versuchte, mir etwas mitzuteilen.

»Wie bitte?«

»Ich sagte, wir haben diesen Freund von Sally getroffen, der sie früher öfter besucht hat. Diesen jungen Hunt. Du erinnerst dich vielleicht an ihn.«

»Garrison Hunt?« Der Name rief sogleich alle möglichen Gefühle in mir wach. Ich dachte an meinen ersten Besuch bei Sallys Eltern und daran, wie ihre Mutter mir dauernd erzählt hatte, was für ein toller Hecht dieser Garrison war.

»Ja. Du hast ihn mal kennen gelernt, nicht wahr?«

»Ich bin ihm ein- oder zweimal begegnet. Wohnt er nicht immer noch in White Falls?«, fragte ich, etwas verwirrt. White Falls war ein kleines Nest. Da hätte Frank diesem Garrison Hunt dauernd über den Weg laufen müssen.

»Ja, er wohnt immer noch dort. Sally besucht ihn hin und wieder, wenn sie bei uns ist.«

Ich starrte Frank an. Das war mir neu. Er erwiderte meinen Blick, doch an seinem Gesichtsausdruck konnte ich nichts ablesen.

»Wir haben ihn jedenfalls gestern zufällig getroffen«, sagte er.

»Moment mal. Gestern, sagst du? Du meinst, ihr habt ihn in San Francisco getroffen?«

»Genau. Er ging ganz in Gedanken versunken die Straße entlang. Wir wären beinahe zusammengestoßen. Haben eine Tasse Kaffee zusammen getrunken. Er hatte geschäftlich hier zu tun.«

»Was für ein Zufall«, bemerkte ich.

Frank lächelte. »Ja, allerdings.«

Das war reichlich untertrieben, dachte ich. In einer Großstadt laufen sie ganz zufällig Garrison Hunt aus White Falls über den Weg, der rein zufällig am selben Tag hier zu tun hat. Das kam mir doch sehr merkwürdig vor.

»Und, wie geht's ihm?«, fragte ich.

»Er machte einen ganz zufriedenen Eindruck«, erwiderte Frank.

Ich versuchte immer noch, mir einen Reim auf diese Geschichte zu machen, als ich merkte, dass Frank weitergegangen war und wieder angefangen hatte, über den Garten zu reden. Mir fiel ein, was er eben über die Schönheit gesagt hatte. Und jetzt diese Andeutung über Garrison Hunt. Wie die Teile eines Puzzles setzte sich mit einem Mal alles zu einem Bild zusammen. Die Anrufe. Sallys seltsames Verhalten.

Sally und Garrison Hunt. Es traf mich wie ein Hammerschlag, mir blieb regelrecht die Luft weg. Frank drehte sich nach mir um.

»Alles in Ordnung, Nick?«, fragte er besorgt.

8

Unter dem Vorwand, ich hätte noch einige Dinge zu erledigen, ließ ich Frank im Garten zurück, ging in mein Arbeitszimmer, schloss die Tür und holte eine Flasche Whisky hervor. Als ich Sallys Auto in der Einfahrt hörte, war es bereits Nachmittag. Sie sprach mit ihrer Mutter, während die beiden auf das Haus zukamen, dann drehte sich der Schlüssel im Schloss, und die Haustür wurde geöffnet. Frank hatte behauptet, die beiden seien bummeln gegangen, aber das Einzige, was sie bei sich hatten, war eine Tüte vom Bäcker. Wahrscheinlich hatten sie die Zeit genutzt, um ausführlich miteinander zu reden, vielleicht in einem Restaurant, wo sie zu Mittag gegessen hatten. Inzwischen war mir alles klar. Ich vermutete, Sally war bei einem ihrer Besuche in White Falls Garrison Hunt wiederbegegnet. Ich konnte mir lebhaft vorstellen, wie sie vor der Post zusammenstießen, wie sie lachten und kicherten, während er ihr half, die Briefe vom Boden aufzusammeln, die sie für ihre Mutter einwerfen sollte. Vielleicht waren sie anschließend zusammen in ein Café gegangen und hatten über alte Zeiten geplaudert. Als Sally das nächste Mal ihre Eltern besuchte, führte er sie zum Essen aus, und von da an trafen sie sich regelmäßig. Eines Abends bestellte er eine teure Flasche Wein und gestand Sally bei Kerzenlicht, dass er sie immer geliebt und aus diesem Grunde nie geheiratet hatte.

Ich konnte mir vorstellen, wie er verlegen grinste, wie er sie ängstlich anschaute, weil er nicht wusste, wie sie reagieren würde, und wie Sally errötete und ihm nicht in die Augen sehen konnte.

»Und wie geht's Nick?«, hatte er sich vermutlich scheinheilig erkundigt.

»Nick?« Erst hatte sie gelächelt, dann die Stirn gerunzelt. Zweifellos hatte sie ihm anvertraut, dass mit ihrer Ehe nicht gerade alles zum Besten stand.

»Oh, das tut mir aber Leid für dich«, hatte er wahrscheinlich verständnisvoll geraunt. Arschloch.

Solche Geheimnisse bleiben in einer Kleinstadt nicht lange geheim, und ob Sally Ellen selbst davon erzählt hatte, oder ob Ellen über die örtliche Gerüchteküche erfuhr, dass ihre Tochter und Garrison Hunt sich regelmäßig trafen, spielte keine Rolle. Das war eine Gelegenheit, die sie sich auf keinen Fall entgehen lassen konnte. Doch ich kannte Sally gut genug, um zu wissen, dass sie so etwas nicht auf die leichte Schulter nahm. Vielleicht war ihr einfach alles über den Kopf gewachsen, vielleicht war sie sich über ihre Gefühle nicht mehr im Klaren und zu dem Schluss gekommen, dass sie eine Auszeit brauchte. Das würde erklären, warum sie seit einiger Zeit nicht mehr zu ihren Eltern gefahren war, und es würde ebenfalls erklären, warum Ellen es für nötig befunden hatte, Sally in San Francisco zu besuchen. Plötzlich war mir alles sonnenklar. Ellen wollte Sally überreden, mit nach Oregon zurückzukehren. Die Begegnung mit Garrison Hunt, von der Frank mir erzählt hatte, war keineswegs ein Zufall, sondern sorgfältig vorbereitet. Es gehörte alles zu Ellens perfidem Plan.

Ich begrüßte die beiden an der Tür. »Da seid ihr ja. Ich dachte schon, ihr kommt überhaupt nicht mehr wieder. Seid ihr schön gebummelt? Eingekauft habt ihr ja anscheinend nicht besonders viel, was?«

Ein Anflug von Unsicherheit zeigte sich in Sallys Miene, als sie den Sarkasmus in meiner Stimme hörte und merkte, dass ich getrunken hatte. Ich durchbohrte sie mit einem vorwurfsvollen Blick, dann wandte ich mich ihrer Mutter zu.

»Willst du mich denn gar nicht begrüßen, Ellen? Wir haben uns schließlich eine ganze Weile nicht gesehen, stimmt's? Wie geht's denn meiner Lieblingsschwiegermutter?« Als ich mich zu ihr hinunterbeugte, um ihr einen Kuss auf die Wange zu geben, verlor ich das Gleichgewicht, und wir stießen mit den Köpfen zusammen. Sie wich zurück und warf mir einen angewiderten Blick zu, als hätte ich ihr unter den Rock gelangt.

»Ihr habt euch bestimmt eine Menge zu erzählen gehabt«, sagte ich mit einem boshaften Grinsen.

»Du bist ja betrunken«, sagte Sally vorwurfsvoll. Die Situation war ihr offensichtlich peinlich.

»Wir haben alle unsere kleinen Schwächen. Das sind die Versuchungen des Fleisches. Du weißt ja selbst, wie das ist, Sally.«

Sie schaute mich misstrauisch an, schien sich zu fragen, was ich mit dieser Anspielung meinte.

»Na, wo wart ihr denn nun den ganzen Tag, wenn ihr schon nicht einkaufen wart? Habt ihr irgendeinen Bekannten getroffen?«

»Nick, was soll das?«, wollte Sally wissen.

»Und gestern? Was hast du gestern getrieben? Dir die Gegend angesehen? Irgendwo nett zu Mittag gegessen? In einem Hotel schnell einen Quickie hingelegt?«

Verunsicherung. Schock. Schlechtes Gewissen. All das flackerte gleichzeitig in Sallys Blick auf. Insgeheim hatte ich gehofft, ich hätte die falschen Schlüsse gezogen, aber ihr Gesichtsausdruck bestätigte mir, dass ich den Nagel auf den Kopf getroffen hatte. Plötzlich durchfuhr mich ein stechender Schmerz, und es dauerte eine Weile, bis ich begriff, dass es Trauer war.

Als Ellen sich an mir vorbei ins Haus schob, schlug mein Schmerz in Wut um. »Ihr beiden habt offenbar ein paar Dinge zu klären. Ich gehe wohl besser nach oben, damit ihr ungestört seid«, sagte sie. Aber so leicht sollte sie mir nicht davonkommen.

»Warum so eilig? Wir sind noch gar nicht dazu gekommen, uns zu unterhalten. Schließlich geht dich das alles auch etwas an, nicht wahr?«

Sie ignorierte mich und sagte zu Sally: »Falls du mich brauchst, ich bin in unserem Zimmer.«

»Während du da oben bist, kannst du gleich deine Sachen packen.«

Sally sah mich entsetzt an. »Nick ...«

»Ja? Was ist los, Sally? Hältst du mich für einen schlechten Gastgeber? Tja, vielleicht hast du Recht. Vergiss meine letzte Bemerkung, Ellen. Ich werde deine Koffer für dich packen. Was hältst du davon? Ich fahre dich sogar höchstpersönlich zum Flughafen. Ach, was soll's, ich fahre dich sogar bis nach Oregon rauf. Dann bin ich wenigstens sicher, dass du diesen Staat verlassen hast.«

»Verdammt, Nick, das reicht!«, fuhr Sally mich an.

»Es reicht? Ich hab noch gar nicht richtig angefangen.«

»Du bist betrunken!«

»Da hast du allerdings Recht.« Ich war vorher schon laut geworden, aber mittlerweile schrie ich. Ich wusste, wenn ich jetzt in den Spiegel schaute, würde ich sehen, dass mein Gesicht rot war und die Augen mir aus dem Kopf traten. »Jeder Mann hat das Recht sich zu betrinken, wenn er erfährt, dass seine Frau mit einem Typen rumbumst, den sie aus der Highschool kennt, meinst du etwa nicht?«

Einen Augenblick lang herrschte entsetztes Schweigen. Sally öffnete den Mund, als wollte sie etwas sagen, brachte jedoch keinen Ton heraus.

»Tu's nicht«, sagte ich erschöpft. »Versuch nicht, es abzustreiten.«

»Ich wollte es gar nicht abstreiten«, erwiderte sie bekümmert.

»Deine Erklärungen kannst du dir ebenfalls sparen«, schäumte ich, doch tief in meinem Innersten wünschte ich mir nichts sehnlicher, als dass sie es mir erklärte, denn so schwer wir es auch in letzter Zeit miteinander gehabt hatten, ich hätte mir nie träumen lassen, dass es einmal so weit kommen würde.

So jedenfalls stellte ich mir die Situation vor, nachdem ich Frank im Garten zurückgelassen und mich in meinem Arbeitszimmer verkrochen hatte. Ich malte mir alles bis ins kleinste Detail aus. Das Szenario endete damit, dass Sally mich verließ und damit die Vorahnung erfüllte, mit der ich an dem Morgen aufgewacht war, als die Besprechung mit der Bank anstand. Es war die Erinnerung an den Traum und die erschreckende Erkenntnis, dass ich Sally tatsächlich verlieren könnte, was mich letztlich zurückhielt. Ich hatte die Whiskyflasche bereits geöffnet, fest entschlossen, meinen Schmerz im Alkohol zu ertränken, doch am Ende entschied ich mich dagegen. Ich verschloss die Flasche wieder und versuchte, trotz des Schmerzes und trotz der Wut zu begreifen, was geschehen war.

Schönheit braucht Pflege, hatte Frank gesagt. Ich überlegte, ob dieser Rat metaphorisch gemeint war. Instinktiv verspürte ich das Bedürfnis, Sally mit dem, was ich wusste, zu konfrontieren; andererseits musste ich mich fragen, ob das nicht nur dazu dienen würde, ihr meinen Schmerz zu demonstrieren und ihre eigene Schuld bewusst zu machen, um ihr damit ebenfalls Schmerz zuzufügen? Wollte ich ihr nicht bloß zeigen, wie sehr mich das alles zur Verzweiflung brachte, um ihr auf meine Weise das Herz zu brechen? Das hieße ja, meine Gefühle umzudrehen und sie zu einer Waffe zu machen, mit der ich blindlings auf sie losgehen konnte. Es ging um mich. Mich, mich, mich. Wahrscheinlich hoffte ich insgeheim sogar, dass ich sie, indem ich sie so beschämte, dazu bringen konnte einzusehen, welches Unrecht sie mir angetan hatte, und mich auf Knien um Vergebung zu bitten. Aber was war, wenn sie nicht so reagierte? Was, wenn ich hinter ihrer Reue und ihrem Schmerz noch etwas anderes entdeckte, eine Spur von Erleichterung darüber, dass endlich alles ans Licht gekommen war? Wenn sie ein Verhältnis mit Garrison Hunt angefangen hatte, dann war das sicherlich nicht geplant gewesen. So etwas würde Sally niemals tun. Dann hätte sie mich zuerst verlassen. Dass sie das nicht tat, nachdem sie sich auf die Affäre eingelassen hatte, legte den Schluss nahe, dass sie immer noch etwas für mich empfand, dass sie unsere Ehe noch nicht ganz aufgegeben hatte. Je länger ich über diese Möglichkeit nachdachte, desto mehr kam ich zu der Überzeugung, dass das, was auch immer geschehen sein mochte, in einem Augenblick der Schwäche passiert war, ein Zeichen ihrer Verzweiflung, und dass sie, nachdem sie Zeit gehabt hatte, über alles nachzudenken, die Affäre beendet hatte. Deswegen war sie nicht mehr nach Oregon gefahren, und deswegen hatte Ellen beschlossen, nach San Francisco zu kommen.

Am Ende sagte ich mir, dass Sally nicht bereit gewesen war, mich zu verlassen, aber dass ich sie, indem ich sie zur Rede stellte, sehr wohl dazu bringen konnte. Ich hatte also die Wahl. Wollte ich sie in die Flucht treiben? Oder wollte ich um sie kämpfen? Sosehr es auch schmerzte, ich konnte nicht umhin einzusehen, dass ich, wenn Sally so unglücklich gewesen war, dass sie Trost bei einem anderen Mann suchte, mindestens zum Teil dafür verantwortlich war.

Bis Sally und ihre Mutter nach Hause kamen, war ich zu einigen Erkenntnissen gelangt. Ich liebte Sally. Ich hatte sie immer geliebt. Und ich wollte sie auf keinen Fall verlieren, aber ich wusste nicht, ob es mir gelingen würde, für mich zu behalten, was ich in Erfahrung gebracht hatte. Garrison Hunt ging mir nicht mehr aus dem Kopf. Es war lange her, dass ich ihn gesehen hatte, und ich hatte keine Ahnung, ob und wie sehr er sich verändert hatte. Ich erinnerte mich noch nicht einmal genau an ihn. Dunkles Haar, schmales Gesicht, hochgewachsen und schlank. Sein Auftreten dagegen hatte ich deutlicher in Erinnerung. Er besaß das tief verwurzelte Selbstvertrauen, das man häufig bei Kindern aus wohlhabendem Elternhaus findet. Sein Leben lang hatte man ihm das Gefühl vermittelt, etwas ganz Besonderes zu sein. Er hatte eine renommierte Schule besucht, wo sportliche und intellektuelle Talente von gut bezahlten Lehrern entdeckt und gefördert wurden, Lehrern, die ihren Schülern beibrachten, hohe Erwartungen an sich selbst und ihre Zukunft zu stellen, und sie ständig daran erinnerten, dass sie über die Mittel verfügten, diese Ziele auch zu erreichen. Dies gehört zu dem Erbe, das in wohlhabenden Kreisen von

Generation zu Generation weitergegeben wird, und es ist mehr wert als Geld.

Wenn Sally zum Beispiel bei der Arbeit einen Mann kennen gelernt und mit ihm eine Affäre angefangen hätte, wäre es für mich leichter zu ertragen gewesen. Dass es ausgerechnet Garrison Hunt war, machte es besonders schlimm. Nicht weil er Geld hatte, obwohl das auch eine Rolle spielte, sondern weil er etwas ganz Bestimmtes verkörperte. Wenn ich an ihn dachte, stiegen alle möglichen alten Gefühle wieder in mir hoch. Ich musste daran denken, wie Ellen bei meinem ersten Besuch in Sallys Elternhaus von ihm erzählt und mir deutlich zu verstehen gegeben hatte, was für einen Mann sie sich für ihre Tochter wünschte. Eifersucht. Kränkung. Verletzter Stolz. Ich überlegte, wie Sallys Leben wohl ausgesehen hätte, wenn sie nicht mich, sondern ihn geheiratet hätte. Ich stellte mir vor, wie die beiden in White Falls in einer geräumigen Villa lebten, mit Pferden und drei oder vier Kindern, malte mir aus, wie Sally mit frischen, rosigen Wangen durch den Schnee stapfte, wie sie sich abends vor dem offenen Kamin an ihren Mann kuschelte, zu ihren Füßen ein großer Hund auf einem teuren Teppich, den Angehörige eines Bergvolkes in einer Region auf der anderen Seite der Erdkugel in zehnjähriger Arbeit handgeknüpft hatten.

Und so kam es, dass ich Sally und ihre Mutter, als sie nach Hause zurückkehrten, trotz und wegen all dieser widersprüchlichen Gefühle freundlich an der Haustür begrüßte. Ich hauchte Ellen einen Kuss auf die Wange und betonte, wie sehr ich mich über das Wiedersehen freute. Ich muss sogar ziemlich überzeugend geklungen haben, denn Sally sah mich leicht erstaunt an, als ich auch ihr zur Begrüßung einen Kuss gab und mich erkundigte, ob sie einen schönen Tag gehabt hätten. Ich sagte nichts dazu, dass sie keine Einkaufstüten bei sich hatten, und ich ließ mir auch nicht anmerken, wie verzweifelt ich eigentlich war.

Marios Restaurant lag hoch oben in den Hügeln. Sally und ich hatten es zufällig entdeckt, kurz nachdem wir in die Gegend gezogen waren, und seitdem gingen wir regelmäßig dort essen, das letzte Mal lag aber sicherlich ein halbes Jahr zurück. Die Aussicht auf die glitzernden Lichter der Half Moon Bay und auf den Pazifik, der im Sonnenuntergang leuchtete wie flüssiges Gold, trug zu der romantischen Atmosphäre bei. Ich verließ die 280 bei Woodside und wählte die malerische Strecke über den Skyline Boulevard. Die Straße schlängelt sich durch bewaldete Hügel und grüne Täler und führt über die weitläufigen, maisgelben Grasflächen der Santa Cruz Mountains. Sallys Eltern saßen hinten im Wagen; Frank schaute aus dem Fenster und genoss die Landschaft, während Ellen stumm vor sich hin starrte. Ich wusste, dass sie misstrauisch war. Schließlich behandelte ich sie mit ausgesuchter Höflichkeit, was selbst Sally zu einer Bemerkung veranlasst hatte, als wir uns zur Abfahrt bereitmachten.

»Du hast doch gesagt, es würde dich freuen, wenn wir ein bisschen besser miteinander auskämen, oder?«, erwiderte ich. »Nun, ich gebe mir Mühe.«

Seit dem Nachmittag hatte Ellen sich mir gegenüber kühl verhalten. Höflich, aber reserviert, woraus ich schloss, dass sie, falls sie Sally dazu überreden wollte, mich zu verlassen, bisher noch keinen Erfolg gehabt hatte. Sally trug ein schlichtes schwarzes Kleid mit einem runden Ausschnitt, dazu silberne Ohrringe und eine feine silberne Halskette. Sie sah wunderschön aus. Gedankenverloren schaute sie aus dem Fenster.

Wir erreichten die Abzweigung zum Restaurant, dessen Lichter in der Abenddämmerung durch das Laub der Bäume hindurchschimmerten.

»Das scheint ein schönes Lokal zu sein«, bemerkte Frank.

»Es wird euch gefallen«, sagte ich. »Sally und ich sind früher oft hierher gekommen.«

Ich hielt auf dem Parkplatz, der von Rhododendren und Bougainvilleen gesäumt war. Die Luft war erfüllt vom Duft der Blüten, die auch am Terrassengeländer hochrankten und von Lampen angestrahlt wurden. Die Bougainvilleen hatten alle unterschiedliche Farben, von Dunkelviolett über

Zartrosa und Blutrot bis zu Orange, und viele Zweige waren ineinander verschlungen, sodass es aussah, als handelte es sich um eine einzige riesige Pflanze, die dieses Farbenmeer hervorbrachte. Es erinnerte mich an ein aus Farbklecksen bestehendes Gemälde à la Alice, nur der tiefsinnige Titel fehlte.

Mario stand wie üblich in der Nähe des Eingangs. Er pflegte seine Gäste persönlich zu begrüßen, und dann schlenderte er den ganzen Abend über immer wieder zwischen den Tischen umher, um sich davon zu überzeugen, dass alle zufrieden waren. Wenn es eine Beschwerde gab, kümmerte er sich auf der Stelle darum. Er genoss es, wenn seine Gäste sich wohl fühlten. Sie kamen, um gut zu essen und ausgesuchte Weine zu trinken. Er sorgte dafür, dass sie einen angenehmen Abend verbrachten und, wenn ihnen schließlich die Rechnung präsentiert wurde, den Kreditkartenbeleg unterschrieben, ohne einen Blick auf den Betrag zu werfen.

Ich hatte am Nachmittag im Restaurant angerufen und darum gebeten, Mario persönlich sprechen zu dürfen. Als ich ihm erklärte, ich müsse einen guten Eindruck machen, hatte er gesagt, das solle ich nur ihm überlassen. Jetzt kam er uns mit ausgebreiteten Armen und einem strahlenden Lächeln entgegen.

»Meine Freunde, wie schön, Sie wiederzusehen!« Er nahm Sallys Hände und küsste sie auf beide Wangen. Dann betrachtete er sie voller Bewunderung. »Sally, Sie sehen umwerfend aus! Sie sind ein Glückspilz, Nick.«

»Das weiß ich.«

Dann wandte er sich Ellen zu, verbeugte sich und begrüßte sie mit Handkuss. »Sie brauchen mir nicht zu sagen, wer diese Dame ist. Man sieht gleich, woher Ihre Tochter die Schönheit hat.«

Ich stellte meinen Schwiegervater vor, und Mario schüttelte Frank die Hand. »Es ist mir eine Ehre, Sie kennen zu lernen, Sir.« Mit galanter Geste führte er uns an unseren Tisch, wobei er dem Oberkellner erklärte: »Diese Herrschaften werde ich persönlich bedienen.«

Er hatte uns einen Tisch am Fenster reserviert, wo wir genug Platz hatten und die beste Aussicht genossen. Das silberne Besteck und die Kristallgläser auf der blütenweißen Tischdecke glänzten und glitzerten im sanften Licht.

»Nach Ihrem Anruf, Nick, habe ich mir die Freiheit genommen, einen Wein für Sie auszusuchen«, verkündete Mario. »Einen Valpolicella von einem berühmten Weingut. Dieser Jahrgang ist der beste, den man dort in den letzten zwanzig Jahren produziert hat. Ich bin sicher, er wird Ihnen munden, es ist ein ganz besonderer Wein. Ich habe nur noch sechs Flaschen davon.«

Ich murmelte ein paar anerkennende Worte, als er mir das Etikett zeigte, dann zückte er ein Kellnerbesteck und entkorkte die Flasche. Bei dem Gedanken, was die bevorzugte Bedienung mich kosten würde, lief mir ein Schauer über den Rücken, aber ich war bereit, alles dafür zu tun, den Abend angenehm zu gestalten.

Es lief besser, als ich mir hätte träumen lassen. Das Essen war so gut, dass selbst Ellen ein wenig auftaute, und hinterher erbot sich Mario, Sallys Eltern das Haus hinter dem Restaurant zu zeigen, in dem er eine Art Museum für traditionelle italienische Küche eingerichtet hatte.

Als Sally und ich endlich allein am Tisch saßen, füllte ich unsere Gläser mit dem Rest des Weins. Sally war während des Essens ziemlich still gewesen.

»Alles in Ordnung?«, fragte ich.

»Ja, alles in Ordnung.«

»Du wirkst ein bisschen abwesend.«

»Tut mir Leid. Es ist wirklich ein schöner Abend. Ich danke dir.«

»Für das Essen?«

»Dafür, dass du dir mit meiner Mutter so viel Mühe gibst.«

Ich grinste. »Eigentlich ist sie gar nicht so übel.« In dem Bewusstsein, dass ich Ellens Bemühungen, Sally zur Trennung von mir zu überreden, damit unterminierte, hatte es mir ein gewisses boshaftes Vergnügen bereitet, den charmanten Schwiegersohn zu spielen. Einen Augenblick lang saßen wir schweigend da.

»Nick …«, begann Sally zögernd. »Ich möchte dich etwas fragen. Bist du glücklich?«

Ich spürte, wie die Angst mich packte. Gespräche, die mit solchen Fragen anfingen, führten unweigerlich in eine Richtung, in die ich nicht wollte. Ich fragte mich, ob Ellen bereits Fortschritte gemacht hatte und Sally drauf und dran war, die Bombe platzen zu lassen. Ich bemühte mich, mir nichts anmerken zu lassen. »Was meinst du mit glücklich?«, fragte ich und bedauerte meine Worte sofort, weil sie so ausweichend klangen.

»Ich meine, glücklich mit mir. In unserer Ehe.«

»Natürlich«, erwiderte ich, als sei das selbstverständlich, doch ich sah, dass Sally es ernst meinte und dass es keinen Zweck hatte, den Kopf in den Sand zu stecken, auch wenn ich mich vor dem fürchtete, was auf mich zukam. Ich nahm ihre Hand. »Niemand ist ununterbrochen glücklich, Sally. Zumindest nicht nach außen hin.«

Sie sah mich fragend an. »Und tief im Innersten?«

»Tief im Innersten liebe ich dich, wie ich dich immer geliebt habe. Das ist es doch, was zählt, oder?«

»Vielleicht«, sagte sie. »Aber bist du dir auch ganz sicher? Ich meine, hast du nie den geringsten Zweifel?«

»Nie.« Ich wusste, dass wir nicht über mich redeten. Es ging ihr nicht darum, sich meiner Liebe zu versichern, diese Fragen stellte sie sich selbst.

»Vielleicht zeige ich es nicht immer. Ich kann nicht leugnen, dass zwischen uns in letzter Zeit nicht alles zum Besten stand. Ich habe viel um die Ohren, aber trotz allem gibt es nichts in meinem Leben, was mir wichtiger wäre als du.«

Sie senkte den Blick und lächelte traurig. »Früher wusste ich das.«

»Jetzt nicht mehr?«

»Ich weiß nicht. Du sagst es zwar, aber in jüngster Zeit …« Sie zuckte ratlos die Achseln.

Ich könnte es dabei belassen, dachte ich. Etwas Beruhigendes sagen. Ein Abendessen reichte nicht aus, um unsere

Ehe zu kitten, zumal ihre Eltern jeden Augenblick an den Tisch zurückkommen konnten. Ich musste Schritt für Schritt vorgehen, durfte nicht mit der Tür ins Haus fallen, Sally mein ganzes Herz auf einmal ausschütten. Ich spürte, wie verwirrt sie war, wie unzufrieden mit sich selbst. Sie war ein Mensch, der lieber gleich ein komplettes Geständnis ablegt, aber ich war noch nicht so weit, ich konnte das noch nicht verkraften. Wahrscheinlich würde ich es nie verkraften.

Andererseits wusste ich auch, dass wir einen Anfang machen mussten. »Aber was?«, fragte ich leise.

Sie sah mich an, und vielleicht lag es am Licht, jedenfalls schienen ihre Augen unnatürlich zu glänzen. »Seit einem Jahr oder so habe ich manchmal das Gefühl, dir ist einzig und allein deine Arbeit wichtig. Deine Agentur zu einem Riesenerfolg zu machen. So wichtig, dass dich gar nichts anderes mehr interessiert.«

»Das ist doch verrückt. Natürlich ist mir das alles wichtig. Dieser Spectrum-Deal könnte unser Leben verändern. Aber das bedeutet doch nicht, dass sich meine Gefühle für dich geändert haben.«

»Du bist regelrecht besessen von deiner Arbeit. Du arbeitest zu viel, du trinkst zu viel, du bist völlig ausgelaugt. Wir reden überhaupt nicht mehr miteinander. Diese Sache hat dich verändert.«

»Es ist ein wichtiger Auftrag, Sally.«

»Das ist es ja, was ich sage. Wie wichtig ist er? Wichtiger als deine Freundschaft mit Marcus? Wichtiger als unsere Ehe?«

»Nein, natürlich nicht. Ich weiß, ich habe Fehler gemacht. Das gebe ich ja zu, aber ich kann sie nicht ungeschehen machen. Sobald wir den Zuschlag von Spectrum bekommen, wird alles wieder gut.«

»Vielleicht ist es gerade das, was mir Sorgen bereitet«, meinte sie ruhig. »Das sagst du jedes Mal, als wäre Spectrum ein Allheilmittel. Ich glaube das einfach nicht. Ich hätte mir nie träumen lassen, dass wir einmal so ein Leben führen würden.«

»Du möchtest Kinder, Sally. Das weiß ich. In ein paar Monaten hören wir auf zu verhüten, dann wirst du dich schon ganz anders fühlen.«

»Glaubst du?«

»Warum denn nicht? Das möchtest du doch seit langer Zeit, oder?«

»Das stimmt. Aber was ist mit dir, Nick? Was möchtest du?«

»Dasselbe wie du. Zuerst möchte ich jedoch für unsere Sicherheit sorgen, das ist alles.«

Sie schüttelte den Kopf. »Sieh dich doch mal in der Welt um. Überall kriegen die Leute Kinder. Denk mal an die Gegend, in der wir leben, das Haus, in dem wir wohnen, die Autos, die wir fahren. Wie viel Sicherheit brauchst du denn noch? Ich glaube, es ist nur ein Vorwand für dich, ein Vorwand, den ich nie verstanden habe.«

Es war schwer zu erklären. Ich wusste nicht einmal, ob ich es überhaupt erklären konnte. Es hatte alles mit meinem Vater und meiner Kindheit zu tun und damit, wie ich mich als Heranwachsender gefühlt hatte, aber über diese Dinge hatte ich noch nie mit jemandem gesprochen. Nicht einmal mit Sally. Es war ein Gefühlschaos, das ich nicht anzurühren wagte. Manche Dinge bewahren wir tief in unserem Innern auf, wo sie für immer verborgen bleiben, und obwohl wir wissen, dass sie alles beeinflussen, was wir tun, dass sie ein Teil unser selbst sind, sträuben wir uns dagegen, sie uns genauer anzusehen. Aber natürlich hatte ich über all das nachgedacht, hatte mir den Kopf darüber zerbrochen, warum es mir so wichtig war, Erfolg zu haben, viel Geld zu verdienen. Die einfache Antwort lautete: Weil ich nicht eines Tages plötzlich alles verlieren wollte, so wie mein Vater, der einer großen Firma auf Gedeih und Verderb ausgeliefert war. Andererseits war es auch wieder nicht so einfach. Es gab noch andere Aspekte, die tiefer lagen und verwirrender waren und die zu durchschauen mir noch nicht gelungen war. Ich schaute Sally über den Tisch hinweg an und hätte ihr so gern von meinen Gefühlen erzählt, aber das ging nicht in fünf Minuten. Noch während ich darüber nachdachte, wie ich es anfangen könnte, sah ich ihre Eltern zurückkommen.

Ich drückte ihre Hand. »Gib mir etwas Zeit.« Vielleicht war es mein Gesichtsausdruck, etwas an meinem Ton, jedenfalls wirkte sie verblüfft. Vielleicht ahnte sie, dass ich von ihren Plänen wusste, mich zu verlassen. Aber dann waren ihre Eltern auch schon da, und es blieb keine Zeit mehr zum Reden.

Ich stand lächelnd auf. »Na, wie war's?«

»Faszinierend«, sagte Ellen und schenkte Mario ein Lächeln. Ich sah, wie zufrieden er mit sich war, doch etwas an Ellens Ton sagte mir, dass er ihr Kompliment lieber nicht allzu ernst nehmen sollte. Wir bestellten Kaffee, und ich bat um die Rechnung. Ich glaube, Ellen spürte, dass während ihrer Abwesenheit etwas vorgefallen war. Immer wieder sah sie Sally nachdenklich an.

Als wir aufbrachen, kam Mario zur Tür, um uns zu verabschieden. »Ich hoffe, wir dürfen Sie wieder bei uns begrüßen, wenn Sie das nächste Mal in San Francisco sind«, sagte er zu Sallys Eltern und küsste Ellen erneut die Hand.

Ich blieb noch einen Augenblick, um mich bei Mario für seine Mühe zu bedanken. Als ich die Terrassenstufen hinunterging, standen Sally und ihr Vater bereits auf dem Parkplatz und bewunderten die Rhododendronsträucher, doch Ellen hatte auf mich gewartet. Gemeinsam gingen wir zum Wagen.

»Ich hoffe, der Abend hat dir gefallen«, sagte ich.

Sie sah mich mit einem kühlen Lächeln an. »Ich hoffe, dir ist klar, Nick, dass mich das alles nicht im Geringsten beeindruckt.«

»Ich verstehe nicht recht.«

Sie lächelte immer noch und sprach leise, sodass es den Anschein hatte, als plauderten wir höflich miteinander, doch ihre Augen funkelten boshaft. »Oh, ich denke, du verstehst mich sehr gut. Hast du wirklich geglaubt, du könntest mich so leicht um den Finger wickeln? Mit einem Essen im Restaurant eines kleinen, servilen Italieners? Das hast du doch nicht im Ernst angenommen, oder?«

»Ich weiß nicht, wovon du redest, Ellen.«

»Ich rede von deinem plötzlichen Anfall von Freundlichkeit, Nick. Wir können offen sprechen, Sally kann uns nicht hören, und das ganze Theater veranstaltest du doch schließlich ihr zuliebe, hab ich Recht?«

»Ich weiß, dass sie es gern hätte, wenn wir beide besser miteinander auskämen«, erwiderte ich mit gespielter Unschuld. »Was für ein Motiv sollte ich sonst haben?«

Sie betrachtete mich argwöhnisch, erwiderte jedoch nichts. Wahrscheinlich vermutete sie, dass ich Bescheid wusste. Vielleicht hatte Frank ihr von unserem Gespräch erzählt. Es bereitete mir ein perverses Vergnügen, mir vorzustellen, dass sie nichts lieber getan hätte, als mir diesen Garrison Hunt um die Ohren zu hauen, aber keine Möglichkeit dazu sah. Sally hatte sie garantiert schwören lassen, kein Wort über ihn zu verlieren, und wenn Ellen sich nicht daran hielt, riskierte sie, dass Sally ihr niemals verzeihen würde.

»Ich hoffe wirklich, dass wir uns in Zukunft ein bisschen besser kennen lernen. Wir sollten versuchen, einander zu verstehen, Ellen.«

Sie durchbohrte mich mit ihrem Blick. »Lass uns eins klarstellen, Nick. Ich habe keine Ahnung, was für ein Spiel du spielst, aber ich mache dieses Affentheater nur mit, weil Sally aus unerfindlichen Gründen immer noch anzunehmen scheint, dass es an eurer Beziehung etwas gibt, was sich zu retten lohnt.«

Obwohl ich sie nun schon so lange kannte, verblüffte mich ihre Feindseligkeit. »Du kannst immer noch nicht akzeptieren, dass Sally mich geheiratet hat, stimmt's?«, sagte ich kopfschüttelnd. »Beim Gedanken daran dreht sich dir immer noch der Magen um, nicht wahr?«

»Als Sally mir damals eröffnet hat, sie wolle dich heiraten, habe ich ihr erklärt, dass sie einen großen Fehler macht, und ich habe nie einen Grund gesehen, meine Meinung zu ändern«, erklärte Ellen.

»Und warum? Weil meine Eltern kein Geld hatten? Ist das alles, was für dich zählt?«

Sally schaute zu uns herüber, aber Ellen lächelte, als redeten wir über das Wetter. »Sally hat etwas Besseres verdient. Ich hatte mir gewünscht, dass sie ihre Chancen nutzt, dass sie etwas aus ihrem Leben macht.«

»Du meinst, sie sollte das Leben führen, das du dir immer gewünscht hast«, erwiderte ich. »Wusstest du eigentlich, dass das Vermögen von Franks Familie so gut wie aufgebraucht war, als du ihn damals geheiratet hast, Ellen, oder kam die Erkenntnis später, als unangenehme Überraschung?«

Sie warf mir einen hasserfüllten Blick zu, und einen Moment lang dachte ich, sie würde mich schlagen. »Ich habe für meine Kinder immer nur das Beste gewollt. Sally war zu jung, als sie dich geheiratet hat. Das habe ich ihr gesagt. Ich habe ihr geraten, zumindest so lange zu warten, bis sie sich darüber im Klaren war, was sie aufgab.«

»Was *hat* sie denn aufgegeben? Wir leben nicht gerade in einem Wohnwagenpark, falls dir das noch nicht aufgefallen sein sollte.«

»Das mag ja sein. Aber Sally ist auf keinen Fall glücklich.«

»Herrgott, Ellen, wir sind nicht das erste Ehepaar, das mal schwere Zeiten erlebt. Das geht allen irgendwann so. Willst du etwa behaupten, du hättest dich noch nie ernsthaft mit Frank gestritten?«

»Oh, ich glaube, eure Krise geht wesentlich tiefer.«

Ihr wissender Unterton brachte mich auf die Palme. Ich hatte das Gefühl, wenn ich sie nur genug unter Druck setzte, würde sie mir von Garrison erzählen, und einen Augenblick lang war ich tatsächlich in Versuchung, es zu probieren. Vielleicht war es sowieso das Beste, und außerdem würde Sally endlich erkennen, was für ein hinterlistiges Aas ihre Mutter war. Doch der Moment ging vorüber. Zu meiner Verblüffung fing Ellen plötzlich an zu lachen, als hätte ich etwas Witziges gesagt. Es kam mir völlig absurd vor, bis ich mich umdrehte und Sally und ihren Vater auf uns zukommen sah.

»Was heckt ihr beiden denn aus?« Sally schaute uns leicht beunruhigt an.

»Wir lernen, einander zu verstehen«, erklärte Ellen lächelnd. »Nicht wahr, Nick?«

»Ganz genau«, sagte ich und setzte ebenfalls ein offenkundig falsches Lächeln auf.

Ich schob eine CD ein, und während der Heimfahrt sagte keiner ein Wort. Zu Hause angekommen, ließ ich die anderen aussteigen und fuhr den Wagen in die Garage. Als ich das Haus betrat, hatten Sallys Eltern sich schon in ihr Zimmer zurückgezogen. Sally war im Bad, die Tür hatte sie geschlossen. Ich hörte Wasser laufen und dann die Toilettenspülung rauschen. Ich zog mein Hemd aus, wobei ich mich der Vorstellung hingab, es um Ellens Hals zu legen und sie damit zu erwürgen. Genüsslich malte ich mir aus, wie ihre Zunge aus dem Mund quoll und ihre Augen aus dem Kopf traten.

Sally kam auf Strümpfen aus dem Bad. Sie hielt den Kopf gebeugt und versuchte, den Reißverschluss hinten an ihrem Kleid zu öffnen.

»Nick, kannst du mir kurz helfen? Der Reißverschluss hat sich verhakt.«

Als ich näher trat, sah ich, dass sich ein paar Haare darin verfangen hatten. »Halt still«, sagte ich. Vorsichtig befreite ich die Haarsträhne, und schließlich gelang es mir, die Zähnchen zu lösen. Ihr Haar duftete schwach nach Apfelblüten, und wie es zart durch meine Hände glitt, erinnerte es mich an feinen, pudrigen Sand.

»So, geschafft.«

»Danke.« Sie wollte weggehen.

»Sally ...«, begann ich und legte sanft eine Hand auf ihre Schulter.

Sie drehte sich um und schaute mich nachdenklich an. Plötzlich verspürte ich ein brennendes Verlangen nach ihr, nicht nur nach ihrem Körper. Ich wollte sie an mich drücken, mich ihr wieder nah fühlen, aber als ich meine Arme um sie legte und sie an mich zog, spürte ich ihren

Widerstand. Sie legte den Kopf auf meine Schulter, und eine ganze Weile blieben wir so stehen. Ich musste an Garrison Hunt denken, unwillkürlich drängte sich mir ein Bild von den beiden auf, wie sie sich aneinander schmiegten. Verlegen lösten wir uns voneinander. Als wir im Bett lagen, küsste ich Sally auf die Wange. Erleichtert, so schien es mir, zog sich jeder auf seine Seite des Betts zurück, und irgendwann schliefen wir ein.

9

Sallys Eltern reisten früh am nächsten Morgen ab, sodass es mir erspart blieb, einen weiteren Tag lang so tun zu müssen, als wären Ellen und ich dabei, die besten Freunde zu werden. Ich fühlte mich zutiefst erleichtert, als das Taxi eintraf, das sie zum Flughafen bringen sollte.

Nachdem wir das Gepäck in den Kofferraum geladen hatten, schlenderten Frank und ich noch einmal kurz durch den Garten, während Ellen und Sally sich voneinander verabschiedeten. Wir sagten all die Dinge, die man in solchen Situationen sagt und die niemand ernst nimmt. Ich hoffte, sie würden einen guten Flug haben, ich war froh, sie noch einmal gesehen zu haben, und wir würden versuchen, ihnen möglichst bald in Oregon einen Besuch abzustatten. Schließlich fiel uns nichts mehr ein. Solche Abschiede sollte man lieber hinter sich bringen, indem man sich die Hand schüttelt, sich für alles bedankt und dann auf Wiedersehen sagt. Das wäre für alle Beteiligten angenehmer. Aber Sally und Ellen standen immer noch im Flur und redeten, und Frank und ich gingen verlegen im Garten herum.

Ich schaute immer wieder zum Haus hinüber, wünschte, sie würden ein Ende finden. Frank ging es nicht anders, und ein- oder zweimal begegneten sich unsere Blicke. Er verdrehte die Augen. Wir lächelten. Er warf einen Blick auf seine Armbanduhr.

»Ihr müsstet eigentlich gut durchkommen, sonntags herrscht nicht besonders viel Verkehr.«

»Wahrscheinlich hat der Flug sowieso Verspätung«, meinte er.

»Es ist immer dasselbe, nicht wahr?«, erwiderte ich, dankbar für ein Gesprächsthema. »Ich weiß noch, wie ich einmal in New York sechs Stunden auf einen Flug warten musste.«

»Sechs Stunden?« Er schüttelte ungläubig den Kopf. »Nicht zu fassen.«

»Ich glaube, es war ein American-Airlines-Flug. Oder United. Mit welcher Gesellschaft fliegt ihr denn überhaupt?«

»American.«

»Ich glaube, es war United. Ihr werdet schon keine Probleme haben.«

»Das glaube ich auch.«

Ich nickte und schaute erneut zum Haus hinüber. Das Thema war erschöpft. Ich betete, dass diese Qual bald ein Ende haben möge. Wie viel wusste Frank, fragte ich mich. Ich hatte das Gefühl, mich bei ihm bedanken zu müssen, weil er mir die Sache mit Garrison Hunt gesteckt hatte, doch dann sagte ich mir, wenn er daran interessiert wäre, sich in die Geschichte einzumischen, hätte er mir klipp und klar gesagt, was er wusste, anstatt es in kryptische Garten-Metaphern zu verpacken. Dennoch wollte ich ihn wissen lassen, dass ich ihm dankbar war.

Ich reichte ihm die Hand. »Ich möchte dir für den Rat danken, den du mir gestern gegeben hast, Frank.« Er sah mich überrascht an. »Die Blattläuse.«

»Ah ja. Die Blattläuse.« Er lächelte, und wir schüttelten uns die Hände. »Du solltest sie besprühen.«

»Keine Sorge«, versicherte ich ihm. »Das mach ich.«

Erneut schaute ich zur Haustür hinüber. Allzu gern hätte ich gehört, mit welchen Worten Ellen Sally noch einmal ins Gewissen redete. Als sie endlich aus dem Haus traten, versuchte ich, an ihren Gesichtern abzulesen, worüber sie gesprochen hatten. Sally wirkte ein bisschen entnervt, und ich hatte den Eindruck, es herrschte eine gewisse Spannung zwischen den beiden. Ich hielt Ellen die Wagentür auf, und als sie einstieg, begegneten sich kurz unsere Blicke, eine stumme Bestätigung unserer gegenseitigen Abneigung. Sally gab ihrem Vater einen Abschiedskuss, und dann fuhren sie endlich davon. Wir standen in der Einfahrt und winkten ihnen nach, bis das Taxi hinter einer Kurve verschwand. Schließlich ließen wir unsere Arme sinken und sahen einander an. Plötzlich allein.

Als wir zum Haus zurückgingen, ließen sich die unausgesprochenen Spannungen zwischen uns nicht länger ignorieren. Irgendwann in der vorangegangenen Nacht war ich mit schrecklichem Durst aufgewacht und hatte mir in der Küche ein Glas Wasser geholt. Als ich versuchte, wieder einzuschlafen, musste ich an das Foto von Sally und mir denken, das vor Jahren in Mendocino aufgenommen worden war. In letzter Zeit hatte ich es oft betrachtet, und jedes Mal war ich verblüfft darüber gewesen, wie glücklich wir beide wirkten. Nun kam mir auf einmal eine Idee, die mir anfangs ziemlich abwegig erschien, doch nach einer Weile war ich plötzlich davon überzeugt, dass sie gut war. Ich liebte Sally. Ich glaubte, dass sie mich liebte. Wir mussten noch einmal von vorne anfangen.

»Erinnerst du dich noch an das kleine Hotel in Mendocino?«, fragte ich sie. »Wo wir übernachtet haben, nachdem ich den Job in San Francisco bekommen hatte?«

»Ja«, erwiderte sie verblüfft.

»Lass uns dort hinfahren.«

»Was?«

»Jetzt gleich. Wir setzen uns ins Auto und fahren einfach los. Wir nehmen die Küstenstraße. Das Wetter ist phantastisch, wir könnten schon heute Nachmittag dort sein.«

»Du willst bis nach Mendocino fahren? Jetzt gleich? Aber warum?«

»Weil es wichtig ist.« Ich blieb stehen und sah ihr in die Augen. »Ich hatte noch keine Gelegenheit, mir alles genau zu überlegen, aber wir wissen beide, dass wir reden müssen.« Ich nahm ihre Hand und hielt sie fest. »Ich habe das

Gefühl, dich zu verlieren, Sally, und das will ich nicht zulassen. Ich möchte mit dir irgendwohin fahren, weg von hier. Ich weiß nicht, vielleicht würde uns ein Tapetenwechsel gut tun. Auf jeden Fall will ich nicht hier bleiben und hinnehmen, dass wir in unserem eigenen Haus umeinander herumschleichen, als wären wir Fremde.«

»Aber warum nach Mendocino?«, fragte sie.

»Warum nicht? Wir waren einmal sehr glücklich dort.«

»Und was ist mit deiner Präsentation? Und mit meinem Job?«

Das lag mir allerdings schwer im Magen, aber manche Dinge darf man einfach nicht aufschieben. Ich schüttelte den Kopf. »Wir können ja gleich morgen wieder zurückkommen. Ich kriege das schon irgendwie geregelt, und du rufst morgen früh im Büro an.«

»Ich weiß nicht, Nick.«

»Sally, bitte. Es ist wichtig.«

Sie schwieg eine ganze Weile. Ich hatte keine Ahnung, was in ihrem Kopf vorging. »Es kommt mir so verrückt vor«, sagte sie dann, doch ich wusste, das war kein Einwand. Ich hatte sie schon fast überzeugt. Sie betrachtete das Haus. Vielleicht war es die Vorstellung, wie wir beide uns für den Rest des Tages da drinnen miteinander herumplagen würden, die ihr die Entscheidung erleichterte, jedenfalls nickte sie schließlich, wenn auch zögernd.

»Wunderbar. Pack deine Sachen.« Als sie nach oben ging, verscheuchte ich meine eigenen Zweifel, war ich mir doch darüber im Klaren, dass ich mit dieser Aktion meine Ehe retten, aber auch ihr vorzeitiges Ende herbeiführen konnte.

Wir stiegen in den Saab und öffneten das Verdeck. Es war ein sonniger Tag, ein Tag, an dem man am liebsten immer weiterfahren würde. Wir überquerten die Golden Gate Bridge und nahmen die alte Küstenstraße, auf der einen Seite das Meer und auf der anderen Hügel und Felder und Wiesen.

In Bodega Bay hielten wir an einem Laden, kauften einen Milchshake und setzten uns auf eine Bank, von wo aus wir die heranrollenden Wellen beobachten konnten. Wir plauderten, scherzten, versuchten, entspannt miteinander umzugehen, doch es gelang uns nicht so recht. Alles, was wir sagten oder taten, wirkte gezwungen, und ich begann mich zu fragen, ob ich einen Fehler gemacht hatte. Es heißt, man kann nicht an einen Ort zurückkehren und einen glücklichen Moment einfangen, weil unsere Erinnerung ihn idealisiert. Wir machen Schnappschüsse von lachenden und glücklichen Gesichtern und bewahren sie liebevoll auf, während wir das Unangenehme und das Profane verdrängen.

Auf dem Weg zurück zum Auto fuhr der Wind in Sallys Haare und blies sie ihr ins Gesicht. Als sie sie nach hinten schüttelte, gerieten ein paar Strähnen in ihren Milchshake, und wir mussten beide lachen. Es war nur ein kurzer Augenblick, aber es war wie ein Sonnenstrahl, der durch die Wolken brach. Da wusste ich, dass ich sie immer noch genauso sehr liebte, wie ich sie immer geliebt hatte. Ich konnte mir nicht vorstellen, ohne sie zu sein.

Bevor wir weiter Richtung Norden fuhren, suchte ich nach einer passenden CD und fand eine mit Musik zum Autofahren, die ich vor kurzem spontan auf dem Markt gekauft hatte. Als ich sie unter den Sonderangeboten entdeckte, hatte ich mir vorgestellt, wie ich mit offenem Verdeck, die Sonne im Rücken, die Musik laut aufgedreht, über eine endlose, leere Autobahn durch die Wüste fuhr. Ein Traumbild, das eine vage Sehnsucht ausdrückte, aber völlig unrealistisch war. Ich konnte mich nicht erinnern, die CD jemals ganz gehört zu haben. Wenn ich sie auf dem Weg zur Arbeit auflegte, klangen die alten Stücke abgestanden, und dann fragte ich mich jedes Mal, warum ich die Scheibe überhaupt gekauft hatte.

Jetzt jedoch bekam ich Herzklopfen, als das erste Stück ertönte.

»Erinnerst du dich daran?«

Sally lauschte. »REO Speedwagon.«

»›Keep on Lovin' You.‹«

Der Song erinnerte mich an Phil Spectors »Wall of Sound«, mit den Echoeffekten auf dem Gesang, unterlegt von breiten Klangflächen. Es gibt Stücke, die sind wie fürs Autofahren gemacht. Die Sonne schien, wir fuhren ohne große Eile über die Autobahn, und vielleicht warteten wir regelrecht auf etwas, das uns von uns selbst ablenkte. Jedenfalls begannen wir lauthals mitzusingen, auch wenn wir nicht jeden Ton trafen.

Es wurde ein spontaner Wettstreit darum, wer sich am besten an den Text erinnerte und wer am lautesten und noch dazu halbwegs richtig singen konnte. Ich drehte die Lautstärke voll auf, und als das Stück zu Ende war und das nächste anfing, mussten wir beide lachen.

Nachher legte ich die »Greatest Hits« von Simon and Garfunkel auf, und wir sangen all die wunderbaren Stücke mit, »The Boxer«, »Feelin' Groovy« und meinen Lieblingssong »Mrs. Robinson« aus dem Film *Die Reifeprüfung*, den Sally und ich uns mindestens ein Dutzend Mal auf Video angesehen hatten. Die Songs sind einfach wunderbar. Sie drücken ein Lebensgefühl aus, das der Vergangenheit angehört, aber in unseren Herzen weiterlebt. Besonders »Mrs. Robinson« erinnert an eine verlorene Unschuld, und ich glaube, die Wehmut, die in diesem Stück mitklingt, spiegelte auch unsere momentanen Gefühle wider.

Kurz vor Point Arena war die CD zu Ende, und ich schaltete die Stereoanlage aus. Wir sahen einander an. Wie lange war es her, dass wir so miteinander gelacht, dass wir so viel Spaß miteinander gehabt hatten? Sally wandte sich ab, und der Augenblick war vorüber.

In Mendocino angekommen, fuhren wir durch die kleine Stadt zu dem Hotel, in dem wir vor sieben Jahren übernachtet hatten. Als wir es von der Straße aus erblickten, kam es uns plötzlich wieder ganz vertraut vor. Kaum etwas schien sich verändert zu haben, und ein Schild verkündete, es seien noch Zimmer frei. Ich bog in die von silbrig schimmernden Ulmen gesäumte Zufahrt ein. Das Hotel, eine alte Villa, hieß *The Lookout Inn* und lag an der Spitze einer steil aus dem Meer aufragenden Landzunge, die unter den Einheimischen als *Lookout Point* bekannt, jedoch auf keiner

Landkarte zu finden war. Das Haus mit dem Turm samt Aussichtsplattform war von einem Kapitän errichtet worden, einem Walfänger, von dem es hieß, er sei von Nantucket nach Kalifornien gezogen, weil der Ausblick auf den Pazifik ihm angenehmer war als der Blick auf den kalten Atlantik, mit dem er so viele Erinnerungen verband.

Wir meldeten uns an und wurden in ein Zimmer im zweiten Stock geführt, das von einem riesigen Himmelbett beherrscht wurde. Die Assoziationen, die das Bett hervorrief, machten uns verlegen. Sally setzte sich auf die Bettkante, um die Matratze zu testen. Sie betrachtete die blütenweiße Bettdecke, und als unsere Blicke sich trafen, lächelte sie unsicher.

»Lass uns einen Spaziergang machen, damit wir beim Abendessen Hunger haben«, sagte ich. Sie nahm den Vorschlag dankbar an.

Am Ende der großen, abschüssigen Rasenfläche waren Stufen in den Felsen gehauen, die hinunter in die kleine Bucht führten. Ein sichelförmiger Streifen dunkelgelben Sands wurde auf beiden Seiten von schwarzen Klippen gesäumt, und dazwischen schäumte die Brandung. Die in der Mitte der Bucht heranrollenden Wellen wurden von dem Ufer vorgelagerten Unterwasserfelsen gebrochen, sodass sie, wenn sie den Strand erreichten, ihre Kraft verloren hatten. Wir blieben oben stehen und bewunderten das Schauspiel. Die Brandung schäumte, weiße Gischt spritzte an den Felsen hoch. Es kam mir vor wie das Sinnbild des ewigen Kampfes zwischen Wasser und Land.

»Woran denkst du?«, fragte Sally.

»An nichts«, sagte ich, doch ich dachte über uns nach. Was sich dort unten in der Bucht abspielte, erschien mir wie ein Spiegelbild unserer Beziehung.

Wir kletterten die Stufen hinunter und setzten uns auf einen Felsen. Ich versuchte, ein paar Steinchen über das Wasser springen zu lassen, doch sie verschwanden immer gleich in der Brandung.

»Du siehst aus, als ob du frierst«, sagte ich. Die Brise, die vom Meer hereinwehte, fühlte sich hier unten wesentlich kühler an. Ich zog meine Jacke aus und legte sie Sally um die Schultern.

»Erinnerst du dich noch daran, wie wir schon einmal hier gesessen haben?«, fragte Sally. »Da standen wir noch ganz am Anfang. Wir sprachen darüber, wie wir uns unser gemeinsames Leben vorstellten. Damals wären wir wohl nie auf die Idee gekommen, dass mit uns irgendetwas schief gehen könnte.«

Sie hatte Recht. Damals waren wir von grenzenlosem Optimismus beseelt. Sie beugte sich vor und schlang die Arme um ihre Knie.

»Ich habe in letzter Zeit viel nachgedacht. Früher habe ich immer geglaubt, wir wünschen uns die gleichen Dinge, aber jetzt ist mir klar geworden, dass das nie gestimmt hat.«

»Wie meinst du das?«

»Weißt du, was ich auf dem Weg hierher gedacht habe? Ich habe mich daran erinnert, wie es damals war, wie wir damals waren. Du hast diese paar Tage als glücklich in Erinnerung, und das waren sie auch, aber heute weiß ich, dass alle unsere Probleme anfingen, als wir hier saßen und über unsere Zukunft redeten und einander überhaupt nicht zuhörten. Du sprachst von deinem Traum, eines Tages eine eigene Firma zu gründen und erfolgreich zu sein, während ich von dem Haus sprach, in dem wir einmal wohnen würden, von den Kindern, die wir haben würden, und wir glaubten, all diese Dinge würden zusammenpassen. Das tun sie aber nicht. Wir haben einander unsere Wünsche gesagt, haben auf die Worte des anderen reagiert, aber ich glaube, wir haben beide nicht verstanden, was der andere wirklich wollte. Während der letzten Jahre ist mir bewusst geworden, wie viel es dir bedeutet, erfolgreich zu sein, und dass deine Definition von Erfolg sich grundlegend von meiner unterscheidet. Ich glaube auch, dass du nie begriffen hast, wie viel es mir bedeutet, eine Familie zu haben. Dir ist es nicht so wichtig, Kinder zu haben. Du nimmst hin, dass ich von einer Familie träume, mehr nicht.«

»Vielleicht hast du Recht«, sagte ich.

Sie sah mich überrascht an. »Ich hätte nicht gedacht, dass du mir Recht geben würdest.«

»Ich möchte dich etwas fragen, Sally. Was genau wünschst du dir? Nicht damals. Jetzt. Was würde dich glücklich machen? Sag es mir, und diesmal werde ich dir wirklich zuhören. Sag es mir, und ich werde es verstehen.«

Sie dachte lange nach, bevor sie antwortete. Ich drängte sie nicht. Die Wellen rollten heran und liefen am Strand aus, saugten den Sand ins Meer, bis die nächste Welle kam und ihn wieder an den Strand warf. Ich hörte das Prasseln kleiner Kieselsteine, die über den Grund geschoben und rund geschliffen und irgendwann zu feinem Sand gemahlen wurden. Über uns kreisten kreischende Möwen, deren Schreie vom Wind davongetragen wurden.

»Ich bin eine Frau«, sagte Sally schließlich mit ruhiger, ernster Stimme. »Der Wunsch nach Kindern ist für mich der wichtigste Lebensantrieb, es ist das, wozu mein Körper bestimmt ist. Es mag Frauen geben, die anders empfinden. Frauen, denen ihre Karriere wichtiger ist, oder Reisen oder sonst etwas. Aber ich wollte immer Kinder haben. Ich kann mir mein Leben gar nicht anders vorstellen. Manchmal fühle ich mich regelrecht unvollständig, weil ich nicht weiß, wie es ist, schwanger zu sein, ein Kind auf die Welt zu bringen, einen neuen Menschen. Ich glaube kaum, dass du nachempfinden kannst, wie das ist. Vielleicht würdest du dich so ähnlich fühlen, wenn du impotent wärst oder kastriert. Es raubt mir mein Selbstwertgefühl. Ich hätte dir das alles vor langer Zeit sagen und mich nicht von dir überreden lassen sollen, noch zu warten. Erst gab es den einen Grund, dann den nächsten. Mit der Zeit habe ich mich innerlich immer mehr von dir abgewendet.« Sie rieb sich die Augen. »Aber ich werde es nicht länger verleugnen.«

»Was verleugnen?«

»Die Wahrheit. Ich möchte Kinder, und ich möchte sie mit jemandem haben, der sie sich genauso wünscht wie ich. Und das bist nicht du, Nick.«

Ich starrte sie fassungslos an, wollte nicht glauben, was sie da sagte.

»Das habe ich ganz deutlich erkannt. Im Laufe dieses Jahres habe ich vieles begriffen. Du bist nicht der Mann, den ich zu heiraten glaubte. Nicht, weil du dich verändert hättest. Ich glaube, du bist immer schon so gewesen. Ich habe dir einfach nie richtig zugehört.« Ihre Augen füllten sich mit Tränen, und ihre Stimme klang ein wenig erstickt. »Ich sage nicht, dass es deine Schuld ist, oder dass du ein schlechter Mensch bist. Das bist du nicht. Ich weiß, dass du mich liebst, und ich weiß, dass du lieb und zärtlich und mitfühlend sein kannst, aber du hast auch eine andere Seite. Ich habe erlebt, welchen Preis du zu zahlen bereit bist, um Erfolg zu haben.« Sie holte tief Luft. »Marcus war nicht nur dein Partner, sondern auch dein bester Freund, Nick, aber als er andere Vorstellungen hatte als du, hast du ihn einfach übergangen. Du hast über seinen Kopf hinweg Entscheidungen getroffen, die du nicht hättest treffen dürfen.« Sie schüttelte den Kopf. »Das hätte ich nie für möglich gehalten.«

Plötzlich empfand ich Bitterkeit. Sie warf mir Verrat an Marcus vor, aber was war mit ihrem Verrat an mir? Hatte sie vor, mich zu verlassen und mit Garrison Hunt eine Familie zu gründen? Mit einem Mann aus reichem Elternhaus, der sich nie etwas Eigenes aufbauen musste? Bestimmt hatte er ihr bereitwillig versichert, er wünsche sich Kinder ebenso sehnlich wie sie. Wahrscheinlich konnte der Scheißkerl es kaum erwarten, ihr das durch eine praktische Übung zu beweisen.

Aber mein Zorn verflog wieder, denn ich konnte nicht umhin, die Wahrheit in ihren Worten zu erkennen. »Du hast Recht«, sagte ich. »Du hast Recht, wenn du sagst, dass erfolgreich zu sein mir viel bedeutet. Vielleicht ist mir Erfolg bisher sogar am allerwichtigsten gewesen.«

Ich sah ihr an, dass sie ein solches Geständnis nicht erwartet hatte. Wahrscheinlich hatte sie damit gerechnet, ich würde es abstreiten.

»Ich bin nicht stolz auf das, was ich getan habe«, fuhr ich fort. »Aber ich habe dich immer geliebt. Ich habe nie auch nur einen Moment lang aufgehört, dich zu lieben, und ich wünsche mir gemeinsame Kinder ebenso sehr wie du.«

»Sagst du das jetzt ...«

»Lass mich ausreden«, bat ich. »Du weißt doch, dass mein Vater sich umgebracht hat, als ich noch ein Kind war?«

Sie nickte leicht irritiert, denn das war ein Thema, über das ich kaum je gesprochen hatte.

»Er hat es getan, weil er mit seiner Firma Pleite gegangen war. Er hatte diese Firma selbst gegründet und einen Großteil seines Lebens damit zugebracht, sie aufzubauen. Dann wurde eine Konkurrenzfirma von einem landesweit operierenden Großunternehmen aufgekauft, das seinen Stammsitz an der Ostküste hatte. Diese Leute saßen in irgendwelchen Büros in der Großstadt und steckten Fähnchen in Orte auf der Landkarte, von denen sie meinten, dort würde noch eine Niederlassung gebraucht, dann kauften sie irgendeine kleine ortsansässige Firma auf und sahen zu, dass sie den örtlichen Markt eroberten, sprich, sie senkten die Preise. Sie konnten es sich leisten, eine Zeit lang Verluste zu machen, es gehörte einfach zu ihrer Marktstrategie. Einem so großen Unternehmen schadet das nicht, aber für meinen Vater bedeutete es, dass er immer mehr Kunden verlor und schließlich in den Bankrott getrieben wurde.«

Ich verstummte. Das Schicksal meines Vaters erfüllte mich mit Bitterkeit, selbst nach all den Jahren. Sally sagte nichts, sondern wartete geduldig, bis ich fortfuhr.

»Ich weiß eigentlich gar nicht so genau, was ich dir erzählen soll. Mein Vater hielt sich für einen Versager, er glaubte, seine Familie im Stich gelassen zu haben. Ich nehme an, das alles hat ihn einfach völlig desillusioniert. Als er sich umbrachte, hinterließ er mir einen Brief, ziemlich verworrenes Zeug, eine Litanei von Vorwürfen und Beschimpfungen. Er sah sich als wehrloses Opfer des Big Business, schrieb etwas von anonymen Managern mit Macht und Geld, die das Leben kleiner Leute zerstören. Womit er zum Teil Recht gehabt haben mag. Aber solche Dinge passieren andauernd. Er beschwor mich, nicht zuzulassen, dass mir dasselbe Schicksal widerfuhr. Ich habe den Brief immer noch.«

Sally schaute mich mit großen Augen an. »Ich habe ihn noch nie gesehen.«

»Ich bewahre ihn im Büro auf«, sagte ich. »Was ich dir zu erklären versuche, ist, dass ich schon sehr früh begriffen habe, dass ich Geld brauche, wenn ich die Kontrolle über mein Leben behalten will. Aber es ist nicht nur das. Ich habe meinen Vater geliebt, und als er tot war, habe ich ihn sehr vermisst. Ihn nicht mehr um mich zu haben hat mein Leben völlig verändert. Nicht nur, weil wir umziehen mussten und weniger Geld hatten. Ich glaube, solche Dinge sind für Kinder nicht so wichtig. Aber ich wusste auf einmal nicht mehr, wer ich war. Die Leute fingen an, mich anders zu behandeln, und schließlich wurde ich ein anderer Mensch. Es hatte alles damit zu tun, dass mein Vater nicht mehr da war. Es gab niemanden mehr, mit dem ich mal eben ein paar Bälle werfen konnte oder über Probleme reden, die ich meiner Mutter nicht anvertrauen wollte. Ich vermisste ihn auf vielfältige Weise, und all das wirkte sich auf mich aus und trug dazu bei, dass ich etwas darstellen wollte. Ich habe mir immer gewünscht, eines Tages Kinder mit dir zu haben, aber ich wollte erst ganz sicher sein, dass ich auch für sie da sein könnte, wie mein Vater es für mich nicht gewesen ist.«

Ich hätte immer weiterreden können. Ich hätte Sally sagen können, dass eine Schwiegermutter wie Ellen mein Selbstwertgefühl nicht gerade aufbaute, ich hätte ihr prägende Erlebnisse aus meiner Kindheit schildern können. Ich hätte ihr auch erzählen können, wie ich einmal mit einem Freund und dessen Vater zu einem Baseballspiel gegangen war, wie wir dagesessen und Hot Dogs gegessen hatten und wie der Vater seinen Sohn angesehen und stolz gelächelt hatte, ohne dass der es überhaupt bemerkte. Das mag ziemlich banal klingen, aber wenn man die vielen Gelegenheiten hinzurechnet, bei denen ich mich unsicher fühlte und nicht wusste, wo mein Platz unter meinen alten Freunden war, dann kann man sich vorstellen, welche Spuren das hinterlassen hat. Aber ich brauchte Sally gar nicht alle Einzelheiten zu schildern, ich glaube sie verstand auch so, was ich ihr zu sagen versuchte, zumindest teilweise, und die Tatsache, dass ich den Brief meines Vaters, von dessen Existenz sie noch nicht einmal gewusst hatte, all die Jahre in meinem

Schreibtisch aufbewahrt hatte, schien sie nachdenklich zu stimmen.

»Wie dem auch sei, ich wollte verhindern, dass meine eigenen Kinder das Gleiche durchmachen müssen wie ich. Ich wollte ihnen eine heile Welt bieten, und deswegen muss ich mein Leben unter Kontrolle haben, bevor wir eine Familie gründen.«

Ratlos hob ich die Hände. Die Vergangenheit beeinflusst uns, aber zu durchschauen, auf welche Weise sie das tut, ist nicht immer ganz einfach. Sally sah mich stumm an.

»Dieses Spectrum-Projekt ist das, wovon ich immer geträumt habe, Sally. Ich weiß, dass ich nicht alles richtig gemacht habe, aber diesen Auftrag zu bekommen bedeutet mir sehr viel. Dennoch bist du mir wichtiger. Viel wichtiger. Ich möchte mit dir eine Familie gründen. Vielleicht ist mir das erst jetzt so richtig klar geworden.«

»Aber was ist, wenn das mit Spectrum schief geht, Nick? Was ist dann?«

»Es geht nicht schief. Und selbst wenn, würde das nichts ändern. Ich meine es ernst. Ich werde dieselben Fehler nicht noch einmal machen. Du und Marcus, ihr beide bedeutet mir letztlich mehr als jeder Auftrag. Irgendwie schaffen wir das schon.«

Sie schaute mir tief in die Augen. Sie hatte die Stirn in Falten gelegt, und ich hatte das Gefühl, sie versuchte, in meine Seele zu sehen, sich zu vergewissern, dass ich mich selbst gut genug kannte, um solche Behauptungen aufstellen zu können.

»Nick«, sagte sie schließlich. »Selbst wenn du alles ernst meinst, was du sagst, und ich glaube, dass du das tust, sind wir nicht mehr dieselben Menschen, die wir waren, als wir das letzte Mal hier gesessen haben.«

Ich ahnte, was nun kam.

»Es gibt Dinge, die uns … die mich betreffen …«

Ich nahm ihre Hand. Ich wollte nicht, dass sie mir ihre Affäre beichtete, denn wenn sie das tat, würde ich Einzelheiten wissen wollen. Ich würde nicht gegen den Drang ankommen, sie zu fragen, wo sie zusammen hingegangen waren, wie oft und für wie lange. Manche Dinge bleiben besser unausgesprochen. Irgendwann würde ich sie all das fragen, wenn ich so weit war, dass ich damit umgehen konnte, aber nicht jetzt. »Sally, alles, was zählt, ist die Gegenwart. Dieser Augenblick. Was geschehen ist, ist geschehen. Wichtig ist nur, was wir jetzt empfinden. Gib uns eine Chance. Was wäre denn die Alternative? Ich liebe dich, und ich glaube, dass du mich auch noch liebst. Willst du denn einfach so weggehen?«

Einen Augenblick lang sah sie mich fragend an, vielleicht ahnte sie, dass ich über Garrison Hunt Bescheid wusste.

Die Wellen krachten gegen die Felsen, die Sonne ging unter, und es wurde allmählich kühler. Ich wartete darauf, dass Sally entschied, was sie tun würde. Schließlich drückte sie zögernd meine Hand. Die Liebe mag vergehen, wenn sie nicht gepflegt wird, aber die Wurzeln starker Gefühle sitzen tief, und sie sterben nicht so leicht ab.

Für den Abend hatte ich ein romantisches Abendessen in dem Hotelrestaurant geplant, von dem aus man einen guten Blick auf die Klippen und das Meer hatte. Ich war bereits fertig umgezogen, doch Sally stand noch unter der Dusche. Ich rief ihr zu, ich würde in der Hotelbar auf sie warten.

»Okay, ich komme gleich«, rief sie zurück.

Ich musste lächeln, als ich ihre Stimme hörte. Nach unserem Gespräch am Strand hatten wir einen ausgiebigen Spaziergang gemacht, und ganz allmählich war wieder eine gewisse Vertrautheit zwischen uns entstanden. Wir hielten einander an der Hand, wir legten nicht länger jedes Wort und jede Geste auf die Goldwaage. Als Sally mir jetzt aus dem Bad antwortete, klang sie glücklich. Und ich klang glücklich. Oder vielleicht war es auch viel prosaischer. Wir klangen einfach wieder normal. Ich ging hinunter in die Bar und bestellte mir ein Bier. Als ich den Kellner bat, das Getränk auf meine Zimmerrechnung zu setzen, fiel mir auf, dass ich den Zimmerschlüssel mitgenommen hatte und Sally die Tür nicht würde abschließen können. In einem kleinen Hotel wie diesem wäre das vielleicht nicht schlimm gewesen, aber wenn man in der Großstadt lebt, hat man so seine Gewohnheiten. Ich ging also noch einmal hinauf. Als ich gerade die Tür öffnen wollte, hörte ich Sallys Stimme. Ich hielt inne, die Hand auf der Klinke, und fragte mich, mit wem sie wohl reden mochte. Ihre Stimme klang gedämpft, ich legte ein Ohr an die Tür und hörte sie sagen: »... noch einmal versuchen. Ich glaube, er meint es ernst.«

Stille. Dann: »Ich weiß, dass ich das gesagt habe, aber wir haben lange miteinander geredet, und er hat vieles erklärt.«

Ich wusste sofort, dass sie mit Garrison Hunt telefonierte, um ihm klar zu machen, dass es zwischen ihnen aus war. Dass sie ihn angerufen hatte, führte mir noch einmal deutlich vor Augen, wie weit es zwischen uns gekommen war, wie nahe daran ich gewesen war, sie zu verlieren.

»Ich weiß, dass du mich verstehst«, antwortete sie nach einer Weile, dann schien sie wieder zuzuhören. »Du bist ein sehr lieber Mensch, weißt du das?«, sagte sie schließlich.

Ich stellte mir vor, dass er sich verständnisvoll gab bis zum Gehtnichtmehr, der Anstand in Person, und es kotzte mich an. Wahrscheinlich beteuerte er ihr, er wünsche nichts sehnlicher, als dass sie glücklich sei, der edelmütige Verlierer, der um des Glücks einer Frau willen das Feld räumt, jedoch nicht ohne ihr zu versichern, er werde, falls sie es sich doch noch einmal anders überlegen sollte, geduldig im Hintergrund auf sie warten. Sollte er doch warten, bis er schwarz wurde. Ich konnte mir das nicht länger anhören. Was mich am meisten traf, war die Art, wie Sally redete. Ihre Stimme hatte so einen vertrauten Ton, in den sich Traurigkeit und Bedauern mischten. Der Tonfall einer Liebenden.

Ich ging zurück in die Bar, setzte mich mit meinem Bier an einen Tisch in der Ecke und beschloss, einen Schlussstrich unter die Sache zu ziehen. Die Wut, die ich noch immer empfand, war der Preis, den ich zahlen musste, um unsere Ehe zu retten. Als Sally schließlich die Treppe herunterkam und so glücklich wirkte, wie ich sie seit langem nicht mehr erlebt hatte, wusste ich, dass das den Preis wert war.

Während wir an einem Tisch am Fenster auf unser Essen warteten, wurde es draußen dunkel. Es kam mir beinahe so vor, als wäre die Zeit stehen geblieben, wenn ich nicht gedacht hätte, dass Sally noch schöner war als beim letzten Mal, als wir hier saßen. Es war eine Schönheit, die von innen kam, vielleicht beruhte sie ebenso sehr auf Lebenserfahrung und Selbstbewusstsein wie auf ihrem Äußeren.

Außer uns befanden sich nur noch drei weitere Paare in dem Restaurant. Eine ältere Frau und ein älterer Mann, die den Eindruck machten, als wären sie schon lange zusammen und könnten sich nichts anderes vorstellen. Sie gingen unglaublich vertraut miteinander um. Die beiden anderen Paare waren jünger, sie erinnerten mich daran, wie Sally und ich damals gewesen waren.

»Glaubst du, sie werden eines Tages hierher zurückkommen, um ihre Ehe zu kitten?«, scherzte ich.

»Wenn ja, wünsche ich ihnen jedenfalls viel Glück«, erwiderte Sally.

Unser Essen wurde serviert. Es war hervorragend, doch ich nahm kaum wahr, was ich aß. Wir redeten ausführlich über die Vergangenheit und überließen die Gegenwart und die Zukunft sich selbst. Nach dem Essen bestellten wir Kaffee und Cognac. In der Bar brannte ein Feuer im offenen Kamin, und wir machten es uns auf einem Sofa gemütlich, schauten in die Flammen und ließen den Alkohol seine Wärme entfalten. Nach einer Weile legte ich meinen Arm um Sally, und als sie sich an mich schmiegte, konnte ich den Duft ihres Haars und das Parfum auf ihrer Haut riechen.

Der Barkeeper kam, um unsere leeren Gläser abzuräumen. »Darf ich Ihnen noch etwas bringen?«

Wir tranken noch einen Cognac und dann noch einen, und als er zum vierten Mal kam, sah ich Sally an. »Ich glaube, das reicht für heute, was meinst du?«

Sie grinste ein bisschen beschwipst. »Das glaub ich auch.«

»Ich denke, wir gehen jetzt schlafen.«

Der Barkeeper lächelte. »Gute Nacht, schlafen Sie gut.«

Wir stiegen Hand in Hand die Treppe hinauf, etwas, was wir schon lange nicht mehr getan hatten.

»Meinst du, er wollte uns aufziehen, als er sagte ›Schlafen Sie gut‹?«, fragte ich.

»Warum sollte er? Hattest du etwa was anderes vor?« Sally sah mich mit einem lasziven Lächeln an.

Oben an der Treppe angekommen, beugte ich mich zu ihr hinunter und küsste sie. Sie schloss die Augen und öffnete die Lippen ein wenig. Anfangs küssten wir uns noch zögerlich, dann löste sich die letzte Anspannung, und Sally sank in meine Arme.

»So haben wir uns schon lange nicht mehr geküsst«, flüsterte ich.

»Mmm. Viel zu lange.«

In unserem Zimmer war die Bettdecke halb zurückgeschlagen, und eine Stehlampe in der Ecke verbreitete sanftes Licht. Wir küssten uns erneut. Sally bog den Rücken durch und drückte ihr Becken gegen meine Erektion, und ich hob ihr Top hoch und zog es ihr aus. Ich öffnete ihren BH, schob die Träger über ihre Schultern, wartete, bis sie ihn abgeschüttelt hatte, dann drückte ich sie an mich, sodass ich ihre nackten Brüste durch mein Hemd spüren konnte und die sanfte Biegung ihres Rückens in meinen Händen. Ich trat einen Schritt zurück, und während Sally mein Hemd aufknöpfte, fuhr ich mit den Daumen über ihre aufgerichteten Brustwarzen.

Ich beugte mich über sie, küsste ihren Hals, die Stelle hinter ihren Ohren, wo ihr Haar so fein war. Sally schob eine Hand zwischen uns, um meine Hose zu öffnen, und ich half ihr, sie über meine Hüften zu streifen, dann zog ich Schuhe und Strümpfe aus, während sie grinsend zusah, wie ich auf einem Bein hüpfte.

»Ich weiß nicht, wie man dabei würdevoll aussehen kann.«

»Ich möchte auch gar nicht, dass du würdevoll aussiehst.«

Sie zog mich an sich, bot mir ihre Lippen dar, während sie in meine Unterhose griff, meinen Schwanz fest umschloss und die andere Hand sanft um meine Eier legte. Die Selbstverständlichkeit, mit der sie mich anfasste, raubte mir den Atem.

»Zieh dich nackt aus«, befahl sie und ließ mich los.

Ich gehorchte, und sie musterte mich von Kopf bis Fuß. In Gegenwart jeder anderen Frau hätte ich nicht so dastehen können, es wäre mir peinlich gewesen. Auch so sagte ich mir schließlich, genug ist genug, und schob sie auf das Bett zu.

»Jetzt bin ich dran.«

Ich fuhr mit den Händen über ihre Hüften, ihren Hintern. Sie trug einen Stringtanga, sodass ich ihre Haut durch den Rock fühlen konnte. Ich öffnete den Reißverschluss, und der Rock glitt fast lautlos zu Boden. Dann drückte ich sie sanft aufs Bett und zog ihr den Slip aus. Ihr Haar zeichnete sich dunkel gegen das weiße Laken ab, ihre Haut fühlte sich zart an, vom Bauch abwärts bis zu dem Dreieck zwischen ihren Beinen.

»Ich liebe dich«, flüsterte ich.

»Ich dich auch.«

Ich küsste ihre Brüste und ließ meine Lippen über ihren Körper nach unten wandern. Sie hob die Knie und spreizte die Beine, und ich küsste sie zwischen ihren weichen, feuchten Falten, atmete ihren Duft ein wie eine Droge. Seufzend fuhr sie mit den Händen durch meine Haare.

»Ich habe dich so vermisst«, murmelte sie.

Bald wurde sie vor Erregung ungeduldig, zog mich hoch, damit ich wieder ihren Mund küssen konnte, und, als ich auf ihr lag, öffnete sie die Schenkel, und schlang ihre Arme um mich. Sie entspannte sich ein wenig, als ich in sie eindrang, und eine Weile lagen wir so da, rührten uns kaum und genossen die vertraute Nähe. Dann begannen wir, uns in sanftem Rhythmus zu bewegen. Wir kannten einander gut, wussten, wie wir einander Genuss bereiten konnten. Sie hob ihr Becken ein wenig, sodass ich mich an ihrer empfindlichsten Stelle reiben konnte, und stöhnte leise. Auf meine Arme gestützt, betrachtete ich ihre halb geöffneten Lippen, ihre geschlossenen Augen. Sie atmete im Rhythmus unserer Bewegung. Ich streichelte ihre Brüste, ihre Hüften, dann ließ ich mich wieder auf sie sinken, küsste sie erneut, und sie umfasste meinen Hintern, um mit den Händen zu spüren, wie ich mich bewegte. Sie presste ihre Schenkel zusammen, und ihre Bauchmuskeln spannten sich, und als sie den Höhepunkt erreichte, kam ich in ihr, und schließlich blieben wir eng umschlungen liegen.

In dieser Nacht träumte ich nicht. Als ich aufwachte, war es schon hell, und das Sonnenlicht fiel durch einen Spalt im Vorhang. Sally schlief noch. Ich schlug die Decke zurück, um sie zu betrachten. Sie hatte die Hände auf dem Bauch verschränkt, und auf ihrem Gesicht lag ein zufriedenes Lächeln.

10

Am Dreiundzwanzigsten, dem Tag meiner endgültigen Präsentation bei Spectrum, fuhr ich um fünf Uhr früh aus dem Schlaf, das letzte Bild eines Traums noch vor Augen. Larry Dexter stand grinsend vor mir und hielt mir mit ausgestreckten Armen etwas hin. Mit klopfendem Herzen machte ich einen Schritt auf ihn zu, Schweiß trat mir auf die Stirn, während mein Blick unwiderstehlich von dem Bündel angezogen wurde, das er in den Händen hielt. Ich konnte nicht erkennen, was es war, nur dass es in eine Decke gewickelt war und sich hin und wieder bewegte. Dexters Grinsen wurde immer breiter, und er forderte mich auf, das Bündel entgegenzunehmen. Zitternd streckte ich eine Hand aus, schlug die Decke zurück und sah ein neugeborenes Baby. Es schaute mich an und begann zu schreien, immer lauter zu schreien, und ich stolperte verblüfft und entsetzt zurück. Das Baby hatte das Gesicht meines Vaters, der halbe Kopf war weggeschossen, und alles war voll Blut. Ich schrie auf, hörte Dexters höhnisches Lachen, und als ich noch einmal hinsah, war es gar nicht Dexter, sondern Sally.

»Mein Gott«, murmelte ich. Mein Herz raste immer noch, ich war schweißgebadet, das Bettzeug hatte sich um meinen Körper gewickelt. Mehrere Minuten lag ich da und dachte über den Traum nach, fragte mich, was er bedeuten mochte.

Schließlich stand ich auf und zog mir Shorts und ein T-Shirt über. Meine Kleider hingen in einer Anzugtasche im Schrank bereit. Bevor ich mich auf den Weg machte, trat ich noch einmal ans Bett. Sally schlief noch, ihr Gesicht war halb bedeckt von ihren Haaren. Ich beugte mich zu ihr hinunter und schob ein paar Strähnen von ihrer Wange. Sie sah so friedlich aus mit den geschlossenen Augen, ihr Atem ging ganz ruhig. Es wäre schön gewesen, wenn sie mir Glück gewünscht hätte, doch ich wollte sie nicht wecken. Seit unserer Rückkehr aus Mendocino hatten wir ein wenig zu unserer früheren Vertrautheit zurückgefunden. Mit Marcus dagegen lief es nicht so gut. In der Agentur arbeiteten alle auf Hochtouren an dem Spectrum-Projekt, und man konnte die Spannung fast mit Händen greifen. Keiner von uns machte sich irgendwelche Illusionen darüber, was dieses Projekt für jeden einzelnen Mitarbeiter von Carpe Diem bedeutete: Wir würden gewinnen oder alles verlieren. Es herrschte eine fieberhafte Aktivität, alle schienen den Atem anzuhalten, während der Tag immer näher rückte, und all das erinnerte Marcus und mich permanent daran, dass die Bank uns im Nacken saß und dass die Entscheidungen, die ich über seinen Kopf hinweg getroffen hatte, uns in diese Lage gebracht hatten. Ich nahm an, dies erklärte, warum er sich mir gegenüber so unterkühlt gab, und ich sagte mir, solange wir Spectrum nicht in der Tasche hatten, konnte ich nicht viel daran ändern.

Alles, was ich brauchte, war dieser eine Auftrag.

Ich beugte mich hinunter und hauchte Sally einen Kuss auf die Wange. Sie drehte sich um und murmelte etwas im Schlaf.

Um sechs Uhr war ich im Club. Die junge Frau am Schalter lächelte, als ich meine Mitgliedskarte durch das Lesegerät zog, und schaute auf den Bildschirm, auf dem meine Daten erschienen.

»Hallo Nick, lange nicht gesehen«, sagte sie.

»Ich hab viel um die Ohren.«

»Gehen Sie heute schwimmen?«

»Ich glaube schon.« Manchmal absolvierte ich auch ein Zirkeltraining oder machte ein paar Kraftübungen im Fitnessraum.

»Nächste Woche fängt ein neuer Steppaerobic-Kurs an. Die Trainerin ist phantastisch. Sie sollten es mal probieren.«

»Ja, vielleicht.«

»Okay, viel Spaß beim Schwimmen.«

Nettes Mädchen. Hübsch, vielleicht Anfang zwanzig. Wie alle Mitarbeiter im Club strahlte sie Jugendlichkeit und Vitalität aus. Sie wechselten sich mit dem Dienst an der Rezeption ab, aber sie hatte mich mit Namen begrüßt und wusste, dass ich nicht immer schwimmen ging. Das war nur möglich, weil sie mit Hilfe der Mitgliedskarte meine sämtlichen Daten abrufen konnte. Wahrscheinlich benutzten sie ein ziemlich simples Programm, aber diese Art von Software war dabei, die Welt immer mehr zu verändern. Ich musste lächeln, als ich das Spectrum-Logo in einer Ecke des Bildschirms entdeckte. Es schien mir ein gutes Omen zu sein.

Das Schwimmbecken war relativ leer an dem Morgen. Während ich mir Badekappe und Schwimmbrille aufsetzte, überlegte ich mir, für welche Bahn ich mich entscheiden sollte. Vor noch nicht allzu langer Zeit hatte ich die hundert Meter locker in der schnellen Bahn geschafft, aber ich war nicht besonders gut in Form und wollte mich nicht umbringen. Fünf oder sechs ältere Leute zogen wie Ozeandampfer durch die langsamen äußeren Bahnen. Sie schwammen hin und her, hin und her, hoben die Arme wie in Zeitlupe aus dem Wasser, tauchten sie wieder ein, schlugen am anderen Ende an, wendeten und weiter ging's. Ein Mann von etwa Mitte siebzig trat aus dem Umkleideraum. Seine Haut war faltig und etwas schlaff, er hatte die dünnen Beine und den eingefallenen Hintern eines alten Mannes, aber er wirkte fit und entspannt, und als er einen Kopfsprung ins Wasser machte, hätte man meinen können, er wäre zwanzig Jahre jünger.

Am Ende entschied ich mich doch für eine der schnellen Bahnen. Die ersten fünf Längen schwamm ich wie ein Torpedo, bis meine Muskeln, die nicht auf diese Überbeanspruchung vorbereitet waren, zu schmerzen begannen. Nach ein paar weiteren Bahnen musste ich bei jedem zweiten Zug Luft holen. Ich wusste, ich hätte mich für eine der mittleren Bahnen entscheiden sollen, aber ich ignorierte den Schmerz und wartete auf das Hochgefühl, mit dem der Körper einen belohnt, wenn man seine Grenzen überschreitet. Nach zwanzig Längen war ich drauf und dran aufzugeben. Meine Arme erlahmten, meine Beine waren so schwer wie Blei, und meine Lunge brannte. Ich mühte mich ab, das Tempo zu halten, doch als meine Finger wieder einmal den Rand des Beckens berührten, hatte ich das Gefühl, nicht mehr weiter zu können.

Nur mit äußerster Willensanstrengung überwand ich meine Erschöpfung. Im Geiste hörte ich die Stimme eines Feldwebels beim Drill, der mich einen Schwächling schimpfte.

Du hast keinen Biss! Du schwimmst wie ein ertrinkender Hund! Tauch den Kopf ins Wasser und beweg deine Beine! Was zum Teufel glaubst du, was das hier ist? Ein verdammter Spaziergang? Willst du, dass man dich für einen Schlappschwanz hält, wenn du nachher in diesem Raum erscheinst? SETZDEINENVERDAMMTENARSCHINBEWEGUNG!

Auf die Weise lenkte ich mich von den Schmerzen ab, die sich mit heißen Fingern in meinen Rücken und meine Schultern gruben, und von dem Brennen in meiner nach Sauerstoff lechzenden Lunge. Ich schlug am Beckenrand an, wendete, und als ich wieder auftauchte, versetzten mich die Endorphine, die mein Gehirn überschwemmten, in eine Art Rauschzustand; ich fühlte mich, als hätte mir jemand einen Zaubertrank verabreicht. Ich legte noch fünf Bahnen in vollem Tempo zurück, bis selbst die Endorphine die Signale nicht mehr unterdrücken konnten, die mein Körper aussandte, und als ich das nächste Mal das Ende der Bahn erreichte, kletterte ich aus dem Becken und setzte mich keuchend und schnaufend auf den Rand.

Als ich aufblickte, sah ich eine Frau in der Bahn neben mir, die sich mit den Armen auf dem Trennseil abstützte und mich anschaute. Ich hatte mich schon mehrmals kurz mit ihr unterhalten und wusste, dass sie einen hochrangigen Job bei einer PR-Agentur in der Innenstadt hatte. Sie lächelte mich an.

»Na, gut drauf heute?«

»Ich bin zwar nicht besonders gut in Form, aber ja, es geht mir gut«, sagte ich.

»Wichtiger Tag heute?«

»Sehr wichtig.« Ich stand auf und ging auf den Umkleideraum zu.

»Machen Sie sie fertig!«, rief sie mir nach.

Ich musste grinsen. Als ich an den äußeren Bahnen vorbeiging, schwammen die alten Leute immer noch, es sah aus, als könnten sie ewig so weitermachen.

Ich fuhr zum Büro und stellte meinen Wagen in der Tiefgarage ab. Zum Frühstück holte ich mir einen Blaubeermuffin und einen doppelten Espresso an der Espressobar im Erdgeschoss. Es war erst halb acht, und die Bar hatte gerade aufgemacht. Beim Umbau war das alte Backsteingebäude bis auf die Außenmauern entkernt worden. Jetzt befand sich in der Mitte ein offener Bereich, der sich über drei Stockwerke erstreckte, und durch in das Dach eingebaute Kuppelfenster fiel helles Sonnenlicht herein. In den beiden oberen Stockwerken gab es umlaufende Galerien, die durch Stahltreppen miteinander verbunden waren. Das Industriedesign entsprach dem Zeitgeist, doch manchmal, wenn ich meinen Blick über die Metallgitter der Galerien schweifen ließ, erinnerte mich das Ambiente eher an ein Gefängnis.

Ich schloss unser Büro auf, schaltete die Alarmanlage aus und setzte mich an meinen Schreibtisch. Während ich den Muffin aß, ließ ich meinen Laptop hochfahren, um die Einzelheiten der Präsentation ein letztes Mal durchzugehen.

Ich war immer noch in meine Vorbereitungen vertieft, als Marcus eintraf. Er eilte an meinem Büro vorbei, überlegte es sich jedoch anders und machte noch einmal kehrt.

»Du bist ja richtig früh dran heute«, bemerkte er. Er warf einen Blick auf meinen Bildschirm. »Um wie viel Uhr ist dein Termin?«

»Um elf. Sieh dir das mal kurz an. Ich habe ein paar Änderungen vorgenommen.« Ich ließ das gesamte Material schnell durchlaufen und erläuterte ihm die Stellen, die ich in den vergangenen Tagen überarbeitet hatte. Natürlich war er mit der kreativen Seite weitgehend vertraut, denn schließlich hatten er und sein kleines Team diesen Teil ausgearbeitet. »Es ist gut, Marcus«, sagte ich, nachdem wir alles durchgegangen waren.

»Ja«, pflichtete er mir nicht gerade überschwänglich bei.

»Du könntest versuchen, ein bisschen mehr Begeisterung an den Tag zu legen.«

Er sah mich forschend an. »Ich wünschte, ich hätte deine Zuversicht.«

»Mach dir mal keine Sorgen«, erwiderte ich, doch in diesem Augenblick fiel mir mein Traum wieder ein, und ich spürte, wie mich ein ungutes Gefühl beschlich. »Wie geht's Alice?«, fragte ich, um das Thema zu wechseln. Es war das erste Mal seit der Vernissage, dass einer von uns ihren Namen erwähnte.

Die Erinnerung an jenen Abend schien Marcus peinlich zu sein. »Es geht ihr gut«, sagte er vorsichtig.

Früher oder später würden wir darüber reden müssen, wie es mit uns weitergehen sollte, und das wussten wir beide. Alice hatte gesagt, Marcus habe aus der Firma aussteigen wollen. Ich fragte mich, ob er das immer noch vorhatte. Doch dies war nicht der richtige Augenblick, um das Thema anzuschneiden, obwohl es seit damals ständig zwischen uns zu stehen schien.

»Sag ihr, dass mir das Bild gefällt. Ich hab es zu Hause in meinem Arbeitszimmer aufgehängt.«

»In Ordnung. Ich werd's ihr ausrichten.«

Irgendetwas stimmte nicht. Ich hatte den Eindruck, dass seine Verlegenheit eher mit Alice selbst zu tun hatte als mit der Erinnerung an einen peinlichen Abend. »Alles in Ordnung?«, fragte ich.

»Alles in Ordnung«, erwiderte er schnell, aber ich wusste, selbst wenn etwas nicht in Ordnung gewesen wäre, hätte er es mir nicht gesagt. Er warf einen Blick auf seine Uhr. »Ich muss los.« An der Tür drehte er sich noch einmal um. »Viel Glück nachher.«

»Danke.«

Spectrum Software hatte seinen Firmensitz in einem Gewerbegebiet am südlichen Rand von San Jose, wo Hightechfirmen wie Pilze aus dem Boden zu sprießen schienen. Auf Reklametafeln an der Autobahn wurde für eins ihrer Produkte geworben, ein Software-Programm namens Home Finance. Ich hatte munkeln hören, es solle durch etwas Neues ersetzt werden, aber das wurde noch geheim gehalten. Was auch immer sie planten, es war überfällig. Die Reklametafeln zeigten einen Mann in Hemdsärmeln am heimischen Schreibtisch, hinter ihm seine Frau, die ihm die Hände auf die Schultern gelegt hatte. Beide betrachteten stirnrunzelnd ein Dokument, das er in der Hand hielt. Der Werbeslogan lautete: »Ihre monatlichen Rechnungen? Kein Problem mit *Home Finance*.« Das gesamte Konzept war überholt, und die Werbung war etwa so verlockend wie Grießbrei. Unter dem Slogan stand in kleinerer Schrift: »Ein Unternehmen der Morgan Industries-Gruppe.«

Ich fuhr auf den Parkplatz und stellte den Wagen ab. Ich befand mich im Zentrum mehrerer in Form eines Achtecks angeordneter Gebäude, in denen die einzelnen Firmen ansässig waren. Die verschiedenen Büros verfügten über eine individuelle Ausstattung, aber die Gebäude waren in einheitlichem kubistischem Stil gehalten mit riesigen Fassaden aus verspiegeltem Glas. Die gesamte Produktion und die Lager waren in scheunenartigen Flachbauten untergebracht, außer Sichtweite der Büroräume, mit eigenen Parkplätzen für die Leute, die im Versand und in der Fertigung arbeiteten. Der zentrale Parkplatz war den Designern und Software-Entwicklern vorbehalten. Noch nie hatte ich eine solche Ansammlung von BMWs, Porsches und Mercedeslimousinen gesehen, ganz zu schweigen vom strahlenden Glanz der Ferraris und anderer Exoten, die ich zwischen all den Luxusschlitten entdeckte.

Ich betrat das Gebäude, in dem die Firma Spectrum untergebracht war, und eine lächelnde junge Frau an der Rezeption wies mir den Weg nach oben. An der Wand hinter ihr prangte das Logo von Morgan Industries. Der Hauptaktionär der Firma war Nelson Morgan, ein Mittvierziger mit einem Privatvermögen von mehreren hundert Millionen Dollar. Das Wenige, das ich über ihn wusste, hatte ich Zeitschriftenartikeln entnommen, aber er war für seine Öffentlichkeitsscheu bekannt, und die Informationen über ihn waren dürftig. Mit Anfang zwanzig hatte er gemeinsam mit einem Partner eine Firma gegründet, die jedoch Pleite ging. Ein Jahr darauf versuchte er es allein mit einer neuen Firma. Anfangs verkaufte er auf den jeweiligen Kunden zugeschnittene Computer, doch dabei blieb es nicht. Seine Stärke bestand offenbar darin, dass er einen guten Riecher für Marktentwicklungen besaß und kleinere, häufig unterschätzte Unternehmen, die bereits in dieser Richtung arbeiteten, aufkaufte. Mit Hilfe von Kapital, das er in die Unternehmen pumpte, konnten diese sich schnell vergrößern, ihr Marktwert stieg rapide an, und so wurde Morgan zu einem unglaublich reichen Mann. Ansonsten wusste ich nur noch, dass er in dem Ruf stand, ein knallharter Geschäftsmann zu sein.

Am Empfangstresen im ersten Stock notierte eine weitere hübsche Blondine meinen Namen und bat mich, Platz zu nehmen. Ich war ein paar Minuten zu früh, doch ich brauchte nicht lange zu warten, bis Phil Bennet, einer der Marketingleute, mit denen ich zu tun gehabt hatte, erschien.

Er reichte mir die Hand. »Hallo, Nick, wie geht's?«

»Hallo, Phil, bestens, danke.«

»Wunderbar.« Er lächelte breit, doch seine Augen wanderten nervös umher. »Wir sind heute im Konferenzraum, dem einzigen Raum, in den wir alle reinpassen.« Er ging voraus. »Ich glaube, wir haben alles, was Sie brauchen werden.« Er begann, an seinen Fingern abzuzählen. »Einen Beamer, an den Sie Ihren Laptop anschließen können. Eine Projektionsleinwand, klar. Dann haben wir noch einen Tisch für Sie bereitgestellt, auf dem Sie Ihr Material ausbreiten können. Wasser. Kaffee. Fällt Ihnen sonst noch etwas ein?«

»Klingt, als hätten Sie an alles gedacht.«

»Whiteboard? Flipchart?«

»Nicht nötig. Ich habe alles auf meinem Laptop.«

»Großartig.«

Er strahlte mich an, nickte, strahlte noch ein bisschen mehr, doch ich wurde das Gefühl nicht los, dass etwas Verzweifeltes in seinem Blick lag, als würde er seinen rechten Arm dafür geben, jetzt nicht an diesem Ort sein zu müssen. Ich nahm das Geräusch unserer Schritte auf dem Holzfußboden wahr. Phil plapperte drauflos, als könne er es nicht ertragen, schweigend neben mir herzugehen.

»Kennen Sie unseren Konferenzraum? Die Tische sind für Gelegenheiten wie diese hufeisenförmig angeordnet. Ich weiß gar nicht, warum das so ist, aber es scheint zu funktionieren.« Er warf einen Blick auf seine Uhr. »Pünktlich auf die Minute. Großartig.«

Er wirkte unglaublich angespannt. Er redete zu viel, und er vermied es, mich anzusehen. Vor der Tür angekommen, blieb er stehen.

»Na dann, viel Glück.«

Irgendetwas an seinem Ton irritierte mich. »Phil«, sagte ich, »gibt es irgendetwas, das ich wissen müsste?«

Er sah mich verblüfft an. »Wie meinen Sie das?«

»Ich habe den Eindruck, dass Sie aus irgendeinem Grund nervös sind.«

»Nervös? Ach wo, warum sollte ich nervös sein?«

»Ich weiß nicht. Vielleicht sind's ja auch meine eigenen Nerven.«

Er lachte gequält. Dann klopfte er mir auf die Schulter. »Sie machen das schon.«

Ich wollte noch etwas sagen, doch in dem Moment öffnete er die Tür. Das gesamte Marketingteam war im Konferenzraum versammelt. Sam Mendez saß in der Mitte gegenüber dem Bildschirm, rechts neben ihm hatte Bev Jones Platz genommen und links neben ihm jemand, den ich nicht kannte. Phil setzte sich zwischen seine Kollegen und entdeckte sofort irgendetwas auf einem vor ihm liegenden Notizblock, was seine ganze Aufmerksamkeit beanspruchte. Sam erhob sich, um mich zu begrüßen. Er schüttelte mir die Hand und machte eine Geste in den Raum.

»Nick. Ich nehme an, die meisten der Anwesenden sind Ihnen bekannt.«

»Klar.« Ich reichte Bev die Hand und nickte den anderen zu.

»Und das ist Dan Morris von Morgan Industries.«

Ich schüttelte auch ihm die Hand. Der stämmige Mann lächelte weder noch sagte er etwas.

»Okay, fangen wir an«, kam Sam ohne Umschweife zur Sache. Er wirkte weniger freundlich als sonst, aber das lag vielleicht an der Situation oder an der Anwesenheit dieses Morris. Ich nahm an, als Vertreter der Firma Morgan tendierte er zu KCM, und vielleicht hoffte Sam einfach, dass ich dem Bild gerecht werden würde, das er von mir gezeichnet hatte.

Ich ging nach vorne, packte den Laptop aus und schloss ihn an. Als ich fertig war, ließ ich meinen Blick durch den Raum schweifen. Sam unterhielt sich leise mit Bev, Morris notierte sich etwas auf einem Notizblock, und Phil starrte konzentriert auf einen Punkt an der gegenüberliegenden Wand. Man brauchte kein besonderes Gespür, um mitzubekommen, dass hier irgendetwas faul war. Die Leute neigen dazu, einander unbewusst zu imitieren, wenn sie in Gruppen zusammen sind. Überall wo ich hinschaute, wurden leise Gespräche geführt oder Stifte und Notizblöcke eingehend betrachtet. Die Anwesenden sahen überall hin, nur nicht zu mir. Es herrschte eine unnatürliche Spannung in dem Raum, und plötzlich fühlte ich mich wie ein Angeklagter vor Gericht, der in der Hoffnung zu den Geschworenen hinüberschaut, einen Hinweis auf sein Schicksal zu entdecken, doch alle weichen seinem Blick aus.

»Guten Morgen allerseits.«

Einer nach dem anderen wandten sie sich mir zu, die Gesichter ausdruckslos höflich. Mir blieb nichts anderes übrig, als mein ungutes Gefühl zu verdrängen und zur Sache zu kommen. Eine Stunde kann sehr lang sein, wenn man einen ganzen Raum voller Leute unterhalten muss. Meine Aufgabe bestand darin, alles, was ich in den vergangenen Monaten an Informationen über Spectrum gesammelt hatte, zusammenzufassen und zu zeigen, was Carpe Diem zum Marketing-Mix der Firma beitragen konnte. Ich hatte Unmengen Material: Strategien, Statistiken, Zielgruppenanalysen, Daten zu Reichweite und Kontakthäufigkeit – reichlich Zahlen und Tabellen. Die Art von Informationen, die ungefähr so spannend sind wie dem Gras beim Wachsen zuzusehen. Ich schaltete meinen Laptop ein, und ein Bild erschien auf der Leinwand.

»Das ist Billy«, sagte ich mit unbewegter Miene.

Eine Comicfigur blickte meine Zuhörer an. Billy trug eine viel zu weite, viel zu lange Hose, ein übergroßes T-Shirt und eine Baseballmütze mit dem Schirm nach hinten. Er war weiß, hatte hängende Schultern und einen mürrischen, gelangweilten Gesichtsausdruck. Kurz, der typische Teenager. Niemand hatte mit so etwas gerechnet, und nach einem Moment der Verblüffung fingen die Leute an zu lächeln.

»Billy wird uns während meines Vortrags begleiten, denn er möchte eines Tages gern selbst in das Software-Geschäft einsteigen.« Ich drehte mich um. »Stimmt's, Billy?«

»Hey, ich hab die Schlitten draußen auf dem Parkplatz gesehen«, sagte Billy im Tonfall eines kalifornischen Schülers. »Kann ich in dem Geschäft genug Kohle verdienen, um mir einen Porsche zu leisten?«

»Sicher doch, Billy. Aber dafür muss man hart arbeiten. Das kann eine Weile dauern.«

»Schon klar, Mann. Weiß doch jeder, dass so was nicht über Nacht passiert«, erwiderte er augenrollend, als hätte er es mit einem Schwachkopf zu tun. »Wahrscheinlich würde es ein halbes Jahr dauern oder so, stimmt's?«

Ich hörte, wie einige auflachten. Die Show schien ihnen zu gefallen. Das Ganze war natürlich sorgfältig ausgearbeitet, und es hatte lange gedauert, bis ich den Bogen raushatte, meinen Teil des Dialogs zeitlich genau mit Billys Antworten abzustimmen. Aber ich hatte viel Mühe darauf verwendet, ich kannte meinen Text genau und verpasste keinen Einsatz.

»Sehen wir uns ein paar Bereiche an, in denen Spectrum tätig ist«, schlug ich vor.

Eine Tabelle mit der Überschrift *Buchhaltungs-Software*, einem ihrer wichtigsten Marktsegmente, erschien auf der Leinwand. Das Bild war aufgeteilt in zwei verschiedenfarbige Bereiche.

»Hier sieht man, dass Ihr Marktanteil in letzter Zeit geschrumpft ist.« Ich umriss kurz, wer die Konkurrenten waren und welche Rolle sie spielten. Es war ziemlich trockener Stoff, da gab es nicht viel aufzupeppen, aber ich wollte die Anwesenden auf eine Möglichkeit aufmerksam machen, die ihnen bisher entgangen war. Plötzlich tauchte Billy wieder auf. Er latschte über die Leinwand und trat mit dem Fuß gegen die Tabelle.

»Mann, ist das alles, was du zu bieten hast?«

Allgemeines Gelächter. Etwas, das normalerweise todlangweilig war, machte auf einmal Spaß. Die Tabelle drehte sich und verwandelte sich in eine Grafik, auf der ein Gebäude mit dem Logo einer Konkurrenzfirma zu sehen war. Vor dem Gebäude parkte ein überaus eindrucksvoller Sportwagen.

»Geil!«, rief Billy aus.

»Der gefällt dir, was?«

Das nächste Bild zeigte das Auto in Nahaufnahme, und Billy begann, vor Gier sabbernd, die technischen Daten aufzuzählen.

»Vier Liter Hubraum, zwölf Zylinder Turbomotor. Von null auf hundert in fünf Komma acht Sekunden, Höchstgeschwindigkeit dreihundert Stundenkilometer.« Er setzte sich ans Steuer. »Mann, da bleibt den Weibern die Spucke weg.«

»Der Mann, dem der Wagen gehört, arbeitet für diese Firma hier, Billy. Willst du wissen, wie er zu dem Wagen gekommen ist?«

Billy sah mich mit großen Augen an. »Wie denn?«

Plötzlich redete ich von Chancen und Perspektiven, und nicht nur Billy, sondern auch alle anderen hörten interessiert zu.

Und so ging es weiter. Immer wenn der Stoff zu trocken zu werden drohte, tauchte Billy auf, und schon bald warteten alle auf seinen nächsten Auftritt, gespannt, was er nun wieder anstellen würde. Es war ein lustiges und unterhaltsames Spiel, und es ermöglichte mir, meine Botschaft rüberzubringen, was letztlich der Zweck der Übung war. Es war ein genialer Trick, der auf anschauliche Weise zeigte, mit welchen Konzepten wir aufwarten konnten. Die Idee stammte ursprünglich von Marcus, doch dann hatte er sie wieder verworfen, denn eine Comicfigur wie Billy zu entwickeln war extrem zeit- und kostenaufwendig. Ich hatte ihn jedoch mit viel Druck dazu gebracht, seine Idee umzusetzen, weil ich sofort erkannt hatte, dass Billy das Tüpfelchen auf dem i war, das uns zum Erfolg verhelfen konnte. Er lieferte den Beweis dafür, dass wir etwas zu bieten hatten, und wenn alles andere stimmte, würde er KCM und Larry Dexter aus dem Rennen werfen.

Aber irgendetwas stimmte immer noch nicht. Alle waren von Billy begeistert, keine Frage. Das Problem war, dass sie sich *allzu* begeistert zeigten. Sie lachten an den richtigen Stellen, und sie hörten zu, aber es war, als gäbe Billy ihnen die Gelegenheit so zu tun, als existierte ich nicht. Ich kam mir vor wie ein Bauchredner, dem seine Puppe die Schau stiehlt, und als ich mich dem Ende meines Vortrags näherte, schnürte mir eine böse Vorahnung die Kehle zu. Ich blickte zu Sam Mendez hinüber, der mit grimmiger Miene auf die

Leinwand starrte, während Morris sich überhaupt nicht dafür zu interessieren schien.

Es war bereits Mittag, als ich schloss. Ich erklärte allen noch einmal, wie viel Spaß mir die vergangenen Monate gemacht hätten und wie sehr meine Kollegen und ich uns darauf freuten, mit ihnen zusammenzuarbeiten. Meine Zuhörer rutschten nervös auf ihren Stühlen herum und sahen mich ausdruckslos an. Irgendjemand räusperte sich.

Nachdem ich geendet hatte, stand Sam auf. »Ich danke Ihnen, Nick. Ein sehr interessanter Vortrag.«

Sehr interessant? War das alles?

Ich hatte erwartet, dass er die Anwesenden nun auffordern würde, Fragen zu stellen, wie es bei solchen Gelegenheiten üblich war, doch stattdessen schaute er auf seine Armbanduhr.

»Ich würde sagen, wir machen jetzt eine Pause und treffen uns später wieder hier, um über das zu diskutieren, was wir soeben gehört haben.«

Die Stimmung im Raum schlug um. Stühle wurden zurückgeschoben, Papiere und Stifte eingesammelt. Alle konnten es kaum erwarten, von hier wegzukommen. Morris erhob sich, sagte etwas zu Sam, dann nickte er mir kurz zu und verließ den Raum. Phil kam auf mich zu.

»Gut gemacht, Nick. Phantastisch. Dieser Billy war zum Schreien. Kann ich Ihnen irgendetwas anbieten?« Er hatte also den Auftrag, mich loszuwerden.

Wie benommen packte ich meine Sachen zusammen und fragte mich, was schief gelaufen war. Aus den Augenwinkeln sah ich Sam und Bev auf die Tür zugehen. Ich wusste sofort, dass dies meine letzte Chance war.

»Kann ich Sie kurz sprechen?«, rief ich Sam zu.

Er und Bev tauschten einen kurzen Blick, dann sagte er widerwillig, wie mir schien: »Selbstverständlich.«

Ich wusste nicht recht, wie ich beginnen sollte, also kam ich gleich zur Sache. »Ich habe den Eindruck, hier spielt sich etwas ab, von dem ich nichts weiß.«

Eine Sekunde verging, und ich spürte, dass er überlegte, ob er die Wahrheit sagen oder irgendeinen nichts sagenden

Quatsch erzählen, mir auf die Schulter klopfen und mich in die Wüste schicken sollte.

»Ich will ganz offen mit Ihnen reden, Nick«, sagte er schließlich. »Ich glaube, Sie wissen, wie sehr wir alle hier von Ihnen persönlich und auch von Ihrer Firma beeindruckt sind.«

Ich wartete. Ich ahnte, dass noch ein »Aber« folgen würde. Und ich täuschte mich nicht.

»Aber Sie sollen auch wissen, dass wir uns gegen Carpe Diem entschieden haben«, sagte er.

Trotz meiner Vorahnungen waren seine Worte ein absoluter Schock für mich. Die Luft schien zu erbeben, dann kam die Welt um mich herum zum Stillstand. Ich starrte ihn an. Mir wurde übel. Eine schwache Hoffnung keimte in mir auf. Jeden Moment musste ich aus diesem Alptraum erwachen. Aber dies war kein Traum. »Ich verstehe nicht«, stammelte ich schließlich.

»Ich schätze, Sie haben zumindest ein Recht darauf, den Grund für unsere Entscheidung zu erfahren«, sagte Sam, jetzt etwas milder gestimmt, nachdem das Schlimmste heraus war. Er bedeutete mir, Platz zu nehmen, und ich ließ mich auf den nächstbesten Stuhl sinken. Er setzte sich mir gegenüber und verschränkte die Arme vor der Brust.

»Sie wissen vielleicht, dass wir *Home Finance* durch ein neues Produkt ersetzen wollen.«

»Ich habe davon gehört«, sagte ich, ohne zu begreifen, was das mit der Sache zu tun hatte.

»Was Sie vielleicht nicht wissen, ist, dass Morgan Industries meine Firma wegen dieses Produkts gekauft hat. Sie haben eine Menge Geld in die Entwicklung gesteckt, und es wird noch eine Menge mehr kosten, das neue Produkt auf dem Markt zu platzieren. Von Anfang an haben einige Leute von Morgan Industries mich unter Druck gesetzt, bei KCM zu bleiben. Man fürchtete, eine kleine Agentur wie die Ihre sei nicht in der Lage, ein so wichtiges Produkt erfolgreich zu vermarkten.«

Ich dachte an den Mann namens Morris. Versuchte Sam mir beizubringen, dass man die Entscheidung über seinen Kopf hinweg getroffen hatte? Doch das kam mir unwahrscheinlich vor. Sam hatte sich irgendwie verändert, er verhielt sich mir gegenüber plötzlich ganz anders. Er fixierte mich mit seinem intelligenten, durchdringenden Blick, und ich hatte das Gefühl, er könnte meine Gedanken lesen.

»Ehrlich gesagt, Nick, ich bin tief enttäuscht von Ihnen«, sagte er. »Ich war der Meinung, Ihre Agentur sei die beste für diesen Auftrag. Ich habe mich für Sie eingesetzt. Aber dann stellte sich plötzlich heraus, dass es Dinge gibt, von denen ich nichts wusste.«

»Ich verstehe nicht.«

»Stimmt es, dass Sie in letzter Zeit eine Menge Kunden verloren haben?«

Plötzlich sah ich den Schatten von Larry Dexter im Hintergrund lauern. »Wir haben einen oder zwei Kunden verloren«, gab ich zu. »Das kann jeder Agentur passieren. Kunden kommen und gehen. Beziehungen verändern sich.«

»Das stimmt. Aber in diesem Fall verhält es sich anders, nicht wahr?« Er wartete nicht auf eine Antwort. »Ich habe mich bereits mit einigen der Kunden unterhalten, die Sie verloren haben. Mir sind Dinge zu Ohren gekommen, die mich sehr irritiert haben.« Er zog seine buschigen Augenbrauen zusammen.

»Lassen Sie mich raten. Sie haben mit Jerry Parker gesprochen.«

»Es spielt keine Rolle, mit wem ich gesprochen habe. Tatsache ist, dass es hier um eine Menge Geld geht, wahrscheinlich wesentlich mehr, als Ihnen klar ist. Morgan Industries hat vierzig Millionen Dollar für mein Unternehmen gezahlt, und das war nur der Anfang. Es steht zu viel auf dem Spiel, als dass wir das Risiko eingehen könnten, unsere Werbung einer Agentur anzuvertrauen, die sich womöglich als unzuverlässig erweist. Die Leute, mit denen ich gesprochen habe, haben mir Dinge erzählt, die mich, ehrlich gesagt, erschüttert haben. Es hieß, Sie seien nie zu erreichen gewesen. Sie hätten Präsentationen nicht termingerecht abgeliefert, Sie seien zu Besprechungen entweder gar nicht oder zu spät eingetroffen, Sie hätten zweitklassige Werbekonzepte eingereicht. Und das alles wurde mir nicht nur von einer Person berichtet. Um Ihnen die Wahrheit zu sagen, ich war ziemlich schockiert.«

Den letzten Satz sprach er mit feierlichem Ernst aus, und ich sah seinen Augen an, dass er Betrug für mein eigentliches Verbrechen hielt. Ich wusste nicht, wie ich reagieren sollte. Streng genommen entsprach alles, was er gesagt hatte, der Wahrheit.

»Wie ich höre, stecken Sie außerdem in finanziellen Schwierigkeiten«, fuhr er fort. »Das allein ändert bereits die Sachlage. Wir können es uns einfach nicht leisten, mit einer Firma zusammenzuarbeiten, die nächste Woche womöglich gar nicht mehr existiert.«

Ich fragte mich, wie Dexter das herausgefunden hatte, aber wenn ich's mir recht überlegte, war es wahrscheinlich gar nicht so schwer gewesen. Leute, die für uns arbeiteten, mussten etwas geahnt haben. Büroklatsch wird nach Feierabend in den Bars weitergegeben, wo die Werbeleute sich auf einen Drink treffen. Da bleibt nichts lange im Verborgenen.

Mir wurde bewusst, dass die Arbeit, die wir geleistet hatten, um den Zuschlag für Spectrum zu bekommen, nun unseren Untergang besiegelte. Mit ein bisschen Nachhilfe von Dexter. Ich erwog kurz, ob Sam es sich noch einmal anders überlegen würde, wenn er wüsste, dass die Bank uns ihre Unterstützung zugesagt hatte für den Fall, dass wir den Auftrag bekamen, aber ich kam zu dem Schluss, dass es zu spät war. Sam würde mir nie wieder vertrauen können. Ich brachte nur noch ein sarkastisches Lächeln zustande.

»Das scheint Sie ja alles ziemlich zu amüsieren«, sagte Sam gekränkt. »Wenn das so ist, haben wir uns wohl nichts mehr zu sagen.«

Er erhob sich und verließ wortlos den Raum. Bev eilte ihm nach. Eine ganze Weile saß ich da und wartete darauf, dass die Welt über mir einstürzte. Doch schließlich stand ich auf, packte meinen Kram zusammen und ließ mich von Phil ins Foyer begleiten. Als wir uns die Hände schüttelten, zuckte er ratlos die Achseln.

»Tut mir Leid, dass es so gekommen ist.«

»Mir auch«, sagte ich.

Mit bleischweren Schritten ging ich nach draußen. Auf dem Parkplatz blieb ich noch einmal stehen und blinzelte in die kalifornische Sonne, die sich in den teuren Karossen spiegelte, der Verkörperung des amerikanischen Traums vom Erfolg.

Teil II

11

Aus weiter Ferne hörte ich das Telefon klingeln. Ich war noch im Tiefschlaf gewesen und hatte einen ordentlichen Kater, also zog ich das Kissen über meinen Kopf und drückte es mir auf die Ohren. Nach einer Weile hörte das Klingeln auf, und als ich das Kopfkissen wegschob, hörte ich Sallys Stimme im Erdgeschoss. Einen Augenblick später kam sie ins Schlafzimmer.

»Jemand möchte dich sprechen«, sagte sie.

»Wer denn?«

»Ich hab seinen Namen nicht verstanden. Gary oder so ähnlich.«

Widerwillig setzte ich mich auf. Das Zimmer war abgedunkelt, aber am Licht, das durch die Vorhänge drang, erkannte ich, dass es schon spät war. »Wie viel Uhr ist es?«, fragte ich.

»Halb zwölf«, sagte Sally. Sie ging zur Wand hinüber und stöpselte das Telefonkabel wieder ein, das ich am Abend zuvor herausgezogen hatte. »Was soll ich ihm denn nun sagen?«

»Sag einfach, ich bin nicht da.«

Sally sah mich mit einem leichten Vorwurf und zugleich verständnisvoll an. »Du kannst dich doch nicht von der ganzen Welt abkapseln, Nick.«

Genau das hatte ich versucht. Die letzten vier Tage hatte

ich im Bett verbracht und war nur aufgestanden, um mich erneut zu betrinken. Sally hatte es hingenommen und mich meinem Selbstmitleid überlassen. Nachdem ich Marcus am Freitag, unmittelbar nach der Vorstellung bei Spektrum, die schlechte Nachricht überbracht hatte, war ich sofort nach Hause gefahren. Sally hatte geduldig zugehört, während ich ihr berichtete, was vorgefallen war, hatte nicht gehöhnt, ich hab's dir ja gleich gesagt, und sie hatte auch nicht versucht, mich daran zu hindern, als ich eine Flasche Whisky öffnete, noch hatte sie sich während der letzten vier Tage ein einziges Mal beschwert. Vielleicht hatte sie einfach eingesehen, dass ich diese Zeit für mich brauchte. Aber jetzt machte sie mir auf liebevolle Weise klar, dass ich mich nicht für den Rest meines Lebens besaufen konnte, und ich wusste, sie hatte Recht. Ich seufzte und streckte die Hand aus.

Sie reichte mir das Telefon und gab mir einen Kuss. »Es ist doch kein Weltuntergang. Komm nachher runter, ich mach uns einen Kaffee.«

Was sollte ich bloß ohne Sally tun? Sie sagte, es sei kein Weltuntergang – aber warum fühlte ich mich dann so? Ich nahm den Hörer ab. »Ja?«

»Nick. Ich wollte Ihnen nur mein Beileid aussprechen.«

»Dexter«, sagte ich fassungslos.

»Pech, diese Geschichte mit Spectrum. Ich hab Ihnen ja gleich gesagt, das war eine Nummer zu groß für Sie.«

Meine Hand umklammerte den Hörer. Ich stellte mir vor, wie er gemütlich irgendwo saß, dieses typische, spöttische Grinsen im Gesicht, frisch geschniegelt und rasiert, und seinen Triumph genoss. Dann sah ich mein eigenes, unrasiertes Konterfei im Spiegel, die Augen rot unterlaufen, die Haare zerzaust, die Schultern gebeugt, ein Abbild der Erschöpfung und Niederlage. Ich spürte, wie die Wut, die mich zu dem Alkoholexzess getrieben hatte, wieder in mir aufstieg.

»Sie Arschloch!«

Er lachte. »Ich hätte nicht gedacht, dass Sie es so schwer nehmen würden, Nick. Geschäft ist nun mal Geschäft. Aber um Ihnen zu zeigen, dass wir Ihnen nichts übel nehmen, wollte ich Ihnen nur sagen, dass Sie hier bei KCM jederzeit einen Job haben können.«

»Sie können mich mal, Dexter!« Ich wollte gerade auflegen, aber damit hatte er offenbar gerechnet.

»Anfangsgehalt hundertfünfzigtausend«, sagte er schnell.

Unwillkürlich hielt ich inne. »Moment mal. Meinen Sie das ernst?«

»Wie gesagt, Nick, Geschäft ist Geschäft. Sie sind gut. Einer der Besten. Warum sollte ich warten, bis eine andere Firma kommt und Sie mir vor der Nase wegschnappt? Das wäre doch sehr unklug. Hundertfünfzigtausend, Nick. Anfangsgehalt. Dienstwagen nach eigener Wahl, großzügiges Spesenkonto, Krankenversicherung und dazu ein Bonussystem. Im ersten Jahr könnten Sie locker auf zweihunderttausend kommen.«

Ich hatte das Gefühl zu träumen. Die Vorstellung, für Dexter zu arbeiten, war absurd, aber noch absurder war, dass er glaubte, mich in Versuchung führen zu können, selbst wenn der Köder ein Spitzenjob war.

»Vergessen Sie's«, sagte ich.

»Nicht so voreilig«, erwiderte er hastig. »Wenn auch nur die Hälfte von dem stimmt, was ich gehört habe, ist Carpe Diem am Ende. Alles geht zum Teufel, Nick. Nicht nur Ihre Firma, auch Ihr Auto, Ihr Haus, alles. Denken Sie drüber nach. Sie sind jetzt aufgebracht, aber das Angebot bleibt bestehen. Rufen Sie mich einfach an.«

Darauf kannst du warten, bis du schwarz wirst, dachte ich, als ich den Hörer auf die Gabel knallte. Ich starrte mein Spiegelbild an. Ich war völlig fertig, mir brannten die Augen, mein Schädel dröhnte, und ich hatte einen Geschmack im Mund, als hätte ich eine Mischung aus Sand und Teer gefressen. Dexters Anruf hatte mich in einen Schockzustand versetzt. Erst als ich unter der Dusche stand und das heiße Wasser auf meine Haut prasselte, kam ich wieder halbwegs zu mir. Klar wollte Dexter, dass ich für ihn arbeitete. Wahrscheinlich würde er mir sogar die Leitung des Spectrum-Projekts übertragen, um mir meinen Misserfolg noch einmal richtig unter die Nase zu reiben. Für ihn war das ein willkommenes Machtspiel. Mein Chef zu sein wäre für ihn der absolute Kick. Ich malte mir die Zukunft aus, stellte mir vor, wie Dexter zum Chef der gesamten Firma aufgestiegen war und ich immer noch auf demselben Posten hockte, und natürlich würde er dafür sorgen, dass ich dort versauerte. Und wenn ich dann völlig ausgebrannt war, würde er mich in sein vornehmes Büro zitieren, um mich mit größtem Vergnügen höchstpersönlich zu feuern. Je mehr ich darüber nachdachte, desto wütender wurde ich. Ich glaube, es war Dexters Anruf, der mich davor bewahrte, in einer Hölle des Selbstmitleids zu versinken, und der mich auf den Gedanken brachte, mich zur Wehr zu setzen.

»Wer war das eben am Telefon?«, wollte Sally wissen, als ich in die Küche kam.

»Niemand Wichtiges«, erwiderte ich.

Sie musterte mich, nahm mein rasiertes Gesicht, das frische Hemd und die gebügelte Hose zur Kenntnis. »So gefällst du mir schon viel besser. Und was macht dein Kopf?«

»Dem geht's gut«, log ich, woraufhin sie mich stirnrunzelnd ansah.

»Nimm trotzdem eine Aspirin.«

Dankbar nahm ich die Tablette entgegen und spülte sie mit einem Schluck Kaffee hinunter. Wir setzten uns an den Küchentisch, und Sally schaute mich ernst an.

»Und wie geht es dir wirklich?«

Ich wusste, dass sie nicht auf meinen Kater anspielte. »Die Wahrheit? Grauenhaft. Ich hätte nie damit gerechnet, dass es so kommen würde.«

»Marcus hat schon ein paarmal angerufen«, sagte sie zögernd.

»Und, wie hört er sich an?«

»So, wie du es erwarten würdest.«

Ich nahm an, das war eine nette Art zu sagen, wie zum Teufel glaubst du wohl, dass er sich fühlt, nachdem du ihn gerade ruiniert hast, ihn um alles gebracht hast, wofür er die letzten Jahre gearbeitet hat?

»Aber er hat sich nach dir erkundigt«, fügte sie hinzu. »Für Mittwoch ist eine Besprechung mit eurem Wirtschaftsprüfer angesetzt. Er wollte wissen, ob du daran teilnehmen wirst.«

»Was ist heute für ein Tag?«, fragte ich, während ich automatisch einen Blick auf den Kalender warf.

»Dienstag.«

»O Gott«, stöhnte ich und stellte meine Tasse ab. Plötzlich fühlte ich mich wie von einem schrecklichen Gewicht niedergedrückt, dem Gewicht der Verzweiflung. Mein Kampfgeist, der kurz aufgeflammt war, als ich unter der Dusche stand, löste sich angesichts der Realität sehr schnell in Wohlgefallen auf.

»Es wird alles wieder gut, Nick«, sagte Sally. Sie kam um den Tisch, schlang ihre Arme um mich, und eine ganze Weile saß ich da, den Kopf an ihre Brust gelegt, und wünschte mir, ewig so zu verharren, mich halten und trösten und mir sagen zu lassen, dass alles wieder gut werden würde, während um mich herum die Welt zusammenbrach. Ich dachte an Dexters Angebot, und in diesem Moment fiel mein Blick auf eine Familienzeitschrift mit einem Baby auf dem Titelblatt, die auf einem der Stühle lag. Aus irgendeinem Grund hatte ich plötzlich ein Bild aus meiner Kindheit vor Augen. Ich fuhr mit dem Fahrrad die Straße entlang, in der wir damals wohnten, und die Sonne schien. Mein Vater lief neben mir her, hielt mein Fahrrad fest, und als ich schnell genug war, ließ er los und blieb keuchend stehen. Zum ersten Mal fuhr ich allein auf zwei Rädern. Ich hörte seine ermunternden Rufe, als ich die Straße entlang düste und ein Gefühl von Freiheit mich durchströmte, und ich spürte den Wind in meinen Haaren.

»Jetzt schaffst du's allein, Nick«, rief er mir nach. »Jetzt schaffst du's allein.«

Am nächsten Morgen brach ich um halb acht in Richtung Büro auf und merkte schnell, dass das zu spät war. Es herrschte dichter Berufsverkehr. Montags stürzen sich die Leute mit frischer Energie in die neue Woche, und von fünf

Uhr morgens an sind die Autobahnen voll, doch der Verkehr fließt, weil die Stoßzeit sich über einen längeren Zeitraum verteilt, aber bis Mittwoch ist die Begeisterung verflogen, die Leute haben ihre Arbeit und ihre Chefs und das frühe Aufstehen schon wieder satt. Mitten in der Woche beginnt der Berufsverkehr später, und die Stoßzeit ist kürzer, weil die Leute so spät wie möglich von zu Hause losfahren. Dann hängen sie im Verkehr fest und werden noch gereizter. Bis Donnerstag tragen sich alle mit dem Gedanken, ihren Job an den Nagel zu hängen, ihr Haus zu verkaufen und sich auf eine einsame Insel zurückzuziehen, wo sie sich von Fisch und Kokosnüssen ernähren. Dann bricht der Verkehr endgültig zusammen. Alle kommen zu spät zur Arbeit und haben den ganzen Tag lang das Gefühl, der Zeit hinterherzurennen. Es entsteht Druck. Donnerstags werden mehr Leute entlassen und mehr Kündigungen eingereicht als an jedem anderen Wochentag. Freitags dagegen sind alle wieder guter Dinge, weil sie sich aufs Wochenende freuen, und dann fließt der Verkehr wieder von den frühen Morgenstunden an. Die Leute wollen zeitig im Büro sein, damit sie eine ausgiebige Mittagspause machen und nach Feierabend mit ihren Kollegen in irgendeiner Bar noch einen heben können, um das Wochenende gebührend zu beginnen – das sich bis Sonntag zu einer Katastrophe entwickelt hat. Sonntags passieren die schlimmsten Familientragödien, weil allen vor der Woche graut, die vor ihnen liegt. Das Wochenende, auf das sie sich so gefreut hatten, scheint vorübergegangen zu sein, ohne dass sie dazu gekommen sind, irgendetwas von dem, was sie sich vorgenommen hatten, zu tun, nämlich sich mit einem kalten Bier oder einem guten Glas Wein in den Sessel zu setzen, die Füße hochzulegen, ein bisschen fernzusehen, in Ruhe eine Zeitschrift oder ein Buch zu lesen. Ein bisschen Zeit für sich selbst zu haben. Stattdessen haben sie das ganze Wochenende über die Kinder von einer Sportveranstaltung zur nächsten oder zusammen mit ihren Freunden in die Mall oder ins Kino gekarrt, zwischendurch eingekauft, den Rasen gemäht, die Tür repariert, die seit Monaten klemmte, Essen gekocht. Und unweigerlich stehen jedes Wochenende irgendwelche unerwarteten Ausgaben an, die einem klar machen, dass man, egal, wie hart man arbeitet, nie so viel Geld haben wird, um sich das kleine Boot zu kaufen oder das Cabrio oder was auch immer man sich gewünscht hat, und dann setzt der Frust ein und baut sich so lange auf, bis er in einer Flut von Vorwürfen und Groll auf den Ehepartner explodiert, WEIL DIESER MENSCH EINEM DAS GANZE VERDAMMTE LEBEN RUINIERT HAT.

Um zehn Uhr hörten Marcus und ich uns eine Analyse unserer Liquiditätssituation an, die der Wirtschaftsprüfer anhand der Gegenüberstellung unserer laufenden Kosten und der eingehenden Zahlungen erstellt hatte. Als er geendet hatte, drehte er seinen Laptop um, sodass wir selbst einen Blick auf den Bildschirm werfen konnten.

»Sieht äußerst schlecht aus«, sagte er bedauernd. »Wenn Sie Ihre laufenden Kosten und Ihre Kreditzinsen bezahlt haben, rutschen Sie noch tiefer in die roten Zahlen.« Er holte tief Luft. Mit seinem breiten Gesicht sah er aus wie ein trauriger Bluthund. »Und ich fürchte, es kommt noch Schlimmeres auf Sie zu.«

»Schlimmeres? Was könnte es Schlimmeres geben?«, fragte ich.

»Die Bank hat sich am Freitag bei mir gemeldet. Sie fürchten, dass Ihr Jahresergebnis nicht den Prognosen entspricht, die Sie angegeben haben, und sie wollten aktuelle Informationen über den Stand der Dinge.«

»Was passiert denn, wenn sie das hier zu Gesicht bekommen?«

»Ehrlich gesagt schätze ich, sie werden Ihnen den Geldhahn zudrehen.«

Marcus stand auf und trat ans Fenster. Mit dem Rücken zu uns starrte er nach draußen. Ich spürte deutlich den unausgesprochenen Vorwurf. Der Wirtschaftsprüfer schaute erst Marcus und dann mich an. Ich fragte mich, wie viel er wusste.

»Es muss doch etwas geben, was wir tun können«, sagte ich.

Er runzelte die Stirn. »Tja, ich schätze, Sie könnten der Bank einen Plan vorlegen, aus dem hervorgeht, dass Sie Ihre laufenden Kosten drastisch reduzieren, sodass Ihr Jahresergebnis wieder positiv wird. Falls es Ihnen gelingt, sie davon zu überzeugen, dass Ihre Einnahmen sich erhöhen werden …« Er klang nicht besonders überzeugt, aber ich griff nach dem Strohhalm, den er mir bot.

»Wie könnten wir das erreichen?«

»Also, als Erstes müssten Sie in preiswertere Büroräume umziehen. Ihre Autos gegen billigere Modelle eintauschen. Von dem, was sich in Ihren derzeitigen Büroräumen befindet, alles verkaufen, was Sie nicht unbedingt brauchen. Sämtliche Mitarbeiter entlassen.«

Marcus fuhr herum. »Alle Leute feuern?«

»Ich fürchte, ja.«

Marcus sah mich wütend an. Siehst du nun, was du angerichtet hast, schien sein Gesichtsausdruck zu sagen.

Was der Wirtschaftsprüfer uns nahe legte, war, noch einmal von vorne anzufangen, und zwar bei null, in kleinen Büros in einem billigen Gebäude im Mission-Viertel mit Blick auf eine dunkle Gasse.

»Und selbst dann würde die Bank wahrscheinlich erst mal auf einer größeren Zahlung bestehen. Sie müssten Ihre Häuser verkaufen«, erklärte unser Wirtschaftsprüfer.

Marcus wandte sich ab. Sein Gesicht war bleich, seine Lippen fest zusammengekniffen, als fürchtete er, die Worte würden sonst herauspurzeln. »Sollen sie uns doch gleich alles wegnehmen«, sprach ich seine Gedanken aus.

Offenbar sah der Wirtschaftsprüfer das genauso, doch er schien entschlossen, uns einen Hoffnungsschimmer zu lassen. »Auf diese Weise hätten Sie wenigstens noch ein kleines Unternehmen, das Sie mit der Zeit wieder aufbauen könnten. Und Sie müssten nicht offiziell Konkurs anmelden. Es tut mir wirklich Leid. Ich wünschte, ich könnte Ihnen etwas anderes sagen.«

Aber ich wusste, es würde nicht funktionieren. Niemand würde eine Werbeagentur engagieren, der der Ruch des Versagens anhaftete. Und unsere noch verbliebenen

Kunden würden uns innerhalb einer Woche den Rücken kehren.

»Wir melden uns bei Ihnen«, sagte ich.

Marcus und ich traten auf die Straße und hielten nach einem Taxi Ausschau. Schließlich blieb eins vor uns stehen. Als Marcus gerade einsteigen wollte, fasste ich ihn am Arm. Er drehte sich um und sah mich an.

»Es tut mir Leid«, sagte ich.

Er starrte mich durchdringend an, und ich sah, welche Mühe es ihn kostete, die Beherrschung nicht zu verlieren. »Tut es das wirklich?«

»Natürlich.«

»Soll das heißen, wenn du die Möglichkeit hättest, die Zeit um ein halbes Jahr zurückzudrehen, würdest du alles anders machen?«

»Was ist das denn für eine komische Frage?«

»Würdest du es wieder tun?«

»Selbstverständlich nicht, nach allem, was geschehen ist.«

»Was würdest du denn stattdessen tun?«

»Ich weiß nicht. Vielleicht früher mit der Bank reden, mich ihrer Unterstützung versichern. Dann hätten wir mehr Leute einstellen können, dann wären Kunden wie Jerry Parker nicht zu Dexter gerannt.« Marcus sagte nichts. »Was ist? Was möchtest du denn hören?«

Er schüttelte den Kopf. »Du kapierst es einfach nicht.« Er wollte ins Taxi steigen, doch ich hielt ihn zurück.

»Was meinst du damit?«

»Ich meine, es geht immer nur um dich. Was du willst. Andere Menschen interessieren dich einen Scheißdreck. Ich, Sally, egal wer.«

»Du möchtest von mir hören, dass wir uns nie um den Auftrag von Spectrum hätten bewerben dürfen, ist es das? Okay, wenn es dich glücklich macht, das kannst du haben. Wir hätten das nie tun dürfen.«

»Klar.«

»Also gut, ich bin nicht davon überzeugt. Ich gebe zu, ich habe nicht alles richtig gemacht, und das tut mir Leid. Wie oft soll ich noch sagen, dass es mir Leid tut? Aber die Wahrheit ist, wenn wir Spectrum bekommen hätten, würden wir jetzt dieses Gespräch nicht führen. Dann würden jetzt die Sektkorken knallen. Gib's zu, Marcus, dann würdest du dich nicht beschweren, und Sally auch nicht.«

Er schüttelte meine Hand ab. Einen Augenblick lang flackerte etwas in seinen Augen auf. »Weißt du was? Soll ich dir mal was sagen?«

Er zitterte vor Erregung, und plötzlich wollte ich aus irgendeinem Grund nicht hören, was er mir zu sagen hatte. Ich hatte das Gefühl, wenn er es aussprach, gäbe es kein Zurück mehr, dann würde etwas losgetreten, was keiner von uns beiden je vergessen würde.

»Wollen Sie nun einsteigen oder nicht?«, unterbrach der Taxifahrer meinen Gedankengang.

Nach kurzem Zögern stieg Marcus ein, und wir fuhren schweigend ins Büro.

An jenem Abend schloss ich mich, nachdem alle anderen gegangen waren, in meinem Büro ein und stöpselte das Telefon aus. Immer wieder wanderte mein Blick zu den beiden Fotos im Regal, dem von Sally und mir in glücklichen Zeiten und dem von mir und meinem Vater. Ich musste an die Pistole denken, die in der Zigarrenkiste in meiner Schreibtischschublade lag, und ich stellte mir vor, wie ich Dexter erschoss, malte mir ganz besonders blutige und schockierende Szenen aus, auf die Scorsese stolz gewesen wäre. Aber eine innere Stimme sagte mir, dass Dexter für meine Probleme letztlich nicht verantwortlich war. Er hatte lediglich die Situation ausgenutzt, die ich herbeigeführt hatte. Der eigentlich Schuldige war ich selbst mit meinem Ehrgeiz. Wie Ikarus hatte ich zu hoch hinausgewollt, war der Sonne zu nahe gekommen, und jetzt stürzte ich mit der Geschwindigkeit eines russischen Satelliten auf die Erde zurück.

Natürlich konnte ich alle meine Probleme auf einen Streich lösen, indem ich die Pistole meines Vaters nahm und dasselbe tat, was er getan hatte, als er nicht mehr Herr der Lage war. Ich konnte den kalten Stahl an meine Schläfe halten, die Augen schließen und abdrücken. Wie würde es sich wohl anfühlen, überlegte ich, wenn ein kleines Projektil ein Loch in meinen Schädel schlug, durch mein Gehirn schoss und Gewebe und Neuronen in alle Richtungen verteilte? Würden meine Gedanken sozusagen in den Wind geblasen, von der Klimaanlage aufgesaugt und in die Atmosphäre gespuckt werden, um dann über der Bucht dahinzutreiben? Würde ich in einem friedlicheren, ätherischen Zustand weiterexistieren? Vielleicht würde ich mich auch in Nichts auflösen. Ein Blitz, ein Knall, und ich würde vom Stuhl fallen. Sally würde das Geld von der Lebensversicherung bekommen, Garrison Hunt heiraten, Kinder kriegen und ohne mich glücklich werden. Ich fragte mich, ob meinem Vater ähnliche Gedanken durch den Kopf gegangen waren, ob er sich gesagt hatte, dass er uns allen einen Gefallen tat.

Als ich nach Hause kam, sah Sally mir auf der Stelle an, wie die Besprechung mit dem Wirtschaftsprüfer verlaufen war. Sie nahm meine Hand und drückte sie sanft. Nachdem wir ins Bett gegangen waren, lag ich noch lange wach, eingehüllt in die Dunkelheit und Sallys tröstende Wärme.

12

Wir müssen allen reinen Wein einschenken.«

Ich blickte von meinem Schreibtisch auf und sah Marcus an, der in mein Büro getreten war und die Tür hinter sich schloss. Hinter der Glaswand wirkte alles ganz normal. Sue, eine unserer Graphikerinnen, unterhielt sich mit Neil, einem Werbetexter. Sie betrachteten gerade einen Anzeigenentwurf. Sue deutete auf ein Detail und schüttelte den Kopf, dann trank sie einen Schluck Kaffee aus der Tasse, die sie in der Hand hielt, und hörte sich konzentriert an, was Neil dazu sagte.

»Wissen sie, dass wir den Zuschlag nicht bekommen haben?«, fragte ich.

»Ich habe bisher noch nichts verlauten lassen«, erwiderte Marcus.

Aber sie wussten es natürlich. Inzwischen hatte es sich wahrscheinlich schon in der ganzen Stadt herumgesprochen. Sie hätten es sich denken können, als ich nach der Präsentation ins Büro zurückkam. Ein Blick in mein Gesicht hätte genügt.

»Also, was sollen wir ihnen sagen?«

Marcus sah mich unverwandt an. »Die Wahrheit.«

Die Wahrheit. Dass wir den Laden dichtmachen würden und sie ihren Job los wären. Ich nickte, mir blieb nichts anderes übrig, als das Unvermeidliche zu akzeptieren. »Ich werde für heute Nachmittag eine Mitarbeiterbesprechung anberaumen«, sagte ich. Marcus wartete, anscheinend wollte er noch etwas hören. Dann wusste ich, was es war. »Keine Sorge, das Reden übernehme ich.«

Er nickte. Zweifellos war er der Meinung, dass das meine Aufgabe war.

Gegen Mittag ging ich nach draußen, um frische Luft zu schnappen. Im Büro hielt ich es nicht länger aus. Seit ich allen Bescheid gesagt hatte, dass um vier Uhr eine Besprechung stattfinden würde, sah ich jedes Mal, wenn ich aufblickte, mehrere Leute zusammenstehen und sich mit gedämpfter Stimme unterhalten. Hin und wieder schaute jemand in meine Richtung, wandte sich jedoch sofort ab, wenn unsere Blicke sich begegneten. Wahrscheinlich ahnten sie bereits, was auf sie zukam. Die meisten von ihnen würden keine Probleme haben, einen Job bei einer anderen Agentur zu finden, aber darum ging es nicht, und das machte es nicht leichter, sie zu entlassen.

Es war nicht weit bis zum South Park, einem grünen Oval zwischen der 2nd Street und der 3rd Street, das von einer schmalen Allee gesäumt wird. Der kleine Park ist eine seltsame Oase mit Gummibäumen und Ahornbäumen, umgeben von umgebauten viktorianischen Häusern und frei stehenden neuen und alten Gebäuden, teils mit Backsteinfassade, teils unverputzt. In diesen Häusern drängen sich teure Boutiquen und kleine Cafés zwischen Möbelrestaurationsbetrieben und Motorradwerkstätten. Man kommt entweder über die 2nd Street oder über die 3rd Street dorthin, beides verkehrsreiche Durchgangsstraßen, wo einen der Lärm von Bauarbeiten, Straßenbahngebimmel, Autohupen und Polizeisirenen anspringt, und dann hat man plötzlich das Gefühl, in einem friedlichen Dorf im Sonoma Valley gelandet zu sein.

Ich setzte mich an einen Tisch in einem Straßencafé, bestellte mir einen Kaffee und lauschte auf das Zwitschern der Vögel in den Bäumen. Eine junge Frau am Nebentisch grüßte mich, als unsere Blicke sich trafen.

»Sind Sie von hier?«, sprach ich sie an. Sie hatte eine Laptoptasche neben sich stehen und trug ein dunkles Kostüm. Ihre Augen waren blassblau mit grünen Einsprengseln, und sie hatte sehr helle Haut. Ich schätzte sie auf Anfang zwanzig.

»Nein, aus Minnesota«, sagte sie.

Ich verkniff mir eine scherzhafte Bemerkung. Die Leute aus Minnesota sind gewöhnlich recht empfindlich. »Machen Sie hier Urlaub?«

Sie schüttelte den Kopf. »Ich habe heute ein paar Vorstellungsgespräche bei verschiedenen Anwaltskanzleien in der Bay Area.«

Es stellte sich heraus, dass sie an der University of North Carolina im vierten Semester Jura studierte und später in Kalifornien arbeiten wollte. Sie musste verdammt gut sein, denn nach dem, was sie erzählte, hatte sie Termine bei mehreren Spitzenkanzleien.

»Na, dann hoffe ich mal, dass man Sie anständig bezahlen wird.«

»Ich schätze, ich werde bei hundertfünfundzwanzig anfangen«, sagte sie.

Hunderfünfundzwanzigtausend im ersten Jahr nach dem Studium. Nicht schlecht. Sie erkundigte sich nach meinem Beruf.

»Ich bin in der Werbung tätig.« Wir plauderten noch eine Weile miteinander, bis ich meine Rückkehr ins Büro nicht länger aufschieben konnte. Ich stand auf, reichte ihr die Hand und wünschte ihr viel Glück. »Wie heißen Sie eigentlich?«, fragte ich sie. Vielleicht würde ich eines Tages eine gute Anwältin brauchen.

»Lorrie.«

»Also, nochmals alles Gute.«

Sie lächelte. »Danke.«

Diese junge Frau brauchte kein Glück. Sie war jung und hübsch, hochintelligent und erfüllt mit dem Urvertrauen der vom Schicksal Begünstigten. Der Inbegriff des Amerikanischen Traums.

Ich hatte mich gerade an den Schreibtisch gesetzt, als mein Telefon klingelte. Ich nahm ab, und Stacey sagte mir, es sei jemand gekommen, der mich sprechen wolle.

»Wer ist es denn?« Ich hatte keine Termine und war nicht in der Stimmung, mit irgendjemandem zu reden.

»Ein Mr Hoffman.«

Der Name sagte mir nichts. »Kenne ich ihn?«

»Ich glaube nicht.«

Es kamen häufig Leute, die uns das eine oder andere verkaufen wollten, meistens Werbefläche in irgendeiner unbekannten Zeitschrift. Sie beherrschten die hohe Kunst, ihr wahres Anliegen im Dunkeln zu lassen, wohl wissend, dass sie es sonst nie weiter als bis zum Empfangstresen schaffen würden, aber Stacey war ebenso gewieft darin, sie zu erkennen, und wir hatten einen einfachen Code vereinbart. »Sollte ich ihn empfangen?«, fragte ich. Wenn sie annahm, dass der Besucher mir etwas verkaufen wollte, würde sie nein sagen, und dann würde ich sie bitten, einen telefonischen Termin mit dem Fremden zu vereinbaren.

Ihre Antwort kam leise, beinahe flüsternd. »Ich glaube, Sie sollten herkommen.«

»Stimmt irgendetwas nicht?«

»Er sieht krank aus.«

Ich stellte mir irgendeinen Verrückten vor. »Sie meinen, er spinnt?«

»Nein, richtig krank.«

Ich gab's auf und ging in den Empfangsbereich, wo ein zerbrechlich wirkender Mann auf einem der Ledersofas saß. Stacey schaute besorgt zu mir herüber, und ich wusste gleich, warum. Der Mann war grau im Gesicht und sah wirklich sehr krank aus.

»Mr Hoffman?«, sagte ich und ging auf ihn zu. Als er aufblickte, sah ich zum ersten Mal in meinem Leben in Augen, auf die die Beschreibung tief eingesunken passte. Sie sahen aus, als würden sie unaufhaltsam in seinen Schädel gesogen, ebenso wie sein Gesicht, das völlig eingefallen war. Sein kurzes, graues Haar war so schütter, dass man hätte meinen können, ein kleiner Windstoß würde genügen, um es mitsamt Wurzeln hinwegzufegen. Er erhob sich mühsam, und als ich ihm die Hand schüttelte, fühlte sie sich ebenso zerbrechlich an, wie der Mann insgesamt wirkte.

»Ich bin Nick Weston. Sie wollten mich sprechen?«

»Ja. Ich bin Leonard Hoffman.«

»Fühlen Sie sich nicht gut?«, fragte ich. »Kann ich Ihnen irgendetwas bringen lassen? Vielleicht ein Glas Wasser?« Ich warf Stacey einen Blick zu, und sie verschwand, um ein Glas Wasser zu holen, das Hoffman dankbar entgegennahm. Während er trank, bewegte sich sein Adamsapfel wie eine knochige Faust in seinem Hals auf und ab.

»Danke«, sagte er und gab das Glas zurück.

»Geht es Ihnen besser? Vielleicht sollten wir lieber einen Arzt rufen?«, meinte ich.

Hoffman lächelte sarkastisch. »Zu spät für ärztliche Hilfe, Mr Weston. Für mich kann kein Arzt mehr etwas tun. Ich sterbe.«

Er sagte es ganz nüchtern, ohne Mitleid zu heischen; es war eher die trockene Feststellung einer Tatsache. Ich glaubte ihm. Noch nie hatte ich jemanden gesehen, der noch herumlaufen konnte und dem Tod näher schien als er. Trotz seiner sachlichen Art war ich unangenehm berührt, regelrecht verlegen, denn was kann man einem Menschen unter diesen Umständen schon sagen? Ich war drauf und dran, unsicher zu lachen, ihn aufzumuntern, das Offensichtliche zu leugnen. Aber nicht doch. Das kann nicht sein. Sie werden sich wieder erholen. All das hatte nichts damit zu tun, dass ich ihn trösten wollte, es war nur eine automatische Reaktion meinerseits. Wir neigen dazu, mit Abwehr zu reagieren, wenn wir mit der eigenen Sterblichkeit konfrontiert werden. Der Anblick eines Todkranken führt uns vor Augen, wie wir selbst einmal enden werden, nur noch Haut und Knochen, die Augen eingesunken, die Brust eingefallen, mühsam nach Luft ringend. Es ist kein angenehmes Bild. Der Tod flößt uns Angst ein, und wir möchten ihm lieber nicht begegnen, und so leugnen wir ihn instinktiv, wenn er uns doch einmal entgegentritt.

Als Trick, um an der Empfangsdame vorbeizukommen und mich sprechen zu können, schien mir das selbst für jemanden, der Werbefläche verkaufen wollte, allzu extrem, und so führte ich Hoffman, nachdem er mir versichert hatte, dass sein Ableben nicht unmittelbar bevorstand, in mein Büro, wo er Platz nahm und sich interessiert umsah. Sein Blick blieb an den Bildern in meinem Regal hängen, und ich nutzte die Gelegenheit, um ihn zu beobachten. Er war schäbig gekleidet und von irgendeiner Krankheit schrecklich gezeichnet. Aus der Art, wie er sprach, und aus seinem Verhalten schloss ich, dass er ein gebildeter Mann war. Da es mir widerstrebte, ihn zu drängen, wartete ich geduldig darauf, dass er mir erklärte, warum er mich sprechen wollte.

»Carpe Diem«, sagte er schließlich. »Nutze den Tag.« Die Ironie, die der Satz in Bezug auf ihn enthielt, schien ihn zu amüsieren. Er war zwar krank, doch seinen Verstand beeinträchtigte das offenbar nicht. Seine Augen, obwohl blutunterlaufen, funkelten intelligent. »Ein interessanter Name für eine Werbeagentur.«

»Es war die Idee meines Partners. Er ist der Kreative von uns beiden. Ich bin nur das Sprachrohr.«

»Mir scheint, Sie sind mehr als das. Ich habe mir sagen lassen, Sie seien ziemlich clever.«

»Der Ansicht sind nicht alle«, erwiderte ich und schaute kurz zu meinen Mitarbeitern hinüber, denen zweifellos andere Beschreibungen für mich einfallen würden, wenn ich ihnen erst einmal die guten Neuigkeiten überbracht hatte.

Hoffman lächelte. »Ich habe mit einer Menge Leute gesprochen.«

»Ach ja?«

»Ich weiß viel über Sie.«

»Zum Beispiel?«

»Ich weiß, dass Ihre Agentur in finanziellen Schwierigkeiten steckt.«

Ob er krank war oder nicht, ich hatte nicht vor, mit einem Fremden über unsere finanzielle Situation zu diskutieren. »Was kann ich für Sie tun, Mr Hoffman?«

»Ich habe ein Angebot zu machen«, sagte er. »Ich möchte die Dienste von Carpe Diem in Anspruch nehmen.«

Einen Augenblick lang war ich mir nicht sicher, ob er das ernst meinte. Er wirkte nicht wie jemand, der die Hilfe einer Werbeagentur brauchte. Er trug eine ausgebeulte braune Cordhose, die mindestens eine Nummer zu groß war, und ein Hemd mit abgewetztem Kragen.

Er lächelte spöttisch. »Ich kann mir vorstellen, was Sie denken.«

Es war mir peinlich, dass er mich durchschaut hatte, daher überging ich die Bemerkung und stellte ihm eine Frage. »Wozu benötigen Sie die Dienste einer Werbeagentur, Mr Hoffman?«

»Na, wozu wohl? Ich möchte etwas verkaufen. Da bin ich doch bei Ihnen an der richtigen Adresse, nicht wahr?« Er machte eine Pause, um Luft zu holen, und sein Atem verursachte ein rasselndes Geräusch in seinem Brustkorb. »Lungenkrebs«, erklärte er. Dann nahm er ein Fläschchen mit Tabletten aus seiner Brusttasche, schüttelte einige davon in seine Handfläche und schluckte sie hastig. »Gegen die Schmerzen.«

Als er sich ein wenig erholt hatte, fragte er: »Wie alt schätzen Sie mich, Mr Weston?«

Es war unmöglich zu sagen, wie alt er war. Er wirkte wie ein Greis, aber eine Krankheit kann den menschlichen Körper verwüsten. »Anfang sechzig«, sagte ich, wobei ich ihn noch zehn Jahre jünger machte, als er mir tatsächlich erschien.

»Ich bin achtundvierzig«, erwiderte er trocken.

Ich bemühte mich, keine Reaktion zu zeigen, doch darin war ich noch nie besonders gut gewesen. »Es fällt mir immer schwer, das Alter von jemandem zu schätzen.«

Er machte eine wegwerfende Handbewegung. »Ich sage Ihnen das nicht, um Ihr Mitleid zu erregen, sondern damit Sie verstehen, was ich Ihnen zu sagen habe. Sie haben sicherlich schon von einem Mann namens Nelson Morgan gehört, nicht wahr?«

»Ja«, antwortete ich vorsichtig, doch plötzlich war meine Neugier geweckt.

»Dann wissen Sie auch, dass ihm die Firma Morgan Industries gehört?«

»So ist es.«

Er lächelte. »Nelson Morgan und ich waren einmal Partner«, fuhr er fort. »Ich sehe, dass Sie das überrascht. Das ist natürlich schon lange her. Wir kannten uns vom Studium. Mit Anfang zwanzig haben wir gemeinsam eine Firma gegründet. Wir hatten vor, für die Computerindustrie, die damals ihren großen Aufschwung erlebte, Software zu entwickeln und zu verkaufen. Für die Entwicklung war ich zuständig, Nelson war der Geschäftsmann. Unsere Firma ging Pleite, was zum Teil am Zeitpunkt lag, wie sich herausstellte. Ich schätze, wir waren unserer Zeit ein oder zwei Jahre voraus. Ich suchte mir einen Job, und unsere Wege trennten sich. Nelson und ich hatten uns über gewisse Dinge zerstritten, und unsere Freundschaft war nicht mehr das, was sie einmal gewesen war. Ich glaube, Freundschaft und Geschäft vertragen sich nicht immer.«

Das kann man wohl sagen, dachte ich. Hoffman erzählte, er habe Jahre später in einem Wirtschaftsmagazin gelesen, dass Morgan eine neue Firma gegründet hatte und eine Menge Geld verdiente.

»Damals fragte ich mich, wie er es wohl geschafft haben mochte, in so kurzer Zeit so weit zu kommen«, sagte Hoffman. »Als unsere Firma Pleite ging, hatten wir keinen Cent mehr, und das war vor der Zeit, als Investoren anfingen, Geld in alles zu stecken, was mit der Computerindustrie zu tun hatte. Es dauerte noch mehrere Jahre, bis ich erfuhr, wie er es angestellt hatte.«

Offenbar hatte Morgan, nachdem die erste Firma in Konkurs gegangen war, ein Business-Programm aufbewahrt, das Hoffman entwickelt hatte. Damals hatten sie keinen Interessenten für das Programm gefunden, doch kurze Zeit später war es Morgan gelungen, das Programm an eine andere Firma zu verkaufen, die es als Grundlage für das firmeneigene Software-Paket benutzte.

»Mit dem Gewinn, den er bei diesem Geschäft erzielte, gründete er Morgan Industries«, erklärte Hoffman. »Geld, das zur Hälfte mir zustand. Aber ich habe nie auch nur einen Cent davon gesehen.«

Ich war nicht sicher, ob ich ihm glauben sollte, aber ich fand die Geschichte so spannend, dass ich noch mehr wissen wollte. »Wenn er Sie also betrogen hat, wie Sie sagen, warum haben Sie ihn dann nicht auf Schadensersatz verklagt, als Sie von der Sache erfuhren?«, fragte ich.

»Ich habe es ihm angedroht. Inzwischen war er ein wohlhabender Mann. Aber für das Programm hatte er nur ein paar hunderttausend Dollar bekommen. Nelson behauptete, allein seinem Geschäftssinn sei es zu verdanken, dass er ein Vermögen daraus gemacht hatte. Das habe ich nicht bestritten. Ich wollte nur, was mir von Rechts wegen zustand. Er hätte es sich problemlos leisten können, mich auszuzahlen, doch er weigerte sich. Er beharrte darauf, dass er mir, seit unsere Partnerschaft beendet war, nichts mehr schuldete. Ich sprach mit einigen Anwälten, aber die meinten, meine Aussichten, einen Prozess zu gewinnen, seien äußerst gering, und am Ende sagte ich mir, dass es den Aufwand nicht lohnte.«

Seitdem hatte Hoffman ein unstetes Leben geführt. Er ging nicht ins Detail, erzählte mir jedoch, dass er dreimal verheiratet gewesen war und regelmäßig von einem Beinaheerfolg zum nächsten Fehlschlag geschlittert war.

»Ich bin Alkoholiker«, gestand er. »Seit über einem Jahr bin ich jetzt trocken, aber vorher war Alkohol das Wichtigste in meinem Leben. Er war mein Leben. Ich glaubte, ohne Alkohol hätte alles keinen Sinn.« Er schwieg nachdenklich. »An vieles kann ich mich heute nicht einmal mehr erinnern. Was für eine Verschwendung.« Er schüttelte den Kopf, dann machte er eine wegwerfende Handbewegung, als hätte es keinen Zweck, länger über etwas nachzugrübeln, was für immer verloren war. »Aber ich bin nicht hergekommen, um Ihnen das zu erzählen. Vor zwei Jahren bekam ich eine Stelle als Software-Entwickler bei einer Firma im Valley. Zum ersten Mal seit Jahren war ich trocken und leistete gute Arbeit auf dem Gebiet, auf dem ich schon immer Talent besessen habe, auch wenn ich es vergeudet habe. Die Firma hieß Spectrum Software.«

Er schwieg erneut, offenbar wollte er mir Zeit geben zu verdauen, was er mir gerade erzählt hatte, denn er vermutete richtig, dass ich plötzlich hellhörig geworden war.

»Diese Firma ist Ihnen natürlich ein Begriff«, fügte er hinzu.

Ich antwortete nicht, machte nur eine unbestimmte Geste, die er nach Belieben interpretieren konnte, hauptsächlich jedoch als Aufforderung fortzufahren.

»Als ich bei Spectrum arbeitete, hatte ich eine Idee für ein neues Produkt, die ich Sam Mendez unterbreitete. Er war sofort begeistert und beauftragte mich mit der Entwicklung. Haben Sie schon einmal von *Home Finance* gehört?«

»Ja.«

»Dann werden Sie wissen, dass das Programm keinen besonders großen Erfolg hatte. Das Konzept war überholt und zu begrenzt. Aber es brachte mich auf die Idee, ein Programm zu entwickeln, das speziell auf Leute zugeschnitten ist, die zu Hause an ihrem Computer arbeiten. Wissen Sie, wie viele Menschen inzwischen nicht mehr in einem Büro arbeiten, Mr Weston?«

Ich zuckte die Achseln. »Eine ganze Menge, schätze ich.«

»Einige Millionen, und es werden immer mehr. Und das sind nicht nur Leute, die für große Firmen arbeiten, sondern auch viele Freiberufler und Leute, die sich selbständig gemacht haben. Die großen Unternehmen verfügen über eine firmeneigene, auf ihre speziellen Bedürfnisse zugeschnittene Kommunikations- und Netzwerksoftware, aber Freiberufler und kleine Firmen, die die Mehrzahl der zu Hause Arbeitenden darstellen, können sich das nicht leisten. Ich sah die Chance für ein Paket, das sich leicht anpassen lässt, aber viel mehr kann als Kalkulations- und Textverarbeitungsprogramme mit verschiedenen Zusatzfunktionen, wie sie derzeit überall erhältlich sind. Ich hatte etwas im Sinn, das die besten Elemente der gängigen Business-Software, einschließlich Buchhaltung und Kalkulation miteinander verbinden und zugleich ein Home-Office-Programm und

Spiele beinhalten würde. Außerdem sollte es einfach zu bedienen sein und sich auf individuelle Bedürfnisse einrichten lassen. Der Markt dafür ist riesig.«

Er schaute mich an. Während er mir seine Ideen dargelegt hatte, hatten seine Augen zu leuchten begonnen, und ein paar Minuten lang schien er die Krankheit, die seinen Körper zerstörte, vergessen zu haben, doch jetzt saß er in sich zusammengesunken da, als hätten ihn seine letzten Kräfte verlassen. Seine Geschichte faszinierte mich, obwohl ich ihn noch nie bei Spectrum gesehen oder jemals etwas von dem Projekt gehört hatte.

»Mendez war von meiner Idee angetan«, sagte Hoffman schließlich. »Das Problem war nur, dass Spectrum nicht über die nötigen Mittel verfügte, um sie erfolgreich umzusetzen. Es kostet eine Menge Geld, ein solches Programm zu entwickeln und zu vermarkten, aber das brauche ich Ihnen wohl nicht zu sagen.«

Da hatte er allerdings Recht. Wenn die Erfolgsaussichten für ein solches Programm so gut waren, wie Hoffman behauptete, und nach allem, was er mir gesagt hatte, hegte ich keinen Zweifel daran, dann bräuchte man einen Riesenbatzen Geld, um es auf den Markt zu bringen.

»Also fing Mendez an, nach einem Investor zu suchen«, fuhr Hoffman fort. Ich konnte mir schon denken, was als Nächstes kommen würde.

»Und landete bei Morgan Industries?«

»Genau. Nelson erkannte das Potential, das in dieser Idee steckte – natürlich ahnte er nicht, dass sie von mir stammte –, aber anstatt in das Projekt zu investieren, tat er das, worauf er sich spezialisiert hat. Er nahm Verhandlungen auf mit dem Ziel, Spectrum aufzukaufen. Als ich davon erfuhr, kündigte ich auf der Stelle.« Einen Augenblick lang versank Hoffman in Schweigen.

»Anfangs fing ich wieder an zu trinken. Viel zu trinken. Das ist schon immer meine Schwäche gewesen, meine Reaktion auf Probleme. Ich konnte an nichts anderes mehr denken als daran, dass Nelson Morgan sich an etwas bereichern würde, was meine Idee gewesen war.«

Erneut fragte ich mich, wie viel von dem, was er mir erzählte, der Wahrheit entsprach. Bei dem Gehalt, das Hoffman bei Spectrum bezogen haben musste, und den Aktienoptionen, die einem Software-Entwickler – falls er wirklich so gut war, wie er behauptete – zugestanden wurden, hätte er Millionen verdienen können, wenn der Wert der Firma infolge der Umsetzung seiner Idee gestiegen wäre. Er bemerkte meinen zweifelnden Blick.

»Sie sind der Ansicht, ich hätte bleiben sollen«, meinte er.

»Das zu beurteilen steht mir nicht zu.«

»Aber Sie denken es«, beharrte er. »Ich merke es Ihnen an. Sie sehen mich vor sich sitzen, einen Mann, der aussieht, als hätte er keinen Cent in der Tasche, und Sie denken, wenn Sie an meiner Stelle gewesen wären, wären Sie geblieben.« Plötzlich klang er zutiefst verbittert. »Sie wissen nicht, wie es ist, von einem Mann betrogen zu werden, der einmal ein Freund war. Er hätte mir vor Jahren bezahlen können, was er mir von Rechts wegen schuldete. Es wäre für ihn ein Klacks gewesen. Doch Nelson war schon immer ein kaltschnäuziger Mistkerl. Vielleicht war es keine Riesensumme, aber mir hätte sie viel bedeutet. Mein Leben wäre womöglich ganz anders verlaufen.«

Er starrte mich mit einem beinahe irren Flackern in den Augen an, und ich begriff, wie sehr ihn diese Geschichte über die Jahre zermürbt hatte. Vielleicht glaubte er, es sei diese Enttäuschung gewesen, die ihn in den Suff getrieben habe, und deswegen seien all die anderen Fehlschläge und Demütigungen, die er erlebt hatte, teilweise Morgans Schuld.

»Außerdem«, sagte er nach einer Weile in ruhigerem Ton, »was würde mir das Geld jetzt noch nützen?«

Nachdem er bei Spectrum ausgestiegen war und Morgan die Firma übernommen hatte, berichtete Hoffman weiter, habe Mendez ein ganzes Team von Software-Spezialisten eingestellt, die an dem Projekt arbeiten sollten, das er, Hoffman, auf den Weg gebracht hatte.

»Ich habe noch ein paar Freunde bei Spectrum, und als mir klar wurde, was da gespielt wird, beschloss ich, etwas zu unternehmen. Ich muss nicht tatenlos zusehen, wie Morgan mich noch einmal um die Früchte meiner Arbeit bringt. Also habe ich aufgehört zu trinken und meine eigene Version des Programms entwickelt. Durch die Leute, die ich bei Spectrum kenne, habe ich von Ihnen und Ihrer Agentur erfahren.«

Offenbar kamen wir allmählich zum eigentlichen Zweck seines Besuchs, doch ich konnte mir immer noch nicht vorstellen, was dieser Zweck war. »Was genau haben Sie denn gehört?«, fragte ich.

»Ich weiß, dass Sie kurz davor standen, von Spectrum als Werbeagentur angeheuert zu werden. Man schätzt Sie dort sehr. Sie scheinen begriffen zu haben, wie Spectrum funktioniert. Sie sind mit den Märkten vertraut, auf denen die Firma operiert. Soweit ich gehört habe, hatte Carpe Diem einige sehr innovative, kreative Ideen zu bieten.«

»Wenn Sie all das wissen, wird Ihnen ebenfalls bekannt sein, dass am Ende KCM den Zuschlag bekommen hat«, betonte ich.

»Selbstverständlich. Sonst wäre ich nicht hier.«

»Aus welchem Grund sind Sie denn hier?«

»Wie gesagt, ich möchte Ihre Dienste in Anspruch nehmen. Ich brauche Ihre Fähigkeiten, Mr Weston. Und ich habe etwas, was Sie brauchen. Ihre Firma steckt in finanziellen Schwierigkeiten. Ich kann Ihnen helfen.«

»Hat das etwas mit dem Programm zu tun, das Sie entwickelt haben?«

»Natürlich. Mendez plant, das Programm von Spectrum in drei Monaten auf den Markt zu bringen. Aber das war meine Idee, Mr Weston, und meine Version ist wesentlich besser als die von Morgan. Ich möchte, dass Ihre Agentur die Vermarktung und den Vertrieb meines Programms übernimmt.«

Jedes Mal, wenn er Luft holte, machte sein Brustkorb ein Geräusch wie ein alter Blasebalg, und hin und wieder bekam er einen Hustenanfall, bei dem sein Gesicht einen schmerzverzerrten Ausdruck annahm. Er ließ sich erschöpft auf seinem Stuhl zurücksinken. Während ich ihm zugehört hatte, war mir bewusst geworden, dass Spectrum eine noch viel lukrativere Chance gewesen war, als ich mir je hätte träumen lassen. Wenn das alles stimmte, würde Morgan Industries Millionen in die Werbung für das neue Programm investieren. Zig Millionen. Hoffman beobachtete mich aufmerksam, wartete auf meine Reaktion. Ich wusste kaum, wie ich ihm die harte Wirklichkeit der Geschäftswelt erklären sollte.

»Mr Hoffman, nehmen wir einmal an, Ihr Programm ist tatsächlich besser als das, was Spectrum demnächst auf den Markt bringen wird.«

»Morgan«, korrigierte er mich. »Die Firma gehört Morgan Industries. Nelson Morgan stellt das Kapital zur Verfügung. Und mein Programm ist seinem nicht nur überlegen, es wird dafür sorgen, dass Morgans Programm bereits überholt ist, bevor es überhaupt auf den Markt kommt. Ich mag vielleicht krank sein, und ich mag mein Talent vergeudet haben, aber ich *habe* Talent, Mr Weston. Wenn Morgan mich nicht betrogen hätte, wenn ich nicht angefangen hätte zu trinken, hätte ich in meinem Leben Großes erreichen können. Selbst Nelson Morgan würde Ihnen bestätigen, dass ich auf meinem Gebiet sehr, sehr gut bin.«

»Einverstanden«, sagte ich, um ihn zu beruhigen. »Ich habe keinen Grund zu bezweifeln, dass Sie die Wahrheit sagen. Aber das bessere Produkt zu haben ist nicht immer das Entscheidende. Die Leute darüber in Kenntnis zu setzen und sie dazu zu bewegen, es zu kaufen, kostet eine Menge Geld. Man muss es verpacken, vertreiben, den Verkauf organisieren, Rechnungen stellen. Wir reden hier über die Infrastruktur einer Firma, über die Morgan verfügt, weil er nämlich Spectrum gekauft hat, über die Sie jedoch nicht verfügen, wenn ich Sie recht verstehe. All das kostet mehrere Millionen Dollar. Und dann kommen noch die Marketingkosten hinzu.«

Ich brach meinen Crashkurs in Betriebswirtschaft ab, denn sein amüsierter Blick ließ keinen Zweifel daran, dass er ihn nicht nötig hatte. »Aber das wissen Sie ja längst alles, nicht wahr?«

»Selbstverständlich. Und alles, was Sie sagen, stimmt genau«, sagte Hoffman. »Es trifft aber nur dann zu, wenn ich vorhabe, mit Morgan zu konkurrieren. Das ist aber gar nicht meine Absicht.«

»Ich kann Ihnen leider nicht folgen«, musste ich eingestehen.

»Morgan wird seine Version des Programms zu einem Endpreis von etwa zweihundertfünfzig Dollar anbieten. Ich habe vor, mein Programm ausschließlich über das Internet zu vertreiben, sodass die Kosten für Verpackung und Vertrieb schon einmal entfallen. Jeder, der das Programm haben will, kann es sich direkt auf seinen Computer herunterladen.« Er grinste mich verschmitzt an. »Für fünf Dollar.«

»Fünf Dollar?«, wiederholte ich ungläubig. Ich fragte mich, wie er an dem Produkt verdienen wollte, wenn er es zu einem solchen Schleuderpreis anbot.

Er nahm einen Bogen Papier aus der Innentasche seines Jacketts und reichte ihn mir. Als ich die Zahlenreihen studierte, erkannte ich sofort, dass es sich um einen ausgefeilten Businessplan handelte. Eine Zahl erregte meine besondere Aufmerksamkeit.

»Werbeetat drei Millionen Dollar?«

»Das sind zwei Millionen für die Werbung in den Medien und eine Million, um Ihre Kosten zu decken. Das dürfte mehr als ausreichend sein für das erste Jahr. Ein paar Anzeigen in Printmedien und einige ausgewählte Links zu Webseiten dürften genügen. Wenn die Medien erst einmal Wind von einem genialen Programm bekommen, das jeder fast umsonst aus dem Netz herunterladen kann, kriegt man reichlich kostenlose Werbung. Die drei Millionen kommen über die Gebühr von fünf Dollar zusammen. Nach dem ersten Jahr wird die Treuhandgesellschaft der Firma Carpe Diem für die weitere Betreuung des Produkts ein jährliches Honorar von einer halben Million Dollar zahlen. Das ist ein stattliches Honorar für sehr wenig Arbeit. Das Geld, das darüber hinaus eingenommen wird, soll für karitative Zwecke gespendet werden.«

»Die Treuhandgesellschaft?«, fragte ich. In meinem Kopf drehte sich alles, während ich zu erfassen versuchte, was er mir sagte. Immer wieder hörte ich ihn die Summe nennen, die er als unser Honorar vorgesehen hatte. Eine Million im ersten Jahr.

»Ich habe eine Treuhandgesellschaft gegründet, die die Rechte an meinem Programm hält.«

Erneut betrachtete ich die Zahlenreihen auf dem Papier. Ich sagte mir, dass die Sache irgendeinen Haken haben musste, aber je länger ich die Zahlen studierte, desto mehr kam ich zu der Überzeugung, dass Hoffman das alles sehr genau ausgeklügelt hatte. Wie eine Motte vom Licht wurde mein Blick immer wieder unwiderstehlich von der Zahl angezogen, die mich am meisten interessierte. Eine Million Dollar im ersten Jahr. Genug, um unsere Schulden zu tilgen. Mehr als genug. Es war so einfach. Und das war das Phantastische daran. Wenn Hoffmans Programm so gut war, wie er behauptete, wie sollte Morgan Industries mit etwas konkurrieren, das praktisch umsonst zu haben war? Am Ende blieb nur eine Frage offen.

»Warum?«, fragte ich.

Er lächelte, als verstünde sich das von selbst. »Ich sterbe, Mr Weston. Geld bedeutet mir nichts mehr. Ich habe keine Familie. Das Letzte, was ich in meinem Leben tun kann, ist, dafür zu sorgen, dass Nelson Morgan sich nicht noch einmal an meiner Arbeit bereichert.«

Ich nickte. Ich hatte verstanden. Rache. Das älteste Motiv der Welt.

13

Ich sagte die für den Nachmittag angesetzte Mitarbeiterbesprechung ab und berichtete Marcus, was Hoffman mir erzählt hatte. Dabei bemühte ich mich, ruhig, ja sogar ein wenig skeptisch zu klingen, aber ich glaube, er spürte, was im Hintergrund mitschwang: Hoffnung. Ein Ertrinkender klammert sich an jeden Strohhalm, der sich ihm bietet, und nimmt sich nicht die Zeit, ihn unter die Lupe zu nehmen. Marcus studierte die Zahlenreihen, die Hoffman mir gegeben hatte, und als er schließlich aufblickte, stand ihm die Verblüffung ins Gesicht geschrieben.

»Das kann nicht wahr sein«, sagte er.

»Ich weiß es nicht«, erwiderte ich ehrlich. Mir waren hundert verschiedene Gründe eingefallen, warum ich die Geschichte nicht glauben sollte, aber es gab eine Frage, auf die ich keine Antwort fand. Warum sollte sich jemand so etwas ausdenken? Das war mir völlig schleierhaft.

»Glaubst du, er ist verrückt?«

»Die Möglichkeit sollten wir zumindest in Betracht ziehen.«

Hoffman hatte mir seine Adresse gegeben und erklärt, wenn wir ihn am nächsten Morgen aufsuchten, würde er uns sein Programm vorführen. Als ich Marcus sagte, wo Hoffman wohnte, wurde er noch misstrauischer. Ich konnte es ihm nicht verübeln. Geniale kalifornische Software-Spezialisten wohnten einfach nicht in Gegenden wie San Leandro in East Oakland. Sie besaßen geräumige Häuser mit Tennisplatz und Swimmingpool in schicken Vororten im Westen von San Francisco oder auf den Hügeln mit Blick auf den Pazifik, und sie fuhren teure europäische Autos. In San Leandro wohnte man, wenn man seine Brötchen damit verdiente, Swimmingpools zu schrubben oder teure Autos zu polieren, bevor sie verkauft wurden, das heißt, sofern man überhaupt einen Job hatte.

»Willst du im Ernst dahin fahren?«, fragte Marcus.

»Möchtest du den Leuten da draußen lieber sagen, dass sie entlassen sind?«, entgegnete ich mit einer Handbewegung in Richtung unserer Mitarbeiter hinter der Glaswand. Er überlegte. »Es kann nicht schaden, noch einen Tag zu warten. Das hier könnte alles ändern.«

In erster Linie war es wohl der Gedanke an unsere Angestellten, der ihn dazu brachte einzuwilligen, aber letzten Endes hätte es wahrscheinlich auch keinen Unterschied gemacht, wenn Hoffman uns erzählt hätte, dass er in einem Pappkarton am Ende einer dunklen Gasse wohnte. Wir hätten ihn trotzdem aufgesucht. Was hatten wir denn auch für eine Wahl?

Am nächsten Morgen fuhren wir in meinem Wagen über die Oakland Bay Bridge. Der Himmel war verhangen, die Hügel von Oakland lagen hinter niedrigen Wolken verborgen. An solchen Tagen hat die Umgebung von San Francisco wenig von dem Charme, der auf Millionen von Postkarten zu sehen ist. Die Containerhäfen und die Industriebauten am Ostufer der Bucht sind so hässlich wie ihr trübes, graues Wasser. Die Ausläufer der Stadt mit ihren von Betonpfeilern getragenen Autobahnen wirken wie bleiche Flecken in der trostlosen, baumlosen Landschaft. Nur wenn die Sonne scheint und die Bucht sich in ihrem prachtvollen, leuchtenden Blau zeigt, wenn die Wolkenkratzer vor dem wolkenlosen Himmel glitzern, erscheint alles in einem angenehmen Licht.

Marcus hatte kaum ein Wort gesagt, seit wir das Büro verlassen hatten. Er war vollkommen in Gedanken versunken.

»Hast du schon mit Alice gesprochen?«, fragte ich.

Er sah mich kurz an, aus seinen Gedanken gerissen. »Mit Alice?«

»Ja. Hast du ihr von Hoffman erzählt?«

»Nein.«

Seltsam, dachte ich. Sally und ich hatten den ganzen Abend über nichts anderes geredet. Das heißt, ich hatte geredet, und sie hatte die meiste Zeit zugehört, mich nur hin und wieder gewarnt, ich solle mir keine allzu großen Hoffnungen machen, bevor ich nicht sicher sein konnte, dass Hoffman nicht irgendein armer Irrer war.

»Alice ist ausgezogen«, sagte Marcus.

Ich schnappte nach Luft. Ich konnte es nicht fassen, dass so etwas geschehen war und ich nichts davon mitbekommen hatte. »Wann denn?«

»Vor ein paar Tagen. Sie wohnt vorerst auf dem Boot.«

Ich hätte ihn gern gefragt, wie es dazu gekommen war, aber offensichtlich wollte er nicht darüber reden, zumindest nicht mit mir. Er starrte verdrießlich aus dem Fenster, und ich fragte mich, ob er mich auch dafür verantwortlich machte. Ich konnte mir vorstellen, wie Alice reagiert hatte, als sie erfuhr, dass Spectrum uns durch die Lappen gegangen war. Zweifellos hatte sie Marcus noch einmal unter die Nase gerieben, was für ein Arschloch ich sei, und ihn daran erinnert, dass sie ihm schon immer gesagt hatte, er solle sich von mir nicht alles gefallen lassen. Insgeheim vermutete ich, dass Alice, nachdem sie die Hiobsbotschaft vernommen hatte, zu dem Schluss gekommen war, dass Marcus kein verlässlicher Goldesel mehr war. Laut sagte ich, es tue mir Leid.

»Ist es endgültig?«

Er sah mich an, und in seinem Blick lag etwas, was ich nicht deuten konnte. »Ich weiß nicht.«

Es kam mir so plötzlich und unerwartet vor, doch dann wurde mir klar, dass es wahrscheinlich gar nicht aus heiterem Himmel geschehen war. Es schien mir nur so, weil ich nichts davon gewusst hatte. Früher hatte er sich mir anvertraut, wenn er Probleme hatte. »Wenn du drüber reden willst«, sagte ich vorsichtig.

Einen Augenblick lang schien ihn etwas zu amüsieren, dann wandte er sich ab. »Klar.«

Da konnte ich lange warten.

Wir nahmen die 580 Richtung Süden und fuhren in Fruitvale ab. Die Adresse, die Hoffman uns gegeben hatte, lag ein paar Straßen vom International Strip entfernt, einem Boulevard, der früher dafür berüchtigt gewesen war, dass hier Drogenbanden ihr Unwesen trieben und sich ständig irgendwelche Schießereien lieferten. Mittlerweile hatte man ihn in East 14th Street umbenannt, um die Erinnerung an die Vergangenheit auszulöschen. Ich war noch nie in dieser Gegend gewesen. Ich meine, wer würde schon freiwillig hierher kommen? Wir fuhren unter der Autobahn und der Eisenbahnbrücke hindurch. Die Betonpfeiler waren mit Graffiti beschmiert, und neben der Straße türmte sich der Müll. Wo einst mehrere Wohnblocks gestanden hatten, in denen sich Kleinkriminelle, Prostituierte und Dealer herumtrieben und Gewalt an der Tagesordnung war, stand jetzt ein neues Einkaufszentrum. Die Wohntürme waren abgerissen worden, um das Viertel zu säubern, aber ein paar Straßen weiter war der Eindruck von Verfall und Armut überwältigend. Die Risse in den Straßen hatten etwas Bedrohliches, genau wie die braunen und weißen Gesichter, die von den Gehwegen und den morschen Veranden der heruntergekommenen Häuser mit ausdruckslosen Augen mein glänzendes Saab-Cabrio anstarrten. Ich war froh, dass wir mit geschlossenem Verdeck fuhren, und gleichzeitig wünschte ich, wir hätten Marcus' Wagen genommen.

Wir folgten der Beschreibung, die Hoffman uns gegeben hatte. Es war, als wären wir in ein fremdes Land eingedrungen, eins, das ich nur aus dem Fernsehen kannte. Ein seltsam ungutes Gefühl beschlich mich, als wir an Pfandleihhäusern und Ramschläden vorbeifuhren. An vielen der Läden hingen Schilder mit spanischen Namen, und die Schaufenster waren mit eisernen Gittern gesichert. El Pollo Loco zwängte sich zwischen Jack In The Box und einen Supermercado. Vor einem Renta Centa standen Straßenhändler mit ihren Karren und boten Maiskolben und Chilibrezeln feil. An jeder Straßenecke ein Schnapsladen, die Schaufenster schwer vergittert. Wir bogen in eine kleine Straße ein. Eine alte Frau in leuchtend gelb und rot gemusterter Kleidung schob einen mit vollen Plastiktüten beladenen Einkaufswagen vor sich her. Ein Mann schlief an einer Ecke, einen nackten Fuß im Rinnstein. Überall auf den Gehwegen und teilweise auch auf der Straße lagen bergeweise Papier, Lumpen, Pappkartons und anderer Müll herum.

»Und wo geht's jetzt lang?«, fragte ich, als wir an eine Kreuzung gelangten. Ich konnte nur hoffen, dass das alles kein schlechter Witz war, denn es gefiel mir überhaupt nicht, hier herumzufahren. Es kam mir so vor, als wären wir schon einmal durch dieselbe Straße gefahren.

»Links«, sagte Marcus, während er Hoffmans Angaben mit einem Stadtplan verglich. »Dann die übernächste rechts.«

Ein großer, etwa dreißig Jahre alter Schwarzer schaute uns nach. Er langte mit der Hand in seine Hosentasche, vielleicht, um eine Zigarettenpackung herauszuholen. Oder eine Pistole. Ein Gebrauchtwagenhändler an der Ecke bot jede Menge Autos unter fünftausend Dollar an, verrostete Spritfresser und zerbeulte japanische Kleinwagen. Ein schwarzer, auf Hochglanz polierter Honda kam uns entgegen, tiefer gelegt mit goldenen Zierfelgen, am Steuer ein junger Mann mit einer verkehrt herum aufgesetzten Baseballmütze, eine Hand lässig am Lenkrad, die andere auf dem Schenkel seiner Freundin. Oder auch auf einer Uzi, die auf dem Beifahrersitz lag. An den am Straßenrand geparkten Wagen fehlten meist ein oder zwei Radkappen, fast alle waren mehr oder weniger zerbeult und boten das gleiche trostlose Bild wie die ganze Umgebung. Mein neun Monate altes Saab-Cabrio wirkte wie der ultimative Luxusschlitten, und ich hätte mir im Prinzip gleich ein Pappschild mit der Aufschrift »KLAU MICH« ins Heckfenster hängen können.

Endlich fanden wir das Gebäude, in dem Hoffman wohnte, und parkten hinter einem grünen Ungetüm mit extrabreiten Reifen und verdunkelten Scheiben. Auf der anderen Straßenseite standen drei dunkelhäutige Latinojungs in schlabbrigen Hosen und starrten uns missmutig an.

»Wenn wir wieder aus dem Haus rauskommen, ist von meinem Auto wahrscheinlich nichts mehr übrig«, raunte ich Marcus zu.

»Gib ihnen Geld.«

»Hä?«

»Bezahl sie, damit sie drauf aufpassen.«

»Tolle Idee. Dann haben sie nicht nur meinen CD-Player und meine Räder, sondern auch noch mein Geld.«

»Vielleicht sind sie ja gar nicht so übel, wie du denkst.«

»Klar«, erwiderte ich. Er war stets bereit, das Gute im Menschen zu sehen. »Wahrscheinlich warten sie gerade darauf, dass ihre Anträge, in den Polizeidienst aufgenommen zu werden, durchkommen.«

Er zuckte die Achseln. »Es ist dein Auto.«

Da mir auch nichts Besseres einfiel, beschloss ich, seinen Rat zu befolgen, und überquerte die Straße. Eine junge Frau kam den Gehweg entlang. Sie war vielleicht achtzehn, neunzehn und trug einen kurzen Rock und ein hautenges T-Shirt, unter dem ihre Brustwarzen sich wie kleine Kirschen abzeichneten. Sie hatte langes, schwarzes Haar und schob einen Kinderwagen, und als sie an den Jungs vorbeiging, schnalzten sie mit der Zunge und riefen ihr auf Spanisch etwas hinterher. Ich hatte keine Ahnung, was sie sagten, aber ich konnte mir nicht vorstellen, dass sie Bemerkungen über das Wetter machten. Die junge Frau warf ihnen einen verächtlichen Blick zu und sagte etwas zu ihnen, das aus ihrem Mund kam wie das Rattern eines Maschinengewehrs, dann warf sie den Kopf in den Nacken und stolzierte mit übertriebenem Hüftschwung davon. Das schien die Jungs zu begeistern, sie johlten und lachten ausgelassen, und einer von ihnen, der vielleicht fünfzehn, sechzehn war, stand auf, packte sich in den Schritt und machte stoßende Hüftbewegungen, woraufhin sie sich umdrehte und ihm den Finger zeigte. Erneut brachen die

Jungs in wieherndes Gelächter aus. Es klang widerlich. In der zur Schau gestellten Heiterkeit lag eine durch Langeweile und Entbehrung verursachte Aggressivität. Ich fühlte mich mit einer Subkultur konfrontiert, von der ich normalerweise höchstens in den Abendnachrichten etwas hörte, einer Welt, in der die Gewalt in der Luft lag wie die unheilvolle Stille vor einem Gewitter.

Als die junge Frau fort war, wandten die Jungs sich mir zu. Die Anwesenheit dieses Fremden, der plötzlich in ihrer Straße aufgetaucht war, weckte ihre Neugier, und sie schienen abzuwarten, ob ich womöglich Unterhaltungswert besaß. Oder ob sie sich lieber verdrücken sollten.

»Hey, wie geht's, wie steht's?«, fragte ich und wusste gleichzeitig, dass ich klang und aussah wie ein feiner Pinkel von der anderen Seite der Bucht, der so zu tun versuchte, als käme er jeden Tag in ein solches Viertel. Sie grinsten mich verächtlich an und zeigten ihre weißen Zähne. Ich konzentrierte mich auf den, der mir der Älteste zu sein schien, und den ich, so breitbeinig wie er dastand, für ihren Anführer hielt. Wie die anderen hatte er kurzes Haar und einen Hauch von Schnurrbart über der Oberlippe, auf den er sicherlich mächtig stolz war. Wahrscheinlich hatte er ein Jahr dazu gebraucht, sich dieses Bärtchen zu züchten. Er war vielleicht neunzehn oder zwanzig.

»Ich muss meinen Wagen hier für eine Weile stehen lassen. Ich dachte, ihr Jungs könntet ihn vielleicht für mich bewachen.« Ich hatte bereits einen Fünfziger aus der Brieftasche gezogen, den ich ihm nun zeigte.

Er warf einen trägen Blick auf meinen Saab. »Auf die Karre aufpassen, Mann? Sind Sie verrückt?«

Seine beiden Kumpels kicherten, ihre Augen leuchteten erwartungsvoll.

»Wir haben 'ne Menge zu tun, Mann. Geschäfte und so. Keine Zeit, hier rumzuhängen und auf so 'ne Scheißkarosse aufzupassen, Mann.«

»Tja, eure Zeit ist kostbar, das ist mir klar«, sagte ich, bemüht, nicht allzu sarkastisch zu klingen. »Ich lege noch zwanzig drauf, okay?«

Er musterte mich von Kopf bis Fuß, meine Designer-Jeans, das Fünfhundert-Dollar-Jackett, und dann schaute er zu Marcus hinüber, der an der Ecke stehen geblieben war. Mit einem herablassenden, gelangweilten Blick sagte er: »Gib uns 'n Hunderter, Mann, dann geht die Sache klar.«

Ich gab ihm den Fünfziger, den ich in der Hand hielt. »Einverstanden. Den Rest kriegt ihr, wenn ich zurückkomme.« Er ließ den Geldschein wortlos in seiner Hosentasche verschwinden. Als ich wieder bei Marcus war, sagte ich: »Ich glaube, ich habe gerade ein paar Jungs dafür bezahlt, dass sie mein Auto klauen.«

Hoffmans Wohnung lag im zweiten Stock. Im Treppenhaus stank es nach Katzenpisse und allem Möglichen, von dem ich lieber nicht so genau wissen wollte, was es war. Ich klopfte an die Tür und wartete. Marcus sah mich ausdruckslos an, doch ich ahnte, was er dachte. Am anderen Ende des Flurs wurde eine Tür einen Spaltbreit geöffnet, ein Mädchen von sechzehn, siebzehn Jahren lugte um die Ecke, sah uns kurz an, dann schloss sie die Tür wieder. Ich klopfte noch einmal. Von drinnen war ein trockenes Husten zu hören, dann öffnete Hoffman die Tür. Er sah noch schlimmer aus als am Tag zuvor. Ich stellte ihm Marcus vor, und er bat uns herein. Er bemerkte, wie ich die Kette und das Sicherheitsschloss betrachtete, das er nicht verriegelte.

»Haben Sie keine Angst, jemand könnte bei Ihnen einbrechen?«

»Haben Sie die drei Jungs draußen auf der Straße gesehen?«

»Die Latinos? Ich habe sie bezahlt, damit sie auf meinen Wagen aufpassen.«

»Wie viel haben Sie ihnen gegeben?«

»Wir haben uns auf hundert geeinigt.«

Er zuckte die Achseln. »Ein bisschen viel, aber Ihrem Wagen wird nichts passieren. Als ich hierher gezogen bin, hat der Älteste von ihnen, er heißt Pepe, mich auf der Straße angesprochen und mir erklärt, das hier sei ein gefährliches

Viertel. Jede Menge Einbrüche, Drogen. Er meinte, ich bräuchte ein paar Beschützer, wenn ich vorhätte, hier zu wohnen. Ich gebe ihnen ein paar Dollar die Woche, um sicherzustellen, dass man mich in Ruhe lässt.«

»Schutzgelderpresser?«, sagte ich. »Das sind doch noch Kinder.«

»Schutzgeld, Beschützer, was soll's? Und sie mögen vielleicht jung sein, aber Kinder sind das nicht.«

Mir kam der Gedanke, dass Hoffmans vage Andeutungen auf verpasste Gelegenheiten in seinem Leben womöglich bedeuteten, dass er nicht zum ersten Mal in solch einer Umgebung lebte. Er führte uns in seine Wohnung. Sie war sehr klein. Schlafzimmer, Wohnzimmer, winzige Küche und Badezimmer. Irgendwie hatte ich erwartet, bergeweise Müll und leere Schnapsflaschen vorzufinden, aber alles war sauber und ordentlich. Möbel hatte er nur wenige. Im Schlafzimmer sah ich ein einfaches schmales Bett und eine ramponierte Kommode, und im Badezimmer standen reihenweise Medizinfläschchen und Tablettenschachteln in einem Schränkchen, dem die Tür fehlte. Die Tapete an den kahlen Wänden war ausgebleicht und löste sich an den Rändern, die Farbe an den Fensterrahmen platzte ab, aber wahrscheinlich nahm Hoffman das überhaupt nicht wahr. Sein Wohnzimmer war voll gestopft mit elektronischen Geräten. Auf mehreren langen, schmalen Tischen standen Monitore und Scanner und allerlei Computerzubehör, und an einer Wand hingen zahllose mit Bleistift voll gekritzelte Zettel, lauter Zahlen und Symbole, die mir zwar nichts, einem Programmierer aber wahrscheinlich einiges sagten. Überall lagen Kabel, Computerteile, Schalttafeln und andere Elektroteile herum.

»Wie gut kennen Sie sich mit dieser Art Software aus?«, fragte Hoffman, der sich auf einen Stuhl vor einem Bildschirm gesetzt hatte.

»Einigermaßen«, sagte Marcus.

»Dann nehmen Sie Platz.« Marcus zog sich einen Stuhl heran, während Hoffman auf einer Tastatur herumtippte und den Bildschirm hochfuhr. »Zuerst zeige ich Ihnen eine

Version des Spectrum-Programms. Es ist schon ein paar Monate alt, aber in so kurzer Zeit werden sie noch nicht viel daran geändert haben. Dann führe ich Ihnen mein Programm vor.«

Ich sah mich nach einer Sitzgelegenheit um, aber jede verfügbare Fläche war voll gepackt mit irgendwelchen Computerteilen oder Stapeln von Notizblöcken und Handbüchern, und so trat ich ans Fenster. Es war Marcus' Aufgabe herauszufinden, ob Hoffmans Programm so gut war, wie er behauptete. Wenn es um Marketing und Verkaufsstrategien ging, war ich der Fachmann, doch in Sachen Computer war Marcus mir weit überlegen. Ich benutzte meinen Laptop für die Textverarbeitung und um Präsentationen auszuarbeiten, aber damit hatte es sich auch schon. Im Gegensatz zu Marcus war ich mit den Wundern des Internetzeitalters noch nicht allzu vertraut. Sein Computer im Büro war voll mit Design- und Graphikprogrammen, aber er hatte auch zu Hause einen Rechner, mit dem er Zugang zum Internet hatte, sodass er Produkte bestellen und Serviceleistungen in Anspruch nehmen konnte, während ich es immer noch vorzog, meine Überweisungsformulare per Hand auszufüllen und in einen Laden zu gehen, wenn ich etwas kaufen wollte. Eine Zeit lang hatte Sally versucht, ihre Einkäufe über das Internet zu erledigen, aber sie fand es umständlich und zeitaufwändig, und sie vermisste es, in die Stadt zu fahren und unter Leute zu kommen.

Ich bezweifelte nicht, dass Computer die Geschäftswelt revolutioniert hatten, aber ich konnte mich nicht daran gewöhnen, zu Hause einen Rechner zu benutzen. Jedes Mal, wenn ich ins Internet ging, wurde ich mit derartigen Mengen an Informationen überschüttet, dass es mir unmöglich war zu finden, was ich suchte, und die meisten Webseiten, die ich anklickte, waren so schlecht organisiert, dass ich es irgendwann ganz aufgab. Natürlich würde sich das alles ändern. Wahrscheinlich würde der PC verschwinden und durch irgendein Gerät ersetzt werden, das über den Fernseher funktionierte und den Leuten ermöglichte, ihre

Bankgeschäfte und Einkäufe zu erledigen und außerdem Filme und Spiele und weiß der Himmel was sonst noch alles herunterzuladen. Unternehmen würden lernen, ihre Dienstleistungen effektiver anzubieten, Webseiten würden übersichtlicher und interessanter gestaltet werden, und alles würde viel einfacher werden als es jetzt war. Bis dahin jedenfalls reichten mir meine steinzeitlichen Computerkenntnisse völlig aus.

Ich beugte mich vor und schaute auf die Straße hinunter, wo mein Wagen stand. Bisher schien er noch keinen Kratzer abbekommen zu haben. Hoffman war gerade dabei, Marcus etwas zu erklären, und die beiden starrten konzentriert auf den Bildschirm. Wenn Marcus eine Frage stellte, klickte Hoffman irgendein Icon an und öffnete weitere Anwendungen. Nach dem zu urteilen, was ich von der Graphik sah, schien das Programm sehr benutzerfreundlich zu sein, und Marcus war offensichtlich ganz bei der Sache. Ich ließ die beiden allein und schlenderte in die Küche. Die meisten Schränke waren leer, aber ich fand eine Packung Kaffee und ein paar Tassen und beschloss, einen Kaffee für uns zu kochen. Ich setzte Wasser auf und ging ins Bad, um heimlich einen Blick auf die Medikamente in dem türlosen Schränkchen zu werfen. Es gab jede Menge Pillen und Tinkturen, alle mit komplizierten, unaussprechlichen Namen. Als ich den Kaffee ins Wohnzimmer brachte und Hoffman zwischen all den Kabeln und Handbüchern und Notizblöcken sitzen sah, vor sich den flimmernden Bildschirm, versuchte ich mir vorzustellen, wie er sich dabei fühlen mochte, seine letzten Tage in dieser billigen Absteige zu verbringen und an seinem Programm zu arbeiten. Die Rache an seinem ehemaligen Partner war zu seinem einzigen Lebensinhalt geworden. Nichts in der Wohnung deutete darauf hin, dass ihn irgendetwas anderes beschäftigte. Keine Bücher, keine CDs, keine Bilder.

Nach fast zwei Stunden hatte Marcus schließlich genug gesehen. Als er das Programm herunterfuhr, wurde Hoffman plötzlich von einem so heftigen Hustenanfall geschüttelt, dass ihm die Augen tränten und er sich vor Schmerzen krümmte. Nachdem die Hustenkrämpfe nachgelassen hatten, rang er nach Luft und war so schwach, dass wir ihn ins Schlafzimmer bringen und aufs Bett legen mussten. Auf dem Nachttisch stand eine Flasche mit einer Flüssigkeit, von der er einen Schluck trank, was zumindest ein wenig zu helfen schien.

»Wir sollten einen Arzt rufen«, sagte Marcus leise.

»Kein Arzt«, rief Hoffman heiser und hob kraftlos eine Hand. »Es geht mir gleich wieder besser.«

Den Eindruck machte er jedoch ganz und gar nicht. Er lag mit geschlossenen Augen da, sein Atem ging flach. Wir zogen uns ins Wohnzimmer zurück.

»Ich finde, wir sollten trotzdem einen Arzt rufen«, sagte Marcus.

»Er will aber keinen, und letztlich ist es seine Entscheidung. Außerdem glaube ich nicht, dass irgendjemand ihm helfen kann.« Ich deutete auf den Computer, an dem die beiden eben gesessen hatten. »Und, was hältst du von der Sache?«

Marcus nahm seine Brille ab und begann, sie nachdenklich zu polieren. »Soviel ich weiß, ist zurzeit nichts Vergleichbares auf dem Markt. Zumindest nicht in dieser Form als Paket. Es ist leicht zu bedienen und hat eine Menge Anwendungsmöglichkeiten sowohl für den geschäftlichen als auch für den privaten Gebrauch. Ich würde sagen, es ist ein gutes Produkt.«

»Wie gut ist es im Vergleich zu dem Programm von Spectrum?«

»Es ist besser«, sagte Hoffman vom Bett aus. Er hatte sich halb aufgerichtet und beobachtete uns durch die Tür.

Ich sah Marcus fragend an, und Marcus zuckte die Achseln. »Er hat Recht. Es ist leichter zu bedienen und hat mehr Anwendungsmöglichkeiten.«

Dann stellte ich die entscheidende Frage: »Aber gibt es einen Markt dafür?«

»Keine Frage.«

Als wir auf die Straße traten, stand mein Wagen immer noch unberührt an seinem Platz. Ich ging zu den drei Jungs hinüber, die sich nicht von der Stelle gerührt hatten, und gab dem, den Hoffman Pepe genannt hatte, die restlichen fünfzig Dollar.

»Danke.«

Der Geldschein verschwand in seiner Hosentasche. »Kein Problem, Mann. Brauchen Sie sonst noch was? Bisschen was zum Relaxen?«

»Ich glaube nicht.«

Er grinste. »Wenn Sie doch mal was brauchen, wissen Sie ja, wo Sie uns finden.«

Ich dankte ihm für das Angebot. Dann sahen die drei zu, wie ich aus der Parklücke fuhr. Sie waren mager und wirkten beinahe lächerlich in ihren übergroßen Klamotten. Wenn man sie in eine Mittelklasse-Gegend verfrachtet, die amateurhaften Tattoos von ihren Armen und Schultern entfernt und ihnen einen Football zum Werfen gegeben hätte, wären sie ganz normale Jugendliche gewesen. Aber hier in dieser Umgebung ging etwas unterschwellig Bedrohliches von ihnen aus.

Wir fuhren zurück auf die Autobahn und in Richtung Brücke. Seit wir Hoffmans Wohnung verlassen hatten, hatte Marcus kein Wort gesagt. Wir hatten die Adresse eines Rechtsanwalts in der Innenstadt, der die Treuhandgesellschaft verwaltete, die die Eigentumsrechte an Hoffmans Programm hielt, und einen detaillierten Vertrag mit Carpe Diem aufsetzen würde. Hoffman hatte erklärt, er werde den Anwalt anrufen und ihm Bescheid geben, dass wir uns bei ihm melden würden.

Marcus wirkte abwesend. »Die Sache scheint dir nicht ganz geheuer zu sein.«

Er fuhr aus seinen Gedanken auf. »Ich weiß einfach nicht, was ich davon halten soll.«

»Denk an die Million, Marcus. Dieser Deal könnte uns das Leben retten.«

»Ich glaube, was mir Sorgen macht, ist das, was danach kommt.«

»Ich verstehe nicht, was du meinst.«

»Ich meine, angenommen, alles geht gut, wir können unsere Schulden bezahlen und kommen wieder auf die Füße. Aber was dann? Wie lange wird es wohl dauern, bis wieder so etwas passiert wie mit Spectrum oder OfficeLine?«

Ich sah ihn an. »Marcus, wir sind seit Jahren Freunde. Ich kann nicht mehr rückgängig machen, was ich getan habe, und es ist dein gutes Recht zu denken, was du willst. Aber so etwas wird nie wieder passieren. Ich schwöre es dir. Von jetzt an wird nur noch gemacht, womit wir beide einverstanden sind. Ich werde noch nicht mal versuchen, dich zu etwas zu überreden, was dir widerstrebt. Ich erwarte nicht von dir, dass du mir das alles auf der Stelle glaubst, aber ich wäre froh, wenn du mir wenigstens eine Chance geben würdest. Ich fände es schön, wenn wir wieder Freunde sein könnten.«

Ich meinte jedes Wort ernst, und ich konnte nur hoffen, er merkte das. Es war ihm anzusehen, dass er mir zumindest teilweise glaubte, andererseits war auch nicht zu übersehen, dass er immer noch Zweifel und Vorbehalte hegte.

Er deutete auf ein Hinweisschild. »Du solltest die Spur wechseln, sonst fährst du noch an der Brücke vorbei.«

Am nächsten Morgen suchten wir die Kanzlei Brinkman, Kessler und Baker auf, die Hoffman damit beauftragt hatte, den Vertrag mit Carpe Diem aufzusetzen. Es handelte sich um eine Kanzlei mittlerer Größe, die sich auf Wirtschaftsrecht spezialisiert hatte. Ihre Tätigkeit bezog sich hauptsächlich auf Vertragsabschlüsse und juristische Beratung für Firmen, und weniger auf Rechtsstreitigkeiten. Die Kanzlei befand sich im achtundzwanzigsten Stock eines Hochhauses an der Battery Street im Financial District. Eine Empfangsdame bat uns, Platz zu nehmen, und bot uns Kaffee an. Der Wartebereich war mit bequemen Ledersofas ausgestattet, und auf einem niedrigen Tisch lag eine Auswahl an Wirtschaftsmagazinen. Alles wirkte elegant und teuer und stand in schärfstem Kontrast zu der Wohnung, in der Hoffman hauste.

»Würden Sie bitte durchkommen?«, forderte eine Frau uns auf, die aus einer Tür getreten war. »Mr Brinkman ist jetzt zu sprechen.«

Wir wurden in Brinkmans Büro geführt, ein Eckzimmer mit einer atemberaubenden Aussicht auf Pier 31 am Embarcadero und auf die Bucht. Ein Touristenschiff war auf dem Weg nach Alcatraz, das sich, ganz wie es sich gehört, wie eine düstere Trutzburg aus dem Wasser erhob. Brinkman kam hinter seinem großen Schreibtisch aus glänzendem, dunklem Holz hervor und wartete, bis wir den riesigen, mit weichem Teppichboden ausgelegten Raum durchquert hatten. Dann schüttelte er uns die Hand und bat uns, Platz zu nehmen.

»Kann ich Ihnen irgendetwas anbieten? Kaffee? Wasser?« Wir lehnten höflich ab. »Ich danke Ihnen, Carol«, sagte er zu seiner Sekretärin, die eine kurze Antwort murmelte und das Zimmer verließ.

Brinkman war etwa Mitte fünfzig. Er hatte eine selbstbewusste, vornehme Ausstrahlung, graue Schläfen und manikürte Fingernägel. Er war nicht dick, aber wohlgenährt, was sein tadellos geschnittener dunkler Anzug jedoch ein wenig kaschierte. Zweifellos war er ein Mensch, der das Leben zu genießen wusste. Ein leuchtend rotes Seidentuch, das er ohne große Sorgfalt in die Brusttasche seines Jacketts gesteckt hatte, sah aus wie eine üppige Blüte. Es war ein extravagantes und in gewisser Weise vielsagendes Detail. Sein Blick wanderte kurz über Marcus' Jeans und T-Shirt, dann schlug er mit einem angedeuteten Stirnrunzeln einen Aktenordner auf.

»Nun, meine Herren, ich denke, Ihnen ist bekannt, dass mein Mandant, Mr Hoffman, mich damit beauftragt hat, eine Treuhandgesellschaft zu gründen und zu verwalten, welche die Besitzrechte an gewissem intellektuellem Eigentum meines Mandanten halten soll«, begann er, »genauer gesagt, die Rechte an einem Computerprogramm.« Er lehnte sich lächelnd in seinem Sessel zurück, die Hände locker über dem Bauch verschränkt. »Die Situation ist eher ungewöhnlich. Sie wissen natürlich, dass Mr Hoffman sich keiner guten Gesundheit erfreut.«

»Er hat Krebs, soviel ich weiß«, sagte ich.

»Richtig. Das ist die Information, die auch ich habe. Unheilbar, wenn ich ihn richtig verstanden habe. Sehr traurig.« Brinkman machte ein angemessen ernstes Gesicht, dann hob er die Hände. »Aber irgendwann sind wir alle mal dran.« Er beugte sich vor und blätterte in einigen Papieren auf seinem Schreibtisch.

»Ich wurde angewiesen, einen Vertrag zwischen der Treuhandgesellschaft und der von meinem Mandanten genannten Firma aufzusetzen, der den Verkauf und die Vermarktung seines Programms regelt. Bei dieser Firma handelt es sich natürlich um die Ihre, eine Agentur namens ...« Er suchte in seinen Papieren.

»Carpe Diem«, kam ich ihm zu Hilfe.

»Ah ja, Carpe Diem.« Er blickte auf und lächelte freundlich. »Interessanter Name. Also, die Vertragsbedingungen sind im Wesentlichen ganz simpel. Wie Ihnen sicherlich bekannt ist, soll Ihr Honorar aus dem Gesamt-Werbeetat von drei Millionen Dollar bestritten werden, die wiederum aus dem über das Internet betriebenen Verkauf des Programms erwirtschaftet werden sollen. Der Preis für das Programm soll fünf Dollar betragen.« Er räusperte sich. »Zusätzliche Einnahmen sollen der Treuhandgesellschaft zufließen und für wohltätige Zwecke gespendet werden. Vorausgesetzt natürlich, es werden zusätzliche Einnahmen erzielt«, fügte er hinzu.

»Ich denke, daran besteht kein Zweifel«, bemerkte ich.

»Wirklich nicht?«

»Sie klingen überrascht.«

»Nun, um ganz ehrlich zu sein, ich war mir zunächst nicht sicher, was ich von der Sache halten sollte. Ich kann allerdings nicht behaupten, dass ich mich mit Computerprogrammen der Art, wie Mr Hoffman sie entwickelt, besonders gut auskenne. Er hat mir auch nicht viel darüber erzählt.«

»Sie haben es also nicht gesehen?«

»Ich tappe völlig im Dunkeln. Aber ich nehme an, Sie hatten Gelegenheit, es einer gründlichen Prüfung zu unterziehen?«

»Wir haben genug gesehen, um davon überzeugt zu sein, dass es den Erwartungen Ihres Mandanten entspricht«, sagte ich. »Bei einem Werbeetat von zwei Millionen Dollar kann man davon ausgehen, dass es im ersten Jahr mindestens eine Million Mal verkauft wird. Möglicherweise ist das sogar noch zu niedrig geschätzt.«

Brinkman schaute uns lange an. »Glauben Sie das wirklich?«

»Ich wüsste nicht, aus welchem Grund wir es bezweifeln sollten.«

Er schüttelte verwundert den Kopf. »Ehrlich gesagt, hätte ich nicht gedacht, dass alles, was Mr Hoffman über sein Programm erzählt, zutrifft. Er ist eine außergewöhnliche Erscheinung«, sagte er taktvoll. Offenbar hatte Brinkman anfangs ein ähnlich ungutes Gefühl gehabt wie wir. »Das beweist wieder einmal, dass man einen Menschen nicht nach seinem Erscheinungsbild beurteilen sollte«, fügte er hinzu. »Aber ist es nicht so, dass sein Programm mit dem einer anderen Firma konkurriert? Mit dem Programm einer Firma, die sozusagen über unerschöpfliche Mittel verfügt?«

»Die Firma Spectrum Software will ihre Version zu einem Preis von zweihundertfünfzig Dollar auf den Markt bringen. Gegen die fünf Dollar, die Hoffman verlangt, wird sich diese Version schwer verkaufen lassen, vor allem, wenn Hoffmans Programm wesentlich besser ist.«

»Und das Programm meines Mandanten ist Ihrer Meinung nach dem anderen tatsächlich überlegen?«

»Es ist wesentlich besser«, meldete Marcus sich zum ersten Mal zu Wort.

Brinkman dachte darüber nach. Ich hatte den Eindruck, dass er die ganze Sache bisher nicht weiter ernst genommen hatte.

Während der nächsten halben Stunde ging er die einzelnen Punkte des Vertrags mit uns durch. Die Bedingungen waren sehr klar, und sie enthielten nichts, was ich nicht bereits wusste. Er wiederholte noch einmal, dass unser Honorar im ersten Jahr eine Million und danach fünfhunderttausend Dollar jährlich betragen sollte, dass das Geld aus dem Erlös des Produkts kommen und der Rest an die Treuhandgesellschaft gehen sollte, die es für karitative Zwecke verwenden würde.

»An welche Art wohltätige Zwecke hat Mr Hoffman denn gedacht?«, fragte ich aus lauter Neugier.

»Krebsforschung.«

Als wir fertig waren, erhob Brinkman sich und führte uns zur Tür. »Übrigens«, meinte er, »ich wollte Sie noch etwas fragen. Ich nehme an, mein Mandant hat Ihre Agentur ausgewählt, weil Sie bereits in der Vergangenheit miteinander zu tun hatten?«

»Nein, aber er wusste, dass wir uns vor kurzem um den Etat von Spectrum Software beworben haben«, klärte ich ihn auf. »Ich schätze, das hat uns in die engere Wahl gebracht.«

»Dann waren Sie mit Ihrer Bewerbung also nicht erfolgreich?«

»Nein. KCM hat den Zuschlag bekommen.«

»KCM? Ich glaube, den Namen habe ich schon einmal gehört.«

»Sie machen die Werbung für Morgan Industries.«

»Wirklich?« Er reichte uns die Hand. »Nun, wir werden uns sicherlich in Kürze wieder sehen. Wenn Sie Carol den Namen Ihres Anwalts geben, schicke ich ihm in ein paar Tagen einige Unterlagen zu.«

Er hielt uns die Tür auf. »Wissen Sie, es ist doch wirklich eine Schande. Wenn mein Mandant nicht unheilbar krank wäre, könnte er bald ein wohlhabender Mann sein. Ich meine, wenn dieses Programm so gut ist, wie Sie sagen, und ich bin davon überzeugt, dass Sie das korrekt einschätzen, könnte er es zu einem wesentlich höheren Preis anbieten.«

»Da haben Sie Recht«, sagte ich.

»Aber um Geld geht es ihm anscheinend nicht«, vermutete Brinkman.

Als wir mit dem Aufzug nach unten fuhren, dachte ich über Brinkman nach, und obwohl er angenehm und freundlich gewesen war, wurde ich das Gefühl nicht los, dass irgendetwas mit seinen scheinbar beiläufig gestellten Fragen nicht stimmte. Ich nahm mir vor, unseren Anwalt anzuweisen, den Vertragsentwurf genauestens unter die Lupe zu nehmen.

14

Glück ist nicht von Dauer, heißt es, aber ich hatte zumindest gehofft, es würde ein bisschen länger halten als eine Woche. Entwürfe für den Vertrag, der die Vereinbarung zwischen Leonard Hoffman und uns regeln sollte, gingen zwischen unseren Anwälten hin und her, beide Seiten nahmen Änderungen an den Zusätzen der anderen vor und argumentierten über die Auslegung aller möglichen Paragraphen. Beide Anwälte taten ihr Bestes, ein möglichst hohes Honorar aus einem ziemlich simplen Abkommen herauszuschlagen, aber so ist es nun mal: Sobald Rechtsanwälte eingeschaltet werden, wird es kompliziert. Ich telefonierte mehrmals mit Hoffman, und er klang ebenso frustriert wie ich.

»Ich habe Brinkman gesagt, ich werde nicht ewig leben«, meinte er eines Morgens. Er wollte die Sache vorantreiben, wollte, dass sein Programm endlich über das Internet heruntergeladen werden konnte und die erste Phase unserer Werbekampagne in Gang kam, damit Morgan endlich kriegte, was er verdiente.

»Ich möchte sein Gesicht sehen, wenn ich ihm mitteile, dass ich ihn gerade um fünfzig Millionen Dollar gebracht habe«, sagte er grimmig. Dann begann er so heftig zu husten, dass ich den Hörer von meinem Ohr weghalten musste, bis der Anfall vorüber war. Ich verzog das Gesicht bei der

Vorstellung, wie seine geschundene Lunge immer weiter zerstört wurde. Als er wieder sprechen konnte, klang er völlig erschöpft, und seine Stimme war so schwach, dass ich ihn nur mit Mühe verstehen konnte.

»Ich habe gehört, Spectrum will sein Programm im August auf den Markt bringen«, sagte er.

Bis dahin waren es nur noch wenige Monate. Wir würden etwa um die gleiche Zeit loslegen müssen, um den Anteil an kostenloser Reklame zu maximieren, den wir über entsprechende Webseiten bekommen konnten, und das würde hoffentlich eine regelmäßige Berichterstattung in allen möglichen Wirtschaftsmagazinen nach sich ziehen. Die Zeit wurde knapp. Doch wir konnten erst tätig werden, wenn wir unserer Bank einen unterschriebenen Vertrag vorlegen und einen Kredit mit kurzer Laufzeit beantragen konnten, den wir als Startkapital brauchten.

Ich machte mir allmählich Sorgen um Hoffman. Jedes Mal, wenn ich mit ihm sprach, klang er schwächer, und manchmal hatte ich den Eindruck, dass es einzig seine Rachegelüste waren, die ihn am Leben hielten. Schließlich gab unser Anwalt grünes Licht, und Brinkman rief an, um für den nächsten Vormittag einen Termin zu vereinbaren, bei dem alle Parteien den Vertrag unterschreiben konnten.

Gegen Abend rief ich Sally an und sagte ihr, ich würde mich heute um das Abendessen kümmern. Auf dem Heimweg fuhr ich bei einem italienischen Feinkostgeschäft in North Beach vorbei und besorgte ein paar Zutaten. Ich wollte Linguini mit Blattspinat machen und dazu ein paar von den scharfen Würstchen, eine Spezialität des Ladens, die ich zusammen mit Knoblauch in Olivenöl braten würde. Um das Ganze abzurunden, stürzte ich mich in Unkosten und kaufte eine Flasche 96er australischen Merlot.

»Auf uns«, sagte ich, als Sally und ich uns an den gedeckten Tisch gesetzt hatten und die Gläser hoben.

»Auf uns.«

Als ich ihr Glas erneut füllen wollte, hielt sie ihre Hand darüber. »Danke, ich hab genug.«

»Was ist los, schmeckt dir der Wein nicht?«

Sie lächelte geheimnisvoll. »Ich denke einfach, ich sollte mich ein bisschen zurückhalten.«

Es dauerte einen Augenblick, bis der Groschen fiel. »Soll das heißen …?«

Sie schüttelte den Kopf. »Nein, ich bin nicht schwanger. Zumindest weiß ich es noch nicht. Aber immerhin geben wir uns ja in letzter Zeit ziemliche Mühe.«

Ich spürte, wie mein Magen sich verkrampfte, aber Sally schien mir nichts anzumerken. Ich redete mir ein, das sei eine natürliche Reaktion, der leichte Schreck angesichts der Erkenntnis, dass es über kurz oder lang passieren würde. Wie Sally selbst gesagt hatte, wir hatten uns in letzter Zeit ziemliche Mühe gegeben. Ich sah sie über den Tisch hinweg an. Sie wirkte glücklich, ihre Haut schimmerte im sanften Licht. Ich hatte sie schon lange nicht mehr so gelöst erlebt. Als ich nach dem Essen den Tisch abräumte, fragte ich mich, warum es nicht einfach jetzt passieren sollte? Am kommenden Vormittag würden wir den Vertrag mit Hoffman unterschreiben. Alles fügte sich zusammen.

Als ich ins Schlafzimmer kam, saß Sally im Nachthemd am Schminktisch und bürstete ihr Haar. Während ich mich auszog, sah ich ihr zu, und sie lächelte, als unsere Blicke sich im Spiegel begegneten.

»Du bist wunderschön, weißt du das?«

Ich ging zu ihr hinüber und küsste sie in den Nacken. Sie legte die Bürste weg und schloss lächelnd die Augen. Als ich ihre Arme berührte, stand sie auf und ließ sich das Nachthemd ausziehen. Von hinten legte ich meine Hände auf ihren Bauch, sie schmiegte sich an mich, und wir sahen uns im Spiegel an. Meine Hände wanderten zu ihren Brüsten.

»Ich glaube, wir müssen's noch mal probieren.«

»Muss das sein?«, fragte sie gespielt gequält.

»O ja«, sagte ich und drückte meine Erektion gegen ihren Hintern. »Das muss sein.«

Sie grinste. »Also gut. Wenn du darauf bestehst.«

Unser Termin war auf halb elf angesetzt, und um zwanzig vor elf hatten sich alle in Brinkmans Kanzlei versammelt, bis auf Leonard Hoffman. Brinkman schaute erneut auf seine Uhr und erkundigte sich zum dritten Mal, ob wir noch irgendwelche Fragen zu den Modalitäten hätten. Wir hatten keine. Unser Anwalt war alle Einzelheiten mit uns durchgegangen, und wir besaßen beide eine Kopie des Vertrags.

Während wir warteten und Kaffee tranken, trat Marcus ans Bücherregal und überflog die Buchrücken. Brinkman beobachtete ihn, als er einen Band herausnahm und darin blätterte. Marcus trug ein altes, graues T-Shirt und eine ausgewaschene Khakihose.

»Ich fürchte, da finden Sie nur juristische Texte«, sagte Brinkman leicht herablassend. Marcus' Brille blitzte im Sonnenlicht auf. Er stellte das Buch wieder weg und schlenderte zu einer anderen Wand, um ein paar Kunstdrucke zu betrachten, die dort hingen.

»Ich hoffe, mein Mandant hat es sich nicht im letzten Augenblick anders überlegt«, scherzte Brinkman.

Obwohl die Bemerkung nicht ernst gemeint war, fand ich sie doch ein wenig seltsam. »Warum sollte er das tun?«, fragte ich.

»Es gibt eigentlich keinen Grund«, erwiderte Brinkman, schaute jedoch abrupt weg. Marcus warf mir einen verblüfften Blick zu. Ich sagte nichts, und Brinkman lächelte nervös. »Ich habe ihm allerdings nahe gelegt, einige der Bedingungen, die er in dem Vertrag festhält, noch einmal zu überdenken.«

»Ach ja?«

»Nichts, was Sie direkt betrifft«, fügte er eilig hinzu. »Aber nach unserem letzten Termin habe ich ein paar Nachforschungen angestellt. Mir scheint, wenn das Programm meines Mandanten so gut ist wie Sie glauben, ist es geradezu lächerlich, es zu einem Preis von fünf Dollar zu verkaufen. Ich habe ihm vorgeschlagen, sich diesen Punkt noch einmal zu überlegen.«

»Und was hat er dazu gesagt?«

Brinkman zog die Brauen zusammen. »Er war nicht gerade begeistert.«

Das wunderte mich nicht. Hoffman würde das Programm verschenken, wenn er könnte. Die fünf Dollar dienten lediglich zur Abdeckung der Werbekosten. »Sie dürfen nicht vergessen«, erklärte ich, »dass er nicht daran interessiert ist, Geld zu verdienen. Er möchte, dass so viele Menschen wie möglich von seinem Programm erfahren, damit sie es aus dem Internet herunterladen, anstatt das Programm von Morgan zu kaufen. Er will sich rächen.«

»Ja, das hat er gesagt«, murmelte Brinkman.

Er trank einen Schluck Kaffee, dann stand er auf, trat ans Fenster und schaute auf die Straße hinunter.

»Darf ich Sie etwas fragen?«, sagte er unvermittelt. Sein beiläufiger Tonfall klang absolut künstlich. Als wollte er den Eindruck erwecken, dass ihm ganz plötzlich etwas in den Sinn gekommen war, worüber er sich in Wirklichkeit bereits seit einiger Zeit den Kopf zerbrach. »Was halten Sie von Leonard Hoffman?«

»Was ich von ihm halte?«

»Von seinem ... Geisteszustand.«

»Er wirkt recht klar im Kopf«, sagte ich vorsichtig. Ich fragte mich, worauf Brinkman hinauswollte.

»Wie Sie wissen, ist er sehr krank.«

»Er hat Lungenkrebs. Soweit ich weiß, hat das keine Auswirkungen auf den Verstand eines Patienten.«

»Das ist richtig. Jedenfalls nicht die Krankheit selbst. Aber die Medikamente? Ich weiß nicht. Sie müssen zugeben, dass das, was er tut, recht ungewöhnlich ist.«

»Mag sein.«

»Wussten Sie, dass Morgan Industries für Spectrum Software vierzig Millionen Dollar bezahlt hat?«

»Ja, das ist mir bekannt.«

»Interessanter Mann, dieser Nelson Morgan. Der Wert sämtlicher Firmen, die er aufgekauft hat, ist in den ersten fünf Jahren um durchschnittlich dreihundertfünfzig Prozent gestiegen. Natürlich pumpt Morgan eine Menge Kapital in finanzschwache Unternehmen, aber das eigentlich Bemerkenswerte ist seine Fähigkeit, aussichtsreiches Potential zu entdecken.«

Ich begriff immer noch nicht, worauf Brinkman anspielte. Selbst Marcus wurde allmählich hellhörig, kam zu mir herüber und setzte sich.

»Sie wissen natürlich eine Menge über Spectrum, nicht wahr?«, sagte Brinkman. »Wie viel, glauben Sie, werden sie in die Vermarktung ihres Programms investieren?«

»Ich weiß es nicht genau«, erwiderte ich.

»Dann schätzen Sie mal.«

»Vielleicht zehn Millionen. Nach dem, was Morgan für den Kauf des Unternehmens bezahlt hat, muss er bereit sein, mindestens so viel zu investieren.«

»Ja«, stimmte Brinkman nachdenklich zu. »Wissen Sie, ich habe ein paar grobe Berechnungen angestellt, nur so aus Interesse. Sagen wir, Morgan wird alles in allem fünfzig Millionen investieren. Wenn die Erwartungen, die er in Spectrum setzt, sich an den Erfahrungen orientieren, die er in der Vergangenheit gemacht hat, dann wird er mit einem Umsatz von mindestens hundertfünfzig Millionen Dollar rechnen.« Er lächelte. »Bemerkenswert.«

»Was ist bemerkenswert?«, fragte Marcus.

Brinkman zuckte die Achseln. »Ich meinte die Motivation meines Mandanten. Rache, wie Mr Weston eben betonte. Das beweist mal wieder, dachte ich, dass wir nicht immer logisch denken.«

»Haben Sie deswegen von den Medikamenten gesprochen, die Mr Hoffman nimmt?«, wollte Marcus wissen. »Sie fragen sich, ob das, was er tut, logisch ist?«

»Vielleicht würde ich eher das Wort ›vernünftig‹ benutzen.«

»Er stirbt«, sagte Marcus. »Rache ist durchaus kein ungewöhnliches Motiv. Der einzige Unterschied liegt in der Art und Weise, wie sie ausgeübt wird. Ihr Mandant hat für Geld keine Verwendung. Mir kommt seine Handlungsweise vernünftig genug vor.«

»Ja. Sie haben natürlich keinen Grund, sein Vorgehen in Frage zu stellen, nicht wahr?«

Mir gefiel nicht, was er anzudeuten schien. »Was meinen Sie damit?«

»Soweit ich informiert bin, kommt dieser Vertrag Ihnen sehr gelegen.«

Ich überlegte, wie gründlich er recherchiert hatte und wie viel er wissen konnte. Bevor ich dazu kam, ihn danach zu fragen, läutete sein Telefon. Er nahm ab und hörte eine Weile schweigend zu. Als er auflegte, erklärte er, seine Sekretärin habe versucht, Hoffman telefonisch zu erreichen, jedoch ohne Erfolg.

»Wahrscheinlich ist er auf dem Weg hierher«, meinte Brinkman. Er schob seine Manschette zurück und warf einen Blick auf seine Uhr. »Leider habe ich noch einen anderen Termin. Ich fürchte, ich muss Sie eine Zeit lang mit Carol allein lassen, aber bis ich zurückkomme, dürfte er eingetroffen sein.«

»Kein Problem«, sagte ich und erhob mich. »Aber wir haben ebenfalls noch einen Termin, ich schlage also vor, wir kommen in etwa einer Stunde zurück.«

»Selbstverständlich. Gute Idee«, sagte Brinkman.

Marcus warf mir einen verwirrten Blick zu, war jedoch klug genug, sich zu sagen, dass ich meine Gründe haben musste, um einen Termin zu erfinden, und wartete, bis wir im Aufzug waren, bevor er etwas dazu sagte.

»Was für ein Termin?«

»Es gibt keinen Termin. Aber ich werde das Gefühl nicht los, dass hier irgendwas nicht stimmt.« Ich schaute auf die Uhr, dann nahm ich mein Handy aus der Tasche und wählte Hoffmans Nummer. Er meldete sich nicht.

»Hast du eine Ahnung, worauf der die ganze Zeit angespielt hat?«

»Brinkman? Keine Ahnung. Aber ich traue ihm nicht.« Ich dachte einen Moment lang nach. »Wir sollten zu Hoffman fahren und nachsehen, ob alles in Ordnung ist. Um diese Tageszeit können wir es in einer halben Stunde schaffen.«

»Und was ist, wenn er in der Zwischenzeit hier aufkreuzt?«

»Wenn wir ihn nicht antreffen, rufen wir hier an, und wenn er schon da ist, kommen wir auf schnellstem Weg zurück. Alles kein Problem.«

Zehn Minuten später waren wir unterwegs in Richtung Brücke. Ich fuhr so schnell ich konnte, ohne Gefahr zu laufen, dass wir auf dem Weg nach San Leandro von der Verkehrspolizei angehalten wurden. Während der Fahrt hatte ich ein bisschen Zeit, mir durch den Kopf gehen zu lassen, was uns erwarten würde. Als ich ein paar Blocks von Hoffmans Wohnung entfernt parkte, sah Marcus mich verblüfft an.

»Warum halten wir hier?«

Ich hatte meine Gründe, doch ich nannte sie ihm nicht. Stattdessen erklärte ich, ich hätte keine Lust, diesen Straßenräubern schon wieder hundert Dollar in den Rachen zu werfen, damit sie mein Auto nicht klauten.

Auf dem Weg zu Hoffmans Wohnung begegneten wir vielen Menschen, aber niemand schenkte uns besondere Aufmerksamkeit. In seinem Aufzug passte Marcus voll ins Bild, und auch ich wirkte nicht allzu fehl am Platze in meinen schwarzen Jeans und dem weißen Polohemd. In Hoffmans Straße angekommen, sah ich, dass die Stufen, auf denen Pepe und seine Kumpane bei unserem ersten Besuch herumgelungert hatten, leer waren. Als wir das Haus betraten, schaute ich mich noch einmal um, aber niemand schien uns zu bemerken. Im zweiten Stock klopfte ich mehrmals an die Tür, doch es kam keine Reaktion. Ein Stück weiter den Flur entlang wurde eine Tür einen Spaltbreit geöffnet und dann schnell wieder geschlossen. Ich nahm an, dass es sich um die neugierige junge Nachbarin handelte, die wir beim letzten Mal gesehen hatten, aber sie konnte nur einen undeutlichen Blick auf uns erhascht haben, zumal es im Treppenhaus ziemlich düster war. Ich versuchte noch einmal, die Tür zu öffnen, dann nahm ich mein Schweizer Armeemesser aus der Hosentasche und klappte die größte Klinge auf. Marcus sah mich erschrocken an.

»Das hab ich immer im Auto«, bemerkte ich beiläufig. »Ich hab mir schon gedacht, dass ich es irgendwann mal brauchen könnte.«

»Willst du etwa die Tür aufbrechen?«

»Es sei denn, du willst es tun.«

Da er mir keine Antwort gab, zwängte ich die Klinge zwischen Tür und Türrahmen und schob sie nach unten bis zum Schloss. Ich weiß nicht, was ich erwartet hatte, aber im Kino sieht es meistens ziemlich einfach aus. Jedenfalls geschah überhaupt nichts, außer dass die Klinge auf einen harten Widerstand stieß. Mehrere Minuten lang mühte ich mich mit dem Messer ab, während Marcus stirnrunzelnd zusah, bis ich mir schließlich eingestehen musste, dass es nicht funktionierte. Ich klappte sämtliche Werkzeuge an dem Messer aus, darunter eins, das aussah wie ein langer Stahldorn. Ich hatte mich schon oft gefragt, wozu der gut sein sollte. Für was auch immer das Ding tatsächlich vorgesehen war, es eignete sich hervorragend als Dietrich. Nachdem ich etwa fünfzehn Sekunden lang damit in dem Schloss herumgestochert hatte, schnappte es auf, und im nächsten Augenblick befanden wir uns in der Wohnung. Leise schloss ich die Tür hinter uns.

Ich glaube, inzwischen ahnte Marcus, was ich vermutete, und kaum hatten wir die Wohnung betreten, wussten wir beide, dass ich Recht hatte.

»Mein Gott!«

Er bedeckte Mund und Nase mit seinem Ärmel, und ich tat dasselbe. Während der vergangenen Tage war es sehr warm gewesen, und die Luft war erfüllt vom Gestank nach Krankheit und Tod. Im Treppenhaus hatte es nach Tierpisse und Küchendüften gerochen, was auch nicht gerade angenehm war, aber bei dem infernalischen Gestank in der Wohnung blieb einem die Luft weg. Durch den Mund atmend, ging ich auf die Schlafzimmertür zu. Das Fenster, das zur Gasse hin lag, stand ein wenig offen, weit genug, um die Schmeißfliegen hereinzulassen, die von der Leiche angezogen wurden. Etwa ein Dutzend dieser fetten Biester flogen auf, als wir das Zimmer betraten, und summten träge um uns herum. Eine Fliege prallte gegen mein Gesicht und taumelte davon, als ich angewidert nach ihr schlug.

Hoffman lag auf dem Rücken im Bett, den Mund geöffnet, das Gesicht eingefallen. Auf der Bettdecke und auf dem Bettvorleger waren braune Flecken zu sehen, vermutlich

Blut, das er ausgehustet hatte. Die Medizinflasche, aus der er offenbar getrunken hatte, war in eine Ecke gerollt. Die Fliegen, die wir aufgeschreckt hatten, ließen sich wieder auf seinem Gesicht nieder, eine krabbelte über eins seiner weit geöffneten Augen. Irgendetwas Kleines ringelte sich in seinem Mundwinkel. Voller Entsetzen wandte ich mich ab und schloss die Tür.

Ich holte tief Luft. Marcus war kreidebleich. Wir wissen alle, dass wir eines Tages sterben werden, und wir geben uns der Hoffnung hin, dass wir, wenn es einmal so weit ist, auf ein langes, erfülltes Leben zurückblicken können und dass wir unseren Mitmenschen kein allzu großes Leid zugefügt haben. Aber damit konfrontiert zu werden, dass wir eines Tages nur noch bestialisch stinkendes, verrottendes Fleisch sein werden, an dem sich die Maden gütlich tun, ist unerträglich.

Marcus verzog sich ins Wohnzimmer. Ich ging in die Küche und spülte eine Tasse mehrmals aus. Ich konnte mich erst überwinden, daraus zu trinken, nachdem ich sie gründlichst gesäubert hatte, als fürchtete ich, der Tod sei eine ansteckende Krankheit. Als ich ins Wohnzimmer kam, wollte Marcus gerade den Telefonhörer abnehmen.

»Was hast du vor?«

»Ich rufe einen Krankenwagen.«

Ich ging zu ihm hinüber, drückte auf die Gabel, nahm ihm den Hörer aus der Hand und legte auf. »Er braucht keinen Krankenwagen mehr.«

»Wir müssen jemanden informieren«, sagte Marcus. Ich ließ meinen Blick über das mit Computern und allem möglichen Gerät voll gestopfte Zimmer schweifen, dann sahen wir einander an. Er wusste, was ich dachte.

»Warum?«, fragte ich.

15

»Tot?«, fragte Sally ungläubig. »Mein Gott, wie schrecklich. Wie ist das denn passiert?«

»Er wird seinem Krebs erlegen sein.«

Ich war gerade dabei, den Salat zu mischen, während Sally mit Schafskäse gefüllte Hähnchenbrust auftrug. Sie hielt inne und starrte auf den gedeckten Tisch und die offene Weinflasche.

»Es ist einfach ungerecht, findest du nicht? Ich weiß, es ist idiotisch. Menschen sterben jeden Tag, aber trotzdem ...«

Ich wusste, was sie meinte. Ich nahm an, dass Brinkman irgendwann angefangen hatte, sich um seinen Mandanten Sorgen zu machen, und dann war Hoffman wohl irgendwann gefunden worden. Wahrscheinlich lag er inzwischen in irgendeinem Kühlhaus, ein Kadaver mit einem Zettel am großen Zeh, und wir waren drauf und dran, uns zu Tisch zu setzen und zu essen. Der ewige Kreislauf des Lebens. Kinder werden geboren, alte Menschen sterben, und für die Lebenden dreht sich die Welt einfach weiter. Wir beschäftigen uns mit den Banalitäten unserer Existenz. Der Rasen muss gemäht, das Auto geputzt werden und so weiter und so fort. Wenn wir das Zeitliche segnen, hinterlassen wir eine Lücke, doch niemand nimmt Notiz davon. Es sei denn, wir haben Kinder, die unsere Gene an neue Generationen weitergeben können. Ist das der Sinn des Lebens, fragte ich mich.

»Nick?« Sally sah mich mit einem seltsamen Ausdruck an.

»Ich hab nur über das nachgedacht, was du gesagt hast.« Ich zuckte die Achseln und wandte mich wieder dem Salat zu. Erst jetzt begriff Sally, was Hoffmans Tod für Carpe Diem bedeutete.

»Moment mal. Wolltet ihr nicht heute Morgen den Vertrag unterschreiben ...«

»Tja, dazu ist es nicht mehr gekommen. Er war schon ein oder zwei Tage tot. Wie es aussieht«

»Und was heißt das?«, fragte Sally. Sie hatte noch nicht angefangen zu essen, aber der Hunger und das Bedürfnis, mich mit irgendetwas abzulenken, verleiteten mich dazu, einen Bissen von dem Hähnchen zu probieren. Es schmeckte hervorragend.

»Ich schätze, das Programm gehört jetzt der Treuhandgesellschaft, die Brinkman, Hoffmans Anwalt, eingerichtet hat und verwaltet.«

»Also hat sich, was Carpe Diem angeht, nichts geändert«, sagte Sally mit einem Anflug von Erleichterung.

»Theoretisch.« Ich aß noch mehr von dem Hähnchen.

»Das klingt ja nicht besonders überzeugt.«

»Ich bin auch nicht überzeugt.« Ich berichtete ihr von dem Gespräch, das wir in Brinkmans Kanzlei geführt hatten, während wir auf Hoffman warteten. »Er hatte über uns Erkundigungen eingezogen. Und die Andeutungen, die er über Hoffmans Geisteszustand gemacht hat, haben mir überhaupt nicht gefallen.«

»Was willst du damit sagen?«

»Ich traue dem Mann nicht, Sally. Überleg doch mal. Ein Anwalt in einer renommierten Kanzlei, dessen Mandant ein Vermögen verschenken will. Dieses Programm ist eine Menge Geld wert, und Brinkman weiß das. Was Hoffman vorhatte, widerspricht Brinkmans Vorstellungen.«

»Aber er ist doch sicherlich verpflichtet, sich an Hoffmans Anweisungen zu halten. Müsste das nicht in den Statuten der Treuhandgesellschaft stehen?«

»Ich weiß nicht genau, was da festgelegt ist, aber ich nehme an, dass es Hoffmans Absichten sind, nicht jedoch die Details der Abwicklung. Ich glaube zum Beispiel nicht, dass es irgendeinen Passus gibt, der Brinkman vorschreibt, Carpe Diem zu beauftragen. Dieser Teil sollte Gegenstand eines separaten Vertrags sein.«

»Du meinst, er könnte sich an eine andere Agentur wenden? Aber warum sollte er das tun?«

Ich legte Messer und Gabel weg. Ich wollte Sally die Situation genau erklären, denn es war mir wichtig, dass sie meinem Gedankengang folgen konnte. »Was ist, wenn Brinkman vorhatte, den ganzen Vertrag umzuschmeißen? Vielleicht war er zu dem Schluss gekommen, dass Hoffman unzurechnungsfähig und daher nicht in der Lage war, eine solche Entscheidung zu treffen. Womöglich will er versuchen, die Statuten der Treuhandgesellschaft zu ändern, und vielleicht hält er es für eine gute Idee, sich selbst eine Beraterfunktion im Hinblick auf die Zusammenarbeit mit der Agentur zu verschaffen. Ich weiß es nicht. Ich sage nur, dass Brinkman die Sache von Anfang an gegen den Strich gegangen ist, und jetzt, wo Hoffman tot ist, wird er versuchen, es so zu drehen, dass er auf irgendeine Weise davon profitiert. Und wenn das so ist, würde ich beinahe darauf wetten, dass er einen Vorwand findet, um Carpe Diem auszubooten. Wahrscheinlich wird er behaupten, wir seien finanziell nicht stabil genug. Er wird eine Möglichkeit suchen, Leute anzuheuern, die nichts über Hoffmans ursprüngliche Absicht wissen. Auf diese Weise behält er die Kontrolle, und dann gibt es niemanden, der seine Entscheidungen hinterfragt.«

All das hatte ich mir auf dem Weg von Brinkmans Kanzlei zu Hoffmans Wohnung und auf dem Rückweg in die Stadt zusammengereimt. Vieles davon hatte ich mit Marcus diskutiert, ich hatte also Gelegenheit gehabt, sowohl an meinen Formulierungen, als auch an der Logik meiner Gedanken zu feilen. Immerhin war es mir gelungen, Marcus zu überreden, wenigstens bis zum nächsten Morgen mit niemandem darüber zu sprechen, wenn er auch nur widerstrebend eingewilligt hatte. Sally war ein viel härterer Brocken, und dabei hatte ich immer noch keine Idee, wie ich ihr beibringen sollte, was ich bisher ausgelassen hatte.

Sie dachte über das nach, was ich gesagt hatte. Ich begann wieder zu essen, doch Sally hatte bisher weder das Hähnchen noch das Glas Wein angerührt, das sie sich gestattete. Stirnrunzelnd sah sie mich an.

»Wenn Brinkman sich so verhalten würde, könntest du ihn doch sicherlich verklagen«, meinte sie schließlich.

»Möglich«, erwiderte ich ohne Überzeugung. »Aber der Mann ist Anwalt, Sally. Er weiß genau, was er tut. Ich weiß noch nicht mal, was konkret in den Statuten der Treuhandgesellschaft steht, und womöglich ist er überhaupt der Einzige, der das weiß. Es ist nicht ausgeschlossen, dass er diese Statuten einfach ändert, und niemand wird je davon erfahren.«

Diesmal war Sally skeptisch. »Meinst du nicht, dass du den Teufel an die Wand malst? Ich weiß, wie wichtig dieser Vertrag für dich ist, aber du stellst Brinkman dar, als wäre er ein kleiner, korrupter Anwalt.«

»Bloß weil der Typ in einer großen Kanzlei sitzt und einen teuren Maßanzug trägt, heißt das noch lange nicht, dass er ehrlich ist. Die größten Verbrecher sind Anwälte, nur dass sie sich mit Worten statt mit Pistolen bewaffnen, um andere Leute auszurauben. Und die meisten von ihnen werden niemals geschnappt.«

Ich legte mein Besteck zur Seite und füllte mein Glas erneut. »Das Hähnchen war phantastisch.«

Sally betrachtete ihren immer noch unangerührten Teller, dann meinen. »Du nimmst das ja alles ziemlich gelassen hin«, bemerkte sie leicht irritiert.

»Findest du?«

»Ja. Wenn du so sehr davon überzeugt bist, dass Brinkman versucht, dich übers Ohr zu hauen, wie kannst du dann hier sitzen und ganz ruhig darüber reden?«

Ich vermied es, sie anzusehen. »Du hältst es also auch für möglich?«

Sie antwortete nicht gleich, und als sie es tat, klang sie misstrauisch. »Gibt es etwas, das ich noch nicht weiß? Was hat Brinkman denn eigentlich gesagt, als ihr rausgefunden habt, dass Hoffman tot ist?«

»Überhaupt nichts.«

»Nichts?«

»Ich meine, ich habe seitdem nicht mit ihm gesprochen.«

»Das versteh ich nicht.«

»Brinkman weiß noch nicht mal, dass wir über Hoffmans Tod informiert sind«, sagte ich. »Als Hoffman nicht zu dem Termin erschien, sind Marcus und ich gegangen. Wir hatten verabredet, dass wir später in die Kanzlei zurückkommen würden, aber ich habe angerufen und die Nachricht hinterlassen, uns sei etwas Wichtiges dazwischengekommen und wir würden uns morgen früh wieder melden.«

Sally war völlig verblüfft. »Aber ich dachte die ganze Zeit, Brinkman hätte euch informiert. Wenn er es nicht war, woher weißt du dann ...?«

»Dass Hoffman tot ist? Wir waren in seiner Wohnung. Marcus und ich haben ihn gefunden.«

»Aber ihr habt Brinkman nichts davon gesagt, nachdem ihr seinen Tod gemeldet habt? Ich versteh das nicht, Nick. Was versuchst du eigentlich, mir zu sagen?«

»Ich versuche dir zu sagen, dass wir Hoffman tot in seinem Bett vorgefunden haben und dass wir es für das Beste hielten, niemanden wissen zu lassen, dass wir in seiner Wohnung gewesen sind.«

»Soll das heißen, ihr habt ihn gefunden und seid einfach abgehauen ...? Aber wie seid ihr denn in die Wohnung reingekommen, wenn er tot war? Nick, was habt ihr getan?« Sally starrte mich entgeistert an. »Um Gottes willen, würdest du mir bitte erklären, was das alles zu bedeuten hat?«

Ich holte tief Luft. Dann berichtete ich ihr, wie wir nach San Leandro gefahren waren und wie wir Hoffmans Wohnung aufgebrochen hatten, als auf unser Klopfen niemand reagierte. »Ich nahm an, er hätte sich vielleicht verletzt und könnte nicht zur Tür kommen oder irgend so was.«

»Aber er war tot?«

»Ja. Und wir haben die Behörden nicht verständigt, weil wir gerade mit Brinkman geredet hatten. Du musst das verstehen, Sally. Ich traue dem Burschen einfach nicht. Ich wusste, wenn wir nichts unternehmen, wird er den Vertrag nicht unterschreiben. Und ohne diesen Vertrag ist Carpe Diem am Ende. Die Bank wird nicht geduldig abwarten, bis Brinkman uns mit juristischen Tricks überrumpelt und seine Schäfchen ins Trockene gebracht hat. Das Risiko konnte ich einfach nicht eingehen.«

Sally sah mich schweigend an, während sie meine Worte verdaute. Dann sagte sie: »Was hast du getan, Nick?«

Ich atmete tief ein. »Wir haben das Programm mitgenommen. Marcus hat es auf eine CD kopiert und das Original auf der Festplatte von Hoffmans Computer gelöscht.«

Ihre Augen weiteten sich. »Ihr habt es gestohlen?«

»Nein.« Ich schüttelte den Kopf. »Wir haben es in Verwahrung genommen.«

»Du könntest wenigstens den Anstand besitzen, die Dinge beim Namen zu nennen. Ihr habt das Programm gestohlen, Nick.«

»Nein«, beharrte ich. »Hoffman wollte sein Programm ins Netz stellen, und er wollte, dass wir die Sache bekannt machen. Es ging ihm nicht um Geld, es ging ihm nur darum, sich an Morgan zu rächen. Aber glaubst du im Ernst, dass Brinkman genauso vorgehen wird? Vergiss es! Du bist heute Morgen nicht dabei gewesen, du hast nicht gehört, wie er uns vorgerechnet hat, dass Morgan davon ausgeht, mit dem Spectrum-Programm einen Umsatz von mindestens hundertfünfzig Millionen zu machen. So eine Gelegenheit lässt er sich doch nicht entgehen, ohne zu versuchen, auf irgendeine Weise Profit daraus zu schlagen.«

»Aber das sind doch alles nur Vermutungen. Du hast doch keine Ahnung, was Brinkman tun wird.«

»Und was ist, wenn meine Vermutungen stimmen? Wenn ich das Programm habe, haben wir wenigstens etwas in der Hand, worüber wir verhandeln können.«

»Und wenn Brinkman verlangt, dass ihr es rausrückt? Wenn die Treuhandgesellschaft der rechtmäßige Besitzer des Programms ist, dann kann Brinkman das doch verlangen, oder nicht?«

»Kann sein. Ich weiß es nicht. Ich habe mir das noch nicht genau überlegt.«

»Es spielt überhaupt keine Rolle, ob du, was Brinkman angeht, Recht hast, siehst du das denn nicht? Du kannst sowieso nichts tun. Ohne Vertrag kannst du nichts machen. Die Bank wird euch das Projekt nicht finanzieren, wenn ihr keinen Vertrag vorweisen könnt. Außerdem wird Brinkman früher oder später Wind davon bekommen. Er wird dich anzeigen. Und am Ende landest du im Gefängnis.«

Sie hatte Recht. Marcus hatte dieselben Argumente vorgebracht. Aber dennoch wusste ich, dass noch nicht alles verloren war. »Solange wir das Programm haben, behalten wir die Oberhand«, sagte ich. »Wir können verhandeln. Du kennst doch den Spruch: Wer im Besitz von etwas ist, hat zu neun Zehnteln bereits Recht.«

Sally sah mir in die Augen. Mir war klar, dass ihr das alles widerstrebte. Ich wusste, was sie dachte, ich sah es ihr so deutlich an, als stünde es ihr auf der Stirn geschrieben. Sie fürchtete, dass ihr zerbrechlicher Traum, von nun an würde alles besser werden und wir könnten wieder ein normales Leben führen, sich schon wieder in Luft auflöste.

Sie schob ihren Teller weg. »Ich hab keinen Appetit.«

16

Am nächsten Morgen rief Brinkman an, um mir die Nachricht zu übermitteln. »Leonard Hoffman ist tot«, sagte er, nachdem Stacey ihn durchgestellt hatte.

»Tot? Das ist ja furchtbar«, sagte ich gespielt ungläubig. »Ich wusste natürlich, dass er todkrank war, aber ...« Mir fehlten die Worte. »Wann ist es denn passiert?«

»Anscheinend ist er schon vor ein paar Tagen gestorben. Deswegen konnte er natürlich gestern nicht zu dem Termin erscheinen.«

»Ja, das würde es erklären.«

Brinkman schwieg, ein stummer Vorwurf angesichts meines unangebrachten Zynismus. Dann fuhr er fort: »Als ich nichts von ihm hörte, habe ich die Behörden verständigt. Er ist in seiner Wohnung verschieden.«

»Wirklich?«

»Ja.« Wieder herrschte Stille in der Leitung. Dann: »Meine Sekretärin sagte mir gestern, Sie hätten angerufen und ausrichten lassen, dass Sie es nicht mehr schaffen würden. Sie sagte, Sie wollten einen neuen Termin vereinbaren.«

Er bemühte sich um einen beiläufigen Tonfall. Schwer genug unter den gegebenen Umständen, aber vor allem, wo er das offensichtliche Misstrauen in seiner Stimme nicht unterdrücken konnte.

»Ja, es ist uns etwas dazwischengekommen.«

»Das muss ja ziemlich wichtig gewesen sein.«

»Richtig.« Ich beschloss, dass es an der Zeit war, allmählich zur Sache zu kommen. »Ich nehme an, Sie fungieren nach wie vor als Verwalter von Hoffmans Treuhandgesellschaft?«

»Ja.«

»Ich meine, was geschehen ist, ist schrecklich, aber Hoffman wusste, er würde bald sterben. Ich gehe davon aus, dass wir den Vertrag unterschreiben und dann alles wie geplant weiterläuft.«

Ich versuchte mir vorzustellen, wie Brinkman an seinem Schreibtisch saß, bemüht, einen Überblick zu gewinnen. »Nun, wir haben es mit einer unerwarteten Situation zu tun. Ich werde mir die Statuten der Treuhandgesellschaft noch einmal ganz genau ansehen müssen«, antwortete er ausweichend. »Solange sollten wir alle weiteren Pläne zurückstellen. Ich nehme an, Sie haben eine Kopie des Programms in Ihrem Büro?«

Brinkman wusste natürlich ganz genau, dass Hoffman uns niemals eine Kopie überlassen hätte, bevor der Vertrag unterzeichnet war. Klopfte er also nur auf den Busch, oder hegte er bereits einen Verdacht? Ich war mir nicht sicher, und ich hatte nicht die Absicht, irgendetwas zuzugeben, solange ich nicht wusste, was er zu tun gedachte.

»Wie lange werden Sie denn dafür brauchen, sich die Statuten der Treuhandgesellschaft genauer anzusehen?«, fragte ich.

»Kommt drauf an«, erwiderte er. »Solche Angelegenheiten sind nicht immer eindeutig.«

»Aber Sie haben die Statuten doch selbst formuliert, nicht wahr? Und eigentlich hat sich nichts Wesentliches geändert, außer dass Hoffman früher gestorben ist, als er erwartet hat.«

»Möglicherweise gibt es noch einige juristische Details zu klären.«

Mir war nicht klar, ob er die Sache hinauszuzögern versuchte, weil er nicht zugeben wollte, dass das Programm verschwunden war, oder ob sein Verhalten bewies, dass ich ihn richtig eingeschätzt hatte, dass wir nämlich den ursprünglichen Vertrag in den Wind schreiben konnten, falls er das Programm in die Finger bekam. Wahrscheinlich würde es dann überhaupt keinen Vertrag geben.

Eine Weile sagte keiner von uns beiden etwas. »Es könnte sein, dass wir ein Problem haben«, räumte er schließlich ein.

»Ein Problem?«

»Wir sind uns nicht ganz sicher, wo das Programm sich befindet.«

Ich zählte bis vier, tat so, als würde ich darüber nachdenken, welche Konsequenzen das haben könnte. »Ich verstehe nicht recht.«

»Ich meine«, sagte er, und es war deutlich zu spüren, dass er sich beherrschen musste, »es ist verschwunden. Die Polizei vermutet, jemand ist in Hoffmans Wohnung eingebrochen, bevor seine Leiche entdeckt wurde.«

»Wollen Sie damit sagen, es wurde gestohlen?« Ich bemühte mich, ungläubig zu klingen.

»So sieht es zumindest aus.«

»Das kann ich nicht glauben. Wer würde denn so etwas tun? Wer außer uns wusste überhaupt von dem Programm? Hoffman ist bestimmt nicht damit hausieren gegangen.«

»Gute Frage«, sagte Brinkman mit bedeutungsvollem Unterton. Er hatte mich also tatsächlich im Verdacht.

Ich musste an die Nachbarin denken, die kurz ihre Tür geöffnet hatte und Marcus und mich wahrscheinlich gesehen hatte. Es war zwar ziemlich düster gewesen, und sie konnte nur einen ganz kurzen Blick auf uns erhascht haben, aber womöglich erinnerte sie sich an uns von unserem ersten Besuch bei Hoffman. Andererseits, wenn sie der Polizei bereits irgendetwas gesagt hätte, würde ich jetzt nicht dieses Telefongespräch führen. Dann hätte ein Trupp Polizisten mit Brinkman im Schlepptau am frühen Morgen unsere Büroräume gestürmt.

»Wie geht es also jetzt weiter?«, fragte ich.

»Nun, angenommen, jemand ist im Besitz des Programms, dann wird ihm das keine Freude bereiten«, sagte Brinkman. »Wer auch immer versuchen sollte, es zu verkaufen, wird verhaftet und vor Gericht gestellt.«

Er ließ einen Augenblick verstreichen, um mir Zeit zu geben, seine Worte zu verdauen.

»Sobald das Programm wieder auftaucht, können wir selbstverständlich wie vorgesehen den Vertrag zum Abschluss bringen.«

»Ich dachte, Sie müssten sich erst noch die Statuten ansehen«, wandte ich ein.

»Das ist richtig. Aber ich bin sicher, dass, wenn überhaupt, höchstens kleinere Details geändert werden müssen.«

Mittlerweile war ich davon überzeugt, dass Brinkman mich verdächtigte. Das Problem war jedoch, wenn ich zugab, dass er mit seiner Vermutung richtig lag, und ihn dann unter Druck setzte, einen wie auch immer gearteten Vertrag zu unterschreiben, würde er die ganze Sache sofort abblasen. Kein Vertrag, der durch Erpressung zustande gekommen ist, wird vor Gericht anerkannt. Dann könnte er die Statuten nach Belieben ändern, dann könnte er uns nicht nur benutzen, sondern auch noch wegen Diebstahls, Erpressung und arglistiger Täuschung anzeigen. Das würde reichen, um Marcus und mich für fünfzig Jahre hinter Gitter zu bringen. Wir hatten uns in eine Sackgasse manövriert. Ich musste mir erst genau überlegen, wie ich vorgehen wollte, bevor ich irgendetwas zugeben konnte.

Ich bat Brinkman, mir Bescheid zu sagen, sobald sich in der Angelegenheit etwas tat. Er schien überrascht, als ich das Gespräch beendete.

Sally war vor mir zu Hause, und als ich ihr Gesicht sah, wusste ich sofort, dass sie den ganzen Tag gegrübelt hatte. Sie wollte wissen, ob ich mit Brinkman gesprochen hatte, und als ich das bestätigte, schien sie sich für etwas zu wappnen.

»Und, was ist bei dem Gespräch herausgekommen?«

Ich berichtete ihr, was er gesagt hatte. »Ich traue ihm immer noch nicht.«

»Du hast ihm also nicht gesagt, dass du das Programm hast?«

»Nein.«

Ihre Lippen spannten sich. »Und was hast du jetzt vor?«, fragte sie gereizt.

»Ich glaube, es ist besser, wenn wir alle gemeinsam darüber diskutieren. Ich habe Marcus gebeten, heute Abend herzukommen.« Ich hatte angenommen, sie würde sich freuen, dass ich nicht vorhatte, etwas zu unternehmen, bevor alle Beteiligten ihre Meinung geäußert und ihre Zustimmung gegeben hatten. Aber in ihrem Gesichtsausdruck spiegelten sich alle möglichen Gefühle, die ich nicht deuten konnte. Ich wusste, dass sie wütend war, ja sogar enttäuscht, aber es schien noch mehr zu sein als das.

»Ich muss mich umziehen«, sagte sie und flüchtete aus dem Zimmer.

Ich ging ihr nach, doch als ich das Schlafzimmer betrat, verschwand sie im Bad und schloss die Tür. Einen Augenblick später hörte ich, wie sie die Dusche aufdrehte. Ich zog mich um. Als ich fertig war, war Sally immer noch nicht aus dem Bad gekommen. Ich ging auf die Badezimmertür zu, zögerte jedoch hineinzugehen. Ich wusste nicht, was ich ihr sagen sollte. Vielleicht war es besser zu warten, bis Marcus kam, dann konnten wir gemeinsam überlegen, was zu tun war.

Ich ging nach unten, öffnete eine Flasche Wein und trug sie zusammen mit ein paar Gläsern ins Wohnzimmer. Als Sally herunterkam, war es fast acht. Sie lächelte nervös.

Ich trat auf sie zu. »Wir werden alles in Ruhe besprechen«, sagte ich. Ich wollte ihr einen Kuss geben, doch sie wandte sich ab, sodass meine Lippen nur ihre Wange berührten.

»Ich glaub, da ist ein Auto vorgefahren.«

»Stimmt.«

Als ich die Tür öffnete, um Marcus hereinzulassen, stellte ich überrascht fest, dass er nicht allein war. Alice schenkte mir ein schwaches Lächeln. Sie trug eng anliegende Jeans und ein weißes T-Shirt. Als sie sich, meine Verblüffung ignorierend, an mir vorbeischob, warf sie mir einen vernichtenden Blick zu.

»Ihr seid wieder zusammen?«, fragte ich Marcus leise.

Er zögerte, dann schüttelte er den Kopf. Ich nahm an, dass er davon ausging, sie würden irgendwann wieder zusammenkommen, und deshalb beschlossen hatte, Alice habe ein Recht dabei zu sein. Es gefiel mir nicht, vor allem, weil Alice es mir nicht gerade leichter machen würde, die anderen von meinen Vorschlägen zu überzeugen, aber offensichtlich hatte ich keine Wahl.

Sally wartete im Wohnzimmer, ein Glas Wein in der Hand. Sie rang sich ein Lächeln ab, und einen Augenblick lang standen wir alle verlegen herum. Es war das erste Mal seit dem Abend der Vernissage, dass wir vier uns trafen. Alice gab sich ausgesprochen kühl, und die Spannung zwischen ihr und Marcus war deutlich spürbar. Da es zwischen Sally und mir und zwischen Marcus und mir auch nicht gerade zum Besten stand, war es kein Wunder, dass jeder sich bemühte, den anderen nicht in die Augen zu sehen. Die Atmosphäre im Zimmer war extrem konfliktgeladen.

Ich füllte die Gläser und reichte sie herum. Alice nahm ihres mit einem verächtlichen Grinsen entgegen.

»Na, was feiern wir denn heute? Oder ist das hier eine Totenwache? Das wird es sein. Wir können gleichzeitig auf das Ableben von Mr Hoffman und das Dahinscheiden von Carpe Diem anstoßen.« Sie warf einen boshaften Blick in die Runde. »Ist das nicht reizend? Endlich sind wir wieder alle zusammen.« Sie hob ihr Glas. »Auf den großen Nick Weston, den genialen Geschäftsmann.«

»Spar dir deinen Sarkasmus«, sagte ich. »Wir haben wichtige Dinge zu besprechen.«

»Ach wirklich? Deswegen sind wir also hier? Und was genau sind die wichtigen Dinge, die wir zu besprechen haben?« Sie durchbohrte mich mit ihrem Blick. »Ich wusste, dass es einfach zu schön war, um wahr zu sein. Ich habe Marcus gleich gesagt, du ruinierst uns noch alle.«

»Alice …«, sagte Marcus.

»Schon gut. Lass sie ruhig aussprechen, was sie auf dem Herzen hat.« Ich wollte es lieber gleich hinter mich bringen.

»Soll das heißen, du gibst mir die Erlaubnis zu sprechen?«, sagte sie sarkastisch. »Da bin ich dir aber sehr dankbar.«

»Wenn du dich dann besser fühlst«, erwiderte ich.

»Sei bloß nicht so herablassend! Dass wir jetzt hier sind, haben wir in erster Linie dir zu verdanken, vergiss das nicht. Als ich zum ersten Mal von diesem komischen Hoffman gehört habe, wusste ich sofort, dass das wieder so eine bescheuerte Idee von dir war, die garantiert in die nächste Katastrophe führt. Und ich habe Recht behalten. Es hat sich alles in Wohlgefallen aufgelöst, und was passiert jetzt? Ich werd's dir sagen: Die Bank wird ihren Kredit zurückfordern, und das ist dann das Ende von Carpe Diem, ganz zu schweigen davon, dass wir alle kein Dach mehr über dem Kopf haben werden. Glückwunsch! Nick Weston hat wieder zugeschlagen!«

Sally und Marcus verfolgten das Ganze ziemlich verunsichert. Mir reichte es allmählich. Selbst wenn das, was Alice sagte, zum Teil der Wahrheit entsprach, brauchte ich mich von ihr nicht zur Schnecke machen zu lassen.

»Ich weiß gar nicht, warum ich mir diesen Scheiß anhöre. Ich wüsste sowieso mal gern, was dich die Sache überhaupt angeht.«

»Was soll das denn heißen? Es geht mich genauso viel an wie Sally.«

»Sally und ich sind verheiratet. Wir sind seit fast zehn Jahren zusammen. Du kanntest Marcus noch nicht mal, als wir Carpe Diem gegründet haben. Nicht dass dich das davon abgehalten hätte, dich ständig in unsere Angelegenheiten einzumischen.«

»Was heißt hier einmischen? Marcus ist vielleicht blöd genug, sich von dir zum Narren halten zu lassen, aber ich nicht. Und das passt dir nicht in den Kram, stimmt's? Du hast es gern, wenn alle nach deiner Pfeife tanzen. Du triffst die Entscheidungen, und Marcus hat gefälligst mitzuziehen, ob es ihm passt oder nicht. Weil du ja immer alles besser weißt. Ist es nicht so, Nick? Du konntest mich von Anfang an nicht ausstehen, weil ich Marcus dazu bringen wollte, sich gegen dich zu behaupten.«

»Ich kann dich nicht ausstehen?«, fragte ich ungläubig. »Das soll wohl ein Witz sein. Weißt du, was dein Problem ist, Alice? Es wurmt dich, dass ich mit etwas so Primitivem und Verabscheuungswürdigem wie Werbung meinen Lebensunterhalt verdiene, während du dich mit deiner ach so edlen Kunst abstrampelst, um hier und da ein paar hundert Dollar zu verdienen. Da liegt der Hase im Pfeffer. So einfach ist das. Und jetzt machst du dir in die Hose, weil du den großzügigen Lebensstil aufgeben musst, an den du dich drüben in Sausalito gewöhnt hast. Das gemütliche Haus, dein schönes Atelier, all die Dinge, die Marcus bezahlt hat.«

Ich war immer lauter geworden, und langsam fing die Sache an, mir Spaß zu machen. Endlich wurde ich einiges von dem los, was ich ihr schon immer mal hatte sagen wollen.

»Aber«, fügte ich hinzu, als wäre es mir gerade erst eingefallen, »zurzeit wohnst du ja gar nicht in dem Haus, stimmt's? Was ist denn passiert, Alice? Hast du das Unglück kommen sehen und dir gesagt, da kannst du auch gleich gehen, wenn bei Marcus nichts mehr zu holen ist?«

Ihre Hand schoss so schnell vorwärts, dass mir keine Zeit zum Ausweichen blieb, und gleich darauf spürte ich den Schmerz der Ohrfeige. »Du bist doch wirklich das allerletzte Arschloch.«

Alle schwiegen entsetzt, ich hörte nur das Summen in meinem Ohr. Meine Wange brannte. Die anderen schienen den Atem anzuhalten. Eine Stimme in meinem Innern sagte mir, ich solle es gut sein lassen, doch ich hörte nicht darauf. Stattdessen grinste ich.

»Was ist denn los, Alice? Tut die Wahrheit so weh?«

Plötzlich wurde sie ganz ruhig und lächelte boshaft. »Die Wahrheit? Möchtest du die Wahrheit hören, Nick?«

Ich war verblüfft über den drohenden Unterton in ihrer Stimme und ihr verschlagenes Grinsen, das mich an eine

Katze erinnerte, die mit der Maus spielt, bevor sie sie mit einem lässigen Tatzenhieb tötet. Einen Moment lang herrschte erwartungsvolles Schweigen.

»Ich dachte, wir wären hier, um zu entscheiden, was wir mit Hoffmans Programm machen sollen«, bemerkte Marcus in die Stille hinein.

»So ist es«, sagte ich.

»Das Programm?«, wiederholte Alice und sah Marcus fragend an.

»Ich wollte es dir auf dem Weg hierher erzählen.«

Anscheinend war er nicht dazu gekommen. Zweifellos hatten sie sich auf dem ganzen Weg von Sausalito hierher gestritten. Er erklärte ihr, wie wir in den Besitz des Programms gelangt waren, und zur Abwechslung fehlten Alice die Worte.

»Ihr müsst das Programm Brinkman geben«, meinte Sally nach einer Weile.

»Wenn wir das tun, können wir den Vertrag vergessen«, entgegnete ich.

»Das wisst ihr doch gar nicht.«

Ich ging die Situation noch einmal Punkt für Punkt durch, damit wir alle auf demselben Stand waren. Ich berichtete von meinem Gespräch mit Brinkman, erklärte erneut, warum ich ihm nicht traute, und warum ich davon ausging, dass er, falls wir versuchten, mit ihm zu verhandeln, alles abblasen würde. Sobald er das Programm hatte, würde er uns wahrscheinlich verhaften lassen.

»Das sind doch alles nur Vermutungen«, wandte Sally ein.

»Mag sein. Aber du hast ihn auch reden hören, Marcus«, sagte ich. »Vielleicht irre ich mich ja. Vielleicht ist Brinkman ein absolut rechtschaffener Mann und spendet die Hälfte seines Honorars für wohltätige Zwecke. Aber ich könnte auch Recht haben, und was ist dann? Sind wir bereit, das Risiko einzugehen? In dem Augenblick, wo wir zugeben, dass wir das Programm haben, ist Brinkman am Ball. Dann sind wir ihm ausgeliefert. Und das Risiko bin ich nicht bereit einzugehen.«

»Das Risiko bist du nicht bereit einzugehen, Nick?«, wiederholte Sally. »Ich dachte, diese Entscheidung wollten wir gemeinsam treffen?«

»Ich meinte uns alle.«

»Nein, das stimmt nicht.« Sie schüttelte den Kopf. »Du hast die Entscheidung längst getroffen, nicht wahr?«

Alice schnaubte verächtlich, als hätte sie nichts anderes erwartet. Sie sagte: »Brinkman weiß garantiert sowieso, dass ihr das Programm habt. Irgendjemand muss euch doch gesehen haben, als ihr in Hoffmans Wohnung gegangen seid.«

»Mag sein, dass er einen Verdacht hat, aber er weiß es nicht mit Sicherheit«, erwiderte ich. »Wenn er Gewissheit hätte, wäre die Polizei längst bei uns aufgetaucht. Ich habe ein paar Straßen entfernt geparkt, damit wir nicht gesehen wurden.«

Sally starrte mich an. »Soll das heißen, du hast das von vornherein geplant?« Ihre Stimme klang belegt. »Du hast also gewusst, dass er tot war.«

»Ich wusste es nicht. Als er nicht zu dem Termin bei Brinkman erschien, hielt ich es für eine Möglichkeit, das ist alles.«

»Nein. Du hast dir das alles genau überlegt«, beharrte Sally. »Du bist hingefahren, weil du wusstest, dass Hoffman tot war, und weil du die Absicht hattest, das Programm zu stehlen.«

Die drei starrten mich schweigend an. Ich fragte mich, ob Sally Recht hatte. Vielleicht. Zum Teil. Zumindest insofern, als ich Brinkman von Anfang an misstraut hatte. Und vielleicht war ich tatsächlich davon ausgegangen, dass Hoffman tot war. Schließlich war er sehr krank gewesen.

»Herrgott noch mal«, rief ich aus. »Ich hab ihn doch nicht umgebracht. Glaubt ihr vielleicht, das, was Brinkman tun würde, wenn er das Programm an sich bringen könnte, wäre auch nur einen Deut besser? Er würde uns das Programm stehlen. Ohne diesen Vertrag ist Carpe Diem erledigt. Dann sind wir pleite. Wollen wir das?« Ich sah Sally flehend an. »Willst du das? Wir verlieren das Haus, wir verlieren alles. Dann müssen wir ganz von vorne anfangen. Ich weiß noch nicht mal, ob ich in dieser Stadt jetzt noch einen Job kriegen würde.« Dexters Angebot ließ ich unerwähnt, da es sowieso nicht in Frage kam. »Möchtest du das wirklich, Sally, jetzt wo wir gerade wieder zueinander gefunden haben?« Was ich damit meinte, war klar. Die Familie, die sie sich wünschte, unsere Zukunft, unser Glück, alles stand auf dem Spiel.

Ich sah ihr an, dass sie darüber nachdachte, aber ihr Blick drückte eindeutig Missbilligung aus. Meine Worte schienen sie zu empören, es war, als fühlte sie sich erpresst. Genauso gut hätte ich mit einer dieser Elternzeitschriften vor ihrem Gesicht herumwedeln können, in denen sie dauernd las.

»Hoffman hat uns ausgesucht, um sein Programm zu vermarkten«, sagte ich ruhig. »Vergessen wir das nicht. Er konnte nicht wissen, dass er sterben würde, bevor er dazu kam, den Vertrag zu unterschreiben. Wir tun nichts, was moralisch verwerflich wäre. Nach dem Buchstaben des Gesetzes vielleicht ja, und Brinkman würde sicherlich so argumentieren, aber seit wann sind Anwälte die Hüter der Wahrheit?«

Eine Weile sagte niemand etwas, dann meldete Marcus sich zu Wort.

»Haben wir nicht eine Kleinigkeit vergessen? Selbst wenn wir das Programm behalten, was können wir schon damit anfangen? Brinkman wüsste sofort, dass wir es gestohlen haben.«

Ich spürte, wie mich alle ansahen, vor allem Sally, der allmählich dämmerte, dass ich dieses Treffen nicht vereinbart hätte, wenn ich nicht bereits eine Antwort auf diese nahe liegende und äußerst schwierige Frage parat hätte. Ich wich ihrem Blick aus. »Es stimmt tatsächlich, dass wir keine Möglichkeit haben, das Programm so zu vermarkten, wie Hoffman es wollte. Wenn wir das versuchen würden, hätten wir Brinkman sofort auf dem Hals. Wenn wir das Programm allerdings einfach so herausrücken, bekommen wir überhaupt nichts, und Brinkman wird dafür sorgen, dass er selbst sich eine goldene Nase damit verdient. Das kann doch nicht recht sein, oder?«

Ich wollte, dass sie mir zustimmten, wollte sie wenigstens zum Teil auf meiner Seite wissen, aber sie saßen nur schweigend da und warteten darauf, dass ich fortfuhr.

»Also finde ich, wir sollten das Programm demjenigen verkaufen, der es mit Sicherheit haben will.« Ich schaute sie alle nacheinander an. »Und zwar Nelson Morgan.«

Verblüffung stand ihnen ins Gesicht geschrieben.

»Lasst mich zu Ende reden«, fuhr ich fort. »Wenn die Sache gelaufen wäre wie geplant, wer wäre dann der große Verlierer gewesen? Spectrum Software. Mit anderen Worten: Morgan Industries. Es hätte sie Millionen Dollar gekostet. Zig Millionen. Ihre Aktien wären gefallen. Es wäre genau das passiert, was Hoffman geplant hatte. Und jetzt überlegt mal, was Morgan zahlen würde, um das zu verhindern. Was wärt ihr an seiner Stelle bereit zu zahlen?«

Sally sprang auf und lief zur Tür. »Ich will nichts mehr davon hören.«

»Warte doch mal. Sollten wir nicht wenigstens darüber diskutieren, bevor ihr eine Entscheidung trefft? Das kann doch nicht schaden, oder?«

Sie blieb stehen und sah mich an. »Mein Gott, Nick. Eben hast du noch davon geredet, was recht und unrecht ist. Du hast behauptet, das Programm zu stehlen sei nichts moralisch Verwerfliches. Und jetzt schlägst du etwas vor, was genau das Gegenteil von dem ist, was Hoffman wollte.«

»Das weiß ich«, sagte ich. »Und wenn es eine Möglichkeit gäbe, den ursprünglichen Plan durchzuführen, würde ich es tun. Aber ich sehe keine.«

»Würdest du das wirklich?«, fragte sie und sah mir in die Augen. »Meinst du das wirklich ernst?«

»Natürlich«, erwiderte ich, doch ich sah ihr an, dass sie mir kein Wort glaubte. »Sieh mal, genau genommen war Hoffmans Plan auch nicht aus lauter Altruismus geboren. Der Mann war verbittert und verbohrt. Was er vorhatte, hätte Morgan sehr großen Schaden zugefügt und Spectrum wahrscheinlich zu Grunde gerichtet. Eine Menge Leute wären arbeitslos geworden, Investoren hätten ihr Geld verloren. Nicht nur Morgan, sondern auch die Kleinanleger. Der unschuldige kleine Mann, der von seinen Ersparnissen Aktien kauft. Das ist ja wohl auch kein besonders großartiger Plan, oder?«

»Ich kann es nicht fassen. Du versuchst, dich zu rechtfertigen. Du biegst alles so zurecht, wie es dir in den Kram passt. Es spielt keine Rolle, was Hoffman wollte, oder dass Spectrum ruiniert worden wäre, oder dass du Brinkman nicht traust. Es geht nur um dich, Nick. Es geht nur um das, was du willst.«

Mir war von Anfang an klar gewesen, dass es verdammt schwer werden würde, Sally mit moralischen Argumenten zu überzeugen. Diesen Versuch gab ich jetzt auf. »Tatsache ist, dass wir nur zwei Möglichkeiten haben. Entweder wir versuchen unser Glück mit Brinkman, und ich glaube, wenn wir das tun, werden wir alles verlieren, oder wir verkaufen das Programm an Morgan. Das ist das, was ich möchte. Warum auch nicht? Glaubst du vielleicht, dass Brinkman ein rechtschaffener Bürger ist, oder dass Hoffman ein guter Mensch war, oder dass Morgan sich um die Moral schert? Es geht darum zu erhalten, was wir haben. Wir schaden dabei niemandem. Also warum nicht?«

»Weil uns das Programm nicht gehört.«

Das war genau der Punkt, an dem wir uns nicht einigen konnten. Für Sally lief alles auf diese eine simple Tatsache hinaus, da konnte ich mir den Mund fusselig reden. Sie sah mich flehend an. In gewisser Weise beneidete ich sie, weil sie bei allem Für und Wider die entscheidende Frage nicht aus den Augen verlor. Tief in meinem Innern wusste ich, dass sie Recht hatte, aber ich konnte es einfach nicht akzeptieren. Mehrere Sekunden vergingen.

»Es geht nicht um mich«, sagte ich schließlich. »Egal, was wir tun, die Entscheidung muss durch Mehrheitsbeschluss fallen.«

»Und wenn wir uns dagegen entscheiden?«, wollte Sally wissen.

Ich zögerte, aber ich wusste, dass dies die einzige Möglichkeit war, den letzten Rest von Respekt zu retten, den sie noch vor mir hatte. »Ich werde mich der Entscheidung beugen«, erklärte ich.

Sie wandte sich an Marcus, und plötzlich lag der ganze Druck auf ihm. »Was meinst du?«, fragte sie.

Während ich noch auf Marcus' Antwort wartete, war mir bereits klar, dass ich verloren hatte. Mit Alice' Unterstützung rechnete ich erst gar nicht. Sie würde nie für etwas stimmen, was ich befürwortete. Plötzlich fragte ich mich, wie ich je die Möglichkeit hatte in Betracht ziehen können, dass es mir gelingen würde, sie zu überzeugen.

Aber es war Alice, die als Erste das Wort ergriff, nicht Marcus.

»Was glaubst du, wie viel Morgan zu zahlen bereit wäre?«

Es ist nicht übertrieben, wenn ich behaupte, dass die Stimmung urplötzlich umschlug und alle wie elektrisiert waren. Die Tragweite dieser einen Frage und der durchdringende Blick, mit dem Alice mich ansah, entgingen keinem von uns.

»Das ist schwer zu sagen«, brachte ich schließlich hervor.

»Du hast lange genug darüber nachgedacht, Nick. Du musst doch irgendeine Vorstellung haben.«

Sie vermutete richtig. Ich hatte allerdings eine Vorstellung. »Die Aktien von Morgan Industries haben einen geschätzten Wert von etwa einer Milliarde Dollar«, sagte ich. »Morgan hat Spectrum für vierzig Millionen gekauft, und ich nehme an, dass er mit dem Fünffachen an Gewinn rechnet.« Ich holte tief Luft. »Ich gehe davon aus, dass er bereit wäre, weitere, sagen wir mal, dreißig Millionen hinzublättern, um seine Investition abzusichern.«

Niemand sagte etwas, alle hielten den Atem an. Es war Alice, die das Schweigen schließlich brach.

»Ich glaube, Marcus und ich müssen unter vier Augen darüber reden.«

Wir gaben ihnen fünf Minuten Zeit, und länger brauchten sie auch nicht. Sally und ich warteten in der Küche. Schweigend starrte sie aus dem Fenster und weigerte sich, mich anzusehen. Ich versuchte, mit ihr zu reden, aber sie antwortete nicht, und schließlich gab ich es auf. Als wir zurück ins Wohnzimmer kamen, übernahm Alice das Reden.

»Marcus und ich sind damit einverstanden, so zu verfahren, wie du es vorschlägst, Nick«, sagte sie ruhig.

Zuerst hielt ich es für einen Scherz. Ich sah Marcus an, doch er blickte nur resigniert drein, als hätte er innerlich abgeschaltet.

Ich schaute Sally an, doch auf ihrem Gesicht zeigte sich keine Spur von Überraschung.

17

Nelson Morgan wohnte in der Nähe von Woodside in den Hügeln oberhalb von Palo Alto. Von seinem Haus aus leitete er, so vermutete ich, die meiste Zeit sein Imperium. Einen Termin mit ihm zu vereinbaren erwies sich als etwa so schwierig, wie eine Audienz beim Präsidenten zu bekommen. Ich musste mehrmals bei Morgan Industries anrufen, bevor ich schließlich jemanden überreden konnte, mir die Nummer von einem von Morgans Assistenten zu geben, und dann brauchte es wieder mehrere Anrufe, bis ich die Frau an der Strippe hatte, die seinen Terminkalender führte. Sie klang, als hätte sie früher für die Sicherheitspolizei in einem totalitären Staat gearbeitet. Ich stellte mir eine zackige Sekretärin mit harten, ernsten Gesichtszügen vor. Sie wollte wissen, um was es sich handle, und als ich ihr erklärte, es sei etwas Persönliches und Vertrauliches, beschied sie mich knapp, Mr Morgan sei nicht zu sprechen.

»Dann möchte ich bitte eine Nachricht für ihn hinterlassen.« Ich sagte ihr, ich sei im Besitz von etwas, das Leonard Hoffman gehört habe, etwas, für das ihr Chef sich mit Sicherheit interessieren würde, und nannte ihr meinen Namen und meine Telefonnummer. Eine Stunde später rief sie zurück, um mir eine Adresse mitzuteilen, bei der man mich am nächsten Morgen um zehn Uhr erwarten werde. Dann legte sie abrupt auf.

Am nächsten Tag fuhr ich über die 280 nach Woodside, dann weiter Richtung La Honda, bis ich die Straße fand, die sich zwischen hohen Bäumen hindurch den Hügel hinaufwand. Hier und da lichtete sich der Wald zu meiner Rechten und gab die Sicht auf das Meer frei, das kobaltblau im Sonnenschein glitzerte. Hin und wieder passierte ich Einfahrten, die in aller Regel zu einem diskret von der Straße zurückgesetzten, rechts und links von einem Zaun flankierten Tor führten. Das waren die Anwesen der wirklich Reichen, von denen viele ihr Vermögen im Silicon Valley gemacht hatten. Als ich das Tempo verlangsamte und nach der Adresse 2026 Ocean View Road suchte, dachte ich über die Leute nach, die hier oben in ihren Villen lebten, versteckt hinter Bäumen, geschützt vor neugierigen Blicken, mit Aussicht auf das Meer und die bewaldeten Hügel ringsum. Die Vororte und die Autobahnen, die während der Stoßzeiten regelmäßig verstopft waren, gehörten zu einer gänzlich anderen Welt. Diese Menschen hier führten ein Leben, das uns normalen Sterblichen vollkommen fremd war. Ich versuchte mir vorzustellen, wie es sein mochte, wenn man sich keinerlei Gedanken über Geld machen musste. Die meisten von uns strampeln sich ein Leben lang ab, um das Geld für die Hypothek, die Haushaltskosten, Steuern, Versicherungen, Urlaub, die Ausbildung der Kinder und die zahllosen anderen Ausgaben aufzubringen. Es hört nie auf, und das nötige Geld für all das zu verdienen verschlingt den Großteil unserer Zeit. Fast alles, was wir tun oder uns zu tun vornehmen und uns wünschen, dass wir es tun könnten, hängt davon ab, ob wir in der Lage sind, es zu bezahlen. Aber für die Leute, die am Ocean View Drive wohnten, spielte das alles keine Rolle.

Ich fuhr langsam, weil ich Morgans Anwesen nicht verpassen wollte und weil ich in Gedanken versunken war. Einmal schaute ich in den Rückspiegel und sah ein Auto, das in ein paar hundert Metern Entfernung hinter mir herfuhr. Hinter der nächsten Kurve fuhr ich an den Rand, um den anderen vorbeizulassen. Ich wartete, doch das Auto tauchte nicht auf, also nahm ich an, dass es in eine der Einfahrten abgebogen war. Nach ein paar Minuten fuhr ich weiter.

Meine Gedanken begannen sich wieder ums Geld zu drehen und darum, welche Bedeutung es eigentlich hat. Wie es ist, von allen finanziellen Zwängen frei zu sein, kann man sich zunächst kaum vorstellen. Ich bildete mir nicht etwa ein, dass Geld allein glücklich macht. Doch ich war davon überzeugt, dass es einen von einer ganzen Menge Sorgen und Nöten befreit, die dem persönlichen Glück im Weg stehen. Ich hatte ein Bild im Kopf, mit dem ich das normale Leben verglich. Man erklimmt einen endlos hohen Berg, und der Aufstieg ist sehr beschwerlich. Manchmal kommt man an eine Stelle, die nicht ganz so steil ist, an der man sogar einen Augenblick verschnaufen und die Aussicht genießen kann, aber meistens geht der Atem schwer, man hält den Kopf gesenkt, um zu sehen, wo man hintritt, damit man nicht stolpert und hinschlägt. Dann kommt Sturm auf, der einen beinahe in den Abgrund pustet, und Regen peitscht einem ins Gesicht. Irgendwann ist es vorbei, die Wolken reißen auf, die Sonne scheint, und eine Zeit lang kommt man ein bisschen leichter voran. So geht es immer weiter, ein endloser Kampf auf dem Weg nach oben mit kurzen Unterbrechungen, in denen man die Wärme der Sonne genießen kann. Für die ganz Reichen jedoch sieht das Leben ganz anders aus. Sie sind längst auf dem Gipfel angekommen, haben die Niederungen hinter sich gelassen und tummeln sich auf einer großen, mit Blumen übersäten Wiese, wo Insekten umhersummen und eine angenehme Brise geht und die Sonne ununterbrochen scheint. Sie können sich in Ruhe umsehen, sich ihres Lebens erfreuen, ziellos umherschlendern, sich unter einen schattigen Baum legen und ein Nickerchen machen.

Hinter einer weiteren Kurve hatte ich eine Anhöhe erreicht, und vor mir lag eine gerade Strecke von etwa einem Kilometer Länge. Nach einer Weile schaute ich in den Rückspiegel, und wieder entdeckte ich ein Auto hinter mir. Ich überlegte, ob ich an den Rand fahren sollte, doch das Auto schien nicht näher zu kommen, obwohl ich mit nur dreißig Stundenkilometern dahinkroch. Ich wunderte mich darüber, aber mir blieb keine Zeit, mir weitere Gedanken zu machen, denn in einiger Entfernung sah ich eine breite Einfahrt, die zu einem riesigen, knapp dreißig Meter von der Straße zurückgesetzten Tor führte. Ein diskretes Schild zeigte an, dass ich das Haus 2026 Ocean View Road erreicht hatte. Ich bog in die Einfahrt und stieg aus. Oberhalb einer Gegensprechanlage in der Mauer war eine Sicherheitskamera angebracht. Ich drückte auf den Klingelknopf und wartete. Um mich herum war es vollkommen still. Hinter dem Tor verlief eine von Bäumen gesäumte Straße, und in der Ferne war zwischen den Bäumen das Funkeln des Ozeans zu sehen. Von hier aus konnte ich in zwanzig Minuten wieder zurück auf der Autobahn sein und in der Innenstadt von San Francisco in weniger als einer Stunde, schneller als in San Jose, aber es kam mir so vor, als wäre ich Hunderte von Meilen entfernt. Eine Stimme ertönte aus der Gegensprechanlage.

»Ja bitte?«

Ich nannte meinen Namen und wurde gebeten, einen Moment zu warten, dann hörte ich über mir ein elektronisches Summen, und als ich aufschaute, sah ich, dass die Kamera auf mich gerichtet war. Es war ziemlich irritierend, in die Linse zu blicken und nichts zu sehen außer meinem eigenen Spiegelbild in Miniaturausführung, zu wissen, dass ich gründlich gemustert wurde. Es war so ähnlich wie jemanden anzusehen, der einen durch eine verspiegelte Brille betrachtet. Vielleicht saß Morgan am Monitor und machte sich ein erstes Bild von mir. Ohne zu blinzeln starrte ich in die Kamera. Einige Sekunden später schwang das Tor geräuschlos auf.

Als ich zu meinem Saab zurückging, hörte ich, wie ein Auto sich auf der Straße näherte. Ich rechnete damit, dass es jeden Augenblick vorbeifahren würde, doch dann verlangsamte es sein Tempo und schien anzuhalten. Ganz in der Nähe war das dumpfe Dröhnen eines Motors zu hören, der tiefe Bass eines hochgezüchteten Monstrums. Es war ein komisches Gefühl, diesem irgendwie bedrohlich wirkenden Geräusch zu lauschen, das so gar nicht in die ansonsten so friedliche Landschaft zu passen schien. Die Haare auf meinen Armen standen hoch, als wäre eine frische Brise vom Meer her aufgekommen. Dann plötzlich, ohne Vorwarnung, heulte der Motor des Ungeheuers auf, und Reifen quietschten wie eine Herde Schweine vor dem Schlachthof. Der Lärm hörte gar nicht mehr auf, und über dem Teil der Straße, den ich einsehen konnte, wirbelte eine blaue Abgaswolke auf. Es stank nach verbranntem Gummi, dann griffen die Reifen auf dem Asphalt, und das Motorengeräusch wurde leiser, während das Auto in die Richtung zurückraste, aus der es gekommen war.

Als es wieder still war, musste ich lächeln. Selbst die Superreichen konnten sich nicht vor den Draufgängern in ihren aufgemotzten Fahrzeugen schützen, die abends die Gegend unsicher machten. Ich hatte in der Zeitung gelesen, wie sie in Gruppen unterwegs waren, wie marodierende Wolfsrudel, sich mit Bier voll laufen ließen und nach immer neuen Pisten suchten, auf denen sie ihre frisierten Maschinen voll ausfahren konnten, ohne von der Polizei erwischt zu werden.

Ich fuhr durch das Tor, das hinter mir wieder zuschwang, und folgte der Privatstraße, die sich bergab durch den Wald schlängelte und schließlich zu einem weitläufigen Parkgelände führte. Eine eindrucksvolle Villa erhob sich im Vordergrund, und dahinter waren sanfte, braune Hügel und der glitzernde Ozean zu sehen. Ich hatte mit Extravaganz gerechnet, doch das hier überstieg meine Vorstellungskraft. Bis zu diesem Augenblick hatte ich mich teilweise wie ein Dieb gefühlt. Das lag nicht zuletzt an dem moralischen Urteil, das Sally über mein Verhalten gefällt hatte, aber es war nicht nur das. Schon als Kindern wird uns eingebläut, dass harte Arbeit ein Lebenszweck ist und dass alles, was wir im Leben erreichen, in direktem Zusammenhang steht mit der Leistung, die wir erbracht haben. Aber das stimmt nicht, und wahrscheinlich hat es noch nie gestimmt. Menschen werden aus allen möglichen Gründen reich. Manche arbeiten tatsächlich unglaublich hart, um es im Leben zu etwas zu bringen, aber manche haben einfach nur Glück, oder sie sind korrupt, oder sie sind von Geburt an mit einem

Wohlstand gesegnet, der es ihnen ermöglicht, in einer privilegierten Welt zu leben.

Nehmen wir zum Beispiel den Mann in der Fabrik, der fünfundvierzig Jahre lang fünf oder sechs Tage die Woche die Zehn-Stunden-Schicht schiebt und in einem bescheidenen Haus in einem Vorort einer Großstadt lebt. Arbeitet er vielleicht weniger hart als jemand, der vor einem Bildschirm sitzt und irgendwelche Zahlen auf dem Geldmarkt bewegt oder Aktien kauft und wieder verkauft? Der eine verdient eine Million Dollar im Jahr, der andere dreißig- oder vierzigtausend. Vielleicht ist der Typ an der Wall Street intelligenter, aber das ist reine Glückssache. Möglicherweise ist er jedoch nicht einmal intelligenter. Gut möglich, dass der Fabrikarbeiter, wenn er eine bessere Ausbildung genossen und andere Möglichkeiten gehabt hätte, ebenfalls ein Vermögen an der Wall Street verdienen und in einem Haus wohnen würde wie diesem hier. Im Silicon Valley gibt es Leute, die abartig viel Geld verdienen, und das oft unter fragwürdigen Voraussetzungen. Wir reden hier von Hunderten von Millionen. Und manche von diesen Typen sind noch nicht mal dreißig.

Ich dachte an meinen Vater, der sein Leben lang hart gearbeitet hatte, der an Fairness geglaubt hatte und daran, dass man für seine Leistung belohnt wird. Dann, eines Tages, beschloss ein großes Unternehmen, neue, lokale Märkte zu erschließen. Irgendein junger Manager in einem Büroturm auf der anderen Seite des Kontinents überflog ein paar Zahlen in einem Bericht und schickte vor der Mittagspause mal eben ein Memo raus, zweifellos in der Überzeugung, gute Arbeit geleistet zu haben. Und das Ergebnis? Mein Vater ging Pleite. Seine Träume zerplatzten so gründlich, dass er es vorzog, sich eine Kugel in den Kopf zu jagen, anstatt noch einen weiteren Tag in dieser Welt zu leben.

Als ich Morgans Haus betrachtete, kam ich mir nicht länger wie ein Dieb vor. Das ganze Leben ist eine Lotterie, und gerecht geht es sowieso nicht zu. Der Kommunismus war als der große Gleichmacher angetreten, aber das System hat nicht funktioniert, weil es gegen die menschliche Natur verstieß. Anstatt alle Menschen gleich reich zu machen, machte es alle gleich arm und unglücklich. Als Spezies sind wir von Natur aus dazu bestimmt, alles daranzusetzen, nach oben zu gelangen. Das ist ein Gesetz der Evolution, und wir passen uns den vorherrschenden Bedingungen an. In unserer modernen Welt ist die Kunst, Geld zu verdienen, ein Äquivalent der Fähigkeit, unseren Rivalen mit einer Keule die Köpfe einzuschlagen oder unsere Sippe gegen wilde Tiere zu verteidigen.

Das Haus war von imposanter Größe, aus Stein errichtet, mit zwei Seitenflügeln und einer geschwungenen Zufahrt, die zu einer breiten Freitreppe führte. Es war eine Mischung aus europäischem und amerikanischem Kitsch, reine kalifornische Gotik. Die Tür wurde von einem Mann in einem dunklen Anzug geöffnet, den ich für Morgans Butler hielt. Er geleitete mich durch eine hohe Eingangshalle mit einer riesigen Treppe von der Sorte, auf der Scarlet O'Hara jeden Augenblick hätte erscheinen können. Er öffnete die Tür zu einer geräumigen Bibliothek, wo er mich zu warten bat. Der Raum war schätzungsweise dreizehn Meter lang, und an einer Wand befanden sich Fenster mit Blick auf den Garten, der bis zum Meer reichte. Jenseits einer breiten, gefliesten Terrasse lagen ein Swimmingpool und mehrere Tennisplätze. Auf einem der Plätze übte jemand mit einer Ballwurfmaschine. Das leise Geräusch, das die Maschine beim Abschießen der Bälle erzeugte, wurde gefolgt von dem Plopp, das beim Aufprall des Balls auf den Schläger entstand.

Es war eine Frau, die dort trainierte, und während ich wartete, schaute ich ihr zu. Obwohl sie fast fünfzig Meter von mir entfernt war, konnte ich erkennen, dass sie sehr gut aussah. Sie hatte langes, dunkles Haar, braun gebrannte Haut und wohlgeformte, muskulöse Beine. Sie bewegte sich leicht und geschmeidig, und so wie sie mit dem Schläger umging, schien sie zu wissen, was sie tat. Die Szene wirkte beinahe wie ein Klischee.

»Mr Weston?«

Ich drehte mich um. Ich erkannte Morgan von den Fotos, die ich von ihm gesehen hatte. Sein leicht grau meliertes

Haar war nach hinten frisiert, wodurch seine kantigen Züge und seine intelligenten blauen Augen betont wurden. Er trug eine leichte braune Hose und ein blaues Hemd ohne Krawatte.

»Ich bin Nelson Morgan.«

Wir reichten uns die Hände. Sein Griff war fest, sein Gebaren höflich, aber kühl, als wir einander musterten. Er wirkte selbstbewusst und vollkommen entspannt, doch ich spürte, dass mit dem Mann nicht zu spaßen war. Er machte mich neugierig. Nach dem, was ich über ihn gelesen hatte, war er sehr verschlossen, ein schwieriger Chef, der seinen Mitarbeitern gegenüber extrem fordernd war, ein Mann, dessen geschäftlicher Scharfsinn nur noch von seiner Rücksichtslosigkeit übertroffen wurde. Aber all das sagte eigentlich nichts über seine Persönlichkeit aus. Ich wusste nur, was jeder wusste, nämlich dass er mehr Geld angehäuft hatte, als die meisten Leute sich überhaupt vorstellen konnten.

Er schaute aus dem Fenster zu den Tennisplätzen hinüber. Jeder andere hätte jetzt eine Bemerkung gemacht, vielleicht irgendetwas über die Frau oder über die phantastische Aussicht gesagt, aber Morgan deutete nur auf ein paar Sessel am anderen Ende des Raums.

Wir setzten uns, er schlug die Beine übereinander und fixierte mich. »Meine Sekretärin sagte mir, Sie seien im Besitz von etwas, das Leonard Hoffman gehört hat und an dem ich interessiert sein würde.«

Offenbar gehörte er zu der Art von Menschen, die gern ohne Umschweife zur Sache kommen, aber ich hatte keine Lust, mich zur Eile antreiben zu lassen. Ich war neugierig darauf, etwas über das Verhältnis zwischen Morgan und seinem ehemaligen Partner zu erfahren. »Sie wissen, dass er kürzlich verstorben ist?«

Er hob die Brauen und neigte den Kopf ein wenig. »Nein, das wusste ich nicht.«

Ich wartete darauf, dass er fragte, wie Hoffman gestorben sei, doch das tat er nicht, und ich sah, dass er es auch nicht vorhatte. Sein Gesicht war ausdruckslos. Er versuchte offensichtlich nicht, so zu tun, als mache ihn die Nachricht betroffen. Es irritierte mich, dass er keine Reaktion zeigte. »Soviel ich weiß, waren Sie beide einmal Partner.«

»Das ist lange her.«

»Und Freunde waren Sie ebenfalls, wenn ich mich nicht irre.«

Er musterte mich ein, zwei Sekunden lang, dann sagte er: »Ich bin ein viel beschäftigter Mann. Was wollen Sie von mir, Mr Weston?«

Allmählich begann ich zu begreifen, wie dieser Mann so viel erreicht hatte. Er verstand es, die Initiative zu ergreifen und die Kontrolle zu behalten. Aber ich ließ mich nicht täuschen. Wenn ihn nicht interessiert hätte, was ich ihm mitteilen wollte, hätte ich jetzt nicht hier gesessen. Ich ließ einen Moment verstreichen, lange genug, um wieder selbst am Ball zu sein.

»Ich habe eine Werbeagentur«, erklärte ich.

»Carpe Diem, ja, das ist mir bekannt.«

Ich war erstaunt, was er anscheinend beabsichtigt hatte. Andererseits hätte ich mich nicht zu wundern brauchen, schließlich hatte ich meinen Namen und unsere Büronummer bei seiner Sekretärin hinterlassen.

»Sie haben sich vor kurzem in Konkurrenz zu KCM als Werbeagentur für eine meiner Firmen beworben. Spectrum Software«, fuhr er fort und deutete ein herablassendes Lächeln an.

»Sie sind ja ausgezeichnet informiert«, sagte ich. Wahrscheinlich hatte er einen von seinen Leuten bei Larry Dexter anrufen lassen, der zweifellos bereitwillig alles ausgepackt hatte, was er über mich wusste. Ich nahm an, dass Morgan alles Nötige über mich in Erfahrung gebracht zu haben glaubte. Er war mir nicht besonders sympathisch. »Wussten Sie auch, dass Leonard Hoffman für Spectrum Software gearbeitet hat, bevor Sie die Firma übernommen haben?«

In seinen Augenwinkeln zeigte sich kaum mehr als ein ganz leichtes Zucken. Immerhin eine Reaktion. »Ach, tatsächlich?«

Ich stand auf und schlenderte zu einem Tisch hinüber, nahm einen massiven Briefbeschwerer in die Hand und betrachtete ihn. »Ja, tatsächlich. So habe ich ihn überhaupt kennen gelernt. Er wusste, dass ich mit Spectrum zu tun gehabt hatte, deswegen dachte er, Carpe Diem könne ihm bei einem Projekt behilflich sein, an dem er gerade arbeitete.« Lächelnd legte ich den Briefbeschwerer wieder weg. »Wissen Sie, Mr Hoffman hatte nicht besonders viel für Sie übrig, Mr Morgan.«

Morgan stützte das Kinn in die Hand und musterte mich wortlos. »Er hat mir eine interessante Geschichte erzählt. Er sagte, Sie und er seien einmal Partner gewesen.« Ich schwieg und ließ die Stille wirken. Es war, als würde ich in Gedanken Schach spielen, und irgendwie machte mir das Spaß. Schließlich ließ Morgan sich zum nächsten Zug hinreißen.

»Er hat Ihnen die Wahrheit gesagt. Wir waren einmal Partner, für kurze Zeit. Aber das ist lange her.«

»Er hat mir weiterhin erzählt, dass Sie, nachdem Ihr gemeinsames Unternehmen gescheitert war und Ihre Wege sich getrennt hatten, eine neue Firma gründeten und groß ins Geschäft kamen mit einem Programm, das Hoffman entwickelt hatte.«

»Ich nehme an, Sie rufen mir das alles aus einem bestimmten Grund ins Gedächtnis«, bemerkte Morgan.

»Ihre Annahme ist korrekt. Mr Hoffman meinte, ohne das Geld, das Sie mit seinem Programm verdient haben, wären Sie nicht in der Lage gewesen, ein neues Unternehmen zu gründen. Und er behauptete, Sie hätten ihm nie seinen Anteil ausgezahlt. Er war der Meinung, Sie hätten ihn betrogen.«

Morgan verzog keine Miene, doch sein Gehirn arbeitete mit äußerster Präzision. Schließlich lächelte er, als hätte er beschlossen, vorerst freundlich zu mir zu sein.

»Mr Weston, wie gut haben Sie Leonard Hoffman gekannt?«

Ich zuckte die Achseln. »Wir haben uns nur wenige Male getroffen, bevor er starb. Er war sehr krank. Er hatte übrigens Krebs, falls es Sie interessiert.«

»Tut mir Leid, das zu hören«, erwiderte er in einem Ton, der das Gegenteil vermuten ließ.

»Ich könnte Ihnen sagen, wann die Beerdigung stattfindet, für den Fall, dass Sie Blumen schicken möchten«, erbot ich mich.

Nach kurzem Zögern sagte er: »Offenbar ist Ihnen Leonards Geschichte ziemlich nahe gegangen.«

»Wollen Sie damit andeuten, dass sie nicht der Wahrheit entspricht?«

»Nach meiner Erfahrung gehen Wahrheit und Fiktion mit der Zeit ineinander über. Ich bin sicher, dass Leonard seine Version der Ereignisse für zutreffend hielt.«

»Aber Ihrer Meinung nach war alles ganz anders?«

»Als Leonard und ich unsere Firma gründeten, waren wir beide sehr jung. Wir glaubten, wir würden ein Vermögen verdienen.« Er breitete die Hände aus. »Das erwies sich als Irrtum, und zwar aus allen möglichen Gründen. Nachdem unsere Firma gescheitert war, beschloss ich, noch einmal von vorne anzufangen. Ich bot ihm an, in mein Unternehmen einzusteigen, aber er lehnte ab.«

Das überraschte mich, und wahrscheinlich sah man mir das an. Morgan lächelte wehmütig. »Zweifellos hat Leonard vergessen, Ihnen das zu erzählen. Sehen Sie, Leonard war ein äußerst begabter Software-Entwickler, aber er war kein Geschäftsmann. Man braucht ein gewisses Stehvermögen, wenn man etwas erreichen will. Man muss hartnäckig sein, an sich selbst glauben und bereit sein, Risiken einzugehen. Um es ganz offen zu sagen, all diese Eigenschaften fehlten Leonard. Als ich ihm anbot, mein Partner zu werden, bestand ich darauf, die Kompetenzen anders zu verteilen. Er sollte für die technischen Aspekte der Produktion verantwortlich sein und alles Geschäftliche mir überlassen. Er lehnte jedoch ab.«

»Dennoch haben Sie ein von ihm entwickeltes Programm verwendet, um mit Ihrer neuen Firma ins Geschäft zu kommen.«

»Er hatte alle Rechte an dem Programm abgetreten. Allerdings zweifle ich nicht daran, dass er über die Jahre zu der Überzeugung gekommen ist, er hätte das nie getan. Erst als er merkte, dass ich Erfolg hatte, fiel ihm ein, dass ich ihm Geld schuldete. Dabei kam mir der Gewinn, den ich mit dem Programm erzielte, zwar gelegen, aber er war keineswegs ausschlaggebend. Auch ohne das Geld hätte ich Erfolg gehabt. Das hat Leonard nie begriffen.«

Obwohl ich vermutete, dass Morgans Version der Geschichte der Wahrheit näher kam als die von Hoffman, erschien mir die Art, wie er seine Handlungsweise begründete, irgendwie gefühllos.

»Egal, was passiert ist, Sie hätten ihm seinen Anteil auszahlen können, als er vor Jahren zu Ihnen kam«, wandte ich ein. »Mehr wollte er nicht. Sie hätten es sich ohne weiteres leisten können.«

»Ich sah keine Veranlassung dazu. Leonard war Alkoholiker. Sein ganzes Leben lang hat er alles zerstört, was sich ihm an Chancen bot. Seine Ehen sind gescheitert. Seine Karriere erlitt Schiffbruch. Er war zwar auf seine Art ein Genie, aber charakterlich war er schwach. Was auch immer er Ihnen erzählt hat, muss unter diesem Aspekt betrachtet werden, Mr Weston. Wenn ich ihm das Geld gegeben hätte, das er von mir verlangte, hätte das sein Leben in keiner Weise verändert.«

Interessant. In den Straßen von San Francisco, einer Stadt von kaum mehr als einer Viertelmillion Einwohnern, gibt es vierzehntausend Obdachlose. Die vorherrschende Meinung besagt, man sollte ihnen kein Geld geben, und die Begründung ist dieselbe, die Morgan in Bezug auf seinen ehemaligen Partner lieferte: Sie werden es sowieso nur sinnlos verjubeln. Diese anmaßende Haltung ist mir absolut suspekt. Ich selbst drücke Bettlern, denen ein einfallsreicher Spruch einfällt, gern einen oder zwei Dollar in die Hand. »Können Sie mir 'ne Rate für'n Cheeseburger finanzieren?« Oder wie wär's mit: »Haben Sie 'n bisschen Kleingeld für'n Whisky übrig?«, oder mit einem Schild mit der Aufschrift »www.hamsemandollar.com?«. Die Ironie erfreut sich bester Gesundheit, selbst unter Obdachlosen.

Zu Morgan sagte ich: »Das können Sie nicht mit Sicherheit wissen.«

»Das stimmt. Aber damals habe ich so gedacht.«

Ich sah Morgan an, dass er die Entscheidung, die er getroffen hatte, heute noch für richtig hielt. Aber warum hatte mir dann die Erwähnung von Hoffmans Namen eine Audienz bei ihm eingebracht? Und warum hatte Hoffman über so lange Zeit einen so tiefen Groll gegen seinen ehemaligen Partner gehegt? Immerhin war das alles vor langer Zeit passiert. Ich wurde das Gefühl nicht los, dass noch mehr dahinter steckte.

»Leonard ist mehr als einmal an Sie herangetreten, stimmt's?«, fragte ich.

»Ja, das ist richtig«, räumte Morgan nach kurzem Zögern ein. »Er tauchte über die Jahre regelmäßig bei mir auf. Meistens hatte er sich mal wieder in irgendeine Zwangslage hineinmanövriert. Jedes Mal verlangte er Geld. Er behauptete, ich schuldete ihm welches.«

»Aber Sie waren anderer Meinung?«

Etwas Defensives flackerte in seinen Augen auf. »Ich war der Meinung, ihm nichts schuldig zu sein. Wie gesagt, er war Trinker. Ich glaubte nicht, dass es ihm helfen würde, wenn ich ihm Geld gab.«

Aber er hätte Hoffman helfen können, dachte ich, wenn er wirklich gewollt hätte. Er hätte dafür sorgen können, dass Hoffman in eine Klinik kam. Es gab eine Menge Dinge, die er hätte tun können. Er war vielleicht nicht dazu verpflichtet, aber darum ging es nicht. Bis zu diesem Augenblick hatte ich mich noch nicht endgültig entschieden, ob ich mein Vorhaben durchführen sollte. Doch jetzt hatte ich keine Bedenken mehr.

»Ich glaube, Sie haben die falsche Entscheidung getroffen.«

»So?«

»Wie ich anfangs erwähnte, hat Hoffman für Spectrum gearbeitet, und zwar bis etwa vor einem Jahr. Er hatte aufgehört zu trinken und angefangen, ein normales Leben zu führen. Er hatte eine Idee für ein Computerprogramm, dessen Entwicklung er der Firma vorschlug, ein Programm, das seiner Meinung nach ein großes Potential besaß. Sam Mendez teilte Hoffmans Meinung, doch er verfügte nicht über die Mittel, um Hoffmans Idee zu verwirklichen, deshalb begann er, sich nach einem Investor umzusehen.«

Morgan hörte mir schweigend zu. Er schien zu spüren, dass ich drauf und dran war, ihm den Grund meines Besuchs darzulegen.

»Als Mr Hoffman erfuhr, dass Morgan Industries Spectrum Software kaufen wollte, kündigte er«, fuhr ich fort. »Er sagte mir, er habe die Vorstellung nicht ertragen können, dass Sie erneut von einer Idee profitierten, die von ihm stammte. Und so arbeitete er im vergangenen Jahr an einer eigenen Version des Programms. Ich habe übrigens beide Programme gesehen, und seine Version ist wesentlich besser.«

Als ich geendet hatte, stand Morgan auf, trat ans Fenster und schaute zu den Tennisplätzen hinaus. Ich hörte, wie die Frau draußen immer noch trainierte. Eine ganze Weile schien Morgan über meine Worte nachzudenken. Schließlich drehte er sich zu mir um.

»Und was haben Sie damit zu tun, Mr Weston?«

»Mr Hoffman hat sich mit der Bitte um Hilfe an uns gewandt. Er wollte sein Programm ins Internet stellen, sodass jeder, der sich dafür interessierte, es gegen eine lächerlich geringe Gebühr herunterladen konnte. Uns brauchte er, um das Produkt bekannt zu machen. Leider starb Mr Hoffman, bevor er seinen Plan verwirklichen konnte.«

»Verstehe.«

»Da bin ich mir nicht so sicher. Vielleicht sollte ich ein paar Dinge erläutern. Mr Hoffman, ob zu Recht oder nicht, sei dahingestellt, hegte einen tiefen Groll gegen Sie. Er wusste, dass er sterben würde, die geplante Aktion sollte einzig und allein dem Zweck dienen, zu verhindern, dass Sie noch einmal von seiner Arbeit profitieren. Natürlich werden Sie sich persönlich davon überzeugen wollen, dass sein Programm dem Ihren tatsächlich überlegen ist. Ich habe eine Demoversion mitgebracht. Sie ist gerade ausreichend, um Ihnen zu zeigen, was ich meine.« Ich nahm eine Diskette aus der Tasche, auf die ich einen Teil von Hoffmans Programm kopiert hatte, und legte sie auf den Tisch.

»Ich weiß, wie viel Sie bereits in dieses Projekt investiert haben«, fuhr ich fort. »Spectrum Software würde kein einziges Exemplar des Programms verkaufen, wenn diese Version im Netz erhältlich wäre.«

»Und Sie sind im Besitz des kompletten Programms?«, erkundigte Morgan sich nach einer Weile, und ich hatte den Eindruck, dass er allmählich begriff, was ich von ihm wollte.

»So ist es. Rechtlich gesehen gehört es allerdings einer Treuhandgesellschaft, die Hoffman eingerichtet hat, um sicherzustellen, dass seine Wünsche nach seinem Tod in die Tat umgesetzt werden.«

Morgan sah mich nachdenklich an. »Und da Leonard nun tot ist, sind Sie auf die Idee gekommen, das Programm zu stehlen und Geld damit zu erpressen.«

Ich lächelte. »Ich würde es lieber als ein Geschäft betrachten. Ich biete Ihnen den Kauf von etwas an, das Ihnen eine Menge Geld wert sein müsste, weil Sie auf die Art verhindern können, dass es jemals wieder in die Hände der Treuhänder fällt.«

Während er überlegte, sah er mich unverwandt an. »Angenommen, das Programm ist so gut, wie Sie behaupten, wie hoch wäre der Preis, den Sie dafür verlangen?«

Ich ließ mir Zeit mit meiner Antwort und hielt seinem Blick stand. Ich wollte ihm zeigen, dass ich gründlich über alles nachgedacht hatte, dass die Summe nicht einfach aus der Luft gegriffen war. Von draußen war das regelmäßige Plopp-Plopp der Tennisspielerin zu hören. Ich fragte mich, ob sie Morgans Frau war. Sie schien wesentlich jünger zu sein als er. Seine Tochter vielleicht? Seine Geliebte? Ich nahm die Ausmaße des Raums wahr, in dem ich mich befand, dieses riesigen, von der Außenwelt abgeschirmten Hauses. Ich glaube, ich lächelte, als ich ihm schließlich antwortete.

»Vierzig Millionen Dollar«, sagte ich, spontan noch zehn Millionen auf meine ursprüngliche Forderung aufschlagend. »Eine Mischung aus Bargeld und Aktien wäre akzeptabel.«

Bis auf ein leichtes Zucken im Augenwinkel zeigte er nicht die geringste Reaktion.

Weniger als fünfzehn Minuten später schwang das Tor vor mir auf, und ich lenkte meinen Wagen auf die Straße. Fast hätte ich laut gelacht. Ich konnte es nicht fassen, dass alles so glatt gelaufen war. Wie lange war ich in Morgans Haus gewesen? Ich schaute auf die Uhr. Nicht mal eine halbe Stunde. Vierzig Millionen geteilt durch dreißig, rechnete ich schnell aus, das waren eins Komma drei Millionen pro Minute. Plus ein paar Zerquetschte. Es war einfach unglaublich. Aber ich glaubte es, weil ich wusste, dass so etwas häufiger geschieht, als die meisten ahnen, und so etwas widerfährt nicht denjenigen, die ihr Leben lang sechzig Stunden die Woche malochen, sondern denjenigen, die das System manipulieren. Sie hacken auf ihren Tastaturen herum, schieben mit einem Tastendruck ganze Vermögen quer über den Globus oder treiben Risikokapital auf für irgendein neues Internetunternehmen, das am Ende sowieso Pleite geht, oder sie kommen als Filmstar groß heraus oder erhalten einen Anruf von irgendeinem Insider, der ihnen einen Tipp gibt über eine Firmenfusion, damit sie schnell Aktien erwerben können, die sie wenige Wochen später mit so viel Gewinn wieder abstoßen, dass sie davon ein kleines Land aufkaufen könnten. Also warum sollte es mir nicht widerfahren? Es gab keinen Grund. Das Einzige, was man braucht, ist eine günstige Gelegenheit, die Nerven, sie beim Schopf zu packen, und jemanden, der zu zahlen bereit ist. Ausnahmsweise verfügte ich einmal über alle drei Voraussetzungen.

Ich fuhr an einem Tor vorbei und verlangsamte das Tempo, als ich ein Haus durch die Bäume erspähte. Es war ein moderner, dreistöckiger Bau aus Stahl und Glas, errichtet auf einer Anhöhe, von der aus man einen guten Blick auf die umliegenden Hügel und aufs Meer hatte. Das Grundstück war nicht so weitläufig wie das von Morgan, das ganze Anwesen wirkte längst nicht so hochherrschaftlich, aber für eine Familie, sagen wir, ein Ehepaar mit zwei, drei Kindern, wäre es perfekt. Ich fragte mich, wie viel ein solches Haus wohl kosten mochte. Die Grundstückspreise hier in der Gegend waren exorbitant, aber weiter südlich, Richtung Monterey, müsste sich für drei bis fünf Millionen etwas finden lassen, das Sally und mir gefallen könnte. Ich wusste, dass sie das alles nicht billigte, aber ich würde sie schon noch herumkriegen.

Diese Gedanken gingen mir durch den Kopf, als ich vor mir einen Wagen entdeckte, der mit hochgeklappter Kühlerhaube am Straßenrand stand. Es schien ein Ford zu sein, ein alter Mustang mit getönten Scheiben und Heckspoiler. Ich erinnerte mich an den Wagen mit dem frisierten Motor, den ich auf der Hinfahrt gehört hatte, und als ich in den Rückspiegel schaute, sah ich mehrere Männer, die sich über den Motor beugten. Ich weiß nicht, warum, aber etwas an dem Ganzen irritierte mich. Ich konnte es mir nicht erklären, dennoch war da etwas in meinem Hinterkopf, wie eine juckende Stelle, an der man sich nicht kratzen kann. Ich dachte immer noch darüber nach, als ich auf die Autobahn fuhr.

18

Leonard Hoffman wurde auf dem Fairlawns Cemetery zur letzten Ruhe gebettet, einem Friedhof, der etwa fünfzig Kilometer östlich der Bucht lag. Ich war der einzige Trauergast. An einem schönen Tag wäre es ein angenehmer Ort gewesen, der Friedhof machte einen sehr gepflegten Eindruck, und es gab zahlreiche Bäume, sodass die Trauernden auf Bänken im Schatten sitzen und in einer friedlichen Umgebung ihrer Toten gedenken konnten. Aber an jenem Tag, dem Tag nach meinem Treffen mit Nelson Morgan, suchte ich unter einer Ulme Schutz vor dem Regen. Der Himmel war bleiern und der Boden aufgeweicht. Es regnete in Strömen, und die Welt sah aus wie auf einem Schwarzweißfoto. Zehn Meter von mir entfernt lag Hoffmans Sarg in einem frisch ausgehobenen Grab. Der Pfarrer war, nachdem er seine kurze Trauerrede gehalten hatte, sofort geflüchtet. In seiner schwarzen Soutane, die ihm um die Beine flatterte, sah er aus wie eine durchnässte Krähe. Ein Haufen Erde wartete darauf, in die Grube geschaufelt zu werden, eine Rolle Torf gleich daneben erinnerte an eine Bettdecke. Die beiden Männer, deren Aufgabe es war, das Grab aufzufüllen, hatten in der Nähe unter einem anderen Baum Schutz gesucht und warteten mit mürrischen Gesichtern darauf, dass der Regen endlich aufhörte. Ich konnte sie kaum erkennen.

Ich hatte meinen Mantel eng um mich gezogen, den Kragen hochgeschlagen und die Hände in den Taschen vergraben. Es war nicht kalt, aber dicke Tropfen klatschten von den Zweigen auf mich herab. Ich betrachtete meine schlammverkrusteten Schuhe. Es sah nicht so aus, als würde der Regen in nächster Zeit nachlassen, und ich sagte mir, dass ich meine Pflicht getan hatte. Doch als ich mich gerade auf den Weg machen wollte, sah ich jemanden auf mich zukommen. Auch er trug einen langen, dunklen Mantel, und als er mich erblickte, zögerte er kurz, bevor er sich zu mir unter den Baum gesellte.

»Mit Ihnen habe ich nicht gerechnet«, sagte ich zu Brinkman.

»Ich hatte eine Besprechung«, erwiderte er knapp. Er wischte sich mit einem Taschentuch den Regen von der Stirn und schaute blinzelnd in die Baumkrone hinauf, anscheinend enttäuscht darüber, wie wenig Schutz sie bot.

»Außer mir war niemand hier«, bemerkte ich.

Brinkman warf einen Blick zum Grab hinüber. »Er hatte keine Verwandten.«

Ich hatte mich gefragt, ob Morgan wohl auftauchen würde. Zwar hatte ich ihm nichts über die Bestattungsformalitäten gesagt, die Hoffman offenbar bereits selbst vor einiger Zeit geregelt hatte, aber ich nahm an, dass es nicht schwer gewesen wäre, sich zu informieren. Es wunderte mich jedoch nicht, dass er durch Abwesenheit glänzte. Er hatte auf mich nicht eben sentimental gewirkt. Abgesehen davon, dass die Freundschaft zwischen den beiden Männern schon seit Jahren nicht mehr bestanden hatte, würde Hoffmans letzte irdische Tat Morgan immerhin eine Menge Geld kosten.

Ich war bisher erst einmal bei einer Beerdigung gewesen. Als mein Vater begraben wurde, hatte es ebenfalls geregnet, wenn auch nicht so stark wie an diesem Tag. Im Gegensatz zu Hoffman hatte mein Vater viele Freunde und Bekannte gehabt, er war eine geachtete Persönlichkeit gewesen, wenn er auch nicht so sehr im Mittelpunkt gestanden hatte. Alle seine ehemaligen Angestellten waren zur Beerdigung erschienen, obwohl sie ausnahmslos ihre Arbeit verloren hatten, als seine Firma Bankrott machte. Etwa ein Dutzend Nachbarn waren da und die Schwester meines Vaters und seine Mutter, die zu der Zeit noch lebte. Ich hatte die Situation damals als trostlos empfunden, aber das hier war viel schlimmer. Begraben zu werden, ohne dass jemand zugegen war, der um einen trauerte, war wohl die allerbetrüblichste Bilanz eines Lebens, dachte ich.

»Warum sind Sie hergekommen?«, fragte Brinkman plötzlich, und mir wurde klar, dass er mich die ganze Zeit beobachtet hatte. Seine Frage überraschte mich.

»Ich weiß es nicht. Ich habe ihn nicht sehr gut gekannt. Ich glaube, er hat mir einfach Leid getan.«

»Leid getan? Warum?«

Ich zuckte die Achseln. »Er war intelligent. Er besaß ein ausgesprochenes Talent in einem Bereich, in dem man heutzutage leicht ein Vermögen machen kann. Aber sehen Sie sich bloß an, wie er gestorben ist. Ohne einen Penny in der Tasche.«

»Erzählen Sie mir nicht«, erwiderte Brinkman, »Sie hätten ein Herz für die Verlierer dieser Welt.«

Mir fiel sein zynischer Ton auf. »Ihnen geht so etwas offenbar ab.«

»Wie groß sein Talent auch gewesen sein mag, er hat es vergeudet. Er hat es im Alkohol ersäuft.«

»Immerhin hat er irgendwann mit dem Trinken aufgehört«, sagte ich. »Seit einem Jahr war er trocken.«

»Und was hat er in dem Jahr getan? Er hat einen Plan ausgeheckt, um sich an seinem ehemaligen Partner zu rächen. Kaum etwas, das sich für eine Grabinschrift eignet.«

»Er hatte seine Gründe.«

Brinkman lächelte kühl. »Und die muss man Ihrer Meinung nach respektieren.«

Ich sagte nichts. Der Regen hatte immer noch nicht nachgelassen. Wasser lief mir in den Kragen und über den Rücken. Der Boden verwandelte sich allmählich in Morast, überall standen große und kleine Pfützen. Brinkman und ich machten uns auf den Weg zurück zum Parkplatz.

»Ist das Programm inzwischen wieder aufgetaucht?«, fragte ich.

»Nein.«

»Es gibt also keinen Vertrag.«

»Logischerweise nicht.«

Wir erreichten den Parkplatz und blieben stehen. »Und Sie haben keine Ahnung, wer es gestohlen haben könnte?«

Eine Weile schwieg er, dann deutete er ein Lächeln an. »Oh, das würde ich nicht sagen.« Er drehte sich um und ging zu seinem Auto.

Auf dem Weg zurück in die Stadt dachte ich über das Gespräch mit Brinkman nach. Er hatte mich gefragt, warum ich zu dem Begräbnis gegangen war, und ich hatte ihm ausweichend geantwortet. In Wirklichkeit, musste ich mir eingestehen, hatte ich ein schlechtes Gewissen. Sally gegenüber hatte ich argumentiert, Hoffmans Motive seien nicht unbedingt ehrenhaft gewesen, aber das war keine Rechtfertigung für das, was ich jetzt tat. Sally wusste das. Wahrscheinlich vermutete Brinkman, dass ich deswegen an der Beerdigung teilgenommen hatte. Seine letzte Bemerkung bestätigte mich in der Annahme, dass er ahnte, wer das Programm gestohlen hatte. Allerdings konnte ich mir nicht erklären, warum er mich nicht offen beschuldigte. An seiner Stelle hätte ich ein paar eindeutigere Drohgebärden gemacht, hätte versucht, mein Gegenüber so einzuschüchtern, dass er das Programm wieder rausrückte. Dass Brinkman das nicht tat, kam mir irgendwie merkwürdig vor. Er hatte auch zu selbstsicher gewirkt für meinen Geschmack.

Im Büro angekommen, erkundigte ich mich bei Stacey, ob Nachrichten für mich vorlagen.

»Nur eine.« Sie reichte mir einen Zettel mit einer Telefonnummer, die mir unbekannt vorkam. Ein Name war nicht darauf notiert.

»Von wem ist die?«

»Er hat seinen Namen nicht genannt. Er sagte nur, Sie möchten ihn zurückrufen wegen der Sache, die Sie gestern mit ihm besprochen haben.«

»Wie geheimnisvoll«, scherzte ich.

»Ich muss sagen, er war ziemlich unhöflich. Er hat mir die Nummer gegeben und gleich aufgelegt.«

Es musste Morgan gewesen sein. Ich bedankte mich bei Stacey und ging in mein Büro. Während ich meinen feuchten Mantel auszog, wählte ich die Nummer. Offenbar handelte es sich um seinen Privatanschluss. Ein Mann nahm ab, wahrscheinlich sein Butler. Ich nannte meinen Namen, bat darum, Morgan sprechen zu dürfen, und wurde aufgefordert zu warten. Eine Minute später meldete er sich.

»Mr Weston?«

»Ja.«

»Ich habe mir das Muster angesehen, das Sie mir überlassen haben. Es scheint dem zu entsprechen, was Sie beschrieben haben.«

Morgan schwieg, und ich wartete. Mein Herz raste. Nachdem ich sein Haus verlassen hatte, war ich von einem Hochgefühl erfüllt gewesen, doch dann hatte meine Euphorie nachgelassen und war einer nervösen Ungeduld gewichen. Ich konnte einfach nicht glauben, dass das alles wirklich geschah, dass Morgan tatsächlich die Summe zahlen würde, die ich für das Programm verlangt hatte. Und Hoffmans erbärmliches Begräbnis hatte dieses Gefühl der Verunsicherung noch verstärkt.

»Dreißig Millionen.«

Ich hörte die Worte, aber es dauerte einen Augenblick, bis sie zu mir durchdrangen.

»Zehn in bar, den Rest in Aktien«, fügte Morgan hinzu.

»Fünfunddreißig. Zwanzig in bar, fünfzehn in Aktien«, erwiderte ich und hielt den Atem an.

Schließlich antwortete er: »Also gut. Ich brauche ein paar Tage, um die Vorbereitungen zu treffen. Sie hören von mir.«

Die Leitung wurde unterbrochen, und ich legte ganz langsam den Hörer auf. Mein wild pochendes Herz beruhigte sich allmählich wieder. Nach einigen Minuten stand ich auf und ging in den Konferenzsaal, und nachdem ich die Tür geschlossen und die Jalousien heruntergelassen hatte, öffnete ich den Safe, in dem ich die CD mit dem Programm verstaut hatte. Ich musste mich einfach vergewissern, dass sie noch da war. Fünfunddreißig Millionen Dollar. Ich konnte es kaum fassen. Ich verschloss den Safe wieder und ging zu Marcus hinüber. Auf dem Weg in sein Büro begegnete ich Karen, die mir einen fragenden Blick zuwarf.

»Du scheinst ja richtig gute Laune zu haben«, bemerkte sie.

Ich grinste. »Ich habe nie bessere gehabt.«

Ich wollte das Ereignis gebührend feiern, und so reservierte ich für den kommenden Abend einen Tisch bei Mario. Als ich Marcus davon erzählte, war er nicht gerade begeistert.

»Das ist eine Menge Geld, Marcus«, sagte ich, für den Fall, dass er es immer noch nicht begriffen hatte. »Ich würde sagen, wir haben allen Grund zum Feiern.«

»Findest du?«

Ich breitete die Hände aus. »Was ist los mit dir? Du warst doch dafür, dass wir es so machen.«

»Ja«, gab er zu, ohne mich anzusehen. »Ja, das war ich wohl.«

»Hat es was mit Spectrum zu tun?«, fragte ich. »Willst du mir das bis an mein Lebensende vorhalten?«

Er schaute mich an. »Nein, das ist es nicht. Nicht direkt.«

»Nicht direkt? Was ist es dann? Ich verstehe nämlich nicht, warum du dich so komisch verhältst. Du wolltest das doch auch, oder?«

Aber was auch immer er dachte, er weigerte sich, es mir zu sagen. Er murmelte etwas von viel Arbeit und ging zurück in sein Büro. Ich musste daran denken, was sich in meinem Wohnzimmer abgespielt hatte, und nicht zum ersten Mal fragte ich mich, wie Alice es geschafft hatte, Marcus dazu zu bringen, dass er meinem Plan zustimmte. Ausnahmsweise jedoch war ich froh über den Einfluss, den sie auf ihn hatte, da konnte es mir eigentlich egal sein, wie sie es angestellt hatte.

Als ich nach Hause kam und Sally die gute Nachricht überbrachte, war auch sie alles andere als begeistert, aber von ihr hatte ich es ja nicht anders erwartet.

»Ein Festessen?«

Während Sally ein paar Tomaten für den Salat klein schnitt, öffnete ich eine Flasche Chablis, die ich aus dem Kühlschrank genommen hatte.

»Warum nicht?«

Sie schürzte die Lippen. »Hast du mit Marcus darüber gesprochen?«

»Klar.«

»Und?«

»Er hat mich angesehen, als würde er sich am liebsten die Kugel geben.«

Sie schaute auf das Schneidebrett. »Vielleicht hat er einfach keine Lust darauf, so wie es im Moment zwischen ihm und Alice steht.«

Daran hatte ich nicht gedacht. »Vielleicht ist das eine gute Gelegenheit für die beiden, sich wieder zusammenzuraufen.«

»In unserer Gegenwart werden sie das wohl kaum tun.«

»Aber zumindest bringt es sie zusammen. Das könnte immerhin helfen.«

»Vielleicht wollen sie deine Hilfe nicht.«

Sally hatte die Tomaten bereits geviertelt, doch jetzt legte sie die flache Hand auf das Wiegemesser und hackte sie in winzig kleine Stücke.

»Soll das Tomatenmus werden?«, fragte ich.

Sie hielt inne, merkte, was sie getan hatte, und schob das Brett ungehalten weg. »Ich glaube, zu Mario zu gehen ist keine gute Idee, Nick.«

»Warum denn nicht? Ich weiß ja, wie du über die Sache denkst. Aber überleg doch mal. Es ist ein Neuanfang. Für uns alle.«

»Ich weiß nicht. Es hat sich alles geändert.«

Vielleicht lag mir immer noch die Beerdigung auf dem Magen. Der Regen und der Schlamm hatten das Ende von Hoffmans Leben so erbärmlich und deprimierend erscheinen lassen. Ich wollte dieses Bild loswerden. Vielleicht verstärkte es meine Überzeugung, dass man eine gute Gelegenheit beim Schopf packen muss, egal in welcher Form sie sich einem bietet, und ich wollte, dass Sally das auch so sah. So wie sie und Marcus sich anstellten, hatte ich das Gefühl, mit dem Kopf gegen die Wand zu rennen. Ich schenkte mir ein Glas Wein ein.

»Weißt du was? Du hast Recht«, sagte ich. »Etwas hat sich geändert. Und weißt du, was das ist? Wir werden um fünfunddreißig Millionen Dollar reicher sein, das ist es! Das ist doch phantastisch, oder? Die Bank wird uns nicht fallen lassen, wir müssen das Haus nicht verkaufen, du kannst aufhören zu arbeiten und ein Kind bekommen, genau wie du es dir wünschst. Wenn wir es richtig anfangen, brauchen wir uns nie wieder Sorgen ums Geld zu machen. Etwas Besseres kann uns doch gar nicht passieren. Ich wünschte bloß, jemand würde mir mal erklären, was daran so schrecklich ist, denn das begreife ich einfach nicht.«

»Vielleicht liegt es daran, dass du endlich hast, was du immer wolltest, was du seit dem Tod deines Vaters immer angestrebt hast, und deswegen hast du etwas aus dem Auge verloren. Das hier ist kein Riesenauftrag, den du an Land gezogen hast. Kein geschäftlicher Erfolg, auf den du stolz sein und von dem du eines Tages deinen Kindern erzählen kannst. Wenn du Morgan dieses Programm verkaufst, dann verkaufst du etwas, was dir nicht gehört. Dazu hast du kein Recht. Eigentlich kann man es noch nicht mal verkaufen nennen, denn in Wirklichkeit handelt es sich um Erpressung.«

»Ich bitte dich, Sally, das haben wir doch schon alles lang und breit durchgekaut. Was recht und unrecht ist, lässt sich in diesem Fall nicht eindeutig klären, die Grenzen sind verwischt. Was wir tun, ist nichts Schlimmeres als das, was Brinkman getan hätte, und mit Morgan braucht niemand Mitleid zu haben. Es ist eine geschäftliche Transaktion, das ist alles.«

»Nein, Nick, das ist es nicht. Und genau das ist das Problem. Aber du siehst es nicht. Oder du willst es nicht sehen.«

»Meinst du nicht, du hast etwas vergessen? Das hier ist nicht allein mein Ding«, erinnerte ich sie. »Ich habe diese Entscheidung nicht allein getroffen. Das war ein Mehrheitsbeschluss. Marcus und Alice haben dem Plan beide zugestimmt.« Auch wenn Marcus seine eigenen Gründe gehabt haben musste, dachte ich.

Das ließ sie verstummen, schien ihr beinahe einen Schlag zu versetzen. »Ja«, seufzte sie, »ich weiß.«

Ich ging zu ihr und legte meine Hände auf ihre Schultern. »Ich weiß, was du denkst. Du bist einfach zu gut für diese Welt. Aber du wirst mit der Zeit drüberwegkommen. Wir werden Kinder haben, Sally. Drei, vier, so viele du willst. Und wir brauchen uns nie wieder Sorgen zu machen. Wir werden glücklich sein.«

Sie sah mir in die Augen. »Werden wir das, Nick?«

»Ja, das werden wir. Also lass uns morgen ausgehen und feiern.«

Sie wandte sich wieder ihrem Salat zu, doch ich sah, dass sie immer noch nachdenklich war. Nach einer Weile hielt sie inne und sagte: »Also gut. Wir gehen zu Mario, aber danach will ich nichts mehr damit zu tun haben. Ich will von dem Geld nichts wissen.«

»Abgemacht«, versprach ich. »Wenn das dein Wunsch ist.«

»Das ist es. Und Nick.« Sie legte eine Hand auf meinen Arm. »Erwarte nicht, dass alles so wird, wie es einmal war. Mit Marcus, meine ich. Es gibt Dinge, die kann man nicht rückgängig machen. Und lass die beiden ihre Probleme allein lösen.«

Sie ließ ihre Hand sinken und wandte sich ab.

Am folgenden Abend öffnete ich das Verdeck meines Cabrios, während ich auf Sally wartete. Es war einer dieser Abende, an denen die Luft sich anfühlt wie warmer, feuchter Atem. Der Himmel war verhangen, kein einziger Stern war zu sehen, und der Wind kam von Süden. Es würde Regen geben, aber er würde noch ein bisschen auf sich warten lassen. Als Sally aus dem Haus trat, trug sie ein kurzes, schwarzes Kleid, das ihre beginnende Sonnenbräune hervorhob. Ihr Haar glänzte, und ihr Duft erinnerte mich an tropische Blumen. Ich konnte meinen Blick gar nicht von ihr abwenden, selbst als wir schon unterwegs auf der Mountain Road waren, musste ich sie immer wieder ansehen.

»Was ist los?«, fragte sie, als sie meinen Blick bemerkte.

»Du siehst einfach umwerfend aus.«

Ich meinte es ernst. Sie wirkte irgendwie verändert. Ihre Haut schimmerte auf eine Weise, die ich noch nie wahrgenommen hatte, und sie strahlte etwas unglaublich Erotisches aus. Meine Bemerkung löste die Reserviertheit ein wenig auf, die seit unserem Gespräch am Vorabend in ihren Augen gelegen hatte, aber nur ein wenig. Sie schaute gedankenverloren aus dem Fenster. Ich fuhr ein gemächliches Tempo. Ich schob eine CD ein, und wir lauschten Madonna, die »American Pie« sang, das alte Stück von Don MacLean. Es herrschte kaum Verkehr. Einmal schaute ich in den Rückspiegel und sah einen Wagen, der sich mit hoher Geschwindigkeit näherte, doch dann ließ er sich zurückfallen und blieb mehrere hundert Meter hinter uns.

Es dämmerte bereits, als wir über die gewundene Straße zum Restaurant hinauffuhren. Kurz vor der Kreuzung, an der ich vom Skyline Boulevard abbiegen musste, warf ich noch einmal einen Blick in den Rückspiegel und sah, dass die Scheinwerfer des Wagens hinter uns wieder näher kamen. Ich nahm den Fuß vom Gas, und im nächsten Augenblick hörte ich das Dröhnen eines Zwölf-Zylinder-Motors.

Ich hielt an der Kreuzung und schaute nach links und nach rechts. Der Wagen hinter uns kam näher, das Motorengeräusch wurde lauter. Jetzt hörte Sally es auch und drehte sich stirnrunzelnd um.

»Was macht der denn?«

Als ich in den Rückspiegel sah, merkte ich, dass der Wagen sich mit hoher Geschwindigkeit näherte.

»Das sind wahrscheinlich Jugendliche«, sagte ich.

Ich wollte abbiegen, musste aber erst sechs oder sieben Autos vorbeilassen, die hinter einem langsamen Lastwagen herkrochen. Der Wagen hinter uns kam immer näher, und inzwischen hörte sich das Motorengeräusch an wie eine schnelle Folge von Fehlzündungen.

»Nick …« Sally wirkte ernstlich besorgt.

Ich schaute in den Spiegel. Der Wagen raste auf uns zu, und ich begriff, dass es sich um irgendein idiotisches Spiel handelte.

»Der bremst überhaupt nicht«, rief Sally ängstlich.

In dem Moment wurde mir klar, dass der Wagen mich rammen würde, wenn ich mich nicht bewegte. Ich wollte rechts abbiegen, aber von links kam ein Auto ziemlich schnell angefahren, und wenn ich vor ihm auf die Straße einbog, würde der Fahrer scharf bremsen müssen. Aber stehen bleiben konnte ich auch nicht. Ich warf noch einen Blick in den Rückspiegel. Die Scheinwerfer kamen immer näher. Im Bruchteil einer Sekunde traf ich die Entscheidung, trat das Gaspedal durch und riss das Steuer herum. Der Fahrer, dem ich die Vorfahrt genommen hatte, trat in die Eisen und hupte wütend, und als ich beim Gasgeben in den Spiegel schaute, sah ich ihn fluchen. Direkt hinter ihm, wahrscheinlich keinen halben Meter von seinem Heck entfernt, raste der andere Wagen, ohne das Tempo zu verlangsamen, mit ohrenbetäubendem Lärm über die Kreuzung. Ich sah noch kurz die getönten Scheiben und die grüne Lackierung, dann war er verschwunden. Der Fahrer in dem Wagen hinter mir starrte entgeistert in den Rückspiegel.

»Scheiße. Diese Idioten sind doch wahnsinnig«, fluchte ich.

»Was wollten die denn bloß?«, fragte Sally fassungslos.

»Keine Ahnung. Wahrscheinlich ein paar junge Typen, die sich einen Spaß draus machen, anderen einen Schrecken einzujagen.«

Aber die Sache ging mir nicht mehr aus dem Kopf. Ich hatte das Gefühl, dass es derselbe Wagen gewesen war, den ich auf dem Weg zu Morgan gesehen hatte.

Als wir im Restaurant eintrafen, waren Alice und Marcus bereits dort. Mario begrüßte uns wie alte Freunde, und auch ihm schien etwas an Sally aufzufallen. Er nahm ihre Hände, betrachtete sie von oben bis unten, und zur Abwechslung fehlten ihm die Worte.

»Ich hoffe, du weißt, was du für ein Glück hast, Nick.«

Ich machte eine scherzhafte Bemerkung, und er führte uns an unseren Tisch, wo er Sally galant einen Stuhl zurechtrückte und ihre Serviette bereitlegte.

Auch Alice sah umwerfend aus, aber auf andere Weise. Sie trug hohe Absätze, die ihre außergewöhnliche Größe noch unterstrichen, und ein langes, rotes Kleid, das sich sanft an ihren Körper schmiegte. Falls sie etwas darunter trug, war es jedenfalls nicht zu erkennen. Ihr dunkelblondes Haar war im Nacken zusammengefasst, was ihre hohen Wangenknochen betonte. Marcus trug Jeans und ein Hemd mit Krawatte und fühlte sich sichtlich unwohl. Irgendetwas hatte sich geändert an der Art, wie die beiden miteinander umgingen. Alice gab sich kühl, als wir kamen, wirkte jedoch gelassen, während Marcus die Anspannung ins Gesicht geschrieben stand. Einen Moment lang schien keiner von uns zu wissen, was er sagen sollte. Ich ergriff die Initiative, trat auf Alice zu und begrüßte sie mit einem Kuss auf die Wange.

»Tolles Kleid.«

»Danke. Ich hab's mir heute gekauft.« Sie warf Marcus einen kurzen Blick zu. »Und die auch.« Sie berührte die Diamantohrringe, die sie trug.

Als hätte sie mit dieser Anspielung auf das Geld die Etikette verletzt, machte sich auf einmal Verlegenheit breit. Alice jedoch blieb völlig unbeeindruckt. Dann lachte ich.

»Schön für dich«, sagte ich ruhig. Etwas Verschmitztes blitzte in ihren Augen auf.

Ich beschloss, ihrem Beispiel zu folgen, und bestellte den teuersten Wein auf der Karte und als Aperitif eine Flasche Champagner, die fünfhundert Dollar kostete. Es war eine unglaubliche Extravaganz, die ich mir normalerweise nie erlaubt hätte, egal wie viel Geld ich besaß. Sally sah mich tadelnd an.

»Heute wird gefeiert«, erklärte ich. »Wir können es uns leisten, und diesmal sollten wir an nichts sparen.«

Ich hoffte, der Champagner würde die Stimmung ein bisschen auflockern. Als die Flasche serviert war, füllte ich eigenhändig alle Gläser, dann prostete ich den anderen zu.

»Auf den Erfolg.«

»Auf den Erfolg«, sagte Alice und stieß lächelnd mit mir an.

Aber es schien, als könnten nur wir beide diesem Abend etwas abgewinnen. Marcus und Sally stießen mit uns an, wirkten jedoch alles andere als glücklich. Nach ein, zwei Gläsern kümmerte mich das nicht mehr.

»Was hast du denn jetzt vor, Alice?«, fragte ich. »Willst du weiterhin malen?«

»Natürlich. Aber ich werde mir ein neues Atelier bauen, mit Blick auf die Bucht. Und wisst ihr was? Wenn niemand meine Bilder kaufen will, soll's mir auch egal sein.«

Ich lachte. »Auf einen neuen Anfang.« Wieder hob ich das Glas. »Warum sich mit einem Atelier begnügen? Ihr beide könnt euch ein ganzes Haus bauen, wenn ihr wollt.« Marcus sah Alice an, dann wandte er sich ab. Sie zog fast unmerklich die Brauen zusammen.

»Wir werden sehen«, sagte sie.

Irgendetwas Unausgesprochenes lief zwischen den beiden ab, aber ich wusste nicht, was. Vielleicht hatten sie nicht vor, wieder zusammenzuziehen, aber ich nahm an, dass Alice trotzdem die Hälfte von Marcus' Anteil einstreichen würde. Vielleicht stand ihr das ja auch zu, dachte ich. Ohne sie hätte Marcus dieser Sache niemals zugestimmt. Plötzlich war sie mir regelrecht sympathisch.

»Weißt du, Alice, du und ich, wir haben uns noch nie besonders gut vertragen, aber vielleicht wäre das heute eine gute Gelegenheit, das Kriegsbeil zu begraben.«

»Darauf trinken wir«, sagte sie, dann fügte sie mit einem verschlagenen Lächeln hinzu: »Vielleicht bist du ja gar nicht so ein Mistkerl, wie ich dachte.«

»Und du bist vielleicht gar nicht so eine lausige Malerin.«

Wir sahen einander über den Tisch hinweg an. Mir gefiel der leicht flirtende Unterton unserer Frotzelei. Wir waren wie inaktive Chemikalien, die, wenn man sie zusammenbringt, explodieren. Wir würden vielleicht nie Freunde werden, aber womöglich brauchten wir auch nicht für immer Feinde zu bleiben. Geld hat die Eigenschaft, Spannungen zu mildern.

Während des Essens kam ich auf Carpe Diem zu sprechen. Ich hatte lange nachgedacht und war zu dem Schluss gekommen, dass ich nicht mehr in der Werbebranche tätig sein wollte. Die Agentur hatte ihren Zweck erfüllt, mit unseren jeweiligen Fähigkeiten hatten Marcus und ich uns gut ergänzt, aber jetzt hatte ich die Freiheit, etwas anderes mit meiner Zeit anzufangen. »So wie es zurzeit aussieht, macht die Agentur immer noch Verluste«, sagte ich. »Vielleicht sollten wir sie einfach verkaufen.«

Ich hatte damit gerechnet, dass Marcus überrascht sein oder mir widersprechen würde. Ihm hatte die Arbeit in der Agentur immer Spaß gemacht, aber er blickte sofort auf und fragte: »Wie viel könnten wir denn deiner Meinung nach dafür bekommen?«

»Ich weiß nicht. Tatsache ist, dass unsere Schulden den Wert des Ladens übersteigen.«

Er zögerte kurz, und plötzlich wusste ich, was er als Nächstes sagen würde. »Was würdest du davon halten, wenn ich unsere Schulden bezahle und du mir dafür deinen Anteil überschreibst?«

Ich sah ihm an, dass das kein spontaner Einfall war. Er hatte offenbar schon lange darüber nachgedacht, und wenn ich nicht vorgeschlagen hätte, die Agentur zu verkaufen, hätte er wohl von sich aus angeboten, mir meinen Anteil abzukaufen. In dem Augenblick wurde mir klar, dass Sally Recht hatte: Nichts würde wieder so werden wie früher. Ich fühlte mich zugleich traurig und gekränkt, bemühte mich jedoch, es mir nicht anmerken zu lassen. »In Ordnung«, sagte ich. »Wenn du das möchtest.«

Auf einmal schien ihm bewusst zu werden, wie voreilig sein Vorschlag gewesen war. »Ich meine, ich wüsste einfach nicht, was ich sonst machen sollte.«

»Es ist eine gute Idee.« Ich füllte die Gläser. »Auf den neuen Alleineigentümer von Carpe Diem.«

Ich konnte mir vorstellen, wie es laufen würde. Marcus besaß das kreative Talent, und Karen könnte wahrscheinlich meine Rolle übernehmen. Sie war intelligent und arbeitete hart. Mit einem leichten Gefühl der Bitterkeit gestand ich mir ein, dass er ohne mich wahrscheinlich ganz gut zurechtkommen würde. Ich schaute Sally an, und ihr Blick sagte mir, dass sie meine Gedanken erriet. Mit einem gequälten Lächeln stießen wir an. Selbst Alice warf mir einen mitleidigen Blick zu.

Ich hatte wahrscheinlich Champagner im Wert von zweihundert Dollar getrunken, und er stieß mir sauer auf. Meine gute Stimmung verflüchtigte sich wie die Kohlensäure in dem Schampus. Unser Gespräch beim Essen verlief stockend. Ich fragte mich, was zum Teufel ich mir dabei gedacht hatte, dieses Festessen zu organisieren. Sally wirkte reserviert, Marcus und Alice sagten kaum ein Wort, außer dass Alice immer wieder spitze Bemerkungen in seine Richtung machte, deren Bedeutung nur die beiden verstanden. Sie schien sich zu amüsieren, allerdings in erster Linie über sein Unbehagen.

»Das war eine hervorragende Idee, Nick«, verkündete sie, als ich ihr Glas erneut füllte. »Ich wollte schon immer mal wissen, wie es sich anfühlt, reich zu sein.«

Marcus warf ihr einen missmutigen Blick zu, sagte jedoch nichts. Als wir mit dem Nachtisch fertig waren, verspürte ich plötzlich das dringende Bedürfnis nach einer Zigarette, obwohl ich schon seit Jahren nicht mehr rauchte, und so stand ich auf und zog mir eine Schachtel aus dem Automaten neben den Toiletten. Dann ging ich auf die Terrasse und zündete mir eine an. Ich stand im Schatten der Bougainvilleen, die über mir an einer Pergola hochrankten. Kurz zuvor hatte es einen kleinen Schauer gegeben, und auf dem Parkplatz stieg Dampf vom Asphalt auf. Die Luft war unglaublich drückend, und meine Handflächen fühlten sich feucht an. Bald würde es Regen geben, einen richtigen Wolkenbruch.

»Lust auf ein bisschen Gesellschaft?«

Zu meiner Verblüffung stand Alice vor mir, als ich mich umdrehte.

»Ich war auf dem Klo, da hab ich dich hier draußen stehen sehen.« Ich bot ihr eine Zigarette an, sie nahm sie und beugte sich vor, als ich ihr Feuer gab. Die Flamme ließ ihre Augen aufleuchten.

»Damit hätte ich nie gerechnet«, sagte ich.

Sie hob die Brauen. »Womit?«

»Dass wir beide einmal Verbündete sein würden. Es sieht ganz so aus, als wären wir die Einzigen, die sich über das Geld freuen. Paradox, findest du nicht?«

Sie schaute auf den Parkplatz hinaus. Weder konnte ich ihre Augen sehen noch ihre Gedanken lesen. »Ja, das ist es wohl.« Sie drehte sich wieder zu mir um. »Du warst überrascht, als Marcus sagte, er würde die Agentur übernehmen, nicht wahr?«

»Ja.«

»Weil er sich das schon vorher überlegt hatte?«

»Zum Teil«, gab ich zu. »Ich hatte wohl gehofft, dass alles wieder so werden könnte wie früher. Sally hatte mir allerdings geraten, mir keine falschen Hoffnungen zu machen.«

»Wirklich?« Eine Zeit lang schwieg sie, dann sagte sie: »Wieso hast du angenommen, alles könnte wieder so werden wie früher?«

»Wir sind schon so lange befreundet. Zumindest dachte ich das.«

»Und jetzt denkst du es nicht mehr?«

»Ich weiß nicht. Ich habe immer geglaubt, das Richtige zu tun. Es war nie meine Absicht, Marcus zu hintergehen oder ihn zu irgendetwas zu drängen.«

»Ach?«

»Tja, irgendwie habe ich es wohl getan. Aber nur, weil ich dachte, dass es die einzige Möglichkeit war weiterzukommen. Versteh mich nicht falsch. Ich habe Marcus immer für sehr talentiert gehalten. Ich meine nur, dass er ziemlich konservativ sein kann, wenn es darum geht, Entscheidungen zu treffen.«

»Im Gegensatz zu dir.«

Ich schaute sie an, rechnete damit, dem vertrauten Sarkasmus in ihren Zügen zu begegnen, doch zu meiner Überraschung war nichts davon zu sehen. Wahrscheinlich ermutigte mich das zu meiner nächsten Bemerkung. »Vielleicht hast du die ganze Zeit Recht gehabt mit deiner Einschätzung von mir«, murmelte ich.

»Inwiefern?«

»Du hast immer gedacht, dass ich Marcus ein schlechter Freund war, stimmt's?«

»Nun, ich habe alles Mögliche gedacht.«

Ich fragte mich, was sie damit meinte. Sie zog an ihrer Zigarette. Sie hatte leicht verbittert geklungen, was ich auf die Missstimmigkeiten zwischen ihr und Marcus zurückführte. »Du kannst mir gern sagen, ich soll mich um meinen eigenen Kram kümmern, aber werdet ihr wieder zusammenkommen, du und Marcus?«

»Nein«, erwiderte sie wie aus der Pistole geschossen und ohne mich anzusehen.

»Schade.« Ich zögerte, bevor ich meine nächste Frage stellte. »Hat das irgendwas mit mir zu tun?«

Sie wandte sich mir wieder zu, und ich sah ihr an, dass sie überlegte, was sie mir antworten sollte. »In gewisser Weise«, sagte sie schließlich. »Aber es ist nicht deine Schuld, falls du dich das fragst.« Sie trat ihre Zigarette aus. »Es gibt gleich Regen.«

»Ja«, stimmte ich zu und schaute in den Nachthimmel hinauf. Anscheinend hatte sie keine Lust mehr zu reden. Ich hatte zwar das Gefühl, dass wir uns ein bisschen näher gekommen waren, aber es würde wohl noch eine Weile dauern, bis wir vollkommen entspannt miteinander umgehen konnten. Da war aber noch eine Frage, die mir auf den Nägeln brannte. Wir wollten schon zurück ins Restaurant gehen, doch ich hielt Alice auf und sagte: »Nur noch eins.«

»Ja?«

»Neulich Abend. Wie hast du Marcus dazu gebracht, dem Plan zuzustimmen, dass wir Morgan das Programm zum Kauf anbieten? Ich hätte nie damit gerechnet, dass er sich einverstanden erklärt.«

Sie lächelte geheimnisvoll. »Da hast du Recht. Er hätte sich nie damit einverstanden erklärt.«

Dann betrat sie das Restaurant, ohne meine Frage zu beantworten.

Als wir uns zu unserem Tisch zurückschlängelten, sah ich jemanden mit Marcus und Sally reden. Er stand mit dem Rücken zu uns, doch irgendetwas an ihm kam mir seltsam vertraut vor.

»Was ist los?«, fragte Alice, als sie meinen Gesichtsausdruck bemerkte.

In dem Augenblick entdeckte mich Sally, woraufhin der Mann sich umdrehte. Er lächelte. Es war dieses spöttische Lächeln, das ich so verabscheute, ein Lächeln, mit dem er zu sagen schien, er wisse mehr als alle anderen. Dann erblickte er Alice in ihrem hautengen roten Kleid und musterte sie mit lüsternem Blick.

»Hallo, Nick. Was für ein Zufall, dass wir uns ausgerechnet hier über den Weg laufen.«

»Hallo, Dexter«, erwiderte ich gereizt. »Was zum Teufel wollen Sie von mir?«

Er blinzelte und tat übertrieben gekränkt. »Das ist aber keine nette Art, einen alten Freund und Kollegen zu begrüßen.« Dann wandte er sich Alice zu, die verblüfft dreinblickte. »Nick und ich haben früher zusammengearbeitet. Damals waren wir in gewisser Weise Rivalen. Nick nimmt sich solche Dinge sehr zu Herzen. Mein Name ist übrigens Larry Dexter.«

Er streckte seine Hand aus, die Alice automatisch ergriff. Wie immer war er tadellos gekleidet; er trug einen anthrazitfarbenen Anzug und ein weißes Seidenhemd mit offenem Kragen. Es war das erste Mal, dass ich ihn ohne Krawatte sah.

»Nick, wo bleiben Ihre Manieren? Marcus hat mich übrigens Ihrer reizenden Frau vorgestellt.«

Sally sah mich mit einem seltsamen Gesichtsausdruck an. Sie und Marcus schienen mir wortlos etwas mitteilen zu wollen.

»Alice«, sagte ich. »Dexter arbeitet für KCM. Er ist der Mistkerl, der dafür gesorgt hat, dass wir Spectrum nicht bekommen haben.«

»Ich?«, rief Dexter theatralisch aus. »Also, das ist aber nicht fair. Das hört sich ja so an, als sei das was Persönliches gewesen. Wir waren Konkurrenten, Nick. Einer musste schließlich der Verlierer sein.«

»Wir haben einzig und allein deswegen verloren, weil Sie Carpe Diem gegenüber Mendez schlecht gemacht haben, das wissen Sie genau. Andernfalls hätten Sie nämlich keine Chance gehabt.«

Dexter lachte zu laut. »Ich habe ihn lediglich auf ein, zwei Dinge hingewiesen, die zu erwähnen Sie vergessen hatten, Nick, mehr nicht. Alles Weitere hatte mit mir überhaupt nichts zu tun. Geben Sie's doch zu, Sie haben sich einfach übernommen.«

Ich schüttelte den Kopf, weil mir plötzlich klar wurde, wie absurd dieses Gespräch war. Dexter hatte schon immer die Gabe besessen, mich aus der Reserve zu locken. Es war diese Mischung aus unglaublicher Selbstgefälligkeit und der Bereitschaft, über Leichen zu gehen, um ein Ziel zu erreichen, die mich an ihm zutiefst abstieß. Andererseits sagte ich mir, sollte Dexter ruhig glauben, er hätte gewonnen, denn wenn er die Wahrheit erfuhr, würde ihm schnell dämmern, was für einen trügerischen Sieg er errungen hatte. Unwillkürlich musste ich grinsen.

»Machen Sie, dass Sie Land gewinnen, Dexter.«

Ich ging um ihn herum, als wäre er nicht da, und rückte Alice ihren Stuhl zurecht. Als ich mich an den Tisch setzte, hatte Dexter sich noch immer nicht von der Stelle gerührt, und auch das spöttische Grinsen war nicht aus seinem Gesicht gewichen. Erneut schien mir, dass Sally und Marcus aus irgendeinem Grund beunruhigt waren. Sie schauten mich eindringlich an, wussten anscheinend jedoch nicht, was sie sagen sollten.

»Eine kleine Feier, wie ich sehe«, sagte Dexter und nahm die leere Champagnerflasche aus dem Sektkühler. »Hat sich das Blatt für Sie plötzlich gewendet, Nick?«

»Dexter«, sagte ich gereizt. »Ich habe mich bemüht, höflich zu bleiben, aber meine Geduld hat ihre Grenzen. Ich schlage vor, Sie tun sich selbst einen Gefallen und sehen zu, dass Sie von hier verschwinden.«

Ich fixierte ihn mit einem Blick, der ihm zu verstehen geben sollte, dass es mir ernst war, aber er zeigte sich unbeeindruckt.

»Ob das wohl etwas mit Leonard Hoffman zu tun hat? Dieser unerwartete Geldsegen?«, bemerkte er wie beiläufig.

Plötzlich herrschte betretenes Schweigen, und da war mir klar, was Sally und Marcus die ganze Zeit versucht hatten mir zu sagen. So lässig ich konnte, griff ich nach meinem Weinglas und trank einen Schluck, aber es war nur Schau, was Dexter natürlich nicht entging.

»Na, hat's Ihnen die Sprache verschlagen?«

»Was ist mit Leonard Hoffman?« In meinem Kopf drehte sich alles. Es war nicht undenkbar, dass Dexter über Hoffmans Geschichte Bescheid wusste, auch wenn ich mir nicht erklären konnte, woher er die Informationen hatte. Vielleicht von jemandem bei Morgan Industries. Womöglich sogar von Morgan selbst. Aber das bedeutete nicht unbedingt, dass er sonst noch irgendetwas wusste. Andererseits, warum sollte Morgan Dexter von Hoffman erzählen? Die Antwort lautete, er würde es nicht tun, es sei denn, ich hatte etwas Entscheidendes übersehen. Ein Gedanke jagte den anderen, und ich bekam keinen davon lange genug zu fassen, um irgendwelche konkreten Schlüsse zu ziehen. Dexter schien sich köstlich zu amüsieren, als wüsste er genau, was sich in meinem Kopf abspielte, dabei gab ich mir alle Mühe, es mir nicht anmerken zu lassen.

»Dies ist vielleicht nicht der richtige Ort, um geschäftliche Dinge zu besprechen. Ich schlage vor, ich rufe Sie bei Gelegenheit an.« Er wandte sich zum Gehen, drehte sich jedoch noch einmal um. »Ich wünsche Ihnen noch einen angenehmen Abend.«

Ich hörte, wie er auf dem Weg zum Ausgang vor sich hinlachte. Plötzlich kam mir eine Idee, und ohne etwas zu sagen, erhob ich mich und ging zu einem der Fenster, um zu sehen, in was für ein Auto er stieg. Aber natürlich war weit und breit kein grünes, benzinfressendes Monstrum zu sehen. Dexter stieg in einen blauen Mercedes, und einen Augenblick später sah ich ihn vom Parkplatz fahren.

19

Dexters überraschender Auftritt bereitete unserer so genannten kleinen Feier ein jähes Ende. Ich kehrte zurück an unseren Tisch und setzte mich.

»Er weiß Bescheid«, sagte Marcus. »Er weiß über Hoffman Bescheid.«

Sally starrte mich an. »Nick, er weiß alles.«

»Da bin ich mir nicht so sicher.«

»Und was sollte dann das ganze Theater?«, fragte sie ungläubig.

»Was meinst du damit?«

»Ich fasse es nicht. Er brauchte es gar nicht direkt auszusprechen.«

»Was brauchte er nicht auszusprechen? Dexter weiß also über Hoffman Bescheid. Na und?«

»Er war nicht zufällig hier, er war hinter dir her. Er will dich in die Enge treiben.«

Natürlich wusste ich, dass sie Recht hatte, aber ich wollte einfach in dem Augenblick nicht weiter darüber nachdenken.

»Ich hab das noch nicht richtig verstanden«, sagte Alice. »Dieser Dexter arbeitet bei KCM? Wenn er also über Hoffman im Bilde ist, dann muss Nelson Morgan mit ihm darüber gesprochen haben, oder?«

Ich schüttelte den Kopf. »Ich glaube kaum, dass die beiden sich kennen. Außerdem, welchen Grund sollte Morgan haben, Dexter davon zu erzählen? Warum sollte er überhaupt mit irgendjemandem darüber sprechen? Dass noch mehr Leute von der Sache Wind bekommen, ist das Letzte, was er gebrauchen kann. Morgan will lediglich sicherstellen, dass dieses Programm nie an die Öffentlichkeit gelangt.«

»Dann muss Dexter seine Informationen von jemandem bei Spectrum haben«, überlegte Marcus. »Und ihm muss bekannt sein, dass Hoffman sich an uns gewandt hat. Was bedeutet, dass er von dem Programm weiß.«

Das war zugegebenermaßen die wahrscheinlichste Antwort; ich hatte Marcus' Logik nichts entgegenzusetzen. »Er weiß also, dass Hoffman ein eigenes Programm entwickelt hat und dass er uns gebeten hat, ihm bei der Vermarktung zu helfen. Das ändert aber nichts.«

»Du hast doch wohl nicht vor, die Sache weiterhin durchzuziehen?«, rief Sally aus.

»Warum denn nicht?«

»Das kann nicht dein Ernst sein«, sagte Marcus, der sich sogleich mit Sally verbündete. »Sally hat Recht. Dexter hat sich köstlich amüsiert. Er wollte uns einschüchtern. Aus welchem Grund sollte er sonst hierher gekommen sein? Wahrscheinlich malt er sich gerade aus, wie wir dieses Gespräch führen, und lacht sich kaputt. Wenn er über Hoffman Bescheid weiß, weiß er alles.«

Ich dachte an Dexters verschlagenen Blick, als er die Bemerkung über unsere »kleine Feier« fallen ließ. Die beiden hatten Recht. Das beunruhigte mich zwar, aber ich war nicht gewillt, fünfunddreißig Millionen Dollar in den Wind zu schreiben, bloß weil es Dexter gelungen war, mich nervös zu machen. So gelassen wie möglich versuchte ich, den anderen meinen Standpunkt darzulegen. »Nehmen wir einfach mal an, er hat irgendwie Wind von dem Programm bekommen. Dass wir es haben, kann er nicht wissen, das kann er höchstens vermuten. Was kann er also tun?«

»Er könnte zur Polizei gehen.«

»Und was soll er denen erzählen? Er hat doch keinerlei Beweise. Außerdem, wenn er das vorhätte, hätte er es längst getan.«

»Und was will er dann von uns?«, fragte Marcus.

»Wie Sally schon gesagt hat. Er will uns einschüchtern, sehen, was passiert. Aber wenn wir nicht reagieren, wenn wir die Ruhe bewahren, kann er überhaupt nichts machen.«

»Und was ist, wenn du dich irrst?«, wollte Sally wissen.

»Ich irre mich nicht. Und ich bin der Meinung, wir sollten auf keinen Fall wegen Dexter unsere Pläne ändern.«

Sally schüttelte den Kopf. »Solange niemand wusste, was du vorhattest, dachte ich, du könntest vielleicht tatsächlich damit durchkommen, auch wenn die ganze Sache mir von Anfang an gegen den Strich gegangen ist. Aber Dexter weiß Bescheid, und vielleicht ist er nicht der Einzige. Sieh den Tatsachen doch mal ins Auge, Nick. Du kannst deine Pläne nicht weiterverfolgen. Es fängt an, schief zu gehen, hör auf, bevor noch Schlimmeres passiert. Ruf Brinkman an, versuch, dich mit ihm zu einigen. Ich will mich nicht den Rest meines Lebens verfolgt fühlen müssen.«

»Davor brauchst du keine Angst zu haben«, beharrte ich. Dann griff ich nach der Weinflasche, stellte mich jedoch so ungeschickt an, dass sie umfiel, und der Wein sich über den ganzen Tisch ergoss. Sally schob ihren Stuhl zurück und betupfte ihr Kleid mit einer Serviette.

»Tut mir Leid.«

Sie sah mich kopfschüttelnd an. »Macht nichts.«

Ich fühlte mich von den beiden unter Druck gesetzt, nicht zuletzt, weil sie Recht hatten. In der Hoffnung, bei ihr Unterstützung zu finden, wandte ich mich an Alice.

»Was meinst du denn dazu?«

Sofort spürte ich, dass die Atmosphäre am Tisch sich änderte. Plötzlich schien die Luft elektrisch aufgeladen zu sein. Wir warteten alle auf ihre Antwort, doch in Marcus' Augen kündigte sich bereits die Resignation an, mit der er sie akzeptieren würde. Alice sah ihn an, bevor sie sich äußerte.

»Ich finde, Nick hat Recht. Selbst wenn dieser Dexter glaubt, wir hätten das Programm, was kann er schon tun? Ich bin dafür, dass wir wie geplant weitermachen. Sollten wir irgendetwas übersehen haben, wird er schon wieder auftauchen, und dann können wir immer noch entscheiden, was zu tun ist.«

»Das heißt also, zwei von uns sind dafür weiterzumachen«, sagte ich. »Sally?«

Sie schien sich in die Ecke gedrängt zu fühlen, ihr Blick huschte von einem zum anderen, dann blieb er mit stummem Flehen an mir hängen. Einen Augenblick lang wäre ich beinahe ins Wanken geraten. Doch dann war der Augenblick vorbei, und Sally senkte den Blick.

»Ich bin dagegen.«

Wir alle sahen Marcus an, der vor sich auf den Tisch starrte. Sekunden verstrichen, dann sagte er leise: »Wir machen weiter.«

Sally stand auf. »Ich möchte nach Hause.«

Ich konnte nicht schlafen. Auf dem Heimweg hatten Sally und ich kaum ein Wort gewechselt. Die Spannung im Auto war so groß, dass wir fast keine Luft bekamen. Sally starrte aus dem Fenster, und einmal, als ich sie schniefen hörte, dachte ich, sie weinte, aber als ich ihr über den Kopf streichen wollte, schüttelte sie meine Hand ab. Kaum hatte ich in der Einfahrt angehalten, stieg sie aus und schlug die Wagentür zu. Als ich ins Haus ging, kam sie gerade im Morgenmantel die Treppe herunter und verschwand in der Küche. Kaum hatte ich die Haustür abgeschlossen, eilte sie wortlos an mir vorbei und zog sich ins Schlafzimmer zurück. Ich blieb noch eine Weile in der Küche sitzen, trank Whisky mit Eis und versuchte mir einzureden, dass sie sich über Nacht schon wieder beruhigen würde. Schließlich ging ich nach oben. Es war dunkel im Schlafzimmer, und Sally lag bereits im Bett. Als ich neben ihr unter die Decke schlüpfte und vorsichtig nach ihr tastete, wehrte sie meine Hand ab. Während ich auf dem Rücken lag und in die Dunkelheit starrte, hörte ich, wie ihr Atem allmählich immer regelmäßiger ging, bis sie irgendwann eingeschlafen war.

Hin und wieder glitt ich in einen leichten Schlaf und begann, wirres Zeug zu träumen. In meinem Kopf wirbelten Bilder herum wie in einem Kaleidoskop, scheinbar ohne jeden Zusammenhang. Ich sah Dexter, wie er an unserem Tisch aufgetaucht war, aber ich sah auch mich selbst als Kind, wie ich mit dem Fahrrad über einen sonnenbeschienenen Gehweg fuhr, während mein Vater neben mir her lief und aufpasste, dass ich nicht stürzte. Ich muss wirklich noch sehr klein gewesen sein, denn es schien das erste Mal zu sein, dass ich ohne Stützräder fuhr. Es war ein Erinnerungsfragment, dessen Bedeutung ich überhaupt nicht verstand. Ein anderes Bild zeigte Sally an dem Tag, an dem wir uns an der Uni kennen lernten, sie lief in der Abenddämmerung über den Rasen, dann wieder sah ich sie auf einem Boot in der Bucht, kurz nachdem wir nach San Francisco gezogen waren, immer neue Bilder tauchten von ihr auf, als würde ich in einem Fotoalbum blättern. Dann ein Bild von meinem Vater, wie er auf dem Boden seines Arbeitszimmers lag, nachdem er sich erschossen hatte. Er lag hinter seinem alten Schreibtisch, dessen Arbeitsfläche ganz zerkratzt war. Eine dunkelrote Blutlache breitete sich unter seinem Kopf aus, sickerte in die Ritzen zwischen den Dielen, seine leeren Augen standen weit offen. Aber das Bild entsprach nicht der Realität, es war ein Trugbild meiner Erinnerung. An dem Tag, an dem er sich erschoss, war ich in der Schule. Als ich nach Hause kam, empfing meine Mutter mich mit geröteten Augen, und der Leichnam meines Vaters war bereits weggeschafft worden.

Ich fuhr aus dem Schlaf und nahm sofort alles um mich herum deutlich wahr. Während meine Augen sich an die Dunkelheit gewöhnten, lauschte ich auf Sallys regelmäßigen Atem, das einzige Geräusch in dem ansonsten stillen Haus. Meine Träume verflüchtigten sich, und ich fragte mich, wovon ich so plötzlich aufgewacht war. Der Wecker auf meinem Nachttisch zeigte ein Uhr. Es kam mir viel später vor. In meinem letzten Traum hatte Dexter heimlich die

CD mit dem Programm gestohlen, die in meinem Safe im Büro lag. Ich wusste, dass es meine irrationalen Ängste waren, die sich in diesem Traum widerspiegelten. Nur wenige Leute wussten überhaupt von der Existenz dieses Safes, und abgesehen davon war es unmöglich, das Sicherheitssystem des Gebäudes zu überwinden, ohne einen Alarm auszulösen, der jeden Polizisten der Stadt auf den Plan rufen würde.

Eine Zeit lang war ich hin- und hergerissen zwischen vernünftigen Überlegungen und Angstphantasien, und irgendwann wurde mir klar, dass ich in dieser Nacht keinen Schlaf mehr finden würde. Die Angst gewann immer wieder die Oberhand, und ich begann, mir ein Feuer oder eine Gasexplosion und allerlei andere, an den Haaren herbeigezogene Katastrophen auszumalen, die unser Büro heimsuchen konnten. Schließlich beschloss ich aufzustehen und mich im Wohnzimmer vor den Fernseher zu setzen, um auf andere Gedanken zu kommen, aber kaum hatte ich die Decke zurückgeschlagen, überlegte ich es mir anders. Ich klaubte meine Sachen im Dunkeln zusammen, schlich aus dem Zimmer, blieb an der Tür noch einmal stehen, um mich zu vergewissern, dass Sally tief und fest schlief, und ging nach unten.

Auf der Autobahn herrschte um diese Zeit kaum Verkehr, sodass ich zügig in die Innenstadt gelangte. Vor dem Gebäude angekommen, in dem sich unsere Büroräume befanden, bog ich von der Straße ab und öffnete das Gitter zur Tiefgarage. Am unteren Ende der Rampe leuchtete eine rote Lampe, die mich an einen brennenden Ofen erinnerte. Ich stellte meinen Wagen auf meinem angestammten Parkplatz ab, verließ die Garage und ging zum Seiteneingang des Gebäudes. Meine Schritte hallten von den hohen Hauswänden wider. In der Eingangsnische blieb ich stehen und suchte im Dunkeln nach dem richtigen Schlüssel. Ich hörte, wie an der Kreuzung ein Auto um die Ecke bog, und musste an den Wagen denken, der mir am Abend auf dem Weg zum Restaurant so einen Schrecken eingejagt hatte. Diesmal jedoch war nichts von dem charakteristischen, tiefen Dröhnen des Motors zu hören, und ich beruhigte mich wieder, als ich den Schlüssel ins Schloss steckte.

Ich drehte den Schlüssel um und erstarrte. Irgendetwas stimmte nicht, aber ich brauchte einen Moment, um zu begreifen, was es war. Es herrschte vollkommene Stille, das konnte es aber eigentlich nicht sein. Der Wagen, den ich hatte abbiegen hören, hätte am Gebäude vorbeifahren müssen, doch das war nicht geschehen. Ich fragte mich, ob ich es überhört hatte, konnte es mir jedoch nicht vorstellen. Dann überlegte ich. Der Wagen hatte also angehalten. Was war schon dabei? Andererseits, warum sollte jemand zu nachtschlafender Zeit auf einer leeren Straße anhalten? Die Wohnhäuser in der Nähe verfügten alle über eigene Parkplätze. Ich sah mich im Hof um. An den Häuserwänden und in den Ecken lauerten Schatten. Ich hatte dieses Gebäude zu allen möglichen Tages- und Nachtzeiten betreten und wieder verlassen, ohne mir je Gedanken darüber zu machen. Es war eine vertraute Umgebung, der ich selbst im Dunkeln kaum Beachtung schenkte. Doch jetzt war ich nervös. Die Stille wirkte bedrohlich. Ich wusste, dass es meine eigenen Ängste waren, die mir zusetzten. Ich fühlte mich wie ein Kind, das sich die Decke über den Kopf zieht und sich schrecklichere Ungeheuer ausdenkt, als die Wirklichkeit sie je hervorbringen könnte.

»Reiß dich zusammen«, sagte ich laut zu mir selbst. Es beruhigte mich ein wenig, meine eigene Stimme zu hören.

Ich drehte den Schlüssel noch einmal um, trat in den Korridor, schloss die Tür hinter mir und tastete nach den Lichtschaltern. Ich machte nur so viel Licht, wie nötig war, um mich zurechtzufinden, aber nicht so viel, dass ein Wachmann auf mich aufmerksam werden würde. Dann gab ich den Sicherheitscode ein. Im Halbdunkel erinnerte mich der Lichthof mit seinen umlaufenden Galerien und metallenen Treppen mehr denn je an ein Gefängnis. Die dunklen Läden und Büros sahen aus wie aufgereihte Gefängniszellen. Meine Schritte auf dem Metall hallten auf unheimliche Weise in dem hohen, weiten Raum wider. Ich schloss die Tür zu unserem Büro auf, gab auch hier den Sicherheitscode ein und ging in Marcus' Büro, von wo aus man die Straße überblicken konnte. Ohne das Licht anzuschalten, trat ich ans Fenster und schaute hinaus. Zuerst dachte ich, die Straße sei leer, doch dann, unmittelbar unter dem Fenster, sah ich einen Wagen, der am Straßenrand geparkt war. Aufgrund des steilen Blickwinkels konnte ich nur das Wagendach und die Kühlerhaube erkennen. Auch die Farbe ließ sich in der Dunkelheit nicht ausmachen. Eine Zeit lang blieb ich am Fenster stehen und wartete, doch nichts geschah. Was jetzt?, fragte ich mich. Ich malte mir aus, wie ich, die CD in der Tasche, das Gebäude verließ und mich jemand von hinten überfiel.

Noch während ich mir den Kopf zerbrach, was ich tun sollte, klingelte an der Rezeption das Telefon.

Ich zuckte zusammen. Einen Moment lang war ich wie gelähmt, dann ging ich nach vorne. Im selben Augenblick hörte das Klingeln auf, und der Anrufbeantworter schaltete sich ein. Ich hörte, wie Staceys Stimme dem Anrufer mitteilte, zu welchen Zeiten wir zu erreichen waren, und ihn bat, eine Nachricht zu hinterlassen. Dann ertönte der Piepton, aber wer auch immer in der Leitung war, sagte nichts. Allerdings wurde auch nicht aufgelegt. Der Anrufbeantworter würde sich jeden Augenblick ausschalten und die Leitung unterbrechen. Im letzten Moment beugte ich mich über den Schreibtisch und nahm den Hörer ab.

»Ja?«

»Ich glaube, es wird Zeit, dass wir uns mal ein bisschen unterhalten, Nick.«

Es war Dexter. »Wo sind Sie?«

»Vor dem Haus.«

Nach kurzem Zögern sagte ich: »Kommen Sie zum Eingang.«

Er sah sich interessiert um, als ich ihn zu meinem Büro führte. Natürlich war er noch nie in unserer Agentur gewesen. Während er das moderne Mobiliar betrachtete, die hellen Holzböden und die geschwungene Glaswand, die den inneren Arbeitsbereich umgab, lag ein spöttischer Ausdruck auf seinem Gesicht. Es war ein krasser Unterschied zu der nüchternen Einrichtung von KCM. Als sein Blick auf das verchromte Baugerüst an der Wand fiel, verzog er den Mund zu einem verächtlichen Grinsen.

Wir gingen in mein Büro, wo er wieder den Blick schweifen ließ. Vermutlich war seins drei- bis viermal so groß, mit riesigen Fenstern und Aussicht auf die Innenstadt und die Bucht. Er trat ans Bücherregal und nahm das Foto von Sally und mir in die Hand.

»Ihre Frau, nicht wahr? Sehr hübsch.«

»Wie wär's, wenn Sie mir erzählen würden, was Sie hier zu suchen haben, Dexter«, sagte ich.

»Dafür haben wir noch reichlich Zeit.« Er nahm das andere Foto, das von mir und meinem Vater. »Schätze, das sind Sie. Und der andere? Ihr Vater?«

Er hielt sich das Foto dicht vor die Augen und betrachtete es genau, als wolle er feststellen, ob Ähnlichkeiten zu erkennen waren. Seine herablassende Art ging mir auf die Nerven. Es war, als würde ihn alles amüsieren, was er sah. Ich ging zu ihm hinüber und nahm ihm das Bild aus der Hand.

»Sie werden wohl auch einen gehabt haben, selbst wenn Ihre Mutter sich nicht mehr an seinen Namen erinnern konnte.«

Plötzlich sah er mich wütend an.

»Meine Eltern waren fünfundzwanzig Jahre lang verheiratet, Sie Arschloch. Bis zu dem Tag, an dem mein Vater starb. Da war ich fünfzehn.«

Sein Zorn verflog so schnell wie er aufgekommen war, und er hatte sich wieder unter Kontrolle. Das vertraute spöttische Funkeln kehrte in seine Augen zurück.

»Woher wussten Sie, dass ich hier bin?«

»Ich bin Ihnen natürlich gefolgt.« Er grinste. »Was ist los, Nick, konnten Sie nicht schlafen?«

Es irritierte mich, wie gut er mich durchschaute. »Also, jetzt wo Sie da sind, was wollen Sie von mir?«

Er setzte sich und schlug die Beine übereinander. »Wissen Sie, womit mein Vater seinen Lebensunterhalt verdient hat?«

Ich war drauf und dran, ihm eine sarkastische Antwort zu geben, überlegte es mir jedoch anders und setzte mich ebenfalls. Je eher ich ihn ausreden ließ, desto eher würde ich ihn wieder los, sagte ich mir. »Ich nehme an, Sie werden es mir gleich sagen.«

Dexter ignorierte meinen Tonfall. »Er hat sein Leben lang in einem Lebensmittellager gearbeitet. Als Einsammler, aber darunter können Sie sich wahrscheinlich nichts vorstellen. Er fuhr mit einem Gabelstapler durch die Halle, sammelte anhand von Bestelllisten einzelner Kunden die verschiedenen Posten aus den Regalen und stapelte sie auf eine Palette, bis er die komplette Bestellung zusammen hatte. Oft musste er auf Händen und Knien in den Regalen herumkriechen, um irgendwelche Kartons mit Pfirsichen in Dosen oder sonst was aus der hintersten Ecke hervorzuholen. Solche Kartons können vierzig, fünfzig Kilo wiegen. Können Sie sich die Malocherei vorstellen? Die Leute, die das tagein tagaus machen, haben alle den Rücken kaputt. Ich weiß noch, wenn er abends von der Arbeit nach Hause kam, tat ihm der Rücken so weh, dass meine Mutter ihn erst mal massieren musste, und dann wurde ich immer rausgeschickt, damit ich nicht mitbekam, wie schlimm seine Schmerzen waren. Für diese Plackerei hat er vier Dollar die Stunde gekriegt. Am Ende hat es ihn umgebracht. Als er einmal einen Karton mit Kirschen in Gläsern von einem hohen Regal heben wollte, bekam er einen Herzinfarkt.«

Während er so dasaß in meinem spärlich erleuchteten Büro und seine Geschichte erzählte, konnte ich Dexters Gesichtsausdruck nicht erkennen, aber seine Stimme klang verbittert.

»Warum erzählen Sie mir das?«, fragte ich.

Er antwortete nicht gleich, dann machte er eine wegwerfende Handbewegung. »Sie würden es sowieso nicht verstehen.«

Das machte mich neugierig. »Probieren Sie's doch mal.«

Er schaute mich an und setzte wieder sein spöttisches Lächeln auf. »Versuchen Sie bloß nicht, den Therapeuten zu spielen, Weston.«

»Sie haben dieses Gespräch angefangen«, erinnerte ich ihn. »Hat es was damit zu tun, warum Sie so ein unausstehlicher Mistkerl sind, Dexter? Ist das vielleicht der Grund, warum Sie Ihre Mitmenschen so abgrundtief verabscheuen? Denn das tun Sie doch, nicht wahr? Sie rennen dauernd mit diesem verächtlichen Blick herum, als wären Sie was Besseres als alle anderen.«

»Das liegt daran, dass ich besser bin. Ich habe bewiesen, dass ich besser bin als ihr alle.«

»Ach, darum geht's also? Sie wollen beweisen, dass Sie besser sind? Warum? Weil Ihr Vater so einen Scheißjob gehabt hat?«

»Ich will Ihnen mal was sagen. Ich erinnere mich noch sehr gut an den Tag, als Sie bei KCM angefangen haben. Sie waren genauso ein piekfeines Arschloch wie all die anderen. Ihr mit eurer akademischen Bildung, eurem abgehobenen Gequatsche, euren Designer-Jeans und Designer-T-Shirts. Wissen Sie, was ich damals gedacht hab? Ich hab gedacht, da kommt schon wieder so ein eingebildeter kleiner Scheißer.«

Seine Heftigkeit verblüffte mich. »Himmel, Dexter, wenn Sie so einen Hass auf die Leute hatten, warum sind Sie dann geblieben?«

»Weil ich euch allen zeigen wollte, wer wirklich was auf dem Kasten hat. Ihr habt eure Jobs angetreten, als hättet ihr ein angeborenes Recht auf so eine Stellung, aber wissen Sie überhaupt, wie lange ich schon bei KCM war, als Sie in die Firma kamen? Fünf Jahre! Ich hab angefangen in der Poststelle, hab Kaffee gekocht für solche Ärsche wie Sie, die nicht mal mitgekriegt haben, dass ich überhaupt am Leben war. Aber wissen Sie was? Ich hab mir gesagt, verhalt dich unauffällig, halte Augen und Ohren offen, und eines Tages bist du derjenige, der ihnen sagen wird, was sie zu tun haben.«

Allmählich wurde mir einiges klar. Ich hatte ihn immer für einen von Ehrgeiz getriebenen Emporkömmling gehalten, einen von diesen Typen, die über Leichen gehen, um nach oben zu kommen, aber jetzt begriff ich, dass noch viel mehr dahinter steckte. Der Mann hatte so große Komplexe, dass er fast daran erstickte.

»Mein Gott, Sie sind neidisch, stimmt's?«, sagte ich. »Sie glauben, Sie hatten eine schwere Kindheit, während alle anderen auf Rosen gebettet waren. Deswegen sind Sie voller Hass.«

»Was zum Teufel wissen Sie denn schon? Sie sind wahrscheinlich in irgendeinem vornehmen Vorort aufgewachsen. Großes Haus, tolle Schule. Mutter Hausfrau und Vater in einem Job, mit dem er hunderttausend Dollar im Jahr verdiente, sodass er Sie auf ein teures College schicken konnte, wo Sie wahrscheinlich nichts anderes gemacht haben als Partys zu feiern und sich dumm und dämlich zu vögeln. Ich will Ihnen mal was sagen: Ich musste während meines Studiums die ganze Zeit arbeiten. Während Leute wie Sie sich rund um die Uhr amüsiert haben, hing ich in der Küche von irgendeinem Restaurant bis zu den Ellbogen im Spülwasser, habe Töpfe und Pfannen geschrubbt. Und dann musste ich mein Studium auch noch ein Jahr vor dem Examen abbrechen, weil meine Mutter krank wurde und jemanden brauchte, der sich um sie kümmerte. Haben Sie eine Ahnung, wie schwer es war, ohne Abschluss einen Job bei einer Firma wie KCM zu bekommen? Können Sie sich vorstellen, wie viele Scheißjobs ich machen musste, bis mich endlich jemand ernst nahm? Aber solche Arschgesichter wie Sie brauchen nur an die Tür zu klopfen und werden sofort eingestellt.« Er schnippte mit den Fingern.

Ich warf einen Blick auf das Foto von meinem Vater und mir. Am liebsten hätte ich Dexter gesagt, wie sehr er sich irrte, was meine Familie betraf, aber mir war klar, dass es nichts ändern würde. Es gibt jede Menge Menschen auf der Welt, die auch ohne Universitätsabschluss in ihrem Beruf erfolgreich sind. Was auch immer dazu geführt hatte, dass Dexter so verbittert und verunsichert war, musste lange zurückliegen. Dieselben Umstände hätten einen anderen vielleicht ebenso ehrgeizig werden lassen, doch Dexters Veranlagung und seine besondere Weltsicht hatten ihn zu einem richtigen Scheißkerl gemacht. Er wurde nicht akzeptiert, weil er davon überzeugt war, dass ihn niemand akzeptierte, und ich hatte den Eindruck, er gefiel sich in dieser Rolle. Er sah sich selbst als einsamen Kämpfer gegen den Rest der Welt, was ihm als Rechtfertigung dafür diente, so ein Arschloch zu sein und es auch noch zu genießen. Alles andere war nichts weiter als Vernebelungstaktik.

Mein Schweigen deutete er als stummes Eingeständnis, dass er Recht hatte. In seinem Blick lag blanker Hohn.

»Aber ich habe bewiesen, dass ich besser bin als ihr alle. Sehen Sie mich an. Ich bin Vizepräsident einer der größten Werbeagenturen an der Westküste. Und schauen Sie sich an. Sie sitzen hier in Ihrem stinkfeinen Designerbüro, dabei pfeift diese Schickimickiklitsche längst auf dem letzten Loch.«

Endlich glaubte ich die Antwort auf eine Frage gefunden zu haben, die mich schon länger beschäftigte, und ich lachte laut auf.

»Was gibt's da zu lachen?«

»Sie sind zum Lachen, Dexter. Als ich beschloss, bei KCM auszusteigen, dachte ich, Sie wären froh, einen Konkurrenten loszuwerden, aber damals haben Sie sich aufgeführt, als würden Sie mich auf einmal mehr denn je verabscheuen. Und jetzt weiß ich auch, warum. Das ist es, nicht wahr?« Ich machte eine ausladende Geste. »Das ist vielleicht alles schickimicki, und wir pfeifen vielleicht auf dem letzten Loch, aber es wurmt Sie, dass ich etwas habe, was Sie nie gehabt haben.«

»Das hier? Überhaupt nichts haben Sie. Ich weiß, dass Sie bis zum Hals in der Scheiße stecken. Ihre Kunden laufen Ihnen schneller davon, als die Ratten von einem sinkenden Schiff flüchten.«

»Aber wie war es denn, bevor es den Bach runterging? Das muss Ihnen in den letzten Jahren dauernd ein Dorn im Auge gewesen sein, die ganze Zeit haben Sie sich gewünscht, dass Carpe Diem möglichst bald Pleite geht.«

»Soll das ein Witz sein? Haben Sie überhaupt eine Ahnung, wie viel ich verdiene?«

»Mag sein, dass Sie viel verdienen, aber Sie können nie sicher sein, dass Sie nicht eines Tages gefeuert werden. Und während Sie sich auf der glitschigen Karriereleiter emporgearbeitet haben, hat es Sie garantiert die ganze Zeit geärgert, dass ich mich im Gegensatz zu Ihnen bei niemandem einschleimen musste, um weiterzukommen. Es gibt immer noch einen über Ihnen, dem Sie in den Arsch kriechen müssen, stimmt's? Egal wie viel Geld Sie verdienen oder wie hochtrabend der Titel auf dem Schild an Ihrer Tür klingt, es gibt immer noch irgendjemanden, für den Sie den Laufburschen spielen müssen.«

Er sah mich schweigend an, und ich wusste, dass ich ins Schwarze getroffen hatte. Ich spürte regelrecht, wie die Wut in ihm arbeitete. Als er anfing zu sprechen, klang seine Stimme hasserfüllt.

»Sie irren sich gewaltig. Warum sollte ich irgendwas haben wollen, was Sie haben? Sie sind ein Verlierer, sind es immer gewesen. Selbst wenn man Ihnen etwas auf einem Silbertablett serviert, vermasseln Sie es. Haben Sie im Ernst geglaubt, damit würden Sie durchkommen?« Er schüttelte den Kopf und schnalzte tadelnd mit der Zunge.

»Womit würde ich durchkommen?«

»Ich bitte Sie, für wie dumm halten Sie mich eigentlich? Sie sind doch nicht mitten in der Nacht hierher gefahren, um liegen gebliebenen Papierkram zu erledigen, oder? Wo ist es?« Er sah sich um, und als ich schwieg, seufzte er theatralisch. »Das Programm, Nick, das Sie aus Hoffmans Wohnung gestohlen haben. Ich weiß, dass Sie da waren. Sie haben seine Leiche gefunden und das Programm mitgehen lassen. Sie sehen, ich weiß alles. Ich weiß von dem Deal mit Hoffman, und ich weiß, dass er starb, bevor er dazu kam, den Vertrag zu unterzeichnen. Na, wie bin ich bis jetzt?«

Als ich nichts sagte, lächelte er und fuhr ungerührt fort.

»Sie wussten, dass Sie nichts damit anfangen konnten, dafür hätte Hoffmans Anwalt schon gesorgt. Also beschlossen Sie, es dem Mann zu verkaufen, der großes Interesse daran haben muss, dass das Programm der Öffentlichkeit niemals zugänglich gemacht wird. Nelson Morgan. Sie haben ihn in seinem Haus aufgesucht.« Dexter breitete die Hände aus. »Muss ich noch mehr erzählen?«

Ich zweifelte nicht länger daran, dass er alles wusste, und plötzlich war mir auch klar, woher er seine Informationen hatte. Es gab nur eine einzige Möglichkeit. »Brinkman«, sagte ich.

Er machte sich nicht die Mühe, es zu leugnen. »Natürlich.«

»Lassen Sie mich raten. Als Brinkman klar wurde, was Hoffman verschenken wollte, konnte er den Gedanken nicht ertragen, dass ihm diese fette Beute entgehen würde.«

»So ähnlich«, gab Dexter zu. »Brinkman ist Anwalt, Sie sollten nicht zu viel von ihm erwarten. Hoffman war todkrank, sein Geisteszustand fragwürdig.«

»Und wo kommen Sie ins Spiel?«

»Brinkman wandte sich an mich, als er erfuhr, dass KCM Morgan Industries betreut.«

Ich dachte an mein erstes Gespräch mit Brinkman, und mir wurde klar, dass ich selbst ihn auf Dexter gebracht haben musste. Das Leben ist doch voller Ironie. »Was wäre also passiert, wenn ich das Programm nach Hoffmans Tod nicht an mich genommen hätte?«, fragte ich, denn es hatte offenbar keinen Zweck, noch länger irgendetwas zu leugnen.

»Brinkman hätte die Sache hinausgezögert und in der Zwischenzeit eine Möglichkeit gefunden, die Statuten der Treuhandgesellschaft zu ändern.«

»Und Sie beide hätten eine Firma gegründet, um das Programm gemeinsam zu vermarkten«, riet ich.

Dexter lachte. »Sehen Sie, Nick, das ist Ihr Problem. Sie sind einfach nicht schnell genug. Wir hatten nie vor, eine Firma zu gründen.«

Einen Augenblick lang konnte ich ihm nicht folgen, doch dann fiel der Groschen. »Sie hatten vor, Morgan das Programm zu verkaufen.«

»Selbstverständlich.«

Auch wenn ich Brinkmans Hinterhältigkeit noch unterschätzt hatte, war ich zumindest gut beraten gewesen, ihm nicht zu trauen. »Und was jetzt?«, fragte ich nach einer Weile. »Was soll mich daran hindern, ihm das Programm zu verkaufen? Sie können nicht beweisen, dass ich es habe, und Morgan wird nichts verlauten lassen.«

»Das stimmt allerdings«, räumte er ein. »Aber überlegen Sie mal Folgendes. Wenn Sie über Nacht zu Reichtum kommen, wird Brinkman Sie im Namen der Treuhandgesellschaft verklagen. Wie wollen Sie Ihren plötzlichen Wohlstand erklären? Das heißt, sofern Sie das Geld je zu sehen kriegen. Sobald Morgan Wind davon bekommt, dass ein Verfahren gegen Sie läuft, wird er keinen Cent berappen. Er würde nicht riskieren, in einen Prozess verwickelt zu werden, und er könnte es sich leisten, in Ruhe abzuwarten, was passiert. Der Prozess könnte sich über Jahre hinziehen, und während der ganzen Zeit würde er sein Programm verkaufen. Bis die Sache geklärt ist, hat der Markt sich längst weiterentwickelt. Sehen Sie den Tatsachen ins Auge, Nick. Sie sind erledigt.«

Er hatte Recht, und das wussten wir beide. »Also, was wollen Sie?«, fragte ich.

Er antwortete nicht gleich. Stattdessen lehnte er sich genüsslich zurück und kostete den Augenblick aus, denn ihm war nur zu bewusst, was es für mich bedeutete zugeben zu müssen, dass er mich in der Hand hatte.

»Als Erstes: Wie viel hat Morgan Ihnen für das Programm geboten?«

Ich überlegte, ob ich lügen sollte, doch mir war klar, dass er die Wahrheit sowieso herausfinden würde. »Fünfunddreißig Millionen. Eine Mischung aus Bargeld und Aktien.«

»Wir teilen«, sagte Dexter. »Ich bekomme dreißig Millionen und Sie und Ihre Freunde die restlichen fünf.«

Ich war sprachlos. Erst dachte ich, ich hätte ihn falsch verstanden, aber dann dämmerte mir, dass er es ernst meinte. »Sie sind wohl von allen guten Geistern verlassen. Wie kommen Sie auf die Idee, ich würde mich darauf einlassen?«

»Und noch etwas. Brinkman will nicht persönlich in die Sache verwickelt werden. Um den kümmere ich mich.«

Ich konnte mir schon denken, was das bedeutete. Brinkmans Anteil würde sich auf das belaufen, was Dexter ihm zu geben bereit war, ohne dass der Anwalt je erfahren würde, welche Summe im Spiel war.

»Vergessen Sie's«, sagte ich und ballte die Hände zu Fäusten. Am liebsten wäre ich aufgestanden und hätte Dexter zu Boden geschlagen.

»Ich glaube, Ihnen ist nicht klar, in welcher Lage Sie sich befinden. Ihnen bleibt gar keine Wahl«, sagte er. »Vergessen wir nicht, dass Sie ohne das Geld am Ende sind. Ihr Laden ist pleite, Sie hoffnungsloser Verlierer.«

Er erhob sich mit einem grimmigen Lächeln. »Von jetzt an sind wir Partner, Nick. Und Partner sollten sich nicht um Geld streiten. Fünf Millionen sind immer noch mehr, als Sie in Ihrem ganzen Leben hätten verdienen können.«

Ich rechnete nach. Fünf Millionen geteilt durch zwei bedeutete, dass für Sally und mich zweieinhalb Millionen übrig bleiben würden. Damit könnten wir die Geschäftsschulden und die Hypothek für unser Haus bezahlen, aber dann müssten wir noch einmal ganz von vorne anfangen. Es hatte keinen Zweck, mir vorzumachen, dass Marcus und ich jemals wieder erfolgreich zusammenarbeiten könnten. Er hatte mir deutlich zu verstehen gegeben, dass er mich aus der Firma raushaben wollte. Was sollte ich also tun? Zweieinhalb Millionen Dollar waren eine Menge Geld, aber es war nicht so viel, wie ich brauchte.

»Darauf lasse ich mich nicht ein«, sagte ich.

Er schüttelte den Kopf. »Ich verhandle nicht mit Ihnen, Nick. Wissen Sie, ich brauche das Geld nicht unbedingt. Ich verdiene jetzt schon mehr, als ich ausgeben kann. Aber Sie brauchen es. Die Bank macht Ihnen den Laden dicht, und dann stehen Sie mit leeren Händen da. Sie müssten mir eigentlich dankbar sein.«

»Ihnen dankbar sein? Wofür zum Teufel sollte ich Ihnen dankbar sein, Dexter?«

»Weil ich in Versuchung bin, Sie von Brinkman verklagen

zu lassen und zuzusehen, wie Sie alles verlieren. Das Vergnügen könnte mir fast dreißig Millionen wert sein.« Er grinste. »Fast. Aber nicht ganz.«

Am liebsten hätte ich ihm gesagt, er solle sich zum Teufel scheren. Wenigstens so viel Stolz hätte ich gern besessen, aber Tatsache war, dass er mich am Wickel hatte. Wir wussten beide, dass mir keine Wahl blieb.

»Letzte Chance«, sagte er.

Ich schluckte. »Also gut.« Plötzlich war meine Wut verflogen, mein Kampfgeist hatte mich verlassen. Vielleicht hatte Dexter Recht, vielleicht war ich wirklich ein Verlierer. Alles, was ich anfasste, löste sich in meinen Händen in Wohlgefallen auf. Vielleicht lag das in der Familie.

»Sehr vernünftig.« Seine Augen funkelten triumphierend. »Es ist immer gut, wenn man seine Grenzen kennt.«

Ich folgte ihm zum Ausgang, schloss die Tür auf, und wir traten auf die Galerie hinaus.

»Wissen Sie, was Ihr Problem ist, Nick?«, fragte Dexter und drehte sich zu mir um. »Wissen Sie, warum ich immer gewinne, wenn ich mich mit Ihnen anlege?« Er grinste. »Es ist ganz einfach. Sie haben einfach keinen Biss. Keinen Killerinstinkt. Sie laufen in Designerklamotten rum, Sie führen schlaue Reden, aber am Ende sind Sie genau wie alle anderen. Wissen Sie, was die wirklich Erfolgreichen vom Rest der Menschheit unterscheidet? Ich sag's Ihnen. Wir gehen über Leichen, um nach oben zu kommen. Das ist der Unterschied. Aber Sie, Nick, Sie haben einfach nicht das Zeug dazu. Am Ende sind Sie einer von den Verlierern, die jeden Morgen an der Stechuhr stehen. Und soll ich Ihnen noch was sagen? Wenn ich nicht wäre, hätten Sie diesen Deal garantiert auch noch irgendwie vermasselt. Sie sollten mir dafür danken, dass ich Ihnen den Hals rette.«

Es hätte mich wütend machen müssen, wie er mir das alles genüsslich unter die Nase rieb. Aber ich hatte keine Energie mehr, mich zu streiten. Ich tröstete mich mit dem Gedanken, dass Dexter letztlich immer eine traurige Gestalt bleiben würde, gebeutelt von seinem tiefen Hass auf die Welt, die ihn seiner Meinung nach ungerecht behandelt hatte. Wenn ihm dreißig Millionen Dollar auch wahrscheinlich dabei helfen würden, darüber hinwegzukommen.

Er lachte in sich hinein und wandte sich zum Gehen. In dem Augenblick stolperte er. Vielleicht hatte er im trüben Licht die Stufe nicht richtig gesehen. Ich stand hinter ihm, als seine Hand nach dem Geländer griff, doch seine Finger rutschten ab, und im Fallen drehte er sich zu mir um. Einen kurzen Augenblick stand er wankend auf der Stufenkante, beide Arme in der Luft in dem verzweifelten Versuch, das Gleichgewicht wiederzugewinnen. Das Ganze dauerte eine Sekunde, vielleicht noch nicht mal. Und erst in dem Augenblick, als wir einander in die Augen sahen, änderte sich sein Gesichtsausdruck. Angst, ja Panik lag in seinem Blick, die Erkenntnis, dass er jeden Moment abstürzen konnte. Er stand regelrecht auf der Kippe. Ein Millimeter, ein plötzliches Einatmen würde ausreichen, um ihn zu Fall zu bringen. Sein Mund stand offen, seine Augen weiteten sich in stummem Flehen, seine ausgestreckten Finger krümmten sich kaum merklich, als versuchte er, in der Luft Halt zu finden. Ich hätte ihm die Hand reichen, ihm helfen können. Aber ich zögerte.

Eine Mischung aus Gewissheit und Anklage zeichnete sich auf seinem Gesicht ab. Und dann war er weg.

Er schrie nicht, gab keinen Ton von sich, doch ich hörte ein Ausatmen, das so klang, als ergebe er sich in sein Schicksal.

Die Schwerkraft besiegte ihn, er stürzte, und durch den Schwung überschlug er sich rücklings. Ich erhaschte einen kurzen Blick auf seine Schuhsohlen, dann schien er wieder auf die Füße zu kommen, fand jedoch kein Gleichgewicht und fiel weiter die Treppe hinunter. Ich schätze, bis zu diesem Augenblick war er noch halbwegs unverletzt, außer dass er vielleicht ein paar Schrammen und blaue Flecken abbekommen hatte. Aber als er sich erneut überschlug, hörte ich ein Geräusch wie von einer unreifen Wassermelone, die aus großer Höhe auf einen harten Boden fallen gelassen wird. Erst ein dumpfer Aufprall, dann etwas Weiches, Matschiges. Ich glaube, ich wandte mich ab. Ich hörte ihn noch mehrmals aufschlagen, gleichzeitig ein Klappern, wahrscheinlich verursacht von seinen Absätzen, mit denen er über die Metallstufen schrammte. Dann auf einmal herrschte Stille. Vollkommene Stille.

Als ich nach unten schaute, lag er auf dem Rücken, Arme und Beine von sich gestreckt, halb auf den Stufen, halb auf dem metallenen Treppenabsatz. Ich konnte nicht sehen, ob er blutete, aber er gab keinen Ton von sich und rührte sich auch nicht.

20

Ich weiß nicht, wie lange ich oben an der Treppe gestanden und zu Dexter hinuntergeschaut habe. Wahrscheinlich nicht länger als eine halbe Minute. Immer wieder musste ich an den kurzen Moment denken, bevor er stürzte, als ich ihn hätte retten können und es nicht tat, und an die stumme Anklage in seinen Augen. Warum hatte ich ihm nicht die Hand entgegengestreckt? War es, weil ich vor Schreck wie gelähmt war, nicht schnell genug reagieren konnte? Oder hatte ich mich bewusst entschieden, ihm nicht zu helfen? Alles war so schnell gegangen, sagte ich mir, dass ich es nie mit Sicherheit wissen würde. Andererseits, der Instinkt, einen Menschen zu retten, müsste doch eine automatische Reaktion auslösen und nicht des Nachdenkens bedürfen. Womöglich hatte ich sogar zu einer Bewegung angesetzt, hatte mein Gehirn reflexartig Botschaften an die Rezeptoren in meinen Muskeln ausgesandt, doch in dem Augenblick, als meine Hand zuckte, hatte mein Gehirn noch eine weitere Botschaft losgeschickt, die sagte: Warte!

Lass uns erst mal kurz darüber nachdenken.

Was ist, wenn er stürzt? Was dann?

Weiter konnte ich mit meinen Überlegungen nicht gekommen sein, denn da war er schon weg.

Ich ging zurück ins Büro und ließ Dexter liegen. Ich goss mir einen Whisky ein, den ich mit einem Zug austrank, dann noch einen, für den ich mir mehr Zeit nahm. Einmal ging ich zum Regal, betrachtete das Foto von mir und meinem Vater und fragte mich, was er wohl von dem ganzen Schlamassel halten würde. Als mein Blick auf das Foto von Sally und mir fiel, brauchte ich mir diese Frage nicht zu stellen. Vielleicht eine halbe Stunde lang saß ich in meinem dunklen Büro. Irgendwann kam mir der Gedanke, dass Dexter vielleicht noch lebte, obwohl er ziemlich tot ausgesehen hatte. Dennoch, er konnte schwer verletzt sein, und jede Minute, die verging, würde seine Überlebenschancen verringern. Ich sagte mir, ich müsste eigentlich den Telefonhörer in die Hand nehmen und einen Krankenwagen rufen, doch ich rührte mich nicht.

Als mein Verstand wieder zu funktionieren begann, machte ich mir Gedanken über die Lage, in der ich mich befand. Im Prinzip musste man davon ausgehen, dass ich zu Hause neben Sally im Bett lag und schlief. Niemand wusste, dass ich mitten in der Nacht ins Büro gefahren war, und eigentlich konnte niemand wissen, dass Dexter hier war, da er das ja offensichtlich nicht geplant hatte. Ich redete mir ein, dass es mir eine Menge unangenehmer Fragen ersparen würde, wenn man ihn nicht hier fände. Am besten, ich schaffte ihn einfach weg und sorgte dafür, dass er irgendwo gefunden wurde, wo es so aussah, als hätte er einen Unfall gehabt. Dabei wurde mir natürlich sofort klar, dass ich das unmöglich allein bewerkstelligen konnte. Sein Auto stand vor dem Haus. Vielleicht könnte es mir gelingen, ihn in seinen Wagen zu schleppen und irgendwohin zu bringen, aber dann müsste ich zurückkommen, ohne gesehen zu werden, mein Auto abholen und zusehen, dass ich wieder im Bett lag, bevor Sally aufwachte. Ich schaute auf die Uhr. Es war bereits halb drei. Mir blieb nicht genug Zeit.

Ich brauchte nicht lange, um im Kopf die Leute durchzugehen, die bereit sein könnten, mir beim Beseitigen einer Leiche zu helfen. Marcus kam nicht in Frage. Selbst wenn ich ihm erklärte, dass es ein Unfall war, würde er mir sagen, ich solle die Polizei benachrichtigen. Es würde auch nichts nützen, ihn darauf hinzuweisen, dass man mir zweifellos einige Fragen stellen würde und dass Brinkman früher oder später kalte Füße bekommen und auspacken würde, und dann würde der ganze Deal mit Morgan und dem Geld ans Tageslicht kommen. Marcus würde womöglich sogar bezweifeln, dass Dexters Tod tatsächlich ein Unfall war. Es mochte Zeiten gegeben haben, da wären ihm solche Zweifel vielleicht nicht gekommen, aber damals wäre Dexter auch nicht gestürzt, denn damals hätte ich ihn festgehalten.

Dann dachte ich an Sally. Etwa anderthalb Sekunden lang. Und damit war meine Liste erschöpft.

Doch plötzlich wusste ich, an wen ich mich wenden konnte, und das Widersinnige daran entlockte mir ein Lächeln. Ich hatte gedacht, ich bräuchte einen Freund, aber es gibt Situationen, in denen es nicht um Freundschaft, sondern um etwas ganz anderes geht. Verständnis war das, was ich brauchte, und es gab nur einen Menschen, der verstehen würde, was ich vorhatte. Ich nahm den Telefonhörer ab und wählte eine Nummer.

»Hallo?«, meldete sich eine verschlafene Stimme, nachdem ich es mindestens zwölfmal hatte läuten lassen.

»Alice? Ich bin's, Nick«, sagte ich. »Ich brauche deine Hilfe.«

Alice hörte mir zu, ohne mich zu unterbrechen. Ich stellte mir vor, wie sie auf dem Boot in ihrem Bett saß, plötzlich hellwach. Als ich geendet hatte, herrschte vier oder fünf Sekunden lang Stille in der Leitung. Wahrscheinlich gingen ihr die unterschiedlichsten Möglichkeiten durch den Kopf, einschließlich der, dass dies ein schlechter Scherz war oder ein böser Traum, doch schließlich begriff sie, dass das alles Wirklichkeit war und dass ich es ernst meinte. Ich übte mich in Geduld, aber fünf Sekunden sind eine lange Zeit, wenn man jemanden gebeten hat, einem bei der Beseitigung einer Leiche behilflich zu sein. Am Ende stellte sie mir nur eine einzige Frage.

»Bist du sicher, dass er tot ist?« Obwohl sie zweifellos erschüttert war, arbeitete ihr Verstand mit einer gewissen kühlen Logik, und ich wusste nicht recht, was ich davon halten sollte, auch wenn die Vorstellung, dass sie nicht hysterisch werden würde, bevor wir die Sache hinter uns gebracht hatten, etwas Beruhigendes hatte.

»Ich glaube schon«, sagte ich.

»Ich komme so schnell wie möglich.«

»Wir treffen uns am Seiteneingang, und stell deinen Wagen in einer Nebenstraße ab. Und, Alice?«

»Ja?«

»Vielen Dank.«

Ich legte auf. Mittlerweile arbeitete mein Verstand wieder normal, und ich begann mir zu überlegen, was getan werden musste. Mir fiel Alices Frage ein, und ich sagte mir, dass ich als Erstes überprüfen musste, ob Dexter tatsächlich tot war. Als ich auf die Galerie hinaustrat, musste ich an die grässlichen Geräusche denken, die ich gehört hatte, als sein Schädel auf den Stufen aufschlug, und an die unglaubliche Stille, die eingetreten war, als er am Fuß der Treppe liegen blieb. Es schien absolut unwahrscheinlich, dass er das überlebt hatte. Aber als ich mich über das Geländer beugte, um nachzusehen, war er verschwunden.

Mir blieb fast das Herz stehen. Als Erstes ging mir durch den Kopf, dass er, obwohl er offenbar noch lebte, in einem ziemlich schlimmen Zustand sein musste. Und ich hatte ihn dort liegen lassen, ohne Hilfe zu holen. Er musste zu sich gekommen und sich dessen bewusst geworden sein.

Ich rannte die Stufen bis zur nächsten Galerie hinunter und blickte mich hastig um. Ich war davon ausgegangen, dass er dort irgendwo liegen musste, er konnte ja nicht weit gekommen sein. Aber es war keine Spur von ihm zu sehen. In beide Richtungen verlor sich die Galerie in der Dunkelheit. Panik überkam mich. Die Stille hatte etwas Unheimliches. Ich fuhr herum, hatte plötzlich das Gefühl, dass Dexter hinter mir stand, eine blutige Hand nach mir ausgestreckt. Es war nichts zu sehen, aber ich wäre beinahe auf etwas Feuchtem ausgerutscht, und als ich nach unten schaute, sah ich, dass ich in einer Blutlache stand. Und dann entdeckte ich Blutspuren, wo Dexter entlanggekrochen sein musste, und Blut am Geländer, wo er sich offenbar aufgerichtet hatte. Ich folgte den Fußspuren, die er hinterlassen hatte, nachdem er in sein eigenes Blut getreten war. Die Abdrücke wurden immer blasser, doch am Geländer, an dem er sich festgeklammert haben musste, befanden sich überall Blutflecken. In mein Entsetzen mischte sich Erstaunen darüber, dass er sich auf den Füßen halten konnte. Er hatte versucht, die nächste Treppe zu erreichen, die ins Erdgeschoss führte. Ich begann zu laufen. Das Geräusch meiner Schritte hallte laut von den Wänden wider.

Oben an der Treppe blieb ich stehen. Unter mir hörte ich einen dumpfen Aufprall, gefolgt von einem Stöhnen. Ich beugte mich vor und starrte ins Halbdunkel. Da sah ich ihn, auf den Knien am Fuß der Treppe. Er musste mich gehört haben und in seiner Hast, sich vor mir in Sicherheit zu bringen, erneut gestürzt sein. Während ich ihn beobachtete, versuchte er, auf Händen und Knien zu entkommen. Ich rannte die Treppe hinunter, nahm immer zwei Stufen auf einmal. Er war tatsächlich in einem üblen Zustand. Als ich unten ankam, brach er zusammen, landete auf dem Bauch und drückte sich mit einem Arm ab, um sich auf den Rücken zu drehen. Ich erstarrte, als ich ihn erreichte und mich über ihn beugte.

»Hauen Sie ab«, röchelte er mit erstickter Stimme. Blut lief ihm aus dem Mundwinkel.

Sein Anblick flößte mir Entsetzen ein. Eine Seite seines Kopfes war mit frischem Blut völlig verklebt, und sein Schädel wirkte seltsam platt gedrückt. Etwas Spitzes, Hartes schien sich unter seinem blutverschmierten Skalp zu bewegen, als versuchte es, aus seinem Schädel zu entkommen. Sein Gesicht war ebenfalls voller Blut, und obwohl er grauenhaft aussah und seine Stimme mich frösteln ließ, war es vor allem sein Gesichtsausdruck, der mich betroffen machte. Das war nicht länger der Dexter, den ich verabscheut hatte, der aalglatte, rücksichtslose Dreckskerl. Das war nicht mehr der Mann, der noch vor einer halben Stunde in meinem Büro gesessen und mich einen Verlierer geschimpft hatte, der gehöhnt hatte, ich solle ihm dankbar sein, weil ich ohne ihn sowieso wieder alles vermasselt hätte, der mit unverhohlener Verachtung auf mich herabgeblickt hatte. Der Mann, der vor mir lag, war ein Häuflein Elend, eine ängstliche, erbärmliche, grässliche Parodie dessen, der er gewesen war. Er versuchte, sich von mir wegzuschieben, ein hoffnungsloses Unterfangen.

»Bewegen Sie sich nicht«, sagte ich.

Er gab gurgelnde Laute von sich.

Ich hatte keine Ahnung, was er mir zu sagen versuchte, seine Worte waren vollkommen unverständlich. Ich hätte nie gedacht, dass ein Mensch so viel Blut verlieren und immer noch leben konnte. Ich drückte seine Schultern auf den Boden.

»Bleiben Sie ruhig. Sie sollten sich nicht bewegen.«

Seine Augen traten regelrecht aus ihren Höhlen, und er hob mühsam eine Hand, um mich von sich wegzuschieben. Irgendwo unter mir spürte ich seine andere Hand, die wie ein Fisch an Land zappelte. Ich lag teilweise auf ihm und bemühte mich, ihn still zu halten, damit er sich nicht noch mehr verletzte.

»Schsch«, sagte ich in einem blödsinnigen Versuch, ihn zu beruhigen. »Sie sollten nicht reden.«

Wieder röchelte er etwas.

Ich beugte mich noch weiter über ihn und drückte seinen Kopf vorsichtig an meine Brust.

»Es wird alles gut. Gleich kommt ein Arzt.«

Ich dachte, es würde ihn trösten, wenn ich ihm das sagte. Sein Gesicht konnte ich nicht mehr sehen. Während ich ihn in den Armen hielt, versuchte ich, die schwammige Masse an seinem Kopf, wo ich ihn mit den Händen berührte, nicht bewusst wahrzunehmen.

»Sie sind gestürzt. Machen Sie sich keine Sorgen. Alles wird gut. Ein paar Tage Krankenhaus, dann sind Sie wieder ganz der Alte.«

Seine Hand zitterte. Er wand sich und unternahm einen schwachen Versuch, sich zu befreien. Ich hielt ihn in den Armen, bis er sich nicht mehr bewegte.

Mehrere Minuten lang blieb ich im Halbdunkel bei ihm sitzen. Der ganze Boden war voll Blut, auch die Stufen und der Treppenabsatz. All das würde ich sauber machen müssen. Irgendwann ließ ich Dexter los und legte ihn sanft auf den Boden. Aus irgendeinem Grund hatte ich damit gerechnet, dass er den friedlichen Gesichtsausdruck haben würde, von dem häufig berichtet wird, wenn Tote beschrieben werden. Aber Dexter wirkte alles andere als friedlich. Abgesehen von all dem Blut in seinem Gesicht waren seine Augen starr und weit aufgerissen und seine Züge vor Entsetzen verzerrt.

Ich zog Schuhe und Socken aus, um nicht noch mehr blutige Fußspuren zu hinterlassen, dann ging ich auf die Toilette und reinigte meine Schuhsohlen. Das klare Wasser färbte sich erst rosa, dann hellbraun, und als es wieder klar war, trocknete ich die Schuhe mit einem Papierhandtuch ab und zog sie wieder an. Anschließend zog ich mein Hemd aus, an dem ebenfalls Blut, Gewebefetzen und Haare klebten, und wusch es aus. Auch meine Jeans waren blutbefleckt, aber nur an den Schenkeln, und die Flecken waren bereits getrocknet. Ich beschloss, sie anzulassen und später zu entsorgen. Dann ging ich in die Putzkammer, füllte einen Eimer mit heißem Wasser, kehrte zu Dexter zurück und schaltete das Licht an. Eilig begann ich, das Blut aufzuwischen, arbeitete mich Stufe für Stufe die Treppe hinauf. Das Letzte, was ich jetzt gebrauchen konnte, war irgendein besorgter Wachmann, der sich fragte, wer das Licht eingeschaltet hatte. Ich bemühte mich, Dexter nicht anzusehen, doch hin und wieder, wenn ich mich umdrehte, um den Aufnehmer auszuwringen, streifte mein Blick seine Leiche. Schnell, aber ohne Hast, säuberte ich die Stufen und das Geländer, überzeugte mich, dass ich keine Spur übersehen hatte, bevor ich mir den nächsten Blutfleck vornahm. Ich wusste, dass es mir nicht gelingen konnte, jede mikroskopisch kleine Blutspur zu beseitigen, und dass ich auf jeden Fall erledigt war, falls das Gebäude in der nächsten Zeit von der Spurensicherung untersucht werden würde. Aber ich baute darauf, dass das nicht geschehen würde. Solange ich jedes sichtbare Indiz entfernte, hatte niemand einen Grund anzunehmen, dass Dexter jemals hier gewesen war. Seiner Leiche würde ich mich weit weg von hier entledigen.

Das meiste Blut befand sich auf dem Treppenabsatz, wo Dexter nach seinem ersten Sturz gelandet war, und am Geländer, an dem er sich entlanggeschleppt hatte. Es dauerte nicht allzu lange, alle Spuren zu beseitigen, und als ich schließlich fertig war und noch ein letztes Mal alles überprüfte, hatte das Licht höchstens zwanzig Minuten gebrannt. Jetzt musste ich mich noch um die Leiche kümmern und um die Blutlache, in der sie lag, aber ich beschloss, damit zu warten, bis Alice kam. In der Zwischenzeit schaltete ich die Hauptbeleuchtung aus, leerte den Eimer und füllte ihn mit frischem Wasser. Dann setzte ich mich auf die unterste Treppenstufe, um nachzudenken.

Weniger als fünf Minuten später hörte ich ein Klopfen an der Tür, und als ich aufstand und mich der Tür näherte, hörte ich Alice leise fragen: »Nick, bist du da drin?«

Ich öffnete, ließ Alice herein und machte die Tür, nachdem ich einen kurzen Blick nach draußen geworfen hatte, hinter ihr zu. Wir sahen einander an.

»Du bist ja klatschnass«, bemerkte sie.

»Ich musste ein bisschen sauber machen.«

Sie spähte an mir vorbei zu der dunklen Gestalt, die am Boden lag, dann holte sie tief Luft und ging auf die Leiche zu. Zu spät fiel mir ein, dass ich Dexters Gesicht hätte bedecken sollen, um Alice den Anblick zu ersparen. Als sie sich über ihn beugte und sein Gesicht erblickte, wurde sie kreideweiß. Ich legte eine Hand auf ihren Arm.

»Geht's?« Sie war so bleich geworden, dass ich fürchtete, sie könnte in Ohnmacht fallen. Nach einer Weile schaffte sie es zu nicken.

Sie schaute zur Treppe hinüber, und ihr Blick wanderte hinauf zur ersten Galerie und weiter zu der Treppe, die zur zweiten Galerie führte. »Hattest du nicht gesagt, er wäre vor deinem Büro die Treppe runtergefallen?«

»Das ist er auch.«

Es dauerte eine Weile, bis sie das verdaut hatte, dann sah sie mich an und stellte keine weiteren Fragen mehr.

»Ich habe überall gewischt, nur hier noch nicht. Das mache ich, wenn wir ihn weggeschafft haben«, sagte ich. Die paar Minuten, bis Alice eingetroffen war, hatte ich genutzt, um mir einen Plan zurechtzulegen. Ich erklärte ihr, ich würde Dexters Wagen zum Seiteneingang fahren, dann würden wir die Leiche im Kofferraum verstauen, ein Stück die Küste entlangfahren und sie irgendwo von den Klippen ins Meer werfen.

»Wir müssen uns beeilen, es bleibt uns nicht mehr viel Zeit.«

Alice setzte an, etwas zu sagen, überlegte es sich jedoch anders. Ich glaube, es fiel ihr schwer, das Geschehene zu erfassen. Es schien ihre Vorstellungskraft zu übersteigen. Sie schaute sich mit offenem Mund um, als stünde sie unter Schock, was ich gut verstehen konnte. Diese Phase hatte ich bereits hinter mir und war nun von nervöser Energie getrieben. Auf keinen Fall wollte ich mir Zeit lassen, über das nachzudenken, was ich tat. Ich fasste Alice am Arm.

»Du darfst mir jetzt nicht schlappmachen, Alice«, sagte ich.

Sie schluckte, dann nickte sie.

»Gut. Bringen wir es hinter uns.« Ich schaute auf Dexter hinab, dann beugte ich mich über ihn und durchsuchte seine Taschen, bis ich seine Schlüssel fand.

Wir brauchten vierzig Minuten, um die Leiche ins Auto zu schaffen und das restliche Blut wegzuwischen. Ich säuberte den Eimer und spülte den Aufnehmer aus, überprüfte noch einmal alles ganz genau, dann schaltete ich die Alarmanlage des Gebäudes wieder ein und verriegelte die Seitentür. Zuerst fuhren wir mit meinem und mit Alices Wagen ein paar Blocks weit, parkten ihren in einer Seitenstraße und kehrten zurück, um Dexters Mercedes zu holen. Gegen vier Uhr machten wir uns auf den Weg, zuerst nach Daly City, dann auf den Highway One über Pacifica in Richtung Küste. Ich fuhr Dexters Mercedes, Alice folgte in meinem Saab. Wir erreichten die Hügel hinter Point San Pedro, wo die Straße in gefährlichen Kurven an steilen Felshängen entlangführt. Ich kannte eine Stelle, an der im Winter, wenn es lange regnete, erdrutschartige Schlammlawinen von den Hügeln abgingen, die Straße blockierten und ins Meer stürzten. Die Stelle war für mein Vorhaben perfekt geeignet und nicht zu weit entfernt, was sehr wichtig war, denn in weniger als einer Stunde würde es hell werden, und ich musste schließlich wieder zu Hause in meinem Bett liegen, wenn Sally aufwachte.

Ich fuhr äußerst vorsichtig, und Alice blieb die ganze Zeit dicht hinter mir. Glücklicherweise begegneten wir keinem einzigen Auto, was so früh am Morgen nicht ungewöhnlich war. Schließlich verlangsamte ich das Tempo, denn wir näherten uns der vorgesehenen Stelle. Ich hatte das Fenster geöffnet und konnte das Rauschen der Brandung hören, die in der Tiefe gegen die Felsen schlug. Hinter einer Kurve entdeckte ich zu meiner Linken eine Haltebucht. Als sich auf der abschüssigen Straße der Strahl meiner Scheinwerfer senkte, fiel er auf die Umrisse einer Befestigungsmauer aus dem Zweiten Weltkrieg. Ich betätigte den Blinker und bog in die Haltebucht ein. Alice folgte mir.

»Mach das Licht aus«, sagte ich, als ich an meinen Wagen trat. Sie schaltete auch den Motor ab, und plötzlich waren wir von vollkommener Dunkelheit umgeben. Das Meeresrauschen war jetzt noch deutlicher zu hören.

»Wo sind wir?«, wollte Alice wissen.

»Die Stelle heißt Devil's Slide.« Ich bedeutete ihr, mir zu folgen. Wir überquerten die Straße und gingen über den weichen Boden bis zur Klippe. »Geh nicht zu nah ran«, sagte ich. Der Rand war bröckelig und nicht abgesichert. Tief unter uns tosten die Wellen. Im fahlen Mondlicht, das durch die Wolken fiel, konnte ich gerade eben den bleichen Schaum ausmachen, der die Felsen umspülte.

»Da unten nisten Pelikane«, sagte ich zu Alice, die ebenfalls zu den Felsen hinunterspähte. »Hier geht's fast siebzig Meter steil runter, und das Meer ist an dieser Stelle ziemlich tief.«

Wir schauten zu Dexters Wagen hinüber. Mittlerweile war ich ziemlich angespannt. Ich wollte die Sache hinter mich bringen. Auf dem Weg hierher waren mir tausend Dinge durch den Kopf gegangen, die schief gehen konnten. Am wahrscheinlichsten war, dass wir gesehen wurden, aber selbst wenn niemand uns beobachtete, würden eine Menge Fragen gestellt werden, sobald man Dexters Wagen entdeckte. Was, zum Beispiel, hatte Dexter hier zu suchen gehabt? Wieso war er von der Straße abgekommen und von der Klippe gestürzt? Und wenn erst mal eine Autopsie vorgenommen und der Mercedes genau unter die Lupe genommen worden war, würde es nicht lange dauern, bis die Behörden feststellten, dass hier einiges nicht zusammenpasste. Die Blutspuren im Kofferraum zum Beispiel, ganz zu schweigen von den vielen postmortalen Anzeichen, die alles andere als den Schluss nahe legten, dass Dexter ohne erkennbaren Grund beschlossen hatte, sich ins Meer zu stürzen. Ich hatte genug Krimis von Patricia Cornwell gelesen. Aber die Zeit reichte nicht, um mir einen besseren Plan zurechtzulegen. Ich klammerte mich an die Hoffnung, dass niemand auf die Idee kommen würde, mich mit Dexters Tod in Verbindung zu bringen, egal wie verdächtig das Ganze aussah, und mit ein bisschen Glück würden das Meer und der tiefe Sturz das Ihre dazu beitragen, einen Großteil der Spuren wenn nicht zu beseitigen, so doch wenigstens weitgehend zu verwischen. Und wenn ich es schaffte, rechtzeitig zu Hause zu sein, hätte ich das denkbar beste Alibi, nämlich dass ich die ganze Nacht neben meiner Frau im Bett verbracht hatte.

Auch Alice hatte offenbar nachgedacht, und sie wirkte ziemlich beunruhigt. Mich machte in erster Linie nervös, dass uns die Zeit davonlief.

»Wir setzen Dexter hinters Steuer und schieben den Wagen über die Klippe«, sagte ich. »Falls man ihn irgendwann findet, wird sich niemand erklären können, was passiert ist. Okay?«

Alice nickte. Ich warf einen Blick auf die Straße. Es war dunkel, aber das bedeutete nicht, dass nicht jeden Augenblick ein Auto um die Ecke biegen konnte.

»Lass es uns hinter uns bringen.«

Nachdem ich den Mercedes ganz nah an den Rand der Klippe gefahren hatte, an der Stelle, wo es, soweit ich mich erinnerte, am steilsten nach unten ging, hievten wir Dexter bei laufendem Motor aus dem Kofferraum und setzten ihn hinter das Lenkrad. Dann stellte ich mich neben die offene Fahrertür, trat mit einem Fuß auf die Bremse und schob die Automatik in Fahrstellung. Einen Augenblick lang zögerte ich, überlegte, ob es noch irgendeine andere Möglichkeit gab. Dexter kippte zur Seite. Er schien mich auf dieselbe anklagende Weise anzustarren wie in dem Augenblick, als er die Treppe hinunterstürzte.

»Sieht aus, als hättest du mich falsch eingeschätzt«, sagte ich leise.

Ich empfand keine Häme, und ich war auch nicht stolz auf mich, aber was geschehen war, war geschehen, und jetzt gab es kein Zurück mehr. Ich nahm den Fuß von der Bremse und tippte kurz aufs Gaspedal. Mehr war nicht nötig. Der Wagen setzte sich in Bewegung und glitt so sanft über die Klippe in die Tiefe wie ein Schiff, das zu seiner Jungfernfahrt vom Stapel läuft. Der Mercedes verschwand im Nichts, und mehrere Sekunden lang herrschte Stille, bis wir zersplitterndes Glas und knirschendes Metall hörten, als er auf die Felsen schlug, und dann war da nur noch das Brausen der Brandung. Ich beugte mich über den Rand der Klippe, konnte jedoch keine Spur des Autowracks entdecken. Alice trat neben mich und hielt sich an meinem Arm fest.

Wir sahen einander an. Dann gingen wir wortlos zu meinem Wagen.

21

Auf dem Weg zurück in die Stadt redeten wir kaum miteinander. Die meiste Zeit starrte Alice apathisch aus dem Fenster. Sie war blass, hatte die Lippen fest aufeinander gepresst, und ein leichtes Zucken oberhalb der Mundwinkel verriet ihre innere Anspannung. Auf ihrem T-Shirt entdeckte ich einen Blutfleck.

»Deine Klamotten lässt du am besten verschwinden, sobald du nach Hause kommst«, sagte ich.

Sie blinzelte mich verständnislos an und schaute an sich hinunter. Zögernd berührte sie den inzwischen rostbraunen Fleck mit den Fingerspitzen, dann ließ sie die Hand sinken.

»Du solltest die Sachen zuerst auswaschen, dann zerschneiden und irgendwo, möglichst weit weg vom Boot, in eine Mülltonne werfen.«

Vielleicht war das übertrieben vorsichtig, aber ich hatte vor, dasselbe mit meinen Kleidern zu machen. Sie nickte stumm.

»Alles in Ordnung?«, fragte ich.

Sie sah mich an. »Ich komm schon klar.«

Aus irgendeinem Grund glaubte ich ihr. Zweifellos setzte ihr zu, was wir getan hatten, aber als ich sie angerufen hatte, hätte sie mir ihre Hilfe verweigern können. Auch auf dem Weg zu meinem Büro hätte sie es sich noch einmal anders überlegen können. Obwohl sie wusste, was auf sie zukam, hatte sie ihre Entscheidung nicht revidiert. Selbst später hätte sie reichlich Gelegenheit gehabt auszusteigen, doch sie war dabei geblieben.

Eine Zeit lang fuhren wir schweigend weiter. Schließlich fragte sie: »Was genau ist eigentlich passiert?«

»Ich weiß es nicht. Er ist irgendwie ausgerutscht. Es ging alles so schnell.«

Sie schüttelte den Kopf. »Nein, ich meine, warum war er überhaupt dort?«

»Ach so.« Ich berichtete ihr, dass ich nicht hatte schlafen können und angefangen hatte, mir Sorgen um das Programm zu machen. »Dexter ist mir gefolgt.«

»Wo ist es jetzt?«

»Das Programm? Immer noch im Safe.« Komisch, aber auf einmal erschien mir der Safe als der sicherste Ort. Ich erzählte Alice von meinem Gespräch mit Dexter. Als ich wiedergab, was er von mir verlangt hatte, weiteten sich ihre Augen.

»Und was hast du gesagt?«

»Was hätte ich schon sagen können?«

Sie sah mich an, und ich glaubte zu wissen, was sie dachte. »Ich habe ihn nicht geschubst, Alice. Er ist gestolpert.«

»Ich weiß.« Sie drückte meinen Arm, doch in ihrem Blick lag ein Anflug von Zweifel. Wahrscheinlich fragte sie sich, wie er an die Stelle gelangt war, an der er am Ende gelegen hatte, wieso er so schrecklich ausgesehen hatte, wenn er nur die Treppe runtergefallen war. Ich spürte, wie sie hin und wieder nachdenklich zu mir herüberschaute.

»Was ist?«, fragte ich schließlich, denn ihre Blicke machten mich nervös.

»Nichts.«

»Du wunderst dich über das alles? Über mich? Ist es das?«, bohrte ich.

»Nein, das ist es nicht«, erwiderte sie nach einer Weile. »Genau das habe ich gerade gedacht. Eigentlich müsste ich mich wundern. Oder ich müsste schockiert sein oder irgendwas. Aber ich bin es nicht.«

In ihrem Ton lag keinerlei Vorwurf, dennoch fühlte ich mich irritiert. Ich wusste nicht, was ich davon halten sollte, dass mein Verhalten in dieser Nacht anscheinend in das Bild passte, das sie von mir hatte.

»Erinnerst du dich an das Gemälde, das du mir abgekauft hast?«, fragte sie unvermittelt.

»Die Blumenwiese? Natürlich.«

»Du hast mich gefragt, ob das eine bestimmte Wiese ist.«

Ich erinnerte mich. »Ja, und du hast gesagt, es sei einfach irgendeine.«

»Ist es auch. Ich habe das Bild kopiert.«

Ich sah sie an, verwundert über das Eingeständnis. Ich hatte angenommen, sie sei irgendwo im Mittleren Westen bettelarm aufgewachsen, und das Haus auf dem Bild sei ihr Elternhaus. Sie deutete ein Lächeln an, als wüsste sie, was ich dachte.

»Bevor ich nach Kalifornien kam und Marcus kennen lernte, wohnte ich in Seattle. Dort hatte ich eine Beziehung zu einem Mann, mit dem ich ein Jahr lang zusammengelebt habe. Er war sehr wohlhabend und eigentlich ganz nett. Er besaß eine Fabrik, die Maschinenteile für andere Fabriken herstellte. Er arbeitete sehr viel, und er war ehrlich und anständig und wollte mich heiraten. Er war älter als ich, fünfzehn Jahre älter, und ich fand ihn körperlich unattraktiv. Aber ich bin mit ihm zusammengeblieben, bis ich es einfach nicht mehr aushielt.«

Sie zog die Brauen zusammen. »Vor allem konnte ich mich selbst nicht mehr ertragen, das, was aus mir geworden war. Oft, wenn ich in den Spiegel schaute, sagte ich mir, dass ich nur mit diesem Mann zusammen war, weil er Geld hatte.«

»Und was hat das mit dem Bild zu tun?«

»Es hing im Schlafzimmer, gegenüber dem Bett. Ich konnte es immer sehen, wenn er mit mir schlief. Er lag auf mir, und ich stellte mir vor, gar nicht da zu sein. Ich stellte mir vor, über die Wiese auf dem Bild zu laufen.«

Sie verstummte, und ich dachte über ihre Worte nach. Ich nahm an, dass sie mir zu sagen versuchte, sie habe beschlossen, sich nie wieder zu verkaufen. Sie schien kein Selbstmitleid zu empfinden oder von mir Mitgefühl zu erwarten. Es war ja nicht so, dass sie einer schrecklichen Vergangenheit entronnen wäre, in die sie ohne ihr Zutun hineingeraten war. Eher schien es so, als erzählte sie mir das, damit ich mir keine allzu großen Vorwürfe machte wegen der Sache mit Dexter. Wir hatten beide gute Gründe für unser Verhalten.

»Was ist mit Brinkman?«, fragte sie ein paar Minuten später.

»Ich glaube nicht, dass er weiß, was Dexter heute Nacht vorhatte.«

»Aber er weiß von dem Programm. Meinst du nicht, er wird misstrauisch werden, wenn man Dexters Leiche entdeckt?«

»Mit ein bisschen Glück haben wir unser Geld, ehe Dexter gefunden wird. Wenn es so weit ist und Brinkman gefährlich zu werden droht, nehmen wir ihn uns vor.« Alice warf mir einen seltsamen Blick zu, als ich das sagte. »Ich meine, wenn es sein muss, bieten wir ihm Schweigegeld an«, fügte ich hinzu.

Wir kamen bei ihrem Wagen an, und ich ließ sie aussteigen. Wir waren uns einig, dass weder Marcus noch Sally jemals von dieser Sache erfahren durften. Bei Marcus war das kein Problem, da Alice auf dem Boot wohnte, aber sie wollte wissen, was ich Sally zu erklären gedachte, falls sie fragte, wo ich gewesen war.

»Sie schlief, als ich losfuhr. Ich müsste es eigentlich schaffen, wieder zurück zu sein, bevor sie aufwacht, und dann wird sie nie erfahren, dass ich weg war.«

Ich hatte den Eindruck, Alice wollte noch etwas über Sally sagen, doch dann schien sie es sich anders zu überlegen.

»Vergiss nicht, deine Klamotten verschwinden zu lassen.«

Sie versprach, sich darum zu kümmern, und als sie weg war, machte ich mich ebenfalls auf den Weg.

Als ich in unsere Straße einbog, war es zwanzig vor sechs, und der Himmel begann bereits, hell zu werden. Ich schaltete die Scheinwerfer aus und ließ den Saab mit abgeschaltetem Motor in die Einfahrt rollen, um keine Aufmerksamkeit zu erregen. In keinem der Häuser in der Nachbarschaft brannte Licht, und als ich die Haustür aufschloss, war drinnen alles still. Ich ging in den Keller, zog mich aus, stopfte alle meine Sachen einschließlich der Schuhe in die Waschmaschine, schaltete das Kurzprogramm ein und ging nach oben. Vor der Schlafzimmertür, die einen Spaltbreit offen stand, blieb ich stehen und lauschte. Im Zimmer war es dunkel, und es war nichts zu hören. Auf leisen Sohlen schlich ich zum Bett hinüber.

Plötzlich bemerkte ich den Lichtstreifen unter der Badezimmertür, gleichzeitig hörte ich die Toilettenspülung, und dann ging die Tür auf. Als Sally gerade nach dem Lichtschalter langte, sah sie mich, und einen Augenblick lang starrten wir einander verblüfft an.

»Was ist?«, fragte sie.

So erstarrt, wie ich dastand, muss ich wie ein Einbrecher ausgesehen haben. Nachdem ich mich wieder halbwegs gefasst hatte, brachte ich ein wenig überzeugendes Lachen zustande.

»Du hast mich erschreckt, das ist alles«, sagte ich und legte mich ins Bett. »Ich hatte nicht mitgekriegt, dass du im Bad warst.«

»Wo warst du?«

»Ich bin in die Küche gegangen, um einen Schluck zu trinken.« Es war das Erstbeste, was mir einfiel. »Ich hatte Durst.«

Sie sah mich leicht verwundert an, sagte jedoch nichts, dann schaltete sie das Licht aus, schlüpfte unter die Decke und drehte mir den Rücken zu. Ich fragte mich, wie lange sie wohl wach gewesen war. Eine Zeit lang wartete ich darauf, dass sie irgendetwas sagte, mir jede Menge Fragen stellte, doch nichts geschah. Ein paar Minuten später hörte ich an ihrem Atem, dass sie wieder eingeschlafen war.

Bis sieben blieb ich im Bett, dann stand ich auf und machte absichtlich so viele Geräusche, dass Sally auch aufwachte. Nachdem ich geduscht hatte, setzte ich mich neben sie auf die Bettkante, beugte mich über sie und küsste sie auf die Wange.

»Tut mir Leid wegen gestern Abend. Ich möchte nicht, dass wir uns streiten.«

Sie sah mir forschend in die Augen. Als ich ihre Hand nahm, erwiderte sie zwar meinen Händedruck nicht, zog ihre Hand aber auch nicht zurück. Noch nie hatte ich sie so sehr gebraucht wie in diesem Augenblick. Das Gefühl überkam mich wie eine Flutwelle. Sally war das Wichtigste in meinem Leben, und gerade jetzt, nach dem Grauen der vergangenen Nacht, erschien sie mir wie ein rettender Engel, und unsere Ehe wie ein sicherer Hafen, ein Zufluchtsort vor den Stürmen der Welt. Sie lehnte mein Vorgehen ab, aber wenn das erst einmal alles vorbei war, würde sie schon darüber hinwegkommen. Dann würde alles wieder so werden wie früher. Ich wollte sie halten, ihren verschlafenen Duft einatmen, ihre weichen Brüste an meinem Körper fühlen, doch ich spürte, dass ihr meine Nähe widerstrebte.

»Nick ...«, begann sie.

»Schsch.« Ich legte einen Finger auf ihre Lippen. Plötzlich war es mir wichtig, dass sie nichts sagte. »Ich weiß, wie du dich fühlst. Aber es wird alles gut. Ich verspreche es dir. Überlass das einfach mir. Du hast gesagt, du willst mit der Sache nichts zu tun haben, und ich glaube, das ist auch am besten so.«

»Es ist nicht nur ...«

»Bitte, Sally«, unterbrach ich sie hastig. »Ich liebe dich. Alles wird wieder so werden wie früher. Hab ein bisschen Geduld.«

Sie gab nach. Aber als ich mich zu ihr hinunterbeugte, um sie zu küssen, reagierte sie nicht. Während ich mich anzog, verschwand sie im Bad, und gleich darauf hörte ich die Dusche plätschern. Ich ging in den Keller. Das Waschprogramm war abgelaufen, ich nahm meine feuchten Kleider aus der Maschine, stopfte sie in eine Plastiktüte und brachte sie ins Auto. Als Sally in der Küche erschien, hatte ich bereits Kaffee gekocht und eine Pampelmuse aufgeschnitten. Wir setzten uns an den Tisch, und ich schaltete den Fernseher ein, um die Frühnachrichten zu sehen. Ich wollte wissen, ob sie irgendetwas über Dexters Wagen bringen würden, auch wenn ich bezweifelte, dass man ihn schon entdeckt hatte. Der Bürgermeister, Willie Brown, geschniegelt und gestriegelt wie immer, tat gerade seine Ansicht darüber kund, wie San Francisco mit der stetig steigenden Nachfrage nach Büroräumen fertig werden würde, einem Problem, das die Mieten zurzeit ins Unermessliche steigen ließ. Im vergangenen Jahr hatte der Quadratmeterpreis im Financial District vierzig Dollar betragen. Mittlerweile waren es fünfundsiebzig. Ich wechselte den Kanal. Ein Professor der Universität in Berkeley ließ sich gerade darüber aus, dass achtzig Prozent der Internetfirmen, die den derzeitigen Boom ausgelöst hatten, in drei Jahren von der Bildfläche verschwunden sein würden. Erzähl das mal den Investoren, die aus Studenten Multimillionäre machen, dachte ich. Ich zappte durch die verschiedenen Kanäle auf der Suche nach einer Nachricht über Dexter, doch es gab keine.

Sally und ich sprachen kaum miteinander. Als ich losfuhr, saß sie gedankenversunken am Tisch, die Ellbogen aufgestützt, die Kaffeetasse an den Lippen, und starrte durch den Dampf hindurch, der wie Nebel vor ihrem Gesicht aufstieg.

Auf dem Weg in die Stadt fuhr ich im Club vorbei, um ein paar Bahnen zu schwimmen. Als ich mein Pensum absolviert hatte, waren meine Arme bleischwer, mein Brustkorb schmerzte, und ich schaffte es gerade noch, mich aus dem Becken zu hieven. Die körperliche Anstrengung im Wasser war wie eine Art Reinigungsritual. Ich versuchte, die Ereignisse der vergangenen Nacht abzuschütteln, hoffte, sie wie eine äußere Haut abstreifen zu können und nachher wie ein neuer Mensch dazustehen, aber es funktionierte nicht. Ich fühlte mich körperlich ausgelaugt, und ich wusste, dass etwas tief in meinem Innern unwiderruflich verdorben war. Im Umkleideraum schaute ich in den Spiegel, weil ich wissen wollte, ob mein Aussehen sich verändert hatte. Auf den ersten Blick sah mein Gesicht aus wie immer, die Krähenfüße, die Ringe unter den Augen, an den Schläfen vielleicht ein paar mehr graue Haare. Als ich mich vorbeugte und mir tief in die Augen sah, entdeckte ich jedoch, oder bildete es mir zumindest ein, eine Spur von Verzweiflung, oder war es der Blick eines Verfolgten? Wie auch immer es weitergehen würde, ich würde das Wissen um das, was ich getan hatte, bis ans Ende meines Lebens mit mir herumtragen müssen. Es hatte sich herausgestellt, dass ich in der Lage war, Dinge zu tun, die ich noch bis vor wenigen Wochen für unmöglich gehalten hätte. Niemals würde ich mit Sally darüber sprechen können, niemals ihr mein Herz ausschütten, und ich fragte mich, wie sich das auf unsere Beziehung auswirken würde. Würde ich das alles jemals hinter mir lassen können, oder würde ich mich immer danach sehnen, ihr davon erzählen zu können, in der Hoffnung, dass sie mir eine Art Absolution erteilte? Eine Absolution, die mir nie zuteil werden würde.

Beim Hinausgehen warf ich noch einen letzten Blick auf das Schwimmbecken, und da waren sie wieder, die alten Leute, die unbeirrt ihre Bahnen schwammen. Diesmal beneidete ich sie.

Es war fast zehn, als ich im Büro eintraf. Ich stellte meinen Wagen in der Tiefgarage ab und betrat das Gebäude durch die Tür, durch die Alice und ich nur wenige Stunden zuvor Dexters Leiche geschleppt hatten. Drinnen im Gebäude sah alles aus wie immer. Die Läden hatten geöffnet, an der Espressobar herrschte reger Betrieb, und überall liefen Leute geschäftig hin und her. Mein Blick wanderte zu der Stelle am Fuß der Treppe, wo Dexter schließlich liegen geblieben war. Zwei Frauen in taillierten schwarzen Kostümen tranken Kaffee und plauderten angeregt miteinander. Eine von ihnen hatte leuchtend pinkfarbenen Lippenstift aufgelegt, passend zu ihrem Nagellack, und zu ihren Füßen lag eine elegante lederne Aktentasche in italienischem Design. Die andere hielt einen Stapel Papiere in der Hand und redete angeregt auf ihr Gegenüber ein. Während ich mich ihnen näherte, starrte ich auf den Boden zu ihren Füßen, bis mir bewusst wurde, dass sie verstummt waren und mich neugierig betrachteten.

»Hallo. Ich dachte, ich hätte was verloren.«

Automatisch schauten sie nach unten. »Was denn?«, fragte die Frau mit den pinkfarbenen Lippen.

»Ach, nichts. Muss mich geirrt haben.«

Ich wusste, dass mein Verhalten ziemlich merkwürdig war und malte mir aus, wie die Polizei die Leute im Gebäude befragen und wie die beiden Frauen mit den Fingern schnippen würden, wenn ihnen die Situation wieder einfiel.

»Hey, erinnerst du dich an den Typen neulich morgens? Der arbeitet doch in der Agentur im zweiten Stock, oder? Also, der hat sich ganz seltsam aufgeführt, als wir hier an der Espressobar standen.«

»Genau. Er hat die ganze Zeit auf den Boden gestarrt und machte so einen verwirrten Eindruck.«

»Tatsächlich?«, würde der Polizist fragen. »Könnten Sie mir genau zeigen, wo Sie an dem Tag gestanden haben?«

Himmel Herrgott, reiß dich zusammen, befahl ich mir. Ich hörte, dass die beiden Frauen hinter mir ihr Gespräch wieder aufgenommen hatten. Auf dem Weg nach oben suchte ich die Stufen nach Flecken ab, bemühte mich jedoch, mich diesmal weniger auffällig zu benehmen. Vor allem den Absatz am Fuß der nächsten Treppe nahm ich genau unter die Lupe, aber ich hätte mir keine Sorgen zu machen brauchen. Offenbar war ich beim Putzen äußerst gründlich vorgegangen, und es war keine Spur übrig geblieben, die für das bloße Auge erkennbar war.

Stacey lächelte mich an, als ich durch die Tür trat. »Guten Morgen.«

»Hallo. Irgendwelche Nachrichten?«

Sie reichte mir ein paar Zettel, doch es war keine polizeiliche Aufforderung dabei, umgehend zurückzurufen. Stacey fuhr fort, ihre Tastatur zu bearbeiten, wobei sie konzentriert auf den Bildschirm schaute. Auf dem Weg in mein Büro wurde ich von Karen aufgehalten. Sie bat mich um meine Meinung zu einer Präsentation, die sie am Nachmittag abliefern musste.

»Was hältst du davon?«

Ich warf einen Blick auf die Notizen, die sie mir reichte, ohne jedoch ein Wort davon zu lesen. »Sieht großartig aus.«

»Findest du?«

»Klar.«

»Okay. Danke.« Sie lächelte und ging wieder an ihre Arbeit.

Alles kam mir irgendwie unwirklich vor, als befände ich mich in einem Traum. Neil und Susan, zwei unserer Kreativen, stritten sich über die farbliche Gestaltung einer Werbegraphik, als ich an ihnen vorbeiging. Susan schüttelte nachdrücklich den Kopf und trank einen Schluck Kaffee.

»Das bringt's einfach nicht, Neil!« Unsere Blicke begegneten sich. »Hallo, Nick. Sieh dir das doch mal kurz an.«

Ich blieb stehen.

»Was meinst du?«

Ich dachte, dass es gar keine Rolle spielte, was ich meinte, denn schon bald würde Marcus der alleinige Eigentümer von Carpe Diem sein, und außerdem hatte ich andere Sorgen. Ich erklärte, es sehe vielversprechend aus.

»Siehst du!«, rief Susan aus.

Ich überließ sie ihrem Streit und ging in mein Büro. Marcus musste irgendwo herumschwirren, sein Auto stand auf dem üblichen Platz in der Parkgarage, aber ich hatte ihn noch nicht gesehen. Ich schloss die Tür hinter mir und starrte auf den Stuhl, auf dem Dexter gesessen hatte, als er noch unter den Lebenden weilte. Ich versuchte mir vorzustellen, dass er jetzt irgendwo am Fuß einer Klippe in einem nassen Grab ruhte. Die Brandung würde das Blut fortspülen. Ich malte mir aus, wie sein normalerweise makellos frisiertes Haar wie Seetang im Wasser trieb. Wahrscheinlich waren es die Auswirkungen eines leichten Schocks, die diese Gedanken in mir auslösten. Eine Mischung aus Angst, Überlebenswillen und Adrenalin hatte mich die vergangene Nacht durchstehen lassen, aber all das war jetzt verflogen. Die Ungeheuerlichkeit dessen, was geschehen war, traf mich mit voller Wucht und rief in meinem Kopf seltsame Gedanken und Bilder hervor. Es fiel mir schwer zu akzeptieren, dass das Leben weiterging, als wäre nichts gewesen. Die

Leute kamen ganz normal zur Arbeit, zeigten mir ihre Entwürfe, baten mich um meine Meinung zur farblichen Gestaltung einer Werbeanzeige, grüßten mich, ohne entsetzt vor mir zurückzuweichen. Die Erde drehte sich weiter. Das Einzige, was sich verändert hatte, war meine Wahrnehmung.

Und natürlich Dexter. Für ihn waren die Veränderungen etwas dauerhafterer Natur.

Im Laufe des Vormittags gelang es mir allmählich, wieder wie gewohnt zu funktionieren. Als Marcus mich schließlich in meinem Büro aufsuchte, hatte ich meine Schuldgefühle in einem Verlies weggeschlossen und die Tür mit schweren Ketten gesichert.

»Wir müssen reden«, sagte er und nahm auf dem Stuhl Platz, auf dem Dexter gesessen hatte.

»Worüber?«

»Über das, was gestern Abend passiert ist.«

Ich sah ihn ausdruckslos an. »Wovon sprichst du?«

»Er weiß Bescheid, Nick. Dexter weiß alles, Herrgott noch mal! Oder hast du das etwa schon vergessen? Bei dir würde mich überhaupt nichts mehr wundern.«

»Vergiss den Typ. Er wird uns keine Probleme machen.«

Marcus zog die Brauen zusammen. »Woher willst du das wissen? Hast du noch mal mit ihm gesprochen?«

»Das brauche ich nicht. Wenn er wirklich etwas wüsste, hätten wir längst wieder von ihm gehört. Er wollte uns nur einschüchtern, ein bisschen auf den Busch klopfen.«

»Ich fasse es nicht. Hast du allen Ernstes vor weiterzumachen, als wäre nichts geschehen?«

»Na klar. Denn es ist nichts geschehen, Marcus. Nichts hat sich geändert. Und was zum Teufel soll das alles überhaupt? Wir haben gestern Abend eine Entscheidung getroffen. Du warst einverstanden, wenn ich mich recht entsinne.«

Daran erinnert zu werden schien ihm gar nicht zu behagen. »Na ja, ich hab halt noch mal nachgedacht.«

»Weiß Alice von deinem plötzlichen Sinneswandel?«

Er blickte blitzschnell auf. »Was soll das denn heißen?«

»Ich weiß es nicht, Marcus«, erwiderte ich aufrichtig. Ich fragte mich, was zum Teufel sich zwischen den beiden abspielte.

»Ich finde einfach, wenn Dexter Bescheid weiß, sollten wir uns die Sache noch einmal gründlich durch den Kopf gehen lassen«, sagte er in einem etwas versöhnlicheren Ton. »Glaubst du etwa, er wird uns ruhig zusehen und Däumchen drehen? Wir könnten alle im Gefängnis landen wegen dieser Geschichte.«

»Niemand kommt ins Gefängnis, Marcus.« Ich blieb innerlich bemerkenswert ruhig, trotz seiner Aufregung. In dem Augenblick, als er mein Büro betreten hatte, war mir eins klar geworden. Es gab kein Zurück mehr. Ich war fest entschlossen, die Sache bis zum Ende durchzustehen. Als Marcus das spürte, ließ er sich auf seinem Stuhl zurücksinken.

»Es spielt überhaupt keine Rolle, was ich denke, stimmt's? Du hast deine Entscheidung längst getroffen, ich habe keinen Einfluss mehr darauf.«

»Wir waren uns einig«, erinnerte ich ihn.

»Wir tun also einfach so, als würde Dexter nicht existieren.«

Natürlich wusste ich, dass wir genau das tun konnten. Aber das konnte ich Marcus ja nicht erzählen. Also sagte ich nichts, und mein Schweigen sprach Bände.

Marcus stand auf und ging zur Tür. Dann blieb er noch einmal stehen und drehte sich zu mir um. »Weißt du was? Ich wünschte, wir hätten nie von diesem Programm erfahren. Ich habe das Gefühl, dich überhaupt nicht mehr zu kennen. Ich glaube, ich habe dich noch nie richtig gekannt.«

Das hatte ich in den vergangenen Wochen schon mehrmals zu hören bekommen, und auf einmal war mir, als könnte ich mich selbst dieser Meinung anschließen. Ich reagierte nicht, und Marcus zögerte verunsichert, als wartete er darauf, dass ich etwas sagte. Aber was hätte ich schon sagen sollen?

Als er weg war, ging ich zum Safe und holte die CD mit dem Programm heraus. Ich nahm sie mit in mein Büro und schloss die Tür. Dann öffnete ich meine Schreibtischschublade und verstaute die CD in der alten Zigarrenkiste, in der ich die Pistole meines Vaters aufbewahrte. Mein Blick fiel auf den Abschiedsbrief meines Vaters, und ein Bild von ihm kam mir in den Sinn. Ich sah ihn nicht vor mir wie auf dem Foto, sondern so, wie er gewesen war, als ich ihn zum letzten Mal gesehen hatte. Da hatte er bereits gewusst, was er später an dem Tag tun würde. Er hatte mich lächelnd angesehen, als ich aus dem Haus gegangen war, und mir einen schönen Tag gewünscht. Verurteile mich nicht, mein Sohn, hatte er zu mir gesagt. Ich fand es merkwürdig, versprach ihm jedoch, es nicht zu tun.

Tja, ich habe mein Versprechen gehalten, Dad. Und jetzt hoffe ich, dass du mich auch nicht verurteilst.

22

Bis zum Wochenende gab es keine Nachricht, dass man Dexters Wagen gefunden hatte. Drei Tage waren vergangen, und das Warten machte mich so nervös, dass ich ganz verkrampft war. Ich schlief schlecht, meine Nackenmuskeln waren verspannt, und ich hatte dauernd Kopfschmerzen. Einerseits wünschte ich mir, es würde endlich passieren, damit ich es hinter mir hatte, andererseits hoffte ich, dass es noch lange dauerte, bis man ihn fand. Vielleicht hatte ich Glück gehabt und wirklich eine Stelle erwischt, wo das Meer besonders tief war. Beinahe war ich in Versuchung, hinzufahren und nachzusehen, doch ich wusste, das war das Idiotischste, was ich tun konnte. Allmählich begriff ich, warum es Verbrecher immer wieder an den Tatort zurückzieht. Es hat mit einer Art Aberglauben zu tun. Ich hatte nicht nur das Bedürfnis, mich bei Tageslicht davon zu überzeugen, dass ich Dexters Wagen tatsächlich über die Klippe geschoben hatte, sondern ich glaubte, dass ich dadurch mein Schicksal herausfordern konnte, und wenn es gut ging, würde die Erfahrung mir neue Kraft verleihen.

Ich widerstand dem Drang, indem ich mich in die Arbeit stürzte. Am Samstag nahm ich mir den Garten vor, machte mich mit Spaten und Rechen über die Beete her, grub die Erde um, rupfte das Unkraut heraus und schnitt die wuchernden Sträucher zurück. Es war so warm, dass ich nach kurzer Zeit mein T-Shirt auszog, und schon bald war ich nass geschwitzt und verdreckt. Die Arbeit war hart, aber zumindest lenkte sie mich eine Zeit lang von Dexter ab. Ich legte eine Pause ein und ging ins Haus, um etwas zu trinken. In der Küche traf ich Sally an, die vor der Anrichte kniete und die Schränke ausräumte. Sie trug Shorts, dazu ein altes Hemd von mir, das sie in der Taille geknotet hatte, und das Haar hatte sie mit einem roten Tuch zusammengebunden.

»Was machst du denn da?«, fragte ich.

Sie drehte sich um und blickte mich leicht abwesend an. »Hier drin hab ich seit Ewigkeiten nicht mehr sauber gemacht.«

Ich schaute in den leeren Schrank, vor dem sie gerade kniete. Die Konservendosen und Vorräte, die wir dort aufbewahrten, hatte sie hinter sich gestapelt, und der Schrank selbst wirkte makellos sauber. Ich sagte nichts, doch als ich nach draußen ging, hatte sie den Kopf schon wieder in den Schrank gesteckt, um weiterzuschrubben. Vielleicht braucht sie auch etwas, um sich abzulenken, dachte ich.

Die Pflanze, die ich Frank zufolge mit Schädlingsgift besprühen sollte, sah mittlerweile noch erbärmlicher aus. Die Blätter wiesen rostfarbene Flecken auf, und überall saßen Blattläuse. Ich sprühte sie gründlich mit einer Lösung ein, die ich in der Garage gefunden hatte, einem Mittel, das gegen Läuse und alles mögliche andere Ungeziefer gut sein sollte. Als ich fertig war, glänzten die Blätter feucht von dem chemischen Zeug.

Gegen Mittag kam Sally in den Garten und sagte, sie gehe einkaufen, ob ich irgendetwas bräuchte. Sie trug eine Hüfthose und ein bauchfreies T-Shirt, und ihre Haare waren frisch gewaschen. Mir fiel nichts ein, und sie fuhr los. Ich ging in die Küche, aß ein Sandwich, machte mich wieder an die Arbeit, und am späten Nachmittag war ich so müde, dass ich beschloss, es für heute gut sein zu lassen. Als ich vom Haus aus den Garten betrachtete, hatte ich das Gefühl, dass kein großer Unterschied zu sehen war. Doch zumindest würde ich in dieser Nacht gut schlafen. Ich war erschöpft, und vom vielen Bücken tat mir der Rücken weh. Aber ich war auch verschwitzt und durstig, und plötzlich hatte ich Lust auf ein kaltes Bier. Da ich normalerweise kaum Bier trank, hatten wir keins im Haus, also zog ich mich um und fuhr nach Hillsborough zum Supermarkt, um mir ein Sixpack zu holen. Als ich den Parkplatz überquerte, entdeckte ich Sallys Wagen und sah sie darin sitzen, das Handy am Ohr. Ich sah, wie sie redete und gleichzeitig den Kopf schüttelte. Sie wirkte aufgeregt, dann hörte sie eine Zeit lang mit geschlossenen Augen zu, den Kopf in die Hand gestützt, eine Haltung, die eine tiefe Erschöpfung ausdrückte, wie mir schien. Ich fragte mich, mit wem sie telefonierte. Offenbar führte sie ein ziemlich ernstes Gespräch. Schließlich hatte ich das Gefühl, mich auffällig zu benehmen und entfernte mich, damit sie mich nicht entdeckte.

Als Sally nach Hause kam, hatte ich bereits vier Dosen Bier getrunken. Mir fiel auf, dass sie keine Einkaufstüten bei sich hatte, und sie behielt die Sonnenbrille auf, als sie hereinkam.

»Hallo«, sagte ich fröhlich. »Wie war dein Nachmittag?«

»Gut.«

»Hast du nichts gefunden, was dir gefiel?«

Sie schaute an sich herunter, als bemerkte sie in dem Moment erst, dass ihre Hände leer waren. »Oh. Nein, nicht so richtig.«

»Wo warst du denn?«

»In San Francisco.«

Ich nickte und hielt ihr lächelnd eine Dose Bier hin. »Willst du auch eins?«

»Nein, danke. Ich glaub, ich leg mich ein bisschen in die Badewanne.«

»Okay.«

Als sie nach oben gegangen war, öffnete ich ihre Handtasche und nahm das Handy heraus. Ich drückte auf die Wahlwiederholungstaste, aber der Akku war leer. Sie musste ziemlich lange telefoniert haben.

Am Montag sprach ich mit Morgan. Er sagte, er müsse für ein paar Tage nach New York, aber nach seiner Rückkehr stehe das Geld für mich bereit. Ich hatte das Bedürfnis, die gute Nachricht mit jemandem zu teilen, wusste jedoch nicht recht, mit wem. Am Ende rief ich Alice an. Nach dem fünften oder sechsten Läuten nahm sie ab.

»Hallo?«, sagte sie vorsichtig.

»Ich bin's.«

»Ist irgendwas passiert? Ich hab heute Morgen die Nachrichten gesehen, aber …«

»Deswegen rufe ich nicht an«, unterbrach ich sie. »Ich habe auch noch nichts gehört.«

»Oh.« Sie klang erleichtert und enttäuscht zugleich, und ich konnte mir vorstellen, dass es ihr am Wochenende nicht besser gegangen war als mir. »Weswegen dann? Du klingst so anders.«

Ich berichtete ihr von meinem Gespräch mit Morgan. »Er kommt in ein paar Tagen aus New York zurück, und dann kriegen wir das Geld. Es klappt tatsächlich, Alice.«

Sie brauchte einen Moment, um meine Worte zu verdauen. Vermutlich wurde ihr erst jetzt bewusst, dass das alles wirklich passierte. Sie wollte wissen, ob ich etwas von Brinkman gehört hätte.

»Nein, nichts.«

»Findest du das nicht komisch?«

Einerseits fand ich es tatsächlich komisch, andererseits hatte ich keine Ahnung, welche Absprachen er mit Dexter getroffen hatte. Zu Alice sagte ich, sie solle sich seinetwegen keine Sorgen machen. Wir plauderten noch ein bisschen, und nachdem ich ihr versprochen hatte, mich zu melden, sobald ich irgendetwas hörte, legte ich auf.

An jenem Tag machte ich früh Feierabend, und einem spontanen Impuls folgend, fuhr ich nicht gleich nach Hause, nachdem ich die Autobahn verlassen hatte, sondern machte einen kurzen Abstecher zu einem Blumenladen. Ich bat die Floristin, ein Dutzend rote Rosen zu einem Strauß zu binden.

»Ach, nehmen Sie zwei Dutzend«, sagte ich dann.

Sie hob die Brauen. »Die müssen ja für jemand ganz Besonderen sein.«

»Für meine Frau.«

Sie grinste und begann, die Blumen zusammenzustellen. »Haben Sie was zu feiern, oder ist das ein Friedensangebot? Ich sage Ihnen, wenn alle Leute plötzlich gut miteinander auskämen, könnte ich den Laden dichtmachen.«

»Ein bisschen von beidem.«

»Na, dann viel Glück. Das macht siebenunddreißig achtzig.«

Ich gab ihr einen Fünfziger und sagte, sie solle das Wechselgeld behalten.

»Danke«, meinte sie mit einem verblüfften Lächeln, und als ich den Laden verließ, rief sie hinter mir her: »Falls Sie sie rauswirft, ich bin noch zu haben!«

Ich winkte ihr grinsend zu.

Als ich in unsere Straße einbog, lag auf dem Beifahrersitz neben den Rosen noch eine Flasche Champagner, die ich ebenfalls unterwegs gekauft hatte. Ich hatte mir überlegt, wir könnten für eine Weile nach Europa gehen. Einen ausgedehnten Urlaub machen. Ich war noch nie dort gewesen, doch je länger ich darüber nachdachte, umso mehr hatte ich das Gefühl, dass es genau das Richtige war. Wir würden nach Paris und Rom fahren, und vielleicht würden wir in der Nähe von Florenz oder in einer anderen romantischen Gegend ein altes Bauernhaus mieten, auf der Terrasse sitzen und Wein trinken, während die Sonne hinter den Weinbergen und Olivenhainen unterging. Wir würden uns Zeit lassen, mehrere Monate lang dort bleiben und alles vergessen, was geschehen war.

Während ich an den Häusern unserer Nachbarn vorbeifuhr und die gepflegten Gärten betrachtete, sagte ich mir, dass diese Gegend gar nicht so schlecht war. Irgendwie bedauerte ich, die Leute in der Straße nicht näher zu kennen, aber für so etwas hatte ich gar keine Zeit, weil ich immer arbeitete. Nach unserer Europareise, wenn wir erst einmal umgezogen waren, würde ich dem örtlichen Tennisclub beitreten, vielleicht eine Yacht kaufen, falls wir nah genug an der Küste wohnten, und dafür sorgen, dass ich neue Leute kennen lernte. Es würde den Kindern zugute kommen, und Sally würde es auch gefallen. Das hatte sie sich immer gewünscht. Eine familienfreundliche Umgebung, eine Gemeinschaft, zu der man gehörte.

Als ich in unsere Einfahrt bog, fiel mir der dunkle Ford nicht auf, der am Bordstein parkte. Die Blumen in der einen und den Champagner in der anderen Hand, versuchte ich gerade, den Schlüssel ins Schloss zu stecken, als die Haustür aufging und Sally vor mir stand.

»Danke.« Grinsend hielt ich meine Geschenke hoch, und als ich ihr die Rosen in den Arm legte, drückte sie sie automatisch an sich. »Ich habe gute Neuigkeiten.«

Erst in diesem Augenblick fiel mir ihr Gesichtsausdruck auf. Sie wirkte völlig verstört.

»Was ist los?«, fragte ich, doch im selben Moment entdeckte ich den Fremden, der hinter ihr in der Diele stand. Er war etwa Mitte fünfzig und trug einen schlecht sitzenden Anzug und eine billige Krawatte. Sally trat zur Seite.

»Nick, das ist Detective Morello.«

Mein Magen verkrampfte sich, meine Kehle war augenblicklich wie zugeschnürt, und mein Herz flatterte wie ein Vogel im Käfig. Es war, als hätte ich jegliche Kontrolle über meine Gesichtszüge verloren, ich versuchte zwar, ein fragendes Lächeln aufzusetzen, doch es gelang mir nicht, den Ausdruck von Schock und Verblüffung zu verscheuchen.

»Detective?«

»Vom San Mateo County Sheriff's Department, Mr Weston. Guten Tag.« Er trat auf mich zu und streckte mir seine Hand entgegen, die ich mechanisch ergriff. »Tut mir Leid, dass ich hier so hereinplatze und Ihre kleine Feier störe.«

»Feier?« Plötzlich fielen mir der Champagner und die Blumen wieder ein, und ich wünschte, sie würden sich in Luft auflösen. »Ah, richtig. Das macht nichts.«

Ich riss Sally den Blumenstrauß regelrecht aus dem Arm, ging in die Küche, wo ich ihn zusammen mit der Champagnerflasche auf die Bank legte, schloss die Tür und kehrte in die Diele zurück. Mein Benehmen muss ziemlich merkwürdig gewirkt haben, aber mit den Blumen und der Flasche fühlte ich mich wie auf frischer Tat ertappt. Es war, als stünde mir das Wort Mörder auf der Stirn geschrieben. Morello sah mich fragend an.

Ich gab mir alle Mühe, mich normal zu verhalten. »So, worum geht's denn?«

Er deutete in Richtung Wohnzimmer, von wo er gekommen war. »Könnten wir vielleicht Platz nehmen? Ihre Frau ist ein bisschen aufgewühlt.«

»Selbstverständlich.« Ich nahm Sally beim Arm. »Alles in Ordnung?«, fragte ich und wandte Morello den Rücken zu, in der Hoffnung, sie würde mir irgendeinen Hinweis geben, was zum Teufel hier los war.

»Ich glaube schon.«

Sie wirkte eher geistesabwesend als aufgewühlt. Wir gingen ins Wohnzimmer, und nachdem Sally sich gesetzt hatte, sagte Morello: »Kurz bevor Sie kamen, hatte ich Mrs Weston gerade erzählt, dass gestern die Leiche eines Mannes gefunden wurde, den Sie wahrscheinlich kennen. Es handelt sich um einen Mr Larry Dexter.«

»Gestern?«, fragte ich.

»Genau. Sieht so aus, als wäre sein Wagen in der Nähe von Montara von den Klippen gestürzt.«

»In den Nachrichten haben sie gar nichts darüber gebracht.« Noch bevor ich den Satz zu Ende gesprochen hatte, wusste ich, dass es eine unglaublich dumme Bemerkung war, aber mein Verstand hatte sich einfach abgeschaltet. Morello schien jedoch keine Notiz davon zu nehmen.

»Nein, es wurde nichts darüber berichtet«, sagte er leichthin.

Natürlich gab es auch keinen Grund, darüber zu berichten. Menschen starben jeden Tag. Morde geschahen jeden Tag. Ein Auto, das von den Klippen stürzte, war nichts Besonderes. Aus den Augenwinkeln sah ich, wie Sally mich verwundert anschaute.

Ich schüttelte den Kopf, als würde mir erst jetzt bewussst, was Morello gesagt hatte. »Larry tot? Das kann ich gar nicht glauben.«

Ich hatte das Gefühl, vollkommen unglaubwürdig zu klingen. Meine Gedanken waren an zwei Orten zugleich, und mein Verstand begann nur langsam wieder zu arbeiten. Einerseits versuchte ich mitzubekommen, was der Detective sagte, und mir passende Antworten zu überlegen, andererseits bemühte ich mich verzweifelt, meine wachsende Panik in den Griff zu bekommen und logisch zu denken. Morello schien nicht die Absicht zu haben, mich zu verhaften. Eigentlich wirkte er regelrecht gelangweilt, als wäre das alles reine Routine. Er schlug ein Notizheft auf.

»Ich versuche nachzuvollziehen, was Mr Dexter in der letzten Zeit gemacht hat, damit wir rekonstruieren können, was genau passiert ist.«

»Wir haben ihn eigentlich nicht besonders gut gekannt«, sagte ich.

Er schaute auf und warf einen kurzen Blick zu Sally hinüber. Einen Augenblick lang sah es so aus, als versuchte er, das, was ich gerade gesagt hatte, mit unseren Reaktionen in Einklang zu bringen.

»Ihre Frau hat mir gesagt, Dexter sei ein Kollege von Ihnen gewesen.«

»So würde ich es nicht formulieren. Wir arbeiten beide in der Werbebranche, aber nicht zusammen.«

»Ja. Mr Dexter arbeitete für KCM, soweit ich informiert bin. Und Sie haben eine eigene Agentur.«

»Carpe Diem.«

»Was ist das, Französisch?«

»Latein. Es bedeutet ›Nutze den Tag‹.«

»So so, Latein.« Er schien unbeeindruckt. »Sie und Mr Dexter waren also Konkurrenten?«

Ich zögerte, unsicher, ob mir die Richtung gefiel, die das Gespräch nahm. »So könnte man es sehen. Streng genommen.«

Morello blickte auf. »Streng genommen?«

Ich zuckte die Achseln. »Ich persönlich habe uns nie als Konkurrenten betrachtet.« In meinem Kopf drehte sich alles. Wenn Morello versuchte zu rekonstruieren, was mit Dexter geschehen war, was wollte er dann hier? Was wusste er? Ich fragte mich, ob er irgendein Spiel spielte, ob er versuchte, mich aufs Glatteis zu führen. Wie zum Teufel war er überhaupt auf die Verbindung zwischen Dexter und mir gestoßen? Hunderte von Leuten aus der Werbebranche hatten ihn gekannt. Warum ich? Morello nahm einen Kaugummi aus der Tasche und steckte ihn in den Mund.

»Ich habe aufgehört zu rauchen«, erklärte er und bot mir auch einen an.

»Nein, danke.«

»Also, Ihre Frau sagte, Sie hätten Mr Dexter zuletzt vor fünf Tagen gesehen. In einem Restaurant namens Mario's. Sie waren mit Freunden dort?«

Verdammt! Ich sah Sally an, fragte mich, was sie ihm sonst noch alles erzählt haben mochte. »Das ist richtig. Jetzt, wo Sie es erwähnen, fällt es mir wieder ein.«

»Er kam zu Ihnen an den Tisch?«

»Ja. Wir haben kurz miteinander geplaudert, dann ist er wieder gegangen.«

Morello notierte sich etwas. Sein Kuli machte ein kratzendes Geräusch, er schüttelte ihn, dann runzelte er die Stirn und versuchte es erneut. Ich bemühte mich, ruhig zu wirken, doch mein Herz schlug viel zu schnell, und meine Handflächen waren nass geschwitzt. Ich hätte alles darum gegeben zu erfahren, was Sally Morello bereits gesagt hatte. Er wusste, dass Dexter mit uns gesprochen hatte. Wusste er auch, worüber? Hatte Dexter irgendjemandem gegenüber erwähnt, was er an dem Abend vorhatte? Brinkman vielleicht?

Morello blickte auf. »Worüber haben Sie gesprochen?«

Ich widerstand dem Impuls, Sally anzusehen, um vielleicht von ihr einen Hinweis zu bekommen. »Über nichts Besonderes. Er ist einfach an unseren Tisch gekommen, um Hallo zu sagen.«

»Haben Sie zufällig bemerkt, ob er in Begleitung war?«

Ich tat so, als würde ich angestrengt nachdenken. »Ich glaube nicht, dass noch jemand bei ihm war. Aber ich bin mir nicht sicher.« Bemüht, möglichst natürlich zu wirken, warf ich Sally einen fragenden Blick zu. Sie schüttelte den Kopf. Ich hatte keine Ahnung, was in ihr vorging, aber irgendetwas an ihrem Blick ließ sämtliche Alarmglocken in meinem Kopf läuten.

Morello schien nichts von alldem mitzubekommen. »Okay. Ihre Frau konnte sich auch nicht erinnern, jemanden gesehen zu haben. Ich habe mich bereits im Restaurant erkundigt, dort meinte man ebenfalls, Dexter sei allein gewesen. Allerdings hat er nicht zu Abend gegessen. Jemand erinnerte sich, dass er mit Ihnen gesprochen hatte, was übrigens der Grund dafür ist, dass ich Sie aufgesucht habe. Ich werde mich noch mit den Leuten unterhalten müssen, die mit Ihnen im Restaurant waren.«

»Selbstverständlich.« Ich nannte ihm Namen und Adresse von Marcus und Alice. Er notierte alles in seinem Heft.

»Hat Mr Dexter zufällig davon gesprochen, ob er mit jemandem verabredet war oder was er an dem Abend vorhatte?«

»Nein, soweit ich mich erinnere, hat er nichts dergleichen erwähnt.«

»In was für einer Stimmung war er?«

»Stimmung?«

»Ja. Ich meine, wirkte er erregt oder wegen irgendetwas beunruhigt?«

Ich überlegte, ob Morello auf die Möglichkeit anspielte, dass Dexter Selbstmord verübt haben könnte, was ja vielleicht gar nicht so weit hergeholt war, wenn jemand mit dem Auto über eine Klippe fuhr. »Nicht mehr als gewöhnlich«, sagte ich und bemühte mich, möglichst bedeutungsvoll zu klingen.

»Wollen Sie damit sagen, dass er diesen Eindruck bei anderen Gelegenheiten durchaus erweckt hat?«

»Ich will damit nur sagen, dass Larry ein sehr ernsthafter Mensch war. Zuweilen hatte ich den Eindruck, er nahm sich manche Dinge sehr zu Herzen.« Das war natürlich völlig aus der Luft gegriffen. Wahrscheinlich würde Morello andere Leute, die Dexter gekannt hatten, fragen, ob sie meiner Meinung zustimmten, deswegen konnte ich nicht zu dick auftragen. »Er war ein Einzelgänger. Er hatte nicht viele Freunde in der Branche.« Ich zuckte die Achseln. »Ich meine, wer weiß schon, was sich im Kopf eines Menschen abspielt?«

Das reichte zumindest, um ihn die Möglichkeit eines Selbstmordes in Betracht ziehen zu lassen. Morello machte sich ausgiebig Notizen, und als er fertig war, wirkte er nachdenklich. »Tja, das war's vorerst. Ich werde Sie dann jetzt allein lassen.« Er stand auf. »Entschuldigen Sie nochmals die Störung. Offenbar haben Sie gute Neuigkeiten für Ihre Frau.«

»Wie bitte?«

»Ich habe zufällig gehört, wie Sie Ihre Frau vorhin begrüßt haben. Wunderschöne Rosen übrigens. Ich sollte meiner Frau auch ab und zu einen Blumenstrauß mitbringen.« Er lächelte Sally an. »Na ja, das geht mich ja alles nichts an. Vielen Dank, dass Sie mir Ihre Zeit gewidmet haben. Ihnen auch, Mrs Weston. Tut mir Leid, dass ich so schlechte Neuigkeiten überbringen musste.«

Ich geleitete Morello zur Tür. Es gab eine Menge Fragen, die ich ihm gern gestellt hätte, aber ich wollte seine Aufmerksamkeit nicht auf mich lenken.

»Ihre Frau hat sehr betroffen auf die Nachricht von Mr Dexters Tod reagiert«, sagte Morello leise, als er aus dem Haus trat. »Manche Menschen nehmen so etwas sehr schwer, selbst wenn der Tote kein enger Freund oder naher Verwandter war. Sie sollten sich um sie kümmern, Mr Weston.«

»Ja, das werde ich tun«, versprach ich. »Übrigens, aus dem, was Sie angedeutet haben, schließe ich, dass Sie einen Selbstmord für möglich halten?«

»Nun, wir sind uns nicht sicher, ob es ein Unfall war.«

»Ach?« Ich wünschte, er würde mir noch ein bisschen mehr erzählen.

»Zum jetzigen Zeitpunkt ist es schwer zu sagen. Devil's Slide ist ein gefährliches Stück Straße. Womöglich hatte er ja getrunken. Er hat das ganze Wochenende über im Wasser gelegen, wahrscheinlich seit dem Abend, an dem Sie ihn in dem Restaurant getroffen haben. Jedenfalls scheint ihn danach niemand mehr lebend gesehen zu haben. Und das ist eigentlich ziemlich merkwürdig.«

»Was ist merkwürdig?«

»Dass er in dem Restaurant war, weiß ich nur, weil wir in seinem Wagen ein Streichholzbriefchen mit der Adresse gefunden haben. Der Restaurantbesitzer sagte mir, er kenne den Mann nicht. Mr Dexter war also auf keinen Fall ein Stammgast, und er war auch nicht dort, um zu essen. Der Laden liegt ziemlich weitab vom Schuss. Da landet man nicht zufällig. Was wollte er also dort?« Morello dachte einen Moment lang nach, dann zuckte er die Achseln. »Nun, sobald der endgültige Obduktionsbericht vorliegt, wissen wir mehr. Nochmals vielen Dank für Ihre Hilfe.«

»Gern geschehen. Tut mir Leid, dass ich Ihnen nicht mehr sagen konnte.«

»Schon in Ordnung. Rufen Sie mich an, wenn Ihnen noch etwas einfällt.« Er reichte mir seine Karte. »Und wenn Sie die Freunde, die mit Ihnen in dem Restaurant waren, bitten könnten, sich morgen früh bei mir zu melden, wäre ich Ihnen sehr dankbar.«

»Mache ich.«

»Gut. Schönen Abend noch.«

»Ihnen auch, Detective.«

Ich schloss die Tür und holte tief Luft, um mich zu beruhigen. Vor Angst drehte sich mir beinahe der Magen um. Erst als ich Morellos Wagen wegfahren hörte, ging ich zurück ins Wohnzimmer, aber Sally war nicht mehr da. Ich fand sie in der Küche, sie stand am Fenster und starrte in den Garten hinaus. Sie musste mich gehört haben, doch sie drehte sich nicht um.

»Er ist weg«, sagte ich schließlich.

Da wandte sie sich um und musterte mich mit einer Eindringlichkeit, die ich mir nicht recht erklären konnte, die mir jedoch sehr unangenehm war.

»Kaum zu glauben, nicht wahr?« Ich trat an den Schrank und holte ein Glas heraus. »Ich brauche einen Drink. Du auch?«

Sie schüttelte den Kopf.

»Bist du sicher? Du siehst ziemlich mitgenommen aus.« Während ich Eiswürfel aus dem Kühlschrank nahm und die Whiskyflasche öffnete, redete ich die ganze Zeit weiter. Sally sah mich unverwandt prüfend an. »Ich werde nicht so tun, als hätte ich Dexter gemocht, aber es ist trotzdem irgendwie ein Schock, wenn jemand, den man kennt, plötzlich tot ist, nicht wahr? Wahrscheinlich, weil es einen an die eigene Sterblichkeit erinnert.« Ich versuchte, eine überzeugende Mischung aus Verwunderung und Bedauern hinzubekommen. Einerseits wollte ich es nicht übertreiben, andererseits wollte ich auch nicht gefühllos wirken. Wenn Sally doch nur etwas gesagt hätte, anstatt mich so anzustarren. Ich trank einen Schluck Whisky, und er schmeckte so gut, dass ich mich beherrschen musste, nicht das ganze Glas in einem Zug auszutrinken. Zumindest zitterte meine Hand nicht.

»Bist du sicher, dass du nicht auch einen Schluck willst?«

Wieder schüttelte sie nur stumm den Kopf.

»Es ist ja vielleicht unpassend, das zu erwähnen, aber auf jeden Fall haben wir jetzt ein Problem weniger.« Mein Blick fiel auf den Champagner und die Rosen, die immer noch auf der Bank lagen. Ich stellte den Champagner in den Kühlschrank. Sally beobachtete mich die ganze Zeit, aber sie fragte mich nicht, was für gute Neuigkeiten ich hatte. Als sie endlich etwas sagte, klang ihre Stimme tonlos.

»Ich habe gehört, wie der Detective sagte, sie glauben nicht, dass es ein Unfall war.«

Ich trank noch einen Schluck Whisky. »Was?«

»An der Tür.«

»Also, er hat gesagt, sie sind sich nicht sicher«, erwiderte ich betont gleichmütig. »Ich glaube, sie schließen erst einmal gar nichts aus.«

»Du hast ihn gefragt, ob Dexter absichtlich über die Klippe gefahren ist.«

»Ich hatte den Eindruck, dass er das vermutete.«

»Und du hast ihn glauben lassen …« Sie brach ab und versuchte stirnrunzelnd, sich an den genauen Wortlaut zu erinnern. »Du hast gesagt, Dexter sei sehr ernsthaft gewesen. Wie hast du dich noch ausgedrückt? Er hätte sich manche Dinge sehr zu Herzen genommen? Ein Einzelgänger.« Sie sah mich mit zusammengekniffenen Augen an, als stünde ich im Nebel und sie könnte mich kaum erkennen.

Ich breitete die Hände aus. »Sally, was ist los? Ich habe nur versucht, seine Fragen zu beantworten.«

»Aber du weißt genau, dass er sich niemals umgebracht hätte. Als wir ihn gesehen haben, war er weder deprimiert noch unglücklich.«

»Das konnte ich Morello ja wohl schlecht sagen, oder?«

»Aber du hast ihn in der Annahme bestärkt, Dexter könnte womöglich Selbstmord begangen haben.«

»Ich habe ihm bloß beschrieben, was Dexter für ein Typ war. Wer weiß schon, was in den Köpfen anderer Leute vorgeht.«

Aber Sally hörte mir gar nicht richtig zu. Sie schien angestrengt nachzudenken. »Er hat gesagt, im Restaurant wurde Dexter zum letzten Mal lebend gesehen.«

»Also, ich glaube, auch das wissen sie nicht so genau; bisher konnten sie einfach noch nicht weiterverfolgen, was er an dem Abend gemacht hat.« Mir gefielen ihre Fragen nicht, und ebenso wenig gefiel es mir, wie minutiös sie alle Einzelheiten des Gesprächs noch einmal im Kopf durchging, auf der Suche nach etwas, von dem sie wusste, dass es da war. »Sally. Du bist aufgebracht. So eine Nachricht ist ein Schock, das weiß ich, aber überlass es der Polizei, die Sache aufzuklären. Da kann Gott weiß was passiert sein. Was hatte er überhaupt mitten in der Nacht da draußen an der Küste zu suchen? Vielleicht ist er überfallen und ausgeraubt worden oder sonst was.«

»Mitten in der Nacht?«

»Was?«

»Das hast du gesagt. Aber Detective Morello hat nichts davon erwähnt, dass es mitten in der Nacht passiert ist.«

»Bist du sicher? Ich weiß nicht. Ich hab einfach angenommen … Hör zu, können wir nicht über was anderes reden?«, fragte ich entnervt. Ich brauchte dringend noch einen Whisky, aber ich wagte nicht, meinen Blick von ihr abzuwenden. Eine Weile sagte sie nichts.

»Du bist kreidebleich geworden, als du den Polizisten gesehen hast«, bemerkte sie schließlich.

»Das ist doch kein Wunder. Ich hab mich zu Tode erschrocken. Ich konnte doch nicht damit rechnen, plötzlich einen Polizisten in meinem eigenen Haus vorzufinden.«

Stille. Sekunden vergingen. »Du hast gesagt, in den Nachrichten hätten sie nichts darüber gebracht.«

»Worüber?«

»Über Dexter. Du hast gesagt, in den Nachrichten hätten sie es nicht erwähnt. Warum hast du das gesagt?«

»Hab ich das gesagt? Daran kann ich mich nicht erinnern.«

»Ich fand das komisch. Detective Morello sagte, Dexters Wagen sei von den Klippen gestürzt, und daraufhin meintest du, es sei nicht in den Nachrichten gewesen. Als hättest du erwartet, dass sie es bringen würden.«

Ich hob die Arme. »Ich weiß nicht, worauf du hinauswillst.«

Erneut herrschte Schweigen, und als Sally wieder zu sprechen begann, konnte ich beinahe sehen, wie sie sich Bruchstücke von Ereignissen nach und nach ins Gedächtnis rief. »In der Nacht, nachdem wir bei Mario gewesen waren, da bin ich wach geworden, und du warst nicht da.«

Mir wurde beinahe übel, doch ich ließ mir nichts anmerken. »Wahrscheinlich war ich auf dem Klo.«

Sie schüttelte den Kopf. Wir sahen einander in die Augen, aber sie war mit den Gedanken in jener Nacht, versuchte, sich an alles genau zu erinnern. »Nein, das Licht war aus, das weiß ich noch, denn ich hab nachgesehen, und die Tür stand offen.«

»Dann war ich eben unten. Herrgott, Sally, was spielt das für eine Rolle? Wahrscheinlich hatte ich Durst und hab mir was zu trinken geholt. Was hat das überhaupt mit der Sache zu tun?«

»Du warst eine ganze Weile weg, jetzt erinnere ich mich wieder«, fuhr sie fort. »Ich konnte nicht mehr einschlafen.« Sie sah aus, als versuchte sie, einen Gedanken zu fassen zu bekommen, der ihr immer wieder entglitt.

»Hör zu, ich begreife immer noch nicht, was das mit Dexter …«

Plötzlich fiel es ihr ein. »Du warst nicht da, als ich am frühen Morgen aufgewacht bin. Ich bin ins Bad gegangen, und du lagst nicht im Bett.«

»Wovon redest du überhaupt? Ich bin reingekommen, als du aus dem Badezimmer kamst, erinnerst du dich?«

»Natürlich. Du hast mich ganz verblüfft angesehen. Nein, es war mehr als das. Als ich aus dem Bad kam, bist du regelrecht erstarrt. Als wärst du, ich weiß nicht, als wärst du bei irgendwas erwischt worden.«

»Sally …«

»Das Bett war auf deiner Seite ganz kalt.« Auf einmal veränderte sich ihr Gesichtsausdruck. Hatte sie bisher verwirrt dreingeblickt, als versuchte sie vergeblich, ein kompliziertes Rätsel zu lösen, sah sie mich nun an, als hätte sie plötzlich begriffen.

»Wovon redest du überhaupt?«

»Ich erinnere mich, dass ich mich gewundert habe, warum deine Seite im Bett kalt war.«

Erneutes Schweigen. Doch diesmal wartete ich nicht ab. Ich wollte ihr klar machen, dass meine Geduld am Ende war, dass ich nicht bereit war, mir diesen Blödsinn noch länger anzuhören. »Worauf willst du eigentlich hinaus?« Ich wollte, dass sie aufhörte, dass sie kapierte, wie verrückt das alles war.

Aber sie antwortete nicht auf meine Frage. »An dem Morgen hast du Wäsche gewaschen. Nachdem du zur Arbeit gefahren warst, wollte ich mein Kleid aus der Waschmaschine nehmen. Ich hatte es am Abend vorher reingesteckt, weil es im Restaurant mit Wein bekleckert worden war. Aber es war weg. Ich weiß noch, dass ich dachte, ich hätte es wieder rausgenommen, aber dann hab ich gesehen, dass ein anderes Programm eingestellt war, und da wusste ich, dass du die Waschmaschine benutzt hattest. Ich wollte dich danach fragen, hab's dann aber ganz vergessen.«

Wortlos starrte ich sie an. Das verdammte Kleid musste zwischen meine Sachen geraten sein. Schwarzes Kleid, schwarze Jeans. Ganz einfach. Als ich die Sachen herausnahm, hatte ich, ohne genau hinzugucken, alles in einen Müllsack gestopft und später in eine Mülltonne in der Nähe des Clubs geworfen.

»Warum hast du das getan, Nick? Du wäschst doch sonst nie deine Sachen selbst.«

Ich wandte mich ab und trat an den Kühlschrank, um mir ein paar Eiswürfel zu holen. Ich brauchte dringend noch einen Whisky, aber Sally hielt mich am Arm fest.

»Sieh mich an!«, verlangte sie.

Ich sah sie an, nachdem ich mir einen Whisky eingeschenkt hatte. »Was zum Teufel willst du eigentlich von mir? Was willst du von mir hören?«

»Du bist in der Nacht weg gewesen, stimmt's?«

»Du hast eine blühende Phantasie, Sally.«

»STIMMT'S ODER STIMMT'S NICHT?«

»NEIN!«, schrie ich. Ich holte tief Luft. Mein Herz klopfte wie verrückt. Etwas ruhiger fuhr ich fort: »Ich war die ganze Nacht hier. Ich habe im Bett gelegen und geschlafen.«

»Und was ist mit der Waschmaschine?«

Sie starrte mich durchdringend an. Ich sah, wie es in ihrem Kopf arbeitete, ich sah ihr an, was sie dachte, wie sie versuchte, sich einen Reim auf all das zu machen. Sie wacht auf, und ich bin nicht da. Das Bett ist kalt. Die Waschmaschine. Aber sie brachte es nicht fertig, es auszusprechen, in Worte zu fassen, was sie vermutete. Plötzlich wirkte sie nur noch verwirrt. Sie schüttelte den Kopf.

»Ich weiß überhaupt nicht mehr, was ich denken soll.«

Ich nahm die Whiskyflasche mit in mein Arbeitszimmer, ließ mich in den Sessel fallen und starrte in mein Glas. Sally war aus der Küche geflüchtet. Sie hatte mich nicht ansehen wollen, und als ich instinktiv einen Arm ausgestreckt und versucht hatte, sie aufzuhalten, war sie vor mir zurückgewichen wie vor einem grässlichen Ungeheuer. Ich schaltete den Fernseher ein und zappte eine Zeit lang durch die Nachrichtensender, aber nirgendwo wurde über Dexter berichtet, und so schaltete ich das Gerät wieder aus. Mehrere Stunden lang saß ich da, trank einen Whisky nach dem anderen und hing meinen Gedanken nach. Wie Sally mich angesehen hatte, die stumme Anklage in ihrem Blick, die sie nicht auszusprechen wagte, das ging mir nicht aus dem Kopf. Ich betrachtete meine Hände und fragte mich, wie es so weit hatte kommen können. Hin und wieder dachte ich an Detective Morello, versuchte, mich an alles zu erinnern, was er gesagt hatte, seine Fragen und seine Antworten, jede Nuance in seinem Ton, jede seiner und meiner Gesten, versuchte zu ergründen, welche Schlüsse er gezogen haben mochte. Es war zwecklos. Er hatte nicht argwöhnisch gewirkt, aber vielleicht war das auch nur der Eindruck, den er bei mir hinterlassen wollte. Ich wusste, ich sollte eigentlich Alice anrufen und auch Marcus, doch ich konnte mich nicht überwinden, mit irgendjemandem zu sprechen. Morello wollte, dass sie sich bei ihm meldeten, also hatte er wahrscheinlich nicht vor, sie aufzusuchen.

Inzwischen war es dunkel geworden, die Schatten in den Ecken des Zimmers krochen über den Boden und an den Wänden hoch. Ich machte kein Licht. Als der Whisky seine Wirkung tat und ich einnickte, hatte ich einen Traum. Einen Alptraum, der sich aus einzelnen Bildern zusammensetzte. Dexter in meinem Büro in jener Nacht, sein hämisches Grinsen beim Abschied und dann sein stummes Flehen, bevor er die Treppe hinunterfiel. In meinem Traum streckte ich die Hand aus, um ihn festzuhalten, bekam sein Jackett zu fassen, und als er mich erleichtert ansah, gab ich ihm einen Schubs, und er stürzte in die Tiefe. Dann sah ich ihn auf Händen und Knien über den Boden kriechen und hörte ihn jämmerliche, unverständliche Laute von sich geben. Ich ging auf ihn zu. Mein Schatten fiel auf ihn wie ein riesiges Insekt, als ich mich über ihn beugte und ihn erschlug.

Ich fuhr aus dem Schlaf, geweckt von meinem eigenen entsetzten Aufschrei, und verschüttete den Rest Whisky aus meinem Glas. Ich stand auf, um das Licht einzuschalten, und erst da begann mein Herz ganz allmählich, sich zu beruhigen. Es klopfte so heftig, dass ich fürchtete, es könnte bersten, ich könnte zusammenbrechen und an einem Herzinfarkt sterben.

Nach einer Weile ging ich nach oben. Ich hatte keine Ahnung, was ich Sally sagen sollte, ich wusste nur, dass ich sie brauchte. Am liebsten hätte ich mich ihr anvertraut, sie um Verständnis angefleht. Es war ein Unfall. Ich wollte nicht, dass Dexter die Treppe hinunterstürzte, und ich wollte ihn nicht ersticken. Ich wusste nicht, was ich tat. Es war alles so verwirrend. Aber mir war klar, dass ich Sally niemals würde gestehen können, was ich getan hatte. Um überhaupt noch die geringste Hoffnung haben zu können, dass sie mich nicht verließ, musste ich sie davon überzeugen, dass sie mich zu Unrecht verdächtigte. Vor der Schlafzimmertür blieb ich stehen, die Hand auf dem Türknauf, und überlegte krampfhaft, was ich sagen sollte. Drinnen hörte ich sie leise reden. Offenbar telefonierte sie. Ich drückte mein Ohr an die Tür und lauschte.

»... kann es nicht weitergehen. Ich muss dich unbedingt sehen.«

Eine ganze Weile war nichts zu hören. Sie sagte etwas Unverständliches. Dann schnappte ich wieder ein paar Worte auf.

»... weiß nicht, was ich tun soll, wenn er kommt. ... O Gott ...«

Sie begann zu schluchzen. Es war nicht schwer zu erraten, mit wem sie sprach. Es war Garrison Hunt, der in den Kulissen bereitstand und auf seine Gelegenheit wartete, ihr seine starke Schulter anzubieten, damit sie sich daran ausweinen konnte. Ihr edler Ritter in strahlender Rüstung. Zorn flammte in mir auf und erstarb wieder wie ein abgebranntes Streichholz. Plötzlich fühlte ich mich nur noch erschöpft. Ich ging wieder nach unten, setzte mich in meinen Sessel und fiel in einen trunkenen, traumlosen Schlaf.

23

Am nächsten Morgen schlich ich mich ins Schlafzimmer. Sally schlief noch tief und fest, als ich hereinkam. Ihr Gesicht war vom vielen Weinen gerötet und fleckig, ihre Augen verquollen. Wahrscheinlich würde sie erst in einigen Stunden aufwachen, aber ich hatte verschiedene Dinge zu erledigen, und so schnappte ich mir ein paar Sachen, duschte kurz und zog mich unten an.

In meinem Kopf hämmerte es fürchterlich. Zum Frühstück spülte ich ein paar Schmerztabletten mit einer Tasse Kaffee hinunter, dann fuhr ich in die Stadt. Es war noch niemand da, als ich die Agentur betrat, und ich ging sofort in mein Büro, um Alice anzurufen und ihr von Morellos Besuch zu berichten, doch sie ließ mich gar nicht erst zu Wort kommen.

»Nick, ich wollte dich gerade anrufen. Es ist in den Nachrichten, sie haben Dexters Wagen gefunden.«

Ich fragte sie, auf welchem Programm die Nachricht gebracht wurde, versprach, sie anschließend noch einmal anzurufen, dann ging ich in den Konferenzraum und schaltete den Fernseher ein. Die Meldung war kurz. Es wurde ein Foto von dem Straßenabschnitt am Devil's Slide gezeigt, was bedeutete, dass sie der Sache nicht genug Bedeutung beimaßen, um ein Kamerateam für eine Livereportage dorthin zu schicken. Das wäre auch überflüssig gewesen, sagte ich mir, denn inzwischen hatte man den Wagen sicherlich längst abtransportiert.

»Gestern wurde an einem gefährlichen Straßenabschnitt des Highway One südlich von Point Pedro ein Wagen am Fuß der Klippen gefunden«, sagte die Nachrichtensprecherin. »Nach offiziellen Informationen hatte der Wagen dort seit mehreren Tagen an einer etwa fünf Meter tiefen Stelle im Wasser gelegen. Bei dem Fahrer des Wagens handelt es sich laut Aussage der Polizei um Larry Dexter, einen Werbefachmann aus Fillmore. Er war neununddreißig Jahre alt und unverheiratet. Die Polizei vermutet, dass Mr Dexters Wagen vor mehreren Tagen über den Rand der Klippe ins Meer gestürzt ist. Um die genaue Todesursache festzustellen, wurde für heute eine Obduktion angeordnet. Informationen aus dem Büro des Sheriffs von San Mateo County zufolge besteht der Verdacht, dass es sich nicht um einen Unfall handelt, allerdings kann auch die Möglichkeit eines Selbstmords noch nicht ausgeschlossen werden.«

Das war's. Weiter ging es mit dem Verkehrsbericht und einem Beitrag, in dem Spekulationen darüber nachgegangen wurde, dass möglicherweise eine weitere Brücke zwischen der East Bay und der Halbinsel gebaut werden sollte, um den innerstädtischen Verkehr zu entlasten. Phantastisch. Dann würden ja noch mehr Leute mit dem Auto in die Stadt kommen. In einem Anflug von Zynismus sagte ich mir, dass es von nun an zumindest einen Mercedes weniger gab, der die Straßen verstopfte. Ich ging die anderen Programme durch, um zu sehen, ob es noch mehr Berichte gab, und als ich nichts fand, rief ich Alice an. Sie nahm beim ersten Läuten ab, und nun erzählte ich ihr von Morello.

»O mein Gott. Glaubst du, er weiß was?«

Die ehrliche Antwort darauf lautete, dass ich es nicht wusste, aber ich wollte sie nicht mehr als nötig beunruhigen. »Es war reine Routine. Er versucht herauszufinden, wo und wann Dexter zuletzt gesehen wurde. Wir brauchen uns keine Sorgen zu machen.«

Sie dachte einen Moment lang nach. »Wenn er weiß, dass wir im Restaurant mit Dexter gesprochen haben, dann stellt er doch einen Zusammenhang her.«

»Aber das ist auch schon alles, was er weiß. So wie er die Sache sieht, hat Dexter zufällig ein paar Bekannte entdeckt, ist zu ihnen an den Tisch gegangen, um ein paar Worte mit ihnen zu wechseln, und das war's. Er hat keinen Grund anzunehmen, dass einer von uns ihn danach noch mal gesehen hat.«

»Es sei denn, er weiß von dem Programm.«

»Davon weiß er nichts«, erwiderte ich, und ich war mir dessen sicher. »Wenn doch, hätte er es erwähnt.«

Ich gab ihr Morellos Nummer, bat sie, ihn anzurufen, und fügte hinzu, dass Morello, wenn er irgendeinen Verdacht hätte, sicherlich darauf bestanden hätte, sie und Marcus persönlich zu sprechen. Bei genauerem Hinsehen erschien mir der Gedanke plausibel, und ich fragte mich, warum ich nicht eher darauf gekommen war. Die Erkenntnis führte zu dem beruhigenden Gefühl, dass wir zumindest vorerst nichts zu befürchten hatten. Andererseits fragte ich mich, wie lange wir uns noch in Sicherheit wiegen konnten, denn sobald Morello der Autopsiebericht vorlag, würde er anfangen, der Sache intensiver nachzugehen.

Alice wollte wissen, wie Sally die Nachricht aufgenommen hatte, und ich sagte ihr, sie sei ein bisschen schockiert gewesen, aber ansonsten nicht weiter beunruhigt.

»Sie hat also keinen Verdacht?«

»Sie ahnt nicht das Geringste«, log ich, denn ich wollte nicht, dass Alice in Panik geriet. Mir war klar, dass ich mir mit Sally irgendetwas einfallen lassen musste. Ich wusste einfach nur noch nicht, was.

»Hast du mit Marcus gesprochen?«, fragte ich. Vielleicht hatte er die Nachrichten gesehen und sie angerufen, dachte ich, aber Alice sagte, er habe sich nicht gemeldet. »Also gut, dann werde ich's ihm wohl sagen müssen«, seufzte ich. »Er müsste jeden Moment hier sein. Ruf mich an, wenn du mit Morello gesprochen hast.«

Ich legte auf, und setzte mich an meinen Schreibtisch, um nachzudenken. Mit Marcus würde es wahrscheinlich keine Probleme geben. Dexters Tod würde ihn überraschen, aber er hatte keinen Grund anzunehmen, dass ich etwas damit zu tun hatte, außer er sprach mit Sally.

Sally. Ich hatte nicht den leisesten Schimmer, was ich mit ihr machen sollte. Eins war jedoch klar – wenn ich sie nicht davon überzeugen konnte, dass sie einem schrecklichen Trugschluss aufgesessen war, würde ich sie verlieren.

Außer Sally gab es nur noch eine Person, die uns Schwierigkeiten bereiten konnte, und das war Brinkman. Während der vergangenen Tage hatte ich den Gedanken an ihn völlig verdrängt. Ich war zu der Überzeugung gelangt, dass es am besten war, überhaupt nichts zu unternehmen und abzuwarten, bis er auf mich zukam, falls er das überhaupt beabsichtigte, doch jetzt wurde mir klar, dass ich nicht riskieren konnte, darauf zu warten. Was war, wenn Morello herausfand, dass es zwischen Dexter und Brinkman eine Verbindung gab, und auf diese Weise von dem Programm erfuhr? Was war, wenn Brinkman sich selbst an die Polizei wandte, sobald er von Dexters Tod hörte? Ich beschloss, auf Nummer Sicher zu gehen und ein Treffen mit ihm zu vereinbaren. So konnte ich zumindest in Erfahrung bringen, ob Brinkman einen Verdacht hegte, und ich konnte mir überlegen, wie ich mit ihm verfahren würde. Um neun Uhr rief ich in seiner Kanzlei an und wurde mit seiner Sekretärin verbunden, die, wie ich mich erinnerte, Carol hieß.

»Hallo, Carol, hier spricht Nick Weston«, sagte ich freundlich. »Von Carpe Diem. Ich würde gern Ihren Chef sprechen. Könnten Sie mich bitte durchstellen?«

»Ah, Mr Weston, guten Morgen. Nein, tut mir Leid, Mr Brinkman ist nicht hier.«

»Vielleicht rufe ich später noch mal an. Wann erwarten Sie ihn denn zurück?«

Nach kurzem Zögern antwortete sie: »Ich bin mir nicht ganz sicher. Mr Brinkman ist gestern nicht in der Kanzlei gewesen. Ich weiß eigentlich gar nicht, wo er steckt. Das ist sehr ungewöhnlich. Er hat mehrere Termine verpasst, und ich habe nichts von ihm gehört.«

»Tja, würden Sie ihm bitte ausrichten, dass ich angerufen habe? Ich versuche es später noch einmal.«

Ich legte auf. Sie hatte ziemlich besorgt geklungen. Ein seltsamer Zufall, dass Brinkman ausgerechnet jetzt offenbar verschwunden war, aber ich konnte mir nicht vorstellen, dass es einen Zusammenhang gab. Ich nahm mir vor, im Laufe des Tages noch einmal in der Kanzlei anzurufen. Marcus hatte ich immer noch nicht gesehen, und so ging ich zu Stacey hinüber, um mich zu erkundigen, ob sie etwas von ihm gehört hatte. Sie sagte, er habe angerufen, um Bescheid zu geben, dass er heute später komme. Womöglich hatte er den Bericht über Dexter ja bereits in den Nachrichten gesehen, dachte ich.

»Hat er sonst noch was gesagt?«, fragte ich beiläufig. »Zum Beispiel wann er hier sein wird?«

»Er wollte vorher noch mal anrufen.«

»Klang er normal?«

Sie sah mich überrascht an. »Klar. Ich glaub schon. Warum?«

»Sie klingen nicht sehr überzeugt.«

»Na ja, es ist nur, also, er wirkte ein bisschen abwesend oder so. Vielleicht steckte er gerade in einem Stau.«

»Okay, danke. Wenn er sich wieder meldet, stellen Sie ihn zu mir durch, ja?«

Ich ging zurück in mein Büro und versuchte, ihn auf seinem Handy zu erreichen, aber er hatte es abgeschaltet, also hinterließ ich ihm eine Nachricht auf seiner Mailbox. Je länger ich darüber nachdachte, desto mehr kam ich zu der Überzeugung, dass er in den Nachrichten von Dexters Tod gehört haben musste. Ich überlegte, wo er sein könnte. Während der nächsten halben Stunde probierte ich seine Nummer noch mehrere Male, doch das Handy blieb ausgeschaltet. Schließlich sagte ich mir, dass er wahrscheinlich zu Alice gefahren war, aber als ich bei ihr anrief, sprang nur der Anrufbeantworter an. Sie hätte mich sicherlich verständigt, wenn sie ihn gesehen hätte und sich seinetwegen Sorgen machte, redete ich mir ein. Ich zerbrach mir den Kopf, wo Marcus hingefahren sein könnte. Schließlich rief ich Sally auf der Arbeit an. Ein Gespräch mit ihr würde ich sowieso nicht länger hinausschieben können, doch man sagte mir, sie habe sich krankgemeldet, was mich nicht wunderte. Ich rief zu Hause an. Mit angehaltenem Atem lauschte ich auf die Klingelzeichen. Dann schaltete sich der Anrufbeantworter ein.

»Sally?«, sagte ich, bemüht, so normal wie möglich zu klingen. »Bist du da? Nimm doch bitte ab, wenn du da bist. Ich muss mit dir reden.«

Nichts. Ich legte auf, wählte erneut, sprach wieder auf das Band. Allmählich wurde ich unruhig. Ich probierte es auf ihrem Handy, aber es war abgeschaltet. Dann kam mir eine Möglichkeit in den Sinn, die mich in Panik versetzte. Ich wählte Staceys Nummer und sagte ihr, falls Marcus sich melde, solle sie ihm ausrichten, dass ich unbedingt mit ihm reden müsse.

»Sagen Sie ihm, es ist wichtig.«

»Wann sind Sie wieder zurück?«, rief sie mir nach, als ich hinausging.

»Ich weiß es noch nicht.«

Ich brauchte vierzig Minuten bis nach Hause, und als ich in die Einfahrt einbog, wusste ich bereits, was ich vorfinden würde. Sallys Wagen stand nicht in der Garage. Ich ging ins Haus, rannte die Treppe hinauf und rief nach ihr. Ihr Kleiderschrank war fast leer, ebenso ihre Kommode, im Badezimmer keine Spur mehr von ihren Schminksachen und Hygieneutensilien. Ich lief durch das ganze Haus, aber sie hatte keine Nachricht hinterlassen. Die Rosen, die ich ihr am Tag zuvor mitgebracht hatte, lagen immer noch auf der Bank in der Küche.

Sally war fort.

Teil III

24

Ich habe keine Erinnerung daran, was mir an jenem Abend auf dem Weg nach Oregon durch den Kopf ging. Zuerst fuhr ich in der Agentur vorbei, ließ in meinem Büro die Jalousien herunter und schloss die Tür, bevor ich die Schreibtischschublade öffnete, in der ich die Zigarrenkiste mit der Pistole meines Vaters aufbewahrte. Die CD mit dem Programm verschloss ich wieder in der Schublade, aber die Kiste nahm ich mit. Sie lag neben mir auf dem Beifahrersitz, als ich auf der Autobahn nach Norden unterwegs war, an Sacramento vorbei und dann weiter in Richtung Staatsgrenze. Mit zunehmender Dunkelheit wurde ich immer müder. Hin und wieder verschwammen die Scheinwerfer der entgegenkommenden Autos vor meinen Augen, und mehrmals fuhr ich auf einen Parkplatz, um ein paar Minuten zu schlafen. In Oregon angekommen, machte ich eine Stunde Pause. Danach ging es mir besser.

Erst als ich wieder im Auto saß, begann ich darüber nachzudenken, was ich eigentlich vorhatte. Bis dahin hatte mich das Fahren und das Wachbleiben völlig in Anspruch genommen. Schließlich hielt ich an einer Raststätte, kaufte mir einen Becher Kaffee und ging wieder nach draußen. Es dämmerte bereits, und die kühle Morgenluft tat gut. Nachdem ich den Kaffee ausgetrunken hatte, warf ich den Becher in einen Mülleimer, betrat eine Telefonzelle und erkundigte mich bei der Auskunft nach der Nummer von Garrison Hunt in White Falls.

»Ich habe eine Eintragung mit der Adresse Cedar Drive dreizehn dreiunddreißig.«

»Das ist er«, sagte ich und ließ mir die Nummer geben.

Ich ging zurück zu meinem Wagen und fuhr weiter bis zur nächsten Ausfahrt, dann über die Landstraße landeinwärts, bis ich zu der Kreuzung kam, an der es nach White Falls ging. Um zehn Uhr lagen nur noch wenige Kilometer vor mir. Ich kam an einem Diner vorbei, und ein paar hundert Meter weiter wendete ich und fuhr wieder zurück. Am Tresen bestellte ich mir eine Tasse Kaffee, dann setzte ich mich mit dem Kaffee und einer Schachtel Zigaretten, die ich mir unterwegs gekauft hatte, an einen Tisch. Die Zigarrenkiste hatte ich mit hineingenommen. Als die Kellnerin gerade in eine andere Richtung schaute, öffnete ich die Kiste und nahm den Brief meines Vaters heraus. Obwohl ich ihn auswendig kannte, las ich ihn noch einmal. Anfangs wusste ich gar nicht, was das alles damit zu tun hatte, dass ich jetzt in diesem Diner saß, oder welche Antworten ich in dem Brief zu finden hoffte.

Mein Vater hatte sich das Leben genommen, weil er sensibler war als die meisten Menschen. Es hatte nicht viel gebraucht, um ihn aus dem Gleichgewicht zu bringen. Als seine Firma Pleite ging, brach für ihn alles zusammen, wofür er sein Leben lang gearbeitet hatte. Er verlor nicht nur seine Lebensgrundlage, sondern seine gesamte Identität. Alles, woran er geglaubt hatte, alles, was ihn zu dem gemacht hatte, der er war, wurde ihm genommen. Mit einem Mal begriff er, dass harte Arbeit und Ehrlichkeit kaum noch etwas zählen in einer Zeit, in der es nur noch auf Größe ankommt, in der der kleine Mann von irgendeinem Manager, der tausend Meilen weit entfernt eine Entscheidung trifft, einfach vernichtet werden kann. Mein Vater fühlte sich, als hätte man ihn zermalmt und wie wertlosen Abfall auf den Müll geworfen. Die feinen Rädchen in seinem Gehirn blockierten, und ein schwarzer Schleier legte sich über ihn. Ein anderer Mensch hätte sich vielleicht aufgerappelt und noch einmal von vorne angefangen, sich irgendwo einen Job gesucht. Aber nicht mein Vater. Er konnte es nicht ertragen, dass seine Welt zerfiel, und so nahm er die .38er und jagte sich eine Kugel in den Kopf.

Die Vergangenheit begleitet uns ein Leben lang. Die Jahre unserer Kindheit sind wie das Feuer in der Esse, die angesammelten Erfahrungen sind die Hammerschläge des Schmieds, die unseren Charakter formen wie ein Stück Eisen, das so lange bearbeitet wird, bis daraus ein brauchbarer Gegenstand wird. Während ich heranwuchs, vermisste ich meinen Vater sehr. Als er mich verließ, war ich in einem Alter, in dem ich ihn dringend gebraucht hätte, um mich durch die Jahre der Entwicklung vom Jungen zum Mann zu geleiten. All die Veränderungen, die sein Tod in unserem Leben bewirkt hatte und die dazu führten, dass ich mich ausgeschlossen oder einfach verwirrt fühlte, waren einzeln betrachtet nicht von allzu großer Bedeutung. Aber insgesamt verstärkten sie in mir eine Haltung, die der Brief meines Vaters in mir angelegt hatte, nämlich die Überzeugung, dass der kleine Mann immer die ganze Welt gegen sich hat, und dass man, wenn man überleben und sein eigener Herr bleiben will, Geld verdienen muss. Je mehr, desto besser. Und diese Überzeugung war im Laufe der Jahre durch die Erfahrung immer wieder bestätigt worden. Wohin ich mich auch wandte, überall sprangen mir Beweise dafür ins Auge, dass Geld die Welt regiert. Selbst als ich mich in die Frau verliebte, die ich später heiraten sollte, konnte ich es nicht vergessen, denn wenn ich das je getan hätte, wäre Sallys Mutter sofort zur Stelle gewesen, um mich daran zu erinnern.

Dass ich Hoffmans Programm an Morgan verkaufen wollte, bereitete mir keinerlei Schuldgefühle. Für Hoffman spielte es keine Rolle mehr, und Morgan war nur reich geworden, weil er seinen Partner betrogen hatte. Der brauchte mir also erst recht nicht Leid zu tun. Mit Dexter verhielt es sich etwas anders, aber der war auch kein Engel gewesen. Mit dem, was geschehen war, würde ich leben müssen. Doch ohne Sally war alles nichts wert. Sie war das

Einzige in meinem Leben, das rein und gut war. Ich liebte sie noch immer wie am ersten Tag, vielleicht sogar mehr. Welchen Sinn hatten alle meine Bemühungen, im Kampf gegen ein blind zuschlagendes Schicksal die Kontrolle über mein Leben zu behalten, wenn Sally nicht mehr da war? Und wo war sie zu allem Überfluss hingegangen? Sie hatte mich verlassen, um mit Garrison Hunt zusammen zu sein, der in einem wohlhabenden Elternhaus aufgewachsen war und niemals erlebt hatte, wie es uns kleinen Leuten ging, die von den Launen ihrer Chefs abhängig oder den Gemeinheiten von Mistkerlen wie Dexter ausgeliefert waren. Das schien mehr zu sein, als ich verkraften konnte.

Schließlich stand ich auf, klemmte mir die Zigarrenkiste unter den Arm und bezahlte meinen Kaffee. Die Kellnerin wünschte mir lächelnd einen guten Tag, und es klang, als meinte sie es ernst. Sie war etwa Ende dreißig und trug einen Ehering. Ihre Hände waren von der Arbeit rau und gerötet. Den ganzen Tag lang war sie auf den Beinen, plauderte mit ihren Kunden und brachte ihnen das Essen an den Tisch. Wahrscheinlich hatte sie einen Ehemann und ein paar Kinder zu Hause und fiel jeden Abend völlig erschöpft ins Bett. Der rostige alte Toyota, neben dem ich geparkt hatte, mochte ihr gehören. Sie und ihr Mann mussten sicherlich hart arbeiten, um die Familie zu ernähren. Vielleicht malochte er in einer Fabrik, die jederzeit schließen konnte, weil irgendjemand auf die Idee kam, sie aufzukaufen und die Produktion an einen geeigneteren Ort zu verlegen. Ich gab ihr ein großzügiges Trinkgeld und wandte mich zum Gehen, doch sie rief mir nach und hielt den Geldschein hoch.

»Hey, ich glaube, Sie haben sich vertan. Das ist ein Zehner.«

»Ist schon in Ordnung«, sagte ich.

Sie lächelte. »Danke. Ich wünsche Ihnen einen schönen Tag.«

Nun, vielleicht half es ja.

Ich brauchte nicht lange bis nach White Falls, der Stadt, in der Sally aufgewachsen war. Wenn man an der Tankstelle rechts abbog und das Stadtzentrum durchquerte, gelangte man zu dem Haus, in dem Ellen und Frank wohnten. In einem Laden erkundigte ich mich nach dem Weg zum Cedar Drive. Es war eine Straße, die aus der Stadt hinausführte. Anfangs war die Bebauung noch dicht, doch nach einigen Kilometern waren nur noch vereinzelt Häuser zu sehen. Schließlich fand ich die Nummer 1333, wo Garrison Hunt wohnte. Ich bog von der Straße ab, fuhr durch ein weißes Holztor, das offen stand, und folgte einem Privatweg, der durch den Wald führte. Ich brauchte mehrere Minuten, um das Haus zu erreichen, das sich zweifellos seit Generationen im Besitz der Familie befand. Diese Villa war wesentlich eindrucksvoller und vornehmer als der geschmacklose Protzbau, in dem Nelson Morgan lebte. Es war ein rechteckiger, dreistöckiger Bau im georgianischen Stil, mit symmetrisch angeordneten Fenstern und einem schrägen Schieferdach. Die Fassade war mit weißem Stuck verziert, und in der parkähnlichen Gartenanlage standen Bäume, die wahrscheinlich mehr als hundert Jahre alt waren. Alles hier, das Haus, der Park, der Wald drum herum, zeugten von einem Wohlstand, der von Generation zu Generation weitervererbt wurde und auf den Handel mit Holz zurückging. Auf dem Vorplatz parkte ein Geländewagen, und in einer Garage von der Größe eines Einfamilienhauses stand ein zweiter Wagen, aber es war nicht Sallys.

Ich stieg aus, steckte die Pistole meines Vaters in die Hosentasche, ging zur Haustür und klingelte. Während ich wartete, hörte ich irgendwo einen Hund bellen, und im nächsten Augenblick wurde die Tür geöffnet. Ich erkannte Garrison Hunt auf der Stelle. Ich war ihm nur ein einziges Mal begegnet, als ich anfangs mit Sally zusammen war, doch er hatte sich nur wenig verändert. Sein Gesicht zeigte kaum Alterungsspuren, er hatte immer noch volles Haar und die typische gesunde Ausstrahlung von jemandem, der viel an der frischen Luft arbeitet. Im Gegensatz zu mir hatte er noch kein einziges graues Haar. Er trug Jeans und Stiefel und ein zerschlissenes Baumwollhemd. Hinter ihm sah ich eine große Eingangshalle mit Türen zu beiden Seiten und einer mit Teppich ausgelegten breiten Treppe. Der Parkettboden zeigte Spuren jahrelanger Abnutzung. Von einem der oberen Stockwerke dröhnte Rockmusik.

»Hallo«, sagte Garrison in einem leicht fragenden Ton.

Ich ließ ihm ein wenig Zeit, wartete auf den unvermeidlichen Augenblick des Erkennens. Obwohl er und Sally nichts davon ahnten, dass ich über ihre Affäre Bescheid wusste, und sicherlich nicht damit rechneten, dass ich so schnell bei ihnen vor der Tür stehen würde, musste der Groschen jeden Moment fallen. Doch das tat er nicht, was mir wie eine zusätzliche Kränkung erschien.

»Sie wissen nicht, wer ich bin, stimmt's?«, sagte ich schließlich.

Sein freundliches Lächeln verrutschte ein wenig. »Verzeihen Sie, ich bin mir nicht ganz sicher.« Er musterte mich eindringlich, konnte mich jedoch immer noch nicht einordnen.

Meine Hand umklammerte die Pistole in meiner Hosentasche, und ich überlegte, ob ich sie ziehen sollte, um seiner Erinnerung auf die Sprünge zu helfen. »Wo ist Sally?«, fragte ich.

Im selben Augenblick wurde er abgelenkt, weil ein Hund durch die Eingangshalle angesprungen kam. Er stürzte auf die Haustür zu, irgendein großer, langhaariger Köter, der ein tiefes Knurren von sich gab. Erschrocken wich ich zurück.

»Jenny, bring den Hund weg«, rief Garrison, während er das Tier am Halsband packte und ins Haus zurückzerrte. Ein junges Mädchen trat aus einer der Türen.

»Tut mir Leid«, sagte sie und übernahm den Hund. »Los, komm, Harry. Komm hier rein.« Sie zog das unwillige Vieh durch die Tür, obwohl es sie mit einem einzigen Pfotenhieb hätte zu Boden werfen können.

»Meine Nichte«, erklärte Garrison, als er sich mir wieder zuwandte. »Kommen Sie doch herein. Dann können wir uns irgendwo unterhalten, wo wir ungestört sind.«

Ich folgte ihm durch die Halle in ein geräumiges, mit bequemen, ein wenig abgenutzten Möbeln eingerichtetes Zimmer. Der Polsterstoff der Sofas war verschossen und hier und da sogar ein bisschen fadenscheinig. Die Teppiche auf dem Boden sahen aus, als wären sie früher einmal kostbar gewesen, aber das musste lange her sein.

Garrison stellte sich neben den offenen Kamin, und obwohl er mich einlud, Platz zu nehmen, blieb ich ebenfalls stehen. Aus der Art, wie er mich ansah, schloss ich, dass er meinte, mich kennen zu müssen, doch so sehr er sich auch bemühte, er konnte sich nicht an meinen Namen erinnern. Ich ließ ihn zappeln. Am anderen Ende des Zimmers, unter dem Fenster, lagen Spielsachen auf dem Boden. Die Rockmusik über uns wurde erst lauter, dann, als eine Frauenstimme sich über den Lärm beschwerte, wieder leiser.

»Meine Schwester ist mit ihrer Familie zu Besuch«, erklärte Garrison. »Das ist hier das reinste Tollhaus heute.« Er lächelte entwaffnend, dann hob er ratlos die Arme. »Hören Sie, es tut mir Leid, offensichtlich kennen Sie mich, aber mir fällt einfach nicht ein, wo ich Sie schon einmal gesehen habe.«

Das hatte ich nicht erwartet. Ich hatte damit gerechnet, dass er versuchen würde, mich von Sally fern zu halten, aber nicht damit. Ich konnte es mir nur so erklären, dass sie gesehen hatten, wie ich auf das Haus zufuhr, und er beschlossen hatte, den Ahnungslosen zu spielen.

»Ich will sie sehen«, sagte ich.

»Wen wollen Sie sehen?«

Meine Hand umklammerte die Pistole noch fester. Ich sagte mir, es würde alles viel schneller gehen, wenn ich ihn damit bedrohte, beherrschte mich aber noch. »Lassen wir das Versteckspiel, Garrison. Wo ist Sally?«

»Sally?«

Entweder war er ein begnadeter Schauspieler, oder er sagte die Wahrheit, denn einen Augenblick lang sah er mich völlig verständnislos an. Dann endlich kam die Erinnerung zurück.

»Moment mal.« Er schnippte mit den Fingern. »Genau! Sie sind Nick Weston, nicht wahr? Sie haben Sally Johnson geheiratet.« Er wirkte völlig verblüfft. »Sind Sie bei ihren Eltern zu Besuch?«

»Ich bin gekommen, um mit Sally zu sprechen«, sagte ich, doch allmählich setzte mein Verstand wieder ein, und mich beschlich eine leichte Beklemmung.

Er schien überhaupt nichts mehr zu begreifen. Dann wurde die Tür hinter mir geöffnet, und eine Frauenstimme sagte: »Oh, Verzeihung, ich wusste nicht, dass jemand hier drin ist.«

Als ich mich umdrehte, sah ich mich einer attraktiven Frau mit zerzaustem blonden Haar gegenüber. Sie blickte fragend von mir zu Garrison.

»Das ist …« Garrison zögerte. »Nick Weston. Nick hat eine alte Freundin von mir geheiratet. Sally Johnson hieß sie damals. Du kennst doch Frank und Ellen Johnson?«

Die Frau lächelte und kam mit ausgestreckter Hand auf mich zu, wirkte allerdings leicht verunsichert. An der Wand neben der Tür hing ein Spiegel, und ich erhaschte einen Blick auf mein Gesicht. Ich war unrasiert, in meinen Augen lag ein wirres Flackern, und plötzlich wurde mir klar, wie ich auf die beiden wirken musste.

»Das ist Kate, meine Frau«, sagte Garrison.

Wie benommen schüttelte ich ihr die Hand, während das Blut aus meinem Kopf wich und ich das Gefühl hatte, die Welt geriet aus den Fugen. Kate Hunt lächelte freundlich, aber als sie ihren Mann anschaute, sah ich, wie er ratlos mit den Schultern zuckte. Sie ging souverän mit der Situation um.

»Freut mich, Sie kennen zu lernen, Nick. Kann ich Ihnen einen Kaffee oder irgendetwas anderes anbieten? Sie müssen das Durcheinander hier entschuldigen. Hat Garrison Ihnen schon erzählt, dass wir Besuch haben? Seine Schwester hat ihre vier Kinder mitgebracht, das macht mit unseren dreien zusammen sieben!« Sie verdrehte die Augen. »Haben Sie auch Kinder?«

Mühsam schüttelte ich den Kopf.

»Also, lassen Sie sich gesagt sein, selbst in einem so großen Haus kommen einem sieben Kinder vor wie eine Herde Elefanten.«

Wie um ihre Worte zu bestätigen, erbebte plötzlich die Zimmerdecke unter lautem Getrampel. Sie schaute mich an, als wollte sie sagen: Sehen Sie, was ich meine?

Ich wusste sofort, dass Garrison Hunt mir nichts vorgespielt hatte, und dass ich irgendetwas völlig falsch verstanden haben musste. Die Anrufe, Sallys seltsames Verhalten, all das hatte überhaupt nichts mit ihm zu tun. Mein erster Impuls war, einfach wegzurennen, irgendeine Entschuldigung zu murmeln und so schnell wie möglich aus White Falls zu verschwinden.

»Haben Sie gesagt, Sie wollten zu Sally?«, fragte Garrison, bevor ich einen klaren Gedanken fassen konnte. »Ist sie bei ihren Eltern zu Besuch?«

Ich sprang sofort auf diese Möglichkeit einer Erklärung an. »Ja, sie ist für ein paar Tage hergekommen.«

»Früher habe ich sie ab und zu in der Stadt gesehen«, sagte Garrison. »Das ist schon eine Weile her. Aber neulich wäre ich ihr beinahe in San Francisco begegnet. Ich habe ihren Vater dort getroffen.«

»Frank?«

»Ja. Er wartete auf Sally und ihre Mutter, sie wollten sich nach einem Einkaufsbummel mit ihm treffen. Schade, dass ich die beiden verpasst habe.«

Jetzt begriff ich, warum Sally nichts von einer Begegnung mit Garrison erwähnt hatte. Sie hatte ihn gar nicht gesehen. Mit schrecklicher Deutlichkeit sah ich nun, dass Frank mir lediglich hatte erzählen wollen, er sei Garrison über den Weg gelaufen, sonst nichts. Es gab überhaupt keine versteckte Anspielung.

Einen Moment lang herrschte Schweigen. Offenbar zerbrach Garrison sich immer noch den Kopf darüber, was mich zu ihm geführt hatte und was meine seltsame Erscheinung und mein offenkundig feindseliges Verhalten zu bedeuten hatten.

»Sieht so aus, als hätte ich einen Fehler gemacht«, stammelte ich. »Sally ist heute Morgen weggefahren, und ich dachte, sie hätte gesagt, sie wolle Sie besuchen. Ich muss sie wohl missverstanden haben.«

»Verstehe«, erwiderte Garrison, klang jedoch nicht überzeugt. »Sie ist nicht hier gewesen. Ich wusste noch nicht mal, dass sie in der Stadt ist. Und du, Kate, du hast sie auch nicht gesehen, oder?«

»Ich glaube, ich bin ihr noch nie begegnet. Natürlich hat Garrison schon mal von ihr gesprochen, und ich kenne ihre Eltern flüchtig.«

»Tja, wie gesagt, ich muss irgendetwas missverstanden haben. Verzeihen Sie die Störung. Ich will Sie nicht länger belästigen.«

»Wollen Sie wirklich nicht auf eine Tasse Kaffee bleiben?«

»Danke, sehr freundlich, aber ich gehe jetzt lieber.« Ich schüttelte erst Garrison und dann seiner Frau die Hand und entschuldigte mich noch einmal dafür, dass ich so bei ihnen hereingeplatzt war. Ich sah die Verblüffung in ihren Augen. Aber sie waren höfliche, wohlerzogene Leute und sagten nichts.

»Kommen Sie doch mal mit Sally zum Abendessen. Wie lange sind Sie denn in der Stadt?«, fragte Garrison, als wir an der Haustür standen.

»Noch ein paar Tage. Vielen Dank für die Einladung. Ich spreche mit Sally und dann rufen wir Sie an.«

»Ich würde Sally gern mal kennen lernen«, sagte Kate.

Ich hob eine Hand zum Gruß und ging zurück zu meinem Wagen. Beim Losfahren winkte ich ihnen noch einmal zu. Als ich in den Rückspiegel schaute, sah ich, dass sie immer noch in der Tür standen und mir nachschauten. Ich konnte fast hören, wie Kate ihren Mann fragte: »Wer war denn der Verrückte? Hat er wirklich seine Frau hier gesucht? Der ist doch nicht ganz dicht.« Sie tauschten einen kurzen Blick, dann drehten sie sich um und gingen ins Haus.

Als ich die Straße erreichte, hielt ich an, schloss die Augen und legte den Kopf auf das Steuerrad. Immer wieder sah ich die verwunderten Gesichter der Hunts vor mir und fragte mich, wie mir bloß ein so schrecklicher Fehler hatte unterlaufen können. Zum Glück hatte ich die Pistole nicht gezogen, sonst müsste ich mich jetzt vor dem Sheriff verantworten. In Gedanken ging ich noch einmal alles durch, was mich zu der Annahme verleitet hatte, Sally hätte ein Verhältnis mit Garrison. Ich kam zu dem Ergebnis, dass meine Schlussfolgerungen ausschließlich auf Vermutungen beruhten. Wenn Frank Garrisons Namen nicht erwähnt hätte, wäre ich wahrscheinlich nie auf die Idee gekommen. Aber das änderte nichts an Sallys Telefonaten, die ich teilweise mitgehört hatte, und an ihrem verdächtigen Verhalten. Konnte es sein, dass ich auch diese Dinge falsch gedeutet hatte? Dass in Wirklichkeit gar nichts dahinter steckte?

Ich konnte keinen klaren Gedanken fassen. In meinem Kopf drehte sich alles. Nichts ergab mehr einen Sinn, und ich wusste nicht mehr, was die Wahrheit war. Ich wusste nur, dass ich Sally finden musste. Erst da wurde mir klar, was mir von vornherein hätte klar sein müssen: Wenn überhaupt irgendjemand wusste, wo Sally sich aufhielt, dann war das Ellen. Als mir dieser Gedanke kam, schlug ich wütend mit der Hand auf das Lenkrad und verfluchte mich für meine eigene Blödheit. Es konnte sogar gut sein, dass Sally bei ihren Eltern war. Wo sonst sollte sie hingehen?

Ich fuhr auf direktem Weg zu Frank und Ellen. Sallys Auto war nirgendwo zu sehen, doch ich sagte mir, falls sie überhaupt hier war, war sie wahrscheinlich geflogen. Allerdings wollte ich nicht wieder denselben Fehler machen wie bei den Hunts. So gut ich konnte, brachte ich mein Äußeres in Ordnung, wenn es auch nicht viel half. Das alte Haus sah aus wie immer, vielleicht noch ein bisschen verwitterter. Selbst Franks Gewächshäuser, auf die ich einen Blick warf, als ich aus dem Auto stieg, machten den Eindruck, als würden sie allmählich im Boden versinken, und hier und da fehlte eine Scheibe. Sie hätten das Haus vor langer Zeit verkaufen sollen, als klar war, dass sie die Instandhaltungskosten nicht aufbringen konnten. Aber Ellen zog es anscheinend vor, in einer verfallenden Villa zu wohnen, anstatt in ein ganz normales Haus zu ziehen.

An der Tür zögerte ich kurz, bevor ich die Klingel drückte. Ich hoffte, Garrison Hunt hatte nicht angerufen. Meine Gefühle fuhren Achterbahn. Von drinnen waren

Schritte zu hören, dann wurde die Tür geöffnet, und Ellen stand vor mir. Einen Moment lang schien sie überrascht, mich zu sehen. Der kurze Anflug von Schadenfreude, der in ihren Augen aufflackerte, sagte mir, dass sie wusste, dass Sally mich verlassen hatte, und deswegen fiel sie auch nicht aus allen Wolken, als sie mich erblickte.

»Hallo, Ellen«, sagte ich so freundlich, wie es mir eben möglich war.

Sie musterte mich von oben bis unten, und ich nahm an, dass sie sich durch meinen Aufzug in allen Vorurteilen bestätigt fühlte, die sie je gegen mich gehegt hatte. »Komm rein, Nick.«

Wir gingen in die Küche, und ich setzte mich an den großen Holztisch. Der Holzofen brannte, obwohl es draußen nicht kalt war. Wahrscheinlich war Holz billiger als Strom.

»Möchtest du einen Kaffee?«, fragte Ellen. »Du siehst aus, als könntest du einen gebrauchen.«

»Danke.«

»Frank ist im Garten.« Offenbar wollte sie mir damit sagen, dass wir ungestört reden konnten.

»Ist sie hier?«

Ellen schaute mich über ihre Kaffeetasse hinweg an, dann stellte sie sie auf dem Tisch ab. »Nein.«

Ich glaubte ihr. Wäre Sally im Haus gewesen, hätte ich wahrscheinlich keinen Fuß über die Schwelle gesetzt. »Aber du weißt, wo sie ist?«

»Ich habe eine Telefonnummer, unter der ich sie erreichen kann. Aber sie möchte nicht, dass irgendjemand weiß, wo sie ist.«

»Und mit irgendjemand bin in erster Linie ich gemeint.«

»Ja, Nick. Damit bist du gemeint.«

Ich trank meinen Kaffee und überlegte, was Sally ihrer Mutter gesagt haben mochte. Vermutlich hatte sie ihr überhaupt nichts erzählt. Nichts von dem Geld und nichts von Dexter.

»Ich möchte mit ihr reden, Ellen. Ich brauche die Telefonnummer.«

»Das geht nicht. Sally hat mich ausdrücklich gebeten, sie dir nicht zu geben, falls du dich hier meldest. Sie will nicht mit dir reden.«

»Früher oder später wird sie das tun müssen.«

»Vielleicht.«

Etwas an ihrem Ton sagte mir, dass sie das für unwahrscheinlich hielt. »Du glaubst nicht daran?«

»Ich glaube, du solltest dich damit abfinden, dass Sally dich verlassen hat, Nick. Eure Ehe ist gescheitert, und diesmal wird sie nicht zu dir zurückkommen.«

»Diesmal? Du tust ja so, als wäre das schon mal passiert.«

»In gewisser Weise ist es das auch. Es ist mehrmals vorgekommen, dass Sally um ein Haar hier geblieben wäre, als sie bei uns zu Besuch war.«

»Das glaube ich nicht.«

»Es ist aber wahr. Ich wusste, dass sie unglücklich war, deswegen haben wir euch in San Francisco besucht. Ich wollte sie überreden, mit uns nach Hause zu kommen, denn mir schien, sie war nur deswegen so lange nicht nach Oregon gekommen, weil sie fürchtete, dass sie nicht mehr nach San Francisco zurückkehren würde. Und sie war noch nicht so weit, diesen Schritt zu tun.«

»Dennoch ist sie bei mir geblieben«, erinnerte ich Ellen.

»Richtig. Aber ich habe ihr gesagt, dass sie einen Fehler macht.«

Am liebsten hätte ich sie gefragt, ob Sally einen anderen hatte, doch ich brachte es nicht fertig. Es war einfach zu demütigend. Außerdem, wenn es einen anderen gab und Ellen davon wusste, hätte sie garantiert nicht widerstehen können, es mir unter die Nase zu reiben. Es sah so aus, als hätte ich mich in eine Sackgasse manövriert. Ellen würde mir Sallys Nummer niemals geben, es sei denn, ich prügelte sie aus ihr heraus, und so verlockend die Vorstellung auch sein mochte, so tief war ich doch noch nicht gesunken.

»Sally wollte mir nicht sagen, was sie dazu gebracht hat, dich zu verlassen, aber was auch immer vorgefallen ist, diesmal wird sie ihre Entscheidung nicht rückgängig machen«, sagte Ellen. »Als ich mit ihr telefonierte, war sie völlig verzweifelt.«

»Wann war das?«, wollte ich wissen, denn vielleicht war dies das Gespräch gewesen, das ich mitbekommen hatte.

»Gestern Morgen.«

»Nicht vorgestern Abend?«

»Nein«, erwiderte sie unsicher. Sie stand auf und stellte unsere leeren Tassen in die Spülmaschine. »Ich habe dir immer gesagt, dass es eines Tages so kommen würde.«

»Du scheinst das ja regelrecht zu genießen?«, sagte ich verbittert.

»Ihr passt nicht zueinander, Nick, du hast von Anfang an nicht zu ihr gepasst.«

»Nein, Ellen, ich habe nicht zu dir gepasst. Sally hatte nichts damit zu tun.« Ich fragte mich, was sie wohl sagen würde, wenn sie von dem Programm und von Dexter wüsste. Vielleicht hatte sie ja Recht.

Ich stand auf, um zu gehen, denn hier verschwendete ich meine Zeit. »Wenn sie sich wieder bei dir meldet, sag ihr, ich muss unbedingt mit ihr reden.« Ich überlegte, was ich Sally ausrichten lassen konnte, womit ich sie dazu bringen könnte, sich mit mir in Verbindung zu setzen. »Sag ihr, sie hat alles falsch verstanden.«

»Das wird auch nichts nützen«, erwiderte Ellen, und mir wurde klar, dass es keine Rolle spielte, was ich sagte, sie würde Sally sowieso nichts ausrichten.

Es gab nichts mehr zu sagen. Ich ging zur Tür und trat aus dem Haus. Ellen folgte mir und schaute mir nach, während ich zu meinem Wagen ging. Als ich mich noch einmal umdrehte, schloss sie die Tür. Im selben Augenblick sah ich Frank aus einem der Gewächshäuser kommen. Er schien überrascht zu sein, mich zu sehen, kam auf mich zu und schüttelte mir die Hand.

»Wo ist Sally?«, fragte er.

Offenbar wusste er nicht, dass sie mich verlassen hatte. »Sie ist nicht mitgekommen, Frank. Ich bin nur zufällig auf der Durchfahrt.«

Etwas verwundert trat er einen Schritt zur Seite, als ich in meinen Wagen stieg. »Du fährst schon wieder?«

»Ja. Mach's gut, Frank.«

»Du auch«, erwiderte er verwirrt.

Ich ließ den Motor an und wollte gerade losfahren, doch dann sagte Frank noch etwas, und ich öffnete das Fenster. »Wie bitte?«

Er lächelte. »Ich hab gefragt, ob du die Läuse schon losgeworden bist.«

Ich lachte.

25

Kurz bevor ich San Francisco erreichte, schaltete ich mein Handy ein. Als Erstes rief ich zu Hause an, wunderte mich jedoch nicht, als ich meine eigene Stimme auf dem Anrufbeantworter hörte. Nach dem Signalton wartete ich noch einen Augenblick, für den Fall, dass Sally da war, doch schon als ich ihren Namen aussprach, wurde mir klar, dass es zwecklos war, und legte auf. Als Nächstes rief ich Alice an, und ihre Aufregung wirkte auf mich wie eine kalte Dusche.

»Mein Gott, wo bist du gewesen? Ich versuch schon den ganzen Tag, dich anzurufen!«

Auf die Frage, wo ich während der letzten sechsunddreißig Stunden gewesen war, ging ich erst gar nicht ein, denn plötzlich konnte ich an nichts anderes mehr denken als an Dexter. »Ist irgendwas passiert?«

Etwas Panisches lag in ihrem Ton. »Ich konnte dich nicht erreichen. Ich werde vollkommen verrückt hier. Alles geht schief.«

Ich verstand noch nicht, worauf sie hinauswollte, aber offenbar hatte sich während meiner Abwesenheit einiges ereignet. »Beruhige dich«, sagte ich, obwohl ich selbst Mühe hatte, die Ruhe zu bewahren. »Wovon redest du? Erzähl mir alles der Reihe nach.«

Ich hörte, wie sie tief durchatmete und versuchte, die Fassung wiederzugewinnen. Als sie zu sprechen begann, klang sie ruhiger, beherrschter. »Marcus hat mich angerufen. Ich habe sofort versucht, dich zu benachrichtigen, aber bei dir zu Hause hat sich niemand gemeldet, und dein Handy war abgeschaltet. Er hat mir alle möglichen Fragen gestellt. Ganz komische Fragen. Als Erstes wollte er wissen, ob ich das mit Dexter gehört hätte, und dann, ob ich mit dir gesprochen hätte. Ich sagte, natürlich hätte ich mit dir gesprochen, und dann fing er an, mich ins Kreuzverhör zu nehmen. Er wollte jedes einzelne Wort wissen, das du gesagt hast.«

Marcus hatte also auch Verdacht geschöpft. Das war schlecht, aber es war keine Katastrophe. Solange er seinen Verdacht nicht der Polizei gegenüber äußerte. »Und was hast du ihm erzählt?«

»Ich hab mich dumm gestellt. Er hat mich immer wieder gefragt, ob du erwähnt hast, Dexter nach dem Abend im Restaurant noch mal getroffen zu haben.«

Das war schon schlimmer, dachte ich. »Hat er mit der Polizei gesprochen?«

»Ich glaube nicht. Morello hätte es mir sicher gesagt.«

»Hat Marcus sonst noch was gefragt?«

»Anfangs nichts weiter. Nachdem ich mit ihm gesprochen hatte, hab ich dauernd versucht, dich zu erreichen, aber keiner wusste, wo du steckst. Auch bei dir zu Hause hat sich niemand gemeldet. Dann hat Marcus mich wieder angerufen. Er meinte, du hättest womöglich etwas mit Dexters Tod zu tun. Er wollte wissen, was wir meiner Meinung nach tun sollten.«

»Und was hast du gesagt?«

»Ich hab ihm natürlich gesagt, dass er sich irrt. Ich hab ihm gesagt, er sei verrückt. Und dann haben wir uns gestritten. Am Ende hat er einfach aufgelegt. Ich hab mir vor Angst fast in die Hose gemacht, weil ich nicht wusste, was er vorhatte. Ich konnte die ganze Nacht nicht schlafen, und als ich dich gestern immer noch nicht auftreiben konnte, hab ich Marcus angerufen, um rauszufinden, was los ist, aber er war auch nicht zu erreichen. Mir ging alles Mögliche durch den Kopf. Ich dachte schon, er wäre zur Polizei gegangen, und du wärst verhaftet worden oder irgend so was. Jedes Mal, wenn das Telefon klingelt oder jemand auf das Boot zukommt, krieg ich fast einen Herzinfarkt.«

Fieberhaft versuchte ich, meine Gedanken zu ordnen.

»Wo bist du denn bloß gewesen?«, fragte Alice.

»In Oregon.«

»In Oregon?«

»Sally hat mich verlassen. Ich wollte mit ihr reden.«

»Sie ist nach Oregon gefahren?«

»Ihre Eltern wohnen dort, und …« Beinahe hätte ich ihr die Geschichte mit Garrison Hunt erzählt, überlegte es mir jedoch anders. »Na ja, das spielt keine Rolle. Sie war jedenfalls nicht da.«

Einen Augenblick lang schwieg Alice. Ich überlegte die ganze Zeit, woher Marcus das mit Dexter wusste, bis es mir plötzlich einfiel. Sally musste mit ihm darüber gesprochen haben.

»Sally weiß alles, nicht wahr?«, sagte Alice und riss mich aus meinen Gedanken. »Sie weiß über Dexter Bescheid.«

»Ja«, gab ich zu. »Das war einer der Gründe, warum ich versucht habe, sie zu finden, warum ich mit ihr reden wollte.« Alice stöhnte. »Was ist?«

»Ach, Nick, du weißt es immer noch nicht, stimmt's?«

Und dann ging mir plötzlich ein Licht auf. Ich wusste genau, was sie als Nächstes sagen würde. Es war, als wäre ich die ganze Zeit in dichtem Nebel herumgestolpert, und jetzt kam frischer Wind auf, und auf einmal war die Luft so klar, dass ich meilenweit sehen konnte.

»Sally ist bei Marcus«, sagte sie.

Ich fühlte überhaupt nichts, aber meine Hand verkrampfte sich unwillkürlich um den Telefonhörer. Es dauerte mehrere Sekunden, bis ich meine Sprache wieder gefunden hatte. »Seit wann geht das schon?«

»Ich bin mir nicht sicher. Ich hab's vor einiger Zeit rausgefunden.«

Wie die Teile eines Puzzles fügte sich alles zu einem Bild zusammen. Mit einem Mal schien alles so offensichtlich. All die bedeutungsvollen Blicke, die Spannung, die in der Luft lag, wenn wir zu viert zusammen waren – jetzt wurde mir alles klar. Marcus und Sally hatten die ganze Zeit gefürchtet, ihr Geheimnis könnte entdeckt werden.

»Bist du deswegen auf das Boot gezogen?«

»Ja. Als ihr aus Mendocino zurückkamt, dachte ich, es wäre aus zwischen den beiden. Marcus sagte mir, sie hätten Schluss gemacht, weil Sally es noch mal mit dir versuchen wollte. Ich hätte es dir gesagt, wenn ich mitbekommen hätte, dass die beiden sich wieder treffen. Aber ich wusste es nicht. Tut mir Leid.«

Wie hatte ich bloß so blind sein können? Wie hatte ich übersehen können, was sich direkt vor meiner Nase abspielte? Tausend Kleinigkeiten fielen mir jetzt ein. Blicke, die Marcus und Sally getauscht hatten. Die seltsame Spannung zwischen Sally und Alice an dem Abend, als wir uns getroffen hatten, um über das Programm zu diskutieren. Wie zum Teufel hatte ich so ein Idiot sein können?

»Deswegen hat Marcus sich einverstanden erklärt, dass wir Morgan das Programm verkaufen, stimmt's?«

»Ja. Ich hab gedroht, dir zu erzählen, dass er was mit Sally gehabt hatte, wenn er sich weigerte.«

»Und bei Mario. Als er dafür war, die Sache wie geplant durchzuziehen, nachdem Dexter aufgetaucht war. Verdammt!« Ich schlug mit der Faust aufs Steuerrad. Wie hatte ich so blind sein können?

Aber falls ich geglaubt hatte, Schlimmeres könne nun nicht mehr geschehen, irrte ich mich.

»Nick, wir müssen uns treffen«, sagte Alice. »Wir müssen reden. Es ist noch was passiert.«

»Noch was?«, wiederholte ich benommen. Ich konnte mir nicht vorstellen, was das sein sollte.

»Brinkman ist tot«, sagte sie. »Es stand heute in der Zeitung.«

Das Boot, auf dem Alice wohnte, lag im Yachthafen von Sausalito, in einem der letzten Hafenbecken im Norden der Stadt. Ich hatte keine Mühe, den Liegeplatz zu finden, denn ich war oft genug dort gewesen. Bevor Alice aufgetaucht war, waren Marcus und ich regelmäßig für einen Nachmittag oder übers Wochenende rausgefahren. Manchmal nahm Marcus eine Freundin mit, manchmal waren wir nur zu zweit auf dem Boot. Es war eine vierzehn Meter lange Yacht namens *Temptation* mit einem starken Motor. Das Unterdeck war mit weichen Ledersitzen ausgestattet; geschickt angeordnete Einbauschränke und Klapptische sorgten dafür, dass viel Bewegungsfreiheit blieb. Es gab drei Kajüten und zwei Steuerstände, einen auf der Brücke und einen unter Deck. Marcus hatte immer Boote besessen, und wir hatten viele schöne Stunden auf See verbracht. Wir waren in einsamen Buchten vor Anker gegangen und bei Mondschein geschwommen. Wir hatten am Strand gesessen und die Fische gegrillt, die wir am selben Tag geangelt hatten, hatten uns unter einem samtenen Himmel betrunken und im Sand gelegen, die Sterne betrachtet und über Gott und die Welt philosophiert.

All diese Dinge gingen mir durch den Kopf, als ich über den Steg lief, und der Gedanke an das, was ich eben erfahren hatte, vergiftete meine Erinnerungen. Von nun an würde es immer so sein. Alles, was mich an Marcus und Sally erinnerte, würde einen üblen Beigeschmack haben, und da unsere Leben über so lange Zeit hinweg so eng miteinander verwoben waren, würde nichts davon ausgenommen sein. Eine flüchtige Erinnerung kam mir in den Sinn. Vor einigen Jahren im Sommer waren wir drei zusammen für ein paar Tage mit der Yacht hinausgefahren. In einer Bucht in der Nähe von San Simeon hatten wir den Anker geworfen und auf dem Achterdeck herumgesessen, Bier aus der Flasche getrunken und Spaghetti mit Muscheln aus einer großen Schüssel gegessen.

Es war ein warmer, schwüler Abend, wir tranken reichlich Bier und waren gut drauf. Marcus hatte ein bisschen Gras dabei, und wir rauchten ein paar Joints. Es war ziemlich mildes Zeug. Sally begann zu kichern, wie immer, wenn sie Gras rauchte. Wir glotzten sie benebelt an, als sie plötzlich auf die Idee kam, schwimmen zu gehen. Sie sagte, sie wolle nackt schwimmen, was sie sonst nie tat. Am Strand sonnte sie sich oft oben ohne, aber sie war so sehr von ihrer kleinstädtischen Erziehung geprägt, dass sie fand, weiter sollte sie nicht gehen. Unvermittelt sprang sie auf, zog sich das T-Shirt über den Kopf, stieg aus ihrem Rock und entledigte sich ihres Slips. Sie sah umwerfend aus. Ihre Brüste waren braun gebrannt, ihr Bauch glatt und fest. Es war ein angenehmer, entspannter, erotischer Augenblick, intensiviert natürlich durch die Wirkung der Droge. Ich fand Sally wunderschön und war stolz auf sie und überwältigt von dem Gefühl, dass ich mit Marcus so vertraut war, dass es mir nichts ausmachte, wenn er meine Frau nackt sah.

Wir sahen zu, wie sie an den Rand des Boots trat und einen eleganten Kopfsprung ins Wasser machte. Dieser Abend war mir immer in Erinnerung geblieben als ein inniges Erlebnis unter Freunden, als etwas irgendwie Asexuelles. Aber jetzt fragte ich mich, was Marcus damals gedacht haben mochte. Hatte er an jenem Abend angefangen, sie insgeheim zu begehren? Die Erinnerung hatte plötzlich etwas Schmutziges, und ich wollte nicht mehr daran denken.

Alice erwartete mich bereits ungeduldig, als ich auf dem Boot eintraf. Sie sah aus, als hätte sie wenig geschlafen, und in ihrem Gesicht zeigten sich Sorgenfalten. Ihre sonst so kühlen Augen spähten nervös an mir vorbei, als rechnete sie damit, dass jeden Augenblick ein paar Streifenwagen mit quietschenden Reifen am Kai halten würden. Weit und breit war niemand zu sehen. Viele der Yachten, die hier lagen, wurden außerhalb der Sommermonate kaum benutzt. Auf dem Parkplatz standen außer meinem nur drei weitere Autos und einige kleinere Boote auf Anhängern. Die Sonne schien, und eine kräftige Brise kräuselte das Wasser in der Bucht bis hin zur Wasserstraße zwischen Tiburon und Angel Island. Einige Möwen trippelten über den Pier, andere flogen kreischend über unseren Köpfen. Wir gingen unter Deck, und Alice reichte mir den *Examiner*. Über Brinkmans Ableben wurde auf der zweiten Seite berichtet. Es war ein zweispaltiger Artikel mit einem Foto von Brinkman, das bereits mehrere Jahre alt sein musste. Jedenfalls sah er darauf wesentlich jünger und schlanker aus, als ich ihn in Erinnerung hatte.

Am Telefon hatte Alice mir nicht viel erzählt, aber ihr Ton hatte keinen Zweifel daran gelassen, dass sie sich zu Tode ängstigte. Nachdem ich den Artikel gelesen hatte, wusste ich, warum. Brinkman hatte in den Hügeln von Cow Hollow in der Nähe von Pacific Heights gewohnt. Aus dem Bericht ging hervor, dass er geschieden war und allein lebte und dass seine beiden Kinder in der Nähe von Sacramento wohnten, wahrscheinlich bei ihrer Mutter. Ein Nachbar hatte seine Leiche in der Garage entdeckt, als er etwas zurückbringen wollte, das Brinkman ihm ausgeliehen hatte. Brinkman war mit einem Elektrokabel an einen Stuhl gefesselt und mit einer Bohrmaschine gefoltert worden. Bei Drucklegung stand die genaue Todesursache noch nicht fest. Ich fragte mich, welche Verletzungen Brinkman vor seinem Tod zugefügt worden sein mochten, die es so schwierig machten, die Todesursache festzustellen. Auch was das Motiv für den Mord anging, tappten die Ermittler noch im Dunkeln. Erste Berichte legten jedoch nahe, dass Brinkman bereits seit mehreren Tagen tot war, und dass der Tod allem Anschein nach am Dienstagmorgen eingetreten war.

»Ach du Scheiße«, entfuhr es mir, als ich den Artikel zu Ende gelesen hatte. Ich warf die Zeitung auf den Tisch. Auch wenn die Polizei kaum Einzelheiten preisgegeben hatte, reichten die Andeutungen aus, um meine Phantasie zu beflügeln. Bilder von extremer Gewalt, die mir aus Fernsehen und Kino vertraut waren, kamen mir in den Sinn. Ich malte mir aus, wie Brinkmans schlaffer Körper durch die Fesseln auf dem Stuhl gehalten wurde, wie sein Kopf kraftlos auf seiner Brust hing, im Mund ein schmutziger Lumpen, um ihn am Schreien zu hindern. Aus Wunden in seinem Gesicht, an seiner Brust und in seinem Schritt lief Blut und bildete Lachen zu seinen Füßen. Auf dem Boden, achtlos hingeworfen, lag die Bohrmaschine.

Alice und ich starrten uns an. Zweifellos war ich mittlerweile ebenso bleich wie sie. Keiner von uns wollte die Befürchtung aussprechen, die wir offenbar beide hegten, doch Alice hatte den Vorteil, dass sie mehr Zeit gehabt hatte, darüber nachzudenken.

»Glaubst du, das hat etwas zu tun mit …?«

»Dem Programm?«, beendete ich ihre Frage. Ich hätte am liebsten nein gesagt, ihr versichert, dass es sich um einen makabren Zufall handelte, aber meine Bereitschaft, an Zufälle zu glauben, hatte in letzter Zeit stark abgenommen. Statt ihr eine Antwort zu geben, schaltete ich den Fernseher ein und zappte durch die Kanäle, bis ich einen Nachrichtensender fand. Gleichzeitig ging ich in Gedanken alles durch, was wir mit Sicherheit wussten.

»In dem Bericht steht, es gibt bisher keinen Hinweis auf ein Motiv«, überlegte ich laut. »Das bedeutet, dass es sich wahrscheinlich nicht um einen Raubüberfall handelt, denn das hätten sie schnell festgestellt. Andererseits besteht kein Grund anzunehmen, dass es eine Verbindung zu uns gibt.«

»Was ist, wenn Brinkman mit jemandem darüber gesprochen hat?«, fragte Alice.

»Warum hätte er das tun sollen?«

»Ich weiß nicht. Aber wir können nicht davon ausgehen, dass er es nicht getan hat.«

»Und wenn?«, entgegnete ich. »Das bedeutet noch lange nicht, dass derjenige, dem er von dem Programm erzählt hat, ihn auch umgebracht hat.«

Sie kaute nervös auf der Unterlippe und dachte darüber nach. »Vielleicht hast du Recht«, sagte sie nach einer Weile.

Aber wir waren beide nicht überzeugt. Tief in unserem Innern wussten wir, dass Brinkmans Tod etwas mit dem Programm und daher auch mit uns zu tun hatte. Wir waren nur noch nicht bereit, es zu akzeptieren.

»Sieh dir bloß an, was mit meinen Nerven los ist.« Alice streckte eine Hand aus, die kaum merklich zitterte. »Ich brauche einen Drink.« Sie sah mich fragend an.

Es war noch früh am Morgen, doch ich zögerte nicht, denn ich spürte ein unglaubliches Verlangen nach einem Schnaps. Sie trat an einen Einbauschrank und füllte zwei Gläser mit Wodka. Normalerweise trinke ich nicht gern Wodka, aber diesmal war ich nicht wählerisch und leerte mit einem Schluck das halbe Glas. Ich spürte das Brennen in meiner Kehle und wartete auf die vertraute wohlige Wärme in meinem Magen. Alice sah mir zu, dann trank auch sie einen kräftigen Schluck. Mit einem Auge verfolgte ich immer noch, was im Fernsehen lief, und plötzlich erregte ein Bild meine Aufmerksamkeit. Brinkmans Gesicht, dieselbe Aufnahme, die in dem Zeitungsartikel abgedruckt war, starrte mir vom Bildschirm aus entgegen. Ich drehte den Ton lauter, um zu hören, was der Reporter vor Ort der Redakteurin im Studio sagte.

Als Nächstes war ein typisches dreistöckiges Haus im viktorianischen Stil zu sehen, mit einer Garage im Keller und Erkerfenstern im Erdgeschoss. Die Art Haus, die in Cow Hollow heutzutage mehrere Millionen Dollar kostet. Das Garagentor stand offen, war jedoch mit einer schwarzen Plastikplane verhängt, und das gesamte Grundstück war von der Polizei mit Absperrband gesichert worden, um Journalisten und Schaulustige vom Tatort fern zu halten. Was der Reporter berichtete, hatten wir bereits in der Zeitung gelesen, außer dass er noch einige Informationen über Brinkman selbst hinzufügte. Mehr wusste er aber offenbar auch nicht, daher ergänzte man den Bericht um ein Interview mit einem Nachbarn, der ein paar Häuser weiter wohnte. Der Mann hatte zwar nichts von Interesse beizutragen, redete jedoch, als wäre er Brinkmans bester Freund gewesen. Anscheinend hatte sich Brinkman stets mustergültig verhalten. Der Nachbar verstand nicht, wie jemand so einem netten Kerl etwas antun, geschweige denn ihn foltern konnte. Das müssen Bestien gewesen sein, erklärte er, und er hoffe nur, dass die Scheißkerle auf dem elektrischen Stuhl landeten. Am liebsten würde er sogar eigenhändig den Strom einschalten, schwadronierte er weiter, denn Mörder hätten auf dieser Welt nichts zu suchen.

Alice warf mir einen Blick zu, als er das sagte, und ich wusste, was sie dachte. Er redete auch über mich. Bis zu diesem Augenblick war mir das noch gar nicht in den Sinn gekommen, aber wenn ich geschnappt und für den Mord an Dexter vor Gericht gestellt würde, dann zählte ich zu den

Verbrechern, über die der Mann sprach. Von dort, wo ich mich befand, war es nur eine Viertelstunde bis nach San Quentin. Ein Bild des hässlichen, gedrungenen Gebäudes auf einer winzigen Insel in Sichtweite der Richmond Bridge tauchte vor meinem inneren Auge auf. Wie oft war ich über die Brücke gefahren und hatte einen Blick auf das Hochsicherheitsgefängnis geworfen, ohne im Traum auf die Idee zu kommen, dass ich eines Tages dort einsitzen könnte.

Die Nachrichtenmoderatorin stellte dem Reporter verschiedene Fragen, versuchte, ein Motiv zu erkennen und weitere Einzelheiten über den Mord in Erfahrung zu bringen, aber die Polizei ließ sich nichts entlocken. Am Ende des Berichts allerdings sagte der Reporter etwas, das mich hellhörig machte.

»Hat die Polizei irgendwelche Anhaltspunkte, wer die Täter sein könnten, Alan?«, fragte die Moderatorin.

»Im Moment scheint die Polizei noch über keine eindeutigen Hinweise zu verfügen, Trish. Die Spezialisten haben ihre Spurensuche noch nicht beendet, und ich schätze, dass man die Ergebnisse dieser Untersuchung abwarten will. Zurzeit werden sämtliche Nachbarn befragt, um zu ermitteln, ob irgendjemand etwas gehört oder gesehen hat, das der Polizei weiterhelfen könnte. Bisher wissen wir nur, dass die Polizei nach einem Fahrzeug fahndet, das in der Gegend gesehen wurde. Es gibt noch keine genauen Informationen über die Marke oder das Modell, aber am Samstagmorgen, der vermutlichen Tatzeit, wurde ein dunkelgrünes Fahrzeug, möglicherweise ein Ford Mustang älteren Baujahrs, beobachtet, der am Straßenrand parkte. Augenzeugen haben den Wagen als auffällig beschrieben, mit breiten Reifen und verdunkelten Scheiben, und ich schätze, diese Art Fahrzeug ist in einer Gegend wie der hier eher selten anzutreffen.«

Ich wollte gerade mein Glas zum Mund führen, erstarrte jedoch mitten in der Bewegung. Mir fiel der Wagen ein, den ich gesehen hatte, als ich zu Morgan fuhr. Der war auch grün gewesen. Genau wie der, der Sally und mich verfolgt hatte, als wir auf dem Weg zu Mario waren. Ich schaute zu Alice hinüber, aber ihr Blick war auf den Bildschirm gerichtet. Natürlich hatte ich den Wagen bisher nicht erwähnt, denn er war mir nicht wichtig erschienen. Doch jetzt war ich mir nicht mehr so sicher. Schon wieder ein Zufall? Ich sagte mir, dass die Polizei noch nicht einmal wusste, ob das Fahrzeug mit Brinkmans Tod in Zusammenhang stand, und selbst wenn, es gab Millionen grüne Autos auf den Straßen. Aber grüne Autos mit breiten Reifen und getönten Scheiben? Das wäre schon ein seltsamer Zufall. Der Bericht endete, und Alice schaltete den Fernseher aus.

»Was ist los?«, fragte sie, als sie mein Gesicht sah.

Ich trank mein Glas aus. »Nichts.« Es hatte keinen Sinn, sie unnötig zu ängstigen.

Sie schaute mich fragend an, doch bevor sie etwas sagen konnte, klingelte ihr Handy.

»Hallo?«, meldete sie sich vorsichtig. Sie lauschte einen Moment lang, dann drehte sie sich zu mir und formte mit den Lippen das Wort Marcus. Ich stand auf und nahm ihr das Handy ab.

»Wo ist meine Frau, du Mistkerl?«, fragte ich.

26

Marcus schien überrascht, meine Stimme zu hören. Während er versuchte, seine Gedanken zu ordnen, fing ich an ihn zu beschimpfen und Drohungen auszustoßen. Ich musste daran denken, wie oft ich mir vorgeworfen hatte, unsere Freundschaft aufs Spiel gesetzt zu haben. Ich hatte geglaubt, ihn verraten zu haben, und währenddessen hatte er die ganze Zeit meine Frau gevögelt. Je mehr ich ihn beschimpfte, desto größer wurde mein Zorn. Ich verlor vollkommen die Beherrschung und zitterte regelrecht vor Wut. Die Ereignisse der letzten Tage hatten mich ausgelaugt, ich war müde und erschöpft. Das Einzige, was mich in dem Augenblick interessierte, war, Sally und Marcus gemeinsam zur Rede zu stellen. Wiederholt verlangte ich, dass er mir sagte, wo sie waren. Ich weiß nicht, was ich eigentlich vorhatte. Während der ganzen Zeit hielt Alice sich im Hintergrund. Ich glaube, sie hatte Angst vor mir.

Aber irgendwann verstummte ich. Ich hatte keine Kraft mehr. Eine unglaubliche Müdigkeit überkam mich, und ich ließ mich auf eine Sitzbank sinken.

»Ich will sie sehen«, brachte ich schließlich mühsam hervor.

»Nick …«, begann Marcus zögernd. Dann schien er neuen Mut zu fassen. »Sie will dich nicht sehen.«

»Sag mir, wo ihr seid.« Meine Stimme klang nicht mehr wütend, nur noch erschöpft, beinahe flehend.

»Nick ...«

»Das ist das Mindeste, was du mir schuldest. Sie ist meine Frau. Ich will mit ihr reden.«

Die plötzliche Veränderung in meinem Ton schien ihn zu überraschen. »Moment«, sagte er. Dann war es still in der Leitung, und ich nahm an, dass er sich mit Sally beriet. Einen Augenblick später meldete er sich wieder.

»Okay, aber nicht jetzt. Später. Heute Abend. Du bist erschöpft, du musst dich zuerst ausruhen. Und wir kommen zu dir.«

Woher zum Teufel wusste er, dass ich erschöpft war, fragte ich mich. Aber wahrscheinlich hatte Sally inzwischen mit ihrer Mutter telefoniert und erfahren, dass ich in Oregon gewesen war. Zweifellos hatte Ellen ihr genauestens beschrieben, in welchem Zustand ich mich befand. Ich wollte mit Marcus verhandeln, aber er kam mir zuvor.

»Heute Abend, Nick. Und versuch nicht, uns zu finden. Es wird dir nicht gelingen.«

»Wo?«

»Auf dem Boot. Wir kommen zum Hafen.«

Bevor ich noch etwas erwidern konnte, legte er auf. Als ich Alice erzählte, was er gesagt hatte, sah sie mich mitfühlend an.

»Leg dich ein bisschen hin. Du siehst völlig fertig aus.«

Ich wollte schon protestieren, ihr sagen, ich könne sowieso nicht schlafen, außerdem müsse ich nachdenken, aber als ich den Mund aufmachte, merkte ich, dass ich mich dringend ausruhen musste, wenn ich jemals wieder in der Lage sein wollte, einen klaren Gedanken zu fassen. Meine Augen brannten, und mir war leicht schwindelig. Das sanfte Schaukeln des Boots im Wasser machte alles noch schlimmer.

»Vielleicht solltest du erst mal duschen, ich wasche dann deine Sachen. Du findest alles, was du brauchst, im Bad«, schlug Alice vor.

Ich gab nach. »Aber weck mich in ein paar Stunden, ja?«

Sie versprach, mich rechtzeitig zu wecken, und ich ging in eine der Kajüten, zog mich aus und fand ein Handtuch, in das ich mich einwickelte. Ich blieb lange unter dem heißen Duschstrahl stehen, den Kopf an die Wand gelehnt, und ließ das Wasser über meinen Rücken laufen. Irgendwann hörte ich Alice ins Bad kommen, und als ich aus der Dusche trat, sah ich, dass sie mir Rasierzeug und eine Zahnbürste gebracht hatte. Nachdem ich mich rasiert und mir die Zähne geputzt hatte, fühlte ich mich schon wesentlich besser, aber als ich in den Spiegel schaute, versetzte mir das ausgemergelte Gesicht, das mich mit trüben, geröteten Augen anstarrte, einen leichten Schock. Als ich in die Kajüte zurückkam, waren meine Sachen verschwunden, der Vorhang war zugezogen, und das Bett war gemacht. Den Anblick der frischen Laken empfand ich plötzlich als unglaublich verführerisch. Alice erschien in der Tür.

»Ich bringe deine Sachen in den Waschsalon, dann komme ich wieder her.«

Ich setzte mich auf die Bettkante und nickte.

»Wenn du erst mal ein bisschen geschlafen hast, geht's dir wieder besser«, sagte sie.

Sie wirkte selbst müde und abgespannt. Wahrscheinlich machte sie sich schreckliche Sorgen. »Es wird alles gut, Alice. Wenn ich aufwache, überlegen wir uns, was zu tun ist. Wir kriegen das schon hin.« Ich sagte, später würde ich bei Morgan anrufen, der mittlerweile aus New York zurück sein müsste. Wir brauchten beide etwas, das uns ein bisschen aufrichtete, und das Geld war das Einzige, was sich dafür eignete.

Sie rang sich ein Lächeln ab. »Schlaf jetzt.«

Nachdem sie die Tür geschlossen hatte, legte ich mich hin und schlief auf der Stelle ein.

Ich fuhr ganz plötzlich aus dem Schlaf und war sofort hellwach, brauchte jedoch einen Moment, um mich zu orientieren. Ich hatte geträumt, aber die Bilder verflüchtigten sich, und ich versuchte erst gar nicht, sie festzuhalten. Es war dunkler geworden in der Kabine, es musste bereits früher Abend sein. Ich richtete mich auf und suchte nach meiner Armbanduhr, die ich neben dem Bett abgelegt hatte.

»Du bist ja wach.«

Es war Alice. Sie saß im Schneidersitz in einem Sessel neben der Tür. Ich hatte den Eindruck, dass sie auch geschlafen hatte.

»Wie viel Uhr ist es?«, fragte ich.

»Ungefähr sechs.«

Ich fand meine Uhr und sah, dass es bereits zwanzig nach war. Ich hatte fast neun Stunden geschlafen. »Du wolltest mich doch wecken«, sagte ich.

»Du hast so tief geschlafen. Ich dachte, es ist besser, dich in Ruhe zu lassen. Du brauchtest den Schlaf so dringend.«

Wahrscheinlich hatte sie Recht. »Seit wann sitzt du schon da?«

»Seit ein paar Stunden. Ich muss wohl eingenickt sein.« Offenbar erriet sie, was ich als Nächstes fragen wollte. »Ich habe den ganzen Tag die Nachrichten verfolgt. Es gibt nichts Neues über Brinkman.«

Ich war mir nicht sicher, ob ich darüber erleichtert sein sollte oder nicht, denn es bedeutete, dass derjenige, der Brinkman ermordet hatte, nach wie vor frei herumlief. »Hat irgendjemand angerufen?«

»Marcus. Ich hab ihm gesagt, dass du schläfst, und da hat er vorgeschlagen, dass sie etwas später kommen, so gegen zehn.«

»Hat er sonst noch was gesagt?«

»Er wollte wissen, ob ich das mit Brinkman gehört habe. Er klang ziemlich besorgt.« Aber Alice ahnte natürlich, was ich wirklich wissen wollte, und fügte hinzu: »Sally hat er nicht erwähnt.«

Ich sagte nichts, und nach einer Weile kam Alice herüber und setzte sich auf die Bettkante.

»Du liebst sie sehr, nicht wahr?«

Mittlerweile wusste ich auf diese Frage keine Antwort mehr. Bevor ich von der Affäre zwischen Marcus und Sally erfahren hatte, hätte ich Alice ohne einen Moment zu zögern geantwortet, aber ich hätte mir auch nie vorstellen können, dass Sally mir so etwas antun würde. Als ich noch dachte, sie hätte ein Verhältnis mit Garrison Hunt, gab ich mir teilweise selbst die Schuld, und ansonsten war ich höchstens noch wütend auf Garrison. Aber mit Marcus, das war etwas ganz anderes. Ich fühlte mich von ihnen beiden verraten. Was zum Teufel konnte Marcus ihr geben, das ich ihr nicht geben konnte?

»Es ist schon irgendwie komisch, findest du nicht auch?«, sagte Alice, als ich schwieg.

»Was ist komisch?«

»Na ja, dass ausgerechnet wir beide jetzt hier zusammensitzen. Vielleicht sind wir uns ähnlicher, als wir geglaubt haben.«

»Wir uns ähnlich?«

»Meinst du nicht? Wir wollen doch letztlich beide dasselbe, oder? Ich habe dich immer abgelehnt, weil Marcus sich nicht gegen dich durchsetzen konnte. Ich fürchtete, du würdest die Agentur in den Ruin treiben, und wo wäre ich dann geblieben? Eine gescheiterte Künstlerin, deren Bilder niemand kaufen will. Ich weiß, wie es ist, kein Geld zu haben, und ich wollte nie wieder in so eine Situation geraten.« Sie überlegte. »Du hattest Recht mit dem, was du über mich gesagt hast. In gewisser Weise habe ich dich beneidet.«

»Na, dann haben wir wirklich etwas gemeinsam«, stimmte ich ihr zu, woraufhin sie mich fragend ansah. »Du hast auch Recht gehabt mit dem, was du über mich gesagt hast. Ich habe die Agentur tatsächlich in den Ruin getrieben.«

Sie lächelte. »Dann sind wir also quitt.«

»Seit wann weißt du das mit Sally und Marcus?«, fragte ich.

»Ich hatte schon vor Monaten den Verdacht, dass er was mit einer anderen hat. Aber ich wusste nicht, wer die Frau war.«

»Und wie hast du's rausgefunden?«

»Ich hab die beiden zusammen gesehen.«

»Wo denn?«

»Hier. Als ich Marcus zur Rede gestellt hab, hat er behauptet, sie hätten nichts miteinander, sie seien nur Freunde. Er sagte, sie machten sich beide Sorgen um dich.«

»Und dann meinten sie wohl, es würde helfen, wenn sie miteinander schliefen«, sagte ich verbittert. Ich stellte mir vor, wie sie nackt zusammen im Bett lagen. Womöglich sogar in dem Bett, in dem ich jetzt gerade lag. Alice wandte sich ab, und ich fragte mich, was in ihr vorging. »Hast du ihm geglaubt?«

Sie ließ sich mit ihrer Antwort Zeit. »Ich hätte ihm gern geglaubt. Wahrscheinlich habe ich mich vor den Konsequenzen gefürchtet, ich wusste einfach nicht, wohin ich gehen sollte. Und ich liebte ihn.«

Sie sagen zu hören, dass sie Marcus geliebt hatte, überraschte mich, wenn ich auch nicht recht wusste, warum. Vielleicht, weil ich ihr immer üble Absichten unterstellt hatte. Aber jetzt wurde mir klar, dass auch sie verletzt und wütend war, nur dass sie sich schon länger damit hatte auseinander setzen müssen als ich.

»Warum hast du mir nichts davon gesagt?«, fragte ich.

»Beinahe hätte ich es getan. Ich hab ein paarmal bei dir angerufen.«

Ich musste an die seltsamen Anrufe denken, erinnerte mich, wie ich den Hörer abgenommen und sich niemand gemeldet hatte.

»Aber ich hatte Angst, du würdest Sally verlassen, wenn du es erführst.«

»Und dann hätten Marcus und Sally einander gehabt ...«

»So was in der Art«, räumte sie ein. »Und dann, nachdem ihr in Mendocino gewesen wart, sagte Marcus, ihr wolltet versuchen, eure Ehe zu retten.«

»Und trotzdem bist du auf das Boot gezogen?«

»Ja.« Sie sah mir in die Augen. »In dem Moment wurde mir bewusst, was Marcus für sie empfand.«

Ich glaube, das verletzte mich mehr als alles andere. Ich dachte über das nach, was Alice gesagt hatte. Vielleicht hatte sie Recht. Wir beide waren uns tatsächlich ähnlich. Es war Alice, die meinen Plan gutgeheißen hatte, das Programm an Morgan zu verkaufen, und sie war es, die ich um Hilfe gebeten hatte, als ich Dexters Leiche beseitigen musste, und jetzt war sie meine Verbündete. Vielleicht hatten wir einander verdient.

Und in diesem Augenblick des Einvernehmens schien unvermeidlich, was als Nächstes passierte. Ich streckte meine Hand aus und berührte ihr Gesicht. Anfangs reagierte sie nicht, doch wir sahen einander tief in die Augen. Sie hatte mich gefragt, ob ich Sally liebte, und das tat ich auch trotz allem, andererseits war nichts mehr, wie es gewesen war. Ich war ein anderer Mensch geworden. Ich hatte einen Mann getötet, und Sally würde mir das nie verzeihen. Ich war nicht stolz darauf, und ich wünschte, es wäre nie geschehen, aber es war nicht mehr rückgängig zu machen. Alice begriff das. Jetzt, in diesem Augenblick, brauchten wir einander.

Ich zog sie zu mir aufs Bett, und wir küssten uns. Was vorsichtig und zögernd begann, wurde schnell leidenschaftlich. Wir waren getrieben von dem Wunsch zu vergessen, dem Bedürfnis nach Trost und blinder körperlicher Befriedigung. Selbst von dem Verlangen nach Rache. Wer weiß? Viele Dinge waren uns wahrscheinlich kaum bewusst. Die Bettdecke rutschte zu Boden. Ich war bereits nackt. Hastig zerrte ich Alice die Kleider vom Leib. Dann lag sie unter mir, die Augen halb geschlossen, die Lippen ein wenig geöffnet, und atmete schwer. Mit Sally war Sex immer ein langsames, sinnliches Liebesspiel gewesen. Allein ihre Hand in meinem Nacken zu spüren, während ich sie küsste, hatte mich erregt. Ihr warmer Atem an meiner Wange, wenn ich in sie eindrang, unser leises Murmeln, wenn wir uns in einem beinahe trägen Rhythmus bewegten. Doch als ich auf Alice hinunterschaute, spürte ich eine andere Art von Verlangen. Sie war schön, in gewisser Weise fast zu vollkommen, und ich begehrte sie. Aber ich wollte etwas von ihr. Ich wollte sie besitzen, ich wollte sie ficken, mir etwas von ihr holen, eine Art rachsüchtige Gier befriedigen, und ich wusste, dass sie dasselbe von mir wollte.

Ich kniete zwischen ihren Schenkeln, betrachtete ihre Brüste und ihr blondes Schamhaar. Es erregte mich, dass sie so anders aussah als Sally. Sie streckte ihre Arme aus, zog mich an sich und umschlang mich mit den Beinen. Stöhnend stieß ich in sie hinein. Wir klammerten uns aneinander, unsere Bewegungen waren drängend und fordernd. In der Hitze der kleinen Kajüte machten unsere Körper schmatzende Geräusche, während wir uns vor Anstrengung keuchend in unserem Schweiß wälzten. Alice hatte die Augen geschlossen, ihr Gesicht drückte äußerste Konzentration aus. Ich bewegte mich immer schneller und heftiger, wie ein Läufer, der auf die Ziellinie zusprintet, und als sie spürte, dass ich mich dem Höhepunkt näherte, warf Alice mir ihr Becken kraftvoll entgegen und stöhnte wild. Es war ein wüstes, beinahe schmerzhaftes Kopulieren, und jeder von uns war nur bestrebt, seine eigene Befriedigung zu finden. Plötzlich riss Alice die Augen auf und starrte mich beinahe wütend an, dann drehte sie sich abrupt zur Seite und stieß kehlige Laute aus, wie um ihrer Ungeduld Ausdruck zu verleihen. Dann, als sie sich noch einmal gegen mich warf, wurde ihr Körper ganz steif. Sie biss die Zähne aufeinander, kniff die Augen zusammen und rang mühsam nach Luft. Ich stieß weiter in sie hinein, obwohl sie versuchte, mich davon abzuhalten, und dann, als ich dachte, meine Kräfte würden mich verlassen und meine Lunge würde platzen, kam ich endlich, und wir sanken erschöpft und verschwitzt aufs Laken zurück.

Zwanzig Minuten später hatte ich geduscht, und Alice war im Bad. Sie hatte meine frisch gewaschenen Sachen säuberlich gefaltet auf einen Stuhl gelegt, und als ich mich anzog, fand ich die Pistole meines Vaters unter meinen Jeans. Ich nahm sie in die Hand und fragte mich, was Alice wohl gedacht haben mochte, als sie sie entdeckte. Nachdem ich mich davon überzeugt hatte, dass sie immer noch geladen war, steckte ich die Pistole in die Gesäßtasche meiner Jeans und zog das T-Shirt darüber.

Ich telefonierte gerade, als Alice vollständig bekleidet aus dem Bad trat. Nach kurzem Zögern kam sie zu mir, küsste mich auf die Wange und sah mich fragend an. Ich legte einen

Arm um ihre Taille. Es war, als hätten wir eine Art Pakt geschlossen, über dessen Inhalt wir uns nicht ganz im Klaren waren, aber Alice schien mit meiner Reaktion zufrieden.

»Wen rufst du an?«

»Morgan«, flüsterte ich.

Sie setzte sich, um abzuwarten und zuzuhören. Über eins waren wir uns einig. Egal, was sonst noch alles passierte, wir würden uns das Geld beschaffen, denn das war das Einzige, was jetzt noch zählte. Am anderen Ende meldete sich ein Mann. Ich nannte meinen Namen und verlangte Morgan zu sprechen. Ich wartete einen Moment lang, dann meldete sich dieselbe Stimme wieder.

»Es tut mir Leid, Mr Morgan ist im Augenblick nicht zu sprechen.«

Irgendetwas daran gefiel mir nicht, auch wenn ich nicht recht wusste, was es war. »Er ist doch aus New York zurück, oder?«

Nach einigem Zögern antwortete der Mann: »Mr Morgan hat heute Abend Gäste. Er lässt Ihnen ausrichten, Sie möchten ihn morgen noch einmal anrufen.«

Dagegen war nichts einzuwenden. Was machte es schon für einen Unterschied, ob ich jetzt oder am nächsten Vormittag mit ihm sprach? Und dennoch sagte mir mein sechster Sinn, dass da irgendetwas faul war. Ich dachte daran, wie lange der Mann mit seiner Antwort gezögert hatte. Wahrscheinlich stand Morgan neben ihm und hörte das Gespräch mit. Andererseits, wenn dem so war, warum wollte er dann nicht mit mir sprechen?

Schließlich, weil ich einfach nicht wusste, was ich von der ganzen Sache halten sollte, erklärte ich mich einverstanden, am folgenden Morgen noch einmal anzurufen, und legte auf.

»Was ist?«, fragte Alice.

»Nichts. Zumindest glaube ich, dass es nichts ist.« Ich erzählte ihr, was geschehen war.

»Hast du das Gefühl, da stimmt was nicht?«

Ich schüttelte den Kopf, versuchte, meinen Argwohn beiseite zu schieben. »Nein. Alles in Ordnung.«

Trotzdem kam ich zu dem Schluss, dass es an der Zeit war, das Programm an einen Ort zu bringen, an dem ich es im Auge behalten konnte. Ich musste ins Büro fahren und es holen, bevor Sally und Marcus eintrafen.

Es herrschte kaum Verkehr, und ich brauchte nicht lange bis in die Innenstadt. Ich parkte in der Tiefgarage und betrat das Gebäude durch den Seiteneingang. Als ich den menschenleeren Lichthof durchquerte, musste ich an Dexter denken, und es lief mir kalt über den Rücken. Ich brauchte jedoch nur wenige Minuten, um die CD zu holen und die Tür zur Agentur wieder abzuschließen.

Eilig machte ich mich auf den Weg zurück in die Tiefgarage. Vorher war mir gar nicht aufgefallen, wie still es war. Plötzlich hörte ich das unverkennbare Geräusch eines Autos, das um die Ecke fuhr und dann langsamer wurde. Die Lichtkegel der Scheinwerfer erleuchteten den Eingang zum Hof und verharrten dort. Über die fernen Geräusche des Stadtverkehrs hinweg hörte ich das Dröhnen des Motors im Leerlauf. Instinktiv trat ich einen Schritt zurück, suchte Schutz im Schatten der hohen Hauswand. Mein Herz begann schneller zu schlagen, und meine Handflächen wurden feucht. Ich wartete, zählte bis zwanzig, doch nichts geschah. Das konnte sonst wer sein da draußen, redete ich mir ein. Es hatte überhaupt nichts zu bedeuten, aber unwillkürlich sah ich Brinkman vor mir, an einen Stuhl gefesselt und zu Tode gefoltert, und dann fiel mir ein, dass die Polizei nach einem grünen Wagen mit abgedunkelten Scheiben fahndete.

Mit einem Mal fühlte ich mich ungeschützt und verwundbar. Ich drückte mich an der Wand entlang und eilte über die Rampe in die Tiefgarage. Einen Augenblick lang kamen mir Zweifel, ob mein Verhalten klug war. Die rote Lampe an der Wand am Ende der Rampe verbreitete ein unheimliches Licht, aber weiter hinten war es stockfinster, und die Situation wirkte plötzlich bedrohlich. Doch ich hatte keine Wahl, denn mein Auto stand dort, also hastete ich zu meinem Parkplatz und zog die Schlüssel aus der Tasche. Die Dunkelheit war beinahe körperlich spürbar, schien mich zu erdrücken. Um mich herum herrschte tödliche Stille. Jemand hätte zwei Meter von mir entfernt stehen können, und ich hätte ihn nicht bemerkt. Es gelang mir, den Schlüssel ins Schloss zu stecken. Als ich die Fahrertür öffnete, schaltete sich die Innenbeleuchtung ein und erzeugte eine schwach erhellte Oase. Ich stieg ein, schlug die Tür zu, und das Licht ging wieder aus. Als ich den Schlüssel drehte und den Motor anließ, atmete ich auf, doch die Erleichterung währte nur eine Sekunde.

Am Ende der Zufahrtsrampe fiel ein heller Lichtschein auf die Wand und sagte mir, dass ein Wagen in die Tiefgarage fuhr.

Einen Augenblick lang starrte ich wie benommen vor mich hin, dann begann das Adrenalin zu wirken, und plötzlich war ich hellwach. Ich legte den Rückwärtsgang ein, setzte ohne die Scheinwerfer einzuschalten zurück, bog um einen Betonpfeiler und hielt an. Von hier aus konnte ich in einer geraden Linie bis zur Rampe fahren, würde jedoch kurz vor der Ausfahrt scharf links abbiegen müssen. Wenn der andere Wagen hereinfuhr und rechts abbog, hätte ich ein bisschen Zeit, bevor ich gesehen wurde, überlegte ich, Zeit genug, um Gas zu geben und auf die Straße zu entkommen. Mit klopfendem Herzen umklammerte ich das Steuerrad, während der Wagen in die Garage gefahren kam.

In dem Augenblick, als er um die Ecke bog, trat ich das Gaspedal durch, und der Saab schoss mit quietschenden Reifen los. Im selben Moment sah ich das Blaulicht und den Schriftzug auf den Türen, und ich begriff, dass dies nicht das Fahrzeug eines verrückten Killers war, der mir an den Kragen wollte, sondern ein Streifenwagen. Der Fahrer gab Vollgas, aber als ich auf die Bremse trat, bremste er ebenfalls. Ein Suchscheinwerfer wurde eingeschaltet und leuchtete mir direkt ins Gesicht. Ich setzte ein freundliches Lächeln auf und zeigte meine leeren Hände.

»Hallo«, rief ich. »Sie haben mir einen ganz schönen Schrecken eingejagt.«

Das Licht schien mir immer noch ins Gesicht und blendete mich, während der Polizist mich eingehend musterte.

»Ich bin noch mal ins Büro gefahren, um etwas zu holen, das ich vergessen hatte. Ich arbeite hier«, erklärte ich.

Ich hörte, wie die Fahrertür des Streifenwagens geöffnet wurde. »Bleiben Sie, wo Sie sind, Sir«, sagte ein Mann höflich, aber bestimmt. Der Stimme nach zu urteilen, handelte es sich um einen jungen Mann. Wahrscheinlich irgendein Heißsporn, der durch die Prüfung gefallen war und nun seine große Chance witterte. Ein Polizist auf Einbrecherjagd.

»Nennen Sie bitte Ihren Namen, Sir«, hörte ich ihn aus der Dunkelheit heraus sagen. Ich konnte ihn immer noch nicht sehen.

»Nick Weston. Ich leite eine Werbeagentur in diesem Gebäude. Carpe Diem.«

»Carpe wie?«

»Diem.« Ich buchstabierte es für ihn. Eine Zeit lang herrschte Stille. Vermutlich ging er seine Liste durch.

»Wie lautet Ihr Code, Sir?«

Jeder Firma im Haus war ein eigener Code zugeteilt, den die Sicherheitsfirma im Notfall erfragen konnte, um festzustellen, ob jemand berechtigt war, sich nach Geschäftsschluss im Gebäude aufzuhalten.

»Sechzehn zweiundsiebzig«, sagte ich.

Das schien ihn zufrieden zu stellen, denn einen Augenblick später wurde der Suchscheinwerfer ausgeschaltet. Als er jedoch auf mich zukam, leuchtete er mir für alle Fälle mit einer Taschenlampe ins Gesicht. Seine rechte Hand lag auf der Schusswaffe in seinem Halfter, und die sah wesentlich größer aus als die .38er, die ich immer noch in der Hosentasche hatte.

»Haben Sie irgendwelche Ausweispapiere bei sich, Sir?«, fragte er.

»Selbstverständlich.« Ich griff in meine Tasche und sah, wie er sich unwillkürlich straffte. Dann hielt ich ihm den Führerschein entgegen, und er betrachtete ihn eingehend. Er war tatsächlich sehr jung. Vielleicht Mitte zwanzig. Er war kräftig gebaut und hatte rotes Haar. Ohne die Uniform hätte er ausgesehen wie ein Typ, der in Half Moon Bay zu Hause war und Kürbisse züchtete. Ein Anflug von Enttäuschung zeigte sich in seinem Gesicht, dann entspannte er sich.

»Ich hab gesehen, dass das Tor offen war, als ich draußen vorbeifuhr«, sagte er.

»Genau. Tja, das hab ich aufgemacht. Wenn das also alles war, dann mach ich mich jetzt auf den Weg.«

»Sie sagten, Sie hätten was im Büro vergessen?«

»Richtig.«

Er wartete wohl darauf, dass ich ihm das genauer erklärte. Entweder machte sein Instinkt ihn argwöhnisch, oder er war einfach ganz besonders gründlich, aber ich hatte nicht vor, mich näher auf das Thema einzulassen.

»Na dann, gute Nacht«, sagte ich.

Er verstand den Wink und trat einen Schritt zurück. »Gute Nacht.«

Mit ernster Miene schaute er mir nach. Ich fuhr die Rampe hinauf, unter dem Tor hindurch und auf die Straße. An der Kreuzung bog ich rechts ab. Im selben Augenblick tauchten zwei Scheinwerfer in meinem Rückspiegel auf, und ein Wagen ordnete sich hinter mir ein. Ich nahm an, dass es der Polizist war. Allerdings musste er sehr schnell gewesen sein, um mich so bald einzuholen. Während ich über den Embarcadero in Richtung Brücke fuhr, malte ich mir aus, wie er über Funk mit der Polizeistation Kontakt aufnahm und womöglich mein Nummernschild überprüfen ließ. Ich ließ mich nicht aus der Ruhe bringen, hielt mich strikt an die Geschwindigkeitsbegrenzung und blinkte vor jedem Spurwechsel, und als ich die Brückenauffahrt erreichte, verlor ich die Scheinwerfer in dem regen Verkehr aus den Augen. Ich nahm an, dass er mittlerweile ohnehin aufgegeben hatte und umgekehrt war.

Kurz vor neun traf ich im Hafen ein. Am Pier, wo die *Temptation* lag, war alles ruhig. Näher zur Stadt hin herrschte das übliche Treiben von Leuten, die unterwegs waren zu den Kneipen und Restaurants am Kai, aber bis hierher war der Lärm nicht zu hören. Das einzige Geräusch war das

Klimpern der Takelage an den Yachten und das sanfte Plätschern des Wassers, und Licht kam lediglich von einer einzelnen Lampe mitten auf dem Parkplatz.

Alice erwartete mich auf dem Achterdeck. Vor ihr auf dem Tisch stand ein volles Glas, und sie rauchte eine Zigarette. Ich hielt die CD hoch, als ich auf das Boot sprang.

»Kein Problem«, sagte ich und ging in die Kajüte, um sie in einem verschließbaren Fach zu verstauen, das Alice mir gezeigt hatte.

»Was trinkst du da?«, fragte ich, als ich wieder an Deck kam.

»Ich hab eine Flasche Whisky gekauft. Willst du auch einen Schluck?«

»Ja, bitte.«

Dann setzte ich mich, um auf Sally und Marcus zu warten, gespannt, was als Nächstes passieren würde.

27

Marcus traf fünf Minuten vor der verabredeten Zeit ein. Ich sah die Scheinwerfer seines Wagens, als er auf den Parkplatz fuhr. Dann gingen die Scheinwerfer aus, und er kam über den Pier. Er war allein. Ihn von Angesicht zu Angesicht zu sehen entfachte meinen Zorn erneut.

»Wo ist Sally?«, fragte ich, als er näher kam.

Er blieb zögernd stehen, schaute erst mich an und dann Alice, die im Schatten hinter mir stand. Was er zu ergründen versuchte, war mir nicht ganz klar.

»Sie wollte nicht mitkommen«, sagte er schließlich.

»Wo ist sie?«

Er schüttelte den Kopf. »Das spielt jetzt keine Rolle. Ich bin nicht wegen Sally hier.«

Ich holte tief Luft und beherrschte mich mühsam. Marcus musterte mich in dem schwachen Licht, das aus der Luke hinter mir drang. Er versuchte anscheinend, an meinem Gesichtsausdruck abzulesen, in welcher Stimmung ich war, als wäre ich plötzlich irgendwie unberechenbar geworden. Er seufzte, als könnte er nicht begreifen, wie es hatte so weit kommen können. Als drückte eine schwere Last ihn nieder.

»Es spielt keine Rolle?«, fragte ich.

»Ich denke, es gibt im Moment andere Dinge, mit denen wir uns auseinander setzen müssen.«

»Es spielt keine Rolle?«

Etwas anderes brachte ich nicht heraus. Ich konnte nicht fassen, dass er glaubte, die Tatsache, dass er mit meiner Frau schlief, einfach übergehen zu können. Doch falls er das angenommen hatte, schien er nun zu dem Schluss gekommen zu sein, dass er sich geirrt hatte.

»Hör zu, Nick, ich erwarte nicht von dir, dass du mir glaubst, aber ich ... wir wollten nicht, dass es so weit kommt.«

»Spielt es eine Rolle, was ich glaube?«

»Ob du es glaubst oder nicht, es spielt eine Rolle.« Er spürte, dass ich es ihm nicht leicht machen würde. Er wirkte ein bisschen nervös, wie ein kleiner Fuchs, als könnte er nicht einschätzen, was ich als Nächstes tun würde. »Wir müssen reden.«

Nach kurzem Zögern sagte ich: »Komm an Bord. Schließlich ist es dein Boot.« Ich streckte meine Hand aus, um ihm zu helfen, obwohl er es genauso gut allein geschafft hätte. Er schaute auf meine Hand, dann begegneten sich unsere Blicke. Schließlich ergriff er meine Hand, wie ich es erwartet hatte. Ich zog ihn an Bord, und als seine Füße das Deck berührten, versetzte ich ihm einen Schlag gegen den Kopf, der ihn aus dem Gleichgewicht brachte. Ich ließ seine Hand los, er taumelte, und ich schlug noch einmal zu. Diesmal ging er zu Boden, landete auf Händen und Knien und stöhnte vor Schmerz auf.

Schwer atmend ließ er den Kopf hängen. Ein Tropfen Blut fiel auf das Deck, dann noch einer. Er fand seine Brille und setzte sie wieder auf. Als er hochblickte, glänzten seine Augen, und seine Nase blutete. Schwankend erhob er sich und betupfte sich die Nase mit seinem T-Shirt.

Obwohl ich fand, dass er es verdient hatte, fühlte ich mich nicht besser, nachdem ich ihn geschlagen hatte.

»Ich dachte, wir wären Freunde«, sagte ich. Es war einerseits als Vorwurf, andererseits als Rechtfertigung gemeint.

Er sah mich zornig an. »Das muss ich mir ausgerechnet von dir anhören.«

»Wie konntest du das tun? Wie konntet ihr das tun? All die Lügen. All die Betrügereien.«

»Genau. Und du hast nie gelogen und betrogen.«

»Ich hab dir vielleicht Dinge vorenthalten, und ich hätte vielleicht mehr auf dich hören sollen, aber meine Frau zu bumsen ist was ganz anderes, du Arschloch.«

»Hör zu, ich bin nicht stolz darauf. Das sind wir beide nicht. Wir haben das nicht gewollt.« Er schaute Alice an, und ich sah, dass seine Worte ihr ebenso galten wie mir, aber sie kannte das alles schon und wandte sich ab.

»Tatsache ist«, sagte er zu mir, »du hast das ebenso zu verantworten wie wir.«

Ich schüttelte langsam den Kopf. »Komm mir nicht damit. Versuch nicht, mir die Schuld in die Schuhe zu schieben. Niemand hat euch beide zu etwas gezwungen. Niemand hat dich gezwungen, meine Frau zu ficken! Wie lange hast du schon davon geträumt? Ich wette, du warst seit langem scharf auf sie. Wahrscheinlich schon seit Jahren.«

Ich redete einfach drauflos, spuckte alles aus, was mir in den Sinn kam, weil ich nicht hören wollte, was er sagte, aber er reagierte auf eine Weise, mit der ich nicht gerechnet hatte. Er senkte den Blick, und da wusste ich, dass ich tatsächlich Recht hatte.

Alice starrte ihn an. »Du Dreckskerl«, sagte sie leise.

»Egal, was ihr denkt, da war nichts. Da war nie etwas, zumindest nicht zu Anfang.«

»Bis wann war nichts?«

»Spielt das eine Rolle?«

»Ja, verdammt, es spielt eine Rolle«, schrie ich.

»Anfangs haben wir uns nur getroffen, um zu reden. Wir hatten beide das Gefühl, dich nicht mehr zu kennen. Ich hatte kein Vertrauen mehr zu dir. Und Sally fand, du hattest dich verändert.«

»Ach, so ist das. Sally fand, ich hatte mich verändert. Und ich wette, du hast ihr eifrig zugestimmt, wie? Was hast du ihr sonst noch gesagt, Marcus? Hast du ihr gesagt, wenn sie mich verlässt, könnt ihr euch zusammentun und ein paar süße, kleine Kinder in die Welt setzen?«

»So ist es nicht gewesen.«

Aber ich glaubte ihm nicht. Ich war davon überzeugt, dass es genauso gewesen war.

»Selbst als wir wussten, dass wir etwas füreinander empfanden, haben wir versucht, es nicht zu mehr kommen zu lassen«, fuhr Marcus fort. »Ob du's glaubst oder nicht, als ihr in Mendocino wart und Sally sagte, ihr wolltet einen Neuanfang versuchen, habe ich mich für euch gefreut. Für euch beide.«

Ich erinnerte mich an das Telefongespräch in unserem Hotelzimmer, das ich zufällig mitgehört hatte. »Das ist ja unglaublich großzügig von dir, Marcus.«

»Glaub, was du willst, aber es stimmt. Sally hat sich wirklich gewünscht, dass zwischen euch alles wieder gut wird. Doch nachdem Hoffman gestorben war, erkannte sie, dass du es nur auf das Geld abgesehen hattest. Es war dir wichtiger als alles andere. Auch wichtiger als sie. Darüber solltest du mal nachdenken, bevor du anderen die Schuld für alles gibst, Nick.«

Aber ich wollte nichts mehr davon hören. »Ich frag mich, warum ich überhaupt mit dir rede. Eigentlich müsste ich mit Sally sprechen, anstatt mit dir.«

»Sie will nicht mit dir reden. Sie will dich nicht mehr sehen. Nie mehr.«

»Das ist eine Lüge.«

»Nein. Sie weiß nicht mehr, wer du bist. Das wissen wir beide nicht mehr. Sie hat Angst vor dem, was aus dir geworden ist.«

»Angst?«, wiederholte ich fassungslos. »So ein Blödsinn. Warum sollte Sally Angst vor mir haben?«

Marcus starrte mich an. »Das fragst du noch? Herrgott, Nick, du hast ihn getötet. Du hast Dexter getötet, stimmt's? Sally weiß, dass du in der Nacht nicht zu Hause warst. Du hast deine Klamotten gewaschen. Warum? Weil sie mit Dexters Blut beschmiert waren? Detective Morello hat mir heute ausrichten lassen, er wolle mit mir sprechen.«

Als er den Namen des Polizisten erwähnte, zuckte ich zusammen. Ich hatte ihn beinahe vergessen.

»Weißt du, was er gesagt hat, als ich ihn angerufen habe?«, fuhr Marcus fort. »Er hat mir erzählt, dass Dexter erstickt wurde. Jemand hat ihm den Schädel eingeschlagen, ihn anschließend erstickt, in seinen Wagen gesetzt und den Wagen über die Klippen geschoben, um es so aussehen zu lassen, als wäre es ein Unfall gewesen. Morello sagt, es ist in der Nacht passiert, nachdem Dexter bei Mario an unseren Tisch gekommen ist. Er hat mich über dich ausgefragt, Nick. Er hat gehört, dass du Dexter nicht leiden konntest, und das hat ihn hellhörig gemacht.«

»Viele Leute konnten Dexter nicht ausstehen. Wieso hat Morello es ausgerechnet auf mich abgesehen?«

»Das weiß er selbst nicht genau. Aber er stellt weitere Nachforschungen an. Was glaubst du wohl, wie lange es dauert, bis er das mit Hoffman rausfindet, und sobald er das weiß, stößt er auf die Verbindung zu Brinkman.«

Vermutlich hatte Marcus Recht, und es war nur eine Frage der Zeit, bis Morello die Zusammenhänge durchschaute. Aber das waren alles nur Vermutungen; es gab keine handfesten Beweise dafür, dass ich etwas mit Dexters Tod zu tun hatte. Ich ging davon aus, das Meer hatte alle verräterischen Spuren beseitigt. Und da Morello unmöglich herausfinden konnte, wo Dexter zu Tode gekommen war, standen die Chancen schlecht, dass er andere Beweise fand.

»Und nicht zu vergessen Brinkman«, sagte Marcus. »Den hat auch jemand ermordet.«

Es dauerte einen Augenblick, bis ich begriff, was er damit andeuten wollte. »Glaubst du etwa, ich hätte Brinkman auch ermordet? Ich war in Oregon, auf der Suche nach meiner Frau, du Arsch.«

Er blinzelte, denn er musste einsehen, dass das stimmte, doch dann kam ihm etwas anderes in den Sinn. »Du gibst also zu, dass du Dexter ermordet hast?«

Mir wurde klar, dass er es bis zu diesem Zeitpunkt nicht geglaubt hatte. Nicht wirklich. Vielleicht erging es Sally ebenso. Sie mussten stundenlang darüber geredet haben, sich immer wieder gesagt haben, dass es einfach nicht sein konnte. Doch nun sah Marcus mir an, dass es stimmte.

»Es ist nicht so gewesen, wie du glaubst. Es war ein Unfall. Und Morello kann nicht beweisen, dass ich etwas damit zu tun habe.«

»Und wer hat Brinkman ermordet?«

»Das weiß ich nicht. Wahrscheinlich hat der Mord an Brinkman mit all dem überhaupt nichts zu tun.«

Marcus schüttelte den Kopf. »Das glaubst du doch selbst nicht. So einen Zufall kann es doch gar nicht geben. Es muss etwas mit dem Programm zu tun haben. Du warst bereit, dafür zu töten. Was bringt dich zu der Annahme, dass nicht ein anderer dasselbe zu tun bereit war? Womöglich war es sogar Morgan selbst.«

Der Gedanke war mir auch schon gekommen, aber ich konnte mir Morgan nicht als Mörder vorstellen. Abgesehen davon, warum sollte er so ein Risiko eingehen, wenn es nicht nötig war? »Ich weiß nur eins«, sagte ich. »Ich habe das Programm, und Morgan ist bereit, viel Geld zu zahlen, um es in die Finger zu kriegen. Sobald wir das Geld haben, werden Alice und ich von hier verschwinden.«

Die Idee war mir gerade erst gekommen, aber als ich mich zu Alice umwandte und ihr in die Augen schaute, wusste ich, dass sie einwilligen würde. Marcus sah erst mich und dann Alice an, und da dämmerte ihm alles.

»Du hast die ganze Zeit gewusst, was mit Dexter geschehen ist, stimmt's?«, warf er Alice fassungslos vor. Damit hatte er anscheinend nicht gerechnet. »Begreifst du denn nicht? Zwei Menschen sind ermordet worden. Das muss ein Ende haben. Und zwar sofort.«

Er appellierte an uns beide, als wollte er uns zur Vernunft bringen. Ich verstand nicht, was er damit sagen wollte, dass es ein Ende haben musste. Dann drehte er sich um und kletterte vom Boot.

»Wo willst du hin?«

»Wo ich hin will? Du hast doch nicht im Ernst angenommen, wir würden das weiter mitmachen, oder? Ich hole Sally, und dann gehen wir zur Polizei. Ich bin hierher gekommen, um in Erfahrung zu bringen, ob du Dexter tatsächlich getötet hast. Wahrscheinlich hatte ich gehofft, du würdest mich vom Gegenteil überzeugen, und wir könnten alle zusammen zu Morello gehen. Das kannst du immer noch. Wenn es wirklich ein Unfall war.«

»Zur Polizei? Bist du verrückt?«

»Du bist derjenige, der verrückt ist, Nick. Ihr alle beide.«

Er drehte sich um und ging. Ich sah Alice an. Ich wünschte, sie würde mir sagen, dass er es nicht ernst meinte, aber sie erwiderte nur verblüfft meinen Blick. Sekunden vergingen, und Marcus hatte das Ende des Piers beinahe erreicht.

»Wir müssen ihn aufhalten«, sagte Alice.

Sie hatte Recht. Ich sprang vom Boot und rannte ihm nach. Er war am Rand des Parkplatzes angekommen und wollte zu seinem Wagen gehen. Es war dunkel dort, und die Bootsanhänger warfen lange Schatten.

»Marcus!«, rief ich, als ich ihn fast eingeholt hatte. Er blieb stehen und schaute über die Schulter zurück. Ich hörte, wie Alice hinter uns hergelaufen kam. »Ich kann das nicht zulassen!«

»Dass ich zur Polizei gehe? Wie willst du mich denn daran hindern, Nick? Willst du mich auch umbringen?«

Alice hatte uns eingeholt. »Das kannst du nicht tun, Marcus«, sagte sie. »Fünfunddreißig Millionen Dollar kannst du doch nicht einfach wegwerfen!«

Er schüttelte den Kopf. »Ihr kapiert's einfach nicht, was? Das Geld spielt überhaupt keine Rolle mehr.«

Er wandte sich zum Gehen.

»Marcus!«

Wieder blieb er stehen. Ich griff nach der Pistole in meiner Hosentasche. Meine Hand legte sich um den Griff, aber ich zog die Waffe nicht. Alice sah, was ich tat, und unsere Blicke trafen sich. Eine Sekunde verging. Dann noch eine.

»Tu's«, flüsterte sie.

Ich rührte mich nicht. Tief in ihren Augen sah ich etwas, das mir sagte, wozu sie fähig war. Vielleicht war es mein eigenes Spiegelbild. Dieser Augenblick des Zögerns war wie das langsame Erwachen aus einem Alptraum. Ich ließ die Pistole los. Marcus verstand nicht, was sich zwischen uns abspielte. Er schaute uns stirnrunzelnd an. Ich sah seinen

Wagen am Rand des Parkplatzes stehen, und dann nahm ich noch etwas anderes wahr. In einer dunklen Ecke, neben einem Anhänger mit einem großen Segelboot, stand noch ein anderes Fahrzeug. Im schwachen Licht der Parkplatzbeleuchtung, die kaum bis dorthin reichte, glänzten die Kühlerhaube und die getönten Scheiben. Ich fragte mich, ob ich schon anfing, mir alles Mögliche einzubilden, oder ob der Wagen tatsächlich grün war.

Was als Nächstes geschah, lief wie in Zeitlupe ab. Als Marcus sich umdrehte, tauchten drei Gestalten aus dem Schatten auf, wo sie die ganze Zeit gewartet und jedes Wort mit angehört haben mussten. Einer von ihnen hob einen Arm, und er hielt etwas in der Hand, womit er auf Marcus zielte, der die Männer plötzlich entdeckte und überrascht stehen blieb. Dann ertönte ein gedämpfter Knall, und sein Kopf explodierte.

Als Marcus zusammenbrach, spürte ich etwas Nasses auf meiner Haut. Alice schaute an sich herunter. Ihr weißer Rock war voller Blutflecken. Sie öffnete den Mund, um zu schreien, doch wie aus dem Nichts kam eine Hand und versetzte ihr einen Schlag ins Gesicht, der sie zum Schweigen brachte. In der eintretenden Stille ertönte eine melodische Stimme, die zugleich fröhlich und bedrohlich klang.

»Nächstes Mal bist du dran, du Miststück, kapiert?«

28

Sie waren zu dritt, lauter Latinos im Alter von etwa achtzehn bis zwanzig Jahren. Sie trugen übergroße T-Shirts, Hosen, bei denen ihnen der Schritt beinahe in den Kniekehlen hing, und Turnschuhe von Nike. Der Älteste hatte eine dicke, goldene Kette um den Hals und mehrere goldene Ringe in beiden Ohren. Sein Gesicht wirkte so glatt wie das eines Babys, und wären seine Augen nicht gewesen, hätte man ihn fast hübsch nennen können, wenn er lächelte und seine Zähne zeigte. Aber seine Augen waren wie die eines Reptils. Schwarz und seelenlos. Offenbar stand er unter Drogen. Sie waren alle von irgendetwas bedröhnt und führten sich in einem Augenblick auf wie ausgelassene Kinder, kicherten und klopften sich gegenseitig auf die Schultern, spielten die großen Machos, und im nächsten Augenblick waren sie nervös und boshaft, begierig, ein Ventil für ihre Energie zu finden. Immer wieder schauten sie Alice an und leckten sich die Lippen.

Alle hatten Pistolen im Gürtel stecken. Sie zwangen mich, Marcus' Leiche auf das Boot zu schleppen, dann warfen sie sie durch die Luke im Achterdeck ins Bootsinnere. Alice stießen sie auf eine Sitzbank in der Ecke. Sie war bleich und schaute ängstlich zu der Stelle hinüber, wo Marcus lag. Blut aus der Wunde an seinem Kopf sickerte in den Teppichboden.

Es dauerte eine Weile, bis mir der Name des ältesten der Jungs wieder einfiel. Pepe. So hatte Hoffman ihn genannt, an dem Tag, als ich den dreien Geld gegeben hatte, damit sie auf mein Auto aufpassten. Er war derjenige, der Marcus erschossen hatte und der nun seine Waffe lässig auf mich richtete.

»Wo ist die CD, Mann?«, fragte er mit starkem hispanischem Akzent.

»Welche CD?«

Ich musste Zeit gewinnen. Dass er Marcus getötet hatte, schien für Pepe etwa so viel Bedeutung zu haben wie für jemand anderen das Ausdrücken einer Zigarette. Was für Drogen die drei auch genommen haben mochten, mir war klar, dass deren Wirkung sie unberechenbar machte. Aber ich brauchte Zeit zum Nachdenken, musste einen klaren Kopf bekommen.

Plötzlich änderte sich Pepes Ton. »Die CD, Mann, wo ist die Scheiß-CD?«

Seine Augen verengten sich zu Schlitzen, und er drückte mir die Pistole in den Bauch, um seinen Worten Nachdruck zu verleihen. Einer der anderen brach in schrilles Gelächter aus, kicherte beinahe wie ein Mädchen. Auf einmal grinste Pepe und ließ die Pistole sinken.

»Scheiße. Ich kann dich nicht abknallen, Mann. Wenn ich das mach, krieg ich die CD nie.« Jetzt grinste er von einem Ohr bis zum anderen, als hätte er einen unglaublichen Witz gerissen, aber in seinen Augen war nichts Lustiges zu entdecken.

Ich überlegte fieberhaft. Die .38er steckte immer noch in meiner Hosentasche. Es war ihm offenbar noch nicht in den Sinn gekommen, dass ich eine Waffe haben könnte. »Jetzt weiß ich wieder, wo ich dich schon mal gesehen hab«, sagte ich. »Vor dem Haus, in dem Hoffman gewohnt hat.«

Ich dachte an den grünen Wagen auf dem Parkplatz. Ich hatte ihn an dem Tag gesehen, als ich mit Marcus nach San Leandro gefahren war. Jetzt begriff ich, dass es dasselbe Fahrzeug war, das mir auf dem Weg zu Morgan gefolgt war, und das mich an dem Abend gejagt hatte, als ich mit Sally zu Mario fuhr. Es mussten die drei gewesen sein, sagte ich mir, auch wenn ich mir nicht erklären konnte, warum.

Aber Pepe hörte mir überhaupt nicht zu. Er ging in die Kombüse und begann, die Schubladen zu durchsuchen. Ich schaute zu den anderen beiden hinüber. Sie standen nur einen guten Meter von mir entfernt herum, die Pistolen locker in der Hand. Ich überlegte, wie groß meine Chance war, sie alle drei zu erschießen, falls ich es schaffte, meine Pistole zu ziehen, kam jedoch zu dem Schluss, dass es unmöglich war. Ich hatte noch nie in meinem Leben eine Schusswaffe auf einen Menschen gerichtet, und abgesehen davon wusste ich nicht einmal, ob die .38er überhaupt noch funktionierte. Sie hatte lange Zeit unbenutzt in der Zigarrenkiste gelegen. Was mich jedoch vor allem von meinem Vorhaben abhielt, war Marcus, der tot am Boden lag und dem die hintere Hälfte des Kopfes fehlte. In ihrem Rauschzustand empfanden diese Jungs keine Angst, und ich konnte davon ausgehen, dass sie ohne zu zögern reagieren würden, sobald ich auch nur die geringste Bewegung machte. Selbst wenn es mir gelang, die Hand in die Hosentasche zu schieben, wenn ich auch nur eine Sekunde brauchte, um die Waffe zu ziehen, war ich ein toter Mann.

Mein Verstand arbeitete fieberhaft, aber meine Glieder waren bleischwer und wie erstarrt. Pepe hatte gefunden, was er suchte. Er hielt ein Küchenmesser mit einer etwa zwanzig Zentimeter langen Klinge hoch, und mir drehte sich vor Angst der Magen um. Er steckte die Pistole in seinen Gürtel und nahm sich ein Handtuch. Ich ahnte, was er vorhatte. Plötzlich hatte ich die Berichte über Brinkmans Tod bildhaft vor Augen. Ich konnte mir nicht vorstellen, dass er besonders tapfer gewesen war. Wahrscheinlich hatte er ihnen gesagt, was sie wissen wollten, noch bevor sie ihn mit der Bohrmaschine bearbeiteten, aber das hatte sie nicht davon abgehalten, ihn zu quälen. Wie gebannt starrte ich auf die Klinge. Lieber würde ich mich erschießen lassen, als abzuwarten, bis sie mich in Stücke schnitten.

Aber Pepe hatte es gar nicht auf mich abgesehen. Im selben Augenblick wie ich bemerkte Alice, dass er nicht mich, sondern sie anschaute, und als er auf sie zuging, wich sie zurück und öffnete den Mund, um zu schreien, doch er war schneller als sie. Mit einer Hand drückte er ihren Kopf gegen die Wand.

»Haltet ihr die Arme fest.«

Die beiden jüngeren Latinos hielten sie fest, während Pepe ihr das Handtuch in den Mund stopfte. Sie riss die Augen auf und begann, sich heftig zu wehren. Alles geschah in Sekundenschnelle.

»Wartet!«, schrie ich.

Aber es war zwecklos. Pepe schien entschlossen, seine Macht zu demonstrieren, und schenkte mir keine Beachtung. Die Klinge blitzte auf und fuhr in Alices Schulter. Mit vor Angst und Schmerz geweiteten Augen sah sie mich flehend an. Ich hörte ihren erstickten Schrei, und ihre Augen füllten sich mit Tränen.

Pepe wandte sich zu mir um und sagte: »Du hast ungefähr eine Sekunde Zeit, bevor ich ihr die Augen aussteche, und danach schneid ich ihr die Scheißtitten ab, Mann.«

Ich bezweifelte keinen Augenblick lang, dass er es ernst meinte und deutete auf ein Schrankfach. »Die CD ist da drin.«

Sie ließen Alice los. Mit aschfahlem Gesicht sank sie in sich zusammen und fasste nach der Stichwunde an ihrer Schulter. Blut quoll zwischen ihren Fingern hervor und ihr T-Shirt wurde dunkelrot. Pepe würdigte sie keines Blickes. Er öffnete den Schrank, nahm die CD heraus und betrachtete sie nachdenklich, als käme ihm irgendetwas daran rätselhaft vor. Dann schüttelte er den Kopf, schnalzte mit der Zunge und steckte sie in eine seiner riesigen Hosentaschen.

»Weißt du, wie man diesen Kahn in Bewegung setzt, Mann?«, wollte er von mir wissen.

Während ich das Boot aus dem Hafen hinaus und unter der Golden Gate Bridge hindurchsteuerte, stand Pepe neben mir und drückte mir den Lauf seiner Pistole in die Rippen. Alice und die anderen waren unten geblieben. Als Pepe mich an

Deck bugsiert hatte, waren sie gerade dabei gewesen, die Schränke nach etwas Essbarem zu durchwühlen, während der eine sich beschwerte, dass sie unterwegs nicht bei McDonald's angehalten hatten. Ich machte mir Sorgen um Alice. Sie blutete heftig und hatte starke Schmerzen, obwohl ich die Geistesgegenwart besessen hatte, ihr das Handtuch aus dem Mund zu nehmen und auf die Wunde zu drücken. Dann hatte sie sich auf die Bank gelegt, das Gesicht kreidebleich und die Augen glasig vor Angst und Schmerz. Sie brauchte dringend einen Arzt, aber nachdem wir die Brücke hinter uns gelassen hatten, befahl Pepe mir, aufs offene Meer hinauszufahren, und ich machte mir keine Illusionen über das Schicksal, das uns erwartete. Er sah mir aufmerksam dabei zu, wie ich das Boot steuerte. Offenbar kam es ihm ziemlich einfach vor, denn nach einer Weile grinste er.

»Genau wie'n Auto, Mann.«

Ich überlegte, wie weit hinaus er uns bringen würde. Als er sich umdrehte, um nach den Lichtern der Stadt zu sehen, sagte ich mir, dass sie sich wahrscheinlich nicht allzu weit von der Küste entfernen wollten. Er würde nicht das Risiko eingehen, kein Land mehr in Sicht zu haben und womöglich nicht mehr zurückzufinden. In der Hoffnung, ihn so weit ablenken zu können, dass ich eine Chance hatte, irgendetwas zu unternehmen, versuchte ich, ihn in ein Gespräch zu verwickeln. Wahrscheinlich blieben mir höchstens noch ein paar Minuten. Dann würde er mir wohl befehlen, den Motor abzuschalten. Von da an würde ich den Rest meines Lebens in Sekunden berechnen können.

»Weißt du überhaupt, was auf der CD drauf ist, die du in der Tasche hast?«, fragte ich ihn.

Er grinste. »Hältst du mich für blöd, Mann? Glaubst du etwa, ich hätte noch nie was von Scheißcomputern gehört? Du hast das Ding aus der Wohnung von dem Alten mitgehen lassen. Irgendein Softwarescheiß, den er sich ausgedacht hat.«

»Und was hast du damit vor?«

»Was glaubst du wohl? Dasselbe, was du vorhattest. Ich werd sie Morgan verscheuern, diesem reichen Arsch.« Er lehnte sich zurück, hob die Pistole und fuchtelte damit vor meiner Nase herum. »Dann kauf ich mir 'ne neue Karre, Mann. Und dann reiß ich ein paar Weiber auf und fick mich dumm und dämlich. Das gibt 'ne Riesenparty. Vielleicht kauf ich mir auch so'n Boot wie das hier.«

Er amüsierte sich köstlich. Er genoss es, mir zu erzählen, was für ein tolles Leben er sich mit all dem Geld machen würde, während ich auf dem Meeresgrund lag und von den Krabben gefressen wurde.

Ich bemühte mich, ihn am Reden zu halten. »Warum habt ihr Brinkman getötet?«, fragte ich.

»Den fetten Anwalt? Weil ich von ihm wissen wollte, was zum Teufel hier gespielt wird, Mann. Er hat uns mit Fragen gelöchert, nachdem der Alte abgekratzt war, wollte wissen, ob einer von uns was gesehen hat. Natürlich haben wir ihm nichts gesagt, aber dann ist er mit diesem Dexter aufgekreuzt, und der hat uns auch Löcher in den Bauch gefragt, wollte dieselben Sachen wissen. Und dann hat er angefangen, mit Hundertdollarscheinen um sich zu werfen, Mann. Da hab ich gedacht, es ist okay, wenn ich ihm sag, dass meine Schwester 'n paar Typen beobachtet hat, die bei dem Alten eingebrochen sind. Dexter hat mir fünfhundert Dollar in die Hand gedrückt, und meine Schwester und ich sind mit ihm in die Stadt gefahren. Er hat vor so 'nem Bürohaus gehalten, und wir haben gewartet. Dann kommt dieser Typ raus, und Dexter sagt zu mir: ›War es der?‹, und ich sag ihm, ja, der und noch einer.« Pepe grinste. »Das warst du, Mann.«

»Und Dexter hat dir Geld gegeben, damit du mich verfolgst?«

»Du hast es erfasst. Bloß dass ich keine Ahnung hatte, was gespielt wurde, und es hat mich auch nicht interessiert, solange er mich bezahlt hat. Aber dann ist Dexter plötzlich von der Bildfläche verschwunden. Einfach so, Mann, und der Typ schuldet mir noch 'ne Menge Geld. Also hab ich mir gesagt, ich knöpf mir mal diesen fetten Anwalt vor, und da fängt der auf einmal an zu flennen und erzählt mir was von so 'ner Scheißsoftware, Mann, und da hab ich ihn überredet, alles auszuspucken.«

»Und dann hast du mit Morgan geredet«, riet ich.

Pepe verzog das Gesicht. »Genau. Bloß dass ich den Typ nie zu Gesicht gekriegt hab, Mann. Das Miststück von Sekretärin hat mich immer am Telefon abgewimmelt.« Er sah mich verschlagen an. »Dann hatte ich 'ne Idee. Ich hab noch mal angerufen und so getan, als wär ich du.« Er kicherte. »Hier spricht Nick Weston«, sagte er mit verstellter Stimme. Es war eine äußerst miserable Imitation, aber es musste funktioniert haben, zumindest so gut, dass er es geschafft hatte, mit Morgan verbunden zu werden.

»Und heute? Ihr seid mir von meinem Büro aus gefolgt, stimmt's?«, vermutete ich, denn ich musste an den Wagen denken, den ich beim Verlassen der Tiefgarage gesehen und für den Streifenwagen gehalten hatte.

»Genau, Mann. Wir haben uns schon gedacht, dass du irgendwann auftauchen würdest.«

Während des Gesprächs hatte ich meine Hand langsam vom Gashebel genommen und in Richtung Hosentasche bewegt. Pepe stand links von mir. Er stützte sich mit dem Ellbogen auf das Armaturenbrett, die Pistole lose in der anderen Hand. Seine Augen hatten einen verträumten Ausdruck angenommen, als würde die Wirkung der Droge allmählich nachlassen, doch er hielt seinen Blick weiterhin auf mich gerichtet. Es hatte etwas Schläfriges, so wie er da halb stand und halb lehnte. Ich überlegte, ob ich es schaffen konnte, meine Hand in die Hosentasche zu schieben und die Pistole zu ziehen, ohne dass er es bemerkte. Ich veränderte meine Position ein wenig, tat so, als würde ich nur das Gewicht verlagern, um bequemer zu stehen. Das Dröhnen des Motors und das Rauschen der Bugwelle verhinderten, dass ich hören konnte, was unter Deck vor sich ging. Ein weißer Schaumstreifen markierte unsere Spur über den dunklen Ozean. Es gab nur eine leichte Dünung, die Nacht war ruhig und klar, und am Himmel stand ein bleicher Mond.

Mein Herz begann schneller zu schlagen. In Gedanken ging ich noch einmal genau durch, was ich tun musste.

Die Pistole greifen. Meinen Finger durch den Abzugbügel schieben und gleichzeitig die Pistole ziehen. Abdrücken. Irgendwo hatte ich einmal gehört, dass man die Mitte des Zielobjekts ins Visier nehmen sollte, um die Chance zu erhöhen, dass man es auch traf. Andererseits schien es mir unwahrscheinlich, dass ich auf diese kurze Entfernung daneben schießen könnte. Ich wusste, wenn ich die erste Bewegung gemacht hatte, gab es kein Zurück mehr. Ich durfte nicht zögern, keinen Augenblick lang. Die Waffe ziehen und schießen. Ohne Vorwarnung. Kein Hände-hoch-lass-die-Waffe-fallen. Wenn ich ihm auch nur die geringste Chance gab, war ich tot. Obwohl ich nervös war, glaubte ich, es schaffen zu können. Danach musste ich unter Deck und mir die anderen beiden vorknöpfen, und das war schon schwieriger. Sie würden den Schuss hören und wissen, dass etwas nicht stimmte, also würde ich keine Gelegenheit haben, sie zu überraschen. Ich überlegte, ob ich warten sollte, bis sie heraufkamen, um nachzusehen, was los war. Aber ich musste an Alice denken. Sie würden sie als Schutzschild benutzen, daran gab es keinen Zweifel. Mir blieb nichts anderes übrig, als so schnell wie möglich nach unten zu gelangen. Ich würde keine Zeit zum Nachdenken haben. Keine Zeit zum Zögern.

Schießen. Umdrehen. Zur Treppe rennen. Es waren nur drei Schritte. Runterspringen und hoffen, dass alles so schnell ging, dass sie nicht dazu kamen zu reagieren. Das Ganze hatte etwas Unwirkliches, nur meine Angst war sehr real. Ich kam mir vor wie ein Tölpel, der in die Fänge von Verbrechern geraten ist. Ich hatte die Welt verlassen, in der normale, anständige Leute ihr Leben führten, ich hatte mich in eine Situation manövriert, der ich nicht gewachsen war.

Pepe beobachtete mich immer noch. Obwohl er entspannt und irgendwie schlaff wirkte, wusste ich, dass er blitzschnell reagieren würde. Er ließ mich keine Sekunde aus den Augen. Ich musste ihn irgendwie aus dem Konzept bringen. Nur für einen kurzen Augenblick. Denk nach, befahl ich mir. Denk nach! Dann hatte ich eine Idee.

»Wie viel will Morgan dir denn für die CD bezahlen?«, fragte ich.

»Viel, Mann.«

»Wie viel denn? Eine halbe Million?«

Pepes Augen weiteten sich. »Eine halbe Million?«

Beinahe hätte ich laut gelacht. All das für die paar Kröten? »Also, wie viel? Ein paar hunderttausend Dollar? Hunderttausend?« Ich sah ihm an, dass ich nah dran war. Diese Idioten hatten einen Mann zu Tode gefoltert und einem anderen, ohne mit der Wimper zu zucken, eine Kugel in den Kopf gejagt, und sie hatten vor, Alice und mich zu töten und ins Meer zu werfen. Und das alles für hunderttausend Dollar.

»Soll ich dir sagen, was er mir angeboten hat?«, köderte ich ihn.

»Wie viel?«, fragte Pepe misstrauisch.

»Fünfunddreißig Millionen Dollar.«

Ich sah sofort, dass er mir nicht glaubte, und ich wusste auch, warum er mir nicht glaubte, nämlich weil fünfunddreißig Millionen für ihn eine unvorstellbare Summe darstellten. Er konnte es einfach nicht fassen, dass jemand bereit war, eine solche Menge Geld für etwas zu zahlen, das für ihn aussah wie eine ganz normale Musik-CD. Egal, was sich darauf befand. Aber es spielte keine Rolle, ob er mir hundertprozentig glaubte. Wichtig war, dass er mir wenigstens ein kleines bisschen glaubte und deshalb erkannte, dass Morgan vorhatte, ihn übers Ohr zu hauen. Einen Moment lang war er so aufgebracht, dass seine Aufmerksamkeit nachließ. Und diesen Moment nutzte ich aus.

Er war schnell. Noch schneller, als ich befürchtet hatte. Als ich nach meiner Waffe griff, wobei ich mich drehen musste, änderte sich sein Gesichtsausdruck schlagartig. Seine Augen verengten sich und funkelten vor Zorn, als er gleichzeitig versuchte, sich aufzurichten und seine Pistole auf mich zu richten. Obwohl alles nur den Bruchteil einer Sekunde dauerte, war es erschreckend. Er zögerte nicht einen Augenblick. Ich bewegte mich. Er reagierte. Das war's. Er wusste nicht, dass ich eine Waffe hatte. Er wusste nicht, was ich vorhatte, aber das war auch egal. Er sah mir direkt in die Augen, und in dem Augenblick wusste ich, dass derjenige von uns, der schneller war, die nächste Sekunde überleben würde.

Ich geriet in Panik und drückte ab, bevor ich richtig gezielt hatte, und das war mein Glück. Es gab einen lauten Knall, die Kugel traf ihn im Schritt. Er schrie auf und taumelte rückwärts, und ich glaube, er feuerte einen Schuss ab, denn ich hörte ein leises Plopp, dann fiel seine Pistole zu Boden. Schließlich blieb er in einer Ecke liegen, die Beine gespreizt, hielt sich mit beiden Händen die Stelle, an der die Kugel ihn getroffen hatte. Blut quoll zwischen seinen Fingern hindurch, und in seinem Gesichtsausdruck spiegelten sich Verwunderung und Entsetzen zugleich.

Mir blieb keine Zeit zu überprüfen, ob er tot war. Ich rannte über das Achterdeck, sprang die Treppe hinunter, und als ich unten landete, sah ich, wie sich etwas bewegte. Instinktiv folgte mein Blick der Richtung dieser Bewegung. Einer der Gangster langte mit einer Hand nach seiner Pistole, die auf der Anrichte lag, und hielt sich mit der anderen die Hose fest. Ich drückte zweimal hintereinander ab, und einer der Schüsse riss ihm den halben Schädel weg. Ein rosafarbener Nebel breitete sich aus, als er zu Boden ging, doch ich fuhr bereits herum, um mir den anderen vorzunehmen. Der jüngste von den dreien hatte seinen Arm um Alices Hals gelegt und versuchte, sie vor sich zu ziehen. Sie war kaum bei Bewusstsein. Ihr blutdurchtränktes T-Shirt hing nur noch um ihren Hals, ansonsten war sie nackt. Der Anblick ihrer blassen Schenkel und ihres Schamhaars schockierte mich. Dann verwandelte sich der Schock in blinde Wut. Der Junge war vielleicht sechzehn. Seine Hose hing ihm um die Knöchel; gleichzeitig nahm ich seinen noch halb erigierten Penis wahr, während er sich bemühte, auf die Füße zu kommen, und versuchte, nach seiner Pistole zu greifen. Er war der Einzige, der Angst zeigte, bevor ich auf ihn schoss. Die Kugel traf ihn in der Schulter. Er schrie auf und ließ Alice los. Die Wucht der

Kugel warf ihn zu Boden. Er begann zu schreien, aber was sie mit Alice getan hatten, machte mich für jedes Flehen unempfänglich. Der zweite Schuss traf ihn mitten in seine schmale Brust und zerriss ihm das Herz. Seine Augen brachen, und er sackte in sich zusammen. Seine Pistole lag einen knappen Meter von ihm entfernt. Außerhalb seiner Reichweite.

Nach der Schießerei saß ich noch lange auf dem Boden und hielt Alice in den Armen. Immer wieder kam sie kurz zu Bewusstsein und schaute mich an. Und obwohl ihr Blick vor Angst und Schmerz getrübt war, erkannte sie mich.

»Es wird alles gut«, sagte ich zärtlich.

Ihre Angst schien etwas nachzulassen. Ich hatte sie mit einem Laken zugedeckt, das ich hastig von einem der Betten gerissen hatte. Alles war still, und das Boot schaukelte sanft auf den Wellen. Ich musste den Motor abgeschaltet haben, als ich auf Pepe losgegangen war, aber ich konnte mich nicht daran erinnern.

»Ich bringe dich in ein Krankenhaus. Bald geht's dir wieder besser«, sagte ich. »Es ist alles vorbei.«

Sie verstand, was ich sagte, und Hoffnung flackerte in ihren Augen auf. Ihre Verletzung sah schlimm aus. Nach der Menge Blut zu urteilen, das aus ihrer Wunde austrat, musste das Messer eine Arterie getroffen haben. Ich betrachtete den jungen Gangster, den ich erschossen hatte. Er lag halb aufrecht in einer Ecke, sein Kopf war auf seine Brust gesunken, sein mittlerweile erschlaffter Penis lag auf seinem Schenkel. Ich empfand kein Mitleid mit ihm. Als Alice versuchte, meinem Blick zu folgen, veränderte ich meine Position, sodass sie den Jungen nicht sehen konnte. Ich wiegte ihren Kopf in meinem Schoß. Sie war sehr bleich. Ich drückte ein Handtuch auf ihre Wunde, aber sie blutete kaum noch. Ihr Puls war fast nicht mehr zu spüren. Während ich beruhigend auf sie einredete, begannen ihre Lider zu flattern. Schließlich schlossen sich ihre Augen, und ihre Hand wurde schlaff.

Eine Weile blieb ich noch so mit ihr sitzen. Ich tastete nach ihrem Puls, aber ich wusste, dass sie tot war. Schließlich deckte ich sie zu und ging an Deck, wo ich plötzlich zu zittern begann und mich heftig über die Reling übergab. Pepe lag immer noch da, wo ich ihn zurückgelassen hatte. Seine starren Augen waren leer, aber immer noch erfüllt von dem Entsetzen darüber, was ihm angetan worden war. Ich beugte mich zu ihm hinab, um die CD an mich zu nehmen, doch sie bestand nur noch aus einer Hand voll kleiner Stücke. Entweder von der Kugel zerschlagen, die Pepes Männlichkeit zerstört hatte, oder zerbrochen, als er gestürzt war. Auf jeden Fall war sie zu nichts mehr zu gebrauchen. Eine Zeit lang betrachtete ich die Scherben und wartete darauf, dass sich irgendein Gefühl einstellte. Aber ich empfand überhaupt nichts mehr.

Ich schwamm etwa hundert Meter weit vom Boot fort, bevor ich mich umdrehte und noch einmal zurückschaute. Mittlerweile brannte es lichterloh. Im dunklen Wasser spiegelten sich die gelben und orangefarbenen Flammen. Dann gab es plötzlich eine Explosion, als das Propangas des Küchenherds, das ich aufgedreht hatte, sich entzündete, und die *Temptation* wurde zu einer riesigen brennenden Fackel, die die Nacht erhellte. In etwa einem Kilometer Entfernung sah ich ein Boot, das seinen Kurs änderte, wahrscheinlich um zu ergründen, was passiert war. Ich wandte mich ab und schwamm in Richtung Küste.

Ich schätzte, dass es knapp zwei Kilometer bis dorthin waren. In der Ferne sah ich die Lichter der Stadt, die hin und wieder verschwanden, wenn ich in ein Wellental geriet. Je weiter ich mich von dem brennenden Boot entfernte, desto mehr wurde ich von der Dunkelheit der Nacht umhüllt. Als ich nach einer Weile noch einmal zurückblickte, sah ich, dass das Feuer fast niedergebrannt war und das Boot im Begriff war zu sinken. Ein anderes Boot befand sich mittlerweile ganz in der Nähe der *Temptation*. Ich wusste nicht, was sie in dem Wrack finden würden. Vielleicht eine oder zwei Leichen und genug Einzelteile, aus denen sich erschließen ließ, wem die Yacht gehörte.

Früher oder später würde Morello sich einschalten. Er würde mit Morgan und Sally reden und sich irgendeine Theorie zurechtlegen. Aber Marcus und Alice waren tot. Nach außen hin sah es so aus, als hätte mich dasselbe Schicksal ereilt wie sie, und ich wusste, dass das meine einzige Chance war. Vorausgesetzt, ich schaffte es bis an die Küste. Ich war schon lange nicht mehr eine so weite Strecke geschwommen. Die Strömung war gegen mich, und es gab keinen Grund, mir besonders große Mühe zu geben. Ich bewegte mich mechanisch. Meine Arme und Beine taten ihre Arbeit, während ich mit den Gedanken ganz woanders war.

Ich war in Versuchung aufzugeben, das Gesicht ins Wasser zu tauchen und zu warten, bis meine Lunge zu platzen drohte, dann den Mund aufzureißen und das Meer zu verschlingen. Welchen Sinn hatte das Leben noch? Einmal an Land, hätte ich kein Geld, kein Zuhause, nicht einmal eine Identität. Ich wäre wie ein wandelnder Geist. Aber ich konnte mich nicht dazu überwinden aufzugeben, und so schwamm ich weiter, halbwegs in der Hoffnung, dass ich es nicht schaffen würde. Als sich die Erschöpfung bemerkbar machte und die Muskeln in meinen Armen und Beinen zu schmerzen begannen, dachte ich an die alten Leute, die im Schwimmbad immer so unermüdlich ihre Bahnen zogen. Vielleicht wussten die, wie man sich in einer solchen Situation verhielt. Meine Arme bewegten sich so langsam, dass es gerade ausreichte, um mich über Wasser zu halten. Der Rhythmus verselbständigte sich. Auf, ab. Kein Gedanke, kein bewusstes Bemühen. Es schien, als könnte ich ewig so weitermachen.

Auch als mein Kopf völlig leer war und ich nicht einmal mehr wusste, in welche Richtung ich schwamm, machte ich einfach weiter. Meine Arme hoben und senkten sich, nach jedem dritten Zug holte ich Luft, und schon bald kam es mir so vor, als wäre ich Teil des Meeres. Ich begann zu halluzinieren, mir einzubilden, Alice und Marcus würden unter mir herschwimmen. Unter Wasser meinte ich geisterhafte Gestalten zu sehen, die mich zu sich winkten. Ich komme, sagte ich zu ihnen. Es dauert nur noch eine kleine Weile. Dann begann ich zu sinken, und die Müdigkeit nahm mir den letzten Rest meiner Kraft. Ich gab auf und überließ mich dem Meer, und im selben Augenblick spürte ich Sand an den Fingern. Ich hob den Kopf, atmete ein und roch den Seetang, der sich in den Pfützen zwischen den Felsen entlang der Küste gesammelt hatte.

29

Ein Jahr nachdem ich an Land gekrochen war, kam ich durch Oregon. Ich fuhr mit einem Frachtzug von Seattle nach Portland, wo ich die Nacht zusammen mit ein paar anderen Hobos verbrachte. Wir sind ein bunt zusammengewürfelter Haufen. Keiner von uns hat einen Namen, nur den, den er sich selbst gegeben hat. Ein Kerl, dem ich hin und wieder begegne, nennt sich Iron Man, andere sind unter Namen bekannt wie The Kid, Old Man, Princess oder Runner, und einer, der fast schon zur Legende geworden ist, wird The Ghost genannt. Die meisten Namen sind farbenprächtiger als die Gestalten, zu denen sie gehören. Im Gegensatz zu den Leuten, die zur Zeit der Großen Depression auf der Suche nach Arbeit durchs Land zogen, sind die Hobos der heutigen Zeit Einzelgänger und Aussteiger. Sie sind Landstreicher, die lieber in einem Güterwaggon Zuflucht suchen oder in einem der Lager entlang der Bahnstrecken hausen als an einer Straßenecke in der Stadt. Viele fürchten sich vor der Stadt und voreinander. Zu Recht. Ein Großteil von ihnen ist entweder psychisch krank oder psychotisch, und Morde unter den Hobos geschehen häufiger, als man denkt oder überhaupt wissen will. Viele von ihnen erfrieren ganz einfach im Winter.

Ich habe keinen Namen. Ich rede mit niemandem, und

die anderen haben gelernt, sich von mir fern zu halten. Sie begegnen mir mit Argwohn, fürchten, ich könnte ein Serienmörder sein, denn von der Sorte sind einige unterwegs. Ich weiß, dass sie mich Nobody nennen, was ich passend finde. Ich existiere nicht.

Sally lebt jetzt bei ihren Eltern. Im Frühling habe ich mich einmal an das Haus herangeschlichen und sie beobachtet, als sie mit dem Baby nach draußen kam. Sie sah gut aus. Vielleicht ein bisschen müde, aber ob das mit dem Baby zusammenhing oder mit den Nachwirkungen all dessen, was sie durchgemacht hat, kann ich nicht beurteilen. Wahrscheinlich mit beidem. Ich stand hinter ein paar Bäumen versteckt, nah genug, um das Gesicht des Babys zu sehen. Schwer zu sagen, wem der Kleine ähnelt, aber ich glaube, er hat ein bisschen von mir. Sally wirkte glücklich, als sie ihn im Arm hielt und seine Wange küsste. Frank werkelte im Garten herum, und Sally setzte sich mit dem Baby auf den Rasen in die Sonne. Ich verspürte den sehnlichen Wunsch, einfach hinüberzugehen und bei ihnen zu sein. Und wenn es nur für ein Weilchen gewesen wäre. Ich wollte das Baby auf den Arm nehmen und Sally an mich drücken. Das Gefühl der Einsamkeit wurde beinahe unerträglich, als ich die beiden dort beobachtete. Diese Szene zu erleben war mehr wert als alles Geld der Welt. In diesem Augenblick begriff ich, dass das, was mir in meiner Kindheit am meisten gefehlt hatte, die Gegenwart meines Vaters war. Nur das, mehr nicht. Geld, Sicherheit, all das spielte keine Rolle. Gegen meinen Willen liefen mir Tränen über die Wangen.

Nach einer Weile wandte ich mich ab und ging. Als ich mich noch einmal umdrehte, schaute Sally zu den Bäumen herüber, als hätte sie etwas wahrgenommen. Ein paar Sekunden lang hoffte ich fast, sie würde mich sehen, damit meine Einsamkeit ein Ende hätte. Doch dann schaute sie wieder weg, und ich wartete, bis sie ins Haus zurückging, dann machte ich mich davon.

Ich werde nicht noch einmal zu dem Haus gehen, denn ich würde es nicht ertragen. Vielleicht überlebe ich den nächsten Winter sowieso nicht. Ein paarmal wäre ich im vergangenen Jahr beinahe erfroren, als ich draußen übernachtete und es zu schneien begann.

Ich glaube, das wäre nicht das Schlechteste. Alles wäre besser als dieses Leben.

Danksagung

Susan Opie, meiner Lektorin bei HarperCollins, Ilka Heinemann beim List Verlag sowie Stephanie und dem Team bei William Morris: herzlichen Dank.